Martina Rauen wurde 1961 in Essen geboren. Sie studierte Germanistik und Geschichte. Heute lebt sie mit Mann und drei Kindern in Moers am Niederrhein. «Die Seidenbaronin» ist ihr erster Roman.

Martina Rauen

Die Seidenbaronin

Historischer Roman

Rowohlt Taschenbuch Verlag

2. Auflage Februar 2013

Originalausgabe
Veröffentlicht im Rowohlt Taschenbuch Verlag,
Reinbek bei Hamburg, Juli 2012

Redaktion Jan Möller
Umschlaggestaltung any.way, Cathrin Günther
(Foto: akg-images / Erich Lessing)
Satz Caslon PostScript, InDesign,
bei Pinkuin Satz und Datentechnik, Berlin
Druck und Bindung CPI – Clausen & Bosse, Leck
Printed in Germany
ISBN 978 3 499 25889 3

MIX
Papier aus verantwortungsvollen Quellen
FSC
www.fsc.org
FSC® C083411

Das für dieses Buch verwendete FSC®-zertifizierte Papier
***Holmen Book Cream* liefert Holmen, Schweden.**

Für meinen Vater, den Max

Teil 1

Die Hofdame von Darmstadt

Kapitel 1

Darmstadt, November 1787

Gerade begann es dunkel zu werden, als eine vornehme Kutsche in einer engen Gasse der Altstadt hielt. Ein livrierter Lakai sprang vom Bock, um dienstfertig den Verschlag zu öffnen. Aus dem Innern des Gefährts zwängte sich eine elegante, ältere Dame mit einer imposanten Leibesfülle und einem herrischen Zug um den Mund.

Während die Dame ihren missbilligenden Blick über die heruntergekommene Fassade des Hauses schweifen ließ, betätigte ihr Diener den Türklopfer. Erst nach einigen Minuten wurde geöffnet.

«Die Gräfin Bahro wünscht vom Baron Dornfeld empfangen zu werden.»

Aus dem Dunkel des Hauses tauchte eine schmale Gestalt im verschlissenen Rock auf und verbeugte sich eilfertig. «Treten Sie ein, gnädige Frau. Ich werde Sie sofort anmelden. Die Herrschaften sind gerade zu Tisch.»

Die Dame jedoch schob ihren Lakaien energisch mit dem Handrücken zur Seite und ging entschlossenen Schrittes ins Haus.

«Lass den Schnickschnack, Robert!», herrschte sie den alten Mann an. «Führe mich lieber gleich zu meinem Schwager! Ihm wird schon nicht der Bissen im Hals stecken bleiben, wenn er mich sieht.»

Der Angesprochene starrte die Dame mit weit aufgerissenen Augen an und nickte nur wortlos. Die Gräfin Bahro folgte ihm ins Innere des Hauses. Im düsteren Vorraum war das spärliche Mobiliar nur schemenhaft zu erkennen. Nachdem sie zwei weitere dunkle Räume durchquert hatten, hielten sie vor einer Tür, durch die ein schmaler Lichtstreif fiel. Robert klopfte kurz und öffnete dann.

Die Gräfin Bahro drängte sich an ihm vorbei in eine Stube, die in schummriges Licht getaucht war. Die kleinen Fenster ließen kaum Helligkeit herein, und an dem Leuchter, der von der Decke hing, waren nur einige wenige Kerzen angezündet.

In der Mitte des Raumes stand ein langer Tisch, an dem fünf Personen über ein kärgliches Mahl gebeugt saßen. Als die Gräfin eintrat, hoben sie die Köpfe und starrten sie an, als sei ihnen ein Geist erschienen. Die zwei Frauen der Runde ließen ihre Löffel fallen und sprangen wie vom Blitz getroffen auf.

«Frau Gräfin!», rief die eine, deren Hohlwangigkeit ihr im flackernden Kerzenschein etwas Vogelscheuchenartiges verlieh. «Warum haben Sie Ihr Kommen nicht angekündigt? Der Herr Baron hätte Sie gebührend empfangen können!»

«Sparen Sie sich Ihre Albernheiten, Frau von Herben!», erwiderte die Gräfin Bahro und wandte sich an einen ausgemergelten Greis, der am Kopfende der Tafel thronte. «Guten Abend, lieber Schwager!»

Der Alte erhob sich unter einiger Anstrengung. «Liebste Charlotte!», sagte er mit bebender Stimme. «Was für eine Überraschung! Setzen Sie sich doch zu uns! Robert, bring ein Gedeck für die Gräfin!»

«Das ist nicht nötig, Robert, ich habe schon gespeist!», sagte die Gräfin Bahro mit einem Seitenblick auf die dünne Suppe. Dann wandte sie sich wieder dem alten Baron zu. «Ich hoffe, mein Besuch kommt nicht allzu ungelegen, werter Georg. Ich bin jedoch in einer Angelegenheit hier, die keinen Aufschub duldet. Deshalb war es mir auch nicht möglich, mein Kommen vorher anzukündigen.»

Der Baron trat mühsam hinter dem Tisch hervor und schlurfte auf die Gräfin zu. Er reichte ihr gerade bis zur Schulter, und sein viel zu weiter Rock schlotterte um den mageren Körper.

«Da bin ich aber gespannt», krächzte er, «was Sie nach so vielen Jahren veranlasst, sich unserer zu erinnern.»

«Ich auch!», ertönte eine spöttische Stimme. Sie gehörte einem jungen Mann, der mit ausgestreckten Beinen auf seinem Stuhl lümmelte und der Gräfin einen herausfordernden Blick zuwarf. «Als wir uns vor fünf Jahren zum letzten Mal sahen, haben Sie, wenn ich mich recht entsinne, geschworen, nie wieder einen Fuß in dieses Haus zu setzen.»

Die Gräfin Bahro musterte abfällig das hübsche, aber etwas welke Gesicht des jungen Mannes. «Nun, wenn ich Sie so anschaue, mein lieber Alexander, muss ich feststellen, dass sich hier nicht allzu viel verändert hat. Sie scheinen es jedenfalls immer noch nicht zu etwas gebracht zu haben.»

«Und was kümmert Sie das ausgerechnet jetzt, nach so vielen Jahren?»

«Was *Sie* tun, interessiert mich nicht im Geringsten! Wenn Sie Ihr Leben vergeuden wollen, dann ist das Ihre Sache. Meine arme Schwester, Gott hab sie selig, hat lange genug darunter gelitten, dass ihr Sohn nichts anderes kennt als Müßiggang, Trinkgelage und Weibergeschichten.»

«Können wir Ihnen nicht wenigstens eine Erfrischung anbieten, Madame?», fragte die andere anwesende Dame mit sanfter Stimme.

«Ich glaube kaum, Frau von Engelen, dass die Gräfin Bahro unsere Gastfreundschaft mehr als nötig beanspruchen möchte», stichelte Alexander weiter, und seine Augen funkelten spöttisch. «Man kann versichert sein, dass meine Tante nicht von dem dringenden Wunsch beseelt ist, uns zu sehen. Sie wird einen triftigen Grund haben, dieses Haus zu betreten. Allerdings geht es dabei gewiss – wie schon seit jeher – nur um ihre eigenen Interessen.»

«Unterstellen Sie der Frau Gräfin doch nicht gleich so böse Absichten», wies Frau von Engelen den jungen Mann zurecht.

«Lass es gut sein, mein Sohn», meinte auch der alte Baron und legte seine knöchrige Hand auf den Arm der Gräfin. «Wir wollen die alten Geschichten nicht wieder aufwärmen. Verraten Sie uns lieber, was Sie zu uns führt.» Müde trottete er zu seinem Platz zurück.

Die gebieterischen Augen der Gräfin Bahro wanderten über den Tisch. «Warum ist Sophie nicht hier?»

«Die gnädige Frau ist oben in ihrem Schlafgemach», antwortete Frau von Engelen. «Sie verlässt kaum noch ihr Zimmer. Der Arzt sagt, dass sie abgesehen von ihrer körperlichen Schwäche zudem von einer schweren Melancholie befallen ist. Zuletzt gab es nichts mehr, was sie aufheitern konnte.»

Die Gräfin Bahro lauschte dem Bericht mit regungslosem Gesicht. «Ich hatte keine Ahnung, dass es so schlecht um Sophie steht. Freilich hat es mich gewundert, dass sie in letzter Zeit nicht mehr geschrieben hat. Meinen Sie, dass sie in der Lage ist, mit mir zu reden? Ich muss etwas Wichtiges mit ihr besprechen.»

«Auf keinen Fall!», rief Frau von Herben mit schriller Stimme. «Der Arzt sagt, man darf sie nicht unnötig belasten.»

«Sind Sie auch dieser Meinung, Frau von Engelen?»

Die Angesprochene nickte. «Ich muss Frau von Herben recht geben. Frau Sophie ist nicht in der Verfassung, Entscheidungen zu treffen. Sie unterliegt heftigen Stimmungsschwankungen und redet manchmal tagelang kein Wort.»

«Ja, ja», meckerte der alte Baron und streckte anklagend seinen Zeigefinger in die Luft, «hören Sie nur genau zu, Charlotte, mit was für Sorgen Sie mich hier alleine zurückgelassen haben! Mir bricht es das Herz, wenn ich sehe, was aus meiner Tochter geworden ist.»

Die Gräfin drehte sich mit wütendem Gesicht zu ihm um. «Ihnen bricht das Herz – dass ich nicht lache! Wieso haben Sie Sophie nicht schon längst nach Schloss Allenhofen gebracht? In der Luft des Odenwalds würde sie viel eher gesund werden als hier in der Stadt!»

«Als ob das so einfach wäre! Wer hat denn die Leitung von Allenhofen meinem Sohn Georg übertragen? Das waren Sie, Madame! Und das, obwohl Sie genau wussten, wie Georg ist: herzlos und nur auf seinen Vorteil bedacht. Möchten Sie hören, was Georg mir geantwortet hat, als ich ihn bat, seine Schwester zu sich zu nehmen? Nun, er und seine werte Gattin wollten sich nicht mit einer Kranken und ihrer Tochter belasten.» Der Baron beugte sich über den Tisch und sah mit hämischer Miene zur Gräfin empor. «Im Vertrauen gesagt, glaube ich aber eher, dass sie Angst davor hatten, noch zwei zusätzliche Mäuler stopfen zu müssen. Georg scheint seine Schwierigkeiten mit der Bewirtschaftung von Allenhofen zu haben.»

Die Gräfin stieß ein bitteres Lachen aus. «Das ist aber noch gelinde ausgedrückt, mein Lieber! Wollen Sie hören, wie es um Allenhofen steht? Die Berichte des Verwalters waren so beunruhigend, dass mir nichts anderes übrigblieb, als von Hannover hierherzureisen, um mir persönlich ein Bild von der Lage zu machen. Leider wurden meine schlimmsten Befürchtungen noch übertroffen. Georg ist drauf und dran, den Besitz zu ruinieren. Aber was kann man auch von einem Mann, der unter Ihren Fittichen aufgewachsen ist, erwarten!»

Alexander legte seine Unterarme auf den Tisch. «Tja, beste Tante, und jetzt kommt zu all den missratenen Mitgliedern dieser nichtsnutzigen Sippschaft auch noch eine Geisteskranke dazu.»

Während der alte Baron wie unter einem Peitschenhieb zusammenzuckte, wechselten die beiden Frauen einen kurzen Blick. Der junge Mann hingegen lehnte sich genüsslich zurück und verschränkte die Arme vor der Brust.

«Seien Sie endlich still, Onkel!», ertönte in diesem Augenblick eine helle Mädchenstimme. «Sie sind wie immer unerträglich!»

Die Aufmerksamkeit aller Anwesenden richtete sich auf das Mädchen, das am anderen Ende des Tisches im Schatten saß.

Die angespannten Züge der Gräfin Bahro glätteten sich, und auf ihren Lippen erschien ein versöhnliches Lächeln.

«Gott sei gelobt, mein Kind, dass ich dich so wiederfinde, wie du dich zu entwickeln versprachst, als ich vor fünf Jahren dieses Haus verließ.»

Die Angesprochene, ein etwa vierzehnjähriges Mädchen, sah die Gräfin mit klarem Blick an. «Ich bin froh, liebe Großtante, dass wenigstens ich Gnade vor Ihren Augen finde.»

Das Lächeln der Gräfin erstarb. «Herr im Himmel! Man kann nur hoffen, mein Fräulein, dass du dir nicht schon den Zynismus angeeignet hast, der in diesem Hause leider üblich ist. Das stünde dir schlecht zu Gesicht in deinen jungen Jahren.»

«Unsere Paulina ist ein reizendes Ding geworden, nicht wahr?», plapperte der Baron dazwischen.

«Besonders reizend ist ihr lockeres Mundwerk», fügte Alexander hinzu.

«Komm doch bitte einmal zu mir, Paulina», bat die Gräfin Bahro.

Paulina trat ohne Scheu vor die gestrenge Großtante.

Frau von Bahro betrachtete das Mädchen mit prüfendem Blick. «Ich muss sagen, du hast dich zu einer ansehnlichen jungen Frau entwickelt. In deinen Adern muss ein wenig vom Blut der toskanischen Vorfahren deines Vaters fließen.»

«Damit kann man vielleicht auch Paulinas vorlautes Wesen erklären», mischte sich Frau von Herben ein. «Lassen Sie sich nicht von ihrer scheinheiligen Art täuschen, Frau Gräfin. Die junge Dame ist störrisch und ungehorsam. Wir haben unsere liebe Mühe mit ihr.»

«Sie sind eine Intrigantin, meine Liebe!», wies die Gräfin sie zurecht. «Vergessen Sie nicht, dass Sie hier das Amt einer Hausdame innehaben, wohingegen die Erziehung des Mädchens in der Hand von Frau von Engelen liegt. Ich würde mir außerdem gern selbst ein Urteil über Paulina bilden, denn ihretwegen bin ich hier.»

Das junge Mädchen hielt dem inquisitorischen Blick der Gräfin unbeirrt stand. «Darf ich fragen, was ich mir darunter vorzustellen habe?»

Die Gräfin Bahro zog die Augenbrauen hoch. «Ich stelle fest, mein Fräulein, dass es dir nicht an Schlagfertigkeit mangelt. Deiner Mutter bist du jedenfalls nicht sehr ähnlich. Aber um ehrlich zu sein, ist das nicht unbedingt ein Nachteil. Es besteht Anlass zu der Hoffnung, dass du besser mit den Widrigkeiten des Lebens umzugehen weißt.»

«Das habe ich durchaus vor, Großtante», antwortete das junge Mädchen.

«Wenn Sie mir eine Bemerkung erlauben, Gräfin», meinte Frau von Engelen, «es gehört zu meinen wichtigsten Erziehungsgrundsätzen, die besonderen Eigenarten einer Persönlichkeit nicht zu unterdrücken, sondern sie im Gegenteil zu fördern. Ich bin überzeugt davon, dass ein offener, starker Charakter besser auf die Wechselfälle des Lebens vorbereitet ist als ein linkisches, kriecherisches Wesen.»

«Reden Sie keinen Unsinn, Frau von Engelen! Was hat ein vorlautes Wesen mit Erziehung zu tun? Allerdings überraschen mich Ihre Ansichten nicht allzu sehr. Immerhin sind Sie mir seinerzeit von Prinzessin Marie empfohlen worden. Ich kann mich erinnern, dass Ihre Hoheit bisweilen ähnliche Gedanken äußerte. Gleichwohl stehe ich auf dem Standpunkt, dass für ein adeliges Fräulein gute Manieren und standesgemäßes Benehmen von äußerster Wichtigkeit sind. Ich hoffe für Sie, Frau von Engelen, dass Sie diesem nicht ganz unerheblichen Teil der Erziehung genügend Beachtung geschenkt haben.»

«Das habe ich, dessen können Sie versichert sein.»

«Ist Paulina der französischen Sprache mächtig?»

«Selbstverständlich.»

«Nun gut. Es ist nicht so, dass mir Paulinas Art missfällt … Aber kommen wir zur Sache! Da die Mutter des Kindes nicht befragt werden kann, muss ich die Angelegenheit gleich hier zur Sprache bringen. Ich bin morgen bei Ihrer Hoheit Prinzessin Marie zu einem kleinen Empfang geladen. Meine gute Frau von Rilken ist plötzlich unpässlich, und ich brauche dringend eine Ehrendame, die sie ersetzt. Kurz: Ich habe an Paulina gedacht.»

Diese Ankündigung rief allgemeines Erstaunen hervor.

«Was für eine wunderbare Gelegenheit für Paulina!», rief Frau von Engelen aus.

«Überlegen Sie gut, was Sie tun!», warnte Frau von Herben. «Dieses ungezogene Mädchen wird Sie unsäglich blamieren.»

Alexander von Dornfeld lachte amüsiert auf. «Da muss ich unserer guten Frau von Herben ausnahmsweise einmal recht geben. Zur demütigen Hofdame ist Paulina nicht gerade geboren.»

Paulina hörte sich die Kommentare der anderen schweigend an, bevor sie sich mit klarer Stimme zu Wort meldete. «Gestatten Sie mir eine Frage, Großtante. Wie kommt es, dass Sie ausgerechnet mich zur Ehrendame wählen? Es dürfte doch in Darmstadt genug adelige Töchter geben, die sich besser eignen als ich.»

Die Gräfin schluckte verblüfft. «Es ist wirklich erstaunlich, zu welchen Gedanken das Kind fähig ist!»

«Ich kann es meiner Nichte gerne erklären, wenn Sie erlauben!», sagte Alexander und wandte sich an das junge Mädchen. «Frau von Bahro lebt gewöhnlich am kurfürstlichen Hof in Hannover, wie dir vielleicht bekannt ist. Sie ist die angesehene Witwe eines Ministers. Von ihrem Aufenthalt in Darmstadt hätten wir wahrscheinlich nie erfahren, wenn nicht zufällig ihre Dame krank geworden wäre. Was glaubst du, warum sie uns die Ehre ihres Besuches macht? Meine liebe Tante wird schlichtweg keine andere Dame gefunden haben. Oder sagen wir es so: Sie muss wirklich in arger Verlegenheit sein!»

Das wütende Schweigen der Gräfin verriet, dass der junge Mann mit seiner Behauptung ins Schwarze getroffen hatte.

«Wenn das wahr ist», sagte der alte Baron, «dann wird die Gräfin Bahro weitersuchen müssen! Ich erlaube nicht, dass ein Mitglied dieser Familie unter derart würdelosen Umständen an den Hof zurückkehrt!»

Die Gräfin hatte ihre Haltung wiedergewonnen. «Sie sind ein Narr, Georg! Anstatt solchen Unsinn zu reden, sollten Sie mir auf Knien danken! Ich brauche Ihnen sicher nicht zu sagen, dass ich die Einzige bin, die Paulina die Einführung bei Hof ermöglichen kann. Sie selbst befinden sich seit jenem unglückseligen Vorfall in Ungnade, und daran hat sich, soviel ich weiß, nichts geändert. Und was ist mit dem Rest der Familie? Ihr ältester Sohn haust wie ein Bauer auf dem heruntergewirtschafteten Familiensitz, der andere führt das Lotterleben eines Taugenichts – und von Ihrer Tochter, die als Schauspielerin durch die Lande tingelt, will ich lieber nicht reden.»

Die Augen des Barons weiteten sich in blankem Entsetzen. Sein Atem ging plötzlich schwer. «Warum tun Sie mir das an? Beschimpfen Sie mich meinetwegen, so viel Sie wollen! Aber sprechen Sie nicht von Anna! Nie mehr sollte ihr Name in diesem Hause genannt werden! Meine Tochter – eine Schauspielerin! Was für eine Schande! Wie gut, dass meine selige Luise das nicht mehr miterleben musste.»

«Es steht Ihnen schlecht an, von Schande zu reden, lieber Schwager. Die Schande, die meine Schwester Luise durch Sie erfahren musste, war weitaus größer.»

Der Alte sprang von seinem Stuhl auf und musste sich auf dem Tisch abstützen, um nicht das Gleichgewicht zu verlieren. Seine Miene war zornerfüllt.

«Fangen Sie nicht wieder damit an! Es ist genug! Gehen Sie! Verlassen Sie sofort mein Haus! Beim letzten Mal waren Sie es, die gegangen ist, doch diesmal bin ich es, der Ihnen befiehlt zu gehen!» Er bäumte sich mit letzter Kraft auf. «Hinaus!», schrie er mit brechender Stimme und deutete auf die Tür. «Hinaus!»

Frau von Herben stürzte mit sorgenvoller Miene auf den Baron zu. Auch die Erzieherin eilte dem Alten zu Hilfe, als er keuchend in seinen Stuhl zurückfiel.

Alexander von Dornfeld hingegen saß ungerührt da und rieb sich die Hände. «Jetzt wird es amüsant. So gut habe ich mich in diesen tristen Mauern schon lange nicht mehr unterhalten.»

Die Gräfin warf ihm einen vernichtenden Blick zu. «Sie würden selbst Ihre Seele verkaufen, um ein wenig Spaß zu haben, nicht wahr? Es war ein großer Fehler von mir, hierherzukommen. Dabei war ich nur um das Wohlergehen dieses unschuldigen Mädchens besorgt. Und wie ich sehe, hatte ich allen Grund dazu. Der verderbliche Einfluss dieses Hauses hat schon in beängstigendem Maße auf Paulina abgefärbt. Doch glauben Sie nicht, ich würde vor Ihnen allen zu Kreuze kriechen! Keine Bange – dies war endgültig das letzte Mal, dass ich mich in die Angelegenheiten dieser Familie gemischt habe!»

Sie wollte eben durch die Tür rauschen, als eine schmale Hand ihren Arm ergriff.

«Warten Sie, Madame!», sagte Paulina. «Warten Sie! Ich bin einverstanden.»

Frau von Bahro starrte das junge Mädchen entgeistert an. «Wie bitte?»

«Ich bin einverstanden», wiederholte Paulina mit ruhiger Stimme. «Ich werde Sie zu dem Empfang begleiten.»

«Was reden Sie da, Fräulein Paulina?», kreischte Frau von Herben. «Seit wann steht es Ihnen zu, eigenmächtig derartige Entscheidungen zu treffen?»

Frau von Bahro musterte das junge Mädchen erneut von oben bis unten. «Ist dir bewusst, dass du dich damit über den Willen deines Großvaters hinwegsetzt?», fragte sie schließlich streng.

Paulina reckte trotzig das Kinn vor. «Da es um mich geht und meine Mutter nicht für mich sprechen kann, ist allein meine Zustimmung wichtig. Und ich habe mich in diesem Moment entschieden.»

Die Gräfin Bahro lauschte mit Erstaunen dem Einwand des jungen Mädchens. Dann breitete sich ein triumphierendes Lächeln auf ihrem Gesicht aus. «Du gefällst mir, mein Kind. Du gefällst mir wirklich. Endlich jemand in dieser Familie, der seiner ritterlichen Ahnen würdig ist. Ich werde dich morgen abholen lassen. Wie du es anstellst, dass du mich begleiten kannst, ist deine Sache. Ich bin jedenfalls einverstanden. Du wirst meine Ehrendame sein.»

Kapitel 2

Die Nacht war frostig gewesen, und feuchter Nebel hing zwischen den Häusern. Es hatte noch nicht zu tagen begonnen, als Paulina und die alte Magd Rosa durch die Straßen Darmstadts hasteten. Trotz der Kälte war der Boden matschig, und die beiden Frauen mussten sich immer wieder aneinander festhalten, um nicht auszurutschen.

«Wenn Ihr Großvater nur nichts von unserem Ausflug erfährt!», jammerte Rosa zum wiederholten Male. «Ich hätte mich niemals auf dieses Unterfangen einlassen dürfen!»

«Sei still!», herrschte Paulina sie mit gedämpfter Stimme an. «Seit wir das Haus verlassen haben, muss ich mir dein Gezeter anhören. Denk an unsere Abmachung: Du begleitest mich, und ich vergesse dafür, was ich gesehen habe. Oder willst du, dass ich Frau von Herben oder gar meinem Großvater erzähle, was hinter ihrem Rücken im Haus passiert? Sie wären sicher nicht erfreut, wenn sie erführen, dass du die Kinder deiner Tochter heimlich zum Essen in unsere Küche führst. Und das, wo wir selbst kaum genug haben. Was meinst du – würden sie dich sofort auf die Straße setzen oder nicht?»

Die Alte brummte etwas Unverständliches und ging mit mürrischer Miene weiter.

«Es ist ja nicht so, dass die Kleinen mir nicht leidtun», fuhr Paulina etwas versöhnlicher fort. «Ich weiß, dass deine Tochter in großer Armut lebt. Von mir aus können die Kinder weiter zu uns kommen. Aber ich wünsche, dass du mir dafür eine kleine Gefälligkeit erweist. Alleine hätte ich nicht gehen können.»

«Wohin wollen wir überhaupt?», fragte Rosa. «Wenigstens das hätten Sie mir verraten können. Sind Sie sicher, dass wir auf dem richtigen Weg sind?»

Paulina war alles andere als sicher. Ihre Spaziergänge mit Frau von Engelen hatten sie nie in diese Gegend von Darmstadt geführt. Gegen die armseligen Häuser hier war das verfallene Palais der Dornfelds ein geradezu fürstliches Domizil.

Am Abend zuvor, kurz nachdem die Gräfin Bahro gegangen war, hatte Robert ein völlig verängstigtes Mädchen zu Paulina geführt, das Frau Sophie zu sprechen wünschte. Die junge Baroness glaubte zunächst, man erlaube sich einen üblen Scherz mit ihr. Als Paulina dann die erschütternde Nachricht der Kleinen hörte, sagte sie ihr zu, am nächsten Morgen vor Tagesanbruch zu dem von ihr beschriebenen Ort zu kommen.

«Natürlich sind wir auf dem richtigen Weg», antwortete Paulina bestimmt und fasste ihren Korb fester, denn er begann ihr langsam schwer zu werden. «Wenn wir uns beeilen, sind wir bis zum Morgengrauen zurück. Niemand wird unsere Abwesenheit bemerken.»

«Ich hoffe, dass Sie recht behalten, gnädiges Fräulein. Diese Sache ist mir nicht geheuer. Es gehört sich nicht, dass eine junge Dame frühmorgens alleine durch die Straßen zieht.»

«Pah!», stieß Paulina aus. «Manchmal muss man eben vergessen, dass man eine junge Dame ist.» Fieberhaft versuchte sie, sich an die Worte des Mädchens zu erinnern. Am Stadttor vorbei, die dritte Gasse rechts, dann links und noch einmal rechts – die engen, dunklen Straßen sahen fast alle gleich aus. Zudem konnte man in dem milchigen Dunst kaum die Hand vor Augen erkennen.

«Da vorne ist jemand!», flüsterte die alte Rosa aufgeregt und deutete auf ein schwaches Licht in den trüben Schwaden. «Was machen wir, wenn es ein Gauner ist?»

Paulina versuchte, ihre aufkeimende Angst zu unterdrücken. «Wo soll der denn herkommen? Die Stadttore sind noch zu, und niemand hält sich bei der Kälte freiwillig im Freien auf.» Beherzt ging sie weiter auf das Licht zu, und im Nebel zeichneten sich die Umrisse einer kleinen, schmalen Gestalt ab. Paulina atmete erleichtert auf.

«Mit diesem Gauner würden selbst wir fertig werden», raunte sie Rosa zu. «Es ist das Mädchen. Offenbar hat es auf uns gewartet.»

Die Person zitterte am ganzen Körper. Ihr verschrecktes Gesicht versank fast in der riesigen Kapuze eines Umhangs, und ihre bangen Augen waren auf die beiden Frauen gerichtet. Als das Mädchen Paulina erkannte, entspannten sich seine Züge.

«Gott sei gelobt – Sie sind es! Ich hatte Sorge, Sie könnten in diesem Nebel das Haus nicht finden, und deshalb bin ich vor die Tür gegangen, um auf Sie zu warten.»

«Hast du inzwischen einen Arzt geholt?», fragte Paulina.

«Meine Mutter hat die Hebamme rufen lassen, das erschien ihr in diesem Falle ratsamer.»

«Die Hebamme? Was redest du da?»

Das Mädchen blickte Paulina verständnislos an. «Kommen Sie! Mir scheint, Sie wissen überhaupt nicht, was geschehen ist.»

Paulina und Rosa folgten dem Mädchen ins Innere des Hauses. Sie durchquerten einen dunklen Vorraum und kamen in eine saubere, aufgeräumte Küche. Der Geruch von Kohlsuppe schlug ihnen entgegen. Im Herd prasselte ein Feuer, über dem ein dampfender Topf hing. In der Mitte des Raumes stand ein klobiger Holztisch, um den sich auf zwei Bänken eine Schar Kinder verteilte. Auf einem Schemel vor dem Feuer saß eine dicke Frau mit einer Schüssel auf den Knien und knetete Teig. Sie sah den Besucherinnen aus müden Augen entgegen.

«Mutter», sagte das Mädchen, «hier sind die zwei Frauen, die zur Anna gehören.»

«Na endlich!», antwortete die Angesprochene mürrisch. «Viel scheint euch an eurer Verwandten ja nicht zu liegen, wenn ihr jetzt erst kommt. Und wenn sie heute Nacht gestorben wäre?»

Paulina sah die Frau eindringlich an. «Stimmt es, dass Anna von Dornfeld bei Ihnen ist?»

Rosa stieß einen unterdrückten Schrei aus.

Die dicke Frau lachte höhnisch auf. «Anna von Dornfeld? Wer soll das denn sein? Bei uns gibt es keine von Dornfelds. Sieht es hier so aus, als würde ich Adelige beherbergen? Falls du von unserer Anna sprichst – die ist weiß Gott weit entfernt davon! Sie ist eine kleine Herumtreiberin, die ich nur meinem Bruder zuliebe aufgenommen habe. Leider hatte der Dummkopf mir nicht gesagt, dass sie in anderen Umständen war. Aber eines sage ich euch: Das Balg kann hier nicht bleiben, das müsst ihr schon mitnehmen!»

Während die Frau sprach, musterte sie Paulina von oben bis unten. «So wie du gekleidet bist, kommst du auch nicht gerade aus einem vornehmen Haus. Was redest du also von Adel?»

«Ich möchte Anna sofort sehen!», verlangte Paulina. «Wo ist sie?»

Die Frau stellte die Schüssel auf den Boden und stand auf. «Mach dir keine großen Hoffnungen!», sagte sie ohne eine Spur von Mitgefühl. «Sie liegt im Sterben.» Träge schlurfte sie zu einer

Tür im hinteren Teil der Küche und öffnete sie. Dahinter lag ein fensterloser Verschlag, in dem sich allerlei Gerümpel bis zur Decke türmte. Dazwischen befand sich eine niedrige Bettstatt aus Leinensäcken. Unter groben Decken vergraben lag eine Frau mit totenbleichem Gesicht. Feuchte Haarsträhnen klebten auf ihrer Stirn, die Augen waren geschlossen.

Neben dem Lager hockte eine ältere Frau, die dabei war, einen Sud anzurühren, aus dem die Dämpfe von Kräutern emporstiegen. Hinter ihr stand ein Weidenkorb, in dem das Köpfchen eines friedlich schlafenden Neugeborenen zu erkennen war.

«Lebt sie noch?», fragte die dicke Frau.

Die Alte in der Kammer hob verärgert den Kopf. «Wo denkst du hin, Mutter Rosiger? Von Sterben kann keine Rede sein. Wer bei mir niederkommt, stirbt nicht im Kindbett, das müsstest du doch wissen!»

«Lass es gut sein, Traude», sagte die Rosiger. «Ich weiß, dass du dein Handwerk verstehst. Doch als die Anna gestern anfing zu glühen wie ein Feuerstein und dann nur noch wirres Zeug geredet hat, da dachte ich, jetzt geht es zu Ende mit ihr.»

Paulina drückte die Rosiger unsanft zur Seite und hockte sich neben die Hebamme auf den Boden. Es war einige Zeit her, dass sie Anna zum letzten Mal gesehen hatte, und dadurch fiel es ihr schwer, in diesem kläglichen Geschöpf ihre strahlend schöne Tante wiederzuerkennen. Doch in diesem Moment öffnete die Kranke die Augen, ließ ihren flackernden Blick durch den Raum schweifen und sagte kaum hörbar: «Sophie? Bist du endlich da?»

Paulina nahm die schmale Hand, die auf der Decke ruhte. «Ich bin es – Paulina. Mutter konnte nicht kommen, aber sie hat mich statt ihrer geschickt.»

Lächelnd schloss Anna die Augen. «Gott sei gelobt, du bist da. Ich muss nicht sterben, ohne eine vertraute Seele an meiner Seite zu haben.»

«Du wirst nicht sterben!», sagte die Hebamme barsch. «Man

könnte wirklich meinen, du bist eine von diesen vornehmen Frauen, so wie du dich anstellst.»

«Sie ist eine Adelige», erklärte Paulina, «und ich verlange, dass man sie ab sofort als eine solche behandelt.»

Die Hebamme lachte höhnisch auf. «So, so, eine Adelige! Deshalb liegt sie auch hier in der Kammer von der Rosiger, wo ich sie vor ein paar Tagen von einem Bastard entbunden habe. Und du – wer bist du? Etwa die Tochter des Landgrafen?»

«Ich bin Paulina von Gralitz, Annas Nichte», antwortete das junge Mädchen hochnäsig. «Unsere Familie entstammt einem uralten Rittergeschlecht.»

«Allmächtiger!», stöhnte die Rosiger. «Dann stimmt es also wirklich? Als ob ich nicht schon genug Scherereien hätte! Jetzt ist meine Magd auch noch eine Adelige! Nun ja, adelig oder nicht – sie war sich jedenfalls nicht zu schade, sich von meinem Bruder schwängern zu lassen.»

Paulina wandte sich an die Hebamme. «Was fehlt meiner Tante denn nun?»

«Sie hat sich beim Stillen die Brust entzündet», antwortete die Geburtshelferin schon wesentlich freundlicher. «So etwas kommt häufig vor und geht mit hohem Fieber einher. Man hält es oft fälschlicherweise für Kindbettfieber. Sie wird sich aber schnell erholen, wenn sie sich regelmäßig Umschläge macht. Das Fieber ist bereits gesunken.»

«Was ist mit dem Kind?», wollte Paulina wissen.

«Es ist gesund. Allerdings …» Die Hebamme stockte und sah ratlos zur Rosiger.

Paulina erinnerte sich an das, was sie aus den Küchengesprächen der Mägde über Geburten und Hebammen erfahren hatte. «Sie meinen, dass Sie die Unehelichkeit hätten anzeigen müssen?»

Die Hebamme schluckte.

«Nun, es wird seinen Grund haben, dass Sie es nicht taten», fuhr Paulina listig fort.

«Wir haben es nur meinem Bruder zuliebe nicht angezeigt», beeilte sich die Rosiger zu versichern.

Paulina richtete sich auf. «Wenn ich das richtig sehe, kann es nur in unser aller Interesse sein, die Geburt des Kindes weiter zu verheimlichen. Das Kind muss also vorläufig hier bleiben. Außerdem möchte ich, dass meine Tante nach bestem Vermögen gesund gepflegt wird und ein anständiges Bett erhält. In dieser Kammer wird sie sich nur zusätzlich erkälten. Ich habe etwas Essen mitgebracht, das wird ihr guttun. Sie werden dafür Sorge tragen, dass Anna es bekommt – und nur sie! Andernfalls ...»

«Andernfalls?», fragte die Rosiger herausfordernd.

«Andernfalls sehe ich mich gezwungen, Annas Vater, den Baron Dornfeld, von den Vorgängen in diesem Hause in Kenntnis zu setzen.»

«Närrin! Damit liefern Sie Anna gleichfalls der Gerichtsbarkeit aus!», entfuhr es der Hebamme entsetzt.

«Der Baron würde Mittel und Wege finden, seiner Tochter diese Peinlichkeit zu ersparen. Er hat gute Verbindungen zum Hof.» Hoffentlich verzeiht Gott mir diese Lüge, dachte Paulina, aber ich kann die arme Anna nicht ihrem Elend überlassen.

Die Rosiger stemmte die Arme in die Hüften. «Das soll also der Dank dafür sein, dass ich Ihre Tante bei mir aufgenommen habe?»

«Sie haben Anna in dieses Loch hier gesteckt!», erwiderte Paulina ungerührt. «Schlechter kann man nicht einmal ein Tier behandeln. Erwarten Sie dafür noch Dankbarkeit?»

Die Rosiger schnaubte vor Wut.

«Und nun lassen Sie mich mit meiner Tante alleine!», verlangte Paulina. «Ich möchte mit ihr unter vier Augen sprechen.»

Wortlos schlurfte die Rosiger davon.

Die Hebamme stellte ihren Kräutersud ab und erhob sich ächzend. «Wie wird dieses Mädchen erst sein, wenn es zur Frau geworden ist!», murmelte sie dabei vor sich hin. «Gnade denen, die dann mit ihr zu tun bekommen.»

Paulina schloss die Tür hinter den beiden Frauen und ließ sich neben der Bettstatt nieder.

«Anna, hörst du mich?», fragte sie mit sanfter Stimme.

Die Frau auf dem Lager öffnete die Augen und lächelte schwach. «Du bist Sophies Tochter, nicht wahr?», flüsterte sie. «Wie groß du geworden bist! Du siehst Sophie so gar nicht ähnlich. Es ist schön, dass du da bist. Ich dachte, ich müsste sterben, und ich wollte nicht von dieser Welt gehen, ohne noch einmal jemanden von meiner Familie zu sehen.»

Paulina nahm ihre Hand. «Du wirst nicht sterben, Anna. Die Hebamme sagt, dass deine Brust entzündet ist. Wenn du dich gut pflegst, wirst du wieder gesund.»

Anna seufzte und schloss die Augen. «In diesem Haus kann man sich nicht pflegen. Die Rosiger scheucht mich den ganzen Tag umher. Ihr Mann ist Tagelöhner und kommt nur zum Schlafen heim. Acht Kinder haben sie, und oben wohnen noch die kranken Großeltern. Ich durfte mich kaum von der Geburt erholen.»

Paulina betrachtete das bleiche Gesicht ihrer Tante. Nachdem Anna von ihrem Vater des Hauses verwiesen worden war, weil sie sich einer Schauspieltruppe anschließen wollte, hatte sich ihre Schwester Sophie hin und wieder heimlich mit ihr getroffen. Sophie hatte die damals noch kleine Paulina zu diesen Zusammenkünften mitgenommen, um keinen Verdacht zu erregen. Sie hatte dem Kind erzählt, Anna sei eine Freundin von ihr, und erst Jahre später, als Sophie immer verwirrter wurde, hatte sie ihrer Tochter eines Tages gestanden, wer die geheimnisvolle schöne Frau wirklich gewesen war.

«Wie bist du überhaupt zu der Rosiger gekommen?», fragte Paulina.

Es dauerte eine Weile, bis Anna antwortete. Paulina dachte schon, sie sei wieder eingeschlafen, als sie schließlich die Augen öffnete. «Kurt, der Bruder von der Rosiger, ist mein Liebster», sagte sie mit kraftloser Stimme. «Wir gehören beide der Schauspieltruppe von Marianne Böhm an. Als ich schwanger wurde, konnte ich nicht dort bleiben.»

«Dein Liebster ist ein Bürgerlicher? Und verheiratet seid ihr auch nicht?»

«Der Kurt hat schon eine Frau. Aber sie hat ein schlechtes Wesen, und er ist ihr davongelaufen.»

«Mein Gott, Anna, dann lebt ihr ja in doppelter Sünde!»

«Was weißt du schon vom Leben, Mädchen! Nicht alles, was man als Sünde bezeichnet, ist auch wirklich eine solche. Andererseits steckt so viel Sünde hinter der scheinbaren Tugend ...»

«Du philosophierst schon genauso wie Alexander!», meinte Paulina vorwurfsvoll.

Annas Augen blitzten amüsiert auf. «Mein lieber Bruder hat sich also immer noch nicht gebessert. Hat er unseren Vater schon zur Weißglut getrieben?»

Paulina musste an die heftigen Auseinandersetzungen zwischen Alexander und dem alten Baron denken. Doch dann fiel ihr Blick auf den schlafenden Säugling in seinem Weidenkörbchen, und das friedliche Bild verscheuchte sofort ihre trüben Gedanken. «Was ist es denn, ein Junge oder ein Mädchen?»

«Ein kleines Mädchen», antwortete Anna mit einem glücklichen Lächeln. «Ich habe es Sophie getauft, nach deiner Mutter.»

«Was wirst du mit dem Kind machen?»

«Ich weiß es noch nicht. Ich hatte gehofft, dass die große Sophie mir helfen könnte.» Annas Lächeln erstarb. «Was ist mit ihr? Auf keinen meiner Briefe hat sie mehr geantwortet. Seit Jahren habe ich sie nicht gesehen. Warum ist sie nicht mitgekommen?»

Paulina zögerte. Sollte sie Anna von der Krankheit ihrer Mutter erzählen? Würde Anna es ertragen, wenn sie erfuhr, dass das einzige ihr noch wohlgesinnte Mitglied der Familie dabei war, den Verstand zu verlieren?

«Es ist also wahr, was man sich erzählt», sagte Anna traurig. «Ich hatte immer gehofft, dass es nur Geschwätz ist, eine weitere

Verleumdung unserer Familie. Doch je länger ich nichts von Sophie hörte, desto mehr fürchtete ich, dass es die Wahrheit sein könnte. Sag es mir, Paulina, du brauchst mich nicht zu schonen! Ist sie wirklich …?»

Paulina nickte betrübt und senkte den Kopf. «Sie spricht kaum noch und starrt den ganzen Tag nur vor sich hin. Wenn sie etwas sagt, ist es lauter wirres Gefasel. Nicht einmal mich scheint sie mehr zu erkennen.»

«Sie hält es im Haus ihres Vaters nicht mehr aus. Das ist ihre Art, sich davon zu lösen. Sie hat nicht den Mut, alle Brücken hinter sich abzureißen, so wie ich es getan habe. Einmal nur hat sie versucht, auszubrechen. Doch sie ist kläglich gescheitert. Du armes Kind! Was soll nur aus dir werden?»

«Mach dir um mich keine Sorgen!», sagte Paulina schroff.

Anna packte Paulinas Arm, ihr Griff war unerwartet kraftvoll. «Du musst fort aus dem Haus deines Großvaters, hörst du! Ich kann dir nicht sagen, wie du es anstellen sollst, aber du musst fort! Was ist mit deinem Vater? Stehst du mit ihm in Verbindung?»

«Mit meinem Vater?», fragte Paulina verwirrt. «Aber ich kenne ihn nicht einmal! Ich weiß gar nichts über ihn. Niemand hat jemals mit mir über ihn gesprochen.»

«Dann musst du der Gräfin Bahro schreiben, der Schwester deiner Großmutter. Sie hat die Hochzeit zwischen deinen Eltern seinerzeit arrangiert. Die Familie deines Vaters ist von altem Adel und sehr vermögend.»

«Die Gräfin Bahro …», sagte Paulina nachdenklich, «sie war gestern Abend bei uns.»

«Sie war bei euch? Aber mein Vater hat sich doch vor Jahren mit ihr überworfen.»

«Sie braucht eine Ehrendame für einen Empfang bei Ihrer Hoheit Prinzessin Marie. Deshalb ist sie zu uns gekommen.»

«Was für ein Glücksfall!», rief Anna aus. «Solch eine Gelegenheit wirst du kein zweites Mal bekommen. Bitte die Gräfin, dich bei Hof einzuführen, dir vielleicht sogar eine Stellung zu besorgen. Sie ist die Einzige in der Familie, die das vermag. Oder, noch besser, frage sie, ob sie dich mit nach Hannover nimmt. Dort kennt wenigstens niemand unsere Familie.»

«Ist unsere Familie denn so schlecht angesehen?»

Anna richtete sich unter einiger Anstrengung von ihrer Bettstatt auf. «Ich gebe dir einen guten Ratschlag, liebe Nichte. Erwähne den Namen Dornfeld bei Hof nicht. Es ist besser, wenn niemand erfährt, dass du die Enkelin des alten Barons bist.»

«Aber warum? Anna, sag mir, was es damit auf sich hat!»

Ihre Tante ließ sich wieder zurückfallen. «Ich bin furchtbar müde, Paulina. Es ist schön, dass du gekommen bist. Wirst du mich wieder besuchen?»

«Natürlich», versprach Paulina. «Schon allein, um mich zu vergewissern, dass diese schreckliche Frau Rosiger dich anständig behandelt. Jetzt musst du aber erst einmal gesund werden.»

Es klopfte zaghaft an der Tür.

«Gnädiges Fräulein», war Rosas drängende Stimme von draußen zu hören. «Wir müssen uns auf den Heimweg machen! Man wird unsere Abwesenheit sonst bemerken.»

Paulina seufzte. «Rosa hat recht. Großvater ist Frühaufsteher. Er darf nichts von unserem Besuch bei dir erfahren.»

Sie stand auf und öffnete die Tür. Rosa reckte neugierig den Hals. Als sie Anna erkannte, schlug sie die Hand vor den Mund.

«Mein Gott, was ist nur mit dem Fräulein von Dornfeld geschehen!», rief sie entsetzt. «Was für ein Elend!»

Paulina schob die alte Magd zurück in die Küche. «Es ist schon gut, Rosa. Das gnädige Fräulein wird wieder gesund. Wir werden wiederkommen und uns selbst davon überzeugen.»

Die Rosiger, die sich zu ihren Kindern an den Tisch gesetzt hatte, beobachtete missmutig die rührselige Szene. «Das hat mir gerade noch gefehlt, dass jetzt hier alle Tage die feinen Herrschaften antanzen.»

Paulina kniete neben ihrer Tante nieder und streichelte ihre Hand.

«Du wirst ein angemessenes Kleid brauchen», flüsterte Anna. «In höfischer Gesellschaft muss man die richtige Toilette tragen. Ich kenne einen Tuchhändler, der einen reichhaltigen Fundus an ausgedienten Kleidern besitzt. Er versorgt auch unsere Theatertruppe. Hans Brodermann in der Kleinen Bachgasse. Geh zu ihm und sag ihm, dass du von mir kommst.» Der letzte Satz war kaum noch zu verstehen, so schwach war Annas Stimme geworden.

«Sie braucht jetzt dringend Ruhe», mahnte die Hebamme. «Sonst steigt das Fieber wieder.»

«Behüte dich Gott, Anna», sagte Paulina zu ihrer regungslos daliegenden Tante. «Sobald ich kann, sehe ich wieder nach dir.»

Anna antwortete nicht. Nur ungern stand Paulina auf und verließ die ärmliche Kammer. Sie war schon in der Küche, als sie das dringende Bedürfnis verspürte, sich noch einmal zu ihrer Tante umzudrehen. Sie blickte auf das engelsgleiche Gesicht zwischen den groben Kissen und hatte plötzlich die unbestimmte Ahnung, dass eine lange Zeit vergehen sollte, bis sie Anna wiedersehen würde.

Kapitel 3

«Sie werden sehen, mein lieber von Ostry, ich schaffe es noch, Sie für meine Pläne zu gewinnen», sagte einer der beiden vornehm gekleideten Herren, die im hinteren Teil des Raumes an einem Tisch mit Tuchrollen entlanggingen. «Sie und ich vereint, das ergibt eine großartige Gemeinschaft, die viel erreichen kann. Es ist doch naheliegend: Sie haben die fachlichen Kenntnisse, ich habe die notwendigen Verbindungen. Wir sind beide kluge Kaufleute und noch dazu verwandt. Worauf warten wir noch?» Er nahm eine der Tuchrollen auf und strich fast ehrfürchtig darüber. «Sehen Sie sich diesen Stoff an! Er ist phantastisch. Leider ist er nicht von uns. Was bedeutet, die Konkurrenz schläft nicht. Wenn wir auf dem Markt mithalten wollen, müssen wir neue Wege gehen.»

Der andere Herr, etwas kleiner und untersetzter, mit einem schütteren Haarkranz unter der breiten Halbglatze, runzelte die Augenbrauen. «Ich muss gestehen, werter Kronwyler, ich denke mittlerweile selbst über eine Verlagerung meiner Geschäftstätigkeit nach Crefeld nach. Zumal ich meiner lieben Maria damit einen Herzenswunsch erfüllen würde. Sie ist im Pfälzischen nie so recht heimisch geworden.»

Kronwyler, ein stattlicher Mann in den besten Jahren, legte überrascht die Tuchrolle beiseite. «Was für eine erfreuliche Nachricht! Ich müsste fast ein wenig gekränkt sein, weil Sie mich nicht eher in Ihre Pläne eingeweiht haben. Schließlich sind wir seit Wochen gemeinsam unterwegs. Auf der Messe haben Sie nie ein Wort über Ihr Vorhaben verloren.»

«Dafür gibt es eine recht einfache Erklärung. Ich ziehe den Umzug erst seit heute Nacht ernsthaft in Erwägung.»

«Seit heute Nacht? Was hat Ihren plötzlichen Sinneswandel herbeigeführt?»

«Mein Bruder traf gestern von Heidelberg kommend ein», antwortete von Ostry mit ernster Miene. «Wie Sie wissen, pflegen wir regen Kontakt zum französischen Zweig unserer Familie. Nun, wir haben von besorgniserregenden Tendenzen Kenntnis erhalten, die weitreichenden Einfluss auf unsere geschäftliche Tätigkeit nehmen könnten.»

«Sie glauben also, dass es in Frankreich wirklich zum Umbruch kommen wird?»

«Nicht nur das. Ich befürchte, dass sich die aus Frankreich kommenden aufrührerischen Ideen auch auf das restliche Europa ausbreiten werden. Schon jetzt bemerken wir eine gefährliche Unzufriedenheit unter unserer Bauernschaft.»

«Wollen Sie die Maulbeerplantage aufgeben?»

«Mein Bruder sieht ernste Zeiten auf uns zukommen. Er zieht in Erwägung, nach Amerika auszuwandern. Ich glaube nicht, dass es unter den gegebenen Umständen ratsam wäre, den Seidenanbau alleine weiterzubetreiben, und ich denke darüber nach, auf die reine Fabrikation von Seidenprodukten umzustellen. Nun, die Meinung auf der Frankfurter Messe war eindeutig: Das Zentrum der deutschen Seidenindustrie ist Crefeld.»

Kronwyler klopfte seinem Gegenüber auf die Schulter. «Mein lieber von Ostry, ich bin hocherfreut. Sie werden diesen Schritt nicht bereuen, das verspreche ich Ihnen!»

«Davon bin ich überzeugt. Ich habe Sie in all den Jahren, die wir uns kennen, über die Maßen schätzen gelernt, Kronwyler. Und das nicht nur, weil meine Frau Gemahlin mit Ihnen verwandt ist. Ich glaube fest daran, dass unsere geschäftliche Verbindung sehr fruchtbar sein wird. Auch wenn ich gestehen muss, dass ich gewisse Bedenken wegen der Vormachtstellung der von der Leyens hege.»

Kronwyler winkte ab. «Da kann ich Sie beruhigen. Wie Sie wissen, war meine Seidenstrumpffabrik ursprünglich ein Nebenbetrieb der von der Leyens. Mein Vater erhielt die Fabrik seinerzeit als Mitgift, als er eine von der Leyen heiratete. Mein Bruder und ich führen die Produktion heute selbständig und auf eigene Rechnung, im besten Einvernehmen mit der Familie von der Leyen. Man darf ihnen nur nicht ins Gehege kommen, und das habe ich beileibe nicht vor.»

Paulina wurde zunehmend unbehaglich zumute. Ein paar Minuten zuvor hatte sie das Haus des Tuchhändlers Hans Brodermann in der Kleinen Bachgasse betreten, und seitdem lauschte sie unfreiwillig dem zweifelsohne vertraulichen Gespräch. Gerade überlegte sie, ob sie sich durch ein Räuspern bemerkbar machen sollte, als eine Seitentür geöffnet wurde und ein Mann in einem meisterhaft geschneiderten Rock mit schwungvollen Schritten und stolzgeschwellter Brust auf die beiden Herren zustürmte.

«Verzeihen Sie vielmals, dass ich Sie warten ließ, Messieurs!» In einer großartigen Geste breitete er seine Arme aus. «Was verschafft mir die Ehre Ihres geschätzten Besuches?»

Frau von Engelen würde sagen, dass er ein eitler Geck ist, dachte das junge Mädchen.

«Die Ehre ist ganz auf unserer Seite, werter Herr Brodermann», sagte Kronwyler. «Aber wir wollen doch nicht unsere gute Erziehung vergessen! Möchten Sie sich nicht erst der jungen Dame annehmen?»

Galant wies er auf Paulina, die sich plötzlich drei neugierigen Augenpaaren ausgesetzt sah. Während Kronwyler und von Ostry sie jedoch wohlwollend musterten, war Brodermann deutlich anzusehen, dass er nicht erfreut über die unerwartete Störung war.

«Selbstverständlich», sagte er mit heuchlerischem Lächeln. In seinen Augen blitzte es gefährlich. «Was kann ich für Sie tun, Mademoiselle?»

Paulina bereute es plötzlich, den Laden des Tuchhändlers alleine betreten zu haben. Sie hätte Frau von Engelen zwingen sollen, sie zu begleiten, als diese partout nicht mit hineinkommen wollte, aber jetzt war es zu spät. Es war das erste Mal, dass sie bei einem Händler war. Wie sollte sie am geschicktesten auf ihr Anliegen zu sprechen kommen?

«Ich komme auf Empfehlung meiner Tante, Anna von Dornfeld», begann sie schließlich.

Als er den Namen hörte, erstarb Brodermanns aufgesetztes Lächeln. Nervös eilte er auf Paulina zu, nahm ihren Arm und zerrte sie in eine Ecke des Ladens.

«Sprechen Sie ein wenig leiser! Die beiden Herren müssen nicht unbedingt wissen, was Sie zu mir führt. Sie sind zu einem denkbar ungünstigen Zeitpunkt hier. Kommen Sie in einer Stunde wieder, dann stehe ich Ihnen zur Verfügung.»

Paulina räusperte sich verlegen. «Es tut mir leid, Monsieur, aber dann ist es zu spät.»

«Zu spät? Zu spät wofür?»

«Ich benötige ein Kleid für einen wichtigen Empfang. Da dieser Empfang heute Abend ist und ich in zwei Stunden aufbrechen muss, wäre ich Ihnen sehr verbunden, wenn Sie mich gleich bedienen könnten.»

«Hören Sie, meine Liebe, die Zeiten, in denen ich auf Geschäfte mit Personen wie Anna von Dornfeld angewiesen war, gehören glücklicherweise der Vergangenheit an. Entweder Sie verlassen jetzt sofort mein Geschäft und kommen später wieder, oder Sie müssen sich an jemand anderen wenden.»

Paulina fühlte Panik in sich aufsteigen. Am Morgen hatte ein Bote eine Nachricht der Gräfin Bahro gebracht, mit der Anweisung, Paulina solle zu dem Empfang im Schloss eines der alten Kleider ihrer Mutter anziehen. Man erfuhr jedoch von Robert, dass die gesamte festliche Toilette der armen Sophie ins Pfandhaus gebracht worden war, um dringende Schulden zu begleichen.

Paulina schlug in die allgemeine Ratlosigkeit hinein vor, den Tuchhändler in der Kleinen Bachgasse aufzusuchen. Sie brauchte den halben Tag, um den entsetzten Damen eine halbwegs zufriedenstellende Erklärung zu geben, woher sie diesen kannte. Zudem musste sie noch Frau von Engelen überreden, sie zu Brodermann zu begleiten. Und nun, da sie so kurz vor dem Ziel war, sollte alles umsonst gewesen sein?

Paulina beschloss, sich die Gegenwart der beiden Kaufleute zunutze zu machen. Sie nahm all ihren Mut zusammen, deutete auf ihren braunen Wollrock und sagte laut zu dem Tuchhändler: «Möchten Sie etwa, dass ich in diesem Kleid zu einem Empfang bei Ihrer Hoheit Prinzessin Marie gehe und allen Leuten verkünde, dass Hans Brodermann es nicht geschafft hat, meine Toilette rechtzeitig fertigzustellen?»

Brodermann schnaubte vor Wut. «Sie wollen mir doch wohl nicht weismachen, dass *Sie* zu einem Empfang bei der Prinzessin geladen sind?»

«Und doch ist es so. Sicher werden dort auch einige Herrschaften sein, die bei Ihnen schneidern lassen und sehr erstaunt über Ihre Unzuverlässigkeit sein werden.»

Die beiden Kaufleute hatten ihr Gespräch unterbrochen und sahen nun neugierig zu Paulina und Brodermann herüber.

«Also gut», lenkte Brodermann mit einem kurzen Seitenblick auf die Herren ein. «Ich werde sehen, was ich tun kann. Folgen Sie mir!» Er packte Paulina so fest am Arm, dass sie fast aufgeschrien hätte. «Das werden Sie mir teuer bezahlen!», zischte er ihr leise zu.

Paulina erstarrte. Sie hatte damit gerechnet, das Kleid für einen geringen Obolus leihen zu können, und musste sich schnell etwas einfallen lassen. «Was halten Sie davon, Ihre Nachlässigkeit bei der Fertigstellung meines Kleides wiedergutzumachen, indem Sie es mir umsonst überlassen?», fragte sie laut. Und als sie sah, dass Brodermann kurz davor war zu explodieren, fügte sie hinzu: «Da ich weiß, dass das Kleid ein Meisterwerk ist, werde ich auch jedem auf dem Empfang erzählen, von wem ich es habe.»

Kronwyler brach in schallendes Gelächter aus. «Werter Brodermann, Sie haben ja eine ganz außergewöhnliche Kundschaft! Wenn es nicht meine feste Überzeugung wäre, dass eine Frau ins Haus und zu ihren Kindern gehört, würde ich die junge Dame sofort in meine Dienste nehmen. Sie versteht sich wirklich vortrefflich aufs Handeln. Der Gedanke, ein Erzeugnis derart anzupreisen – und noch dazu in höchster Gesellschaft –, ist nicht ganz uninteressant. Dieses Angebot dürfen Sie nicht ablehnen, Brodermann!»

Von Ostry verfolgte die kleine Szene im Gegensatz zu seinem

Partner mit todernster Miene. «In der Tat», sagte er, «die junge Dame verfügt über eine erstaunliche Beharrlichkeit. Sie würde jede Verkaufsverhandlung bereichern. Aber wie Sie schon sagten, Kronwyler, eine Frau hat sich um den Hausstand zu kümmern.»

Kronwyler runzelte die Stirn. «Ich schlage vor, Brodermann, Sie stellen zunächst die junge Dame zufrieden. Tun Sie mir den Gefallen und gewähren ihr, worum sie gebeten hat. Schließlich verarbeiten Sie auch meine Stoffe, und ich hätte nichts dagegen, dass mein Name in der adeligen Gesellschaft von Darmstadt bekannt wird. Wollen wir inzwischen etwas essen gehen, von Ostry? Ich verspüre plötzlich ein enormes Hungergefühl. Sie können uns doch sicher ein gutes Wirtshaus empfehlen, nicht wahr, mein lieber Brodermann?»

Kapitel 4

Paulina richtete sich mit klopfendem Herzen aus ihrem tiefen Knicks auf und sah sich einer eindrucksvollen Dame gegenüber, die sie interessiert betrachtete.

Prinzessin Marie von Hessen-Darmstadt war eine füllige Frau mit Doppelkinn, schelmisch blitzenden Augen und einem warmherzigen Lächeln. Sie wurde vom Volk auch liebevoll Prinzessin George genannt, nach ihrem verstorbenen Mann Prinz Georg, dem Bruder des regierenden Landgrafen Ludwig von Hessen-Darmstadt. Seit dem Tod von Ludwigs Frau, der berühmten Großen Landgräfin, hatte Marie die Repräsentation des Hofes übernommen, da Ludwig es vorzog, bei seiner Garnison in Pirmasens zu residieren.

«Eine nette kleine Person, die Sie da mitgebracht haben,

meine liebe Charlotte», meinte die Prinzessin zur Gräfin Bahro gewandt. «Sehr hübsch, wirklich. Ihre Großnichte, sagen Sie? Von Gralitz ... irgendwoher kenne ich diesen Namen, aber ich kann mich nicht daran erinnern, ihn hier in Darmstadt gehört zu haben.»

«Paulina ist eine Urenkelin des Reichsbarons Bernhard von Gralitz-Boltenhusen», erklärte die Gräfin Bahro schnell. «Alter mecklenburgischer Ritteradel. Das Geschlecht lässt sich bis ins 11. Jahrhundert zurückverfolgen.»

«Wenn das so ist», sagte die Prinzessin, «wünsche ich, dass Ihre Großnichte an meinem Tisch und nicht an dem der Ehrendamen im Nebenzimmer sitzt. Die Nachfahrin eines Ritters, noch dazu aus der Heimat meiner Enkelinnen, wird eine Bereicherung für meine Tafel sein.» Sie drehte sich zu einem Herrn um, der schräg hinter ihr stand. «Graf Gondern, richten Sie es ein, dass Fräulein von Gralitz einen Platz an meiner Tafel erhält!»

Ein erstauntes Raunen ging durch die Gruppe der versammelten Höflinge. Man steckte aufgeregt die Köpfe zusammen, und manch einer runzelte empört die Augenbrauen.

«Wenn Sie mir eine Bemerkung erlauben, Hoheit», sagte die Gräfin Bahro. «Meine Großnichte ist den gesellschaftlichen Umgang nicht gewöhnt.»

Prinzessin George schmunzelte. «Dann wird sie es lernen. Dies ist schließlich kein hochoffizieller Empfang, sondern ein Souper im kleinen Kreis. Hier geht es nicht so förmlich zu wie am kurfürstlichen Hof von Hannover, meine Liebe. Es wird mir eine Ehre sein, die junge Dame an meinem Tisch begrüßen zu dürfen.»

Als sie außer Hörweite der Prinzessin waren, zog die Gräfin Bahro das junge Mädchen in eine Ecke des Salons.

«Sprich nur, wenn du angeredet wirst», flüsterte sie Paulina aufgeregt zu. «Und erwähne um Himmels willen deinen unglückseligen Großvater nicht!»

Paulina nickte verwirrt. Sie verstand nicht, warum ihre Großtante sie erst so angepriesen hatte und nun regelrecht beunruhigt darüber schien, dass sie an den Tisch der Prinzessin gebeten worden war. Hatte es mit den merkwürdigen Gerüchten um ihren Großvater zu tun? Was hatte der alte Baron Dornfeld verbrochen, dass man die Verwandtschaft mit ihm am besten leugnete?

Nun, es wäre Paulina sowieso peinlich gewesen, über ihre armselige Herkunft sprechen zu müssen. «Keine Sorge, Madame», sagte sie also leichthin. «Der Name Dornfeld wird nicht über meine Lippen kommen. Mein Großvater ist wahrlich kein Mensch, dessen Enkelin zu sein man sich rühmen könnte. Das habe ich längst begriffen.»

Während ihre Großtante sie mit weiteren Verhaltensmaßregeln bedachte, fiel Paulinas Blick auf drei junge Mädchen, die im Gefolge der Hausherrin standen. Es musste sich um die Enkelinnen Ihrer Hoheit handeln. Die Mutter der Mädchen war Prinzessin Georges Tochter Friederike, die einen mecklenburgischen Herzog geheiratet hatte. Nachdem Friederike vor ein paar Jahren verstorben war, hatte der Herzog Prinzessin George mit der Erziehung seiner Töchter betraut, und sie waren von Hannover nach Darmstadt gekommen.

Die Älteste der drei war etwa in Paulinas Alter und hatte ein madonnenhaftes Gesicht mit auffallend ernsten, fast mürrischen Zügen. Wenn ein Gast das Wort an sie richtete, begegnete sie ihm mit an Arroganz grenzender Gleichgültigkeit und verzog bei ihren knappen Antworten keine Miene. Die beiden Jüngeren hingegen, zwei bildhübsche Mädchen, konnten kaum still stehen, kicherten in einem fort hinter vorgehaltener Hand und mussten immer wieder zur Vernunft ermahnt werden.

Das Begrüßungsdefilee neigte sich dem Ende zu, und der Oberhofmarschall wies den Gästen ihre Plätze zu. Paulina fand sich weit von ihrer Großtante entfernt wieder, am anderen Ende des langen Tisches, umringt von lauter fremden Menschen mit prächtiger Toilette, kostbarem Schmuck und kunstvollen Perücken.

Wenn sie gedacht hatte, mit dem Kleid des Tuchhändlers Staat machen zu können, dann hatte sie sich gründlich getäuscht. So schön es ihr in Brodermanns Haus noch erschienen war, so bescheiden wirkte es jetzt unter all diesen schillernden Roben.

Paulina stellte aber fest, dass sie nicht die Einzige war, die mit der Toilette der anwesenden Damen nicht mithalten konnte. Ihr schräg gegenüber saßen die drei Enkelinnen der Prinzessin, deren Kleider nicht annähernd so elegant wie die ihrer Gäste waren. Die beiden jüngeren Schwestern schien das wenig zu stören – sie hatten ihre Köpfe zusammengesteckt und tuschelten. Der älteren jedoch stand die Scham ins Gesicht geschrieben.

Paulina sah ihre Umgebung plötzlich mit den Augen der jungen Prinzessin. Sie bemerkte, wie abgenutzt die Einrichtung des Salons auf den zweiten Blick war. Es war ein offenes Geheimnis, dass Prinzessin George ständig Geldsorgen hatte und es ihr an den erforderlichen Mitteln fehlte, das Palais angemessen zu unterhalten. Paulina, mit dem Gefühl von Schande bestens vertraut, konnte nur allzu gut nachvollziehen, wie sehr die kleine Prinzessin unter den abschätzigen Blicken der Gäste litt.

Eine Reihe livrierter Diener trat durch die offenen Türen. Platten mit dampfenden Speisen wurden aufgetragen, und Paulina erinnerte sich beim Geruch der dargebotenen Köstlichkeiten daran, dass sie den ganzen Tag über vor lauter Aufregung nichts gegessen hatte. Um sie herum waren inzwischen lebhafte Unterhaltungen im Gange, in die sich das Klappern von Tellern und Besteck mischte. Voller Vorfreude auf das köstliche Essen ließ sie sich von einem Diener den Teller füllen.

Sie merkte, dass der eine oder andere interessierte Blick sie streifte, und betete insgeheim, dass niemand sie ansprechen würde. Zwischen funkelnden Gläsern und Karaffen hindurch suchte sie die Augen der Gräfin Bahro. Als sie deren mahnenden Gesichtsausdruck sah, senkte sie den Kopf. Gedankenverloren begann sie zu essen.

«Was haben wir denn da für ein hübsches Vögelchen?», ertönte auf einmal eine krächzende Stimme.

Paulina brauchte einige Augenblicke, um zu begreifen, dass mit dem hübschen Vögelchen *sie* gemeint war. Mehrere neugierige Augenpaare waren plötzlich unbarmherzig auf sie gerichtet.

«Wirklich über die Maßen niedlich», stellte ein junger, ausgesprochen schöner Herr fest, der seinen Platz genau gegenüber hatte und sie mit dem Blick eines Raubtiers fixierte.

«Sie hat etwas Südländisches», bemerkte die Dame, die neben ihm saß. Ihr Gesicht wirkte unter der dicken Schicht Schminke maskenhaft. «Und doch könnte sie genauso gut ein Kind des Nordens sein. Diese Kombination findet man selten: dunkles Haar, dunkler Teint und Augen so blau wie das Meer. Sehr exquisit.»

«Wunderhübsch, wie Sie das ausdrücken, meine liebe Gräfin Vorholzen», spöttelte der schöne Mann. «Ich wusste gar nicht, dass Sie literarische Talente besitzen.»

«Sind Sie nicht zusammen mit der Gräfin Bahro gekommen, mein Kind?», fragte unterdessen die krächzende Stimme, die zu einem älteren Herrn mit tief ins Gesicht gegrabenen Furchen gehörte.

Paulina blieb nichts anderes übrig als zu antworten. «Ja, Sie haben recht, mein Herr.»

«Mit der Gräfin Bahro ist sie also hier», wiederholte der schöne junge Mann interessiert. «Dann kommen Sie wohl aus Hannover, Mademoiselle?»

Die drei starrten Paulina erwartungsvoll an. Das junge Mädchen sah hilfesuchend zur Baronin, die sich jedoch in einer angeregten Unterhaltung mit der Prinzessin befand und von den Nöten ihres Schützlings nichts ahnte.

«Äh … nein, ich komme nicht aus Hannover», sagte Paulina schließlich in der naiven Hoffnung, dass die Herrschaften sich mit dieser knappen Auskunft zufriedengeben würden.

«Sie kommt aus Mecklenburg!», mischte sich eine Dame in einem Kleid aus hellblauem Seidenstoff ein. «Frau von Bahro hat es vorhin Ihrer Hoheit erzählt. Das Mädchen entstammt einem uralten Rittergeschlecht und ist außerdem die Großnichte der Gräfin.»

«Die Großnichte der Gräfin …!» Eifriges Getuschel setzte ein.

Paulina wurde es abwechselnd heiß und kalt. Solange man sie für den Sprössling einer mecklenburgischen Ritterfamilie hielt, würde sie hoffentlich nicht mit dem Baron Dornfeld in Zusammenhang gebracht werden.

«Die Gräfin Bahro lebt meines Wissens am kurfürstlichen Hof von Hannover», meinte die Gräfin Vorholzen. «Aber stammt sie nicht ursprünglich aus Darmstadt?»

«Ja, sie ist eine geborene von Allenhofen», antwortete die Dame im hellblauen Kleid mit gesenkter Stimme. «Ihre Schwester Luise war die Unglückliche, die den Baron Dornfeld geheiratet hat, ehemals Oberjägermeister unter unserem seligen Landgrafen Ludwig VIII. Dornfeld stand Seiner Hoheit in dessen Jagdleidenschaft um nichts nach. Außerdem war er ein großer Charmeur, der die Frauen liebte – und zwar nicht nur seine eigene. Luise von Dornfeld soll an gebrochenem Herzen gestorben sein.»

«Sagen Sie, werte Gräfin Rommbart, hat der Baron seine Talente auch bei Ihnen ausprobiert?», fragte der ältere Herr mit einem lüsternen Schimmern in den Augen.

«Wo denken Sie hin, mein guter von Mencken!», rief die Gräfin entrüstet. «Zu seinen besten Zeiten war ich noch ein Kind.»

Von Mencken hob betont zweifelnd die Augenbrauen, worauf die Gräfin Rommbart gekränkt ihren Kopf zur Seite drehte.

«Wirklich eine traurige Geschichte», nahm die Gräfin Vorholzen inzwischen den Faden des Gesprächs wieder auf. «Es gab die wildesten Gerüchte, warum Baron Dornfeld plötzlich des Hofes verwiesen wurde. Die Verbannung hat die Familie tief getroffen, sie lebt seitdem in äußerst bescheidenen Verhältnissen. Der älteste Sohn des Barons hat Schloss Allenhofen übernommen und führt sich dort als großer Herr auf, aber er soll das Gut regelrecht heruntergewirtschaftet haben.»

«Ja, und der zweite Sohn, Alexander, ist ein Taugenichts, der sich jahrelang in der Weltgeschichte herumgetrieben hat», fügte die Gräfin Rommbart hinzu. «Er ist bekannt für seinen etwas – sagen wir – lockeren Lebensstil und verkehrt an den abenteuerlichsten Orten. Am liebsten umgibt er sich mit schlüpfrigen Weibsbildern und zwielichtigen Künstlern.»

«Wie skandalös!», rief von Mencken aus. «Gibt es nicht auch noch eine Tochter, die Theater spielt? Sie soll als Schauspielerin durchs Land ziehen. Wie konnte sie das ihren armen Eltern nur antun!»

Paulina blickte in stummem Entsetzen vom einen zum anderen. Besonders die Gräfin Rommbart schien geradezu versessen darauf zu sein, die anderen Gäste bei der Verkündung sensationeller Neuigkeiten noch zu übertrumpfen. Und mit dem, was sie als Nächstes sagte, gelang ihr das auch tatsächlich.

«Das ist noch nicht alles, was es zu erzählen gibt», berichtete sie und blickte dabei mit verschwörerischer Miene um sich. «Der Baron hat noch eine weitere Tochter. Er versteckt sie aber vor aller Welt, und das hat auch seinen Grund. Sie ist schwermütig und verlässt schon seit Jahren das Haus nicht mehr.»

«Eine Schwermütige?», fragte der schöne junge Herr. «Davon wusste ich gar nichts!»

«Nun, eine Geisteskranke dürfte kaum zu dem Typus Frau gehören, den Sie bevorzugen, Monsieur», meinte die Gräfin Rommbart mit falschem Lächeln.

«Kennen Sie die Geschichte nicht, mein Lieber?», fragte von Mencken. «Die erste Tochter des Barons wurde an einen Freiherrn aus dem Rheinischen verheiratet. Nach ein paar Jahren Ehe kehrte sie plötzlich allein nach Darmstadt in ihr Elternhaus zurück. Bis heute weiß niemand, was ihr geschehen ist.»

«Sie war todkrank, völlig verwahrlost und hatte den Verstand verloren», ergänzte die Gräfin Rommbart die Schilderung mit der Genugtuung derer, denen die Pointe vorbehalten ist.

Fassungslos lauschte Paulina den Worten dieser niederträchtigen Frau. Wie kam sie dazu, vor aller Ohren solche Ungeheuerlichkeiten zu verbreiten? Wer war die Gräfin Rommbart überhaupt? Plötzlich glaubte Paulina sich an den Namen erinnern zu können. Hatte die Köchin nicht erzählt, dass die Gräfin sich gerne mit jugendlichen Liebhabern vergnügte? Die ganze Stadt spreche darüber, hatte die Köchin gesagt, und Graf Rommbart sei schon mehrmals kurz davor gewesen, seine Gattin vom Hof zu entfernen und auf seinen Landsitz zu verbannen.

Das Herz klopfte Paulina bis zum Hals. Musste sie einer solch üblen Verleumdung nicht Einhalt gebieten, noch dazu, wenn es um ihre eigene Mutter ging? Sie holte tief Luft.

«Hoffentlich verlieren Sie bei Ihren jungen Liebhabern nicht auch eines Tages den Verstand, Madame!», sagte sie mit süßlicher Stimme.

Peinliches Schweigen trat ein. Frau von Vorholzen kicherte unterdrückt, verstummte aber augenblicklich, als sie Gräfin Rommbarts wütender Blick traf. Die Spannung war so greifbar, dass es auch die anderen Gäste bemerkten. Sämtliche Gespräche verstummten, alle schauten zu ihnen herüber. Mit einem Mal herrschte eine tödliche Stille.

Das Gesicht der Gräfin Rommbart war leichenblass geworden.

«Was haben Sie nur für eine böse Zunge, mein Fräulein? Es ist ungeheuerlich, was Sie da behaupten, und entspricht in keiner Weise der Wahrheit! Ich verlange, dass Sie sich auf der Stelle bei mir entschuldigen!»

Aller Augen richteten sich auf das junge Mädchen.

Gleich wird man mich hochkant hinauswerfen, dachte Paulina. Sie wagte nicht, zur Gräfin Bahro hinüberzusehen.

«Das will ich gerne tun», antwortete sie dann mit fester

Stimme, «sobald Sie aufhören, die Familie meiner Großtante zu beleidigen.»

Entsetztes Gemurmel brach aus. Die Gräfin Rommbart wurde nun puterrot im Gesicht. «Unverschämtes Ding! Wie können Sie sich nur so benehmen!»

Paulina fühlte leichte Panik in sich aufsteigen. Aber es erschien ihr zu spät, um noch einen Rückzieher zu machen.

«Wie heißt es doch so schön?», sagte sie beherzt und hoffte, dass ihre Stimme nicht allzu sehr zitterte. «Man soll nicht schlecht über andere sprechen, wenn man selbst etwas zu verbergen hat.»

Um die Fassung der Gräfin Rommbart war es daraufhin endgültig geschehen. «Ich habe nichts zu verbergen!», kreischte sie. «Nehmen Sie das sofort zurück!»

«In gewisser Weise muss ich dem jungen Fräulein zustimmen», meinte von Mencken beschwichtigend. «Es ist unschicklich, einen Menschen bloßzustellen, mit dem es das Schicksal so schlecht gemeint hat wie mit der Tochter des Barons Dornfeld.»

Mehrere Gäste nickten zustimmend.

«Nichtsdestotrotz», fuhr von Mencken fort und wandte sich an Paulina, «sollten Sie vorsichtig mit Ihren Behauptungen sein, Mademoiselle! Darf ich fragen, woher Sie Ihre … hm … Kenntnisse über unsere werte Gräfin Rommbart beziehen?»

Paulina schien es an der Zeit, ein wenig Entgegenkommen zu signalisieren.

«Ich habe einem Gespräch unter Dienstboten gelauscht», sagte sie und senkte in gespielter Demut die Augen. «Natürlich weiß ich nicht, ob es wahr ist, was sie redeten …»

«Selbstverständlich ist es nicht wahr!», versicherte die Gräfin Rommbart lauthals und schaute dabei verständnisheischend um sich. «Es ist doch immer dasselbe mit dem Geschwätz der Dienstleute, nicht wahr?»

Verlegen wandten die anderen Gäste sich ab und nahmen ihre verstummten Gespräche wieder auf. Immer wieder trafen verstohlene Seitenblicke die Gräfin Rommbart und das junge Mädchen, und in dem einen oder anderen lag eine gewisse Schadenfreude.

Paulina hätte sich am liebsten in Luft aufgelöst. Gleichzeitig entsetzt über ihren eigenen Mut und verärgert über die gemeinen Worte der Gräfin Rommbart, beugte sie sich über ihren Teller und verspeiste wie in Trance die darauf liegenden Köstlichkeiten, die ihr plötzlich nicht mehr schmecken wollten.

Wie würde es nun weitergehen? Den Zorn der Gräfin Bahro konnte sie sich lebhaft ausmalen. Schließlich hatte sie ihre Großtante soeben bis aufs Blut blamiert.

Als Paulina den Kopf hob, begegnete ihr Blick dem der ältesten mecklenburgischen Prinzessin. Beschämt wollte Paulina sich abwenden, doch dann bemerkte sie, dass in den Augen dieses bisher so unnahbar wirkenden Mädchens ein geradezu leidenschaftliches Funkeln war. Sekundenlang sahen die beiden sich an, und die Lippen der Prinzessin verzogen sich zu einem verschmitzten Lächeln.

Dann neigte sie sich langsam zu dem neben ihr sitzenden Graf Gondern und flüsterte ihm etwas zu. Er runzelte bei den Worten der Prinzessin erstaunt die Augenbrauen.

Nun wird er zu mir kommen und mich auffordern, das Palais sofort zu verlassen, dachte Paulina.

Doch nichts dergleichen geschah. Im Gegenteil – das Essen ging weiter, als hätte es den peinlichen Vorfall nie gegeben.

Irgendwie überstand Paulina die verbleibenden, ihr endlos erscheinenden Minuten des Soupers. Als die Gesellschaft sich von der Tafel erhob, beeilte sie sich, im Strom der Gäste aus dem Salon zu huschen. Sie hatte beschlossen, den allgemeinen Aufruhr zu nutzen, um sich klammheimlich davonzustehlen.

Während sie hastig dem Ausgang zustrebte, spürte sie, wie eine kräftige Hand ihren Arm packte. Sie blieb stehen und drehte sich um. Vor ihr stand Graf Gondern.

«Verzeihen Sie, mein Fräulein, falls ich ein wenig grob war», sagte er. «Aber es machte den Eindruck, als hätten Sie es eilig, und ich befürchtete, dass Sie mir entwischen könnten.»

Paulina starrte ihn überrascht an. «Wären Sie darüber nicht im Gegenteil froh?»

«Was *ich* denke, ist in diesem Fall nicht von Belang. Ich habe Ihnen eine Nachricht der Gräfin Bahro zu überbringen. Die gnädige Frau wurde zu einer vertraulichen Unterredung mit Ihrer Hoheit Prinzessin Marie gebeten. Ihre Großtante lässt Ihnen ausrichten, dass Sie hier auf sie warten möchten.»

«Das werde ich ganz gewiss nicht tun!», entgegnete Paulina schroff. «Keine zehn Pferde werden mich länger in diesem Haus halten.»

«Vielleicht keine zehn Pferde, Mademoiselle, aber dafür werden Sie es mit meiner Wenigkeit aufnehmen müssen! Ich habe Anweisung, so lange auf Sie aufzupassen, bis die Frau Gräfin zurückkehrt.» Den letzten Satz sagte der Graf mit einem Nachdruck, der keinen Zweifel daran ließ, dass er in Ausübung seines Befehls nötigenfalls auch Gewalt anwenden würde.

Paulina blieb nichts anderes übrig, als zusammen mit Graf Gondern auf ihre Großtante zu warten. Sie würde also um eine Standpauke nicht herumkommen. Seufzend ließ sie sich auf einen Stuhl fallen.

Als die Gräfin endlich in heller Aufregung auf sie zustürmte, war Paulina auf das Schlimmste gefasst. Doch der Gesichtsausdruck ihrer Großtante war weniger unheilverkündend, als sie es erwartet hatte.

«Kleine Teufelin!», rief Frau von Bahro. «Du hast mich heute eine Menge Nerven gekostet, mein Kind! Ich komme mir vor, als sei ich um Jahre gealtert. Man stelle sich vor, was geschehen ist! Als ich mich bei meiner alten Freundin Prinzessin George für dein unmögliches Benehmen entschuldigen wollte, hat mir Ihre Hoheit lauter Komplimente über dich gemacht! Sie nannte dich eine erfrischende kleine Person, die der verlogenen Hofgesellschaft endlich einmal den Marsch geblasen habe. Was soll man dazu sagen? Aber das Beste kommt erst noch. Ich weiß ja nicht, was du mit der landgräflichen Familie angestellt hast, aber mir scheint es fast so, als hättest du sie verhext. Therese, die älteste Enkelin der Prinzessin, hat solchen Gefallen an dir gefunden, dass sie dich näher kennenlernen möchte.» In einer theatralischen Geste breitete die Gräfin ihre Arme aus. «Wenn ich es nicht selbst gehört hätte, würde ich es nicht glauben! Prinzessin George hat mir ein Hofamt für dich angeboten. Therese wünscht, dass du ihre Gesellschafterin wirst.»

Kapitel 5

Paulina stand am Fenster der kleinen Kammer und schaute auf die enge Straße hinunter, die sich wie ein düsterer, unheimlicher Schlund zwischen den Häusern hindurchzog. Sie hatte ein wenig frische Luft hereingelassen, um den unangenehmen Geruch nach Krankheit und Elend zu vertreiben, der ihr beim Betreten des Raumes entgegengeschlagen war.

Unten auf der Straße näherte sich eine torkelnde Gestalt. Bei ihrem jammervollen Anblick wusste Paulina sofort, dass es sich nur um ihren Onkel Alexander handeln konnte.

Kurz bevor er das Haus der Dornfelds erreichte, stolperte der junge Mann über einen Stein, und in dem Bemühen, einen Sturz zu verhindern, riss er den Kopf hoch und sah Paulina oben am Fenster stehen. Er schwankte noch ein paarmal hin und her und machte dann eine unbeholfene Verbeugung, die ihn fast das Gleichgewicht verlieren ließ.

«Meinen Glü-Glückwunsch, liebe Nichte! Ist es wahr, was

man sich erzählt? Ich habe zwar geahnt, dass du das Zeug zur Intrigantin hast, aber dass du dich schon jetzt als so geschickt erweist …»

«Sie sind der erbärmlichste Mensch, den ich kenne!», antwortete Paulina in verächtlichem Ton.

Alexander stieß ein hässliches Lachen aus. «Mir scheint, du bist wirklich gut vor-vorbereitet auf deine neuen gesellschaftlichen Verpflichtungen. Ich zweifle nicht daran, dass du äußerst … er-erfolgreich sein wirst. Als ich in deinem Alter war, hatte ich auch das Vergnügen, bei Hof zu verkehren. Es war sehr amüsant, glaub mir!»

Er begann wieder zu schwanken. «Und jetzt entschuldige mich, holdes Fräulein. Ich muss meinen Körper dringend in eine horizontale Po-Position bringen, sonst falle ich auf der Stelle um!»

In den angrenzenden Häusern gingen einige Fenster auf, und kopfschüttelnd sahen die Nachbarn Alexander dabei zu, wie er versuchte, mit seinem Schlüssel das Türschloss zu treffen.

Paulina seufzte und schloss das Fenster. Sie drehte sich zu einem Lehnstuhl um, der zusammen mit einem Alkoven und einem Nachttisch die spärliche Möblierung der Kammer bildete. In eine Decke gehüllt, saß dort eine zerbrechlich wirkende Frau mit durchscheinender Haut, deren knochige Arme auf ihren Beinen ruhten. Sie starrte mit großen, ausdruckslosen Augen ins Leere.

Paulina kniete vor dem Lehnstuhl nieder. Sie nahm die Hand der Frau und streichelte sie sanft.

«Was ist dir passiert, Mutter?», fragte sie mit zärtlicher Stimme. «Was hat dich so erschreckt, dass du das Leben nicht mehr erträgst?»

Die Frau in dem Stuhl saß da wie versteinert. Ihr Gesichtsausdruck wirkte so angestrengt, als lastete eine bleischwere Bürde auf ihr.

«Erinnerst du dich an die Gräfin Bahro?», fuhr Paulina fort. «Du warst ihr doch immer sehr verbunden. Sie war hier im Haus, stell dir vor! Sie kam einfach hereinspaziert, als wir zu Abend aßen. Großvater ist fast der Weinhumpen aus der Hand gefallen. Und weißt du, was? Die Gräfin ist meinetwegen gekommen! Sie wollte mich als Ehrendame haben für einen Empfang im Palais von Prinzessin George. Ich war dort – im Palais. Es war ein wunderschöner Empfang. Die Menschen waren sehr freundlich zu mir. Ich saß am Tisch mit den Prinzessinnen aus Mecklenburg, weißt du, die Kinder der verstorbenen Herzogin. Sie mochten mich sofort, und nun wünschen sie, dass ich ihre Gesellschafterin werde.»

Paulina sah die Frau im Lehnstuhl erwartungsvoll an, doch die Kranke zeigte nicht die geringste Regung.

«Ich werde aus diesem Haus fortgehen, Mutter. Prinzessin George möchte, dass ich in ihrem Palais wohne. Nicht einmal die Tatsache, dass ich die Enkelin des Barons Dornfeld bin, hat sie abgeschreckt. Niemand soll für die Verfehlungen seiner Familie büßen, hat sie gesagt. Noch heute erwartet man mich. Aber keine Sorge, ich werde dich, so oft es möglich ist, besuchen kommen.» Sie beugte sich noch näher zu ihrer Mutter hin. «Weißt du eigentlich, dass ich mein Hofamt der Tatsache verdanke, dass ich dich vor den Verleumdungen der Höflinge verteidigt habe?»

Paulina streichelte weiterhin wie mechanisch die Hand der Kranken. Fieberhaft versuchte sie, in den Zügen ihrer Mutter eine Spur von Anteilnahme zu entdecken. Aber diese geisterhafte Frau mit der starren Maske einer Toten, die irgendwann einmal Sophie von Gralitz gewesen war, wirkte wie lebendig begraben.

Resigniert legte Paulina ihren Kopf auf die Lehne des Stuhls.

Sie hatte drei schreckliche Tage hinter sich. Nachdem die Gräfin Bahro sie nach jenem denkwürdigen Empfang im Palais der Prinzessin George nach Hause gebracht hatte, waren dem jungen Mädchen plötzlich Zweifel an der eigenen Courage gekommen. Gesellschafterin bei Prinzessin Therese – war sie dieser Aufgabe überhaupt gewachsen?

Die Reaktionen zu Hause waren auch nicht gerade dazu angetan gewesen, ihre düstere Stimmung zu vertreiben. Der Baron hatte die Neuigkeit mit versteinertem Gesichtsausdruck zur Kenntnis genommen und sich dann in seinem Zimmer eingeschlossen. Frau von Herben missgönnte Paulina den Erfolg zutiefst. Und Frau von Engelen freute sich zwar für ihren Schützling, aber – und das wurde Paulina erst jetzt bewusst – sie tat das mit einem weinenden Auge: Das Hofamt des jungen Mädchens bedeutete für die Erzieherin das Ende ihrer Dienste bei den Dornfelds.

Drei Tage vergingen ohne Nachricht, weder von der Prinzessin noch von der Gräfin Bahro. Paulina glaubte schon, einem fatalen Irrtum erlegen zu sein, als Robert am Morgen des vierten Tages einen Boten der Prinzessin meldete. Der Mann brachte einen Brief Ihrer Hoheit, in dem sie Paulina aufforderte, am nächsten Tag im Palais vorzusprechen.

Nach anfänglicher Freude überfielen Paulina plötzlich schreckliche Gewissensbisse. Konnte sie ihre kranke Mutter in der vergifteten Atmosphäre des Hauses zurücklassen, der Griesgrämigkeit des alten Barons und den Launen der schrecklichen Frau von Herben ausgeliefert? Paulina verbrachte eine schlaflose Nacht, in deren Verlauf sich ihre Gedanken zu einem bedrohlichen Berg von Zweifeln und Schuldgefühlen auftürmten. Als die Dämmerung endlich den erlösenden Morgen ankündigte, schlich sie sich in das Zimmer ihrer Mutter.

«Ich muss mich von dir losmachen», murmelte Paulina und kämpfte gegen eine plötzlich aufkeimende Wut an. «Ich kann mich nicht an einen Menschen binden, der nicht mehr in dieser Welt leben will. Weißt du eigentlich, was du mir antust? Kannst du mir nicht irgendwie zu verstehen geben, dass du mich gehen lässt?»

Paulina merkte, dass die Hand ihrer Mutter zuckte. Sie hörte ihre eigene Stimme im Raum verhallen. Den letzten Satz hatte sie laut ausgesprochen, ja, sie hatte ihn fast herausgeschrien.

Sie hob den Kopf, voller Hoffnung, dass ihre Mutter aus ihrer Lethargie erwacht wäre. Doch weder in der Haltung noch in den

Gesichtszügen der Kranken war auch nur die kleinste Veränderung zu entdecken.

Brüsk ließ Paulina Sophies Hand los und stand auf. Sie hatte auf einmal das Gefühl zu ersticken, stürzte zum Fenster, riss es auf und atmete gierig die frische, feuchte Herbstluft ein. Minutenlang verharrte sie so, bis sie merkte, dass ihre Anspannung sich langsam löste.

Ein Jüngling kam mit eiligen Schritten und gesenktem Kopf die Gasse entlang. Er trug einen großen Korb, der ihm schwer am Arm hing. Paulina sah, wie er auf das Dornfeld'sche Haus zuging und zaghaft den Türklopfer betätigte. War das nicht der älteste von Rosas Enkelsöhnen, den sie mit Essen für Anna zum Haus der Rosiger geschickt hatten? Sie wollte gerade etwas zu dem Jungen hinunterrufen, als sie Roberts Stimme hörte.

«Was schleppst du den Korb mitsamt seinem Inhalt hierher zurück, Dummkopf! Du solltest das Essen dem gnädigen Fräulein bringen.»

«Das hätte ich gerne getan», antwortete der Junge zerknirscht. «Aber diese schreckliche Frau, in deren Haus das gnädige Fräulein sein soll, hat mich beschimpft und fortgejagt. Sie hat geschrien, das gnädige Fräulein sei mitsamt seinem Balg bei Nacht und Nebel verschwunden. Und das nach allem, was sie für das gnädige Fräulein getan habe. Und meiner Herrschaft solle ich gefälligst ausrichten, dass sie den Namen Dornfeld nie mehr hören will.»

Paulina sah den Jungen in der Tür verschwinden. Sie stand da wie vor den Kopf geschlagen. Anna hatte das Haus der Rosiger verlassen – krank und mit einem wenige Tage alten Säugling? Warum hatte sie eine derartige Dummheit begangen?

Entschlossen drehte Paulina sich um und trat neben ihre Mutter.

«Ich werde fortgehen», sagte sie laut. «Es würde mir leichter fallen, wenn ich wüsste, dass du einverstanden bist.»

Als sie vor dem Lehnstuhl stand, sah sie, dass in die vorher so angespannten Züge ihrer Mutter Friede eingekehrt war. Sophies Blick, der noch immer ins Leere ging, war verschleiert. Eine einzelne Träne rollte langsam ihre Wange hinunter.

Kapitel 6

«Ihre Hoheit wird gleich kommen», sagte der Diener zu Paulina. «Wenn Sie hier bitte so lange warten wollen.»

Als er gegangen war, sah Paulina sich in dem großen, hellen Raum um, in den man sie nach ihrer Ankunft im Palais der Prinzessin George geführt hatte. Hohe Fenster gingen auf den Marktplatz von Darmstadt hinaus. Dort herrschte um diese Zeit ein reges Treiben. Kutschen fuhren vorbei, elegante Herrschaften spazierten über das Pflaster, in angeregte Unterhaltungen vertieft. Paulina stellte sich vor, wie es wäre, jeden Tag dieses wunderbare Bild betrachten zu können. Vielleicht würde sie sogar bald selbst einer dieser sorglosen Menschen sein, die so majestätisch über den Platz flanierten.

Aber was wäre, wenn der Wunsch von Prinzessin Therese nur eine Laune gewesen war?

Paulina wurde nervös und begann, im Zimmer auf und ab zu gehen. Zwischen Vitrinen und Familienporträts entdeckte sie eine Tür, die nur angelehnt war. Sie hatte schon immer Mühe gehabt, ihre Neugierde zu zügeln, und konnte dem Verlangen nicht widerstehen, einen Blick in die dahinterliegenden Räumlichkeiten zu werfen. Vorsichtig spähte sie in ein kleines Durchgangszimmer, an das sich ein weiterer Raum anschloss. Dort brannte im Kamin ein behagliches Feuer. Auf einem Wollteppich lag ein kleines Hündchen, das sich von einer Seite auf die andere rollte. Im Hintergrund war das Klappern von Porzellan zu hören. Paulina wollte sich schon zurückziehen, als sie plötzlich eine weibliche Stimme vernahm.

«Sie überschätzen meine Macht, Madame!» Es war Prinzessin George, die da sprach. «Ich bemühe mich zwar, den Hof von Hessen-Darmstadt so gut wie möglich zu vertreten, aber meine Mittel sind begrenzt. Letztendlich tue ich es für meine Enkelinnen. Ich habe hier schließlich drei junge Damen, die es zu verheiraten gilt, und glauben Sie mir – meine Einkünfte sind bei weitem nicht so üppig wie die Ihrigen.»

«Nun, zumindest eine der Prinzessinnen versteht sich ja ganz vorzüglich darauf, die Aufmerksamkeit der reichsten Fürstenhäuser Europas auf sich zu ziehen», antwortete eine Frau, deren Stimme Paulina nicht kannte. «Ist es wahr, was man sich über eine Verbindung zwischen Therese und dem Erbprinz von Thurn und Taxis erzählt?»

Prinzessin George seufzte laut. «Karl Alexander ist zweifellos sehr vermögend und außerdem schwer verliebt in Therese. Und dennoch stelle ich mir eine andere Verbindung für sie vor. Wenn man die Möglichkeit hat, Königin von England zu werden, kann der Erbsohn eines Postunternehmens allerhöchstens die zweite Wahl sein.»

«Der Erbsohn eines sehr einträglichen Postunternehmens», verbesserte die andere mit neidvollem Unterton.

Eine Weile hörte man nur das Knistern des Feuers. Dann erklang wieder die Stimme der anderen Frau: «Was ist das eigentlich für eine Geschichte mit der kleinen Verwandten der Gräfin Bahro? Ich nahm an, dass man sie nach ihrem ungeheuerlichen Verhalten während des Soupers sofort des Hauses verwiesen hätte. Und nun höre ich, Hoheit, dass Sie gedenken, sie zur Gesellschafterin von Prinzessin Therese zu machen.»

Paulina horchte auf.

«Das habe ich in der Tat vor», antwortete die Prinzessin mit ihrer warmherzigen Stimme. «Wie Sie wissen, ist Therese ein schöngeistiges Mädchen, das wenig Interesse an den kleinen Streitigkeiten und Intrigen der Hofgesellschaft zeigt. Sie verabscheut jegliche Art von Heuchelei, und die kleine Großnichte der Gräfin Bahro erschien ihr klug, ehrlich und couragiert. Das Mädchen hat eine ausgezeichnete Erziehung genossen – ich selbst habe damals der Gräfin Bahro die Lehrerin für das Kind empfohlen. Ich erhoffe mir, dass Therese sich durch die Gesellschaft der kleinen Baroness etwas wohler in Darmstadt fühlen wird als bisher.»

«Glauben Sie nicht, Hoheit, dass der ungewöhnliche Aufstieg dieser jungen Dame einen gewissen Neid hervorrufen wird?»

Prinzessin George brach in ein herzhaftes Lachen aus. «Meine liebe Gräfin Gondern, man könnte annehmen, dass Sie mich nur aufgesucht haben, um mir in dieser Angelegenheit ins Gewissen zu reden. Die junge Dame ist die Urenkelin eines Reichsritters, und damit ist sie in jedem Fall würdig, der Hofgesellschaft anzugehören. Außerdem ist die Gräfin Bahro eine Jugendfreundin von mir. Ich erweise ihr gerne den Gefallen, Fräulein von Gralitz in meinen Hofstaat aufzunehmen. Selbst wenn», an dieser Stelle wurde der Ton der Prinzessin unmissverständlich schärfer, «es einige unliebsame Gerüchte über ihre Familie mütterlicherseits geben mag.»

«Von Gralitz?», fragte die Gräfin Gondern nach einer kurzen Pause. «Sind wir nicht einem Herrn von Gralitz während unserer Reise nach Mecklenburg begegnet? Er war ein sehr kultivierter Mensch, wenn ich mich recht entsinne. Ist das Mädchen etwa mit ihm verwandt?»

«Er ist Paulinas Urgroßvater.»

«Oh!», machte die Gräfin Gondern bewundernd.

Paulina hatte dem Gespräch begierig gelauscht. Ihr anfänglich schlechtes Gewissen hatte sich schnell in Luft aufgelöst. Von der

Existenz dieses ominösen Urgroßvaters hatte sie bisher nichts gewusst. Er musste ein beeindruckender Mann sein, wenn alleine die Erwähnung seiner Person das Misstrauen der Gräfin Gondern derart mühelos im Keim ersticken konnte.

«Dieses Haus ist bisweilen ein einsamer Ort», ertönte plötzlich eine freundliche Stimme hinter Paulina. «Und dennoch kann man nirgends wirklich alleine sein.»

Erschrocken drehte Paulina sich um. Vor ihr stand die junge Prinzessin Therese. Paulina versank in einen tiefen Hofknicks.

Von nahem war die Prinzessin noch hübscher, als Paulina es in Erinnerung hatte. Aus dem ovalen, von dunklen Locken umrahmten Gesicht blickten ihr wache, braune Augen entgegen. Thereses edle Züge und ihre stolze Haltung glichen der einer Königin. Den Kopf ein wenig zur Seite neigend, fragte sie: «Lauschen Sie öfters den Gesprächen anderer, Mademoiselle? Zugegeben, ich tue es auch gerne, aber ich habe immer Angst, dass ich meine eigene Schande zu hören bekommen könnte.»

«In diesem Falle war es keine Schande», sagte Paulina noch ganz unter dem Eindruck der soeben erfahrenen Neuigkeiten.

Therese lächelte. «Ich sehe, dass ich mich nicht in Ihnen geirrt habe. Wenn Sie den Versuch einer kläglichen Rechtfertigung unternommen hätten, wäre ich enttäuscht gewesen. Eigentlich sollten Sie zuerst meiner Großmutter vorgestellt werden, aber als ich hörte, dass Sie eingetroffen sind, habe ich mich einfach hereingeschlichen.» Sie schloss die Tür, die ins Boudoir der Prinzessin George führte. «Meine Großmutter sitzt noch mit der Gräfin Gondern zusammen. Da ist die Gelegenheit günstig, um vorher ein wenig mit Ihnen alleine zu sein. Ich hoffe, Sie können mein Geheimnis genauso wahren wie ich das Ihre!»

«Ich plaudere nie Geheimnisse aus!»

«Das hätte ich auch nicht anders erwartet. Nun, Mademoiselle, Sie haben mir einen der amüsantesten Momente beschert, seit ich hier in Darmstadt bin. Nie werde ich das Gesicht der Gräfin Rommbart vergessen, als Sie von ihren jugendlichen Liebhabern sprachen. Ich hege seit jeher eine große Abneigung gegen diese Frau, und durch Sie habe ich eine herrliche Genugtuung erfahren. Eigentlich wollte ich meine Großmutter nach dem Souper nur um Nachsicht für Sie bitten. Doch als ich hörte, dass Sie sich für Literatur und Kunst interessieren, glaubte ich, eine verwandte Seele in Ihnen gefunden zu haben.»

«Ich hoffe, dass ich Ihren Erwartungen entsprechen kann», sagte Paulina und senkte die Augen. Noch nie hatte ein Mensch ihr ein solches Vertrauen entgegengebracht, und sie erlebte einen der seltenen Augenblicke in ihrem Leben, in dem sie aufrichtige Ergebenheit empfand.

In diesem Moment ging geräuschvoll die Tür auf, und eine der Schwestern Thereses stürmte auf die beiden jungen Frauen zu.

«Endlich sind Sie da!», sagte die Kleine und strahlte Paulina an. «Ich habe Sie schon sehnsüchtig erwartet!»

«Aber Luise!», rief Therese in vorwurfsvollem und gleichzeitig nachsichtigem Ton. «Wer hat dir erlaubt, hier einfach so hereinzuplatzen?»

«Sei nicht so streng mit mir, Röschen!» Das Gesicht der kleinen Luise verzog sich zu einem entwaffnenden Lächeln. «Gib es zu – du warst doch nicht minder neugierig auf das Fräulein von Gralitz. Nun warten wir schon drei Tage, und jetzt, wo sie endlich da ist ... Du weißt selbst, wie es ist, wenn Großmutter mit der Gräfin Gondern schwatzt.»

«Die Großmutter schwatzt nicht. Sie bespricht wichtige Dinge mit der Gräfin.»

«Wichtige Dinge – pah! Die Gräfin Gondern ist mindestens genauso schlimm wie die Gräfin Rommbart.» Luise wandte sich wieder an Paulina und plapperte munter weiter. «Auch wenn Sie hier sind, Mademoiselle, um meiner älteren Schwester Gesellschaft zu leisten – Sie werden doch sicher auch für mich einmal Zeit finden, nicht wahr? Es ist manchmal furchtbar langweilig hier.»

Paulina musste lächeln. Diesem fröhlichen Kind gegenüber kam sie sich ungemein erwachsen vor. Dabei war die Prinzessin Luise nur schätzungsweise zwei Jahre jünger als sie selbst.

«Meine Schwester ist sehr gebildet, müssen Sie wissen», fuhr die kleine Prinzessin unbeirrt fort und spielte dabei mit der Kette an ihrem Hals. «Ich bin es nicht so, aber wenn Sie einmal die Nase voll haben von all dem schöngeistigen Gerede und etwas richtig Lustiges erleben möchten, dann kommen Sie zu mir!»

«Luise!» Therese war nun ärgerlich. «Wenn du eine Spielkameradin suchst, brauchst du nur zu Friederike zu gehen. Ich glaube nicht, dass Fräulein von Gralitz Gefallen an deinen kindischen Albereien findet.»

Luise wurde schlagartig ernst. Ihr kindlicher Gesichtsausdruck verschwand, und sie wirkte plötzlich um Jahre älter. «Du musst dich nicht als große Dame aufspielen, Therese! Nur weil du glaubst, einmal Königin von England zu werden, bist du noch lange nicht besser als der Rest der Welt. Wer weiß, vielleicht bin *ich* es ja sogar, die eines Tages Königin wird!» Sie machte auf dem Absatz kehrt, stapfte mit trotzig in die Luft gestrecktem Kinn davon und verließ unter lautem Türenknallen das Zimmer.

Paulina und Therese sahen sich ein paar Sekunden lang verdattert an. Dann brach Paulina in Gelächter aus, das sie sofort mit vorgehaltener Hand zu dämpfen versuchte.

«Verzeihen Sie, Hoheit! Aber ich musste gerade daran denken, was unsere Hausdame mir immer eintrichtert.» Sie ahmte Frau von Herbens bärbeißige Stimme nach. «Kindesmund tut Wahrheit kund, so heißt es zwar im Volksmund, mein liebes Fräulein Paulina, aber das bedeutet noch lange nicht, dass jeder reden kann, wie ihm der Schnabel gewachsen ist!» Zur Bekräftigung wedelte sie mit dem erhobenen Zeigefinger.

Ein herzliches Lächeln ließ Thereses strenge Züge weich werden. Ihre schönen braunen Augen funkelten, und sie neigte den Kopf.

«Wir werden uns gut verstehen, Fräulein Paulina. Ich bin sicher, dass wir Freundinnen sein können.»

Kapitel 7

Darmstadt, April 1788

Einige Monate später wurde Paulina erneut in den Salon mit dem schönen Blick auf den Marktplatz gerufen. Ein Diener holte sie aus dem Unterricht, und diese Störung der morgendlichen Lektionen kam einer mittleren Sensation gleich. Obwohl Paulina erst so kurz im Hause Hessen-Darmstadt lebte, wusste sie bereits genau, dass etwas Außergewöhnliches geschehen sein musste.

Sollte ihre Zeit als Gesellschafterin bei Therese etwa schon vorbei sein? Die Gunstbezeigungen bei Hof änderten sich wie die Jahreszeiten, selbst in einem vergleichsweise bescheidenen Haus wie dem der Landgrafen von Hessen-Darmstadt. Ein falsches Wort, eine unüberlegte Geste – und schon hatte man sich den Missmut der Höflinge zugezogen.

Von düsteren Vorahnungen geplagt, betrat Paulina den Salon. Umso größer war ihr Erstaunen, als sie in der fülligen Frau, die gedankenversunken am Fenster stand und auf den Marktplatz hinausblickte, ihre Großtante erkannte. Frau von Bahros ohnehin strenger Gesichtsausdruck war noch ernster als sonst. Sie kam langsam auf Paulina zu und blickte ihre Großnichte eindringlich an.

«Hast du dich gut hier eingelebt, mein Kind?», fragte sie in ungewohnt sanftem Ton. «Fühlst du dich wohl in diesem Haus?»

Paulina nickte stumm.

«Nun, Ihre Hoheit Prinzessin Marie ist sehr zufrieden mit dir», berichtete die Gräfin. «Sie hat mir erzählt, dass Therese viel lebhafter und zugänglicher geworden ist und dass ihr beide beste Freundinnen geworden seid. Außerdem berichtet Ihre Hoheit, dass Luise und Friederike dich geradezu vergöttern. Ich muss sagen, es freut mich außerordentlich, dies zu hören.»

«Ja, die Prinzessinnen und ich sind einander sehr zugetan.»

«Du könntest dir also vorstellen, im Dienst der Familie Hessen-Darmstadt zu bleiben?»

«Ehrlich gestanden kann ich mir gar nichts anderes vorstellen.» Paulina versuchte, im Gesichtsausdruck ihrer Großtante irgendetwas zu entdecken, das ihr verriet, worauf dieses Gespräch wohl hinauslaufen mochte.

Ein Hauch von Erleichterung machte sich in den Zügen der Gräfin breit. «Nun, dann solltest du alles daransetzen, dass sich an diesem Zustand nichts ändert.»

«Ich fürchte, ich verstehe nicht ganz …», murmelte Paulina.

Frau von Bahro stieß einen tiefen Seufzer aus.

«Die Gunst der Mächtigen kann so vergänglich sein – das hat schließlich gerade deine Familie schon leidvoll erfahren müssen.»

Paulina war nun aufs höchste beunruhigt. «Habe ich etwa Anlass zur Klage gegeben?»

«Nein, mein Kind, keine Sorge. Verzeih mir, wenn ich dir einen Schrecken eingejagt haben sollte. Aber ich habe einen besonderen Grund, mit dir über derart unangenehme Dinge zu reden.»

Paulinas Herz begann, wie wild zu klopfen. «Es ist kein erfreulicher Grund, nicht wahr, Madame?»

Die Gräfin Bahro senkte den Kopf. «Leider nein. Gott weiß,

dass ich dir meine heutige Mitteilung gerne erspart hätte.» Ihr Blick heftete sich auf ihre Nichte. «Wann hast du zum letzten Mal deine Familie gesehen?»

Mit dieser Frage hatte Paulina nicht gerechnet. Sie verzog schuldbewusst das Gesicht, denn sie war noch nicht ein einziges Mal ins Haus ihres Großvaters zurückgekehrt. Schon seit Wochen nahm sie sich vor, ihre Mutter aufzusuchen, doch immer waren eine Feierlichkeit oder ein Ausflug verlockender gewesen als ein Besuch bei der Kranken. Nun, dann würde Paulina der Gräfin Bahro eben versprechen, sich mehr um ihre Mutter zu kümmern. Sie wollte gerade zu einer entsprechenden Beteuerung ansetzen, als die Großtante ihr zuvorkam.

«Ich bringe dir leider keine guten Nachrichten von deiner Familie.» Gräfin Bahros Augen füllten sich mit Tränen.

Die Tatsache, dass ausgerechnet diese starke, beherrschte Frau anfing zu weinen, war zu viel für Paulina.

«Ich bitte Sie, Großtante, sagen Sie mir endlich, was geschehen ist! Sie brauchen mich nicht zu schonen.»

Frau von Bahro schluchzte auf.

«Deine Mutter, Paulina – sie ist heute Nacht gestorben.»

Paulina rührte sich nicht. Gegenüber allen denkbaren Hiobsbotschaften kam ihr die Nachricht vom Tod ihrer Mutter vergleichsweise unbedeutend vor. Eigentlich war ihre Mutter doch schon vor Jahren gestorben. Paulina kannte sie ja nur noch als Scheintote, die nie ihr Zimmer verließ. Die Erinnerung an ihre andere Mutter, eine hübsche, mit Leben erfüllte Frau, war so schemenhaft, dass sie keine klare Vorstellung mehr davon hatte.

Paulina stand da und wartete auf ein Gefühl der Trauer, doch seltsamerweise spürte sie nichts dergleichen.

«Warum hat man mich nicht rufen lassen?», fühlte sie sich schließlich verpflichtet zu fragen.

Die Gräfin hob in einer hilflosen Geste die Arme.

«Es gab keinerlei Anzeichen. Als Frau von Herben deine Mutter heute Morgen aufsuchte, war sie bereits verschieden. Sie muss friedlich eingeschlafen sein.»

«Hat meine Mutter irgendetwas hinterlassen?»

Frau von Bahro schüttelte den Kopf. Sie streckte in einer tröstenden Geste den Arm nach dem jungen Mädchen aus, doch Paulina ging an ihrer Großtante vorbei zum Fenster.

«Dann werde ich wohl nicht mit nach Schloss Braunshardt fahren können», sagte sie.

Die Gräfin war hinter sie getreten und legte ihr die Hand auf die Schulter. «Nein, mein Kind. Man erwartet dich im Haus deines Großvaters. Ich habe bereits einen Boten nach Schloss Braunshardt geschickt, um Prinzessin George in Kenntnis zu setzen.»

Also werde ich das schöne Frühlingsfest verpassen, das die Landgräfin morgen Abend gibt, ging es Paulina durch den Kopf.

Im nächsten Moment schämte sie sich für ihre Selbstsüchtigkeit. Wie konnte sie nur jetzt an Spiel und Spaß denken?

Doch allein die Vorstellung, ins düstere Haus ihres Großvaters zurückkehren zu müssen, ließ Paulina den Hauch von Reue, den sie empfunden hatte, schnell wieder vergessen. Entschlossen drehte sie sich zu ihrer Großtante um.

«Bringen wir es also hinter uns! Möge meine arme Mutter endlich in Frieden ruhen.» Sie ging an der verblüfften Gräfin vorbei in Richtung Tür.

Dies wird das letzte Mal sein, dass ich das Haus meines Großvaters betrete, schwor sie sich mit einem Gefühl großer Erleichterung.

Im Hause Dornfeld war die Stimmung noch düsterer als sonst. Der alte Baron hatte nach dem Tod seiner Tochter einen Schwächeanfall erlitten und konnte tagelang das Bett nicht verlassen. Alexander tauchte nur zum Schlafen auf, und Frau von Herben jammerte in einem fort.

Der einzige Lichtblick in dieser Zeit war ein Brief, den Robert eines Morgens brachte. Er war mit dem landgräflichen Siegel versehen. Paulinas Herz begann vor Aufregung zu klopfen, als sie mit zitternden Fingern das Schreiben öffnete. Sofort erkannte sie die Handschrift von Therese.

«Liebste Freundin», stand dort zu lesen, «welch schrecklichen Verlust haben Sie erlitten! Wer könnte dies besser nachvollziehen als ich, die ich einen solchen Schicksalsschlag schon zweimal erleben musste.»

Paulina wurde es warm ums Herz. Therese hatte trotz der Festlichkeiten auf Schloss Braunshardt Zeit gefunden, ihr einen Brief zu schreiben. Ja, die Prinzessin wusste, was es bedeutete, die Mutter zu verlieren. Schließlich war nach ihrer leiblichen Mutter nur drei Jahre später auch ihre Stiefmutter gestorben.

«Vielleicht heitert es Sie ein wenig auf, wenn ich Ihnen vom großen Fest auf Schloss Braunshardt erzähle», schrieb Therese weiter. «Ich habe mit einem jungen Grafensohn aus Mecklenburg getanzt. Ein wirklich gutaussehender Herr! Das helle, leuchtende Braun seiner Augen erinnert mich an meine Heimat. Es sieht aus wie Bernstein, den man an der Ostsee findet. Können Sie sich die Farbe vorstellen? Wenn er mich ansah, hatte ich das Gefühl, er würde mir auf den Grund der Seele schauen. Eigentlich müssten Sie den Herrn sogar kennen, denn er ist der Enkelsohn Ihrer Großtante. Er heißt Christian von Bahro und ist mit der Gräfin nach Darmstadt gekommen, um mit ihr in die Pfalz zu reisen.»

So, so, der Enkelsohn der Gräfin Bahro! Paulina lächelte vor sich hin. Wie gerne würde sie nun mit der Freundin im Gartenpavillon von Schloss Braunshardt sitzen und stundenlang die auf dem Fest gesammelten Eindrücke austauschen. In Gedanken stellte sie sich die Laube vor: ein lauschiges Plätzchen mit einer Holzbank, unter den Zweigen eines großen Baumes …

«Wie eine Trauernde sehen Sie nicht gerade aus», unterbrach die griesgrämige Stimme der Frau von Herben ihre Träumereien.

«Man könnte meinen, dass Ihnen statt der Nachricht vom Tod Ihrer Mutter gerade der Brief eines glühenden Verehrers übermittelt worden wäre.»

Paulina hob den Kopf und sah, dass die Hausdame sie mit lauerndem Blick beobachtete. «Als ob Sie von solchen Dingen etwas verstehen würden», erwiderte die junge Frau bissig, drehte sich demonstrativ weg und vertiefte sich wieder in die Zeilen der Prinzessin.

«Übrigens war auch unser guter Karl Alexander unter den Gästen», schrieb Therese. «Er ist ein wirklich hartnäckiger Verehrer, der sich durch meine Abweisung nicht einschüchtern lässt. Aber Sie, liebste Freundin, wissen ja nur zu gut, dass dieser junge Mann ganz und gar nicht meinen Wünschen entspricht. Er ist eben nichts anderes als ein ungehobelter Emporkömmling aus der Provinz. Wie kann er sich nur einbilden, dass ich an seinen hinterwäldlerischen Hof ziehen werde? Nun, glücklicherweise würde meine Großmutter einer Verbindung mit ihm niemals zustimmen ...»

Therese ließ sich lang und breit über Karl Alexander aus, der ihr schon eine ganze Weile den Hof machte und so vermessen war, sich Chancen bei ihr auszurechnen.

«Ich hoffe, es dauert nicht mehr allzu lange, bis Sie endlich auf Schloss Braunshardt eintreffen», lauteten die letzten Zeilen. «Ich vermisse Sie unendlich, liebste Freundin. Ohne Sie ist alles nur halb so amüsant!»

Am nächsten Tag begab Paulina sich unter einem Vorwand ins Darmstädter Palais der Gräfin Bahro. Ihre Großtante saß gerade beim Tee, und nachdem man ein paar Höflichkeitsfloskeln ausgetauscht hatte, sagte Paulina beiläufig: «Ich hörte, dass Ihr Enkelsohn aus Mecklenburg Sie nach Darmstadt begleitet hat.»

Die Gräfin Bahro blickte erstaunt auf.

«Wie ist dir denn das zu Ohren gekommen?», fragte sie streng.

«Du scheinst im Hause deines Großvaters ja über gut informierte Quellen zu verfügen, denn ich kann mich nicht erinnern, dir Herrn von Bahro vorgestellt zu haben.»

«Ich erhielt einen Brief von Therese, und darin erzählte sie mir von Ihrem Enkelsohn», erklärte Paulina mit Unschuldsmiene. «Er war auf dem Fest in Braunshardt und hat dort Aufsehen erregt.»

«Das glaube ich gerne», sagte die Gräfin nicht ohne Stolz. «Christian ist ein wunderbarer junger Mann, der eine vielversprechende Zukunft vor sich hat. Sein Vater setzt große Hoffnungen in ihn.»

«Wird Ihr Enkelsohn länger in Darmstadt bleiben?» Paulina versuchte, nicht allzu neugierig zu wirken. Dabei brannte sie mittlerweile darauf, mehr über den jungen Mann aus Mecklenburg zu erfahren, dessen Augen die Farbe von leuchtendem Bernstein hatten.

«Christian wird mich in die Pfalz begleiten und von dort aus zu einer Bildungsreise aufbrechen.» Die alte Dame wurde ein wenig zugänglicher und lächelte versonnen. «Er ist also nicht unbemerkt geblieben. Es passt zu ihm, dass er nach Höherem strebt. In dieser Beziehung kommt er ganz nach seinem Vater. Von all meinen Enkelkindern ist Christian mir besonders ans Herz gewachsen.»

«Er muss ein ganz außergewöhnlicher Mensch sein, wenn er es geschafft hat, Thereses Aufmerksamkeit zu wecken», sagte Paulina, die sich durch den ungewohnt intimen Charakter der Unterhaltung zu Vertraulichkeiten hinreißen ließ.

Die Gräfin Bahro erstarrte. «Was willst du damit sagen? Hat Christian ihr etwa den Hof gemacht?»

Paulina war sich sofort bewusst, dass sie mit ihrer leichtfertigen Äußerung einen Fehler begangen hatte. «Davon kann keine Rede sein. Die beiden haben nur miteinander getanzt!»

Die Gräfin Bahro rang die Hände. «Nun, ich hoffe inständig,

dass es sich darauf beschränkt hat.» Sie seufzte tief. «Es geht hier um Angelegenheiten, bei denen schon ein einziger missverständlicher Satz, eine einzige falsche Geste weitreichende Folgen haben kann. Prinzessin George ist gerade dabei, für Therese eine Verbindung mit Prinz Georg, dem englischen Thronfolger, zu arrangieren. Die Verhandlungen erweisen sich als äußerst schwierig, obwohl die englische Königin Thereses Tante ist. Gerüchte über eine mögliche Liaison Thereses würden sich nicht gerade vorteilhaft auf den Fortgang der Gespräche auswirken. Zumal Therese bisher als sehr zugeknöpft galt. Sie hat bereits etliche Heiratsanträge abgelehnt.»

Paulina hatte den Ausführungen der Gräfin mit wachsendem Interesse zugehört. Es stimmte also, was man allerorten munkelte. Therese sollte tatsächlich den Sohn des Königs von England heiraten. Wenn die Verbindung zustande kam, würde Paulina am englischen Königshof leben. Sie, die kleine Baroness von Gralitz, als Hofdame der zukünftigen Königin von England! Was für ein Aufstieg für die Enkelin des in Ungnade gefallenen Barons Dornfeld!

«Prinz Georg könnte sich gekränkt fühlen, wenn er erführe, dass die für ihn vorgesehene Frau sich mit unstandesgemäßen Liebeleien die Zeit vertreibt», fuhr die Gräfin Bahro fort. «Da würde auch alle Diplomatie nichts nutzen. Therese kann sich diesbezüglich keine Extravaganzen leisten. Verstehst du, warum ich so in Sorge bin?»

«Ja», antwortete Paulina aus vollem Herzen. «Ja, das verstehe ich allerdings.»

Es wurde höchste Zeit, dass sie nach Braunshardt fuhr und dafür sorgte, dass ihre Freundin Therese die mecklenburgischen braunen Augen so schnell wie möglich vergaß.

Vom Begräbnis ihrer Mutter behielt Paulina nur den Moment in Erinnerung, als sie vor dem offenen Sarg stand. Sophie von Gralitz hatte im Tod ihre Schönheit wiedererlangt, die sie im Laufe der jahrelangen Krankheit verloren hatte. Ihr wundervolles blondes Haar lag in duftigen Locken um ihren Kopf. Paulina bemerkte den großen Frieden, der über dem bleichen Gesicht ihrer Mutter lag, senkte den Kopf und faltete die Hände.

«Danke, lieber Gott, dass du sie erlöst hast», betete sie leise.

Sie verbrachte ein paar letzte Stunden auf Schloss Allenhofen im Kreise ihrer Familie. Ihr Onkel Georg war eifrig bemüht, der mit kritischem Blick umherschreitenden Gräfin Bahro aus dem Weg zu gehen. Seine Gemahlin, eine mütterliche, gutherzige Frau mit rundem Gesicht und ausladenden Brüsten, versuchte erfolglos, die Schar ihrer Kinder zu bändigen.

Die Gräfin blieb nicht einmal bis zum Abend. Mit einem Ausdruck tiefster Missbilligung ging sie nach Sophies Begräbnis durch das ehemals glanzvolle Haus ihrer Eltern. Dann befahl sie ihrem Kutscher, sofort anzuspannen, um noch zur selben Stunde nach Darmstadt zurückzufahren.

«Ich habe Anweisung gegeben, dass man dich gleich morgen früh nach Schloss Braunshardt bringt», sagte sie zum Abschied zu Paulina. «Des Weiteren habe ich einen Boten zu deinem Vater nach Schloss Erldyk an den Niederrhein geschickt, um ihn vom Tod deiner Mutter in Kenntnis zu setzen. Sobald ich Nachricht von ihm habe, werde ich es dich wissen lassen.»

Nachdem die Gräfin fort war, streifte Paulina wie verloren durch das Haus. Sie war als Kind während der Sommermonate auf Gut Allenhofen gewesen und hatte sich hier sehr wohl gefühlt. Wie hatte sie ihre Vettern und Basen um deren freies und ungezwungenes Leben beneidet! Sie hatte sich den Kindern nur zu gerne angeschlossen und in Allenhofen die wenigen glücklichen Stunden ihrer Kindheit verbracht.

Bevor am nächsten Morgen ihre Kutsche nach Braunshardt abfuhr, ging Paulina noch einmal zum Grab ihrer Mutter.

Es war ein strahlend schöner Apriltag. Über den Wiesen und

Feldern lag noch Raureif, der in der Sonne glänzte. Während Paulina den Weg zum Friedhof entlangwanderte und sich dabei nach dem Schloss umblickte, das aus der Entfernung nichts von seinem verfallenen Zustand ahnen ließ, kam doch noch ein wenig vom alten Zauber der Allenhofener Sommer zurück.

Schließlich erreichte Paulina den frisch aufgeschütteten Erdhügel, in dem Sophie von Gralitz ihre letzte Ruhestätte gefunden hatte. Ihr Blick fiel auf einen Strauß Frühlingsblumen, der am Tag zuvor noch nicht dort gelegen hatte. Er war mit einer Schleife zusammengebunden, auf die mit dunkelrotem Garn eine Reihe verschnörkelter Buchstaben gestickt war. Neugierig beugte sich Paulina vor und las die Inschrift auf dem Band.

«In meinem Herzen wirst du immer leben. Anna.»

Sie erzitterte. Plötzlich wurde sie von unendlicher Trauer erfasst. All die Empfindungen, zu denen sie bisher nicht fähig gewesen war, stürzten über sie herein. Tränen schossen ihr in die Augen. Sie sank auf den feuchten Boden nieder, begrub ihr Gesicht in den Händen und begann, bitterlich zu weinen.

«Verzeih mir, Mutter», flüsterte sie unter Schluchzen. «Verzeih mir, dass ich nicht mehr Verständnis für dich hatte.»

Gott konnte nicht wollen, dass das Leid ihrer Mutter in Vergessenheit geriet. Auch wenn es so schien, als hätte Sophie von Gralitz das Geheimnis um ihren Schicksalsschlag mit ins Grab genommen, so wusste Paulina plötzlich genau, dass sie es eines Tages doch noch erfahren würde.

KAPITEL 8

Straßburg, August 1788

Auf der Suche nach Therese musste Paulina sich in den langen Fluren der pfalzgräflichen Residenz verlaufen haben, denn plötzlich fand sie sich in einem ihr unbekannten Teil des Gebäudes wieder. Nun war sie schon seit fast einer Woche zu Besuch bei Prinzessin Georges Tochter in Straßburg, und noch immer hatte sie es nicht geschafft, sich im Schloss zurechtzufinden.

«Es wird seinen Grund haben, dass Sophie Charlotte einer Heirat zwischen Prinz Georg und Therese nicht zustimmt», war hinter einer offenen Tür eine tiefe männliche Stimme zu vernehmen.

Paulina blieb stehen und horchte neugierig. Sie hatte in dem Sprechenden Herzog Max, den Hausherrn, erkannt.

«Wissen Sie etwas, das ich nicht weiß?», ertönte Prinzessin Georges pfälzische Mundart. «Ich bin jedenfalls mit meinem Latein am Ende. Warum äußert Sophie Charlotte sich nicht? Seit Wochen warten wir auf Nachrichten aus England. Karl und ich glaubten immer, sie begrüße es, eine Verwandte als ihre Nachfolgerin auf dem englischen Thron zu sehen.»

Eine Weile war es still, dann sagte Herzog Max: «Ich will ganz ehrlich sein, liebste Schwiegermutter. Die Geschichten, die man sich über den englischen Thronfolger erzählt, sind nicht gerade erfreulich.»

«Könnten Sie etwas deutlicher werden?», bat Prinzessin George.

«Nun, Prinz Georg ist aufständisch, hat einen äußerst verschwenderischen Lebensstil und neigt zur Spielsucht. Er ist in ganz England bekannt für seine Affären mit Damen aus höchst zweifelhaften Verhältnissen. Wünschen Sie ernsthaft, dass Therese einen solchen Mann heiratet?»

«Immerhin würde sie Königin von England werden», erwiderte Prinzessin George.

«Und sie würde kreuzunglücklich werden! Gestehen Sie dem armen Mädchen doch zu, dass es wenigstens ein Mindestmaß an Zuneigung für den Ehemann empfindet, den man ihm aussucht.»

«Meinen Sie, dass mir wohl bei dem Gedanken ist, meine Enkelin mit einem Mann zu verheiraten, der einen derartigen Ruf genießt? Aber ich fürchte, ich habe keine andere Wahl.»

«Was ist nun eigentlich mit dem Prinzen von Thurn und Taxis?», fragte Herzog Max. «Er soll ja geradezu unsterblich verliebt in Therese sein.»

«Dieser Sohn des Postmeisters?», rief die Landgräfin verächtlich. «Immerhin hat er Geld, aber ich würde meine Enkelin lieber auf Ruhm als auf Gold gebettet sehen.»

«Nun, dann lassen Sie doch Thereses Vater mit der englischen Königin verhandeln! Immerhin ist er Sophie Charlottes Bruder. Man muss die Sache geschickt einfädeln. Am besten bittet Karl die Königin um ihre Zustimmung für eine Heirat mit Thurn und Taxis und erwähnt bei dieser Gelegenheit ganz nebenbei, dass Therese auch für eine Verbindung mit dem Thronfolger zur Verfügung stünde. Er soll seinen engen Vertrauten und guten Kenner des englischen Hofes, Herrn von Barthold, mitnehmen. Der Graf ist als hervorragender Diplomat bekannt.»

Eine Zeitlang war es still. Dann erklang Prinzessin Georges Stimme: «Je länger ich darüber nachdenke, desto besser gefällt mir Ihre Idee, mein lieber Max. Ja, Karl soll mit seiner Schwester reden. Schließlich ist er selbst der größte Verfechter dieser Heirat.»

Paulina hatte genug gehört. Thereses Vater würde mit der englischen Königin sprechen. Und Prinzessin George würde schon dafür sorgen, dass diese Hochzeit zustande kam.

Leise schlich Paulina sich davon und fand bald den Weg in

den Garten. Sie musste an die Beschreibung denken, die Herzog Max von dem englischen Thronfolger gegeben hatte. Ob Therese wusste, was Prinz Georg für ein Mensch war? Würde die Aussicht, Königin von England zu werden, seine schlechten Eigenschaften aufwiegen?

Falls ich jemals heiraten sollte, nahm Paulina sich vor, werde ich nur einen Mann zum Gatten nehmen, der nach meinem Geschmack ist.

Ein Diener führte Paulina durch die verwinkelten Gassen von Straßburg zu einem schmalen Haus mit spitzem Dach, das eingepfercht zwischen zwei ebenso bescheidenen Bauten lag. Es hatte auf den drei Stockwerken nur je zwei kleine Fenster, und die rückseitige Hauswand musste am Fluss liegen.

Der alte Herr, der die Tür öffnete, wies den Diener an, nach Ablauf von zwei Stunden wiederzukommen, um das gnädige Fräulein abzuholen. Dann brachte er Paulina in einen winzigen, mit altmodischen Möbeln und allerlei Nippes vollgestopften Salon und bat sie, dort zu warten. Die Gräfin Bahro befinde sich noch auf ihrem alltäglichen Spaziergang mit ihrer Freundin, Madame de Longeaux, werde aber bald zurückerwartet.

«Hat der junge Graf die Damen begleitet?», fragte Paulina.

Der alte Mann sah sie an, als sei ihre Frage der Gipfel der Unverschämtheit. «Der gnädige Herr begleitet die Damen nie!»

Paulina hörte ihn die knarrende Treppe hinaufsteigen. Dann war es still im Haus. Sie schaute sich neugierig um. In was für einer armseligen Unterkunft ihre Großtante abgestiegen war!

Aus dem Nebenzimmer war plötzlich ein dumpfer Knall zu hören. Gleich darauf stieß eine männliche, jugendliche Stimme einen herzhaften Fluch aus. Sollte der Enkelsohn der Gräfin Bahro etwa im Zimmer nebenan sein? Wild entschlossen ging Paulina auf den Flur hinaus und öffnete die Tür zum benachbarten Raum. Ein gar sonderliches Bild tat sich vor ihr auf.

Am Fenster des kleinen, schummrigen Zimmers stand ein hoher Lehnstuhl. Darin saß ein junger Mann, über dessen Beine eine Decke gelegt war. Er bückte sich mühsam und unter Zuckungen nach einem Buch, das auf dem Boden lag. Bei Paulinas Eintreten hob er den Kopf und sah ihr mit wütendem Blick entgegen.

«Wer auch immer Sie sind – kommen Sie bloß nicht auf die Idee, mir zu helfen!», herrschte er sie an.

«Warum sollte ich das tun, Monsieur?» Sie musterte den jungen Mann neugierig und enttäuscht zugleich. Sein Erscheinungsbild war weit entfernt von dem, was Therese über den Enkelsohn der Gräfin Bahro erzählt hatte.

Paulina hatte eine merkwürdige Gestalt mit karottenroten, dichten Locken vor sich, deren Wange von einer rötlichen Narbe überzogen war. Nachdem der junge Mann mit einigen krampfhaften Bewegungen das Buch erreicht und in die Hand genommen hatte, versuchte er, sich genauso mühsam wieder aufzurichten, und verharrte schließlich in einer unnatürlich eingeknickten Stellung.

«Sehen Sie es mir nach, junge Dame, wenn ich mich nicht erhebe», sagte der Rotschopf mit bitterem Lächeln, «aber Sie wissen ja wahrscheinlich schon, dass ich dazu nicht mehr in der Lage bin.»

Auf Paulinas entsetzten Blick brach der junge Mann in höhnisches Gelächter aus. «Nun sagen Sie bloß, meine Tante hat Sie nicht eingeweiht? Da hat man Sie armes Ding also zu dem bösen Krüppel geholt, ohne Ihnen zu verraten, was auf Sie zukommt?»

Der Zynismus des jungen Mannes – eine Eigenschaft, mit der Paulina durch ihren Onkel Alexander bestens vertraut war – weckte ihren Widerstandsgeist.

«Niemand hat mich zu Ihnen geholt», teilte sie dem jungen Mann hochnäsig mit. «Ich habe dieses Zimmer betreten, weil ich einen bestimmten Herrn suche. Sie, Monsieur, können dieser Herr jedoch nicht sein, denn der, den ich suche, kann tanzen!»

Der Spott im Gesicht des jungen Mannes erstarb. Er sah Paulina ungläubig an. Ein Schauder schien durch den seltsam verrenkten Körper des Rotschopfes zu gehen.

«Tanzen – das konnte ich auch einmal», sagte er mit heiserer Stimme. «Ich war ein guter Tänzer, Mademoiselle, ein sehr guter Tänzer. Die jungen Damen mochten es, wenn ich sie aufforderte.» Er blickte sehnsüchtig ins Leere. «Wir tanzten, bis es hell wurde. Und dann machten wir einen Ausritt im Morgengrauen. Wir hatten nicht eine Minute geschlafen, aber wir feierten weiter, den ganzen Tag, die ganze Nacht, bis wir so müde waren, dass wir irgendwo vor lauter Erschöpfung einschliefen. Ein paar Stündchen, und wir waren wieder gestärkt für die nächste Festlichkeit.»

Paulina lauschte mit wachsendem Staunen den Worten des jungen Mannes. Er sprach eindeutig vom höfischen Leben. War dieser sonderbare Kauz am Ende doch Christian von Bahro?

«Wenn es wenigstens im Krieg passiert wäre!», fuhr der junge Mann unterdessen fort. «Ich wäre mit Ehren überhäuft worden. Aber es ist bei der Jagd geschehen, können Sie sich das vorstellen, Mademoiselle? Ein ganz dummer, unnötiger Unfall ... den ich auch noch selbst verschuldet habe.»

Paulina schämte sich auf einmal, ihn so angefahren zu haben. Gerade wollte sie zu ein paar entschuldigenden Worten ansetzen, als er sich angestrengt aufrichtete. «Sie sind die Erste, die kein Mitleid mit mir hat! Ich verabscheue es, wenn die Menschen mich mit diesem mitfühlenden Blick ansehen, wenn sie so tun, als bemerkten sie meine Unbeweglichkeit nicht. Dabei kann ich nicht mehr laufen und mich kaum noch bewegen. Ich bin ein Krüppel!»

«Ich hatte nur kein Mitleid mit Ihnen, weil Sie so unverschämt waren», stieß Paulina betroffen hervor.

«Aber das ist es ja! Ich danke Ihnen dafür, Mademoiselle, dass Sie mich wie einen ganz gewöhnlichen, gesunden Mann behandelt haben. Sie können sich nicht vorstellen, was das für mich bedeutet. Sie haben etwas gut bei mir, gnädiges Fräulein.» Er lächelte gönnerhaft. «Wen hofften Sie hier anzutreffen? Lassen Sie mich raten! Eine junge Dame wie Sie kann nur unseren großen Herzensbrecher gemeint haben, den Enkelsohn der Gräfin Bahro. Geben Sie es zu, Sie sind lichterloh entbrannt für ihn!»

«Er ist doch mit der Gräfin Bahro nach Straßburg gekommen, nicht wahr?», fragte Paulina.

Der junge Mann verzog gequält das Gesicht. «Ich konnte es kaum ertragen, dass er hier herumscharwenzelte. Er leistete mir höflich Gesellschaft und schaute mich mit seinen ernsten, klugen Augen an, aber ich konnte ihm genau anmerken, dass er nur darauf wartete, endlich von mir fortzukommen. Jeden Tag war er auf einem anderen Fest …»

Paulina ließ ihn nicht weiterreden. «Und wo ist er jetzt?»

«Du hast ein unvergleichliches Talent, dich in Dinge einzumischen, die dich nichts angehen!», ertönte in diesem Moment die schneidende Stimme der Gräfin Bahro.

Erschrocken fuhr Paulina herum.

Im Türrahmen stand ihre Großtante und schüttelte den Kopf.

«Hat man dir nicht gesagt, dass du im Salon auf mich warten sollst?»

Paulina setzte ein unschuldiges Lächeln auf. «Ich hörte Geräusche aus dem Nebenzimmer, und da wurde ich neugierig …»

«Red keinen Unsinn! Ich mag zwar ein gewisses Alter erreicht haben, aber das heißt noch lange nicht, dass man mich für dumm verkaufen kann.»

«Die junge Dame und ich haben uns angeregt unterhalten, Madame», mischte sich der junge Mann im Lehnstuhl ein.

«Das glaube ich gerne», bemerkte die Gräfin Bahro scharfzüngig. «Meine Großnichte versteht es meisterlich, alle um den Finger zu wickeln. Paulina, ich würde dich gerne unter vier Augen sprechen. Wenn du so freundlich wärst, mich in den Salon zu begleiten …»

Das junge Mädchen machte Anstalten, ihr zu folgen.

«Es hat mich außerordentlich gefreut, Sie kennenzulernen, Mademoiselle», rief der junge Mann im Lehnstuhl ihr hinterher. «Ich hoffe, wir sehen uns noch einmal wieder.»

Paulina blieb stehen und drehte sich um. «Ich glaube kaum, Monsieur.»

Der Rotschopf grinste geheimnisvoll. «Nun, man kann nie wissen … Viel Glück bei Ihrer weiteren Suche nach Herrn von Bahro. Dieses Mal sind Sie leider zu spät gekommen. Der junge Graf ist längst abgereist. Wenn Sie mich fragen, hat er vor, sich auf seiner Kavaliersreise ausgiebig die Hörner abzustoßen.» Er brach in ein meckerndes Gelächter aus. «Ich hätte ihm ein paar kluge Ratschläge geben können, aber er wollte sie nicht hören …»

Paulina wandte sich ab und verließ – das dröhnende Lachen des Rotschopfs im Ohr – fluchtartig den Raum.

«Wo bleibst du?», ertönte die strenge Stimme der Gräfin Bahro aus dem Flur.

Im Zimmer nebenan sah die Großtante Paulina mit verärgert zusammengekniffenen Augen an.

«Deine Eskapaden werden nicht immer ein gutes Ende finden, mein Kind», sagte sie in scharfem Ton. «Wie kommst du dazu, im Haus von Madame de Longeaux herumzuspionieren?»

«Es gab einen lauten Knall im Nebenzimmer. Ich dachte, es sei etwas passiert und ich könne helfen. Dabei traf ich auf den jungen Herrn im Lehnstuhl, dessen Buch heruntergefallen war. Wer ist er überhaupt?»

Die Miene der Gräfin entspannte sich etwas.

«Bedauernswert, der junge Mann, nicht wahr? Roger ist ein Neffe von Madame de Longeaux. Er hatte vor einiger Zeit einen schweren Jagdunfall. Sein Pferd ist über eine Baumwurzel gestolpert. Er kann nicht mehr laufen und sich kaum noch bewegen. Wie schnell sich ein Leben ändern kann! Früher verkehrte Roger am Hof von Versailles. Durch sein ausschweifendes Leben hatte er so hohe Schulden, dass von seinem ererbten Vermögen fast nichts mehr übrig war. Also ist er schließlich bei seiner Tante in Straßburg gelandet … Sie war die Einzige, die sich seiner annehmen wollte.»

«Wie tragisch!», entfuhr es Paulina ehrlich betroffen.

«Nun, wenn Roger noch der kraftstrotzende, arrogante und in sich selbst verliebte Herr Graf von früher wäre, wüsste er vielleicht nicht einmal, dass seine Tante existiert.» Die Gräfin machte eine ungeduldige Handbewegung. «Aber ich habe dich nicht hierherkommen lassen, um über Roger de Longeaux zu sprechen. Du erinnerst dich vielleicht, dass ich einen Kurier an den Niederrhein geschickt habe, um deinen Vater von Sophies Tod in Kenntnis zu setzen. In meinem Schreiben habe ich ihn gefragt, ob er dich zu sehen wünscht.»

Um den Vater am Niederrhein ging es also nur! Enttäuscht verzog Paulina den Mund. Sie hatte diesen Vater und den Brief an ihn längst wieder vergessen. Und dafür war die Gräfin extra nach Straßburg gekommen?

«Glaub mir», fuhr Frau von Bahro fort, «diese Angelegenheit hat mich so manche schlaflose Nacht gekostet – und ich pflege im Allgemeinen einen gesunden Schlaf zu haben. Leider war *ich* es seinerzeit, die den Baron von Gralitz für deine Mutter ausgesucht hat.» Sie begann, unruhig im Zimmer umherzugehen. «Er schien eine hervorragende Partie zu sein. Jobst von Gralitz entstammt einer alten mecklenburgischen Adelsfamilie, die den Bahros sehr verbunden ist. Er hat Erldyk, eine kleine Herrschaft am Niederrhein, geerbt … Zudem wird Boltenhusen in Mecklenburg irgendwann an ihn übergehen. Der letzte Baron von Gralitz-Boltenhusen hat keine weiteren Nachkommen … Nun, ich glaubte Sophie bestens versorgt, zumal ich meiner Schwester versprochen hatte, mich um das Mädchen zu kümmern. Als die beiden in Mecklenburg heirateten, konnte niemand ahnen, was für ein schlimmes Ende das nehmen würde. Sie waren ein so schönes Paar!»

«Madame, wissen Sie, warum meine Mutter meinen Vater

verlassen hat?», stellte Paulina die einzige Frage, die sie in diesem Zusammenhang wirklich interessierte.

«Nein, mein Kind. Auch mit mir hat Sophie nie darüber geredet. Ich weiß nicht, was den beiden dort am Niederrhein geschehen ist. Sie können von Anfang an nicht glücklich gewesen sein, denn Sophie ist oft alleine nach Mecklenburg gereist.»

«Nach Mecklenburg? Was wollte sie dort?»

«Die Familie meines verstorbenen Gatten stammt aus Mecklenburg. Sophie ist nach Schloss Bahro gefahren. Sie hat sich dort sehr wohl gefühlt. Wer weiß, vor was sie geflohen ist …»

«Und was war mit mir?»

«Mit dir? Nun, irgendwann kam Sophie nicht mehr nach Mecklenburg. Wir hörten, dass sie ein Kind bekommen habe, und dachten, dass sie und Jobst endlich zueinandergefunden hätten. Ein paar Jahre vergingen, dann tauchte Sophie eines Abends bei deinem Großvater in Darmstadt auf – halbtot und mit dir auf dem Arm. Du warst erst zwei Jahre alt!»

«Und sie hat nicht erzählt, was passiert war?»

«Nein. Zuerst ließen wir sie in Ruhe, weil sie lange Zeit krank war. Damals lebte Anna noch im Haus deines Großvaters, und sie war sehr besorgt um Sophie. Wir haben deinem Vater geschrieben, aber er hat nie geantwortet. Als es Sophie wieder besserging, haben wir sie vorsichtig befragt. Sie beharrte darauf, nicht über das Geschehene reden zu wollen. Wir hofften, dass sie irgendwann darüber hinwegkommt … dass die Zeit alle Wunden heilt. Doch das Gegenteil war der Fall …»

«Warum haben Sie sich noch einmal an meinen Vater gewandt, wo die Verbindung doch schon seit Jahren abgebrochen war?», fragte Paulina.

«Aber er ist dein nächster Verwandter, mein Kind!»

«Ich habe genug andere Verwandte», rief Paulina trotzig. «Außerdem sind Sie ja auch noch da, Großtante!»

Ein wehmütiges Lächeln glitt über das Gesicht der Gräfin.

«Du weißt, dass du jederzeit auf mich zählen kannst, mein Kind. Aber auch ich werde nicht ewig leben … Ich fand es an der Zeit, deinen Vater daran zu erinnern, dass er eine Tochter hat.»

«Und was hat mein Vater Ihnen nun geantwortet?»

Frau von Bahro zögerte. «Nun, mein Bote ist unverrichteter Dinge zurückgekehrt. Dein Vater hat ihn nicht einmal empfangen. Die Zustände in Schloss Erldyk und in der kleinen Herrschaft des Barons müssen verheerend sein. Die Leute erzählen, dass Herr von Gralitz sich um nichts kümmert und seinen Besitz völlig vernachlässigt. Er selbst verschanzt sich in seinem Schloss. Seine Bauern können nur mit Mühe ihre Felder bewirtschaften und leben in großer Armut. Meinem Kurier blieb nichts anderes übrig, als mein Schreiben beim Pfarrer des Dorfes zu hinterlassen und wieder abzureisen.»

Die Gräfin lehnte sich müde zurück. Am liebsten hätte Paulina ihr tröstend die Hand auf die Schulter gelegt, doch eine derart vertrauliche Geste wagte sie ihrer Großtante gegenüber nicht.

«Ich muss Ihnen gestehen», ergriff sie schließlich das Wort, «dass mich diese Nachricht weniger betroffen macht, als Sie es zu befürchten scheinen. Ich kenne meinen Vater nicht und verspüre auch keinerlei Verlangen, ihn kennenzulernen. Machen Sie sich um mich keine Sorgen, liebste Großtante. Ich werde mit Prinzessin Therese nach England gehen und die Hofdame der zukünftigen englischen Königin sein. Was sollte ich also mit meinem Vater am Niederrhein zu schaffen haben?»

Die Gräfin Bahro blickte verstört auf. «Wie du redest, mein Kind! Du machst mir Angst.»

«Angst? Warum? Ich bin es nur gewohnt, den Dingen ins Auge zu sehen!»

«Nun, dann wollen wir hoffen, dass alles so eintrifft, wie du es dir vorstellst. Ich fürchte, dass du es nicht leicht haben wirst. Im Gegensatz zu vielen anderen hast du jedoch einen unschätzbaren Vorteil: Du bist stark genug, um damit fertig zu werden.»

Kapitel 9

Braunshardt, Januar 1789

Es schneite und schneite unaufhörlich. Paulina saß im warmen Morgenrock am Fenster des Zimmers, das sie mit Therese teilte, und sah verträumt dabei zu, wie sich ein weißer Teppich über den Park legte. Im Kamin knisterte ein Feuer, aber sonst war alles still im Schloss. Nichts erinnerte daran, dass das Haus noch wenige Stunden zuvor von Musik und fröhlichen Stimmen erfüllt gewesen war.

Es wird höchste Zeit, dass ich mich ankleide und Therese suche, dachte Paulina, die sich kaum von dem Blick auf den verschneiten Park losreißen konnte. Sie sah eine Kutsche in den Weg nach Braunshardt einbiegen und durch das Schneegestöber aufs Schloss zurollen. Ein schwarz gekleideter Mann stieg aus, schlug seinen Kragen hoch und schritt rasch auf das Haus zu.

Wer mochte dieser frühe Besucher sein?

Mit einer merkwürdigen Vorahnung verließ Paulina ihr Zimmer. Nach und nach fanden sich in den Salons die etwas übernächtigten Ballgäste ein, und es wurde wild darüber spekuliert, ob die geplante Schlittenpartie stattfinden würde oder nicht. Glücklicherweise ließ das Schneetreiben nach, und Graf Gondern verkündete schließlich, dass man bald zu der kleinen Fahrt aufbrechen werde.

Von Therese war weit und breit nichts zu sehen.

Als die Hofgesellschaft sich in warme Mäntel gepackt im Schlosshof versammelte, bemerkte Paulina unter den Anwesenden auch Luise und Friederike mit Mademoiselle de Gélieu, ihrer Erzieherin. Erleichtert eilte sie auf die Prinzessinnen zu.

«Ist Ihnen bekannt, wo Prinzessin Therese sich aufhält?»

Luise und Friederike machten verblüffte Mienen.

«Aber das müssten Sie selbst doch am besten wissen!»

Mademoiselle de Gélieus Gesicht hingegen bekam einen seltsamen Ausdruck, und Paulina hätte schwören können, dass die Erzieherin über Thereses Verbleib im Bilde war. Ein ungutes Gefühl trieb Paulina weiter durch die Menge der Höflinge.

«Ist es wahr, dass die englische Königin der Verbindung zwischen ihrem Sohn und Therese nicht zugestimmt hat?», drang plötzlich eine gedämpfte Stimme an ihr Ohr.

«Ja, ich hörte etwas Ähnliches», sagte eine andere Stimme. «Graf Barthold soll diese Nachricht heute Morgen überbracht haben. Prinzessin George muss außer sich gewesen sein.»

«Die arme Therese! Nun wird sie sich also doch mit einem ganz gewöhnlichen Fürsten zufriedengeben müssen.»

Paulina blickte sich um und sah die Gräfin Vorholzen und die Gräfin Gondern im Schutz eines Schlittens verschwörerisch miteinander tuscheln. Die junge Frau spürte, wie der Schreck ihr durch alle Glieder fuhr. Ohne sich um die verdatterten Blicke der Höflinge zu kümmern, lief sie geradewegs zum Schloss zurück.

«Führen Sie mich sofort zu Prinzessin Therese!», befahl sie dem Diener, der ihr die Tür öffnete.

«Ich habe Anweisung, niemanden zu Ihren Hoheiten zu lassen», erwiderte er.

«Dann sagen Sie mir wenigstens, wo die Herrschaften sind!»

«Sie befinden sich in den privaten Räumen Ihrer Hoheit Prinzessin George.» Und als Paulina wild entschlossen davonpreschte, rief er ihr entsetzt hinterher: «Aber Mademoiselle! Sie können jetzt nicht zu Ihrer Hoheit! Bleiben Sie hier!»

Wie besessen lief Paulina die langen Gänge des Schlosses entlang, bis sie zu den privaten Räumen der alten Dame gelangte.

Als sie in den Salon stürmte, stampfte Therese gerade wütend mit dem Fuß auf und schrie: «Ich werde diesen Mann nicht heiraten! Niemals!»

Paulina war so verblüfft über den heftigen Gefühlsausbruch der Freundin, dass sie in der Tür stehen blieb.

Therese zuckte zusammen und fuhr herum. Aus ihrem Gesicht war alle Farbe gewichen, ihre Augen waren rot umrändert, das Haar hing ihr wirr ins Gesicht. Vor ihr, wie zwei Ankläger bei Gericht, saßen die Landgräfin und ein schwarz gekleideter Herr. Ihre ernsten Mienen verhießen nichts Gutes.

«Was fällt Ihnen ein, hier einfach so hereinzuplatzen?», fragte Prinzessin George in einem Ton, den Paulina noch nie an ihr erlebt hatte.

Therese streckte ihre Hand nach der Freundin aus.

«Stehen Sie mir bei, meine Liebste!», sagte sie flehend und fing an zu weinen. «Man will mich mit einem ungebildeten Banausen aus der Provinz verheiraten.»

Paulina erstarrte. Es stimmte also! Die Verbindung mit dem englischen Thronfolger würde nicht zustande kommen.

Prinzessin George klingelte nach ihrem Diener. «Schaffen Sie mir dieses ungezogene Mädchen aus den Augen!», befahl sie dem Mann.

«Ich wünsche, dass Paulina hierbleibt!», widersprach Therese energisch. «Wenn schon derart grausam über meine Zukunft entschieden wird, möchte ich wenigstens den Beistand eines Menschen haben, der es gut mit mir meint!»

«Sie glauben wirklich, dass diese kleine Baroness es gut mit Ihnen meint, Hoheit?», meldete sich der schwarz gekleidete Mann spöttisch zu Wort. «Sie hat, so wie man mir berichtete, nur ihre eigenen Interessen im Kopf.»

Therese schluchzte auf. «Das ist nicht wahr! Wir sind einander in echter Freundschaft zugetan.»

«Fräulein von Gralitz möge meinetwegen bleiben», lenkte Prinzessin George seufzend ein. In ihrem Gesicht war ein Hauch von Mitgefühl zu erkennen.

Therese stürzte auf Paulina zu und fasste sie am Arm.

«Stellen Sie sich vor, was geschehen ist! Der Vater dieses Provinzfürsten hat für seinen Sohn um meine Hand angehalten. Er hat es ganz hinterhältig angestellt und sich direkt an meine Tante in England gewandt. Und was das Schlimmste ist: Meine Tante hat zugestimmt!»

«Aber sollten Sie nicht ihren Sohn, den englischen Thronfolger, heiraten?», fragte Paulina verwirrt.

«Meine Tante hat zu verstehen gegeben, dass eine Verbindung mit ihrem Sohn nicht in Frage kommt. Stattdessen lässt sie sich von diesem Postmeister um den Finger wickeln.»

Paulina riss die Augen auf. «Sie meinen doch nicht etwa den Prinzen von Thurn und Taxis?»

«Doch, genau den. Karl Alexander von Thurn und Taxis. Ich soll ihn heiraten!» Erneut brach Therese in Tränen aus.

«Genug jetzt!» Der schwarz gekleidete Mann schlug entnervt mit der flachen Hand auf die Stuhllehne. «Wir sind hier schließlich nicht im Theater! Sparen Sie sich Ihre Tränen für wichtigere Anlässe auf, Hoheit! Wie oft soll ich Ihnen noch die Vorzüge dieser Verbindung erläutern? Sie werden reicher sein als jedes andere Mitglied Ihrer Familie. Sie werden in einem prächtigen Schloss wohnen, Sie werden kostbare Kleider tragen, Sie werden wundervolle Feste feiern. Ihr Hof wird einer der fürstlichsten Höfe Europas sein. Es liegt an Ihnen, was Sie daraus machen, Hoheit. Sind Sie nicht an Malerei und Literatur interessiert? Nun, Sie werden über die notwendigen Mittel verfügen, Ihren Leidenschaften nachzugehen. Glauben Sie mir – diese Heirat bedeutet nicht den geringsten Nachteil für Sie!»

«O doch, es gibt einen großen Nachteil!», entgegnete Therese heftig. «Ich liebe den Prinzen von Thurn und Taxis nicht.»

Der schwarz gekleidete Mann stieß ein trockenes Lachen aus. «Was glauben Sie, wie viele Damen des Hochadels ihre Ehegatten lieben? Das ist in unseren Kreisen nicht gerade weit verbreitet.»

«Ich hätte Königin von England werden können!»

«Königin von England, pah! Wissen Sie eigentlich, was Sie dort erwartet hätte? Ich kenne den englischen Thronfolger sehr gut. Selten in meinem Leben habe ich einen unangenehmeren Menschen getroffen. Die Einzelheiten über den jungen Mann möchte ich Ihnen lieber ersparen. Seien Sie gewiss – Ihre Tante hat Ihnen einen großen Gefallen erwiesen.»

Therese zögerte. Sie sah den schwarz gekleideten Herrn aus tränennassen Augen nachdenklich an.

Prinzessin George nickte ihr aufmunternd zu. «Hörst du, mein Kind? Wir meinen es nur gut mit dir. Der Prinz von Thurn und Taxis ist nicht die schlechteste Wahl, dessen kannst du versichert sein.»

«Warum musste es ausgerechnet *er* sein?» Dieser Einwand kam schon deutlich schwächer. «Ich weiß nicht, ob ich es ertragen kann, den Triumph in seinen Augen zu sehen.»

«Der junge Mann ist viel zu glücklich, um über dich zu triumphieren», sagte ihre Großmutter milde lächelnd. «Er ist wirklich verliebt in dich. Außerdem wird er ein großes Vermögen erben – ist das nicht eine wunderbare Grundlage für eine Ehe?»

Therese drehte sich hilfesuchend zu Paulina um.

«Sie werden mit mir nach Regensburg kommen, nicht wahr?»

Paulina nickte schnell. «Natürlich, Hoheit. Natürlich werde ich mit nach Regensburg kommen.»

Nach Regensburg! In die Provinz, wo man die Menschen kaum verstand, weil sie einen eigenartigen Dialekt sprachen. An den Hof eines Fürsten, der nicht einmal in der Lage war, unterhaltsam zu plaudern. Der einem beim Tanzen auf die Füße trat und noch nie etwas von Friedrich Schiller gehört hatte. Paulina schloss die Augen. Sie war so nah daran gewesen, an einen der glanzvollsten Höfe Europas zu kommen, und nun würde sie im Haus eines Postmeisters als Hofdame einer Provinzfürstin versauern.

«Was ist mit Ihnen, liebste Freundin?», fragte Therese besorgt. «Geht es Ihnen nicht gut?»

Paulina öffnete die Lider. «Doch, doch, es geht mir gut. Wahrscheinlich habe ich nur zu wenig geschlafen. Wenn Sie erlauben – ich würde mich gerne zurückziehen.»

Der schwarz gekleidete Herr musterte Paulina mit zusammengekniffenen Augen. «Ich glaube, ich lag gar nicht so falsch mit meiner Annahme …»

«Mit welcher Annahme, Graf Barthold?», fragte Prinzessin George verwirrt. «Sie sprechen in Rätseln.»

Der Blick des Grafen verharrte auf Paulina. «Ich bin sicher, das junge Fräulein weiß, wovon ich spreche.»

«Ich weiß überhaupt nichts», erwiderte Paulina barsch. Die Tatsache, dass der Herr ihre nicht gerade ehrenhaften Gedanken zu ahnen schien, gefiel ihr ganz und gar nicht.

«Warten Sie in unserem Boudoir auf mich, liebe Freundin», bat Therese und nahm Paulinas Hände. «Ich weiß nicht, was ich ohne Sie täte. Es tröstet mich sehr, dass Sie mir in meinem Schmerz zur Seite stehen.»

Paulina versank in einen tiefen Knicks und verabschiedete sich artig. Prinzessin George nickte ihr wohlwollend zu. Kurz bevor Paulina sich umdrehte, um in Richtung Tür zu gehen, traf sie der Blick des Grafen Barthold.

«Wirklich schade, Baroness, dass Sie der Londoner Gesellschaft vorenthalten bleiben», sagte er mit einem süffisanten Lächeln. «Sie wären eine wahre Bereicherung für den englischen Hof gewesen.»

Als Paulina auf dem Kostümball am Abend versonnen den virtuosen Klängen eines jungen Geigers lauschte, spürte sie plötzlich, dass von hinten jemand an sie herantrat.

«Treiben Sie es nicht zu wild, Baroness!», raunte ihr eine Stimme mit drohendem Unterton zu.

Paulina drehte sich um. Obwohl der Herr hinter ihr maskiert war, erkannte sie sofort den Grafen Gondern in ihm.

«Ich mag Sie nicht besonders gut leiden, Fräulein von Gralitz», fuhr der Graf flüsternd fort. «Das ist Ihnen sicher nicht entgangen. Aber da Sie es tatsächlich geschafft haben, die gesamte landgräfliche Familie für sich einzunehmen, muss ich Ihnen Ihre kleinen Eskapaden nachsehen, so schwer es mir fällt. Was mögen die Herrschaften nur so an Ihnen? Selbst Graf Barthold, den ich immer für einen integren Menschen hielt, ist ganz angetan von Ihrer scheinheiligen Art.»

«Dann haben Sie anscheinend den Zynismus in seinen Worten überhört», erwiderte Paulina, ohne den Grafen dabei anzusehen. «Ich sage Ihnen, er mag mich genauso wenig wie Sie.»

«Als Oberhofmeister der Landgräfin von Hessen-Darmstadt habe ich eine gewisse Macht in diesem Hause.» Graf Gondern zischte nun wie eine Schlange. «Und die lasse ich mir von einem Emporkömmling wie Ihnen nicht nehmen. Sie sind wie Phönix aus der Asche aufgetaucht, obwohl Sie die Enkelin eines Mannes sind, dessen Namen man in diesem Hause tunlichst nicht in den Mund nimmt. Ich warne Sie, Fräulein von Gralitz! Gegenwärtig stehen Sie bei Prinzessin George hoch in der Gunst. Doch glauben Sie mir – ich habe schon mehr als einen ehrgeizigen Höfling in Ungnade fallen sehen. Sie haben sich in der kurzen Zeit, die Sie an diesem Hof leben, schon viele Feinde gemacht, Mademoiselle. Jeder einzelne wird sich im Fall Ihres Untergangs vergnüglich die Hände reiben.»

Kapitel 10

Neustrelitz, Mai 1789

«Diese Leute aus dem Norden sind so schrecklich langweilig! Aber wen wundert es? Egal, wo man hinsieht, gibt es in Mecklenburg nur Seen und gelbe Felder. Da muss man ja melancholisch werden. Und dieser Wind! Ständig ruiniert er meine Frisur und zerrt an meinem Rock. Außerdem ist die Sonne nicht gut für den Teint. Also, ich für meinen Teil bin heilfroh, wenn wir endlich wieder nach Regensburg zurückkehren.»

Diese von einer jungen Frau mit heller Stimme ausgerufenen Worte weckten Paulina aus ihrem Nachmittagsschläfchen. Nach der am Morgen in der Schlosskapelle vollzogenen Trauung hatte sie sich völlig erschöpft auf ihr Bett gelegt und war sogleich eingeschlafen.

«Lass das niemanden hören, liebes Schwesterchen!», sagte lachend ein junger Mann. «Mir scheint, sie sind hier sehr stolz auf ihr Fleckchen Erde, das fast nur aus Wasser, Wind und Raps besteht. Aber unter uns gesagt: Auch mir fehlen die Höhenzüge und die Tannenwälder unserer Heimat.»

Die beiden Geschwister hatten eine ähnliche Mundart wie der Prinz von Thurn und Taxis, der zur Hochzeit mit seinem Hofstaat aus Regensburg angereist war.

«Warum musste Karl Alexander auch ausgerechnet am Ende der Welt heiraten?», plauderte die junge Dame weiter. «Ich frage mich schon die ganze Zeit, was er an dieser spröden Therese findet. Man merkt wirklich, dass sie von hier stammt. Sie ist genauso wie dieses Mecklenburg: langweilig und freudlos. Oder hast du sie schon jemals lachen sehen?»

«Du tust ihr unrecht, Agnes», antwortete ihr Bruder. «Ich

glaube, sie ist einfach überwältigt vom Glanz des Hauses Thurn und Taxis. Auch wenn ihre Familie einen großen Namen trägt – sie ist nicht vermögend und wird eine solche Pracht noch nie erlebt haben.»

«Die Pracht scheint ihr aber keineswegs zu missfallen!»

Die Geschwister brachen in unbeschwertes Lachen aus.

«Dann warte ab, was sie erst zu den Feierlichkeiten auf Schloss Trugenhofen sagen wird!», fügte der junge Mann hinzu. «Dagegen ist dieses Fest hier nur ein Vorgeplänkel!»

Neugierig erhob Paulina sich und trat ans Fenster, das sie wegen des warmen Wetters weit geöffnet hatte. Tief einatmend lehnte sie sich hinaus und blickte auf den weitläufigen Park der herzoglichen Residenz.

«Haben Sie auch die Gunst der Stunde genutzt, um sich ein wenig auszuruhen?», ertönte neben ihr die helle Stimme mit der eigenartig klingenden Mundart.

Paulina wandte den Kopf zur Seite.

Aus dem benachbarten Fenster sah ihr das elfenhaft hübsche Gesicht einer jungen Frau entgegen. Hinter ihr lehnte ein gutaussehender Jüngling an der Leibung, das Bein lässig auf den Sims gelegt. Seine Augen blitzten schalkhaft.

«Wir haben Sie doch nicht geweckt, Mademoiselle?», fragte er, ohne dass er diese Möglichkeit ernsthaft zu bedauern schien.

«Ganz und gar nicht», antwortete Paulina süßlich. «Und wenn schon – hätte ich weitergeschlafen, wären mir einige interessante Einblicke in die Denkart der Menschen entgangen, deren Heimat ich bald mein Zuhause nennen darf.»

Die beiden Geschwister tauschten einen kurzen Blick.

«Und welche Erkenntnisse haben Sie gewonnen, Mademoiselle?», fragte der junge Mann.

«Nun, ich bin jedenfalls nicht halb so versessen darauf wie Sie, in diese im wahrsten Sinne des Wortes hinterwäldlerische Provinz zu reisen, in der die Thurn und Taxis residieren.»

Der Jüngling pfiff durch die Zähne. «Hast du nicht eben gesagt, Schwesterchen, die Leute aus Mecklenburg seien langweilig? Das kann man von dieser jungen Dame hier wahrlich nicht behaupten. Gehören Sie zum Hofstaat der Prinzessin, Mademoiselle?»

«Ich bin eine enge Vertraute Ihrer Hoheit», antwortete Paulina.

«Dann können Sie uns vielleicht etwas über Prinzessin Therese verraten», bat die Regensburgerin. «Warum hat sie wohl in dem erhebenden Moment, als ihr Vater sie zum Altar führte, so bitterernst dreingeschaut?»

Weil am Altar nicht ihr Märchenprinz auf sie gewartet hat, dachte Paulina. Die Worte ihrer Zimmernachbarin erinnerten sie plötzlich daran, dass die zahllosen Verpflichtungen dieser Hochzeit gerade erst begonnen hatten.

«Ich muss mich leider verabschieden», sagte sie zu den beiden jungen Leuten. «Vielleicht können wir unsere nette kleine Plauderei ein anderes Mal fortsetzen. Man erwartet mich beim Empfang der mecklenburgischen Edelleute, die dem Brautpaar ihre Glückwünsche zur Hochzeit überbringen. Prinzessin Therese würde es mir übelnehmen, wenn ich nicht erschiene. Sehen wir uns heute Abend auf dem Ball?»

Als Paulina sich zum Empfang im großen Saal von Neustrelitz einfand und sich unter das Gefolge der Prinzessin mischte, stellte sie fest, dass sie keine Minute später hätte kommen dürfen.

Als einer der ersten Gratulanten wurde dem Prinzenpaar der aus Hannover angereiste Graf Bahro mit seiner Mutter vorgestellt. Paulina reckte den Hals und betrachtete neugierig den Sohn ihrer Großtante. Ulrich von Bahro, Minister am kurfürstlichen Hof von Hannover, war ein Edelmann par excellence. Er hatte die gleichen herrischen Gesichtszüge wie seine Mutter und Augen, deren Ausdruck nichts über ihn verriet. Seinen schlanken, gestählten Körper konnte er sich nur durch eiserne Disziplin bewahrt haben. Formvollendet, aber mit einer gewissen Kälte überbrachte er dem Hochzeitspaar seine Glückwünsche.

«Ist Ihr ältester Sohn nicht mitgekommen, Herr Graf?», erkundigte sich Therese. «Ich hatte das Vergnügen, ihn letztes Jahr im Schloss meiner Großmutter bei Darmstadt kennenzulernen.»

«Leider kann mein Sohn Ihnen nicht persönlich seine Glückwünsche überbringen, Hoheit», antwortete Graf Bahro mit regungsloser Miene. «Er befindet sich noch in Italien.»

Und die liebe Großtante wird bei der Reiseplanung zweifellos ihre Finger im Spiel gehabt haben, dachte Paulina unwillkürlich.

Am Ende der Parade erschien ein sonderliches Paar vor den Brautleuten. Beide hatten die achtzig schon überschritten. Der Mann ging am Stock, gestützt von seiner Begleiterin, und es bereitete ihm einige Mühe, einen Fuß vor den anderen zu setzen. Er blickte immer wieder leicht verwirrt um sich, doch er strahlte eine noble Würde aus, die ahnen ließ, dass er einmal ein großer Herr gewesen sein musste.

Seine Begleiterin war nicht viel jünger als er, doch wesentlich rüstiger. Von hochgewachsener und fast schon hagerer Statur, schritt sie kerzengerade auf das Prinzenpaar zu. Silbergraues Haar umrahmte ihr Gesicht, das trotz der unzähligen Falten noch die Zeichen seiner ehemaligen Schönheit trug. Ihre wachen Augen schweiften lebhaft umher.

Die greisen Herrschaften traten vor Therese und Karl Alexander, und die Dame versank in einen für ihre fortgeschrittenen Jahre beachtlichen Hofknicks.

«Reichsbaron von Gralitz-Boltenhusen und seine Schwester, die Baronin von Herrenheim», stellte der Oberhofmarschall vor.

Paulina war mit einem Schlag hellwach. Das musste ihr geheimnisvoller Urgroßvater sein!

Auch Therese zeigte sich interessiert. «Von Gralitz? Ich freue mich, Sie hier begrüßen zu dürfen, Herr Baron. Sie müssen ein

Verwandter meiner Gesellschafterin, der Baroness von Gralitz, sein! Wenn ich mich recht entsinne, erzählte mir meine Großmutter einmal, dass Mademoiselle Paulina Ihre Urenkelin sei.»

Der frohe Ausdruck auf dem Gesicht des alten Herrn erstarb.

«Wie bitte? Meine Urenkelin?», fragte er verunsichert. «Verzeihen Sie, Hoheit, aber ich habe keine Urenkelin.»

Betretenes Schweigen folgte. Ein paar der umstehenden Höflinge begannen leise zu tuscheln. Therese blickte ratsuchend zu Graf Gondern und machte ihm ein Zeichen. Der Graf trat daraufhin diskret zu dem greisen Baron und sprach mit gedämpfter Stimme auf ihn ein.

«Was haben Sie gesagt, junger Mann?», rief der alte Herr. «Sie müssen lauter sprechen – ich kann Sie nicht verstehen!»

Graf Gondern räusperte sich verlegen und sagte dann etwas lauter: «Ihre Hoheit fragte Sie nach Ihrer Urenkelin, dem Fräulein von Gralitz.»

Der Arm des Barons, mit dem er sich mühsam auf den Stock stützte, begann zu zittern. «Wen meinen Sie, junger Mann?»

«Ich spreche über Fräulein von Gralitz, die Gesellschafterin Ihrer Hoheit Prinzessin Therese.»

«Ich kenne kein Fräulein von Gralitz!»

«Ihre Urenkelin, Herr Baron», wiederholte Graf Gondern.

«Sie ist nicht meine Urenkelin!», donnerte der alte Herr los. «Jobst von Gralitz ist nicht ihr Vater!»

Er blickte wie irr geworden um sich. Die beschwichtigende Hand des Grafen Gondern schlug er energisch beiseite und klopfte zur Bekräftigung seiner Worte mehrmals mit seinem Stock auf den Boden. Die Hofgesellschaft war peinlich berührt. Paulina wäre am liebsten im Erdboden versunken.

Gerade als die betretene Stille unerträglich zu werden begann, ließ sich neben dem Baron die zarte Stimme der alten Dame vernehmen: «Verzeihen Sie, Hoheit! Das Gedächtnis meines Bruders ist nicht mehr das beste.» Sie tätschelte liebevoll den Arm des Barons. «Du weißt nicht, was du redest, Bernhard», sagte sie mit der Nachsicht, die man einem kleinen Kind entgegenbringt. «Sie müssen es dem Herrn Baron nachsehen, Hoheit, aber manchmal verwechselt er …»

Sie unterbrach sich mitten im Satz. Ihre Augen weiteten sich, und dann hob sie langsam ihren Arm und deutete auf Paulina.

«Bernhard! Sieh nur! Die junge Dame!»

Der Baron zuckte zusammen. «Was ist? Warum schreist du so?»

«Antonia! Da ist Antonia!» Die alte Dame wirkte wie erstarrt.

Mit altersschwachen Augen stierte der Baron in die Richtung, in die der Arm seiner Schwester zeigte.

«Was sagst du da?», rief er aufgeregt. «Wo ist Antonia?»

«Deine Urenkelin, Bernhard!» Die Baronin Herrenheim schnappte nach Luft. «Das kann nur deine Urenkelin sein!»

Alle Blicke richteten sich auf Paulina, deren Herz wie wild zu klopfen begonnen hatte.

«Wo ist Antonia?», wiederholte der alte Herr und klammerte sich an seine Schwester. «Ich kann sie nicht sehen! Führe mich zu ihr, Amalie, ich bitte dich! Antonia, meine Antonia!»

Die alte Dame ließ ihren ausgestreckten Arm sinken. Ihr Gesicht verzog sich zu einem glückseligen Lächeln. «Ich danke Gott dafür, dass ich das noch erleben darf! Du warst jahrelang im Irrtum, Bernhard. Wenn diese junge Dame dort Fräulein von Gralitz ist, dann muss sie deine Urenkelin sein. Sie ist Antonia wie aus dem Gesicht geschnitten!»

«Nehmen Sie Platz, Mademoiselle!», sagte die Baronin Herrenheim freundlich zu Paulina und deutete auf eine kleine Sitzgruppe, die aus drei mit rotem Samt überzogenen Stühlen und einem zierlichen Holztischchen bestand.

«Ich bin überglücklich, dass Sie die Zeit gefunden haben, den weiten Weg nach Boltenhusen zu machen», sagte die Baronin. «Es ist wirklich verblüffend. Sie könnten wahrhaftig die junge Antonia sein. Beim Empfang in Neustrelitz glaubte ich einen Moment lang, ich sei einem Trugbild erlegen. Ich hoffe, Sie verzeihen uns die Aufregung, die wir verursacht haben. Sie wissen mittlerweile, wer Antonia war?» Die Baronin nahm eine Kanne aus feinem Porzellan, die auf dem Tischchen bereitstand, und schenkte Tee in zwei kleine Tassen ein.

«Ja, die Gräfin Bahro hat mich aufgeklärt», antwortete Paulina ein wenig steif. «Antonia war meine Urgroßmutter, die Gemahlin des Barons von Gralitz-Boltenhusen.» Sie fühlte sich leicht beklommen neben der Baronin. Ob es wirklich so eine gute Idee gewesen war, nach Boltenhusen zu kommen?

«Wir haben nicht mehr oft Besuch», fuhr die alte Dame fort. «Es ist so unglaublich still geworden in Boltenhusen. Viele unserer alten Weggefährten sind bereits von uns gegangen. Und seit mein Bruder ein wenig … nun, sagen wir … merkwürdig geworden ist, kommen auch die Jüngeren nicht mehr. Umso mehr hoffe ich, dass die Worte des Barons nicht allzu kompromittierend für Sie waren. Er weiß manchmal nicht mehr, was er redet.»

Die Baronin Herrenheim trank einen Schluck Tee.

«Ich habe übrigens beschlossen, meinem Bruder nichts von Ihrem Besuch zu erzählen. Es würde ihn zu sehr aufregen. Er glaubt immer noch, seine verstorbene Gattin wiedergetroffen zu haben, und lässt sich das nicht ausreden. Da es ihn anscheinend sehr glücklich gemacht hat, möchte ich ihm die Freude nicht nehmen.»

Paulina sah sich in dem schönen Salon um, in den die Baronin sie nach ihrer Ankunft in Schloss Boltenhusen geführt hatte. Alles war freundlich, aufgeräumt – und einladend. Durch die hohen Fenster sah man auf einen gepflegten Park mit sorgfältig gestutzten Hecken und sauberen Wegen.

«Schön haben Sie es hier in Boltenhusen, Madame», sagte Paulina aus tiefstem Herzen.

Die Baronin lächelte freudig. «Ja, nicht wahr? Es ist immer mein Wunsch gewesen, meine letzten Tage in Boltenhusen zu verbringen. Leider sind nur noch wir beiden alten Leutchen übrig geblieben.» Sie beugte sich zu Paulina herüber und legte in einer vertraulichen Geste ihre schmale Hand auf den Arm des jungen Mädchens. «Ich habe mich immer gefragt, was wohl aus Ihnen geworden ist. Jobst wollte ja nie darüber reden. Und nun haben wir auch von ihm schon seit vielen Jahren keine Nachricht mehr. Können Sie mir vielleicht etwas über Ihren Vater sagen?»

Paulina schüttelte den Kopf. «Nein, ich weiß überhaupt nichts von meinem Vater. Nach dem Tod meiner Mutter hat sich die Gräfin Bahro mit ihm in Verbindung gesetzt, aber er hat ihren Boten nicht einmal empfangen.» Sie sah, dass die Baronin zusammenzuckte, und fragte besorgt: «Ist Ihnen nicht gut, Madame?»

Die alte Dame drückte kurz Paulinas Arm. «Nein, es ist nichts. Ich wusste nur nicht, dass Sophie verstorben ist. Sie armes Kind! Nun haben Sie niemanden mehr!»

«Wie Sie wissen, bin ich Gesellschafterin Ihrer Hoheit Prinzessin Therese», sagte Paulina. «Ich werde mit ihr nach Bayern gehen. Schon in wenigen Tagen werden wir nach Schloss Trugenhofen aufbrechen.»

«Wie schade! Dann werde ich Sie also vorerst nicht wiedersehen. Umso glücklicher bin ich, dass Sie mich aufgesucht haben. Es bedeutet mir sehr viel, dass durch Sie alle Zweifel aus dem Weg geräumt wurden.»

Paulina horchte auf. «Dann ist also doch etwas Wahres an dem, was der Baron auf dem Empfang gesagt hat?»

«Der Geist meines Bruders ist etwas verwirrt», beschwichtigte die Baronin sie schnell – ein wenig zu schnell, wie Paulina fand. «Bedenken Sie, dass er sich schon in einem fortgeschrittenen Alter befindet. Alte Menschen pflegen manchmal zu faseln.»

«Wie kommt er darauf, dass Jobst von Gralitz nicht mein Vater sein könnte?», insistierte das junge Mädchen. «Irgendetwas sagt mir, dass sein Gerede nicht nur der Verwirrtheit des Alters zuzuschreiben ist.»

«Nun ja, es gab da Gerüchte ...»

«Was für Gerüchte?»

Die alte Dame zögerte. «Es gab Gerüchte, dass ... Ihre Mutter war nach ihrer Hochzeit lange in Mecklenburg bei der Familie Bahro, müssen Sie wissen. Zu lange, wie manch einer meinte. Es wurde einiges geredet.»

«Was genau wurde geredet?» Paulina war nun vom unwiderstehlichen Drang gepackt, endlich etwas über ihre Eltern in Erfahrung zu bringen.

«Was stellen Sie nur für Fragen, mein Kind?», seufzte die Baronin unglücklich. «Ich habe mich so darüber gefreut, dass Sie mich besuchen kommen. Und nun erinnern Sie mich an Dinge, die ich längst vergessen habe und an die ich nicht erinnert werden möchte.»

Paulina sah die alte Dame eindringlich an. «Es war nicht meine Absicht, Sie zu beunruhigen, Madame. Aber Sie scheinen einer der wenigen Menschen zu sein, die wissen, was mit meinen Eltern geschehen ist. Warum hat meine Mutter meinen Vater verlassen? Warum hat man angenommen, dass Jobst von Gralitz nicht mein Vater sei? Was hat die Familie Bahro mit alldem zu tun? War der Sohn der Gräfin Bahro am Ende der Liebhaber meiner Mutter?»

«Gott bewahre!», entfuhr es der Baronin Herrenheim. «Was reden Sie da? Versündigen Sie sich nicht! Ulrich von Bahro ist über jeden Zweifel erhaben. Außerdem lebte er zu jener Zeit am Hof von Hannover. Um Schloss Bahro kümmerte sich damals ein Neffe des verstorbenen Grafen. Der Neffe ... nun ja, man sagt, er mochte Sophie sehr gerne.»

«Er stand im Verdacht, der Vater von Sophies Kind zu sein», half Paulina der Baronin auf die Sprünge.

«Niemand hat es laut gesagt ... aber ... Ach, mein Kind, warum zerbrechen wir uns den Kopf über solch unangenehme Dinge, die längst der Vergangenheit angehören? Außerdem entsprechen sie nicht der Wahrheit. Sie sind die Urenkelin von Antonia, daran gibt es nicht den geringsten Zweifel.» Entschlossen stand die alte Dame auf. «Kommen Sie! Ich möchte Ihnen etwas zeigen.»

Paulina folgte der Baronin in die Eingangshalle des Schlosses. Sie stiegen eine breite, geschwungene Treppe hinauf, deren Wand von Familienporträts gesäumt war. Auf der obersten Stufe blieb die Baronin stehen und deutete auf eines der Gemälde.

«Schauen Sie!»

Paulina hatte geahnt, was die alte Dame ihr zeigen wollte, aber sie war nicht auf das gefasst, was sie nun zu sehen bekam.

Vor ihr hing das Bild einer jungen Frau, die kaum älter war als sie selbst. Sie hatte ein hübsches, ebenmäßiges Gesicht, das von kastanienbraunem Haar umrahmt war. Ihr matter Teint verriet ihre südländische Herkunft, doch das wirklich Reizvolle an ihr war der Ausdruck ihrer meerblauen Augen. Die junge Frau strahlte das blühende Leben aus, aber es war nichts Liebliches, Sanftes oder gar Demütiges in ihren Augen. Stolz und selbstbewusst schaute sie in die Welt – als wollte sie das Schicksal herausfordern.

Das bin ja ich, schoss es Paulina durch den Kopf, und sie fühlte sich auf seltsame Weise ertappt.

«Antonia von Gralitz-Boltenhusen, Ihre Urgroßmutter», stellte die Baronin Herrenheim vor. «Mein Bruder hat sie über alles geliebt. Auch wenn er es weiß Gott nicht einfach mit ihr hatte.»

Das kann ich mir vorstellen, dachte Paulina und starrte das Bild an. Sie sah Antonia wirklich zum Verwechseln ähnlich, aber das hatte sie ja schon gewusst. Was sie jedoch regelrecht erschütterte, war etwas anderes.

Der Maler hatte es verstanden, in seinem Werk neben dem anziehenden Aussehen der jungen toskanischen Dame auch ihren Charakter einzufangen. Paulina war es, als hätte man ihr einen Spiegel vorgehalten. Sie war nicht nur äußerlich das Ebenbild ihrer Urgroßmutter, sie hatte zweifellos auch deren eigenwillige, widersprüchliche Persönlichkeit geerbt.

«Verstehen Sie nun, was ich meine?», fragte die Baronin Herrenheim.

Paulina konnte nur stumm nicken.

«Es ist wirklich schade, dass Sie schon so bald wieder aus Mecklenburg abreisen müssen», sagte die Baronin plötzlich.

Paulina riss sich von dem Gemälde los. Auf einmal war ihr der Gedanke unerträglich, das Schloss ihrer Vorfahren und dieses weite Land voller Seen, Wind und Raps wieder verlassen zu müssen, kaum dass sie es kennengelernt hatte.

«Ja, es ist schade», murmelte sie. «Aber ich werde wiederkommen. Eines Tages werde ich wiederkommen.»

Kapitel 11

Trugenhofen, Juni 1789

«Ich kann nicht mehr!», stöhnte Agnes von Birnreuth und streckte sich wenig damenhaft auf ihrem Platz in der Kutsche aus. «Noch ein Ball, ein Theaterstück, ein Konzert oder was weiß ich für ein Mummenschanz, und ich falle um. Ich habe kaum geschlafen in den letzten Tagen!»

Paulina, die neben ihrer neuen Freundin aus dem Nachbarzimmer von Schloss Neustrelitz saß, musste lachen. «Dabei wollten Sie die Leute aus dem Norden doch so beeindrucken mit Ihren ausschweifenden Vergnügungen, erinnern Sie sich? Sie dürfen jetzt nicht schlappmachen, meine Liebe! Der Oberhofmarschall hat mir anvertraut, dass uns heute der Höhepunkt der Festlichkeiten erwartet.» Sie sah aus dem kleinen Fenster der Kutsche. «Wissen Sie, wo wir hier sind?»

«Aber ja!» Agnes unterdrückte ein Gähnen. «Dies ist der Englische Wald. Ich vermute, dass wir dort ein Picknick machen. Wir werden im Gras hocken, unter der Sonne schwitzen und uns der unzähligen Mücken erwehren.»

«Hauptsache, wir gehen nicht auf die Jagd!», mischte sich ihr Bruder Maximilian von Birnreuth ein, der schläfrig an der Wand der Kutsche lehnte. «Ich könnte heute ein Reh nicht von einem Hasen unterscheiden.»

«Das kommt davon, wenn man überhaupt nicht ins Bett findet», stichelte seine Schwester. «Wie ich hörte, hast du dich nach dem gestrigen Konzert noch die ganze Nacht im Dorf vergnügt.»

Maximilian schloss die Augen und lächelte genießerisch. «Ja, ein Vergnügen war es in der Tat!»

Paulina betrachtete die schöne Wald- und Parkanlage. Die Fürsten von Thurn und Taxis hatten sich hier ein wahres Kleinod geschaffen. Hohe Bäume, malerische Lichtungen, verträumte Plätze, glitzernde Waldseen – die Gegend war wie geschaffen für eine romantische Hochzeitsreise.

Sie war nun seit fast zwei Wochen in Trugenhofen, der Sommerresidenz der Thurn und Taxis. Fürst Anselm hatte dem Brautpaar einen überwältigenden Empfang bereitet. Eine Feierlichkeit jagte die nächste: Bälle, Konzerte, Schauspiele, Lesungen – das Fest wollte kein Ende mehr nehmen.

Das Blasen von Jagdhörnern kündigte das Ziel der kleinen Ausfahrt an. Die sechsspännigen Gefährte der Hofgesellschaft hielten auf einer großen Waldwiese. Paulina kletterte erwartungsvoll hinter Agnes aus der Kutsche und sah sich um.

Auf der Lichtung tummelten sich die Höflinge. Die Herren standen in kleinen Gruppen beisammen und diskutierten eifrig über die neuesten politischen Ereignisse in Frankreich, die zwar besorgniserregend, aber gottlob weit genug weg waren. Die Damen flanierten plaudernd über die Wiese und hielten spitzenbesetzte Sonnenschirme in die Höhe, um sich vor der brennenden Junisonne zu schützen. Kleine Pinscher flitzten kläffend zwischen ihren Beinen umher.

«Schauen Sie nur!», rief Agnes aufgeregt und zog Paulina durch die Reihen der noblen Gäste. «Dort sind Therese und Karl Alexander!»

Paulina reckte den Kopf und sah, wie die beiden Neuvermählten in Begleitung einiger Höflinge zu einem weißen Tempelchen hinaufstiegen. Als sie oben ankamen, trat ihnen aus dem Gebetshaus eine Frau in einem wallenden Kleid entgegen, ein mondsichelförmiges Diadem im Haar. Sie hatte einen Köcher mit Pfeilen umgehängt und hielt einen großen, geschwungenen Bogen in der Hand, den sie in einer theatralischen Geste durch die Luft schwenkte.

«Die Göttin Diana!», rief jemand.

«Nein, das ist die Baronin Eberstein!», sagte ein anderer.

«Puh!», machte der Nächste. «Seien Sie doch nicht so furchtbar unromantisch!»

Die Frau aus dem Tempel bedeutete den Brautleuten mit verführerischer Miene, ihr zu folgen. Angeführt von der Göttin Diana und dem Prinzenpaar, setzte sich die Hofgesellschaft munter schwatzend in Bewegung. Es ging über Stock und Stein, bis die Höflinge einen kleinen Weiler erreichten. Fröhliche Musik und lautes Stimmengewirr schlugen ihnen entgegen. Die ganze Ortschaft war mit Girlanden und Fahnen geschmückt. Zwischen klapprigen Jahrmarktsbuden herrschte lustiges Treiben, und auf dem Marktplatz drehten sich mit schwingenden Röcken die Mädchen vor den Burschen beim Tanz. Die Dorfbewohner trugen ihre Sonntagstracht.

«Eine Bauernhochzeit!», rief eine Dame entzückt aus.

Als die Dörfler begriffen, welch hohen Besuch sie hatten, versanken sie in tiefe Verbeugungen. Der Brautvater, der sich als der Vorsteher des Ortes herausstellte, bat das Prinzenpaar an den Tisch der frischgebackenen Eheleute.

«Wir wollen mitfeiern!», beschloss die übermütige Hofgesellschaft und mischte sich unter die Hochzeitsgäste. Bald standen die Höflinge den Burschen und Mädchen des Dorfes an Ausgelassenheit in nichts nach.

Was für ein Rummel! Taschenspieler mit flinken Fingern und listigem Blick führten ihre Tricks vor. Eine Frau mit pechschwarzem Haar und flatternden Tüchern um die Schultern versprach in fremdländischem Akzent, in die Zukunft schauen zu können. Quacksalber priesen mit aufdringlichem Gehabe ihre Cremes und Kräutersude an.

Paulina schlenderte an den Marktbuden entlang, als ihr ein Gaukler in Harlekinskostüm und Schellenmütze in den Weg sprang und mit gespreizten Armen und Beinen vor ihr stehen blieb. In einem merkwürdigen Singsang rief er: «Wo ist Ihr Kavalier, schönes Fräulein? Heute ist der Tag der Liebe, da darf kein Mädchen alleine bleiben.»

Er vollführte ein paar pittoreske Bewegungen, dann beugte er plötzlich den Oberkörper vor und zeigte mit ausgestrecktem Zeigefinger auf Paulina. «In welchem Mannesherz wird dieses Wunderwerk der Schöpfung wohl die große Liebe wecken?» Die Augen hinter seiner bizarren Maske waren weit aufgerissen. Er ließ seinen Kopf langsam rundum schweifen.

«In meinem!», ertönte eine Stimme im Hintergrund.

Aus der Menge der Zuschauer löste sich ein großgewachsener junger Mann, der mit ungläubigem Blick auf Paulina zukam und vor ihr stehen blieb. In seinem von der Sonne gebräunten Gesicht funkelten zwei honigfarbene Augen.

«Es ist unbegreiflich! Ich dachte erst, ich sähe eine Erscheinung, aber Sie sind tatsächlich aus Fleisch und Blut!»

«Aus was sollte ich wohl sonst sein, Monsieur?», fragte Paulina amüsiert. «Mir scheint, die romantische Stimmung dieses Ortes hat Ihnen die Sinne vernebelt.»

«Der Eindruck mag entstehen», gab der junge Mann zu, «aber ich kann Ihnen versichern, dass ich mich tatsächlich in Sie verliebt habe, ohne Ihnen jemals begegnet zu sein.»

Paulina warf ihren Kopf zurück und begann schallend zu lachen. «Immerhin mangelt es Ihnen nicht an Phantasie! Eine wirklich originelle Art und Weise, sich einer Dame zu nähern! Haben Sie eine ähnlich geistreiche Erklärung dafür, wie man sich in eine Frau, die man nicht kennt, verlieben kann?»

Der Blick des jungen Mannes hing wie gebannt an ihrem Gesicht.

«Ich habe Sie auf einem Gemälde gesehen, in einem Schloss in der Toskana. Es ist noch keine vier Wochen her. Sie müssten es kennen, denn schließlich haben Sie dem Maler Modell gestanden.»

«Die Dame auf dem Bild muss eine Doppelgängerin von mir sein. Ich schwöre Ihnen, dass ich noch nie in der Toskana war!»

«Dann hat der Maler Sie aus der Erinnerung auf die Leinwand gebracht», beharrte er. «Und ich muss sagen, es ist ihm außerordentlich gut gelungen. Sie sind die hübscheste junge Dame, die ich je gesehen habe.»

In diesem Moment dämmerte es Paulina, um wessen Porträt es sich in dem Schloss in der Toskana gehandelt haben könnte. Stammte Antonia von Gralitz-Boltenhusen nicht aus der Toskana?

«Ich habe mich auf der Stelle in Sie verliebt», fuhr der junge Mann fort. «Und dass ich Ihnen jetzt begegne …!»

Die umstehenden Gaffer, die das Interesse an dem sonderbaren Dialog der beiden jungen Leute zu verlieren begannen, wandten sich einem neuen Spektakel zu.

«Seht nur, auf dem See!», rief einer. «Wir wollen eine Fahrt mit den Gondeln machen.»

Paulina wurde von der Menge mitgerissen, die aufgeregt zu einem kleinen Weiher strömte, auf dem lauter schwarze Gondeln schaukelten. Gondolieri in silberverbrämten Wämsern standen mit stolzgeschwellter Brust am Heck und warteten auf ihre Fahrgäste.

Wild durcheinander schwatzend, verteilten die Höflinge sich auf die Boote, und im Nu glich der ländliche Dorfweiher einem venezianischen Kanal. So mochte es in Versailles zu Zeiten des großen Sonnenkönigs zugegangen sein, und fast erwartete man, jeden Moment eine gewaltige Fontäne aus dem trüben Wasser des Weihers emporspringen zu sehen. Während Paulina fasziniert die märchenhafte Szenerie betrachtete, tauchte wie aus dem Nichts ihr junger Bewunderer auf.

«Kommen Sie, Mademoiselle!» Er führte die verblüffte Paulina zu einem der Boote und half ihr, in die Gondel zu klettern. Der Gondoliere löste die Leine und tauchte sein Ruder in den See. Lustig wippend setzte das Boot sich in Bewegung.

Nachdem sie sich von der Überraschung erholt hatte, wandte Paulina den Kopf und betrachtete ihren Begleiter verstohlen von der Seite. Er mochte nur ein paar Jahre älter sein als sie. Sein ernster Blick schweifte ein wenig melancholisch in die Ferne. Er wirkte so ganz anders als die jungen Höflinge, von denen sie immer umgeben war.

Eine Gondel, in der Agnes von Birnreuth und ein paar Edelfräulein des Hofes saßen, glitt an ihnen vorbei.

«Was ist denn das, liebste Freundin?», rief Agnes entrüstet und folgte Paulinas Boot mit neugierigem Blick. «Kaum lässt man Sie ein paar Minuten aus den Augen, schon tauchen Sie mit einem gut aussehenden Verehrer an Ihrer Seite wieder auf!»

Die Begleiterinnen der Regensburgerin begannen, hinter vorgehaltener Hand zu tuscheln.

«Es ist überall das Gleiche», sagte der junge Mann neben Paulina. «Man wird sich jetzt wahrscheinlich in endlosen Klatschereien über Sie ergehen, Mademoiselle!»

Seine Worte vertrieben die Verlegenheit der jungen Frau.

«Und was machen Sie dann hier, zwischen diesen heuchlerischen Höflingen, wenn Ihnen deren doppelzüngige Art so missfällt?»

Er ließ sich durch ihren Zynismus nicht beirren.

«Es ist ein purer Zufall, dass ich hier bin. Ich komme geradewegs aus Italien. Ein Jahr lang war ich auf Reisen und bin nun auf dem Heimweg. Ich habe meinen Reisekamerad, der zu den Hochzeitsfeierlichkeiten geladen war, nach Trugenhofen begleitet. Wir sind leider ein paar Tage später als geplant eingetroffen ... deshalb muss ich gleich morgen wieder aufbrechen.»

«Und wohin fahren Sie dann?», fragte Paulina und verspürte einen Hauch von Enttäuschung.

«Nach Hannover», antwortete er. «Und von dort aus werde ich nach England reisen, um das Land kennenzulernen und zu studieren.»

Nach England!, dachte Paulina wehmütig. Dort könnte sie jetzt auch sein, wenn nicht die Ränkespiele des Hochadels alle ihre Hoffnungen zunichtegemacht hätten.

Der junge Mann blickte sie eindringlich an. «Sie werden mich für verrückt halten und mir nicht glauben, was ich Ihnen jetzt sage. Aber als ich Sie sah, wusste ich sofort, dass Sie die Dame meines Herzens sind.»

Ein wenig verwirrt wich Paulina zurück. «Aber Sie kennen mich doch überhaupt nicht!»

«O doch, ich kenne Sie», sagte er voller Überzeugung. «Ich habe Sie auf dem Bild in der Toskana betrachtet, immer und immer wieder, bis ich abreisen musste. Dann erblickte ich Sie plötzlich zwischen all den Jahrmarktsbuden. Die Dame auf dem Gemälde war lebendig geworden. Und Sie sind genauso, wie ich Sie mir vorgestellt habe: schön, klug, ein wenig rätselhaft, ein wenig eigensinnig. Was hat Sie nach Trugenhofen verschlagen?»

Paulina hatte ihm verblüfft gelauscht. «Sie wissen anscheinend nicht, dass ich die Hofdame Ihrer Hoheit Prinzessin Therese bin!»

«Sie sind die Hofdame Ihrer Hoheit? Aber das ist ja wunderbar! Bis ich aus England zurückkehre, können Sie das gerne noch bleiben!»

«Wie bitte?» Paulina wusste nicht, ob sie belustigt oder verärgert sein sollte. «Und was glauben Sie, wird dann geschehen?»

«Sie werden zu mir kommen!»

Sie stieß ein empörtes Lachen aus. «Zu Ihnen? Sie scheinen sich Ihrer Sache aber sehr sicher zu sein!»

Ihr Begleiter begann zu lächeln. Seine hellbraunen Augen glühten.

«Was Sie betrifft, nein – so viel Vermessenheit besitze ich nicht. Aber was mich betrifft, so bin ich mir sicher: Sie sind die Frau meines Herzens!»

Ein blechernes Hämmern war vom Dorf her zu vernehmen.

«Sie schmieden die Waffen der Liebe», sagte der Gondoliere. «Die Waffen der Liebe für das fürstliche Paar.»

Flammen zuckten durch die abendliche Dämmerung.

«Ah» und «Oh» kam es aus den anderen Gondeln.

Der junge Mann legte seine Hand auf Paulinas Arm. Die Berührung ging ihr durch Mark und Bein. Hatte sie eben wirklich noch gedacht, dass er ein alberner, unverschämter Kerl sei?

Er deutete auf den festlich geschmückten Weiler.

«Schauen Sie, Mademoiselle!»

Die bäuerliche Hochzeitsgesellschaft war nahe dem Seeufer zusammengekommen. Auf einer kleinen Erhebung inmitten der bunten Schar stand ein geflügelter Jüngling mit einem Kranz im Haar. Hoch über seinem Kopf hielt er eine Fackel, deren Flamme im Abendhimmel weithin leuchtete.

«Der Hochzeitsgott schwingt das Feuer der Liebe», schwärmte der Gondoliere.

Ihr Begleiter beugte sich zu Paulina herüber. Sie spürte seinen Atem an ihrem Ohr, als er flüsterte: «Ich wage es kaum zu hoffen, Mademoiselle, aber vielleicht wird es auch das Feuer unserer Liebe sein.»

Es war eine laue Sommernacht. Im Festsaal von Trugenhofen hatte der Höhepunkt des Abends begonnen: der Ball. Unter den Augen der gaffenden Höflinge trat der fremde junge Mann vor Paulina und bat sie zum Tanz.

«Es ist ja geradezu unmöglich, an Sie heranzukommen», sagte er, als sie über das Parkett schwebten. «Beim Souper saßen Sie meilenweit von mir entfernt, und auch beim Konzert war nicht daran zu denken, in Ihre Nähe zu gelangen. Warum müssen Sie auch ausgerechnet die Hofdame Ihrer Hoheit sein?»

Paulina lachte. «Vorhin veranlasste Sie mein Amt noch zu einem Ausruf der Begeisterung. Nun ja, die Etikette macht es nicht eben einfach, miteinander ins Gespräch zu kommen, besonders nicht inmitten der Hofgesellschaft.»

«Dann lassen Sie uns von hier verschwinden!», schlug er vor.

«Verschwinden? Wie stellen Sie sich das vor? Ich kann nicht einfach verschwinden. Ihre Hoheit würde mich sofort vermissen.»

Er neigte sich zu ihr herüber und flüsterte: «Ich habe zufällig vorhin mitbekommen, wie der Leibdiener der Prinzessin dem Oberhofmarschall mitteilte, dass Prinzessin Therese später einer gewissen Gräfin Terzow eine Audienz gewähren wird.»

«Oh, die Gräfin Terzow! Das ist eine alte Freundin von Therese aus Kindestagen», erinnerte Paulina sich.

«Sie sehen also, es wird Ihrer Hoheit nicht auffallen, wenn Sie kurzzeitig abwesend sind.»

Die Aussicht auf ein romantisches Stelldichein begann Paulina zu reizen. Sie spürte ein prickelndes Gefühl im Bauch. Verschwiegene Treffen waren schließlich gang und gäbe bei Hof, und es wurde höchste Zeit, dass auch sie dergleichen einmal erlebte.

«Ich kenne ein lauschiges Plätzchen im Park», versuchte ihr Galan weiter, sie zu überreden.

Paulina schaute sich zu dem Prinzenpaar um. In der Tat trat gerade der Oberhofmarschall vor Therese und machte ihr eine vertrauliche Mitteilung. Die Prinzessin folgte ihm aus dem Saal hinaus.

«Dann sollten Sie es mir schleunigst zeigen», sagte Paulina.

Der junge Mann nahm sie an der Hand und zog sie leichtfüßig hinter sich her in den Garten hinaus. Paulina warf einen letzten Blick über die Schulter. Niemand schien das Hinausgehen der ersten Hofdame zu bemerken.

Ihr junger Verehrer steuerte auf eine kleine, versteckte Laube zu, in der auf einem Sockel die Statue einer Göttin stand. Bei Tag war dieser Pavillon ein eher langweiliger Ort inmitten all der sonstigen Wunderwerke des Parks, doch jetzt, in dieser lauen Juninacht, im Duft des rankenden Geißblatts, hätte Paulina sich kein verträumteres Plätzchen vorstellen können. Die junge Frau ließ sich auf einer Steinbank im Inneren der Laube nieder.

«Was für ein wunderbarer Einfall hierherzukommen», schwärmte sie. «Ich wusste gar nicht, dass der Park bei Nacht so schön ist!»

«Mir scheint, Sie wissen überhaupt eine ganze Menge noch nicht», meinte der junge Mann und glitt neben sie.

Seine hellbraunen Augen leuchteten im Dunkeln wie Edelsteine.

«Ich habe mir bereits alles überlegt», eröffnete er ihr freimütig. «Wenn ich aus England zurückkehre, werde ich Sie meiner Familie vorstellen. Eine Hofdame der Prinzessin von Thurn und Taxis – selbst mein Vater wird nichts gegen Sie einzuwenden haben.»

«Pflegt Ihr Vater sonst Einwände zu haben?», fragte Paulina.

«Das kann man so sagen. Ich muss ehrlich gestehen, dass ich es genossen habe, während meiner Reise nach Italien seiner allumfassenden Beaufsichtigung entronnen zu sein.» Er nahm schüchtern ihre Hand. «Dürfte ich Ihnen vielleicht aus England schreiben?»

Ihr Herz machte einen Sprung. «Glauben Sie nicht, dass Sie dort etwas anderes zu tun haben werden?»

«Gewiss, Mademoiselle. Aber deshalb werde ich doch nicht die Dame meines Herzens vergessen!»

Sie sah ihn mit großen Augen an. Er schien es tatsächlich ernst zu meinen. Was er die ganze Zeit über gesagt hatte, war wohl nicht nur höfisches Getändel gewesen, um ihr ein wenig zu imponieren. Aber war es das für sie etwa gewesen? Sie hatte doch auch seit der Gondelfahrt im Bauerndorf an nichts anderes gedacht, als ihn am Abend auf dem Ball wiederzusehen. Sie hatte Stunden mit der Auswahl ihres Kleides verbracht und sich im Festsaal den Hals verrenkt, bis sie ihn endlich unter den Gästen entdeckt hatte. Sie hatte während des Soupers verstohlene Blicke mit ihm getauscht und beim Konzert davon geträumt, dass er sie später vielleicht zum Tanz auffordern würde.

Als Agnes von Birnreuth sie über ihn hatte aufklären wollen und dabei eine Miene gemacht hatte, als müsste sie die Freundin vor dem schlimmsten Don Juan aller Zeit warnen, war Paulina fortgelaufen. Sie wollte keine Gerüchte über ihn hören. Nach all diesen rauschhaften Tagen in Trugenhofen, in denen überall und jederzeit nur von Liebe und Hochzeit gesprochen wurde, sollte ihre erste kleine Romanze nicht durch den Hofklatsch verdorben werden.

Der junge Mann wusste indessen ihr Schweigen nicht zu deuten.

«Sie legen also keinen Wert darauf, einen Brief von mir zu empfangen?», fragte er enttäuscht.

Paulina legte vorsichtig ihre Hand auf seinen Arm. Es war

das erste Mal, dass sie eine solche Geste einem Mann gegenüber wagte.

«Ganz im Gegenteil! Ich würde mich sehr freuen, wenn Sie mir schrieben.»

Eine knisternde Spannung lag plötzlich in der Luft. Die sachte Berührung hatte eine wohlige Empfindung in Paulina ausgelöst, und sie wünschte sich auf einmal, dass der junge Mann sie in den Arm nehmen würde. Wie es wohl sein mochte, von ihm geküsst zu werden? Sie merkte, dass ihr Bewunderer ein wenig näher rückte und schüchtern den Arm um ihre Taille legte.

«Ich werde Ihnen so oft schreiben, wie es mir möglich ist!», flüsterte er und streifte mit seinen Lippen ihre Wangen.

Paulina schauderte, überwältigt von der Offenbarung ihres jäh erwachten Körpers. Wenn sie geahnt hätte, dass die Liebe ein so süßes Gefühl war! Sie spürte, dass der junge Mann sie mit zitternden Fingern liebkoste, ein wenig verlegen, plötzlich unsicher, ob er eine kühnere Zärtlichkeit wagen durfte.

Paulina bog den Kopf zurück und lehnte sich in köstlicher Erwartung gegen die Wand der Laube.

«Gnädiger Herr!», ertönte eine Stimme aus dem Dunkel. «Gnädiger Herr, sind Sie hier?»

Die beiden jungen Leute ließen voneinander ab. Paulinas Galan sprang auf und lief aus der Laube hinaus.

«Reinhard! Was gibt es?», hörte sie ihn erstaunt fragen. «Seit wann stellst du mir nach?»

«Gnädiger Herr, ich suche Sie schon überall. Sie müssen sofort mitkommen! Ihre Hoheiten wünschen, dass man Sie ihnen vorstellt.»

In großer Eile kehrten die beiden jungen Männer zum Schloss zurück. Paulina gesellte sich schnell zu den anderen Hofdamen, die sie mit ein paar vorwurfsvollen Blicken bedachten. Unterdessen wurde ihr Verehrer vom Oberhofmarschall zum Prinzenpaar geführt. Er trat vor Therese und Karl Alexander.

Als Therese ihn begrüßte, zuckte es leicht um ihre Mundwinkel.

«Ich freue mich außerordentlich, Sie in Schloss Trugenhofen begrüßen zu dürfen, Herr von Bahro», sagte sie mit bebender Stimme. «Wir sind uns vor einem Jahr bei einem Ball in Schloss Braunshardt bei Darmstadt begegnet – vielleicht erinnern Sie sich.»

Der junge Mann verneigte sich galant. «Aber selbstverständlich, Hoheit, ich erinnere mich sehr gut. Jener Abend in Schloss Braunshardt wird mir immer im Gedächtnis bleiben.»

Therese schluckte. Ihr Gesicht war wie erstarrt, nur ihre flatternden Lider verrieten ihre Erregung. «Nun, dann hoffe ich, Monsieur, dass Ihnen der heutige Abend ebenso im Gedächtnis bleiben möge.»

Christian von Bahros bernsteinfarbene Augen funkelten im Schein der unzähligen Lichter. «Dessen können Sie gewiss sein, Hoheit», sagte er und verneigte sich erneut. Sein Blick ging zu Paulina, die wie vom Donner gerührt zwischen den übrigen Hofdamen stand.

«Dieser Abend ist der schönste meines Lebens.»

Kapitel 12

Frankfurt, August 1790

«Wo kommen nur all die Leute her?», stöhnte der Quartiermeister und raufte sich verzweifelt seine wenigen Haare. «Ich weiß wirklich nicht mehr, wo ich sie noch unterbringen soll! Wen kann ich nur der guten Frau Rat Goethe zuteilen? Dass dieser Kurfürst von Hannover aber auch so viele Lehnsherren hat!»

Er sammelte ein paar Papierbogen zusammen, die auf seinem Tisch verteilt lagen. «Aber ich sage Ihnen, das ist noch gar nichts gegen die Gaffer! Sie zahlen ein Vermögen für einen Platz im Fenster eines Hauses, das am Weg des Krönungszuges liegt. Ich könnte da Geschichten erzählen …» Der Quartiermeister schlug das dicke Buch zu, das vor ihm lag. «Und was kann ich für Sie tun, gnädiges Fräulein? Aber sagen Sie mir nicht, dass Sie auch Ihr letztes Hemd für ein Fensterplätzchen geben würden!»

Paulina, die ihn amüsiert beobachtet hatte, hob die Arme. «Keine Sorge, mein Herr! Ich habe schon einen Logenplatz.»

«Nun übertreiben Sie mal nicht, junge Dame! Einen Logenplatz hat allerhöchstens der Fürst von Thurn und Taxis, da Seine Königliche Hoheit im fürstlichen Palais absteigt. Alle anderen können sich glücklich schätzen, wenn sie am Krönungstag wenigstens einen winzigen Blick auf unseren zukünftigen Kaiser erhaschen.»

Paulina lächelte verschmitzt. «Und wenn ich Ihnen sage, dass mein Logenplatz im Palais Thurn und Taxis ist?»

«Junge Dame, ich habe heute keine Zeit für Scherze. Wollen Sie also bitte so freundlich sein, mir zu verraten, weshalb Sie hier sind?»

«Ich habe nur eine kurze Frage: Wo gedenken Sie die Familie des Grafen Bahro einzuquartieren?»

Der Quartiermeister musterte sie misstrauisch. «Ich hoffe, Sie sind nicht gekommen, um mich dazu zu bringen, die Zuteilung zu verändern?»

«Gott bewahre! Ich möchte lediglich wissen, wo die Familie Bahro während ihres Aufenthaltes in Frankfurt wohnen wird. Es handelt sich um meine Verwandten, und ich brenne darauf, sie zu sehen.»

Der Quartiermeister begann, in dem Buch zu blättern, und fuhr mit seinem wurstigen Zeigefinger über die Seiten. «Gewöhnlich erteile ich diese Auskünfte nicht. Aber in Ihrem Fall werde ich eine Ausnahme machen … Bahro … Bahro … Es tut mir leid, gnädiges Fräulein, ich habe hier niemanden mit Namen Bahro.» Er sah zu ihr auf. «Sind Sie sicher, dass Graf Bahro zum Gefolge des Kurfürsten von Hannover gehört?»

«Natürlich bin ich sicher!», rief Paulina ungeduldig. «Schauen Sie bitte noch einmal genauer nach!»

Der gute Mann schlug weitere Seiten um und murmelte dabei vor sich hin. «Halt! Hier ist er! Graf Ulrich von Bahro! Ich habe ihn auf den vorderen Seiten nicht gefunden, weil er schon längst einquartiert ist!»

Paulina stutzte. «Was soll das heißen?»

«Das ist ganz einfach, gnädiges Fräulein. Ich führe genau Buch darüber, wann die Gäste meines Quartiers in Frankfurt eintreffen. Wer schon in Frankfurt ist, kommt sofort in die hintere Liste. Und Graf Bahro ist schon in Frankfurt.»

«Er ist schon in Frankfurt?», rief Paulina fassungslos. «Wie lange?»

Der Quartiermeister warf einen erneuten Blick in sein Buch. «Seit dem 10. August, junge Dame!»

Paulina glaubte, nicht richtig gehört zu haben. Christian war schon seit sieben Tagen in Frankfurt und hatte sie weder aufgesucht noch hatte er ihr eine Nachricht zukommen lassen? Dabei waren sie doch so glücklich darüber gewesen, sich anlässlich der Kaiserkrönung nach über einem Jahr endlich wiedersehen zu können!

Verwirrt fragte sie den Quartiermeister, wo der Graf abgestiegen sei. Der gute Mann nannte ihr den Namen eines, wie er betonte, wohlhabenden und stadtbekannten Kaufmannes.

Vielleicht hat Christian noch keine Gelegenheit gefunden, mir eine Nachricht zu schicken, redete Paulina sich ein. Am besten suche ich gleich morgen unter einem Vorwand die Gräfin Bahro auf.

Sie wandte sich zum Gehen, worauf der Quartiermeister sich wieder in seine Listen vertiefte.

«Was mache ich nur mit den Prinzessinnen aus Mecklenburg und ihrem Bruder?», brummelte er vor sich hin.

Luise und Friederike! Auch den beiden Freundinnen aus vergangenen Darmstädter Tagen würde Paulina in Frankfurt wiederbegegnen. Wie hatten ihr die lebenslustigen, unbeschwerten Prinzessinnen in Regensburg gefehlt!

Sie drehte sich noch einmal um. «Wären sie nicht die geeigneten Gäste für Frau Rat Goethe?», schlug sie vor.

Ohne von seinem Buch aufzuschauen, streckte der Quartiermeister seinen fleischigen Zeigefinger in die Luft. «Eine wirklich gute Idee, gnädiges Fräulein! Frau Rat wird hocherfreut sein. Ich werde noch heute bei ihr vorbeigehen, um ihr die frohe Nachricht zu überbringen.»

Es war ein sonniger Augusttag, und flimmernde Hitze lag über dem Land. Weiße Wölkchen zogen sacht über den tiefblauen Himmel, das silbern glitzernde Band des Mains wand sich zwischen Schafherden durch die Ebene. Am Horizont war die Silhouette der Stadt Frankfurt zu erkennen.

«Wie gut es tut, dem Trubel in Frankfurt entronnen zu sein!», sagte Agnes von Birnreuth und atmete genießerisch die frische Luft ein. «Man meint wirklich, dass die ganze Stadt verrückt geworden wäre. Wie soll es erst werden, wenn der König mit seinem Hofstaat einzieht!»

«Es war eine gute Idee, diesen Ausflug zu unternehmen, liebste Schwester», meldete sich Maximilian zu Wort.

«Wo sind wir hier überhaupt?», fragte Paulina.

Sie spazierten über einen schmalen Pfad am Fluss entlang. Immer wieder trafen sie auf vornehme Bürgersleute.

«Wir kommen gleich nach Oberrad», sagte Agnes. «Es soll dort ein Gasthaus geben, in dem der überall gepriesene Apfelwein ausgeschenkt wird. Er soll köstlich sein.»

Maximilian wandte sich an Paulina. «Wie schön, dass Ihre Hoheit bereit war, Sie für diesen Tag zu entbehren, meine Liebe. Prinzessin Therese hat Sie in den letzten Monaten sehr beansprucht. Man hat Sie in Regensburg kaum noch zu Gesicht bekommen!»

«Therese hat sich immer noch nicht recht von ihrer Niederkunft erholt», erklärte Paulina. «Nach höfischen Belustigungen war ihr nicht zumute. Zudem ist die kleine Charlotte ein kränkliches Kind. Ihre Hoheit hat sie nur ungern alleine in Regensburg zurückgelassen.»

«Oh, seht mal, dort ist der Gasthof Zum Hirsch!», rief Agnes. «Lasst uns ein Glas Apfelwein probieren! Die Hitze bringt mich sonst noch um!»

Lachend stürmten die jungen Frauen auf das Gasthaus zu und flüchteten sich in den kühlen Schatten des angrenzenden Gartenlokals. Maximilian folgte ihnen gemächlichen Schrittes, ein nach sichtiges Lächeln auf den Lippen.

Alle Plätze waren von fröhlich schwatzenden Ausflüglern besetzt, doch der Wirt, der sich durch den Besuch der jungen Edelleute geehrt fühlte, schaffte schnell noch einen Tisch und drei Stühle herbei, die er in das letzte freie Eckchen des überfüllten Gartens stellte. Ein flinker Bursche brachte drei Gläser Apfelwein, während der Wirt mit Maximilian das Menü besprach.

Agnes sah sich neugierig um. Unwillkürlich musste sie an Christian denken und daran, dass es nun nicht mehr lange dauern konnte, bis sie ihn wiedersehen würde. So wundervoll die Briefe mit den Sehnsuchtsbekundungen und Liebesschwüren auch gewesen waren, die im Laufe des letzten Jahres zwischen England und Regensburg hin und her gegangen waren, so sehr drängte es sie nun, den jungen Mann endlich leibhaftig vor sich zu sehen.

Ihr Blick fiel auf einen Herrn am Nebentisch, der kerzengerade und in Gedanken versunken auf seinem Stuhl saß. Er hatte die Hände übereinander auf den Knauf seines Gehstocks gelegt und wirkte mit seinem ernsten, verkniffenen Gesicht wie ein Fremder zwischen den lachenden und plaudernden Menschen, die ihn umgaben.

Paulina erstarrte. Sie hatte in dem vergrämten Herrn den Grafen Bahro, Christians Vater, erkannt. Ihr Herz begann wie wild zu klopfen. Enttäuscht und erleichtert zugleich stellte sie fest, dass sich unter den Anwesenden weder ihre Großtante noch der älteste Sohn des Grafen befanden.

Inzwischen sprang Maximilian von seinem Stuhl auf.

«Herr von Finken!», rief er erfreut und stürmte auf einen anderen Herrn an der Tafel des Grafen Bahro zu.

Der Angesprochene empfing den jungen Regensburger mit einer Herzlichkeit, die auf eine gewisse Vertrautheit schließen ließ. Stühle wurden verrückt, und plötzlich fand sich Paulina an einem Tisch mit dem Vater des Mannes wieder, dessen Gemahlin sie zu werden hoffte. Es stellte sich heraus, dass Herr von Finken der Gastgeber des Grafen Bahro war. Der Zufall wollte es, dass er ein Vertreter der Taxis'schen Post in Frankfurt war und die Geschwister Birnreuth schon von klein auf kannte.

Paulina hoffte schon, dass man sie im allgemeinen Trubel nicht weiter beachten würde, als die Gattin des Grafen Bahro plötzlich fragte: «Wer ist eigentlich die hübsche junge Dame zu Ihrer Linken, Herr von Birnreuth?»

Maximilian warf in einer dramatischen Geste die Hände in die Luft. «Werden Sie mir noch einmal verzeihen, Madame? Ich war so entzückt über das Wiedersehen mit Herrn von Finken, dass ich die einfachsten Regeln der Höflichkeit verletzt habe. Vielleicht entschädigt Sie jedoch die Tatsache, dass mit diesem jungen Fräulein ein hoher Gast an Ihrem Tisch weilt. Die Baroness von Gralitz ist die erste Hofdame Ihrer Hoheit Prinzessin Therese von Thurn und Taxis.»

Die Gräfin Bahro riss die Augen auf. «Sie sind die Baroness von Gralitz?» Mühsam ihr Entsetzen unterdrückend, griff sie mit zitternden Händen nach ihrem Glas Apfelwein und führte es zum Mund.

«Fräulein von Gralitz kommt aus Mecklenburg», fuhr Maximilian nichtsahnend fort. «Eigentlich müssten Sie ihre Familie kennen!»

Die Gräfin verschluckte sich an ihrem Wein und begann, heftig zu husten. Besorgt reichte ihre Nachbarin ihr ein Taschentuch und klopfte auf ihren Rücken.

Der Graf saß da wie versteinert. Er starrte Paulina mit eisigem Blick an. Auf einmal war ihr klar, warum Christian in seinen Briefen nie wieder die Möglichkeit einer Heirat erwähnt hatte. Sie hatte immer geglaubt, er hätte nur noch keine Gelegenheit gefunden, mit seinem Vater zu reden, doch jetzt begann sie zu ahnen, dass sein Schweigen einen anderen Grund gehabt hatte. Graf Bahro hatte seine Zustimmung zu der Heirat verweigert.

«Entschuldigen Sie mich einen Augenblick!», stieß sie hervor und sprang so stürmisch von ihrem Stuhl auf, dass er umkippte. Maximilian beeilte sich, ihn wieder aufzuheben, und sah verblüfft Paulina nach, die hastig den Garten verließ und zum Fluss hinunterlief.

Die sonntäglichen Spaziergänger staunten nicht schlecht, als sich das junge Edelfräulein in seinem prächtigen Kleid ins Gras fallen ließ und die Hände vors Gesicht schlug.

«Sie müssen lernen, Ihre Haltung zu wahren, Mademoiselle!», ertönte eine tadelnde Stimme neben Paulina. «Ein derartiges Verhalten gehört sich nicht für eine Edeldame, die bei Hof verkehrt.»

Sie öffnete die Augen und erkannte gegen das Sonnenlicht die Umrisse des Grafen Bahro.

Er kam ein Stück näher und reichte ihr seine Hand. «Würden Sie mir den Gefallen tun, sich zu erheben?»

Paulina spürte, dass sie errötete. Selten in ihrem Leben hatte sie sich so geschämt wie in diesem Moment, als ihr bewusst wurde, wie wenig damenhaft sie vor dem Vater ihres Liebsten im Gras hockte. Sie ergriff die Hand des Grafen – er hatte die gleichen schmalen, wohlgeformten Hände wie sein Sohn – und ließ sich hochziehen.

«Sie sind also die junge Dame, mit der Christian seit geraumer Zeit einen regen Briefwechsel pflegt.» Ulrich von Bahro musterte Paulina von oben bis unten. «Wenn ich Sie so anschaue, kann ich meinen Sohn verstehen, dass er in Ihnen gewisse Vorzüge entdeckt. Das heißt aber noch lange nicht, dass diese Vorzüge, die rein äußerlicher Natur sind, als Voraussetzung für eine Heirat ausreichen. Mademoiselle, Sie kommen für eine Verbindung mit meinem Sohn Christian nicht in Frage.»

Die Worte des Grafen trafen Paulina wie ein Peitschenhieb.

«Ich bin die Hofdame der zukünftigen Fürstin von Thurn und Taxis!», protestierte sie. «Außerdem stammt die Familie meines Vaters von einem Reichsritter ab.»

«Es hat nichts mit Ihrer Abstammung zu tun, Mademoiselle. Ich spreche vielmehr von gewissen Charaktereigenschaften in Ihrer Familie, die Sie bedauerlicherweise geerbt zu haben scheinen. Man beschreibt Sie als eigensinnig, vorlaut und unberechenbar, und das sind Wesenszüge, die ich an der Frau meines Sohnes nicht dulden werde.»

«Falls Sie bezüglich der Charaktereigenschaften auf meinen Vater anspielen, Monsieur – ich kenne ihn nicht einmal.»

Der Graf runzelte die Augenbrauen. «Ich spreche nicht von Ihrem Vater, meine Liebe. Er war auch nur ein Opfer der Familie Dornfeld. Ich spreche von Ihrem Großvater – und von Ihrer Mutter!»

Paulina riss die Augen auf. «Von meiner Mutter? Was hat Ihnen diese arme Frau getan, dass man sie selbst über ihren Tod hinaus mit übler Nachrede verfolgt?»

«Diese Frau war durch und durch schlecht! Sie hat das Leben meines Cousins zerstört. Erst heiratete sie den Baron von Gralitz, und dann kam sie nach Mecklenburg und machte meinem Cousin so lange schöne Augen, bis er unsterblich in sie verliebt war. Er hätte alles für sie getan! Und dann, als sie seiner überdrüssig wurde, ging sie zurück zu ihrem Ehemann an den Niederrhein. Sie erwartete ein Kind, hieß es, und mein Cousin glaubte immer, dass er der Vater dieses Kindes sei. Ihre Mutter hat ihm das Herz gebrochen, Mademoiselle. Er nahm sich später das Leben.»

«Wie schrecklich!», entfuhr es Paulina unwillkürlich.

«Wissen Sie, was es für einen Minister am kurfürstlichen Hof bedeutet, wenn ein Verwandter durch Freitod aus dem Leben scheidet? Man hätte allen Grund gehabt, meinen Vater, der aufgrund seines glanzvollen Aufstiegs viele Neider hatte, endlich aus seinem Amt zu drängen.»

«Hat man denn am Hof von Hannover von dem Unglück erfahren?»

«Glücklicherweise nicht. Mein Vater hat das Nötige veranlasst und gehofft, dass Stillschweigen gewahrt wird. Zeit seines Lebens hat ihn das tragische Geheimnis belastet. Er hatte die Vormundschaft für den einzigen Sohn seines früh verstorbenen Bruders übernommen, und dann beendete der junge Mann sein Leben, kaum dass er den Kindesbeinen entwachsen war ... Mir selbst hat mein Vater es erst auf seinem Sterbebett erzählt.»

«Dann wusste also auch die Gräfin Bahro nichts davon?»

«Nein. Meine Mutter hat nie von dem Verhältnis zwischen Sophie und meinem Cousin erfahren. Wir lebten in Hannover weit genug weg, da war es möglich, die Geschichte vor ihr geheim zu halten. Wir wollten meiner Mutter die schreckliche Tatsache ersparen, dass ihre angeblich so sanfte Nichte in Wahrheit durchtrieben und selbstsüchtig war. Aber was hätte man auch von der Tochter eines Mannes erwarten können, der in Ungnade gefallen war, weil er nicht nur seine eigene Gattin ins Grab getrieben hatte, sondern darüber hinaus seine wollüstigen Finger nicht einmal von der Gemahlin seines Landgrafen lassen konnte!»

«Was sagen Sie da?», rief Paulina ungläubig.

«Sie haben richtig gehört, Mademoiselle! Der Baron Dornfeld war der Liebhaber der Landgräfin Karoline. Es ist mir bis heute nicht verständlich, was diese außergewöhnliche, hochgebildete Dame in Ihrem Großvater sah. Als die Liaison entdeckt wurde, gab es einen riesigen Skandal, der den Baron sein Amt als Oberhofjägermeister kostete und ihn und seine Familie in Ungnade stürzte. Der Name Dornfeld durfte fortan in der Darmstädter Gesellschaft nicht mehr genannt werden.»

Paulina war fassungslos. Ihr Großvater hatte tatsächlich die Unverfrorenheit besessen, eine Liebschaft mit der Gattin des Landgrafen einzugehen? Kein Wunder, dass der Ruf der unglückseligen Familie Dornfeld sie überallhin verfolgte. Nahmen all diese schrecklichen Offenbarungen denn niemals ein Ende?

«Können Sie sich vorstellen, was in mir vorging, als ich erfuhr, dass mein Sohn sich ausgerechnet in Sie verliebt hatte?», sagte Ulrich von Bahro mit steinerner Miene. «Ich war bereits zutiefst beunruhigt darüber gewesen, dass meine Mutter es sich plötzlich zur Aufgabe gemacht hatte, Sie zu protegieren. Schließlich bestand die Möglichkeit, dass Sie die Tochter meines verstorbenen Cousins wären. Bei Prinzessin Thereses Hochzeit wurde ich wenigstens von dieser Sorge befreit, denn Ihre Ähnlichkeit mit der Großmutter des Herrn von Gralitz war tagelang in aller Munde. Sie reisten nach Bayern ab, und ich hoffte, nie wieder etwas von Ihnen zu hören. Wer konnte denn ahnen, dass Sie nur kurze Zeit später in Trugenhofen meinem Sohn begegnen würden …»

«Ist … ist Ihr Sohn auch in Frankfurt?», wagte Paulina zu fragen.

«Nein. Ich habe Christian wohlweislich nicht mit nach Frankfurt genommen. Er ist in Hannover geblieben, genauso wie meine Mutter, die sich seit einiger Zeit nicht wohl fühlt. Die Kaiserkrönung kam Ihnen gerade recht für Ihre ehrgeizigen Pläne, nicht wahr, Mademoiselle? Sie werden jedoch vergeblich darauf warten, dass Christian um Ihre Hand anhält! Mein Sohn liebt Sie nicht, auch wenn Sie dies seinen albernen romantischen Zeilen zu entnehmen glaubten. Doch es gibt noch einen weiteren Grund, warum eine Hochzeit nicht stattfinden wird.» Er machte eine kurze, unheilvolle Pause und sah sie mit kaltem, unnachgiebigem Blick an. «Niemals, hören Sie, niemals, solange ich lebe, werde ich zulassen, dass Sie die Frau meines Sohnes werden!»

Kapitel 13

Frankfurt, September 1790

«Sie wollen verreisen?», rief Prinzessin Therese aufgebracht. «Jetzt? Aber das ist unmöglich! Wir sind doch gerade erst in Frankfurt angekommen! Der zukünftige Kaiser wird in unserem Palais wohnen, wir werden zahlreiche gesellschaftliche Verpflichtungen haben. Sie gehören zu meinem Hofstaat!»

Paulina saß mit Therese in den Gemächern, die das Prinzenpaar in einem Haus unweit des Palais Thurn und Taxis bezogen hatte. Sie senkte beschämt den Kopf. «Ich weiß, dass der Zeitpunkt ungünstig ist, aber …»

«Ungünstig ist gar kein Ausdruck dafür!», unterbrach Therese sie unwirsch. «Der Kaiser wird gekrönt. Die Kurfürsten werden in Frankfurt einziehen. Sie sind meine erste Hofdame, Mademoiselle, Sie können jetzt nicht verreisen!»

«Es gibt genügend Damen, die nur darauf warten, mich zu ersetzen, Hoheit», erwiderte Paulina.

«Was reden Sie da? Ich möchte nicht, dass irgendeine andere Dame Sie ersetzt. So vertraut wie Sie ist mir niemand, und ich wünsche, Sie bei einem so bedeutenden Ereignis wie der Kaiserkrönung an meiner Seite zu haben.»

Paulinas Gefühle schwankten zwischen ihrem schlechten Gewissen und einer unbändigen Wut über die Unerbittlichkeit der Prinzessin. Therese schien den Unmut der Freundin zu bemerken, denn ihr zorniges Gesicht glättete sich ein wenig.

«Vielleicht könnte ich ja mehr Verständnis für Sie aufbringen, wenn ich den Anlass für Ihre überstürzten Pläne erfahren würde», sagte sie etwas milder gestimmt.

«Die Gräfin Bahro ist erkrankt», antwortete Paulina. «Wie Sie wissen, hat meine Großtante viel für mich getan, und ich möchte nach Hannover reisen, um ihr beizustehen.»

Therese kniff den Mund zusammen. «Das wundert mich ein wenig, meine Liebe. Gestern Abend beim Souper traf ich die Baronin Solleggen, die am kurfürstlichen Hof von Hannover lebt. Wir kamen auf Ihre Großtante zu sprechen … Nun, die Gräfin Bahro ist zwar erkrankt, das ist wahr, aber es ist keineswegs so ernst, als dass man das Schlimmste befürchten müsste.»

Paulina biss sich auf die Lippen.

Therese hat gemerkt, dass ich sie angelogen habe, dachte sie zerknirscht. Und das erzürnt sie noch mehr als die Tatsache, dass ich ausgerechnet jetzt Frankfurt verlassen will.

«Sie lassen also nicht mit sich reden?»

Therese schüttelte langsam den Kopf. In ihren Augen war nun ein Hauch von Traurigkeit. «Nein! Ich wünsche, dass Sie in Frankfurt bleiben, bis die Krönungsfeierlichkeiten beendet sind.»

In der Abgeschiedenheit ihres Zimmers begann Paulina, fieberhaft Pläne zu schmieden. Sie war fest entschlossen, auch ohne Thereses Zustimmung nach Hannover zu reisen. Nächtelang hatte sie sich nach dem Gespräch mit Ulrich von Bahro die Augen ausgeweint. Irgendwann hatte ihre Mutlosigkeit nachgelassen, die Tränen waren versiegt, und ihr Kampfgeist war zurückgekehrt.

Sie wollte von Christian selbst hören, ob all die Briefe, die er ihr geschrieben hatte, eine einzige Lüge gewesen waren. Dazu musste sie dringend mit ihm persönlich sprechen. Nur – wie sollte sie nach Hannover gelangen? Sie war noch nie alleine gereist. Woher sollte sie eine Kutsche bekommen?

Bei der Rückkehr von einem Spaziergang mit Agnes von Birnreuth hörte sie zufällig ein Gespräch zwischen dem Pförtner des Palais und seinem Neffen mit. Der junge Bursche war gekommen, um sich von seinem Onkel zu verabschieden. Er wollte in Sachsen das Handwerk der Leinenweberei erlernen und am nächsten Tag mit der Post nach Kassel und von dort aus weiter nach Dresden fahren.

Paulina horchte auf. Die Post! Warum war ihr das nicht gleich eingefallen? Da lebte sie nun seit über einem Jahr im Haus des kaiserlichen Generalpostmeisters und hatte sich noch nie Gedanken darüber gemacht, woher sein Reichtum und die Geldmittel für seine prunkvolle Hofhaltung kamen. Paulina ließ die verdutzte Agnes von Birnreuth stehen und folgte kurz entschlossen dem Burschen auf die Straße hinaus. Sobald sie außer Sichtweite des Palais waren, trat sie ihm beherzt in den Weg.

«Heda, schönes Fräulein!», rief er. «Wollen Sie mich etwa ein Stück begleiten?»

«Bilde dir nur nichts ein, du frecher Lümmel!», stellte Paulina klar. «Du musst mir nur zwei Fragen beantworten: Wo finde ich in Frankfurt das Postamt? Und wie erfahre ich, wann die nächste Postkutsche nach Hannover fährt?»

Der Bursche musterte sie ungläubig. «Da spricht mich einmal im Leben eine feine Dame an, und dann fragt sie mich nach dem Postamt! Habe ich Sie nicht eben im Hof des fürstlichen Palais gesehen? Mit Verlaub, meine Gnädigste, seit wann fährt ein Edelfräulein wie Sie mit der Post?»

«Das geht dich gar nichts an!», erwiderte Paulina schnippisch. «Also, was ist? Sagst du mir nun, wo das Postamt ist?»

Er nannte ihr den Namen der Straße. «Morgen früh um sechs geht eine Postkutsche nach Kassel, Mademoiselle. Ich weiß das, weil ich selbst mit dem Wagen fahren werde. Von Kassel aus können Sie weiter nach Hannover reisen.»

Paulina machte sich zerstreut auf den Heimweg. Morgen früh um sechs Uhr! Wenn sie wirklich mitfahren wollte, blieb ihr nicht viel Zeit. Im Palais angekommen, machte sie sich schleunigst auf die Suche nach Agnes von Birnreuth. Sie fand sie mit einer Handarbeit in ihrem Apartment sitzend.

«Könnten Sie mir etwas Geld borgen?», fragte Paulina ohne Umschweife. «Sie würden mir einen großen Gefallen erweisen.»

Agnes legte ihre Stickerei beiseite. «Sie machen mir wirklich Spaß, meine Liebe! Erst lassen Sie mich einfach stehen und verschwinden ohne ein einziges Wort, und nun, anstatt sich für Ihr ungeheuerliches Benehmen zu entschuldigen, fällt Ihnen bereits die nächste Merkwürdigkeit ein! Verraten Sie mir wenigstens, wofür Sie das Geld benötigen?»

Paulina kannte Agnes' Wankelmut und Hang zum Intrigantentum mittlerweile gut genug, um zu wissen, dass sie ihren hübschen Mund nicht halten würde.

«Ich … ich habe Spielschulden», sagte sie also. «Es wäre mir peinlich, Ihre Hoheit fragen zu müssen.»

Agnes wirkte enttäuscht. Sie hatte sicher eine pikante Klatschgeschichte gewittert und musste sich nun mit der einzigen höfischen Untugend zufriedengeben, über die sie selbst nicht gerne redete – die Spielsucht.

«Um welche Summe handelt es sich?», fragte sie missmutig.

Paulina nannte einen Betrag, der ihr in jedem Fall ausreichend erschien, um die Fahrt nach Hannover und ein Quartier bezahlen zu können.

«Wann brauchen Sie das Geld?», wollte Agnes wissen.

«Sofort! Mein Gläubiger ist nicht gewillt, mir noch länger Aufschub zu gewähren.»

«Sofort? Das wird ja immer besser! Und wie gedenken Sie, mir den Betrag zurückzuzahlen? Immerhin ist es allgemein bekannt, dass Sie nicht gerade über große Reichtümer verfügen.»

Paulina biss sich wütend auf die Lippen. Wie oft hatte sie dieser kleinen Heuchlerin schon zur Seite gestanden, wenn sie eine Anstandsdame gebraucht oder sich wieder einmal mit einem Mitglied des Hofstaates überworfen hatte?

«Ich wollte mich eigentlich an meine Großtante wenden, um mir das Geld von ihr zu leihen. Leider konnte sie nicht zur Kaiserkrönung nach Frankfurt kommen. Ich werde der Gräfin schreiben und sie bitten, dass ihr Darmstädter Verwalter Ihnen den Betrag so bald wie möglich zukommen lässt.»

Agnes lächelte gönnerhaft. «Es muss schrecklich sein, wenn man auf die Mildtätigkeit anderer angewiesen ist.»

Sie ging zu einem kleinen Sekretär in der Ecke des Raumes, griff nach einem Bogen Papier und einer Feder und kritzelte ein paar Worte. Schwungvoll setzte sie ihre Unterschrift unter das Geschriebene, löschte die Tinte und reichte Paulina mit gnädiger Miene den Brief. «Melden Sie sich beim Haushofmeister meines Vaters, Mademoiselle – ich gebe Ihnen eine kleine Notiz für ihn mit.»

Es wurde Abend, bis Paulina sich endlich zum Frankfurter Stadtpalais des Grafen Birnreuth begeben konnte. Der Haushofmeister zeigte sich keineswegs erstaunt über ihr Erscheinen und schien an derlei Anliegen der Grafenkinder gewöhnt zu sein. Er zahlte Paulina die gewünschte Summe ohne weitere Umständlichkeiten aus.

Am Abend fand im Palais Thurn und Taxis ein Souper statt. Paulina saß wie auf heißen Kohlen. Als sie sich endlich zurückziehen konnte, blieben ihr nur wenige Stunden, um ihre Sachen zu packen und noch etwas zu schlafen. Sie hatte solch große Angst, nicht rechtzeitig aufzuwachen, dass sie fast kein Auge zutat. Um vier Uhr früh, noch bevor die Dienstboten aufstanden, brach sie auf.

Wie ein Dieb stahl sie sich durch den Hinterausgang aus dem Haus und ging auf verlassenen, regennassen Straßen zum Postamt.

Der Posthalter, noch ganz verschlafen, staunte nicht schlecht, als zu früher Stunde eine Edeldame vor ihm erschien und nach einem Platz in der Kutsche nach Kassel fragte.

«So einfach geht das nicht, gnädiges Fräulein!», rief er. «Da hätten Sie reservieren müssen. Es ist nichts mehr frei! Kommen Sie in drei Tagen wieder – dann fährt der nächste Postwagen nach Kassel.»

Paulina starrte ihn verärgert an. «Das hieße ja, dass ich völlig umsonst gekommen bin!»

Der Posthalter strich über seinen dicken Bauch. «Wie man es nimmt! Sie könnten heute schon die Einschreibgebühr entrichten, dann haben Sie Ihren Platz für die nächste Fahrt sicher.»

Paulina, müde und zermürbt vom Kummer der vergangenen Tage, spürte, wie heftiger Zorn in ihr aufstieg. Nun hatte sie so viele Hürden überwunden, und dann sollte sie unverrichteter Dinge wieder umkehren?

«Ich bin die Hofdame Ihrer Hoheit Prinzessin Therese von Thurn und Taxis!», sagte sie, mühsam um Fassung ringend. «Sie werden mir gefälligst einen Platz in dieser Kutsche gewähren!»

Der Posthalter pfiff durch die Zähne. «Beim heiligen Merkur! Sie versuchen es wahrlich mit allen Mitteln! Aber halten Sie mich nicht für dumm, Mademoiselle! Wenn Sie wirklich diejenige wären, für die Sie sich ausgeben, würden Sie wohl kaum mit der öffentlichen Post reisen.»

«Ich kann es bezeugen, dass die Dame zum Hofstaat der Prinzessin gehört», sagte hinter ihnen eine vertraute Stimme.

Paulina und der Posthalter drehten sich um. Der Neffe des

Pförtners hatte, sein Säckel über die Schulter geworfen, die Station betreten.

«Es ist wahr, was sie erzählt, mein Herr», sagte der Junge. «Mein Onkel ist Pförtner im Palais Thurn und Taxis. Dort habe ich die Dame in Gesellschaft der Prinzessin gesehen.»

Der Vorsteher des Postamtes musterte Paulina misstrauisch. «Die Hofdame der Prinzessin? Und warum fährt sie dann mit der öffentlichen Post?»

Der Bursche zuckte mit den Schultern. «Vielleicht hat sie einen heimlichen Liebsten, von dem die Prinzessin nichts erfahren darf – wer weiß! Bei diesen adeligen Leuten wundert mich nichts.»

Als die Postkutsche Frankfurt in der Morgendämmerung verließ, saß Paulina, eingeklemmt zwischen dem jungen Burschen, einem dickbäuchigen Kaufmann und verschiedenen Gepäckstücken, auf einer unbequemen Bank in dem Wagen und sah die Stadt, in die sie mit so großen Erwartungen gekommen war, durch ein winziges Fenster am Horizont verschwinden.

Schon nach den ersten Meilen fragte sie sich, wie sie diese Fahrt überstehen sollte. Sie war völlig durchgerüttelt, der Rücken tat ihr weh, und der unangenehme Schweißgeruch des Kaufmannes bereitete ihr Übelkeit. An der ersten Poststation streckte sie ihre schmerzenden Glieder im Gras aus, ohne darauf zu achten, welche Belustigung sie damit unter ihren männlichen Mitreisenden hervorrief. Niemand wagte es jedoch, sich ihr zu nähern, da es sich offenbar herumgesprochen hatte, dass sie die Hofdame der Gattin des zukünftigen Generalpostmeisters war.

Nur der junge Bursche, der sich ihr als Thomas vorgestellt hatte, kam mit der Unbedarftheit der Jugend auf sie zu und reichte ihr eine Tasse Milch. «Trinken Sie, Mademoiselle! Wer weiß, ob es an den nächsten Stationen etwas gibt.»

Paulina war zu erschöpft, um ihn davonzujagen, und irgendwie tat ihr seine Fürsorge gut. So protestierte sie auch nicht, als er am Abend vor den Wirt der Herberge trat und frech verlangte, dieser möge dem jungen Fräulein eine eigene Stube zuweisen, anstatt sie mit allen anderen im Gastraum übernachten zu lassen.

Auch auf der Weiterreise am nächsten Tag war Thomas stets an ihrer Seite. Er teilte mit ihr brüderlich seine den Bauern abgeschwatzten Essensvorräte und lieh ihr seinen Mantel, als sie nach einem Radbruch stundenlang im Regen ausharren mussten.

Wie komfortabel waren dagegen die Fahrten gewesen, die sie mit Prinzessin George oder dem Hofstaat der Thurn und Taxis unternommen hatte!

Als die Postkutsche am Abend des zweiten Tages in Kassel eintraf, fühlte sich Paulina wie gerädert. Plötzlich fand sie die Vorstellung, dass sie nun ohne Thomas weiterfahren musste, unerträglich. Sie überschlug den Geldbetrag, der ihr noch zur Verfügung stand, und fragte den jungen Burschen kurzerhand, ob er sie gegen Bezahlung einer angemessenen Summe bis Hannover begleiten könne.

Thomas dachte einen Augenblick nach und stimmte dann zu.

«Nach Dresden kann ich von Hannover aus immer noch fahren», meinte er bereitwillig.

Ohne weitere Vorkommnisse erreichten sie zwei Tage später Hannover. Da es zu spät war, um noch im Palais Bahro vorzusprechen, kehrten sie in einem ordentlichen Gasthaus ein. Was für eine Wohltat, wieder in einem sauberen Bett schlafen zu können!

Am nächsten Morgen schnürte Thomas sein Säckel und machte sich auf den Weg zum Postamt, um sich nach einer Kutsche in Richtung Dresden zu erkundigen.

Paulina sah ihm nach, wie er fröhlich pfeifend die Straße hinuntermarschierte. Als er hinter einer Ecke verschwand, wäre sie ihm am liebsten hinterhergelaufen und hätte ihn zurückgeholt. Sie hatte plötzlich eine unbestimmte Ahnung, dass sich die Dinge für sie nicht zum Guten wenden würden.

Kapitel 14

Hannover, September 1790

Das Palais Bahro war ein prächtiges Stadthaus in der Nähe des Residenzschlosses. Nachdem Paulina dem Diener an der Tür ihr Anliegen vorgetragen hatte, führte der Mann sie durch eine mächtige Eingangshalle in einen kleinen Salon.

«Ich werde Sie dem Baron Nordberg melden», sagte er und verließ ohne ein weiteres Wort das Zimmer.

Paulina begann, ungeduldig auf und ab zu gehen. Sie war bis aufs äußerste angespannt, als nach einer halben Ewigkeit endlich ein kleiner, untersetzter Mann mit versteinerter Miene den Salon betrat.

«Fräulein von Gralitz? Ich bin Baron Nordberg, der Verwalter Seiner Durchlaucht, des Grafen Bahro. Womit kann ich dienen?»

«Ihr Diener muss mich missverstanden haben, Herr Baron», erklärte Paulina gereizt. «Ich wollte nicht Sie, sondern den ältesten Sohn des Grafen Bahro sprechen.»

«Mademoiselle, das wird nicht möglich sein.»

Paulina fühlte sich langsam mit ihren Nerven am Ende.

«Warum um alles in der Welt wird das nicht möglich sein?»

«Nun, der junge Herr ist nicht mehr hier. Er ist vor kurzem ins achte Kavallerieregiment der hannoverschen Armee eingetreten.»

Christian war in ein Regiment eingetreten? Er hatte nie etwas davon geschrieben. «Würden Sie dann so freundlich sein, mir zu sagen, wo das Regiment sich befindet!»

Der Verwalter starrte sie regungslos an. «Falls Sie auf die Idee kommen sollten, Herrn von Bahro dort aufzusuchen, möchte ich

Ihnen eindringlich davon abraten. Sie würden sich den Unmut des Grafen zuziehen.»

«Den Unmut des Grafen habe ich mir ohnehin zugezogen», erwiderte Paulina. «Das wird mich jedoch nicht daran hindern, mit seinem Sohn in Verbindung zu treten.»

«Dann sollten Sie wissen, Mademoiselle, dass der junge Herr von Bahro auf Ihr Erscheinen keinen Wert legt.»

«Wer hat Ihnen das gesagt?»

«Der junge Herr von Bahro selbst! Ich soll Ihnen ausrichten, dass er Sie nicht zu sehen wünscht.»

Paulina fühlte sich wie vor den Kopf geschlagen. Stimmte es, was der Graf gesagt hatte? Empfand Christian nichts mehr für sie? Vielleicht hatte er deshalb so lange nicht geschrieben. Wie hatte sie nur so dumm sein können, alles für ihn aufs Spiel zu setzen – ihr Hofamt, ihre Freundschaft zu Therese, ihre ganze Existenz?

Jetzt blieb ihr nur noch eine Möglichkeit.

«Dann melden Sie mich bitte der Gräfin Bahro!»

Auf dem Gesicht des Barons erschien ein gequältes Lächeln. «Ich fürchte, Sie wieder enttäuschen zu müssen, gnädiges Fräulein. Die Gräfin Bahro darf keinen Besuch empfangen.»

Paulina bekam gute Lust, dem eingebildeten Verwalter an die Gurgel zu springen. «Mir ist durchaus bekannt, dass die Gräfin erkrankt ist. Allerdings weiß ich aus zuverlässiger Quelle, dass kein Anlass zur Sorge besteht. Meine Großtante wäre sicher nicht erfreut, wenn sie erführe, dass ich hier war und sie nicht besucht habe.»

«Sie sind in zweierlei Hinsicht im Irrtum, Mademoiselle. Erstens ist das Befinden der Gräfin ernster, als Sie es zu wissen glauben, und zweitens wird die Entscheidung darüber, wer von ihr empfangen wird oder nicht, zukünftig nicht mehr von ihr selbst getroffen werden.»

«Was reden Sie da?», rief Paulina wütend. «Ich kenne meine

Großtante sehr gut! Sie wird sich ihre Entscheidungen nicht aus der Hand nehmen lassen.»

«Das mag vielleicht früher so gewesen sein. Inzwischen haben sich die Dinge geändert.»

Paulina überlegte. Sie hatte die Gräfin seit Thereses Hochzeit nicht mehr gesehen. Das war vor etwas mehr als einem Jahr gewesen.

«Davon möchte ich mir gern selbst ein Bild machen!», sagte die junge Frau energisch. «Führen Sie mich umgehend zu ihr, Herr Baron! Ich bin schließlich kein gewöhnlicher Besuch, sondern eine Verwandte der Gräfin. Nach dem Tod meiner Mutter bin ich die letzte Verbindung zu Frau von Bahros Darmstädter Familie.»

Der Baron Nordberg blieb unbeeindruckt. «Ich hatte nicht den Eindruck, dass die Gräfin in den letzten Jahren große Zuneigung für ihre etwas ... hm ... bedauernswerten Darmstädter Angehörigen gezeigt hätte. Ich kenne die Verhältnisse in Darmstadt recht gut, da ich im vergangenen Jahr die undankbare Aufgabe hatte, mich um die miserable Vermögenslage der Dornfelds kümmern zu müssen.»

«Was heißt das, Herr Baron?»

«Nun ja, Ihr Großvater ist nicht nur hoch verschuldet, sondern hat auch noch mit Hilfe seines ebenso unfähigen Sohnes das Schloss in Allenhofen verpfändet!»

Paulina schluckte. Das musste ein schwerer Schlag für ihre Großtante gewesen sein. Immerhin war Schloss Allenhofen das Erbe ihrer seligen Eltern.

«Frau von Bahro geht es nicht gut», fuhr der Baron Nordberg fort. «Ich habe Anweisung, während der Abwesenheit des Grafen die Besuche bei seiner Mutter strikt zu überwachen und nur in besonderen Fällen zu erlauben. Augenblicklich ist sie nicht in der Lage, Gäste zu empfangen.»

Paulina war nun zutiefst aufgewühlt. «Was um Gottes willen fehlt der Gräfin denn?»

«Ich habe außerdem Anweisung, keine Auskünfte über das gesundheitliche Befinden der Gräfin zu geben. Besonders nicht Ihnen!»

Deutlicher hätte er es nicht sagen können. Paulina begriff plötzlich, in welch übler Lage sie sich befand. Nicht im Traum wäre sie auf die Idee gekommen, dass man sie gar nicht zu ihrer Großtante vorlassen würde. Nun hatte sie nicht einmal mehr genug Geld, um nach Frankfurt zurückzukehren! An wen sollte sie sich jetzt wenden?

Als ob er ihre Gedanken ahnen würde, fragte der Baron Nordberg: «Kann ich noch irgendetwas für Sie tun, Mademoiselle?»

Paulina blickte in sein scheinheiliges Gesicht.

«Nein», sagte sie hochmütig und wusste, dass sie diesen kurzen Moment des Stolzes schon im nächsten Moment bitter bereuen würde. «Nein, Sie können nichts mehr für mich tun.»

Als Paulina das Palais Bahro verließ, war sie wie betäubt. In wenigen Minuten hatte sich ihre ganze Zukunft in Luft aufgelöst. Da stand sie nun alleine, mitten in einer fremden Stadt, war völlig mittellos und hatte keine Ahnung, wie es weitergehen sollte.

In ihrer Not flüchtete sie sich zu dem einzigen Ort, den sie in Hannover kannte: das Gasthaus, in dem sie die letzte Nacht verbracht hatte. Der Wirt erinnerte sich sofort an sie.

«Ihr Begleiter ist auch schon da!», rief er ihr im Vorbeigehen zu und deutete mit dem Kinn auf drei Gäste in einem ruhigen Winkel des Schankraumes.

Paulina hätte vor Freude und Erleichterung fast aufgeschrien. An einem Tisch in der Ecke saß Thomas zusammen mit zwei vornehm gekleideten Herren. Die drei waren in eine lebhafte Unterhaltung vertieft. Es dauerte nicht lange, bis Thomas sie entdeckte.

«Gnädiges Fräulein!» Erfreut eilte er auf sie zu. «So wie es aussieht, ist Ihre Angelegenheit nicht zu Ihrer Zufriedenheit verlaufen, habe ich recht?»

Paulina spürte, wie ihr die Tränen in die Augen stiegen. «Das kann man wohl behaupten. Ich habe seit heute Morgen alles verloren, worin ich meine Hoffnungen gesetzt habe.»

«Da hilft nur eins!» Thomas drehte sich nach dem Wirt um. «Meister Herrmann, bringen Sie uns Branntwein!»

Wenige Augenblicke später saß Paulina zwischen Thomas und den beiden Herren und nahm einen kräftigen Schluck Branntwein aus dem Becher, den der Wirt vor sie hingestellt hatte. Das Getränk brannte zwar fürchterlich in der Kehle und vernebelte sofort ihre Sinne, aber gleichzeitig tat es ihr auch ausgesprochen gut. Sie hatte nur noch einen Wunsch: alles zu vergessen, was in den letzten Tagen geschehen war. Und vor allem wollte sie die Tatsache vergessen, dass Christian sie nicht mehr liebte.

«Mir scheint, dass ich die junge Dame schon einmal irgendwo gesehen habe», ertönte eine freundliche Stimme neben ihr.

Paulina hob den Kopf. Der väterliche Blick des Herrn zu ihrer Rechten ruhte auf ihr. Ja, sein Gesicht kam auch ihr bekannt vor. Aber woher?

«Sie ist die Hofdame der Prinzessin von Thurn und Taxis», prahlte Thomas.

«Nun, dann ist es recht unwahrscheinlich, dass wir uns schon einmal begegnet sind», stellte der Herr freundlich fest. «Als Kaufmann verkehre ich auf Messen und nicht an Fürstenhöfen. Wahrscheinlich habe ich das junge Fräulein einfach nur verwechselt. Ich lerne auf meinen Reisen so viele Menschen kennen …»

Paulina blieb stumm, und bald nahmen die drei Männer ihr unterbrochenes Gespräch wieder auf. Die junge Frau nippte gedankenverloren an ihrem Becher, der auf geheimnisvolle Weise nie leer wurde. Sie merkte kaum, wie allmählich alles um sie herum verschwamm und es ihr immer leichter um das wunde Herz wurde.

Als sie aufwachte, war es stockdunkel. Ihr Kopf dröhnte fürchterlich, und sie brauchte eine Weile, bis ihre Erinnerung zurückkehrte. Hatte sie nicht eben noch mit Thomas und diesen beiden Herren im Schankraum gesessen?

Erschrocken richtete sie sich auf. Eine Welle der Übelkeit überkam sie. Dieser Albtraum, der vor einigen Tagen begonnen hatte, wollte anscheinend nicht mehr aufhören!

Nach und nach erkannte Paulina schemenhafte Umrisse in ihrer Umgebung. Sie saß auf einem weichen Untergrund, also befand sie sich offenbar in einem Bett. Wieder fuhr ihr der Schreck durch die Glieder. Sie lag doch wohl nicht im Bett eines Mannes?

Ein kurzer Blick zur Seite brachte ihr die erleichternde Gewissheit, dass sie alleine war. Andererseits – wo war Thomas?

Trotz ihres schmerzenden Kopfes, der bei jeder Bewegung in tausend Stücke zu zerspringen drohte, kroch sie aus dem Bett. Als sie aufstehen wollte, trat sie vor einen harten Gegenstand. Ein Rumpeln durchdrang die nächtliche Stille. Paulina bückte sich und betastete mit zittrigen Fingern das Hindernis. Sie lachte nervös auf. Es war ihre Reisetasche.

Sie ergriff die Tasche und tapste durch das dunkle Zimmer, bis sie eine Tür fand. Draußen auf dem Gang war alles still. Ein paar kleine Nachtlampen sorgten für spärliche Beleuchtung. Endlich erkannte Paulina die Örtlichkeiten – sie befand sich noch immer im Gasthaus. Am Ende der Treppe sah sie ein schwaches Licht. Langsam ging sie die knarrenden Stufen hinunter.

Im Gastraum saßen im Schein einer einsamen Kerze nur drei Leute: Thomas und die beiden Herren vom Vorabend. Sie sahen Paulina überrascht entgegen.

«Guten Morgen, gnädiges Fräulein», begrüßte Thomas sie fröhlich. «Geht es Ihnen wieder besser?»

«Ja, das tut es», antwortete Paulina zerknirscht. «Ich hoffe, Sie hatten nicht allzu viele Unannehmlichkeiten durch mich. Sie mussten mich schließlich ... ich meine, irgendwie bin ich ja nach oben ... ins Gastzimmer ...»

Die beiden Herren lächelten nachsichtig.

«Keine Sorge, Mademoiselle», sagte der Kaufmann, den sie glaubte schon einmal gesehen zu haben, «die Frau des Wirts hat Sie nach oben gebracht. Wir haben uns erlaubt, Ihnen ein Zimmer zu mieten. Es machte den Eindruck, dass Sie ein wenig ... unpässlich waren. Ihre seelische Verfassung schien mir bedenklich.»

Bedenklich – das trifft nicht einmal ansatzweise die Lage, in der ich mich befinde, dachte Paulina. Sie merkte, wie mit aller Macht die Verzweiflung zurückkehrte, die sie schon am Tag zuvor befallen hatte.

«Was machen Sie hier schon so früh, meine Herren?», fragte sie.

«Wir wollen möglichst zeitig aufbrechen», antwortete der junge Begleiter des Kaufmanns. «Ein weiter Weg liegt vor uns, und die Kutsche fährt bei Tagesanbruch ab.»

«Sie reisen ab?», rief Paulina entsetzt.

«Spricht etwas dagegen, mein Fräulein?»

«Nein, nein ... natürlich nicht, es ist nur ...», Paulina wandte sich verstört an Thomas: «Und du? Reist du auch ab?»

«Ja! Ich habe meine Pläne geändert. Diese beiden Herren sind Seidenfabrikanten aus Crefeld, und als wir gestern hier im Gasthaus ins Gespräch kamen, schlugen sie mir vor, anstelle der Leinenweberei das Handwerk des Seidenfärbens zu erlernen. Ich habe mich entschlossen, mit ihnen nach Crefeld zu fahren.»

«Crefeld ...», murmelte Paulina, «irgendwo habe ich diesen Namen schon einmal gehört. Mir scheint, es war in Darmstadt ...»

«Jetzt weiß ich, woher ich Sie kenne!», rief der ältere Kaufmann. «Sie waren beim Schneidermeister Brodermann in der Bachgasse und haben ihn mit Ihren Forderungen fast zur Weißglut getrieben. Ich habe mich köstlich amüsiert seinerzeit.»

Auch Paulina erinnerte sich nun. «Ja, es muss etwa drei Jahre her sein. Sie sind Herr Kronwyler, wenn ich mich recht entsinne, nicht wahr?»

Der Kaufmann deutete eine Verneigung an. «Ihr gutes Erinnerungsvermögen ehrt Sie, Mademoiselle!»

«Wo liegt Crefeld überhaupt?», wollte Paulina wissen.

«Am Niederrhein», antwortete Kronwyler. «Die Stadt ist das Zentrum der Seidenfabrikation. Herr Terbrüggen und ich kommen gerade von einer Handelsreise. Wir haben hier in Hannover noch ein paar Verträge abgeschlossen.»

«Am Niederrhein …», murmelte Paulina vor sich hin.

Der Wirt erschien schlaftrunken im Gastraum und teilte den beiden Kaufleuten mit, dass ihre Kutsche vor der Tür warte.

Die beiden Herren erhoben sich. Auch Thomas schnappte sein Säckel. Kronwyler klopfte ihm kameradschaftlich auf die Schulter.

«Na dann los, mein Junge! Du wirst sehen, die Seidenfärberei wird ganz nach deinem Geschmack sein. So einen wie dich, ehrgeizig und aufgeweckt, können wir gut gebrauchen.»

Dann drehte er sich zu Paulina um. «Und Sie, mein Fräulein, kehren Sie schleunigst in den Schoß Ihrer Lieben zurück! Es ist nicht gut, wenn eine junge Dame alleine durch die Lande irrt. Beim nächsten Mal wird jemand Ihre Lage schamlos ausnutzen, wenn Sie wissen, was ich meine.»

Paulina blickte betreten zu Kronwyler auf. Sein Gesichtsausdruck war voller Besorgnis. Sie hätte sich am liebsten an seine Schulter gelehnt und hemmungslos geweint. Aber er würde gleich durch die Tür gehen und in der Morgendämmerung verschwinden …

«Nehmen Sie mich mit nach Crefeld, Monsieur!», rief sie in einer plötzlichen Eingebung.

«Wie bitte?», fragte Kronwyler ungläubig. «Habe ich Sie richtig verstanden? Sie wollen mit nach Crefeld fahren?»

«Ja. Mein Vater muss dort in der Nähe wohnen. Er ist der Herr von Schloss Erldyk am Niederrhein. Ich werde ihn besuchen!»

Die beiden Kaufmänner tauschten einen kurzen Blick.

«Ihr Vater ist Jobst von Gralitz?», fragte Terbrüggen verblüfft.

«So ist es. Ich bin die Tochter des Barons von Gralitz. Und ich wäre Ihnen überaus verbunden, wenn Sie mir gestatten würden, in Ihrem Wagen mitzufahren. Mein Vater wird Ihnen die Auslagen gewiss erstatten.»

«Das glaube ich kaum», murmelte Terbrüggen trocken und machte sich kopfschüttelnd auf den Weg zu Tür.

Kronwyler stand wie vom Donner gerührt. «Ich fürchte, dass Sie dabei sind, eine große Dummheit zu begehen, mein Kind! Aus dem, was Sie gestern Abend gefaselt haben, konnte ich entnehmen, dass Sie sich durch Ihr unbedachtes Verhalten in eine üble Lage gebracht haben. Ich habe selbst eine Tochter in Ihrem Alter, deshalb gebe ich Ihnen einen guten Ratschlag: Jeder andere Ort ist besser geeignet für Sie als Erldyk. Bringen Sie Ihre Angelegenheiten schleunigst in Ordnung und kehren Sie dorthin zurück, woher Sie gekommen sind!»

Paulina zögerte. Sollte sie ohne Geld und ohne ein Dach über dem Kopf in Hannover bleiben? Wenn sie erst einmal in Erldyk war, konnte sie sich immer noch an Therese oder an ihren Großvater wenden. «Was ist verwerflich daran, dass ich das Bedürfnis verspüre, meinen Vater zu besuchen, den ich seit vielen Jahren nicht gesehen habe?»

«Sie scheinen nicht zu wissen, dass Ihr Vater kein Mensch ist, den man einfach so besucht», sagte Kronwyler sanft. «Ich möchte es nicht verantworten, diesem Mann ein so junges, unschuldiges Mädchen zu übergeben, sei es nun seine Tochter oder nicht.»

«Ihre väterliche Besorgnis ehrt Sie, Herr Kronwyler!», erwiderte Paulina. «Aber ich bin alt genug, um selbst über mein Leben zu entscheiden. Es ist nicht das erste Mal, dass ich mich behaupten muss. Ich weiß, was mich bei meinem Vater erwartet, und ich fühle mich durchaus in der Lage, damit fertig zu werden.»

«Sie wissen, was Sie erwartet, und wollen dennoch nach Erldyk fahren? Obwohl es anderswo Menschen gibt, die Sie vermissen und unglücklich über Ihr Fortgehen sind?»

«Finden Sie nicht, dass dies meine Angelegenheit ist? Ich habe Sie lediglich gebeten, mir einen Platz zu gewähren. Von einer Moralpredigt war keine Rede.»

Aus Kronwylers Miene war alle Freundlichkeit gewichen. Mit scharfem Blick sah er Paulina an. «Also gut. Mir scheint, dass Sie von Ihrer kopflosen Idee nicht abzubringen sind. Ich bin bereit, Sie mitzunehmen. An mein Einverständnis sind jedoch zwei Bedingungen geknüpft: Erstens werde ich von Ihrem Vater keine Bezahlung annehmen, und zweitens wünsche ich, danach nie wieder etwas von Ihnen zu hören.»

Kapitel 15

Erldyk, September 1790

Im fahlen Mondlicht sah die mit Unkraut überwucherte Zufahrt von Schloss Erldyk so gespenstisch aus, dass Paulina am liebsten sofort wieder umgekehrt wäre. Selbst Thomas, dem sonst bei jeder Gelegenheit ein lockerer Spruch auf den Lippen saß, war ungewöhnlich schweigsam, als die Kutsche auf das zwischen den Bäumen liegende Herrenhaus zusteuerte.

«Was für ein geisterhafter Ort!», flüsterte er. «Es sieht fast so aus, als seien die Bewohner des Hauses ausgeflogen, so dunkel, wie es ist.»

«Der Herr Baron verlässt nie das Schloss», sagte Terbrüggen trocken. «Man erzählt, dass er abends nur vor einer Kerze sitzt und nie das Licht anzündet. Aber genau weiß man es nicht, denn Herr von Gralitz pflegt keinen Umgang mit anderen Menschen.»

Die Kutsche fuhr in den Schlosshof ein und wirbelte das herumliegende Laub auf. Kronwyler stieg aus und half Paulina aus dem Wagen. Mit bangem Herzen sah sie sich um. Bedrohlich setzte sich das verlassen wirkende Haus mit seinem Türmchen in der Mitte vom Nachthimmel ab. Paulina ließ ihren Blick über die Fassade schweifen und entdeckte schließlich hinter einem der Fenster im ersten Stock ein schwaches Licht.

«Ich bringe Sie zur Tür!», sagte Kronwyler. «Nehmen Sie es mir nicht übel, wenn ich nicht mit hineingehe, denn wir haben noch eine gute Meile bis Crefeld vor uns.»

Sie stiegen eine kurze Treppe hinauf, deren Stufen an vielen Stellen gebrochen waren. Kronwyler betätigte den Türklopfer.

Nach einer halben Ewigkeit wurde die Tür einen Spaltbreit geöffnet, und eine alte Frau mit einem Kerzenstumpf in der Hand tauchte auf.

«Ich bringe Ihnen Fräulein von Gralitz, die Tochter des Barons», sagte Kronwyler.

Die Alte stieß einen spitzen Schrei aus. Sie riss die Tür weiter auf und hielt den Besuchern die Kerze ins Gesicht.

«Allmächtiger!», rief sie und schlug die Hand vor den Mund.

Kronwyler stellte Paulinas Reisetasche ab. «Sie sind in Schloss Erldyk, gnädiges Fräulein. Mein Teil unserer Abmachung ist erfüllt, nun denken Sie auch an den Ihren! Ich wünsche Ihnen alles Gute, und das können Sie weiß Gott gebrauchen.»

Noch ehe Paulina ihm danken konnte, zog er seinen Hut, lief die Treppe hinunter und verschwand in der Kutsche. Als sei der Teufel hinter ihnen her, ließ der Kutscher die Peitsche über die Pferde knallen, und der Wagen preschte vom Hof.

«Ich werde Sie zu Ihrem Vater begleiten», sagte die Greisin zu Paulina und nahm die Reisetasche in die Hand.

Die junge Frau überquerte die Schwelle des Hauses und schritt, zaghaft um sich blickend, in das Halbdunkel einer Eingangshalle hinein. Sie hörte die Tür hinter sich ins Schloss fallen. Mit kurzen, wackligen Schritten ging die krumme Gestalt voraus, und Paulina folgte ihr durch die leere Halle, von deren Wänden ihre Schritte widerhallten. Sie stiegen eine gewundene, knarrende Holztreppe hinauf. Das Schloss befand sich in einem erbärmlichen Zustand. Überall blätterte der Verputz ab, der Fußboden war an vielen Stellen schadhaft, Spinnweben hingen von den Decken.

Die alte Frau blieb vor einer Tür im oberen Stockwerk stehen. Ihr ausgemergeltes Gesicht mit dem zahnlosen Mund hatte einen dämonischen Ausdruck angenommen.

«Ich bin gespannt auf die Miene des Herrn Baron!»

Sie klopfte und öffnete die Tür, ohne auf eine Antwort zu warten. Paulina betrat hinter ihr einen Raum, in dem sich nur ein Tisch mit zwei Stühlen, eine Anrichte und ein schmuckloses Bett mit zerlöcherten Vorhängen befanden. Auf dem Tisch standen ein Kerzenleuchter, ein Teller und ein Krug. Dahinter war ein Mann zu sehen, der auf einem der Stühle mehr lag als saß und den anderen als Ablage für seine ausgestreckten Beine benutzte. In der rechten Hand hielt er einen Becher.

«Sie haben Besuch, Herr Baron», sagte die Alte. «Fräulein von Gralitz, Ihre Tochter!»

Paulina ging wie magisch angezogen auf den sonderbaren Mann zu. Als sie vor dem Tisch stand, konnte sie sein Gesicht erkennen. Obwohl das dunkle Haar wirr und ungepflegt, die tiefblauen Augen glasig und die Wangen aufgedunsen waren, ließ sich seine Ähnlichkeit mit ihr nicht leugnen. Er war unübersehbar ihr Vater.

Jobst von Gralitz starrte sie ein paar Augenblicke lang entgeistert an, dann warf er seinen Kopf zurück und brach in dröhnendes Gelächter aus.

«Ich fasse es nicht!», rief er mit vom Alkohol gezeichneter Stimme. «Das Mädchen ist tatsächlich meine Tochter! Alles konnte mir diese Frau erzählen, nur eines habe ich ihr nie geglaubt – dass ihr Kind von mir ist! Und nun sehe ich es mit eigenen Augen! Dieses eine Mal hat sie mich nicht angelogen. Johanna, bring noch einen Krug und einen Becher für das gnädige Fräulein! Das muss gefeiert werden!»

Der Baron stellte den Humpen auf den Tisch und streckte seine Hand nach Paulina aus. «Komm her, meine schöne Tochter, setz dich zu mir!» Umständlich zog er seine Beine vom Stuhl und versuchte, sich aufzurichten. Ein heftiger Husten befiel ihn und ließ ihn mühsam nach Luft ringen.

«Nicht einen Tropfen werde ich Ihnen mehr vorsetzen!», rief die alte Magd, nachdem er sich endlich beruhigt hatte. «Ich glaube kaum, dass so viel Branntwein Ihrer Gesundheit zuträglich ist.»

«Pah!» Jobst von Gralitz machte eine wegwischende Handbewegung. «Was kümmert mich meine Gesundheit!»

«Und was soll Ihr Fräulein Tochter von Ihnen denken? Wo sie doch von so weit her gekommen ist.»

Der Baron stieß erneut ein hässliches Lachen aus. «Wenn mein Fräulein Tochter auch nur ein klitzekleines Stück vom Wesen ihrer Mutter geerbt hat, dann brauchst du dir keine Sorgen um sie zu machen, Johanna. Ich weiß nicht, weshalb sie gekommen ist, aber der Grund war gewiss nicht ihre unstillbare Sehnsucht nach mir!»

Die verächtlichen Worte ihres Vaters weckten Paulinas Widerspruch. «Sehnsucht hatte ich gewiss nicht nach Ihnen! So erbärmlich, wie Sie hier hausen, muss ich mich allerhöchstens für Sie schämen. Leider bin ich in eine Lage geraten, in der mir Erldyk als einzig mögliche Zuflucht blieb. Ich bitte Sie also nur, mir für ein paar Tage Unterkunft zu gewähren, bis ich meine Angelegenheiten geregelt habe.»

«Angelegenheiten? Was für Angelegenheiten? Das hat bestimmt mit einem Mannsbild zu tun! Hast du dir am Ende ein Kind machen lassen und hoffst nun, du könntest hier still und heimlich …?»

Jobst von Gralitz beugte sich vor, griff nach dem Krug auf dem Tisch und füllte sein Trinkgefäß. Seine Hände zitterten so sehr, dass er einen Großteil des Branntweins verschüttete. Er nahm den Becher, legte den Kopf zurück und kippte sich die Flüssigkeit in den Hals. Mit einem dumpfen Knall landete der Humpen wieder auf dem Tisch.

«Was ist? Warum sagst du nichts?», fragte der Baron. «Hat es dir die Sprache verschlagen?»

Paulina hatte ihn fassungslos beobachtet. «Wie hat meine Mutter es nur mit Ihnen ausgehalten?»

«Sollte ich etwa auch noch Mitgefühl haben für ein Frauenzimmer, das sich lieber ins Bett seines Liebhabers gelegt hat als in meines?»

«Das sind doch alles nur Behauptungen, für die Ihnen jegliche Beweise fehlen!», empörte Paulina sich.

Ihr Vater fuhr hoch. «Du willst die Wahrheit wohl nicht hören, he? Dabei musst du es doch selbst miterlebt haben. Wie viele Liebhaber hatte sie in all den Jahren, seit sie von hier fort ist? Fünf, zehn, noch mehr? So schön, wie sie war, dürfte es ihr an Verehrern nicht gemangelt haben. Schließlich gab es ja keinen lästigen Ehegatten mehr …» Seine letzten Worte gingen in einem erneuten Hustenanfall unter, der seinen ganzen Körper schüttelte.

Der Mann ist nicht nur dem Alkohol verfallen, er ist darüber hinaus auch noch sterbenskrank, dachte Paulina.

Zwischen Mitgefühl und Abscheu hadernd, wandte sie sich an die alte Johanna. «Sie werden sicher nicht so herzlos sein und mich heute Nacht noch fortschicken. Haben Sie ein bescheidenes

Lager für mich, auf das ich mich zum Schlafen niederlegen kann? Ich werde Ihnen nicht länger als nötig zur Last fallen.»

Die Magd nickte stumm.

Jobst von Gralitz war dem Husten mit einem kräftigen Schluck aus seinem Becher zu Leibe gerückt.

«Geh du nur wieder!», stieß er prustend hervor. «Schon deine Mutter hat es hier nicht lange ausgehalten. Stell dir vor, sie hatte die Angewohnheit, bei Nacht und Nebel zu verschwinden. Aber das kann sie ja nun nicht mehr, denn aus einem Grab vermag selbst sie nicht zu entwischen!»

Paulina bekreuzigte sich entsetzt.

Johanna krallte ihre hageren Finger in den Arm der jungen Frau. «Kommen Sie, gnädiges Fräulein! Besser wird es heute mit ihm nicht mehr!»

Paulina ließ sich fortziehen. Im Hinausgehen sah sie, dass ihr Vater mit gierigem Blick nach der Branntweinflasche griff.

«Schade, dass du mir nicht noch länger Gesellschaft leistest, Töchterchen», lallte er. «Ich hätte zu gerne noch ein bisschen mit dir über alte Zeiten geplaudert.»

«Mein Kind, Sie dürfen nicht so verbittert sein», sagte der Pastor. «Beten Sie für Ihren Vater, denn jedes Schäflein Gottes hat die Gnade des Herrn verdient.»

Paulina, die am Fenster stand, fuhr herum. «Und wer findet vor meines Vaters Augen Gnade?», rief sie wütend. «Seine Bauern jagt er unter wüsten Beschimpfungen davon, dem Reisenden, der um einen Schlafplatz bittet, schlägt er die Tür vor der Nase zu, die alte Johanna scheucht er den ganzen Tag durchs Haus, und ich … nun, ich bin ständig Opfer seiner üblen Beleidigungen.»

Über den Mund des Pastors glitt ein mitfühlendes Lächeln. Paulina fiel auf, wie jung er noch war.

«Ihr Vater müsste seine Seele erleichtern. Ich bin sicher, dass er große Sünden begangen hat, mit denen er nicht leben kann.

Aus diesem Grund komme ich immer wieder nach Erldyk. Ich habe die Hoffnung noch nicht verloren, dass er sich mir eines Tages anvertraut.»

Paulina senkte den Kopf. Was würde dieser Pastor mit all seinem guten Willen schon ausrichten können? Ihrem Vater war nicht mehr zu helfen, so viel war ihr mittlerweile klar.

Am Morgen nach ihrer Ankunft hatte sie bei Tageslicht das ganze Ausmaß der Verwahrlosung von Erldyk gesehen. Das Schloss war seit Jahren dem Verfall preisgegeben. Von den zahlreichen Räumen wurden außer der Küche nur drei bewohnt, und selbst diese waren nur notdürftig möbliert. Neben der Magd Johanna gab es lediglich einen alten Diener, der kaum sprach und völlig lethargisch die groben Arbeiten verrichtete, zu denen die Alte nicht mehr in der Lage war. Auf dem Schloss selbst fand keinerlei Bewirtschaftung statt. Die Nebengebäude und Stallungen waren verwaist und machten den Eindruck, als wären sie seit vielen Jahren nicht betreten worden. Nur ein altes, klappriges Pferd, eine Ziege und eine Handvoll Hühner wurden in einem behelfsmäßigen Verschlag gehalten.

«Was ist mit den armen Bauern von Erldyk?», warf Paulina ein. «Klagen sie nicht darüber, dass sie ihre Felder nicht bestellen können, weil ihr Grundherr sich um nichts kümmert? Und Sie, Herr Pastor, reden von Gnade für diesen Mann!»

Wie auf ein Zeichen flog die Tür auf, und herein stürmte Jobst von Gralitz in einem abgenutzten Morgenmantel aus Samt. Seine Augen sprühten vor Zorn.

«Was willst du schon wieder hier, Pfaffe?» Er deutete mit ausgestrecktem Zeigefinger auf seine Tochter. «Hat *sie* dich etwa hereingelassen? Ich dulde keine Frömmler in meinem Haus. Wer beten will, soll gefälligst in die Kirche gehen!»

«Gnädiger Herr, Sie wissen nicht, was Sie sagen!», begehrte der Pastor auf.

«Noch weiß ich ganz genau, was ich sage! Falls mein Fräulein

Tochter göttlichen Beistand braucht, überlasse ich sie dir gerne, Pfaffe! Du kannst sie ja in deine Kirche stecken, da wird man ihr wenigstens ihre Schamlosigkeit austreiben.» Er begann, nervös im Zimmer umherzugehen. «Wo hat diese idiotische Alte nur die Vorräte hingestellt?»

«Johanna ist noch nicht aus dem Dorf zurück», bemerkte Paulina trocken.

Jobst blickte verstört auf. «Die alte Megäre ist noch gar nicht zurück? Wie lange braucht sie denn für das kurze Stück Weg?»

«Es ist immerhin eine halbe Meile bis ins Dorf, und Johanna ist nicht mehr die Jüngste. Zudem hat sie wohl nicht nur Lebensmittel, sondern vor allem Ihre Branntweinflaschen zu tragen.»

«Diese Alte hat nichts anderes verdient, als meinen Branntwein zu schleppen!», tobte Jobst von Gralitz. «Der Teufel soll sie holen, wenn sie nicht bald hier auftaucht! Und du, Pfaffe, mach, dass du fortkommst! Es gibt hier niemanden zu bekehren!»

«Sie sollten vor Ihrer Tochter nicht solch blasphemische Worte in den Mund nehmen, Herr Baron», wandte der Pastor ein.

Jobst von Gralitz' Mund verzog sich zu einem bösen Grinsen. «Als ob das diesem verdorbenen Weib etwas ausmachen würde!»

«Das Mädchen ist genauso unschuldig wie unsere Jungfrau Maria!», erwiderte der Pastor unerwartet heftig. «Ich kann Ihnen versichern, dass Ihre Tochter keinerlei Verfehlungen begangen hat.»

«So, du kannst es mir versichern!», äffte der Baron ihn nach. «Du wirst mir doch nicht erzählen, Pfaffe, dass du dich persönlich davon überzeugt hast, dass meine Tochter …» Er wollte sich ausschütten vor Lachen.

Der Pastor starrte ihn ungläubig an und begriff erst allmählich, was der Baron ihm da unterstellt hatte. Paulina, die die dunklen Gedankengänge ihres Vaters mittlerweile besser kannte, zupfte an seinem Gewand. «Kommen Sie, Herr Pastor, es hat keinen Sinn, weiter mit ihm zu reden.»

Betroffen folgte der Geistliche Paulina aus dem Zimmer.

«Johanna!», schrie der Baron. «Bist du endlich da? Bring mir sofort etwas zum Trinken, sonst drehe ich dir den Hals um!»

Während sie die Treppe hinuntergingen, streifte Paulina den Pastor mit einem verlegenen Seitenblick und fragte sich, ob ihn sein Studium wohl auf derartige menschliche Abgründe vorbereitet hatte. Er gewann jedoch schnell seine Fassung wieder.

Als sie sich in der tristen Eingangshalle gegenüberstanden, um sich zu verabschieden, fragte er mitleidig: «Kann ich irgendetwas für Sie tun, meine Tochter?»

Paulina zog drei Briefe aus ihrem Rock, die sie in den letzten Tagen verfasst hatte. Sie reichte sie dem Pastor.

«Ich wäre Ihnen sehr verbunden, wenn Sie dafür sorgen könnten, dass diese Schreiben der Post übergeben werden.»

Das Geräusch von zerbrechendem Glas und der gellende Schrei einer Frau ließen Paulina in das Zimmer eilen, das man in Erldyk als Salon benutzte.

«Ich werde dich lehren, die Zimperliche zu spielen, du Dirne!», brüllte Jobst von Gralitz in dem Moment, als sie ohne anzuklopfen die Tür aufriss und hineinstürmte.

Beim Anblick der Szene, die sich vor ihren Augen abspielte, wich sie entsetzt zurück. Auf dem Teppich vor dem Kamin lag ein junges Mädchen, fast noch ein Kind. Sein Rock war hochgezogen und legte ein paar weiße, dralle Schenkel frei. Auf ihm hockte rittlings Jobst von Gralitz und hatte soeben das Hemd der Kleinen zerrissen und ihre Brüste entblößt. Tränen liefen ihr über das Gesicht, und sie schluchzte herzzerreißend. Vor der Wand lagen die Scherben einer Weinflasche.

Mit irrem Blick drehte Jobst von Gralitz sich zu Paulina um. Zornesröte stieg ihm ins Gesicht.

«Ich hätte mir denken können, dass nur du so unverschämt sein würdest, mich zu stören! Habe ich es nicht schon immer gesagt, dass du die Verdorbenheit in Person bist?»

«Lassen Sie sofort das Mädchen los!», forderte Paulina ihn auf.

Jobst von Gralitz war so verblüfft, dass er von dem armen Ding abließ. Langsam richtete er sich auf und versetzte dem Mädchen einen Tritt. Die Kleine schrie auf, zog die Fetzen ihres Hemdes vor den Busen und kroch wie ein verschrecktes Tier zurück. Der Baron kam mit gefährlicher Ruhe auf Paulina zu.

«Du wagst es wirklich, mir Befehle zu erteilen? Glaubst du, ich lasse mir von dir das letzte Vergnügen nehmen, das ich noch habe?»

«Was hat das mit Vergnügen zu tun?», erwiderte Paulina. «Die Kleine sieht nicht so aus, als hätte sie Spaß an dem, was Sie mit ihr treiben!»

«Dieses Weibsbild soll keinen Spaß haben, es soll mir zu Willen sein!»

«Nun, *mir* hat man beigebracht, dass dieser Akt das Einverständnis beider Seiten voraussetzt.»

«So, das hat man dir also beigebracht! Es mag ja sein, dass es in deinen höfischen Kreisen so gehandhabt wird. In Erldyk jedoch wird gemacht, was ich will! Und wenn mich nach einem von diesen Ludern gelüstet, dann haben sie mir gefälligst zu gehorchen.»

Paulina sah zu der Kleinen, die völlig verängstigt an der Wand kauerte und sie flehentlich anblickte. Sie konnte das arme Ding unmöglich ihrem brutalen Vater überlassen.

«Das Mädchen wird jetzt ins Dorf zurückgehen», sagte Paulina bestimmt. «Da holst du sie doch her, deine kleinen Vergnügungen, nicht wahr?» Ohne die Augen von ihrem Vater zu wenden, streckte sie die Hand nach der Kleinen aus. «Komm, ich werde dich von hier fortbringen.»

Das Mädchen machte eilig Anstalten aufzustehen.

«Du bleibst hier, du Dirne!», donnerte Jobst von Gralitz.

Die Kleine hielt verschreckt inne, sehnsüchtig auf Paulinas dargebotene Hand starrend. Der Baron war mit zwei Schritten bei ihr und zog sie grob an sich. Wie ein Wahnsinniger drückte er ihre Arme herunter, mit denen sie sich zu bedecken versuchte.

«Nun lass endlich sehen, was du da für Schätze verbirgst!», keuchte er und grapschte lüstern nach ihr.

Paulina machte einen Satz nach vorne und warf sich zwischen die beiden. Ihr Vater war so überrascht, dass er sich ohne Widerstand von dem Mädchen trennen ließ.

«Lauf schnell!», rief Paulina der Kleinen zu, die sich jammernd aufraffte und aus dem Zimmer stolperte.

«Du unselige Närrin!», brüllte Jobst von Gralitz außer sich vor Wut und baute sich drohend vor seiner Tochter auf. «Du wirst nicht allen Ernstes glauben, dass du damit ungestraft davonkommst!»

Paulina sah, dass er seinen Arm hob und weit ausholte. Im nächsten Moment würde seine Hand auf sie niedersausen, und sie mochte sich nicht ausmalen, mit was für einer Wucht der Schlag sie treffen würde.

Ihr Blick fiel auf einen tönernen Krug, der auf dem Kaminsims stand. Sie sprang zur Seite, griff nach dem Gefäß und hielt es wie einen Schutzschild vor sich.

«Wenn Sie auch nur einen Schritt näher kommen, werde ich Ihnen diesen Krug über den Kopf hauen!», rief sie in wilder Entschlossenheit und funkelte ihren Vater zornig an.

Jobst von Gralitz brach in ein teuflisches Lachen aus.

«Sieh an! Meine kleine Tochter als unerschrockene Kriegerin!» Mit weit aufgerissenen, furchteinflößenden Augen setzte er sich in Bewegung. «Huh, ich habe solche Angst vor dir …!»

Plötzlich klappte er wie von einem Schuss getroffen zusammen. Sein Gesicht verzerrte sich vor Schmerz, und er griff mit der Hand an seine Brust. Nach ein paar krampfhaften Zuckungen fing er an, wie wild zu husten. Er hustete und hustete und hörte nicht mehr auf. Schließlich sank er vor lauter Erschöpfung zu Boden.

Ohne sich zu rühren, sah Paulina zu, wie er sich qualvoll auf dem Teppich wand.

«Wagen Sie es nicht, jemals die Hand gegen mich zu erheben!», sagte sie mit verächtlicher Stimme. «Ich wäre imstande, mich zu vergessen!»

Sie drehte sich um und verließ den Salon. Mit regungsloser Miene ging sie an Johanna vorbei, die ihr auf der Treppe entgegenkam.

Unten in der Halle stand noch das Mädchen. Es zitterte vor Angst und schluchzte hemmungslos.

«Warum bist du noch nicht fort?», fragte Paulina.

Tränen kullerten über die Wangen der Kleinen. «Wird der Herr Baron sterben?»

«Nun sag bloß, du hast auch noch Mitleid mit ihm?», rief Paulina entgeistert.

Als sie das Mädchen durch das Herbstlaub davongehen sah, war sie zutiefst überzeugt, dass sie es nicht einen Tag länger in Erldyk aushalten würde.

Drei endlose Wochen später kam der Pastor erneut zum Schloss und brachte Paulina die Antworten auf die drei Briefe, die sie ihm anvertraut hatte.

Der Baron Dornfeld schrieb in wenigen Zeilen, dass er nicht über die Möglichkeit verfüge, Paulina Geld zu schicken, da er selbst keines besitze. Außerdem sei er nicht länger bereit, für ihr Leben aufzukommen, und das solle von nun ab ihr Vater übernehmen.

Aus Frankfurt kam eine Nachricht des fürstlichen Oberhofmarschalls. Das Haus Thurn und Taxis werde das ungebührliche Verhalten der Baroness von Gralitz nicht dulden und wünsche nicht, dass sie nach Frankfurt zurückkehre. Sie habe ihr Dilemma selbst verschuldet und solle nun auch die Folgen ihrer Entscheidung tragen.

Der dritte Brief war von Graf Gondern. Prinzessin Marie von Hessen-Darmstadt habe genug von den Eskapaden der Baroness von Gralitz und halte es für das Beste, wenn das gnädige Fräulein im Hause ihres Vaters bleibe, schrieb der Graf. Die Baroness könne ohnehin nicht an den Hof von Darmstadt zurückkehren, da, wie sie sicher wisse, der Sohn des kürzlich verstorbenen Ludwig IX. das Amt des Landgrafen übernommen habe. Es sei Ludwig X. schon immer ein Dorn im Auge gewesen, dass die Enkelin des Barons Dornfeld bei Hof verkehre. Er habe dies seiner Tante zuliebe toleriert, wünsche aber nicht, dass sie seinem Hofstaat weiterhin angehöre. Graf Gondern hatte noch ein Postskriptum hinzugefügt, das Paulina die Zornestränen in die Augen trieb: «Wie habe ich diesen Tag herbeigesehnt! Endlich ist Ihr Niedergang da!»

Sie hatte keine andere Wahl, als in Erldyk zu bleiben.

Teil 2

Die Fabrikantin von Crefeld

Kapitel 16

Erldyk, April 1791

Ein Reiter kam die Zufahrt von Schloss Erldyk herauf. Hinter den Fensterscheiben ihres Schlafzimmers beobachtete Paulina, wie er inmitten der kahlen Bäume und Sträucher über den verwilderten Weg ritt, der in den Schlosshof führte. Vermutlich handelte es sich um den kurkölnischen Steuereintreiber, den sie in den letzten Monaten schon mehrere Male unverrichteter Dinge wieder fortgeschickt hatte.

Paulina ging zum Spiegel, um ihr Kleid und die Frisur zu ordnen. Sie zupfte an einer Locke ihres kastanienbraunen Haars, die ihr vorwitzig in die Stirn fiel. Wehmütig lächelte sie ihrem Spiegelbild zu. Wenn schon sonst niemand in den Genuss ihrer Schönheit kam, wollte sie zumindest diesem Steuereintreiber ein wenig den Kopf verdrehen. Eine Auseinandersetzung mit ihm erschien ihr allemal aufregender als die schrecklich eintönigen Tage, die sie im vergangenen Winter an den Rand des Wahnsinns getrieben hatten. Eilig sprang sie die Treppe hinunter.

Als Paulina den Salon betrat, sah sie einen kleinen untersetzten Herrn am Fenster stehen, der in den öden Park hinausblickte.

Er drehte sich um, und Paulina erkannte ihn sofort. Es war der Herr, der in Darmstadt mit Kronwyler den Laden des Schneidermeisters Brodermann besucht hatte. Sein Haarkranz unter der breiten Halbglatze war in den letzten dreieinhalb Jahren noch ein wenig spärlicher geworden.

«Sie haben also Ihr Vorhaben in die Tat umgesetzt und sind nach Crefeld übersiedelt, Monsieur!», begrüßte Paulina ihn.

Der Kaufmann verneigte sich. «Ich bemerke erfreut, dass Sie sich meiner entsinnen, Mademoiselle.»

«Gleichwohl erinnere ich mich nicht mehr an Ihren Namen. Nur der Ihres Begleiters ist mir im Gedächtnis geblieben.»

«Conrad von Ostry», stellte er sich vor. «Mein damaliger Begleiter ist heute mein Teilhaber. Wir betreiben gemeinsam das Unternehmen *Kronwyler Sohn und von Ostry*.»

Paulina deutete auf eine kleine Sitzgruppe, deren abgewetzte Polster nicht gerade einladend aussahen.

Ohne eine Miene zu verziehen, ließ sich von Ostry auf einem der schäbigen Stühle nieder. «Darf ich mich nach dem Befinden Ihres Herrn Vater erkundigen?»

Deswegen wird er wohl kaum gekommen sein, dachte Paulina und sagte: «Mein Vater quält sich sehr. Seine Hustenanfälle werden immer schlimmer, und er bekommt oft kaum noch Luft.»

«Er leidet an Schwindsucht, nicht wahr?»

«Ja, ich denke, dass es diese Krankheit ist. Da er aber weder einen Arzt noch sonst jemanden zu sich lässt, kann ich dies nicht mit letztendlicher Sicherheit bestätigen.»

Von Ostry räusperte sich. «Haben Sie schon einmal überlegt, was Sie machen werden, wenn Ihr Vater … ich meine, bei dieser Krankheit muss man immerhin davon ausgehen, dass …»

«… dass er bald sterben wird?», führte Paulina den Satz zu Ende. «Sie können ganz offen mit mir reden, Monsieur. Ehrlich gestanden, hat es mich selbst gewundert, dass mein Vater den Winter überlebt hat.»

Von Ostry maß sie mit leicht irritiertem Blick. «Sie sind von einer erstaunlichen Freimütigkeit, Mademoiselle. Kronwyler hatte zwar etwas Derartiges angedeutet, aber ich hätte nicht geglaubt, dass eine Dame so unumwunden reden könnte.»

«Ich nenne die Dinge gerne beim Namen. Das erleichtert das Gespräch und beugt Missverständnissen vor.»

Paulina bemerkte einen Anflug von Respekt in von Ostrys Miene und musste lächeln.

«Dann frage ich Sie also ganz offen», sagte von Ostry. «Haben Sie vor, Erldyk nach dem Ableben Ihres Vaters weiterzuführen?»

Nun war es an Paulina, ein wenig verwundert über die unverblümte Art des Kaufmanns zu sein. «Ist es nicht etwas zu früh, um sich darüber Gedanken zu machen?»

«Ich bin ein Mann, der Geschäfte tätigt, Mademoiselle. Da ist es nie zu früh, um sich Gedanken zu machen.»

«Sie möchten also wissen, ob ich Erldyk – oder das, was davon noch übrig ist – nach dem Tod meines Vaters veräußern werde?»

«Besser hätte ich es nicht sagen können.»

Paulina überlegte, worauf von Ostry wohl hinauswollte. Zweifellos war er trotz seines verbindlichen Auftretens ein gerissener Kaufmann, und sie war gut beraten, ihm mit Vorsicht zu begegnen.

«Ich folgere daraus, dass Sie an Erldyk interessiert sind.»

Von Ostry legte die Hände in seinem Schoß zusammen. «Ihre Annahme trifft zu, Mademoiselle. Ich bin tatsächlich an Erldyk interessiert. Das Schloss eignet sich geradezu vortrefflich als Sommersitz für meine Familie.»

Paulina musste schlucken. Der Mann war ein einfacher Kaufmann und redete davon, Erldyk zu seinem Sommersitz zu machen? Dieses heruntergekommene Schloss, in das man ein Vermögen stecken musste, um es wieder in einen halbwegs akzeptablen Zustand zu bringen?

«Bedeutet das etwa, dass Sie Erldyk kaufen möchten?»

Von Ostry schüttelte den Kopf. «Nicht ganz, Mademoiselle. Ich bin zwar an Erldyk interessiert, aber ich möchte es nicht kaufen.»

«Ich fürchte, ich kann Ihnen nicht ganz folgen. Auch wenn ich selbst sehe, dass Erldyk in einem erbärmlichen Zustand ist, bin ich deshalb keinesfalls der Meinung, dass es nichts wert ist.»

«Davon kann keine Rede sein. Selbstverständlich weiß ich,

dass Erldyk nicht umsonst zu haben ist. Ich biete Ihnen ein Geschäft an, Fräulein von Gralitz. Mein Sohn nimmt Sie zur Gemahlin, und Sie bringen Erldyk als Mitgift in die Ehe ein.»

Paulina musste sich beherrschen, um nicht vor Entrüstung aufzuschreien. «Ich soll einen Bürgerlichen heiraten?»

Von Ostry verzog pikiert den Mund. «Ich dachte mir beinahe, dass mein Angebot nicht Ihre Zustimmung findet. Erstaunlicherweise scheint Sie an dieser Verbindung jedoch weniger die Gegebenheit zu stören, dass ihr ein Handel zugrunde liegt, als vielmehr die Tatsache, dass sie nicht standesgemäß ist.»

«Bis vor einigen Monaten war ich noch die Hofdame der zukünftigen Fürstin von Thurn und Taxis. Da ist die Aussicht, einen Kaufmann zu heiraten, etwas befremdlich für mich.»

«Von Ihrem ehemaligen Hofamt ist Ihnen, wie ich sehe, nicht viel geblieben.»

Paulina senkte kleinlaut den Kopf.

«Ihr Adelsleute würdet selbst im größten Elend noch auf euren Stammbaum pochen», sagte von Ostry bitter. «Glauben Sie mir, Mademoiselle, Ihre Abstammung wird Ihnen im entscheidenden Moment nichts nützen. Meine Vorfahren mussten am eigenen Leib erfahren, wie grausam der noble erste Stand sein kann. Als Hugenotten wurde ihnen in Frankreich der Grafentitel aberkannt, und der König nahm ihnen sämtliche Besitztümer. Sie flüchteten nach Württemberg und brachten es dort, auch ohne Adelstitel, zu Vermögen und Ehre. Und jetzt, hundert Jahre später, müssen auch die übrigen Adeligen in Frankreich um ihre Vorherrschaft bangen.»

Die Miene des Kaufmanns nahm einen leicht herablassenden Zug an. «Ich muss Sie sicher nicht darauf aufmerksam machen, dass Sie sich kaum in der Position befinden, mein Angebot abzulehnen. Man wird Ihnen als unverheirateter Frau jegliche gesellschaftliche Anerkennung versagen. Falls Sie aber auf einen adeligen Ehegatten warten möchten – nur zu! Vielleicht findet sich ja einer, der Sie mitsamt Ihrem baufälligen Schloss nimmt, was einigermaßen unwahrscheinlich ist. Adelige heiraten entweder einen großen Namen oder Geld. Sie, Mademoiselle, haben keines von beidem.»

Paulina schwieg betroffen. Sie dachte daran, wie Prinzessin Marie von Hessen-Darmstadt Heiratspläne für ihre Enkelinnen geschmiedet hatte. Therese hätte den großen Namen vorgezogen, musste sich aber am Ende trotz ihrer herzoglichen Abstammung mit dem Geld zufriedengeben.

Wenn sie es ganz nüchtern betrachtete, konnte Paulina von Ostrys Angebot nur als Geschenk des Himmels ansehen.

«Ich werde über Ihren Vorschlag nachdenken», sagte sie.

Von Ostry lächelte zufrieden. «Da Sie eine kluge Frau sind, Mademoiselle, werden Sie selbst die Vorteile unseres kleinen Arrangements erkennen. Ich erwarte nicht sofort eine Antwort von Ihnen, aber ich werde mich auch nicht zu lange gedulden. Im Fall einer Ablehnung muss ich andere Dispositionen treffen.»

Paulina hatte plötzlich einen Kloß im Hals. So weit war es also gekommen, dass sie, die vor einem Jahr noch darauf gehofft hatte, den Sohn des Grafen Bahro zu heiraten, sich jetzt verschachern lassen musste wie ein Ackergaul.

«Ich mache Ihnen einen Vorschlag, Mademoiselle», fuhr von Ostry fort. «Ich werde Ihnen morgen meine Kutsche schicken, die Sie zu meinem Haus nach Crefeld bringen wird. Sie sollen wissen, auf was Sie sich einlassen, wenn Sie mein Angebot annehmen.»

Paulina wurde den Eindruck nicht los, dass sich hinter dem Arrangement mehr verbarg als der Wunsch nach einer standesgemäßen Sommerresidenz. Nun, sie würde schon noch herausfinden, was für Absichten dieser ausgefuchste Kaufmann hatte.

Sie lächelte süß. «Ich nehme Ihre Einladung gerne an, Monsieur.»

«Wunderbar!» Von Ostry erhob sich. «Dann erwarte ich mit Spannung Ihre Antwort.»

Von Ostrys Kutsche war von bescheidenem Äußeren, verfügte jedoch über alle Arten von Bequemlichkeiten, die das Reisen angenehmer machten. Als sie an hübschen Gärtchen vorbei durch das Stadttor nach Crefeld hineinfuhr, fühlte Paulina sich wehmütig an vergangene Zeiten erinnert.

Johanna hatte geholfen, ihr einziges halbwegs passables Kleid mit einem Rüschenkragen zu verzieren. Es war der erste warme Frühlingstag dieses Jahres, und die junge Frau hatte auf ihren unansehnlichen Wollmantel verzichtet und stattdessen einen hübschen Umhang aus Sophies Nachlass über die Schultern gelegt.

Die Kutsche rollte über einen schön gestalteten Platz, der von prächtigen Häusern umgeben war. Paulina blickte sich staunend um. Sie hatte geglaubt, in eine kleine Kaufmannsstadt zu kommen. Wie konnten sich diese bürgerlichen Handelstreibenden nur solch herrschaftliche Domizile leisten?

Von Ostry bewohnte ein dreigeschossiges Eckhaus mit einer leicht ausladenden Mittelachse, kunstvollen Ornamenten in der Fassade und Fenstern mit feiner Sprosseneinteilung. Ein Diener führte Paulina in ein großes, helles Zimmer, in dessen Mitte eine mit kostbarem Geschirr und feinsten Gläsern gedeckte Tafel stand. Die gnädige Frau werde sofort kommen, sagte er und empfahl sich.

Paulina schritt fast ehrfürchtig an dem Tisch entlang. Hatte man nur ihr zu Ehren so aufgedeckt, oder erlebte sie ein ganz gewöhnliches Mittagsmahl im Hause von Ostry? Sie betrachtete die Gemälde an den Wänden. Sämtliche hugenottischen Vorfahren des Hausherrn schienen dort versammelt zu sein. Als sie weiter um die Tafel herumging, erhaschte sie einen Blick durch die großen Fenster auf einen Garten mit zwei Pappeln, Laubengängen und einem Sommerhäuschen.

Die Tür ging auf, und eine schlanke Dame mit herben Gesichtszügen betrat das Zimmer, gefolgt von einem ernsten, ein wenig verbissen dreinschauenden jungen Mann und einer neugierig hinter ihm her drängenden jungen Frau.

«Willkommen im Hause von Ostry, gnädiges Fräulein», sagte die Dame. «Mein Gatte ist noch nicht aus dem Geschäft zurückgekehrt, wird aber jeden Moment erwartet. Er sagte mir bereits, dass wir Sie heute Mittag zu Gast haben werden.» Sie deutete auf die beiden jungen Leute. «Mein ältester Sohn Jean, meine Tochter Catherine.»

Der Sohn der von Ostrys war nicht groß und neigte schon in seinen jungen Jahren zur Untersetztheit seines Vaters. Desgleichen hatte er den breiten Kopf und die lange Nase des alten von Ostry geerbt. Zu ihrem Entsetzen meinte Paulina außerdem zu erkennen, dass auch sein Haar bereits schütter wurde.

Catherine von Ostry hatte ähnlich herbe Züge wie ihre Mutter. Im Gegensatz zur beherrschten Art ihres Bruders waren ihre Bewegungen fahrig und voller Ungeduld.

Durch die jahrelang genossene höfische Erziehung bereitete es Paulina keinerlei Schwierigkeiten, eine leichte, unverfängliche Unterhaltung mit Frau von Ostry zu beginnen. Als der Hausherr wenige Minuten später erschien, war ein angeregtes Gespräch im Gange.

Von Ostry hatte noch einige Geschäftsfreunde zum Essen mitgebracht und wies seinen Gästen höflich ihre Plätze zu. Frau von Ostry bat Paulina, sich neben Catherine zu setzen, die ihr aufmunternd zulächelte. Als alle Platz genommen hatten, ließ von Ostry, der am Kopfende thronte, seinen Blick über den Tisch schweifen. Er blieb an einem verwaisten Gedeck neben Paulina hängen.

«Wo ist Pierre?», fragte er in scharfem Ton.

«Er wird sicher jeden Augenblick kommen», antwortete Frau von Ostry entschuldigend.

Der Kaufmann kniff verärgert den Mund zusammen. Er nahm ein Glöckchen in die Hand und klingelte.

Mehrere Diener mit dampfenden Schüsseln und Platten betraten den Raum. Ein festliches Essen wurde aufgetragen, das jeder höfischen Tafel würdig gewesen wäre. Klappern von Geschirr und Besteck erfüllte alsbald den Raum. Die Herren begannen eine Unterhaltung über Einfuhrzölle, Importwege und Absatzmöglichkeiten von Seidenstrümpfen zu führen.

Gerade wurden die Suppenteller fortgetragen, als ein verspäteter Gast hereinkam. Noch während er zum Tisch eilte, streifte er seine Handschuhe ab, zog den Hut vom Kopf und warf beides einem Diener zu, der ihm beflissentlich gefolgt war. Er verbeugte sich leicht in die Runde und nahm mit einem verblüfften Seitenblick auf Paulina den letzten freien Platz ein.

«Mein Sohn Pierre hält es leider nicht so mit der Pünktlichkeit!», bemerkte von Ostry tadelnd, was den jungen Mann aber nicht sonderlich zu beeindrucken schien.

«Was führt denn Sie hierher, mein schönes Kind?», fragte er stattdessen leise zu Paulina gewandt. «Wenn ich geahnt hätte, was für eine bezaubernde Nachbarin ich heute habe, wäre ich eher gekommen.»

Paulina sah ihn an. Mit seinem hübschen, ebenmäßigen Gesicht und dem leicht arroganten Blick erinnerte er sie an Maximilian von Birnreuth. Nur seine Augen hatten nicht den warmen Braunton des Regensburger Grafensohns, sondern waren von einem hellen Blau, das ein wenig kalt wirkte.

«Ihr Vater war so freundlich, mich einzuladen», antwortete sie.

«Was er wohl für eine Absicht damit verbindet?» Pierre von Ostry beugte sich mit spöttischem Grinsen über sein Essen, das ein eifriger Diener ihm schnellstens aufgetan hatte.

«Ganz sicher nicht die, auf die Sie anspielen», erwiderte Paulina.

Der junge Mann ließ seine Gabel sinken und blickte sie von der Seite an. «Auf den Mund gefallen sind Sie jedenfalls nicht, Mademoiselle. Allerdings glaube ich kaum, dass Sie meines Vaters neueste Korrespondentin für Seidenstrümpfe sind.»

«Seidenstrümpfe interessieren mich nur, wenn sie sich an meinem Bein befinden», sagte Paulina kühl und merkte, dass sie einen belustigten Blick von Catherine erntete.

Pierre von Ostry musterte sie nun ungeniert von oben bis unten. «Ich kann mir vorstellen, dass Ihnen Seidenstrümpfe ganz vorzüglich stehen. Es ist eine Schande, dass Sie sich so düster kleiden. Sie sind Mennonitin, nicht wahr?»

«Wie kommen Sie darauf, dass ich Mennonitin sei?»

«Nun, Mademoiselle, fast jeder, der in dieser Stadt Geschäfte mit Seide macht, ist Mennonit. Wir von Ostrys als Reformierte bilden da die große Ausnahme. Zu welcher Sippe gehören Sie? Von der Leyen, Floh, von Beckerath?»

«Sie hat nichts mit Seide zu tun, Pierre», mischte sich Catherine ein. «Du hast die Ehre, neben der Baroness von Gralitz zu sitzen.»

«Oh! Sind Sie etwa die Tochter dieses einsiedlerischen Barons? Da bleibt selbst mir fast die Sprache weg! Unser lieber Vater ist eben immer wieder für eine Überraschung gut. Jetzt würde mich erst recht interessieren, warum er Sie eingeladen hat.»

Frau von Ostry hatte die letzten Worte ihres Sohnes mit angehört. Sie warf ihm einen warnenden Blick zu. Pierre zog es vor, für die restliche Dauer der Mahlzeit zu schweigen.

«Ich würde gerne mit Ihnen einen kleinen Spaziergang unternehmen», sagte von Ostry nach dem Essen zu Paulina. Er ließ sich Hut, Stock und Überrock bringen, während eine Magd der jungen Frau ihren Umhang reichte.

Auf einen Wink des Kaufmanns hin sprang Jean von Ostry herbei.

«Mein Sohn wird sich um die Herren kümmern. Er ist bereits bestens mit den Abläufen des Unternehmens vertraut und wird mich würdevoll vertreten.»

Was man von dem Jüngeren wahrscheinlich nicht behaupten kann, dachte Paulina bei sich, als sie auf dem Weg zur Treppe sah, wie Pierre es sich in einem angrenzenden Salon bequem machte und von einem Diener eine Karaffe mit Wein entgegennahm. Von Ostry ging mit starrem Gesicht an der weit geöffneten Tür vorbei und tat so, als bemerke er seinen Zweitgeborenen nicht.

Paulina und der Kaufmann traten aus dem Haus. Es war ein schöner Frühlingsnachmittag, und die Crefelder Bürger flanierten über die sauberen, gepflasterten Straßen.

Von Ostry deutete stolz auf das Nachbargebäude. «Das Geschäftshaus der Firma *Kronwyler Sohn und von Ostry*! Es dient hauptsächlich als Kontor und Lager.»

«Und wo werden Ihre Seidenerzeugnisse hergestellt?», fragte Paulina interessiert.

«Wir praktizieren das sogenannte Verlagssystem, Mademoiselle. Das bedeutet, wir beschaffen die Rohseide, die wir den von uns beschäftigten Webern zur Verfügung stellen. Diese verarbeiten das Material in ihren Häusern auf eigene Rechnung und übergeben uns dann die fertigen Erzeugnisse zum Vertrieb. In unserem Geschäftshaus finden nur kleinere Abläufe wie Konditionieren, Zwirnen und Verpacken statt. Auf diese Weise halten wir die Kosten gering. Wir betreiben außerdem eine Färberei vor den Toren der Stadt.»

«Und mit alledem kann man so wohlhabend werden?»

«Unser Trachten ist es nicht, nur für unser tägliches Überleben zu arbeiten, wie es der Bauer oder der Handwerker tut», erklärte von Ostry. «Was uns antreibt, ist das Streben nach Gewinn. Ein Geschäft wie das unsrige ist mit einem beträchtlichen Risiko verbunden. Es erfordert ein hohes Maß an Intelligenz, Weitsicht und Tüchtigkeit, und dieser Unternehmergeist ist bei weitem nicht jedem in die Wiege gelegt. Wenn man es gut anstellt, kann es einen allerdings sehr reich machen.»

«Eine außerordentlich faszinierendes System!», sagte Paulina.

Sie spazierten weiter die Straße entlang. Während sie sich unterhielten, grüßte von Ostry ständig mit freundlichem Lächeln nach rechts und links.

Auf ihrem kleinen Rundgang kamen sie auch an dem Platz vorbei, den Paulina bei ihrer Ankunft so bewundert hatte. Von Ostry deutete auf ein besonders prächtiges Haus und sagte: «Dieses Palais hat Kronwyler sich bauen lassen. Wie Sie wissen, überredete Kronwyler mich vor drei Jahren, nach Crefeld zu kommen und als sein Teilhaber in das Unternehmen einzutreten.»

«Und offenbar laufen Ihre Geschäfte nicht schlecht», stellte Paulina fest, während sie das Haus ihres einstigen Reisebegleiters bewunderte.

«Wie man es nimmt», sagte von Ostry mit bitterem Unterton. «Wir würden unser Gewerbe gerne noch ausweiten, aber leider sind uns die Hände gebunden. Die von der Leyens halten in Crefeld das vom preußischen König erteilte Monopol zur Herstellung von Seidenstoffen, und wir anderen Fabrikantenfamilien müssen uns mit der Erzeugung von Seidenprodukten zufriedengeben.»

Paulina verkniff es sich zu sagen, dass von Ostry und Kronwyler trotz des Monopols der von der Leyens ein recht einträgliches Unternehmen zu haben schienen. Selten hatte sie so viel Reichtum auf einem Fleck gesehen.

«Haben Sie sich mein Angebot überlegt, Mademoiselle?», fragte von Ostry unvermittelt.

«Ich habe in der Tat darüber nachgedacht, Monsieur», sagte Paulina. «Allerdings stellen sich mir bezüglich unseres Arrangements noch ein paar kleine Fragen.»

«Nur zu! Ich werde sie nach bestem Gewissen beantworten.»

«Wenn ich es richtig verstanden habe, pflegen die Seidenfabrikanten ihre Kinder untereinander zu verheiraten. Warum wählen Sie für Ihren Sohn eine auswärtige Adelige mit einem recht zweifelhaften Ruf, Monsieur?»

«Sie haben eine exzellente Beobachtungsgabe, meine Liebe! Wir sind natürlich bestrebt, dafür zu sorgen, dass unsere Unternehmen nicht durch das Ausbleiben eines Erben in fremde Hände geraten. Diesbezüglich haben Kronwyler und ich jedoch vorgesorgt, indem mein Sohn Jean seine Tochter Sybilla geheiratet hat.»

Paulina blieb stehen. «Ihr Antrag gilt also gar nicht für Jean, sondern für Pierre?»

Von Ostry tat erstaunt. «Sagte ich das nicht bereits?»

«Nein, Sie sagten es nicht, und das wissen Sie genauso gut wie ich! Wo war Jeans Gattin im Übrigen heute? Ich kann mich nicht erinnern, sie bei Tisch gesehen zu haben.»

«Sybilla hat vor drei Tagen ihr erstes Kind bekommen und befindet sich noch im Wochenbett. Es ist ein Sohn – die Erbfolge ist also gesichert.»

«Bei aller Umsicht, mit der Sie Ihre weitreichenden Entscheidungen treffen, erstaunt es mich umso mehr, dass Sie die Tochter eines überall verrufenen Barons zum Preis eines baufälligen Schlosses in Ihre hochheilige Familie aufnehmen.»

«Ich habe Ihnen doch schon erklärt, dass ich Erldyk als Sommersitz für meine Lieben wünsche.»

Paulina stemmte die Hände in die Hüften. «Mein lieber Herr von Ostry! Ich glaube Ihnen kein Wort. Falls Sie möchten, dass ich meine Entscheidung zu Ihren Gunsten treffe, verlange ich, dass Sie mir die Hintergedanken unseres kleinen Arrangements offenbaren – und zwar ausnahmslos alle!»

Die vorbeigehenden Spaziergänger begannen, sie neugierig zu taxieren und hinter vorgehaltener Hand zu tuscheln.

Von Ostry fasste Paulina am Arm. «Kommen Sie, Mademoiselle! Man beobachtet uns schon. Ich ahnte zwar, dass Sie für eine Frau erstaunlich klug sind, aber dass Ihr Denkvermögen so weit gehen würde … Also gut, ich werde Ihnen – wenn auch nur widerwillig – meine Beweggründe erläutern. Aber nicht hier auf der Straße, wo man sich bereits den Mund über uns zerreißt. Lassen Sie uns in meine Geschäftsräume gehen!»

«Sie haben recht, Mademoiselle», sagte von Ostry, als sie sich in der Abgeschiedenheit seines Kontors befanden. «Es ist nicht Erldyk, woran ich interessiert bin.»

Der Raum machte in seiner Schlichtheit einen nüchternen Eindruck und ließ nichts von dem Reichtum ahnen, der innerhalb seiner Wände verdient wurde.

«Da Erldyk der Preis für meine Person sein sollte, bin ich gespannt zu erfahren, was ich sonst noch in die Waagschale zu werfen hätte», sagte Paulina.

Von Ostry lehnte sich in seinem Stuhl zurück. «Wie Sie wissen, hat es in Frankreich einen großen Umsturz gegeben. Die Bastille wurde erstürmt, der König ist nur noch eine Marionette der Revolutionäre. Das Volk begehrt gegen die jahrhundertealte Unterdrückung durch den Adel auf. Freiheit, Gleichheit, Brüderlichkeit – das sind die Schlagworte, die in aller Munde sind. Ich fürchte, dass deren Durchsetzung eine neue Kraft auf den Plan bringt, die genauso unerbittlich sein wird wie zuvor der König und sein Adel. Kurz, es wird zu Gewalt und Krieg kommen.»

«Sie glauben, dass die französischen Revolutionäre hier einfallen werden?», fragte Paulina ungläubig.

«Hoffentlich nicht. Man sollte jedoch darauf gefasst sein. Ich habe vielfältige Verbindungen nach Frankreich und bin gut darüber informiert, was dort geschieht. Die letzten Neuigkeiten jedenfalls lassen nichts Gutes ahnen.»

«Und was habe ich nun damit zu tun?», wollte Paulina wissen.

«Falls französische Truppen Crefeld besetzen sollten, werden wir eine Zufluchtsstätte brauchen. Wir benötigen einen Grundbesitz, auf den wir die Seidenproduktion verlagern können. Nun haben wir Crefelder Fabrikanten in der Regel keinen Grundbesitz. Wohin aber sollen wir mit dem, was wir geschaffen haben, wenn die Revolutionäre kommen?»

«Das leuchtet mir durchaus ein. Ich kann jedoch immer noch nicht meine Rolle in Ihren Überlegungen erkennen.»

«Sie sind die einzige Erbin Ihres Vaters, Mademoiselle. Ihr Vater wiederum beerbt den letzten Reichsbaron von Boltenhusen. Das heißt, wenn Herr von Gralitz-Boltenhusen und Ihr todkranker Vater sterben, werden Sie die Besitzerin von Boltenhusen in Mecklenburg. Darüber hinaus wird Ihnen eine kleine Herrschaft im Westfälischen zufallen, die Ihr Urgroßvater erbte, nachdem die letzte Besitzerin ohne Nachkommen verstarb. Dieser Grundbesitz würde sich für die Seidenfabrikation als Standort anbieten, falls wir gezwungen sein sollten, Crefeld zu verlassen.»

Paulina war fassungslos. «Sie sind außerordentlich gut über meine Familienverhältnisse im Bilde, Monsieur.»

«Das gehört zu meinem Geschäft», sagte von Ostry. «Ich habe lediglich meine Verbindungen genutzt und mich erkundigt.»

«Nun, immerhin leuchtet mir jetzt ein, warum Sie eine Heirat zwischen Ihrem Sohn und mir anstreben. Ich für mein Teil frage mich jedoch, ob ich nicht einen hohen Preis bezahle.»

«Die Entscheidung liegt bei Ihnen, Mademoiselle. Ich habe Ihnen Crefeld gezeigt und die Welt, in der Sie leben werden. Mit meinem Sohn Pierre werden Sie sich arrangieren können, wenn Sie mich verstehen. Im Übrigen glaube ich, dass er sich an Ihnen die Zähne ausbeißen wird, was mir schon jetzt eine gewisse Schadenfreude bereitet.»

«Wird Pierre mit diesem Arrangement einverstanden sein?»

«Ich habe meinen Sohn heute genau beobachtet. Sie haben ihm gefallen, gnädiges Fräulein. Ich würde sogar behaupten, dass Sie der Typ Frau sind, der ihn anzieht. Das wird also meine geringste Sorge sein.»

Paulina nickte nachdenklich. Sie musste an ihr elendes Leben in Erldyk denken, an ihren vom Branntwein verwirrten Vater, die zahnlose Johanna, den Steuereintreiber, die langen, traurigen Wintertage, vor deren Wiederholung ihr graute. In Crefeld wäre sie Mitglied einer angesehenen Familie und würde wieder eine gesellschaftliche Stellung haben.

«Darf ich also für meinen Sohn Pierre um Ihre Hand anhalten?», unterbrach von Ostry ihre Gedanken. In seiner ernsten Miene war ein Ausdruck hoffnungsvoller Erwartung, und Paulina hatte plötzlich das Gefühl, dass er ihr trotz aller Berechnung eine gewisse väterliche Zuneigung entgegenbrachte.

«Ich nehme Ihren Antrag an, Monsieur», sagte sie und wischte energisch eine kleine Träne weg, die sich in ihr Auge geschlichen hatte.

Kapitel 17

Wenige Tage später kam Conrad von Ostry erneut nach Erldyk und hielt bei Jobst von Gralitz für seinen Sohn Pierre um Paulinas Hand an. Als er aus dem Schlafzimmer des Barons kam, wirkte er zutiefst betroffen.

«Diesem Mann geht es wirklich schlecht», sagte der Kaufmann zu Paulina, die vor der Tür gewartet hatte. «Hören Sie, Mademoiselle, ich werde Ihnen meinen Arzt aus Crefeld schicken. Das kann man ja nicht mit ansehen. Man sollte Ihrem Vater in den Monaten, die ihm noch bleiben, wenigstens etwas Linderung verschaffen.»

«Er wird den Arzt hochkant hinauswerfen», prophezeite Paulina. «Selbst im größten Fieberwahn hat er sich bis jetzt vehement dagegen gewehrt. Erstaunlicherweise konnte er sich dennoch immer wieder erholen.»

«Der Sommer wird ihm einen kleinen Aufschub gewähren, aber den nächsten Winter wird er nicht überleben. Nun, ich werde dafür sorgen, dass er zumindest genug Holz für den Kamin hat und es ihm auch sonst an nichts fehlt.»

«Daraus folgere ich, dass er der Heirat zugestimmt hat.»

Von Ostry kniff die Lippen zusammen. «Zugestimmt wäre zu viel gesagt. Er meinte etwa sinngemäß, dass Sie, meine Liebe, doch machen sollten, was Sie wollten, das habe schon Ihre Mutter so gehalten. Hoffentlich sei Ihnen klar, dass Sie mit dieser Heirat den endgültigen Untergang der von Gralitz besiegeln würden. Und man solle nicht von ihm verlangen, dass er zur Hochzeit käme – wozu er aber aus meiner Sicht ohnehin nicht in der Lage wäre.»

«Nun, dann ist ja alles zur Zufriedenheit geklärt», sagte Paulina bitter. «Der Handel ist gewissermaßen unter Dach und Fach.»

In diesem Augenblick ging die Tür des Schlafzimmers erneut auf. Auf der Schwelle erschien der Baron. Die Wangen in seinem totenbleichen Gesicht waren gerötet, seine Augen glänzten vom Fieber, und er hielt sich nur mühsam auf den Beinen. Wie irr geworden starrte er Paulina und von Ostry an.

«Da habt ihr zwei ja ein schönes Komplott geschmiedet!», krächzte er. «Ich hoffe, mein Herr, Sie haben es sich gut überlegt, Ihren Sohn mit diesem Weib zu verheiraten. Zu beneiden ist der junge Mann jedenfalls nicht.» Mit zitterndem Arm zeigte er auf Paulina. «Ihre Mutter hat sich gleich nach unserer Hochzeit einen Liebhaber genommen. Dem hat sie auch das Herz gebrochen!»

Er fing wieder an zu husten und musste sich am Türrahmen festhalten. Johanna, die eilig die Treppe heraufgekommen war, schob sich an Paulina vorbei und nahm den Baron am Arm.

«Kommen Sie, gnädiger Herr, Sie müssen sich wieder hinlegen.»

Jobst von Gralitz ließ sich widerstandslos zu seinem Bett führen. Bevor Johanna die Tür hinter sich schloss, warf sie Paulina einen hasserfüllten Blick zu.

Von Ostry hatte die kleine Szene mit starrer Miene beobachtet.

«Wie konnten Sie es nur all die Monate in diesem Haus aushalten?», fragte er kopfschüttelnd und ging zur Treppe. «Am Hof von Thurn und Taxis wird ein anderer Umgangston geherrscht haben.»

Paulina folgte ihm eilig. «Was meine Mutter betrifft … ich meine, diese ungeheuerliche Behauptung, die mein Vater …»

Von Ostry hatte den Treppenabgang erreicht und blieb stehen. «In Crefeld weiß jeder über Ihre Familie Bescheid. Zu Zeiten Ihrer Mutter war ich zwar noch nicht hier, aber es gibt genug Leute, die die Geschichte kennen und sie mir bereitwillig erzählt haben. Meinem ältesten Sohn hätte ich Sie nie zur Frau gegeben, Mademoiselle. Er braucht eine sanfte Frau, so wie es seine Sybilla ist. Pierre jedoch …» Er begann, die Treppe hinunterzugehen.

Paulina beeilte sich, an seine Seite zu kommen. «Sie dürfen nicht glauben, dass meine Mutter so war!»

«Ich glaube gar nichts, meine Liebe! Jahrelang hieß es, Sie seien das Kind irgendeines Mecklenburger Grafen. Und jetzt, wo Sie wieder aufgetaucht sind, kann jeder sehen, dass Sie die Tochter des Barons von Gralitz sind.»

Sie waren an der Eingangstür angelangt.

«Für meinen Sohn Pierre sind Sie genau die Richtige», sagte von Ostry. «Eine sanfte Frau wie Sybilla würde an seiner Seite eingehen wie eine Primel. Er würde ihrer schon nach kurzer Zeit überdrüssig werden. Sie hingegen werden das zu verhindern wissen. Mit Ihnen wird er sich jedenfalls nicht langweilen.»

Die Hochzeit wurde für den Juni festgesetzt. Indessen hätte ein unerwartetes Ereignis sie beinahe noch verhindert.

Es war Ende Mai, als die Post einen Brief aus Frankfurt brachte. Verwundert erkannte Paulina das Siegel des Hauses Thurn und Taxis. Sie schloss sich in ihr Zimmer ein und öffnete mit zitternden Händen das Schreiben. Als sie die Schrift erkannte, traten ihr Freudentränen in die Augen.

«Liebste Freundin», stand da. «Ich hoffe, dass dieser Brief Sie erreicht, denn es ist nicht einfach für die Schwiegertochter des Generalpostmeisters, ohne dessen Wissen ein Schreiben auf den Weg zu bringen. Sie fehlen mir so! So verärgert ich auch zu Beginn über Ihre unerlaubte Abreise war, so schmerzlich war doch die Lücke, die Sie hinterlassen haben. Die Kaiserkrönung war so traurig ohne Sie. Ich hatte niemanden, mit dem ich nach Herzenslust über die Fürsten, Festzüge, Gesellschaften und natürlich den Kaiser plaudern konnte.

Zudem erreichten mich ständig besorgniserregende Nachrichten aus Regensburg von meiner kleinen Tochter, der armen Charlotte. Im Oktober ist sie verstorben. Können Sie sich mein Leid vorstellen? Womit habe ich das verdient? Den ganzen Winter über habe ich mich in meinem Kummer vergraben. Der Trost, Sie an meiner Seite zu haben, wurde mir verwehrt. Man wollte mir nicht einmal sagen, was aus Ihnen geworden ist. Karl Alexander war sehr gütig und hat mehrmals in meinem Namen beim Oberhofmarschall und sogar bei seinem Vater vorgesprochen. Beide blieben jedoch unerbittlich. Sie sind hier alle so furchtbar penibel in den Fragen der Etikette.

Nun habe ich neulich durch Zufall ein Gespräch belauscht, in dem man von Ihnen erzählte. Seitdem weiß ich, dass Sie bei Ihrem Vater in einer kleinen niederrheinischen Herrschaft sind. Liebe Freundin, wenn Sie schon so mutig waren, einfach fortzufahren, könnten Sie dann nicht noch einmal den gleichen Mut aufbringen, um nach Frankfurt zurückzukehren? Wie ich Sie kenne, werden Sie den Taxis'schen Oberhofmarschall um den Finger wickeln – er mochte Sie doch immer recht gut leiden!

Ich werde den Brief Maximilian von Birnreuth übergeben, denn seine Schwester erscheint mir nicht vertrauenswürdig genug. In der Hoffnung, dass diese Zeilen in Ihre Hände gelangen mögen, verbleibe ich Ihre treue Therese.

PS: Bitte antworten Sie nicht, denn Ihr Schreiben würde mich nicht erreichen.»

Paulinas erster Gedanke war, sofort ihre Sachen zu packen und nach Frankfurt aufzubrechen. Arme Therese! Auch wenn ihr erstes Kind nicht der ersehnte Stammhalter geworden war, hatte sie sehr an der kleinen Charlotte gehangen.

Ich werde es wiedergutmachen, dass ich sie so im Stich gelassen habe, nahm Paulina sich vor.

Immer und immer wieder las sie den Brief der Prinzessin. Die Hochzeit mit Pierre von Ostry erschien ihr plötzlich unbedeutend. Was war schon diese Crefelder Kaufmannsfamilie mit all ihrem Wohlstand gegen Therese?

Allerdings war ihre Lage nicht besser als im letzten Jahr: Sie konnte die Reise schlichtweg nicht bezahlen. Fieberhaft überlegte sie, wen sie um das Geld für die Reise bitten könnte. Sie zog Kronwyler in Erwägung, doch verwarf den Einfall schnell wieder. Dann hatte sie plötzlich eine andere Idee.

«*Was* wollen Sie?», rief Pierre von Ostry belustigt. «Habe ich Sie richtig verstanden? Sie möchten, dass ich Ihnen Geld dafür bezahle, damit ich Sie nicht heiraten muss?»

Sie standen im Schlafzimmer des jungen Mannes, in das er sie auf ihre Bitte nach einer Unterredung hin ungeniert geführt hatte.

«Sie haben eine etwas sonderbare Art, meine Worte zusammenzufassen», sagte Paulina gereizt.

«Sie entspricht aber dem, was am Ende dabei herauskommt», erwiderte Pierre gelassen. Er trat an einen großen Standspiegel und nestelte an dem Seidentuch in seinem Halsausschnitt. «Ich kann nur zu gut verstehen, dass Sie lieber an den Hof von Thurn und Taxis zurückkehren möchten, als in einem Haus zu versauern, in dem es nur um Produktionszahlen und Absatzsteigerung geht. Ich selbst würde es ebenso machen. Leider wird mir der Zugang zu einem Fürstenhof zeit meines Lebens verwehrt bleiben.» Er drehte sich um. «Da fällt mir ein – werde ich durch Heirat mit Ihnen nicht hoffähig?»

«Lenken Sie nicht vom Thema ab!»

«Schon allein aus diesem Grund sollte ich auf der Hochzeit mit Ihnen bestehen», meinte Pierre unbeeindruckt und betrachtete sich weiter im Spiegel. «Dann gehen wir als Eheleute an den Hof von Thurn und Taxis, und Ihre Freundin, die Prinzessin Therese, wird mich in den Adelsstand erheben.»

«Sie faseln, mein Guter», sagte Paulina, der seine kindische Art auf die Nerven zu gehen begann.

Pierre trennte sich von seinem Spiegelbild und wandte sich seiner Verlobten zu. «Genug der kleinen Witzeleien!» Sanft strich er mit dem Finger über ihren Arm.

Ein süßer Schauer lief durch Paulinas Körper. Auch wenn sie es sich nicht eingestehen wollte – sie fühlte sich auf irgendeine Weise zu diesem jungen Mann hingezogen.

«Sie hoffen also, mit Prinzessin Thereses Hilfe erneut bei Hof aufgenommen zu werden?», fragte Pierre.

«Sollte man mich in Frankfurt wieder fortschicken, komme ich nach Crefeld zurück», antwortete Paulina schnell, um ihn nicht ihre Verwirrung merken zu lassen. «Wir heiraten wie geplant, und niemand außer uns wird etwas von meiner Reise erfahren. Falls ich aber in Frankfurt bleiben kann, ist mein Arrangement mit Ihrem Vater hinfällig. Ich bin einfach verschwunden, und Sie brauchen mich nicht zu heiraten.»

Pierre betrachtete sie spöttisch. «Und alles, was Sie für Ihre kleine Eskapade benötigen, ist das Geld für eine Fahrt nach Frankfurt. Oder besser gesagt …», er streckte schulmeisterhaft den Zeigefinger in die Luft, «… für eine Fahrt mit Option zur Rückkehr!»

«Ich sehe, Sie haben mich verstanden», lächelte Paulina.

«Die Sache hat allerdings einen entscheidenden Haken, Mademoiselle. Ich habe mich bereits damit angefreundet, dass Sie meine Gemahlin werden. Warum also sollte ich Sie schon vor der Hochzeit davonlaufen lassen? Ich bringe mich damit möglicherweise um einen Genuss, auf den ich ungern verzichten möchte.»

Paulinas Lächeln erstarb. «Was meinen Sie damit?»

Er streichelte erneut über ihren Arm, diesmal etwas intensiver. Sie ärgerte sich über die Genugtuung, mit der er ihr Schaudern zur Kenntnis nahm.

«Sie gefallen mir, meine Liebe, Sie gefallen mir sogar sehr. In Ihnen schlummert eine Sinnlichkeit, die ich liebend gerne wecken würde.»

Sie zog brüsk ihren Arm weg. «Sie wissen nicht, was Sie reden!»

Er lachte auf. «O doch, meine Liebe, ich weiß, wovon ich rede. Es gibt nicht viele Dinge auf dieser Welt, von denen ich etwas verstehe, aber Sie … Sie sind eine Frau, wie man sie in dieser Stadt der ehrbaren Frömmler selten findet.» Er umfasste mit beiden Händen ihre Schultern. «Dann wollen wir doch mal sehen, ob ich nicht cinc große Dummheit begehen würde, wenn ich Sie nach Frankfurt ziehen ließe!»

Ehe Paulina sich versah, hatte er seine Lippen auf ihren Mund gedrückt. Die junge Frau wollte ihn entrüstet von sich stoßen, doch dann fühlte sie sich plötzlich von einer Woge süßer Lust erfasst. Ein Schwindel überkam sie, und sie spürte, wie ein bisher unbekanntes Gefühl von ihr Besitz ergriff. Sie schloss die Augen und gab sich genießerisch dieser köstlichen Empfindung hin.

Als Pierre sich von ihr löste, war der Spott in seinem Gesicht verschwunden. «Allmächtiger, ich habe mich nicht getäuscht! Es tut mir leid, meine Schöne, aber ich wäre ein Narr, wenn ich Sie gehen ließe, bevor ich Sie nicht ganz besessen habe.»

Paulina, noch ganz gefangen in dem soeben erlebten Taumel, sah ihn mit einer Mischung aus Verzückung und Erstaunen an.

«Ich muss meinem Vater ja regelrecht dankbar sein», fuhr Pierre fort. «Und das kommt weiß Gott nicht oft vor. Meine Liebe, ich kann den Tag unserer Hochzeit kaum erwarten!»

Der Zauber verflog. Paulina sah befremdet an ihrem Körper hinunter, der sie so schmählich verraten hatte. Schon bei Christian hatte sie ein ähnlich heftiges Empfinden verspürt, aber damals war es mit einem Gefühl der Liebe verbunden gewesen. Pierre hingegen – nun, sie mochte ihn irgendwie. Es hatte ihr gefallen, dass er sie geküsst hatte, zweifellos, aber das bedeutete noch lange nicht, dass sie ihn liebte.

Sie blickte entschlossen zu ihm auf. «Bilden Sie sich nichts ein! Unsere Hochzeit bleibt ein Handel, und sonst nichts! Ich bekomme eine gesellschaftliche Stellung, und Ihre Familie bekommt die Ländereien, die ich erben werde. Wenn Sie mir nicht helfen wollen, heiraten wir eben in Gottes Namen! Danach werde ich über genügend Geld verfügen, um meine Entscheidungen selbst zu treffen.»

Pierre strich zärtlich über ihre Wange. Auf seiner Miene lag ein Zug des Bedauerns. «Auch wenn ich wollte, Mademoiselle, ich könnte Ihnen nicht helfen. Ich bin genauso ein Werkzeug im Ränkespiel meines Vaters wie Sie. Was das Geld für Ihre Fahrt nach Frankfurt angeht – ich wäre gar nicht in der Lage, es Ihnen zu geben. Mein Vater ist zwar einer der wohlhabendsten Männer der Stadt, aber ich als sein Sohn besitze nichts. Ich bekomme eine monatliche Zuwendung, doch die ist so knapp bemessen, dass ich davon keine Fahrt nach Frankfurt bezahlen könnte.»

«Und Sie beziehen keine weiteren Einkünfte?»

«Wozu sollte ich? Ich habe alles, was ich brauche. Mein Vater ist nicht umsonst zu dem geworden, was er ist. Dazu ist vor allem Fleiß, Disziplin und Sparsamkeit vonnöten. Ich bin ehrlich genug, mir selbst einzugestehen, dass ich diese Tugenden nicht besitze. Das heißt nicht, dass ich unzufrieden bin, Mademoiselle – im Gegenteil. Mein Leben gefällt mir so, wie es ist. Und jetzt erhalte ich auch noch Sie zur Gemahlin!»

Paulina starrte ihn fassungslos an. «Macht es Ihnen nichts aus, von Ihrem Vater und von Ihrem Bruder abhängig zu sein?»

«Warum sollte es mir etwas ausmachen? Ich halte es lieber wie die Adeligen: Arbeiten ist unwürdig, man macht sich allerhöchstens die Hände dabei schmutzig. Es gibt so viel Schöneres, als sich den lieben langen Tag mit Zahlen und ähnlichem Unsinn zu beschäftigen. Solange es mir an nichts fehlt …»

Leichtfüßig tänzelte er durch den Raum, nahm zwei Hüte von einem Ständer und setzte sie abwechselnd auf.

«Was meinen Sie, Gnädigste? Welchen von beiden soll ich tragen, wenn ich heute ausgehe? Sie sind beide elegant, nicht wahr? Und sie passen beide hervorragend zu meinem neuen Rock. Als Sohn eines Seidenstrumpffabrikanten brauche ich mir wenigstens um meine Garderobe keine Sorgen zu machen. Selbst am preußischen Hof würde ich Aufsehen erregen, finden Sie nicht?»

Immer noch schwang er seine Hüte auf und ab, ein jungenhaftes Grinsen auf den Lippen.

«Warum setzen Sie nicht beide übereinander auf?», sagte Paulina verächtlich, drehte sich um und verließ das Zimmer. Mit ei nem lauten Knall warf sie die Tür hinter sich zu.

Kapitel 18

Crefeld, Juni 1791

Die Trauung wurde in der reformierten Kirche zu Crefeld vollzogen. Von dort aus marschierte die Hochzeitsgesellschaft in einem langen Festzug unter Blumenspalieren hindurch zum Palais Ostry. Im Garten waren lange Tafeln gedeckt, an denen die zahlreichen Hochzeitsgäste Platz fanden. Der gesamte Magistrat von Crefeld war erschienen und hatte Ehrenplätze bei der Familie des Bräutigams. Eine vergnügliche Feier begann.

An Paulina gingen der Nachmittag und der Abend vorbei

wie ein Traum. Sie musste an die Bauernhochzeit in Trugenhofen denken, als der Gott Hymen die Fackeln der Liebe durch den Abendhimmel geschwenkt hatte. Die Flammen waren ihr wie ein Symbol ihrer eigenen Liebe erschienen, die Vorboten einer wunderbaren Zukunft. Doch die Fackeln ihrer Liebe waren verraucht, ehe sie richtig gebrannt hatten, und zurückgeblieben war nichts als schwarze, kalte Asche.

Nun saß sie hier im Garten des Palais Ostry und wünschte, dass der Mann an ihrer Seite, der immer wieder wie zufällig ihren Arm streifte, ein anderer wäre. Sie spürte plötzlich, wie ihr Tränen über die Wangen liefen, und die Gäste sahen sie gerührt an, denn sie glaubten wohl, es seien Tränen des Glücks.

«Die Idee des Königs war durchaus reizvoll», drang die Stimme Oppermanns, des Zweiten Bürgermeisters, an Paulinas Ohr. «Zumal Sie mit dem Anbau von Maulbeerbäumen ja im Pfälzischen schon großen Erfolg hatten, mein lieber von Ostry.»

«Ja, ich brachte es dort immerhin auf um die hunderttausend Stämme», sagte von Ostry wehmütig.

Die Worte ihres Schwiegervaters rissen Paulina aus ihrer Melancholie.

«Warum haben Sie Ihre Maulbeerplantage eigentlich aufgegeben?», wollte Althoff, der Erste Bürgermeister, wissen.

Von Ostrys Miene verdüsterte sich. «Die Bauern ließen sich von den revolutionären Ideen aus Frankreich anstecken. Sie wehrten sich zunehmend gegen den Anbauzwang von Maulbeerbäumen. Meine Plantagen wurden vernachlässigt oder gar verwüstet. In unseren Breitengraden ist die Zucht der Seidenraupe nicht ganz einfach. Schon die kleinste Störung kann ihren Misserfolg bedeuten.»

«Das haben wir ja leider auch erfahren müssen», sagte Oppermann verdrossen.

«Ich wusste zwar, dass es schwierig wird, in hiesigen Gefilden Maulbeerbäume anzubauen», fuhr von Ostry fort, «aber es ist mir bis heute ein Rätsel, weshalb der Versuch vollständig misslang. Schade – es war ein kluger Einfall unseres Königs, sich von der Einfuhr von Rohseide unabhängig zu machen. Und wenn es funktioniert hätte, wäre ich dadurch wettbewerbsfähiger geworden.»

Althoff betrachtete den Fabrikanten prüfend. «Ihnen ist das Monopol der von der Leyens ein Dorn im Auge, nicht wahr, von Ostry?»

«Wem ist es das nicht? Ich habe im Pfälzischen alle Arten von Seidenerzeugnissen hergestellt und muss mich nun seit Jahren auf Strümpfe und Samtband beschränken. Die Anzahl unserer Webstühle beläuft sich auf ganze achtzehn Stück, während die von der Leyens an die fünfhundert unterhalten. Ich wäre bereit zu investieren, aber mir sind durch die Verordnung des Königs die Hände gebunden.»

«Uns doch auch», stimmte Althoff leidenschaftlich ein, «uns doch auch! Schlimmer noch als das! Wir sind die höchsten Beamten der Stadt und müssen tatenlos zusehen, wie die von der Leyens ihre Forderungen direkt mit dem König verhandeln anstatt mit uns! Und als ob das nicht schon genug wäre, müssen wir auch noch in allen Fragen der Seidenproduktion die Meinung der von der Leyens einholen.»

«Ich erhalte unzählige Anfragen auf der Frankfurter Messe und kann sie nicht bedienen», sagte von Ostry. «Meine Verbindungen für Beschaffung und Absatz sind exzellent, ich hätte genug Aufträge für die Herstellung von Seidenstoffen – nur annehmen kann ich sie nicht! Und das nur deshalb, weil die von der Leyens seit über zwanzig Jahren das alleinige Recht darauf halten.»

«Sich dagegen aufzulehnen, hat schon so manches Unternehmen die Existenz gekostet», warf der Richter mahnend ein. «Denken Sie an die Firma Lingen!»

«Es ist allgemein bekannt, dass ich ein Verfechter des freien

Handels bin», meinte von Ostry unbeirrt. «Das werde ich mir nicht verbieten lassen.»

Der Richter hob abwehrend die Hände. «Ich wollte damit auch nur zum Ausdruck bringen, dass man in dieser Stadt an den von der Leyens nicht vorbeikommt. Vielleicht sind Sie noch nicht lange genug hier, um dies in all seiner Tragweite begriffen zu haben, von Ostry. Ihr werter Teilhaber hält es da ganz anders. Kronwyler hat sein Stück vom Kuchen von den von der Leyens abbekommen und beschränkt sich tunlichst darauf.»

«Sind Sie nicht auch unter diesen Bedingungen bei Kronwyler eingestiegen?», fragte der Zweite Bürgermeister.

«Natürlich», antwortete von Ostry missmutig. «Aber ich wäre doch dumm, wenn ich nicht alles versuchen würde, um eine sich bietende Möglichkeit zur Steigerung des Gewinns zu nutzen!»

Althoff zog die Augenbrauen hoch. «Wie unser werter Herr Richter bereits sagte: Daran sind schon ganz andere gescheitert. Sie müssten mit dem König selbst verhandeln, um die freie Ausübung der Seidenherstellung in Crefeld zu erwirken.»

Ein Diener näherte sich dem Tisch und beugte sich zu von Ostry hinunter. Der Kaufmann lauschte seinen Worten mit regungslosem Gesicht. Dann blickte er kurz zu Paulina, sagte ein paar entschuldigende Worte zu den Herren des Magistrats und folgte dem Diener ins Haus.

Paulina stand gerade mit Pierre in der Laube, als ihr Schwiegervater zurückkehrte. Er kam auf das Paar zu und bat Paulina, sie kurz sprechen zu dürfen. Die junge Frau folgte dem Kaufmann in eine stille Ecke des Gartens.

«Madame», sagte von Ostry, und zum ersten Mal nahm Paulina bewusst wahr, dass man sie nun als verheiratete Frau ansprach, «Madame, ich störe Sie nur ungern an diesem schönen Abend, aber ich denke, Sie sollten die Neuigkeit unverzüglich erfahren.»

«Worum handelt es sich?» Paulina blickte ihren Schwiegervater misstrauisch an.

«Soeben traf ein Bote aus Mecklenburg ein. Ihr Urgroßvater, der Reichsbaron von Gralitz-Boltenhusen, ist vor etwa drei Wochen verstorben.»

Paulina erstarrte. «Hat die Baronin Herrenheim, seine Schwester, Ihnen diese Nachricht übermittelt?»

«Nein, es war der Verwalter von Boltenhusen. Die Baronin ist bereits im vergangenen Winter verschieden.»

Paulina dämmerte es plötzlich. «Sie war die letzte Besitzerin jener Herrschaft in Westfalen, von der Sie sprachen, nicht wahr? Gehe ich recht in der Annahme, dass Sie nicht erst heute vom Ableben der Baronin erfahren haben?»

Statt einer Antwort zog ihr Schwiegervater die Augenbrauen hoch.

Paulina blickte den Kaufmann fest an. «Wie kommt es eigentlich, dass Sie so gut informierte Quellen in Mecklenburg haben? Man sollte meinen, dass sie geradezu auf den Tod des alten Herrn gewartet haben.»

«Es ist unerlässlich, dass ich über den Stand der Grundbesitzsache Bescheid weiß», sagte von Ostry trocken. «Nur so kann ich auf die kommenden Ereignisse vorbereitet sein.»

«Diesem Ziel sind Sie hiermit ein gutes Stück näher gekommen, Monsieur. Mir scheint, es wurde höchste Zeit, dass Ihr Sohn mich zum Traualtar geführt hat.»

«Nun, meine Hübsche, wie halten wir es mit der Erfüllung der ehelichen Pflichten?»

Pierre stand mit verschränkten Armen hinter Paulina und betrachtete sie. Die junge Frau saß in einem weißen Nachtgewand vor ihrem Frisiertisch und bürstete ihr Haar. Im Spiegel beobachtete sie den Mann, der nun ihr Gatte war. Er hatte sein Wams ausgezogen und trug nur noch ein spitzenbesetztes Seidenhemd. Das Licht einer Kerze warf flackernde Schatten auf sein Gesicht und ließ es unnatürlich schön erscheinen.

Sie hatte ihn erwartet, aber als er wenige Minuten zuvor an die Tür ihres Zimmers geklopft hatte und eingetreten war, hatte sein Erscheinen sie plötzlich in wilde Panik versetzt.

«Ich weiß nicht, was Sie meinen», sagte sie und hoffte, dass ihre Stimme nicht allzu sehr zitterte.

Er lächelte, nahm die Arme von der Brust und trat einen Schritt näher. Dann beugte er sich zu ihr hinunter. Sein Gesicht tauchte aus dem Schatten auf und erschien im hellen Schein der Flamme, dicht neben ihrem Kopf. Seine eisblauen Augen waren auf ihr Spiegelbild geheftet.

Wir sind wirklich ein schönes Paar, dachte sie unwillkürlich.

«Was haben dir die bigotten Weiber eingeredet?», fragte er mit leiser, zärtlicher Stimme. «Dass du deinem Gatten gegenüber schön brav und fügsam sein sollst? Nun, das will ich hoffen, meine Liebste. Seit Tagen träume ich von dem Augenblick, in dem ich endlich mit dir alleine bin. Du hast mich leiden lassen! Ich habe schreckliche Ängste ausgestanden, weil ich fürchtete, du könntest in letzter Minute doch noch jemanden auftreiben, der dir die Fahrt nach Frankfurt ermöglicht. Aber jetzt ist es beschlossen und besiegelt. Du bist mein Weib, und ich kann mit dir machen, wonach es mir gelüstet.»

«Sie reden wirres Zeug», sagte Paulina, wandte sich brüsk ab und sprang auf. Sie lief zu einem der Fenster und atmete die kühle Nachtluft ein.

Er war mit einem Satz bei ihr und umschlang sie von hinten.

«Du bist es, die mich wirres Zeug reden lässt», hauchte er ihr ins Ohr.

Paulina erschauderte.

«Lassen Sie mich – ich liebe Sie nicht!», begehrte sie auf, doch sie merkte selbst, wie schwach ihr Widerstand war.

«Das macht mir gar nichts», sagte Pierre lachend und begann, ihren Hals zu küssen. «Romantisches Getue interessiert mich nicht – es reicht mir völlig, wenn ich deinen Körper bekomme.»

Und dann spürte Paulina nur noch seine Hände und seine Lippen. Sie vergaß alles um sich herum und ließ sich willenlos von Pierre zu dem großen Bett führen, das inmitten ihres Zimmers stand. Nach jenem ersten Kuss hatte sie geahnt, dass seine Berührungen ihr gefallen würden, aber dass sie einen solch unbeschreiblichen Genuss in seinen Armen empfinden würde, erfüllte sie mit Befremden. Nur einmal fragte sie sich kurz, wie es möglich war, dass dieser junge Mann sich so kunstvoll auf die Liebe verstand. Dann gehörte sie nicht mehr sich selbst.

Als sie später mit einem angenehmen Gefühl der Mattigkeit neben ihm lag, spürte sie, wie sie beim Gedanken an die Leidenschaft, mit der sie sich ihm hingegeben hatte, errötete. Schamhaft bedeckte sie ihren Körper mit dem kühlen Laken.

«Das nutzt jetzt auch nichts mehr», sagte Pierre träge und streichelte über die weiche Rundung ihrer Schulter. «Mir kannst du nichts vormachen, meine Schöne. Es hat dir mehr Spaß gemacht, als du jemals zugeben würdest. Aber sei unbesorgt: Das Vergnügen war ganz auf meiner Seite. Ich wusste es von Anfang an, dass unter deiner rauen Schale ein Feuer lodert. Umso mehr erstaunt es mich, dass du noch nie vorher …»

Paulina richtete sich entsetzt auf. «Was soll das heißen? Haben Sie etwa daran gezweifelt, dass ich unberührt den Bund der Ehe schließe?»

Er schmunzelte süffisant. «Immerhin hast du bei Hof gelebt. Man hört so manches über die verdorbene Moral der Höflinge. Außerdem trägt der Ruf deiner Familie nicht gerade dazu bei, die keusche Jungfrau in dir zu vermuten.»

«Wenn der Ruf meiner Familie wirklich so schlimm wäre, hätte Ihr Vater mich niemals als Gattin für Sie gewählt», erwiderte Paulina und ließ sich wieder fallen.

Pierre stützte seinen Kopf in die Hand. «Darüber habe ich auch schon oft nachgedacht. Eigentlich müsste meinem Vater mit seinem tiefen Sinn für Moral und Anstand alles an dir und deiner Familie widerstreben. Dieses kleine Arrangement, das er mit dir getroffen hat, muss sehr wichtig für ihn sein, da er sich dazu überwunden hat, dich in unsere Familie aufzunehmen.»

«Glauben Sie, dass die französischen Revolutionäre Crefeld erobern werden?», fragte Paulina nachdenklich.

Pierre streckte seinen Arm nach ihr aus und zog sie an sich.

«Heute Nacht glaube ich gar nichts, mein Herz! Ich weiß nur, dass ich *dich* erobern möchte, und zwar immer und immer wieder …»

Kapitel 19

Crefeld, September 1791

Frau von Ostry ging an dem für das abendliche Souper gedeckten Tisch entlang und begutachtete die Gestaltung der Tafel.

«Mir fehlt immer noch eine Vergnügung, die ich den Herrschaften heute bieten könnte», sagte sie, während sie hier und da eine kleine Korrektur bei der Anordnung der Gedecke vornahm.

«Was halten Sie von einer literarischen Lesung, wie wir sie letztens erst veranstaltet haben?», schlug Catherine vor, die ihr zusammen mit Paulina bei den Vorbereitungen für den Abend half.

«Wie du schon sagst, mein Kind – wir hatten sie kürzlich erst. Heute sind Althoff, Oppermann, der Richter und drei der wichtigsten Seidenfabrikanten bei uns zu Gast. Genau diese Herrschaften sind bereits in den Genuss der Lesung gekommen. Es würde das Gerücht aufkommen, dass man sich bei unseren Abendgesellschaften zu Tode langweilt.»

«Verzeihen Sie, Maman, aber ich habe nicht gewusst, dass die Herren vom Magistrat schon wieder an der Reihe sind.»

Frau von Ostry seufzte. «Du kennst sie doch. Sie achten peinlich genau darauf, wohin sie wie oft eingeladen werden.»

Catherine zuckte mit den Achseln. «Wie können Sie da nur den Überblick behalten!»

«Was denkst du, mein Kind! Ich führe akribisch Buch über Namen, Speisenfolge und Unterhaltung unserer Gäste. Laut meiner Liste bleibt mir fast gar nichts anderes übrig, als heute einen Musikabend zu arrangieren.»

Paulina hatte dem Gespräch mit einem Schmunzeln gelauscht.

«Was halten Sie von einer kleinen Vergnügung, die wir immer am Hof von Regensburg gespielt haben?», sagte sie.

Frau von Ostrys Miene verfinsterte sich. «Finden Sie, dass Ihre höfischen Spielchen das Richtige für ein ehrenwertes Kaufmannshaus sind? Mein Gatte und ich eignen uns nun wahrlich nicht für unsittliche Albereien.»

Hinter ihrem Rücken zwinkerten Paulina und Catherine sich verschmitzt zu.

«Denken Sie daran, wie sehr unseren Gästen neulich das Blindekuhspiel gefallen hat», erinnerte Paulina. «Sie haben alle begeistert mitgemacht, und zwar ausnahmslos. Das war im Übrigen auch eines der unmoralischen Spielchen aus meiner Zeit am Hof von Thurn und Taxis.»

Frau von Ostry wandte sich um. Ihr war anzusehen, dass sie mit sich haderte. «Nun ja … wenn ich es recht überlege … die anderen Damen waren ganz neidisch, dass wir eine so kurzweilige Unterhaltung geboten haben … Vielleicht können Sie mir Ihre Idee ja einmal kurz schildern.»

Catherine stupste ihre Schwägerin verstohlen in die Seite.

«Das Spiel ist ganz einfach», erklärte Paulina. «Die Gäste müssen sich gegenseitig mit einem einzigen Satz charakterisieren –

kurz und treffend. Sie glauben nicht, wie viel Spaß wir damit am Hof von Thurn und Taxis hatten.»

Catherine fing an zu kichern, während Frau von Ostrys Gesicht ihren inneren Konflikt widerspiegelte: Die strengen Moralvorstellungen ihres Glaubens kämpften gegen den Wunsch an, sich vor den anderen Damen ein wenig hervorzutun.

«Sicher wird Pierre es liebend gerne übernehmen, diesen netten kleinen Zeitvertreib in der werten Crefelder Gesellschaft einzuführen», fuhr Paulina fort. «Und dann waren Sie es, in deren Haus diese Vergnügung Premiere hatte.»

Frau von Ostry dachte einen Augenblick nach, dann steuerte sie entschlossen auf die Tür zu. «Ich werde mit Pierre darüber reden», murmelte sie im Hinausgehen.

«Ihre Eitelkeit hat offenbar gesiegt!», flüsterte Catherine ihrer Schwägerin zu. «Kommen Sie! Lassen Sie uns ein wenig über das höfische Leben plaudern! Sie müssen mir noch einmal von der guten Prinzessin George erzählen, und von ihrem Lieblingsspruch.»

«Sie meinen, dass sie erst dann wieder ruhig schlafen könne, wenn alle ihre Enkelinnen unter der Haube seien?»

Die beiden jungen Frauen zogen sich lachend in den kleinen Salon zurück, in dem sie mit Vorliebe ganze Nachmittage damit verbrachten, so manch kurzweiliges Thema zu erörtern.

«Dieses Spiel aus Regensburg scheint ausgesprochen amüsant zu sein», meinte Catherine aufgeregt, als die beiden jungen Frauen nebeneinander auf dem Sofa im Salon saßen und ihre Köpfe zusammensteckten. «Auch wenn die Zusammensetzung der Gäste nicht gerade großen Einfallsreichtum erwarten lässt.»

«Höre ich aus Ihren Worten eine gewisse Bitterkeit heraus?», fragte Paulina.

Catherine seufzte herzzerreißend. «Finden Sie nicht, dass unserer Gästeliste ein wenig frisches Blut fehlt? Unter den Eingeladenen wird außer meinen Brüdern nicht ein einziger junger Mann sein.»

«Nun, ich bin zwar noch nicht lange in Crefeld, aber ich habe immerhin bemerkt, dass es neben diesen geschäftstüchtigen Mennoniten nicht allzu viele Herren gibt, die im heiratsfähigen Alter und reformierten Glaubens sind.»

«Genau genommen ist Terbrüggen der Einzige.»

«Terbrüggen? Käme er denn in Frage?»

Catherine verzog das Gesicht. «Aber nein! Erstens würde mein Vater einer Verbindung mit ihm niemals zustimmen, da ich in ein Unternehmen einheiraten würde, das durch Verschulden des alten Terbrüggen kurz vor dem Ruin steht. Und zweitens ist der junge Terbrüggen ein sonderbarer Mensch. Irgendetwas an ihm gefällt mir nicht.»

«Diesen Eindruck habe ich auch», sagte Paulina. «Zudem ist er der Einzige in Crefeld, der mir mit offenkundiger Feindseligkeit begegnet. Ich habe bis heute nicht herausgefunden, warum.»

«Er äußerte einmal, dass Frauen wie Sie ihm nicht behagen würden, da sie nicht in diese Stadt passten. Vielleicht gönnt er Ihnen Ihre Heirat nicht. Aber grämen Sie sich nicht! Terbrüggen war schon immer so. Glücklicherweise spielt seine Familie in Crefeld keine große Rolle.»

«Verschwenden wir also keinen weiteren Gedanken an ihn», meinte Paulina und tätschelte ihrer Schwägerin den Arm. «Ihnen wird Ihr Traumprinz schon noch über den Weg laufen, meine Liebe.»

Catherine lehnte sich vertrauensselig an sie.

«Ich hoffe, ich werde einmal so verliebt sein, wie Sie und Pierre es sind», sagte sie schwärmerisch, und das Leuchten in ihren Augen gab ihren herben Zügen etwas Anmutiges.

Paulina lächelte versonnen vor sich hin. Verliebt – in Pierre? Nun ja, zugegebenermaßen übte er eine gewisse körperliche Anziehungskraft auf sie aus, und sie hatte ihn gerne um sich, aber verliebt würde sie das nun wirklich nicht nennen.

Und wieder einmal kehrten ihre Gedanken zu dem einen Tag

zurück, der für sie der bisher schönste ihres Lebens gewesen war. Damals, ja damals war sie verliebt gewesen. Sie dachte an die Gondelfahrt und an die rauschende Ballnacht, die, wenn es nach ihr gegangen wäre, nie hätte vergehen dürfen. Vielleicht hatte der drohende Abschied diesen Abend so einmalig gemacht, vielleicht würde ihr Christian von Bahro heute gar nicht mehr als der Mann ihres Herzens erscheinen, vielleicht hatte sie diese Liebe viel zu sehr verklärt.

Vielleicht, vielleicht, vielleicht …

«So glücklich kann man nur aussehen, wenn man verliebt ist», sagte Catherine pathetisch in ihre Träumereien hinein.

Paulina kehrte jäh in ihren biederen Crefelder Alltag zurück. Sie gab ihrer Schwägerin einen freundschaftlichen Knuff.

«Wenn Sie es sagen, muss es ja wohl stimmen.»

Die beiden jungen Frauen sahen sich an und brachen in fröhliches Gelächter aus.

Der Mann war mit Staub bedeckt. Augenscheinlich am Ende seiner Kräfte, saß er mit müdem Blick und hängenden Schultern auf seinem Stuhl. Seit Tagen habe er weder etwas Ordentliches gegessen noch in einem sauberen Bett geschlafen, beklagte er sich gerade bei von Ostry, als Paulina das Kontor betrat.

Seit jenem Tag, an dem der Kaufmann ihr die Hintergründe ihres Arrangements erläutert hatte, war sie nicht mehr in diesen Räumen gewesen. Deshalb hatte sie seiner Aufforderung, ihn unverzüglich in seinem Geschäftshaus aufzusuchen, erstaunt Folge geleistet.

Bei Paulinas Erscheinen sprang der Gast von seinem Stuhl auf.

«Herr im Himmel!», rief er, und seine Müdigkeit schien wie weggeblasen. «Das ist ja kaum zu glauben!»

Er musste etwa um die sechzig Jahre alt sein, und sein Haar war schlohweiß.

«Darf ich fragen, wovon Sie reden?», fragte von Ostry.

«Die junge Dame … nun, sie ist unverkennbar die Urenkelin unserer guten Baronin», sagte der Gast.

«Wer soll sie denn sonst sein!», meinte von Ostry. «Ich sagte Ihnen doch, dass ich die Tochter des Barons von Gralitz holen lasse. Ihretwegen sind Sie hier, wenn ich Sie daran erinnern darf.»

«Natürlich … Es ist nur … ich war nicht darauf vorbereitet, dass …»

«Die Verwunderung dieses Herrn bezieht sich wahrscheinlich auf meine Ähnlichkeit mit Antonia, der verstorbenen Gattin des letzten Reichsbarons», kam Paulina dem Gast zu Hilfe. «Es ist nicht das erste Mal, dass ich deswegen für Verwirrung sorge.»

«Nun, dann wollen wir die Verwirrung nicht zu weit treiben und wenigstens die einfachsten Regeln des Anstands beachten», sagte von Ostry. «Darf ich Ihnen Herrn Kollwitz, den Verwalter von Boltenhusen, vorstellen, Madame?»

Der weißhaarige Herr schüttelte immer noch ungläubig den Kopf. «Es ist wirklich erstaunlich. Ich kenne die Baronin nur von einem Gemälde und dachte eben, eine Tote sei auferstanden.»

Von Ostry verzog gereizt den Mund. «Nachdem das nun geklärt ist, sollten wir uns wieder den irdischen Dingen zuwenden. Sie waren also bereits in Schloss Erldyk?»

«Ja», antwortete der Gast mit finsterer Miene. «Immerhin wird dieser Mensch, der dort haust, den Baron von Gralitz-Boltenhusen beerben. Nicht einmal die einfachsten Gebote der Gastlichkeit hat er befolgt. Es war ihm völlig gleichgültig, dass ich nur seinetwegen die lange Reise von Mecklenburg unternommen habe. Ihn interessiere weder ein Gut in Mecklenburg noch sonst irgendwo, ließ er mir durch diese alte Megäre ausrichten, die für ihn sorgt. Und ich solle mich gefälligst an seine Tochter wenden, die sich nach Crefeld verheiratet habe. Anstatt mir eine Mahlzeit und ein Bett anzubieten, schickte die Alte mich wieder fort!»

«Sie können sich schon glücklich schätzen, dass Ihnen überhaupt die Tür geöffnet wurde», sagte von Ostry.

Der Gast rieb sich müde die Stirn. «Wenn ich das alles gewusst hätte! Der alte Baron war ein so feiner Herr, auch wenn er in den letzten Jahren nicht mehr ganz bei Sinnen war. Gott sei gelobt, dass er nicht erfahren musste, was Jobst aus Schloss Erldyk gemacht hat.»

«Dann kann ich Ihnen die erfreuliche Nachricht verkünden, dass ich plane, das Schloss wieder instand zu setzen.»

Kollwitz stieß einen Seufzer der Erleichterung aus. «Was für ein Glück, dass Ihr Sohn die Baroness von Gralitz zur Gemahlin genommen hat! Ich gehe davon aus, dass Sie der jungen Dame bei der Verwaltung der Güter behilflich sein werden?»

«Dessen können Sie versichert sein.»

«Es ist nämlich so: Im Falle, dass Jobst von Gralitz verstirbt, gehen die Güter des alten Barons in die alleinigen Hände der gnädigen Frau von Ostry über, seiner letzten Nachkommin. So sieht es die Erbfolgeregelung der Familie Gralitz vor. Ihr Ehegatte hingegen erhält keinerlei Rechte an dem Besitz. Erst ihre leiblichen Kinder, so sie denn welche bekommt, wären wieder erbberechtigt.»

Paulina warf einen raschen Blick auf von Ostry. Seine erschütterte Miene gab ihr Gewissheit – er hatte von dieser Verfügung des alten Reichsbarons nichts gewusst. Sie würde also die alleinige Entscheidungsgewalt über Erldyk, Boltenhusen und das Gut im Westfälischen haben. Bei dem Gedanken, dass der ausgekochte Handel ihres Schwiegervaters damit hinfällig war, musste sie innerlich lächeln.

«Wie soll mit Boltenhusen verfahren werden?», wandte sich Kollwitz an Paulina. «Außer meiner Wenigkeit lebt dort niemand mehr. Und ich bewohne nicht das Schloss, sondern das Pförtnerhaus. Auch Gut Blommersforst bei Lippstadt in Westfalen wurde bisher von einem Verwalter betreut. Soll dort alles beim Alten bleiben?»

«Muss das nicht mein Vater entscheiden?», fragte Paulina.

«Ihr Vater?», rief Kollwitz entsetzt. «Nachdem ich Erldyk gesehen habe, befürchte ich, dass Boltenhusen und Blommersforst das gleiche Schicksal ereilen könnte. Offenbar ist Jobst von Gralitz nicht in der Lage, irgendetwas zu entscheiden. Er hat Sie ermächtigt, die Verwaltung an seiner Stelle zu übernehmen.»

«Ich soll über die Güter bestimmen?» Paulina machte eine Pause, in der es im Kontor totenstill wurde. Kollwitz blickte sie erwartungsvoll an, während von Ostry mit steinerner Miene vor sich hin starrte. «Nun, dann nehmen Sie bitte Folgendes zur Kenntnis!», fuhr die junge Frau schließlich fort. «Sowohl in Boltenhusen als auch in Blommersforst möge vorläufig alles so bleiben, wie es ist. Sie werden mir eine Aufstellung der Einnahmen und Ausgaben machen, Herr Kollwitz. Sowohl Sie als auch der Verwalter von Blommersforst versehen weiterhin Ihre Ämter. Über jegliche Geschäftshandlungen Ihrerseits möchte ich Mitteilung erhalten.»

«Selbstverständlich wird alles so gemacht, wie Sie es wünschen, gnädige Frau.» Es war ihm anzusehen, wie einverstanden er mit Paulinas Anweisungen war. «Gibt es sonst noch irgendetwas?»

«Ja, da ist noch etwas.» Die junge Frau räusperte sich. «Ich wünsche, dass in sämtliche Entscheidungen, die Erldyk, Boltenhusen oder Blommersforst betreffen, mein Schwiegervater, Herr Conrad von Ostry, mit eingebunden wird.»

Sie bemerkte, dass von Ostry kurz die Augen schloss. Vielleicht bildete sie es sich nur ein, aber sie meinte, den Ansatz eines Lächelns auf seinen Lippen zu entdecken.

Ein Handel ist ein Handel, dachte sie, und ich würde mich schlecht zum Handeltreiben eignen, wenn ich die erste Gelegenheit nutzte, um aus meinem Vertrag auszusteigen.

Man mochte ihr nachsagen, was man wollte, und ihre Absichten waren sicher nicht immer die edelsten. Aber eine Rechnung – die galt es zu bezahlen.

Von Ostry richtete langsam seinen Blick auf sie. Und dieser Blick, der so ausdruckslos sein konnte, sagte ihr, dass er sie verstanden hatte.

KAPITEL 20

Crefeld, November 1791

Es war ein stürmischer Abend, als es zu später Stunde an Paulinas Tür klopfte. Die junge Frau hatte dem heulenden Wind gelauscht, der heftig an den Fenstern rüttelte, und war froh, dass sie in ihrem warmen, behaglichen Bett lag. Sicher wollte Pierre ihr einen mitternächtlichen Besuch abstatten, nachdem er von einem seiner abendlichen Ausflüge zurückgekehrt war, eine Angewohnheit, die er zum Ärger seines Vaters in letzter Zeit wieder aufgenommen hatte. Paulina rief ein schwaches «Ja, bitte» und beschloss, ihren Gatten gleich wieder fortzuschicken. Sie fühlte sich seit einigen Tagen wie zerschlagen und befürchtete, ernsthaft krank zu werden.

In der Tür zeichnete sich die Silhouette einer Frau im langen Nachtgewand ab.

«Gnädige Frau», sagte eine schüchterne Stimme, in der Paulina eine der Mägde erkannte. «Gnädige Frau? Sind Sie noch wach?»

Paulina richtete sich verwirrt auf. «Was ist los? Ist etwas passiert?»

«Unten wartet ein Mann auf Sie, Frau von Ostry. Er sagt, Sie sollen sofort nach Erldyk kommen. Ihrem Vater gehe es sehr schlecht.»

Paulina ließ sich wieder in ihre weichen Kissen fallen. «Fragen Sie diesen Dummkopf, ob er noch ganz gescheit ist, mich um diese Zeit aus dem Bett zu holen!»

«Der Mann kommt aus dem Dorf beim Schloss. Er sagt, Johanna habe ihn geschickt. Es sei wirklich bedenklich, und sie sollten unverzüglich zu Ihrem Vater kommen, wenn Sie ihn noch einmal lebend sehen möchten.»

«Papperlapapp!» Paulina räkelte sich. «Das sagt sie immer, und wenn ich dann voller Sorge zu meinem Vater eile, sitzt er putzmunter in seinem Zimmer und überhäuft mich mit seinen infamen Beleidigungen.»

«Es muss diesmal wirklich ernst sein», beharrte die Magd. «Der Arzt hat bereits nach einem Pastor schicken lassen.»

Paulina fuhr in ihrem Bett hoch. «Was sagen Sie da? Ein Arzt ist bei meinem Vater?»

Als sie die Schlafdecke zurückschlug und die Beine aus dem Bett schwang, wurde sie von einem kurzen Schwindel ergriffen. Woher kam nur diese bleierne Mattigkeit?

«Richten Sie dem Mann aus Erldyk aus, dass ich mich rasch ankleide», sagte sie zu der Magd und griff nach ihrem Frisiermantel. «Wecken Sie außerdem den Kutscher und schicken Sie ihn zur Remise. Er soll einen kleinen Wagen anspannen lassen.»

Eine halbe Stunde später läutete der Kutscher mit übellaunigem Gesicht den Wächter des Hülser Tores aus dem Bett, der sich bei dem Wetter nur schwer überreden ließ, die Stadtpforte erneut zu öffnen. Der Wagen fuhr mit dem Reiter aus Erldyk an der Seite in die Nacht hinaus. Zu dem stürmischen Wind kam nun auch noch Regen, und Paulina war froh, dass sie im geschützten Innern des Gefährts saß. Dennoch war ihr schon nach kurzer Zeit die feuchte Kälte durch sämtliche Glieder gefahren.

Sie hörte den Kutscher auf seinem Bock fluchen.

Draußen zog die bedrohliche Dunkelheit des Bockumer Waldes an ihr vorbei. Der Regen prasselte gegen das kleine Fenster des Wagens, der Wind pfiff durch alle Ritzen. Bei jedem Stoß, der die kleine, eher für gemütliche Spazierfahrten geeignete Kutsche durchschüttelte, wurde es Paulina angst und bange. Wenn sie nur auf der holprigen, aufgeschwemmten Straße keinen Achsbruch erlitten! Als sie endlich in die Einfahrt von Erldyk einbogen, bemerkte Paulina, dass drei Fenster im oberen Stockwerk des Schlosses erleuchtet waren. Im Hof stand eine schwarze Kutsche, gleichsam ein Vorbote drohenden Unheils.

Johanna stürzte ihnen aus dem Schloss entgegen.

«Gnädige Frau! Beeilen Sie sich! Der Arzt sagt, es gehe bald zu Ende mit dem Herrn Baron!»

Unter einiger Anstrengung zwängte Paulina sich aus dem Wagen. Der Wind zerrte ihr die Kapuze vom Kopf, und kalter Regen klatschte ihr ins Gesicht. Sie folgte Johanna ins Haus und durch die dunkle Halle die Treppe hinauf. Im Zimmer neben dem Schlafgemach des Barons waren Lichter angezündet. An einem Tisch saß ein Mann in Hemdsärmeln und hatte sich über ein Buch gebeugt. Als Paulina zaghaft an die offene Tür klopfte, blickte er auf. Unter seinen gütigen Augen lagen tiefe Ringe.

«Der Pastor ist schon bei ihm», sagte er müde.

Paulina blieb im Türrahmen stehen. «Können Sie denn nichts mehr für ihn tun?»

Der Arzt schüttelte mit trauriger Miene den Kopf. «Der Herr Baron hätte mich viel eher konsultieren müssen. Es grenzt an ein Wunder, dass er überhaupt so lange gelebt hat.»

«Kann ich zu ihm gehen?»

«Gehen Sie nur, gnädige Frau. Er hat ausdrücklich nach Ihnen verlangt. Wir sind froh, dass Sie es noch rechtzeitig geschafft haben.»

Paulina begab sich zum Schlafzimmer ihres Vaters. Bis auf eine Kerze, die auf dem Nachttisch stand, war es düster in dem Raum. Neben dem Bett ihres Vaters saß der Pastor in seinem schwarzen Gewand. Er las mit monotoner Stimme einen Abschnitt aus der Bibel vor.

Zögernd trat Paulina näher. Beim Anblick des Barons schlug sie erschrocken die Hand vor den Mund. Ihr Vater lag mit geschlossenen Augen in seinem Kissen. Er hatte den Mund halb geöffnet, sein Gesicht unter dem dunklen Haar war so bleich und ausgezehrt, dass sie ihn kaum wiedererkannte. Bei jedem Atemzug stieß er ein rasselndes Röcheln aus.

Der Pastor hörte auf zu lesen und sah zu Paulina auf. Seit ihrer Zeit in Erldyk hatten sie sich nicht mehr gesehen. Er schloss seine Bibel und erhob sich. «Ihr Vater wird friedlich sterben, denn er hat seine Seele erleichtert. Was für eine Schuld hat dieser arme Mann auf sich geladen!» Er berührte Paulinas Arm. «In der Stunde des Todes verzeiht Gott auch den größten Sündern. Gehen Sie nicht zu hart mit ihm ins Gericht, gnädige Frau!»

Bedächtig schritt er an Paulina vorbei aus dem Zimmer. Die junge Frau hörte, wie die Tür leise geschlossen wurde, und setzte sich nieder. Sie betrachtete den gequälten Gesichtsausdruck ihres Vaters und wagte nicht, etwas zu sagen. Ob er überhaupt wusste, dass sie hier war? Sie dachte an die schrecklichen Monate, die sie mit ihm in Schloss Erldyk verbracht hatte. Was musste er für einen tiefen Groll gegen seine Mitmenschen gehegt haben! Ob er irgendwann einmal anders gewesen war?

Lange Zeit saß Paulina so am Bett des Sterbenden.

Sie merkte, dass sie nicht mehr gegen die bleierne Müdigkeit ankämpfen konnte. Ihr Kopf fiel auf die Brust. Es gelang ihr noch einige Male, ihn wieder hochzureißen …

«Du bist also wirklich gekommen.»

Paulina schreckte verstört auf. Sie war tatsächlich eingenickt. Ihr Kopf dröhnte fürchterlich, und sie fühlte sich so matt, dass jede Bewegung ihr als eine übermenschliche Anstrengung erschien.

Der Baron blickte sie aus seinen tief in den Höhlen liegenden, trüben Augen an.

«Ich weiß, dass du mich am liebsten zum Teufel schicken würdest», röchelte er. «Nun, ich kann dir die freudige Mitteilung machen, dass du bald von mir erlöst sein wirst.»

Paulina betrachtete ihn mit einer Mischung aus Entsetzen und Mitgefühl.

«Bist du mit deinem Kaufmannssohn glücklich?», fragte Jobst von Gralitz. «Ich wünsche dir, meine Tochter, dass du niemals so unglücklich wirst wie deine Mutter und ich es waren. Dabei habe ich sie geliebt. Ich habe sie so geliebt, dass ich sie von Anfang an mit meiner Eifersucht verfolgt habe. Deine Mutter war eine sehr schöne Frau. Anders als du, die eine starke, wilde Schönheit besitzt. Sophie war wie eine kleine, zarte Elfe, die man unweigerlich vor dem Rest der Welt beschützen wollte. Ich mochte sie mit niemandem teilen. Sie sollte mir ganz allein gehören.»

Er hüstelte leicht, und Paulina fürchtete schon, dass er wieder einen seiner Anfälle bekommen würde.

«Am liebsten hätte ich Sophie eingesperrt, damit niemand sie auch nur anschauen konnte», fuhr der Baron fort. «Jede Gesellschaft, jedes Fest war wie eine Qual für mich. Ich bildete mir ein, dass alle Männer sie lüstern anstarrten, weil sie so schön war. Irgendwann habe ich darauf bestanden, dass wir uns völlig zurückzogen. Wir lebten wie Einsiedler in diesem Schloss. Ich war glücklich, aber Sophie hielt es bald nicht mehr aus. Sie fuhr unter dem Vorwand, ihre Tante besuchen zu wollen, nach Hannover. Ich ließ sie nur ungern fahren und ertrug es kaum, auf sie zu warten. Ständig stellte ich mir vor, wie sie am Hof von Hannover mit anderen Herren zusammentreffen würde. Als ich erfuhr, dass Sophie sich in Schloss Bahro in Mecklenburg aufhielt, war ich zunächst erleichtert. In der Provinz schien sie mir weniger Versuchungen ausgesetzt als am Hof von Hannover. Dann kehrte sie nach Erldyk zurück. Ich merkte sofort, dass sie sich verändert hatte. Sie sagte mir, dass sie mich nicht mehr liebe. Sie könne es nicht mehr ertragen, mit mir unter einem Dach zu leben. Kurz darauf verschwand sie bei Nacht und Nebel.»

Paulina hatte ihrem Vater mit wachsendem Staunen zugehört. Es bereitete ihm große Anstrengung zu sprechen, und sie war mehrmals kurz davor gewesen, ihn zum Schweigen anzuhalten.

Ihr Vater schien indessen seine letzten Kräfte aufzubieten.

«Ich wusste, dass Sophie wieder nach Mecklenburg gefahren war, und reiste ihr nach», ertönte seine schwache Stimme von neuem. «In Schloss Bahro traf ich sie und einen Neffen der Gräfin Bahro an. Ich war rasend vor Eifersucht und hätte den Kerl am liebsten mit bloßen Händen erwürgt. Es gelang mir gerade noch, mich zu beherrschen. Ich zwang Sophie, sofort mit mir zurück nach Erldyk zu fahren. Kurz nach unserer Ankunft eröffnete sie mir, dass sie schwanger sei. Sie schwor mir bei allem, was ihr heilig war, dass nur ich der Vater sein konnte. Außerdem sei sie ohnehin dabei gewesen, sich von dem jungen Bahro loszusagen. Ich glaubte ihr kein Wort. Du, Paulina, kamst zur Welt, und immer, wenn ich dich ansah, stellte ich mir vor, wie sie mit dem anderen …»

Seine Stimme versagte, und er drehte den Kopf zur Seite. Paulina wollte schon aufstehen und nach dem Arzt rufen, doch er packte ihren Arm so fest, dass es schmerzte. Ohne sie anzusehen, sprach er unter großen Mühen weiter:

«Ich wurde beinahe verrückt bei dem Gedanken, dass im Leib meiner Gattin die Frucht eines anderen herangereift war. Von da ab wollte ich nur noch eines: dass Sophie auch von mir ein Kind bekäme. Eines Abends drang ich in ihr Schlafzimmer ein und nahm sie mit Gewalt … in dieser Nacht und in der nächsten Nacht und in vielen folgenden Nächten … bis ich sicher sein konnte, dass sie wieder ein Kind unter dem Herzen trug.»

«O mein Gott! Das haben Sie meiner Mutter angetan?»

«Je mehr sie weinte und mich anflehte, sie in Ruhe zu lassen, desto besessener wurde ich. Ich hatte plötzlich alle Macht über sie. Es bereitete mir Genugtuung, sie zu demütigen, sie besiegt und widerstandslos auf dem Bett liegen zu sehen. Mit jedem Stück Würde, das sie verlor, gewann ich meine zurück.»

«Sie hätte fortlaufen sollen …»

«Ich habe sie eingesperrt. Sobald ich sie morgens verließ, verschloss ich ihre Tür. Den Dienstboten drohte ich schreckliche Strafen an, falls sie Sophies Zimmer betreten würden. Nur Johanna durfte zu ihr.» Er begann zu husten. Sein Körper zuckte unter heftigen Krämpfen.

«Und das Kind?»

«Es war eine schwierige Schwangerschaft», stieß er hustend hervor. «Obwohl ich nicht mehr zu ihr ging, wurde Sophie sehr krank. Das Kind kam viel zu früh auf die Welt und starb kurz nach der Geburt.» Seine Stimme brach. «Es war ein Knabe!»

Der Husten wurde schlimmer. Der Baron zog die Bettdecke vor den Mund, und das weiße Leinen färbte sich rot. Röchelnd rang er nach Luft.

«Du musst mir vergeben, meine Tochter! Ich will nicht sterben, ohne dass du mir verziehen hast, was ich euch angetan habe.»

Paulina sprang entsetzt vom Stuhl auf. Alles um sie herum begann sich zu drehen.

«Wir brauchen den Arzt!», schrie sie und sah Sternchen vor ihren Augen tanzen. Sie hörte, wie die Tür aufging, und erkannte schemenhaft die Umrisse zweier Menschen, die auf sie zukamen. Ihre Knie wurden weich, und sie taumelte. Im nächsten Moment fühlte sie sich von einer kräftigen Hand gehalten. Dann wurde ihr schwarz vor Augen.

«Wachen Sie auf, gnädige Frau!»

Jemand rüttelte beharrlich an Paulinas Schulter. Sie schlug die Augen auf und sah sich verwirrt um. Man hatte sie auf das abgewetzte Sofa im Salon gelegt, über ihren Körper war eine löchrige Decke gebreitet. Vor ihr stand Johanna.

«Es geht zu Ende mit ihm», sagte die Alte. «Er möchte Sie noch einmal sehen.»

Schlagartig kehrte Paulinas Erinnerung zurück.

Diese Frau hat tatenlos zugesehen, wie mein Vater meine arme Mutter missbraucht hat, dachte sie. Und nun erwartet sie, dass ich diesem Unmenschen in der Stunde seines Todes Absolution erteilte. Niemals werde ich ihm oder der grauenhaften Alten verzeihen!

Paulina blickte durch die Fenster in die einsetzende Morgendämmerung hinaus. Hieß es nicht, dass die Sterbenden warteten, bis es Tag wurde, bevor sie endgültig hinübergingen?

Mühsam erhob sie sich von ihrem Lager und musste sich an Johanna festhalten, weil ihr wieder schummrig wurde. Unwirsch wehrte sie die dargebotene Hand der Magd ab und wankte zur Tür.

Als sie das Zimmer ihres Vaters betrat, stand der Pastor mit gefalteten Händen vor dem Bett des Barons und betete. Man hatte Jobst von Gralitz ein weiteres Kissen in den Rücken gelegt, sodass er halb aufrecht im Bett saß. Seine Augen waren geschlossen.

Nach seinem Gebet verweilte der Pastor noch einen Moment in stiller Andacht, dann blickte er die junge Frau aus seinen gütigen Augen an. «Ich habe ihm gesagt, dass Sie ihm verziehen haben. Er hat nun seinen Frieden gefunden.»

«Aber … ist er schon tot?»

«Er ist verschieden, kurz bevor Sie ins Zimmer kamen. Die letzten Stunden waren eine große Qual für ihn. Da erschien es mir nicht verwerflich, zu dieser kleinen Notlüge zu greifen.»

«Wie konnten Sie nur mit ihm Erbarmen haben?», fragte Paulina mit erstickter Stimme. «Sie haben doch mit eigenen Ohren gehört, welches Leid er meiner armen Mutter bereitet hat!»

«Vor Gott findet jeder Schuldige Gnade.»

«Nicht jeder hat Gottes Gnade verdient!»

Der Pastor hob beschwörend die Hand. «Versündigen Sie sich nicht, mein Kind! Der schwere Schicksalsschlag, der Sie getroffen hat, verleitet Sie zu ungewöhnlicher Härte. Sie dürfen Ihren Vater nicht mit Hass im Herzen gehen lassen. Ich empfehle Ihnen dringend, Erlösung im Gebet zu suchen.»

Paulina spürte, wie ihr erneut schwindelig wurde. Übelkeit stieg in ihr auf, und sie fühlte sich unendlich schwach. Die beklemmende Stimmung, die in dem Sterbezimmer herrschte, erschien ihr mit einem Mal unerträglich. Fluchtartig stürzte sie zur Tür.

Im Flur kam ihr der Arzt entgegen.

«Allmächtiger, Sie sind ja weiß wie eine Wand!», rief er. «Die ganze Aufregung ist nicht gut in Ihrem Zustand!»

«Es ist zu Ende mit ihm», flüsterte Paulina.

«Nun ist er von seinem Leiden erlöst, glauben Sie mir, gnädige Frau.» Ein trauriges Lächeln glitt über das Gesicht des Arztes. «So ist das Leben nun einmal – das eine geht, das andere kommt.»

Paulina fasste sich an den schmerzenden Kopf.

«Ich werde mich ein wenig hinlegen. Mir ist schon die ganze Zeit so komisch. Wenn ich nur wüsste, was mir fehlt!»

Das Lächeln des Arztes wurde breiter. «Nun, da kann ich Ihnen auf die Sprünge helfen. Hinsichtlich Ihrer Beschwerden besteht kein Grund zur Besorgnis. Alles beruht auf einem ganz natürlichen Vorgang. Ich kann es noch nicht mit allerletzter Gewissheit bestätigen, aber ich bin mir einigermaßen sicher. Sie erwarten ein Kind, gnädige Frau.»

Kapitel 21

Crefeld, Mai 1792

Paulinas Tochter wurde an einem regnerischen Frühlingsmorgen geboren. So wie die Geburt vonstattengegangen sei, werde dieses kleine Mädchen sich zu einer eigensinnigen und herrschsüchtigen Frau entwickeln, prophezeite die Hebamme und fügte mit einem Seitenblick auf Paulina hinzu: «Genauso wie die Mutter.»

Diese hatte nach den Schmerzen und Ängsten der Niederkunft keine Kraft mehr, zu protestieren und betrachtete ein wenig befremdet das rosige Wesen, dem sie das Leben geschenkt hatte. Sie bat darum, dem frischgebackenen Vater die freudige Nachricht zu überbringen, doch die Hebamme sagte ihr schonungslos und mit einer gewissen Schadenfreude, dass dieser sich schon am Abend zuvor, bei den ersten Anzeichen der einsetzenden Geburt, aus dem Staub gemacht habe und seitdem noch nicht wiederaufgetaucht sei.

So war denn der erste Besucher der neuen Erdenbewohnerin nicht ihr Vater, sondern der Großvater. Er hatte es sich nicht nehmen lassen, sofort aus dem Kontor herüberzueilen. Voller Stolz begutachtete er sein zweites Enkelkind.

«Welchen Geschlechts das Kind ist, kann in diesem Fall als unerheblich betrachtet werden», bemerkte er trocken. «Das Wichtigste ist, dass wir eine Erbin für die Güter haben. Außerdem wäre bei einem Knaben die Gefahr recht groß, dass er nach seinem Vater schlagen könnte.»

Nachdem von Ostry sich verabschiedet und auf den Weg zurück ins Kontor gemacht hatte, fand die Magd sich bei der Wöchnerin ein.

«Die Amme wartet unten, gnädige Frau», sagte sie beiläufig, während sie den Säugling aus seiner Wiege hob.

Paulina richtete sich mühsam in ihrem Bett auf. Die Amme wartete unten? Würde man etwa, so wie es bei vornehmen Damen üblich war, das Neugeborene nach der Taufe der Amme mitgeben, damit es bei ihr seine ersten Lebensjahre verbrachte? Sie musste an Therese denken, und plötzlich schien ihr der Gedanke, sich schon so bald von ihrem Kind trennen zu müssen, unerträglich.

«Warten Sie!», sagte sie und hob schwach die Hand. «Warten Sie! Ich möchte mich selbst um mein Kind kümmern!»

«Wie bitte?», rief die Magd entsetzt. «Aber gnädige Frau! Was ist das denn für ein merkwürdiger Einfall?»

«Lassen Sie die Hebamme rufen, damit sie mir helfen möge, das Kind zu versorgen!»

«Die Niederkunft hat Ihnen die Sinne verwirrt! Glauben Sie mir, es ist besser, wenn das Kind jetzt zur Amme kommt.»

«Das Kind bleibt hier!», befahl Paulina mit herrischer Stimme. «Oder soll ich aufstehen und es mir selbst holen?» Und um zu zeigen, dass sie es ernst meinte, schlug sie die Bettdecke zurück und setzte die Füße auf den Boden. Ein heftiger Schmerz ließ sie zusammenfahren.

«Um Himmels willen, gnädige Frau, gehen Sie sofort ins Bett zurück!» Verständnislos den Kopf schüttelnd, legte die Magd hastig den Säugling in die Wiege und eilte aus dem Zimmer, um kurz darauf mit der vor Wut schnaubenden Hebamme wiederzukommen.

«Was höre ich da?», tobte die Geburtshelferin. Sie stürzte zum Bett und drückte Paulina wieder in ihre Kissen. «Eine vornehme Bürgersfrau, die ihr Kind selbst versorgen will? Ist Ihnen klar, dass Sie es dann auch nähren müssen? Sie sind doch keine arme Bäuerin, der nichts anderes übrigbleibt, als ihren Busen hinzuhalten!»

«Warum sollte ich das Kind nicht auch selbst stillen!», beharrte Paulina energisch. «Die Amme mag zu meiner Unterstützung ins Haus kommen, aber ich möchte die Kleine nicht hergeben.»

Den nächsten Besuchern bot sich im Zimmer der gerade Niedergekommenen ein wunderliches Bild. Paulina saß von mehreren Kissen gestützt in ihrem Bett und hielt ihr Kind umfangen, während es friedlich an ihrer Brust saugte.

Frau von Ostry schlug die Hände über dem Kopf zusammen. «Aber was machen Sie denn da, meine Liebe? Sie können doch nicht selbst stillen! Die Amme wird das Kind mit auf ihren Hof nehmen.»

Man rief sogar den Hausherrn erneut von seiner Arbeit im Kontor herbei, weil Paulina sich weigerte, ihr Kind der Amme zu übergeben. Es entbrannte eine hitzige Diskussion darüber, wie nun verfahren werden sollte. Von Ostry erklärte ausdrücklich, dass er mit derlei Frauenfragen nicht belästigt werden wolle. Die größte Sorge seiner Gattin hingegen schien zu sein, was ihre Nachbarinnen denken würden, wenn sie erführen, dass im Hause des ehrenwerten Fabrikanten von Ostry Sitten wie in der einfachsten Weberfamilie herrschten.

Paulina ließ sich indessen nicht beirren. Sie werde selbst für ihr Kind sorgen, stellte sie klar, und es sei ihr völlig einerlei, ob jemand in der Stadt etwas daran auszusetzen habe.

Ausgerechnet Pierre schaffte es, die Gemüter zu beruhigen.

Sichtlich erleichtert darüber, dass der nervenaufreibende Vorgang der Geburt beendet war, tauchte er am frühen Nachmittag am Wochenbett auf und staunte nicht schlecht, als er dort seinen Vater und seine Mutter antraf, die auf eine trotzig in ihrem Bett thronende Paulina einredeten.

Mit gelassener Miene hörte er sich Frau von Ostrys Klagen an, während er immer wieder in die Wiege äugte, als könne er nicht recht glauben, dass das kleine Wesen darin wirklich seine Tochter war.

Nachdem seine Mutter ihm die Lage geschildert hatte, ging er zu Paulinas Frisiertisch und betrachtete sich im Spiegel.

«Ich verstehe das Problem nicht ganz», sagte er in einem Ton, der verriet, wie überflüssig er die Debatte fand. «Warum soll die Kleine aufs Land, wenn man sie auch hier großziehen kann? Es ist doch völlig unsinnig, dass ausgerechnet wir, die wir über genügend Geld und ein geräumiges Haus verfügen, unser Kind in die Armut und Beengtheit einer Bauernfamilie geben.»

Von Ostry zog die Augenbrauen in die Höhe.

«Ist das wieder eine dieser revolutionären Theorien, die du von deinen Ausflügen aus der Altstadt mitbringst?»

«Sie irren, Vater! Es handelt sich um meinen ganz ureigenen Standpunkt, der sich einzig und allein auf meinen gesunden Menschenverstand gründet.»

«So», machte von Ostry. «Es ist wirklich bemerkenswert, dass du hin und wieder auch deinen Verstand zu Rate ziehst. Wie auch immer – ich kann meine Zeit nicht länger mit Firlefanz vertändeln.» Er wandte sich brummelnd an Paulina. «Meinetwegen möge das Kind hierbleiben. Solange die Ruhe dieses Hauses nicht durch ständiges Kindergeschrei gestört wird!»

Frau von Ostry machte ein Gesicht, als sei sie davon überzeugt, dass sämtliche Familienmitglieder den Verstand verloren hätten.

«Da hier anscheinend jeder macht, was er will, werde ich wohl nicht mehr gebraucht. Ich werde der Amme entsprechende Anweisungen erteilen. Das heißt jedoch noch lange nicht, dass ich Ihr Verhalten gutheiße, meine Liebe. Ich billige es gezwungenermaßen – mehr nicht! Eine vornehme Frau, die sich selbst um ihr Kind kümmert … hat man so etwas schon gesehen? Noch dazu, wo sie eine Adelige ist … Die Damen werden sich den Mund darüber zerreißen!»

Als ihre Schwiegereltern das Zimmer verlassen hatten, schloss Paulina erleichtert die Augen.

Ob es falsch gewesen war, durch ihr eigensinniges Verhalten an den Grundfesten dieser Familie zu rütteln? Frau von Ostry war ihr immer wohlgesinnt gewesen, und Paulina war sicher schlecht beraten, sich die Dame des Hauses zur Feindin zu machen. Außerdem hatte sie nicht bedacht, was für ein Spießrutenlauf ihr womöglich bevorstand, wenn die Crefelder Gesellschaft sich angesichts ihrer merkwürdigen Laune ins Gedächtnis rufen würde, dass sie die Tochter jenes verrückten Barons war.

Es klopfte. Die Tür ging auf, und Kronwyler betrat das Zimmer. Höflich überbrachte er Paulina seine Glückwünsche und bewunderte gebührlich das Neugeborene.

«Wie ich hörte, hat der jüngste Nachwuchs schon für gewaltige Aufregung gesorgt.»

«Haben Sie etwa auch etwas daran auszusetzen?», fragte Paulina, die sich mittlerweile am Rande einer Nervenkrise fühlte.

«Ganz und gar nicht. Allerdings hätte ich diese Demonstration mütterlicher Liebe nicht gerade von Ihnen erwartet.»

«Meine Gattin ist eben immer für eine Überraschung gut», sagte Pierre lässig. «Was glauben Sie – werden die ehrenwerten Crefelder sich sehr über sie echauffieren?»

«Es gibt Neuigkeiten, die unsere Mitbürger weitaus mehr beschäftigen werden.»

Pierre rückte sein Halstuch zurecht. «Ich kann mir zwar nicht vorstellen, was dies sein könnte, aber es hört sich interessant an.»

«In diesem Fall würde ich die Klatscherei der Crefelder Damen allerdings vorziehen, mein Lieber! Ich fürchte, dass unangenehme Zeiten auf uns zukommen.»

«Sie werden doch jetzt nicht eine dieser apokalyptischen Vorhersagen treffen, dass unsere Gesellschaft zugrunde geht, wenn sie nicht eine gründliche Neuordnung erfährt?»

«Diese Reden hebe ich mir lieber für die Versammlungen unseres philosophischen Zirkels auf. Indessen könnte uns die Neuordnung schneller ereilen, als uns lieb ist. Es wird ernst, Pierre! Heute traf einer unserer Handelspartner aus Holland ein. Er brachte die neusten Nachrichten aus Paris. Die französische Nationalversammlung hat Ludwig den XVI. genötigt, eine Kriegserklärung an den König von Ungarn und Böhmen zu unterzeichnen.»

Pierre horchte auf. «Dann hatte mein Vater also doch den richtigen Riecher. Sie wissen, an wen sich diese Kriegserklärung in Wirklichkeit richtet?»

Kronwyler nickte ernst. «Ja – an den deutschen Kaiser.»

Die kleine Tochter von Paulina und Pierre wurde drei Tage später auf den Namen Anna getauft. Die Tatsache, dass das Kind nach der Taufe nicht der Amme mitgegeben, sondern im Palais Ostry von der eigenen Mutter versorgt wurde, erregte die Gemüter nur am Rande. Voller Unruhe blickten die Crefelder Bürger nach Frankreich.

Man begann, den zahlreichen französischen Emigranten Gehör zu schenken, die durch Crefeld zogen und Schreckensmeldungen darüber verbreiteten, wie weit die Zersetzung der öffentlichen Ordnung und Sicherheit in Frankreich schon fortgeschritten war. Der deutsche Kaiser könne nicht mehr länger die Augen verschließen und müsse dem bedrängten französischen König endlich zu Hilfe kommen, erklärten sie. Mit großer Besorgnis verfolgten die Crefelder Bürger den Ablauf der Geschehnisse. Glücklicherweise konnte die französische Revolutionsarmee durch die preußischen und österreichischen Truppen zurückgedrängt werden.

Conrad von Ostry trat eine Reise nach Blommersforst in Westfalen an, über deren Grund er nur mit Kronwyler sprach.

Als er zurückkehrte, erlitt der Herzog von Braunschweig, Oberbefehlshaber der preußischen Armee, in Valmy eine erste Niederlage gegen die Revolutionstruppen. Der neu gegründete französische Nationalkonvent erklärte die Abschaffung der Monarchie.

Die Kriegsangst ging in Crefeld um. Wenn man auch gewisse Sympathien für die Revolutionäre hegte, so hieß das noch lange nicht, dass man gleich französisch werden wollte. Gebannt verfolgte man die Berichte von den Fronten.

Die einen waren der Meinung, dass die preußisch-österreichische Armee mit dem zusammengewürfelten, schlecht ausgebildeten Haufen leicht fertig werden würde.

Die anderen warnten davor, die Franzosen zu unterschätzen. Im Gegensatz zu den Soldaten der preußischen Truppen hätten sie einen entscheidenden Vorteil: Sie zogen für eine Sache in den Krieg, von der sie zutiefst überzeugt waren.

Einige wenige, darunter Conrad von Ostry, befürchteten eine gefährliche Ausartung der revolutionären Bewegung.

Im November wendete sich das Kriegsglück endgültig zugunsten der Franzosen. Der französische General La Marlière drang bis zu den preußischen Besitzungen links des Rheins vor.

Scharenweise trafen Flüchtlinge aus Brabant ein, die nur ein Ziel hatten: das rechte Rheinufer zu erreichen. Mit furchtbaren Gerüchten über das Morden und Rauben der Franzosen versetzten sie die Crefelder Bürger in Angst und Schrecken. Die bereits anwesenden Emigranten schlossen sich den Fliehenden an, und spätestens jetzt wurde jedem in Crefeld klar, wie ernst die Lage war.

Conrad von Ostry entschloss sich zu einer weiteren Reise nach Blommersforst. Diesmal machte er keinen Hehl aus dem Grund für seine Fahrt: Er traf Vorbereitungen für eine mögliche Übersiedlung nach Westfalen. Im Wissen, dass das Unternehmen und seine Familie bei Kronwyler in guten Händen waren, brach er Anfang Dezember auf.

KAPITEL 22

Crefeld, Dezember 1792

«Die Franzosen sind da!»

Paulina saß mit der kleinen Anna auf dem Schoß im Kinderzimmer, als der Schrei durchs Haus hallte. Die junge Frau drückte eilig der Amme das Kind in den Arm und begab sich auf den Flur, wo Catherine ihr in heller Aufregung entgegenkam.

«Haben Sie gehört? Die Franzosen sind schon durch das Niedertor. Ich ängstige mich so! Sie werden uns alle ermorden!»

Paulina fasste ihre hysterische Schwägerin an den Schultern und schüttelte sie. «Nehmen Sie Vernunft an! Der französische General hat dem Magistrat versichert, dass wir nichts zu befürchten hätten.»

«Glauben Sie daran? Schließlich haben diese Revolutionäre in Paris unzählige Menschen ermordet.»

«Welchen Grund sollten sie haben, uns zu ermorden?»

«Solche Menschen brauchen keinen Grund. Und Vater ist auch noch nicht wieder hier! Niemand wird uns beschützen!»

«Jean und Pierre sind bei uns.»

Catherine wehrte verächtlich ab. «Ach die! Pierre wird dummes Zeug reden, und Jean wird nicht wissen, was er tun soll.»

Paulina musste trotz der ernsten Lage lächeln. Ihre Schwägerin hatte eine wirklich treffende Art, die Dinge auf den Punkt zu bringen. Sie führte die verstörte Catherine in den Salon, wo sich bereits ihre Schwiegermutter eingefunden hatte. Frau von Ostry blickte auf die Straße hinaus.

«Seht nur, sie sind schon in der Stadt!»

Die beiden jungen Frauen traten ans Fenster. Ein beklemmendes Bild bot sich ihnen dar.

Auf der Straße vor dem Palais Ostry zog eine jämmerliche Karawane schmutziger Soldaten mit ausgezehrten Gesichtern vorbei, teils zu Fuß, teils zu Pferd. Ihre Kleidung war zerlumpt und bot kaum Schutz vor der winterlichen Kälte. Viele trugen statt Stiefeln einfache Holzschuhe. Wie eine siegreiche Armee sahen sie beileibe nicht aus, und beim Anblick dieses traurigen, müden Haufens bekam man eher Mitleid als Angst.

Erschüttert beobachteten die drei Frauen, wie der gespenstische Tross in die Stadt vorstieß. Den Abschluss bildeten zwei schwere Geschütze, deren Gerassel die Fensterscheiben erzittern ließ.

«Der französische General soll ein furchtbarer Wüstling sein!», flüsterte Catherine.

«Wenn Conrad doch nur hier wäre!», seufzte Frau von Ostry. «Wie konnte er uns nur angesichts dieser Bedrohung alleine lassen!»

Noch während sie das sagte, flog die Tür auf, und Pierre stürmte herein. «Dieser La Marlière fackelt nicht lange!», rief er ohne ein Wort der Begrüßung. «Er hat den Magistrat und die führenden Kaufleute ins Rathaus bestellt.»

Frau von Ostry erstarrte. «Ist Kronwyler auch dabei?»

«Ja. Ich habe ihm schon Bescheid gegeben. Wo ist Jean?»

«Was hat Jean damit zu tun?»

«Er wird im Rathaus gebraucht. Allerdings habe ich ihn im Kontor nicht angetroffen. Kronwyler meinte, er sei heute Morgen gar nicht erschienen.»

Frau von Ostrys Gesicht verdüsterte sich. «Jean war also schon wieder nicht im Kontor. Ich will nur hoffen, dass er dies nicht zur Regel werden lässt. Und du, mein Sohn? Wie kommt es eigentlich, dass ausgerechnet du weißt, was im Rathaus vor sich geht?»

Pierre betrachtete seine blank geputzten Schuhe. «Man suchte jemanden, der die Worte des Generals übersetzt. Wie Sie wissen, gibt es in dieser Stadt nicht allzu viele Leute, die fließend Französisch sprechen. Ich war zufällig in der Nähe. Leider habe auch ich einige Probleme, den General zu verstehen. Er spricht einen eigenartigen Dialekt. Für die Verhandlungen ist es jedoch unerlässlich, dass wir genau erfassen, was er von uns will.»

«Glaubst du, Jean versteht ihn besser?»

«Für die Übersetzung hatte ich nicht Jean im Sinn, Mutter. Er soll zwar ins Rathaus kommen, aber lediglich in Vertretung von Vater. Nein, ich dachte eher an meine liebenswerte Gattin. Sie hat lang genug bei Hof gelebt und spricht perfekt Französisch.»

«Ich?», rief Paulina verblüfft.

«Du kannst Paulina nicht mit ins Rathaus nehmen!», wandte Frau von Ostry ein. «Was würden Althoff und Oppermann dazu sagen?»

«Sie sind einverstanden, Mutter. Die Herren vom Magistrat sowie unsere wackeren Fabrikanten und Kaufmänner wollen im Augenblick nur eines: den französischen General friedlich stimmen. Um das zu erreichen, ist ihnen jedes Mittel recht.»

«Ich an Ihrer Stelle würde nicht mitgehen!», riet Catherine ihrer Schwägerin. «Man hört so schreckliche Gerüchte darüber, was diese Barbaren mit den Frauen anstellen.»

«Niemand sagt, dass es sich um ein Teekränzchen handelt», meinte Pierre ungehalten. «Leider habe ich keine Zeit, die Angelegenheit ausführlicher zu diskutieren. La Marlière ist, gelinde gesagt, ein etwas ungeduldiger Mensch. Man erwartet uns also dringend im Rathaus zurück.» Er blickte zu Paulina. «Kommen Sie, meine Liebe?»

Paulina folgte ihm, teils weil sie neugierig war und teils weil sie an seiner ungewöhnlichen Ernsthaftigkeit merkte, wie kritisch die Lage sein musste.

Auf den Straßen Crefelds bot sich eine düstere Szenerie. Die Bürger der Stadt hatten sich in ihren Häusern verschanzt, und es herrschte eine geradezu unheimliche Stille. An allen Ecken hockten erschöpfte französische Soldaten und starrten das elegante Paar, das einsam an ihnen vorbeiging, mit großen Augen an.

Die Nerven der Magistratsmitglieder und der anwesenden Kaufmannschaft lagen blank, als Pierre von Ostry mit seiner Gattin im Rathaus eintraf. Aus dem, was die Herren in einem wüsten Durcheinander von sich gaben, entnahm Paulina, dass der französische General sich nicht so verträglich zeigte, wie man angenommen hatte. Zwei Tage zuvor hatten die Crefelder ihm eine Bittschrift überbracht, in der sie ihn um Schonung für die Stadt gebeten hatten. Seine Antwort hatte ihre Besorgnis zerstreut. Das Verhalten des Generals nach seinem Einzug in Crefeld schien den Inhalt des Schreibens allerdings Lügen zu strafen.

Wer weiß, wer den Brief wirklich verfasst hat, dachte sich Paulina, während sie den wilden Spekulationen lauschte.

Dann kam La Marlière. Der französische General war genau so, wie Paulina ihn sich vorgestellt hatte: ein vierschrötiger Mann, dem man seinen Hang zur Gewalttätigkeit ansah.

Sofort fiel ihm die Anwesenheit der jungen Frau auf.

«Was hat dieses Weib hier zu schaffen?», brüllte er.

Die Mitglieder des Magistrats warfen sich beunruhigte Blicke zu.

«Das ist meine Gattin», erklärte Pierre beherzt. «Sie ist diejenige, die am besten Französisch spricht. Wir wollen sicherstellen, dass wir bestmöglich auf Ihre Wünsche eingehen können.»

«Ich soll mit einer Frau verhandeln?», tobte der General.

Unter den anwesenden Crefeldern erhob sich ein besorgtes Raunen.

«Sind in Ihrer Republik nicht alle Menschen gleich?», ließ sich in bestem Französisch Paulinas klare Stimme vernehmen. «Dann dürfte es Ihnen nicht zuwider sein, sich der Fähigkeiten einer Frau zu bedienen.»

Der General stutzte. «Woher sprechen Sie ein so exzellentes Französisch? Ist das in Ihrem Land nicht die Sprache der fürstlichen Höfe?»

Er musterte die junge Frau misstrauisch, und Paulina wurde es angst und bange bei dem Gedanken, dass er hinter ihrer bürgerlichen Fassade die Angehörige des Standes entdecken könnte, gegen den er Krieg führte.

Sie beschloss, ihn bei seinem Vaterlandsstolz zu packen.

«Es ist vor allem die Sprache der Literatur, der Kunst und der geistigen Freiheit», sagte sie höflich.

Der General kniff die Augen zusammen. Es machte nicht den Eindruck, als sei er ein Liebhaber schöngeistiger Themen, doch ihm schien zu gefallen, was die junge Frau sagte. Seine Gesichtszüge entspannten sich.

«Also gut», willigte er ein. «Da Sie nicht nur gut Französisch sprechen, sondern offenbar auch Verstand besitzen, nehme ich

Ihre Dienste in Anspruch. Vorsichtshalber möchte ich Sie jedoch vor der unter Frauen üblichen Angewohnheit warnen, die Dinge unnütz auszuschmücken.»

Paulina hätte dem ungehobelten Kerl am liebsten eine passende Bemerkung an den Kopf geworfen, doch sie hielt es für klüger zu schweigen. Bei der Übersetzung seiner Bedingungen indessen blieb ihr fast das Wort im Hals stecken. La Marlière verlangte neben der erwarteten Bereitstellung von Lebensmitteln und Kleidung eine sofortige Kriegsauflage in Höhe von dreihunderttausend holländischen Gulden, zahlbar bis nachmittags um drei Uhr. Sollte ihm das Geld bis dahin nicht komplett zur Verfügung stehen, setzte er hinzu, werde er zur Sicherstellung des Restbetrages Geiseln nehmen.

Die Crefelder Würdenträger waren wie vor den Kopf geschlagen. Als der General den Rathaussaal genauso stürmisch wieder verließ, wie er ihn betreten hatte, entbrannte eine wilde Debatte unter den anwesenden Herren.

«Das also soll die Rechtlichkeit der französischen Nation sein», schimpfte Bürgermeister Althoff.

«Woher sollen wir nur so viel Geld nehmen?», stöhnte der Seidenfabrikant Floh. «Wir haben nicht einmal drei Stunden Zeit!»

«Dann müssen wir das Unmögliche eben möglich machen», sagte Friedrich Heinrich von der Leyen bestimmt. «Und da Sie bereits die knappe uns zur Verfügung stehende Zeit ansprachen, schlage ich vor, dass wir uns sofort an die Arbeit begeben. Ein jeder möge prüfen, was er bereitstellen kann!»

«Wenn dieser Unmensch nur keine Geiseln nimmt!», jammerte Jean, der mittlerweile im Rathaus eingetroffen war. Frau von Ostry hatte ihn in den Räumen seiner Gattin aufgetrieben, wo er angsterfüllt den Einzug der Franzosen mit angesehen hatte. «Es muss schrecklich sein, sich in seiner Gewalt zu befinden.»

Kronwyler packte ihn am Arm. «Alles Lamentieren nützt nichts! Wir müssen ausrechnen, wie viel Geld *Kronwyler Sohn und von Ostry* zu der Summe beisteuern können. Da Ihr Vater nicht anwesend ist, bitte ich Sie, in seiner Vertretung zu handeln.»

Der Magistrat und die Crefelder Fabrikanten und Kaufleute vereinbarten, sich unverzüglich in ihre jeweiligen Geschäftshäuser zu begeben. Man würde Rechnungsbücher durchforsten, Bargeldbestände prüfen und Wechsel zeichnen.

Die Stadt hielt den Atem an. Würde der despotische General seine Drohung wahr machen, wenn ihm das Geld nicht in der gewünschten Höhe übergeben werden konnte?

La Marlière quartierte sich im Haus der von der Leyens ein und ließ sich fürstlich bewirten, während die Crefelder fieberhaft versuchten, Geld aufzutreiben.

Kurz vor Ablauf der Frist versammelten sich der Magistrat und die führenden Kaufleute erneut im Rathaussaal. Man hatte fast achtzigtausend Gulden aufgebracht, von denen dreißigtausend allein durch die Familie von der Leyen zur Verfügung gestellt wurden.

«La Marlière ist so geldgierig, dass er sich damit einstweilen zufriedengeben wird», redete Althoff sich ein. «Wir bieten ihm an, den Rest so bald wie möglich, zuzüglich eines angemessenen Zinssatzes, zu zahlen.»

«Er wird nicht so dumm sein, es sich mit uns zu verscherzen», stimmte Oppermann zu. «Nicht jede der Städte, in die er zieht, hat so reiche Kaufleute zu bieten.»

«Messieurs!», rief Pierre und breitete beschwörend die Arme aus. «Ihre Zuversicht in allen Ehren, aber sie ist nicht angebracht! Und das sage immerhin ich, der ich im Allgemeinen den Optimismus für mich gepachtet habe. Bedenken Sie, dass wir nicht in der Position sind, Forderungen zu stellen! La Marlière ist und bleibt derjenige, der Forderungen an uns stellen wird.»

Die Herren schwiegen betroffen.

Als der General mit donnernden Schritten erschien, wollte er ohne weitere Umschweife wissen, ob die Bürger der Stadt Crefeld in der Lage waren, die gewünschte Summe zu zahlen. Althoff bat Paulina, dem Franzosen die Situation zu erklären.

Pierre kam ihr jedoch zuvor. In geschickten Worten legte er dem General dar, dass die Stadt Crefeld das Geld selbstverständlich bezahlen werde, man jedoch mit der kurzen Frist in Not gekommen sei. Die Bürgerschaft sei ihm äußerst wohlgesinnt, und er solle der Stadt den Restbetrag als Kredit gewähren, der dann umgehend und zu für ihn guten Bedingungen getilgt werden würde.

Paulina musste feststellen, dass Pierre seine Sache nicht schlecht machte. Auch die Herren vom Magistrat und die Kaufmannschaft warfen sich untereinander zuversichtliche Blicke zu.

Gegen vier Uhr zog der General mit seinen Truppen ab. Die Soldaten führten große Mengen Lebensmittel und Kleidung mit sich und waren in weitaus besserer Verfassung als bei ihrem Einzug. Als das Tor sich hinter ihnen schloss, waren die Crefelder sicher, noch einmal mit heiler Haut davongekommen zu sein. Der Spuk war vorüber. Nur Schmutz und Unrat zeugten noch von dem unheimlichen Spektakel, das sich an diesem Tag in den Straßen abgespielt hatte. Die Stadt atmete auf, wie von einem Albdruck befreit.

Dann verbreitete sich eine schreckliche Nachricht wie ein Lauffeuer von Haus zu Haus. La Marlière schleppte vier Geiseln mit sich: den Bürgermeister Oppermann, Konrad Isaak von der Leyen, Peter von Loevenich und Valentin Kronwyler.

Außerdem befand sich noch ein weiterer Crefelder in dem nach Westen abziehenden Tross der Franzosen: Der General hatte auf der Begleitung des Übersetzers Pierre von Ostry bestanden.

Kapitel 23

Die Damen von Ostry saßen bei einer Tasse Tee im Salon zusammen, als die Magd meldete, dass der Kontorangestellte Homberg die gnädige Frau zu sprechen wünsche. Den Damen fuhr der Schreck in alle Glieder. Seit der Geiselnahme drei Tage zuvor lebten sie in ständiger Angst und erwarteten sehnsüchtig Nachricht von den Verschleppten.

«Was kann ich für Sie tun?», fragte Frau von Ostry, als Homberg vor ihr stand. Es war das erste Mal, dass dieser kleine, hagere Mann mit der Brille im Wohnhaus seines Vorgesetzten auftauchte.

«Ich möchte Sie davon in Kenntnis setzen, dass dringend eine Entscheidung getroffen werden muss, gnädige Frau!», antwortete Homberg mit gepresster Stimme.

«Wie darf ich das verstehen?», wollte Frau von Ostry wissen.

Wie um sich selbst Mut zu machen, holte Homberg tief Luft.

«Wir müssen einen Vertragsabschluss mit dem holländischen Agenten herbeiführen.»

Frau von Ostry starrte ihn entgeistert an. «Ich bin mir nicht ganz sicher, lieber Homberg, ob ich es als Ehre betrachten soll, dass Sie mit diesem Anliegen zu mir kommen. Warum wenden Sie sich nicht an meinen Sohn?»

Homberg räusperte sich verlegen. «Das habe ich selbstverständlich versucht, gnädige Frau. Herr von Ostry möchte jedoch keine Entscheidung treffen, solange sein Vater oder Herr Kronwyler nicht anwesend ist.»

«Und was ist dagegen einzuwenden?»

«Die Antwort ist sehr einfach. Wenn wir nicht unverzüglich handeln, sind ernsthafte Folgen für das Unternehmen zu befürchten.»

«Sie erwarten hoffentlich nicht, dass ich anstelle meines Sohnes entscheide. Ich verstehe nicht das Geringste von der Seidenwarenproduktion! Soll ich da etwa mit einem Agenten verhandeln?»

«Glauben Sie mir, gnädige Frau – die Tatsache, dass ich hier vor Ihnen stehe, bedeutet, dass es äußerst wichtig ist.»

Das war zu viel für Frau von Ostry. Sie hob abwehrend die Hand. «Dann sprechen Sie noch einmal mit meinem Sohn! Schließlich wird er das Unternehmen einmal leiten.»

Das Gesicht des Kontorangestellten bekam einen skeptischen Ausdruck. «Da wird er aber noch eine Menge zu lernen haben, wenn ich mir diese Bemerkung erlauben darf. Es war schon schwer genug, ihn davon zu überzeugen, dass er die Wechsel für die noch ausstehenden Zahlungen an den französischen General unterzeichnet.»

«Jean ist noch jung», verteidigte Frau von Ostry ihren Sohn. «Er ist es nicht gewöhnt, auf sich allein gestellt zu sein.»

«Aber wer soll dann die Entscheidung treffen?»

Betretenes Schweigen folgte.

«Würde es Ihnen etwas ausmachen, mir zu erläutern, worum es sich handelt?», sagte Paulina plötzlich in die Stille hinein.

«Ihnen, gnädige Frau?», fragte Homberg.

«Warum nicht? Wenn ich Sie richtig verstanden habe, bringt es das Unternehmen in arge Schwierigkeiten, wenn nicht bald eine Entscheidung getroffen wird. Wir haben nicht die Möglichkeit zu warten, bis Herr von Ostry oder Herr Kronwyler zurückkehren. Vielleicht gelingt es mir, meinen Schwager davon zu überzeugen.»

Homberg war so verzweifelt, dass er sich an Paulinas Vorschlag klammerte wie ein Ertrinkender an einen Strohhalm. Vertraulich näherte er sich der jungen Frau.

«Nun, ich werde Ihnen die Lage kurz erklären. Ihr werter Schwiegervater und Herr Kronwyler planten, den Verkauf ihrer

Produkte nach Amerika auszuweiten. Sicher ist Ihnen bekannt, dass Herr von Ostrys Bruder vor einigen Jahren dorthin ausgewandert ist. Er wird den Absatz auf dem neuen Kontinent organisieren. Ein holländischer Agent soll sich um die Verschiffung in Amsterdam kümmern. *Kronwyler Sohn und von Ostry* standen kurz vor einem Vertragsabschluss mit dem Holländer.»

«Das bedeutet also, dass der Vertrag mit dem Agenten unterzeichnet werden muss.»

«So ist es. Am besten so schnell wie möglich.»

«Warum ist die Sache so eilig? Herr von Ostry wird sicher in wenigen Tagen zurückkehren.»

«Das dachte ich auch. Aber heute Morgen traf eine Eilnachricht Ihres Schwiegervaters an Kronwyler ein. Zweifellos weiß er noch nicht, was mit dem Armen geschehen ist. Herr von Ostry bat in dieser Botschaft ausdrücklich um sofortigen Vertragsabschluss.»

«Warum? Der Agent läuft uns doch nicht weg!»

«Noch hält er sich in Crefeld auf. Aber er wird morgen nach Holland abreisen – bis jetzt leider ohne Auftrag von uns. Wenn sich niemand um die Verschiffung der Bestände in unserem Lager in Amsterdam kümmert, werden wir enorme Verluste erleiden. Das können wir uns gerade jetzt, wo wir zur Zahlung der Kriegsauflage beitragen müssen, nicht leisten.»

«Das leuchtet mir ein», sagte Paulina, woraufhin ein erleichtertes Lächeln über Hombergs Gesicht ging.

«Die Vertragsunterzeichnung ist im Sinne Ihres Schwiegervaters», beeilte er sich zu versichern, «und auch im Sinne des armen Kronwylers. Er war kurz davor, die Sache unter Dach und Fach zu bringen, als sich dieser unglückselige … Zwischenfall ereignete.»

«Je nachdem, wie der Krieg sich weiterentwickelt, wird von uns niemand nach Amsterdam reisen können», überlegte Paulina. «Unsere Waren würden in Amsterdam im Lager liegen, und wir könnten von ihnen abgeschnitten sein. Deshalb wollte Herr von Ostry sicherstellen, dass der Vertrag so schnell wie möglich unterschrieben wird.»

Der kleine Buchhalter lächelte beglückt. «Ich sehe, Sie haben eine rasche Auffassungsgabe, gnädige Frau.»

Paulina stand entschlossen auf. «Bereiten Sie alles vor, Homberg. Ich werde mit meinem Schwager reden. Falls ich ihn nicht überzeugen kann, werden wir eine andere Lösung finden.»

Der Kontorangestellte konnte sein Glück kaum fassen. Seine Augen glänzten. «Ich werde den Agenten sofort herbestellen!»

Frau von Ostry und Catherine starrten Paulina sprachlos an, als könnten sie nicht glauben, was gerade geschah. Homberg indes verabschiedete sich mit einigen hektischen Verbeugungen und stürmte voller Tatendrang aus dem Zimmer. Bevor es Frau von Ostry oder Catherine einfallen konnte, in wildes Protestgeschrei auszubrechen, eilte Paulina hinterher, um sich auf die Suche nach ihrem Schwager zu machen.

Jean hatte sich in die Gemächer seiner Gattin zurückgezogen.

Er geriet außer sich, als Paulina ihm kurzerhand mitteilte, dass der holländische Agent sich auf dem Weg ins Geschäftshaus befand, um den Vertrag zu unterzeichnen. «Wie kommen Sie dazu, derartige Vereinbarungen zu treffen?»

«Weil Sie sich sonst vorwerfen lassen müssen, das Unternehmen Ihres Vaters ruiniert zu haben», antwortete Paulina trocken.

«Woher nehmen Sie die Unverschämtheit, so etwas zu behaupten?»

Paulina wiederholte mit knappen Worten, was Homberg ihr erklärt hatte.

Jean wand sich. «Ich habe noch nie eine Entscheidung von solcher Tragweite getroffen.»

«Haben Sie denn nicht die Nachricht Ihres Vaters gelesen? Er schrieb, dass der Vertrag sofort unterzeichnet werden solle.»

«Sofort bedeutet nicht heute!»

«Wenn der Vertragspartner morgen abreist, bedeutet es sehr wohl heute!»

«Dieser Agent muss eben bleiben, bis Vater oder Kronwyler zurückkehren.»

«Er wird aber nicht bleiben.»

Jean drehte sich weg. «Mein Vater kennt die derzeitige Lage in Crefeld nicht. Vielleicht hätte er angesichts der mittlerweile eingetretenen Umstände Bedenken, den Vertrag abzuschließen. Schließlich mussten wir hohe Summen zur Zahlung der Kriegsauflage beitragen und sind kaum noch handelbar.»

«Gerade deshalb erscheint es mir wichtig, das Geschäft voranzutreiben.»

Jean fuhr sich mit beiden Händen durch das Gesicht. Paulina hatte offenbar den Punkt getroffen, der ihm selbst Kopfzerbrechen bereitete. «Sagen Sie Homberg, er soll den Agenten hinhalten», meinte er schließlich.

Paulina glaubte, nicht richtig zu hören. Hatte ihr Schwager sie nicht verstanden? Sie sah ihn an, wie er mit unglücklichem Blick den Kopf zur Decke hob, als könnte irgendeine höhere Macht ihm einen Ausweg zeigen. Und dann begriff sie. Er konnte nicht anders. Jean war ohne seinen Vater und Kronwyler einfach nicht in der Lage zu handeln.

Ohne ein weiteres Wort verließ sie das Zimmer und ging hinüber ins Geschäftshaus. Homberg saß tief über seine Bücher gebeugt im Kontor. Als Paulina eintrat, blickte er erwartungsvoll auf.

Die junge Frau ließ sich wenig damenhaft auf den Stuhl vor seinem Schreibtisch fallen. «Ich werde jetzt etwas tun, von dem ich mir geschworen habe, dass ich es nie wieder tun würde: einem Menschen blind vertrauen. Ich verlasse mich auf Ihre Urteilskraft, Homberg, und ich hoffe, dass ich es nicht bereuen werde.»

Hombergs Gesichtsausdruck wechselte von Erstaunen über

Ungläubigkeit zu Bestürzung. «Was meinen Sie damit, gnädige Frau?»

«Sie hatten recht. Mein Schwager ist nicht in der Lage, eine Entscheidung zu treffen. Da ich allerdings überzeugt davon bin, dass ich im Sinne von *Kronwyler Sohn und von Ostry* handele, bin ich zu folgendem Entschluss gekommen. Glauben Sie, dass der Agent auch meine Unterschrift anerkennen würde?»

Sie erwartete, dass der Kontorangestellte ihren aberwitzigen Einfall sofort vehement zurückweisen würde, doch zu ihrer Überraschung verzog er nur nachdenklich den Mund.

«Ich denke schon», sagte er schließlich. «Letztendlich ist es gleichgültig, wer mit dem Namen von Ostry die Unterschrift leistet, solange das Schreiben ein Siegel trägt. Es ist alles vorbereitet. Nur die Unterzeichnung und das Siegel fehlen noch.»

«Haben Sie den Agenten benachrichtigt?»

Homberg nickte.

«Gut, dann werden wir es so machen. Aber lassen Sie mich bis zur Ankunft des Agenten wenigstens einmal in die Bücher schauen.» Paulina beugte sich vor und stützte ihre Arme auf dem Schreibtisch ab. «Auch wenn ich Sie für einen ausgezeichneten und überaus loyalen Kontorangestellten halte, Homberg – ich weiß doch ganz gerne, was ich unterschreibe.»

Der holländische Agent reiste am nächsten Morgen ab – mit einem Vertrag im Gepäck, der ihn ermächtigte, den gesamten Amsterdamer Lagerbestand des Unternehmens *Kronwyler Sohn und von Ostry* nach Amerika zu verschiffen. Paulina mochte sich lieber nicht ausmalen, was wäre, wenn sie nicht im Sinne ihres Schwiegervaters gehandelt hatte.

Glücklicherweise hatte Paulina keine Muße, sich allzu viele Gedanken zu machen. Endlich traf aus Straelen eine Nachricht von den Geiseln ein, die über ihr Schicksal Auskunft gab. Demzufolge schien es ihnen nicht einmal schlechtzugehen.

Sie hatten es sogar geschafft, von La Marlière einen Nachlass in Höhe von siebzigtausend Gulden zu erwirken. Man sitze abends immer beim Kartenspiel zusammen, und besonders eine der Geiseln sei ein wahrer Könner darin.

Paulina brach in schallendes Gelächter aus, als sie das hörte. Sie wusste genau, wer damit gemeint war, und stellte sich den grobschlächtigen La Marlière vor, wie er sich nichtsahnend auf eine Partie mit ihrem Gatten einließ und sich nur noch wunderte, dass dieser vornehme Galan sich besser aufs Spiel verstand als der übelste Hasardeur einer finsteren Spelunke.

Wahrscheinlich hat Pierre schon Brüderschaft mit La Marlière getrunken und singt mit ihm zusammen das Hohelied auf die Revolution, dachte Paulina schmunzelnd und stellte fest, dass sie sich um ihren Gatten nicht einmal Sorgen machte.

Inzwischen unternahmen die Crefelder alles Erdenkliche, um so schnell wie möglich den Restbetrag der von La Marlière geforderten Summe zusammenzutragen. Drei Kaufleute wurden nach Elberfeld und Köln geschickt, um das Geld dort zu beschaffen, doch sie kehrten unverrichteter Dinge zurück. Die von der Leyens wandten sich sogar an den preußischen König, der seine treuen Untertanen daraufhin damit vertröstete, dass er sie nach dem Krieg für die erlittenen Unannehmlichkeiten entschädigen werde. Tag und Nacht gab es kein anderes Gesprächsthema als gezeichnete Wechsel und aus letzten Reserven zusammengetragene Geldbeträge.

Das Weihnachtsfest wurde in großer Betrübnis gefeiert. Von Ostry, den man längst zurückerwartete, ließ nichts von sich hören. Man hatte ihm per Eilpost ein Schreiben geschickt, um ihn über die beunruhigenden Vorgänge in Crefeld in Kenntnis zu setzen, doch es kam keine Antwort. Seine Gattin war der Verzweiflung nahe. Der Gemahl verschollen, der Teilhaber und einer der Söhne als Geiseln verschleppt, der andere Sohn wie paralysiert. Die sonst so beherrschte Frau von Ostry war untröstlich.

Unterdessen erhielt Homberg Nachricht aus Holland. Der Agent hatte die Verschiffung der Seidenwaren aus dem Lager in Amsterdam veranlasst. Mit einem der letzten vor dem Winter auslaufenden Schiffe waren sie in Richtung Amerika gesegelt.

Als Homberg Paulina dies mitteilte, sah sie ihm seine grenzenlose Erleichterung an.

Hoffentlich haben wir nicht einen großen Fehler begangen, dachte die junge Frau, denn sie konnte Hombergs Zuversicht nicht so recht teilen. Da sie es sich nach dem Vertragsabschluss angewöhnt hatte, regelmäßig ins Kontor zu gehen, um die Geschäftsvorfälle weiterzuverfolgen, konnte sie sich selbst ein Bild davon machen, wie sehr die abgezogenen Geldmittel das Unternehmen lähmten.

Paulinas Besorgnis stieg mit jedem Tag, der verstrich, zumal Homberg sich mit weiteren Angelegenheiten an sie wandte. Bis in die Nacht hockte sie mit dem Kontorangestellten über den Büchern, sie rechneten und kalkulierten, wie das Schlimmste vermieden werden konnte. Homberg riet, einige Webstühle stillzulegen, da man die Weber nicht entlohnen könne. Jean, der mit Argusaugen beobachtete, was seine Schwägerin trieb, bekräftigte die Empfehlung des Buchhalters.

Paulina beschäftigte sich zwei Tage lang ausführlich mit den Zahlen des Produktionsablaufs und kam zu dem Ergebnis, dass es zum Besten des Unternehmens wäre, wenn die Produktion unter voller Auslastung weiterlief. Zum ersten Mal widersprach sie Homberg. Nachdem sie ihm begründet hatte, warum sie es für ratsam hielt, alle Webstühle mit der größtmöglichen Produktionsmenge weiterzubetreiben, pflichtete er ihr am Ende bei.

«Ich muss Ihnen recht geben», sagte er anerkennend. «Einige Gesichtspunkte Ihrer Überlegungen hatte ich nicht bedacht.»

Da Jean sich nicht dazu bewegen ließ, eine Entscheidung zu treffen, übernahm Paulina dies erneut an seiner Statt. Das Unternehmen *Kronwyler Sohn und von Ostry* produzierte weiterhin die gewohnte Anzahl an Seidenwaren, während es gleichzeitig zu den Raten der Kriegsauflage beitrug.

«Ich hätte niemals gedacht, dass mich einmal eine Dame bei der Buchführung unterstützen würde», sagte Homberg eines Abends zu Paulina, als sie nach langem Überlegen ein Problem bei der Bestellung von Rohseide gelöst hatten. Und mit einem schrägen Seitenblick fügte er hinzu: «Und schon gar nicht eine Adelige.»

Paulina sah nicht einmal von den Zahlen auf. «Ich bin der Meinung, dass auf Dauer nicht die Abstammung, sondern die Fähigkeiten eines Menschen ausschlaggebend sind.»

«Man könnte glauben, Sie seien eine Anhängerin der Revolutionsbewegung», meinte Homberg mit einem leichten Vorwurf in der Stimme.

«Sie reden dummes Zeug, mein Guter!» Paulina klappte das Rechnungsbuch zu und stand auf. «Wir sollten Schluss machen. Den Brief an den Kölner Agenten können wir auch morgen noch schreiben.»

Sie holte ihren Mantel und löschte das Licht.

«Es ist nur meine bescheidene Meinung, gnädige Frau», bemerkte der Buchhalter, während er neben ihr die Treppe hinunterging, «aber ich finde, dass Sie Ihre Sache recht gut machen. Ich würde sogar noch weitergehen und behaupten, dass Sie Ihre Sache besser machen als mancher andere.»

«Sie schmeicheln mir!»

«Nein, das tue ich nicht, und Sie wissen es ganz genau.»

Sie traten in die bitterkalte Winternacht hinaus. Die Straße war menschenleer, fast unheimlich. Paulina zog ihren Mantel fester um sich. Während sie im milchigen Schein der Laternen zum Wohnhaus der von Ostrys hinübergingen, sagte der Kontorangestellte plötzlich: «Manchmal stelle ich mir eine fast absurde Frage, gnädige Frau. Wenn man bedenkt, was Sie schon in Notzeiten für das Unternehmen erreicht haben … was würden Sie dann erst unter günstigeren Bedingungen schaffen?»

Kapitel 24

Crefeld, Januar 1793

Als Paulina mittags aus der Färberei zurückkehrte, merkte sie schon beim Betreten des Hauses, dass etwas geschehen war. Alles war wie für einen Staatsempfang herausgeputzt, die Dienstboten liefen in heller Aufregung umher.

«Der gnädige Herr ist wieder da!»

Paulina reichte der Magd ihren Mantel und begab sich mit bangem Herzen in den Speiseraum. Die Familie war schon versammelt und gerade dabei, sich am Tisch niederzulassen.

«Oh, die gnädige Frau geruht, endlich zu erscheinen», sagte von Ostry, als sei er nie fort gewesen. «Sie werden doch wohl nicht die Gewohnheiten meines Sohnes übernommen haben, jetzt, wo er nicht da ist.»

Es war alles wie immer – von Ostry saß akkurat gekleidet der Tafel vor, und ihm war nicht anzumerken, dass er eine anstrengende Reise hinter sich hatte. Paulina murmelte ein paar Worte der Entschuldigung und schlich zu ihrem Platz.

«Darf man fragen, woher Sie kommen, meine Liebe?», fragte von Ostry, als alle mit Speis und Trank versorgt waren.

«Ich war in der Färberei», antwortete Paulina geradeheraus.

«Sie waren in der Färberei?» Von Ostry warf einen kurzen ungläubigen Blick auf seinen Sohn, der ihm verlegen auswich. «Was haben *Sie* in der Färberei zu schaffen?»

«Ich hatte einige Dinge zu klären.»

Von Ostry legte langsam sein Besteck ab. «Was heißt das, Sie hatten einige Dinge zu klären?»

Paulina sah ihm fest in die Augen. «Es gab Gerüchte unter den Arbeitern, dass die Produktion verringert werden solle. Die meisten anderen Fabrikanten haben wegen der Zahlung der Kriegsauflage einen Teil ihrer Stühle stillgelegt. Wir hingegen sind zu dem Schluss gekommen, dass dies für den Fortgang des Betriebs nicht ratsam ist, und haben eine größere Menge Rohseide geordert. Ich war in der Färberei, um dem Fabrikmeister dies mitzuteilen.»

Von Ostry saß wie vom Donner gerührt da. «*Sie* haben das veranlasst? Warum hat Jean sich nicht darum gekümmert?»

Eine unangenehme Stille war eingetreten. Plötzlich hatten alle aufgehört zu essen. Man warf sich gegenseitig beunruhigte Blicke zu.

Paulina schwieg. Sollte sie ihrem Schwiegervater sagen, dass sein Sohn, den er als seinen Nachfolger auserkoren hatte, tatsächlich völlig ungeeignet für die Leitung des Unternehmens war?

«Es war nicht ganz einfach ohne Sie und Kronwyler», machte Frau von Ostry schließlich den zaghaften Versuch einer Erklärung.

Ihr Gatte brachte sie mit einer zornigen Handbewegung zum Schweigen. Er wischte sich mit der Serviette den Mund ab und legte sie auf den Tisch. Dann stand er langsam auf.

«Mir scheint, dass hier während meiner Abwesenheit einige merkwürdige Sitten Einzug gehalten haben, die einer sofortigen Überprüfung bedürfen. Wenn Sie mich bitte entschuldigen wollen.»

Die Familie sah sich bestürzt an. Es war noch nie geschehen, dass der Hausherr ein Mahl unterbrochen hatte und vorzeitig vom Tisch aufgestanden war. Nachdem von Ostry mit regungslosem Gesicht und einer unheilvollen Ruhe den Raum verlassen hatte, machte sich unter den Verbliebenen eine ratlose Betroffenheit breit.

«Sie werden sehen, was Sie von Ihrer Unverfrorenheit haben, die Angelegenheiten des Geschäfts an sich zu reißen!», machte Jean seinem angestauten Ärger auf Paulina Luft. «Den armen

Homberg und Mutter konnten Sie mit Ihrer unverschämten Art um den Finger wickeln, aber Vater … nun, Vater werden Sie nicht täuschen können.»

«Es war nie meine Absicht, Ihren Vater zu täuschen», erwiderte Paulina kühl. «Ich sah das Unternehmen in arger Verlegenheit und habe gehandelt – das ist alles.»

«Warten wir doch ab, was Vater sagt, wenn er mit Homberg gesprochen hat», schlug Catherine vor.

«Homberg ist der Nächste, der seinen Hut nehmen muss!», entgegnete Jean ungehalten.

Paulina hatte wenig Lust, sich diesen Unsinn länger anzuhören. Ohne ein weiteres Wort stand sie auf und ging erhobenen Hauptes hinaus. Den ganzen Nachmittag lang wartete sie in ihrem Zimmer und fühlte sich, als stände ihr ein Gang zum Schafott bevor. Gegen Abend ließ von Ostry sie rufen.

Mit einem tiefen Seufzer nahm sie ihren Mantel und machte sich auf den Weg ins Geschäftshaus. Zu ihrer Verärgerung bemerkte sie, dass ihr die Knie zitterten.

Als sie das Kontor ihres Schwiegervaters betrat, bot sich ihr das vertraute Bild des Fabrikanten, der kerzengerade, mit ernstem Gesicht und der gespitzten Feder in der Hand an seinem Schreibtisch saß. Er musterte seine Schwiegertochter eindringlich, und Paulina versuchte vergeblich, in seinen Zügen einen Hinweis darauf zu entdecken, wie sein Urteil über sie ausgefallen war.

«Ich hatte ein langes Gespräch mit Homberg», begann er schließlich. «Zwar waren mir bereits unterwegs einige Nachrichten über die Besetzung der Stadt zugetragen worden, aber ich hatte nicht geahnt, welche Tragweite dieses Ereignis für Crefeld haben würde. Das Verfahren der Geiselnahme ist in anderen Städten auch angewandt worden, und da es überall zu einem guten Ende geführt hat, war ich nicht übermäßig beunruhigt. Nur waren die Auflagen anderswo nicht so gigantisch.»

«Sie sind mittlerweile vollständig bezahlt worden», sagte Paulina.

«Ja, ich weiß. Bürgermeister Althoff hat mich heute Nachmittag aufgesucht. Ihm wurde zugesagt, dass die Geiseln in den nächsten Tagen zurückkehren werden. Derweil sorgt Althoff sich darum, wie die Bürger von Crefeld baldmöglichst ihr Geld zurückerhalten. Kein Bankhaus wird allerdings dem Magistrat eine Anleihe geben, ohne dass private Bürgschaften vorhanden sind.»

«Althoff hat Sie gebeten, einer der Bürgen zu sein, nicht wahr?»

«So ist es. Nur die führenden Fabrikanten werden seiner Bitte Folge leisten können. Damit das Bankhaus eine Bürgschaft anerkennt, muss allerdings ausreichend Sicherheit vorhanden sein. Dies setzt voraus, dass ein Unternehmen, das die Grundlage dieser Sicherheit bildet, einträglich arbeitet.»

Er legte seinen Stift aus der Hand, stand auf und begann im Zimmer umherzugehen. «Als mich die Nachricht von den Vorfällen in Crefeld erreichte, war ich gerade dabei, in Blommersforst wichtige Verhandlungen für die Übersiedlung nach Westfalen zu führen. Ich konnte nicht fort und beruhigte mich selbst mit dem Gedanken, dass mein Sohn Jean den Vertrag mit dem holländischen Agenten unterzeichnen würde.» Er sah Paulina an. «Allerdings ist es etwas anders gekommen.»

Paulina nickte.

Von Ostry kam langsam auf sie zu und blieb vor ihr stehen. «Ich bin beeindruckt, meine Liebe. Was Homberg und Sie getan haben, ist mehr als eines Lobes würdig. Sie haben nicht nur den Vertragsabschluss mit dem holländischen Agenten herbeigeführt, sondern darüber hinaus durch Ihre sonstigen Entscheidungen dafür gesorgt, dass ich Althoff guten Gewissens eine Bürgschaft zusagen konnte. Kronwyler und ich sind Ihnen zu großem Dank verpflichtet.» Um seine Lippen spielte ein feines Lächeln. «Madame, ich muss sagen, Sie haben Ihre Sache außerordentlich gut gemacht.»

Am 19. Januar kehrten Oppermann, Kronwyler und Pierre von Ostry wohlbehalten aus der Geiselhaft zurück. Ein stattlicher Tross von Bürgern zog ihnen zu Pferd und in Wagen entgegen und bereitete ihnen einen feierlichen Empfang.

Pierre, der durch die einmonatige Gefangennahme nicht im mindesten geschädigt war, genoss sichtlich den Trubel um seine Person. Nur zu gerne erzählte er in den nächsten Tagen jedem, der es hören wollte, in aller Ausführlichkeit von seiner Geiselhaft.

«Durch seinen Körper fließt mehr französisches Blut, als ich ahnte», kommentierte von Ostry das in vielen Augen unmögliche Benehmen seines Sohnes.

Nachdem aber auch Oppermann und Kronwyler nichts Nachteiliges über das Verhalten der Franzosen berichten konnten, beruhigten sich die Gemüter schnell wieder.

Eine weitere Woche später kamen auch Konrad Isaak von der Leyen und Peter von Loevenich zurück. Frieden kehrte in die Stadt ein. Inzwischen nahmen in Frankreich die beunruhigenden Ereignisse ihren Fortgang. König Ludwig XVI. wurde nach einem Hochverratsprozess durch die Guillotine hingerichtet. Die Republikaner lieferten sich untereinander erbitterte Machtkämpfe; die Schreckensherrschaft der Jakobiner begann. Ihre Gegner wurden zu Tausenden verfolgt, eingesperrt und hingerichtet.

«Die Franzosen werden wiederkommen», prophezeite von Ostry und trieb die Übersiedlung nach Westfalen voran. Ein Lager wurde in Blommersforst errichtet, in das er ab Mitte des Jahres einen Teil der Warenbestände bringen ließ.

Kronwyler teilte von Ostrys Bedenken nicht ganz.

«Diese Irren sind dabei, sich selbst zu zerstören», war seine Meinung. «Lange wird dieser Wahnsinn nicht mehr Bestand haben. Die Grundidee war nicht verkehrt, aber was die Franzosen daraus gemacht haben, entbehrt jeder Vorstellungskraft. Wie kann es möglich sein, dass ein kultiviertes Volk seine Moral so weit hat verkommen lassen, dass es förmlich danach lechzt, bei

Hinrichtungen dabei zu sein? Man kann nur hoffen, dass irgendjemand diesem Spuk bald ein Ende bereitet.»

«Genau dieses Volk wird es sein, das sich wieder gegen die anderen Nationen erheben wird», weissagte von Ostry. «Und dieses Mal wird es sich nicht zurückdrängen lassen.»

Im Herbst wurde Marie-Antoinette, die Gattin des hingerichteten Ludwig XVI. und Tante des deutschen Kaisers, enthauptet. Am selben Tag errangen die französischen Truppen einen Sieg über die Österreicher. Das Blatt wendete sich erneut.

Wieder zogen Scharen von Flüchtlingen durch die linksrheinischen Gebiete, die schreckliche Dinge über die Zustände in Frankreich unter der Jakobinerherrschaft berichteten. Von Terror und Gewalt war die Rede, von Schauprozessen und Massenhinrichtungen.

In Crefeld herrschte Weltuntergangsstimmung. Man erinnerte sich an die furchtbaren Stunden der französischen Besetzung und ihre Folgen. Die beschauliche Ruhe in der Seidenstadt war einer tiefgreifenden Verunsicherung und Zukunftsangst gewichen.

Pierre schlug Paulina vor, Crefeld zu verlassen.

«Das Intermezzo mit La Marlière mag ja noch ganz amüsant gewesen sein», meinte er, «aber das, was man heute so aus Frankreich hört, gefällt mir überhaupt nicht ... Du besitzt doch dieses Gut in Mecklenburg, ein Land, von dem ich nicht einmal weiß, wo es liegt. Lass uns dorthin fahren und in aller Ruhe abwarten, bis der Spuk vorbei ist.»

Paulina war sofort einverstanden. Seit langem schon hatte sie vor, in Boltenhusen einmal nach dem Rechten zu sehen. Vielleicht könnten sie sogar über Berlin fahren, um ein wenig mehr über ein Ereignis zu erfahren, das eine freudige und gleichzeitig melancholische Empfindung in ihr hervorgerufen hatte: Luise, die kleine, quirlige, weichherzige Schwester von Therese, war die Gattin des preußischen Thronfolgers Friedrich Wilhelm geworden. Was ihr bei Therese nicht gelungen war, hatte Prinzessin

George für ihre jüngsten Enkelinnen erreicht: Beide hatten in ein königliches Haus eingeheiratet, denn Friedrich Wilhelms Bruder Louis hatte praktischerweise gleich Friederike zur Gemahlin genommen.

Die Aussicht auf die Reise nach Mecklenburg versetzte Paulina in Hochstimmung. Noch am selben Tag schrieb sie einen Brief an ihren Verwalter Kollwitz, in dem sie ihre baldige Ankunft in Boltenhusen ankündigte.

Zu Beginn des Jahres 1794 machten sich Pierre und Paulina mit der kleinen Anna auf den Weg über den Rhein. Nicht lange danach verschloss auch Conrad von Ostry sein schönes Palais in Crefeld und reiste mit seiner Gattin, Catherine, Jean und dessen Familie nach Gut Blommersforst. Im Laufe der nächsten Monate taten es ihnen mehrere führende Familien der Stadt gleich und verlegten ihre Seidenproduktion in rechtsrheinische Gebiete.

In den Niederlanden drängten die Franzosen mehr und mehr die österreichischen Streitkräfte zurück. Die Gefahr eines neuerlichen Vormarsches zum Niederrhein rückte immer näher.

Kapitel 25

Berlin, März 1794

«Was halten Sie davon, wenn wir in Berlin bleiben?», fragte Pierre. «Es gefällt mir außerordentlich gut hier. Wir könnten uns ein kleines Palais kaufen und weiter an dem wundervollen Treiben dieser Stadt teilnehmen.»

«Sie werden mich doch wohl nicht alleine nach Mecklenburg fahren lassen?», fragte Paulina, die am Frisiertisch saß und sich schminkte. «Ein vergnügliches Leben in Berlin – das wäre ganz nach Ihrem Geschmack, nicht wahr? Aber haben Sie auch eine Idee, wovon wir dieses Leben bestreiten sollen?»

Pierre sah sie mit kindlicher Verwunderung an. «Erhalten Sie denn keine Einkünfte aus Ihrem Gut in Mecklenburg?»

«Das schon. Ich könnte allerdings kein Haus davon kaufen. Außerdem sind diese Einkünfte aufs engste mit dem Seidenunternehmen Ihrer Familie verflochten. Ich habe Ihrem Vater zugesagt, in Boltenhusen nach dem Rechten zu sehen. Aus diesem Grunde ist es unerlässlich, dass wir baldmöglichst nach Mecklenburg fahren.»

Pierre stöhnte laut auf. «Schade! Ich hatte gerade angefangen, mich an das Leben in Berlin zu gewöhnen. Dagegen ist Crefeld wahrlich ein verschlafenes Nest! Was ist, meine Beste? Sind Sie fertig? Ich möchte pünktlich im Theater erscheinen!»

Kurze Zeit später schlenderte Paulina an Pierres Arm die Prachtstraße Unter den Linden hinab.

«Könnten Sie nicht versuchen, sich bei Ihrer Freundin, der Kronprinzessin Luise, vorstellen zu lassen?», fragte Pierre, während er neugierig die Menschen musterte, die ihnen zu Fuß oder im Wagen begegneten.

«Das dürfte etwas schwierig werden», meinte Paulina. «Immerhin bin ich seinerzeit in Ungnade gefallen. Ich glaube kaum, dass Luise mich empfangen würde. Sie ist jetzt Kronprinzessin und wird sich keine Skandale erlauben können. Mir genügt es einstweilen zu hören, was man sich allerorten über sie erzählt.»

«Und es reizt Sie gar nicht, ein wenig Hofluft zu schnuppern?»

«Überhaupt nicht. Der einzige Grund, eine Verbindung zum preußischen Hof anzustreben, wäre der Vorteil, den man dadurch für unser Seidenunternehmen erwirken könnte.»

Pierre rollte die Augen. «Sie denken doch wohl an einem solchen Abend nicht an die Seidenfabrikation! Auch wenn ich Ihnen wirklich dankbar bin, dass Sie damals für meinen unfähigen

Bruder die Kohlen aus dem Feuer geholt haben, finde ich noch lange nicht, dass Sie die erste Seidenfabrikantin von Crefeld werden sollten.»

Beim Eintreffen im Theater stürzte Pierre sich sofort ins Getümmel. Er entdeckte eine Gruppe junger Offiziere und zog Paulina durch die Menge der Theatergäste hinter sich her auf die Herren zu. Mit großer Begeisterung wurde er begrüßt. Nachdem er seine Gattin vorgestellt hatte, riss er mit gewohntem Charme die Unterhaltung an sich.

Paulina merkte, dass einer der Offiziere sie mit unverhohlenem Interesse anstarrte. Was nahm sich dieser Flegel heraus, in Gegenwart von Pierre ein solches Benehmen an den Tag zu legen? Sie sah zu ihrem Gemahl, doch der beachtete die Peinlichkeit nicht einmal.

Der allgemeine Aufbruch zu den Plätzen enthob sie der Notwendigkeit, den unverschämten Kerl in seine Schranken zu weisen.

«Stört es Sie eigentlich nicht, wenn mich Ihr Offiziersfreund förmlich mit seinen Blicken entkleidet?», flüsterte Paulina ihrem Gatten zu, als sie sich auf ihren Sitzen niedergelassen hatten.

Pierres Augen wanderten im Theatersaal umher. «Warum sollte es mich stören?»

«Verspüren Sie überhaupt keine Eifersucht?», beharrte Paulina.

«Eifersucht? Dieses kleinkarierte Gefühl kenne ich glücklicherweise nicht. Wenn ich Sie daran erinnern darf, meine Liebe, ist unsere Ehe ein Handel, obwohl wir beide gottlob auch ein wenig Spaß haben. Man sollte es allerdings nicht so weit kommen lassen, dass eine gewisse Eintönigkeit einkehrt. Wenn Ihnen der kleine Offizier also gefällt …» Er hob die Hand und schickte einen stummen Gruß zu einem Bekannten, den er in der Menge entdeckt hatte.

Paulina hätte ihm am liebsten vor der versammelten Theatergesellschaft eine Ohrfeige verpasst. Doch bevor sie Gefahr laufen konnte, diesem Verlangen tatsächlich nachzugeben, ertönte plötzlich ein majestätischer Tusch. Es wurde still im Saal, und die Zuschauer erhoben sich. Die unteren Reihen, zu denen auch Paulina und Pierre gehörten, wandten sich um und blickten zur Königsloge hinauf. Paulina hielt den Atem an.

Zwei junge Paare erschienen auf der Empore. Eingerahmt von den beiden Herren traten Luise und Friederike an die Brüstung und winkten dezent. Mit ihren feinen, weißen Gesichtern und dem lockigen, blonden Haar sahen sie aus wie Engel.

«Was für prachtvolle Weiber!», flüsterte Pierre seiner Gattin zu. «Mir gefällt die Linke am besten, sie hat einen besonderen Charme und scheint koketter zu sein.»

«Das ist Friederike», gab Paulina zurück. «Sie wollte schon früher immer jedem gefallen.»

«Nun, zu Friedrich Wilhelm dürfte die andere besser passen. Er soll ein wenig zur Melancholie neigen. Jedenfalls hat er so gar nichts von seinem Vater, diesem Schwerenöter, vor dem kein Frauenrock sicher ist.»

«Reden Sie nicht so abfällig über Ihren König!», zischte Paulina.

«Ich sage nur die Wahrheit», erwiderte Pierre lachend.

Paulina betrachtete die beiden Prinzen. Friedrich Wilhelm, der Thronerbe, war ein ernster junger Mann, der seiner Gattin Luise immer wieder liebevolle Blicke zuwarf. Sein Bruder Louis hatte hübsche, fast mädchenhafte Züge und einen leicht verschlagenen Gesichtsausdruck. Fast schon beleidigend gelangweilt stand er neben Friederike, die er immerhin erst zwei Monate zuvor geheiratet hatte. Er stand im Ruf, trotz seiner jungen Jahre schon eine Mätresse zu haben.

Das Publikum verneigte sich vor den Prinzenpaaren, die sich daraufhin niedersetzten. Geräuschvoll nahmen auch die übrigen Theatergäste ihre Plätze ein.

Paulina sah, wie Luise ihren Blick über die Zuschauerreihen gleiten ließ. Keine sechs Jahre war es her, dass sie als junge Mädchen miteinander gespielt, gelernt und gefeiert hatten. Luise war von den drei Mecklenburger Prinzessinnen die unbegabteste gewesen. Dem Unterricht hatte sie oft nur schwer folgen können. Mit ihrem heiteren und ungezwungenen Naturell hatte sie aber jeden für sich eingenommen. Ihre Schwestern mochten um einiges ehrgeiziger sein als sie, doch am Ende war es Luise, die Königin werden würde.

In diesem Augenblick neigte Friedrich Wilhelm sich seiner Gattin zu und raunte ihr etwas ins Ohr. Luise lauschte ihm mit freudiger Miene, dabei umspielte ein Lächeln ihre Lippen. Als der Kronprinz aufhörte zu sprechen, blickte sie ihn zärtlich an.

Und sie ist die einzige der Schwestern, die in ihren Gatten verliebt ist, dachte Paulina.

Im Saal ging das Licht aus. Das Bild des glücklichen Kronprinzenpaares vor Augen, wandte Paulina sich um und richtete ihre Aufmerksamkeit auf die Bühne. Das Theaterstück begann.

«Eine Dame des Hofes hat mich eben angesprochen!»

Mit diesen Worten gesellte sich Pierre höchst aufgeregt zu seiner Gattin, die sich in der Pause im Foyer die Beine vertrat.

«Sie wollte genau wissen, wer wir sind, woher wir kommen und was wir in Berlin machen. Ich sage Ihnen, Madame, man ist auf uns aufmerksam geworden. Es würde mich nicht wundern, wenn wir demnächst eine Einladung erhielten, uns bei Hofe vorzustellen.»

«Ich habe aber vor, so bald wie möglich nach Mecklenburg zu reisen», erwiderte Paulina.

«Müssen wir denn ausgerechnet jetzt nach Mecklenburg fahren?», nörgelte Pierre. «Wir haben doch einen Verwalter, der sich um alles kümmert. Ganz sicher werden wir uns furchtbar langweilen dort in der hintersten Provinz!»

«Ich werde nicht wegen Ihrer Vergnügungssucht all unsere Pläne über den Haufen werfen!», entgegnete Paulina heftig.

Pierre stieß sie unsanft in die Seite. «Heben Sie sich Ihre albernen Vorwürfe für später auf, wenn wir alleine sind! Man beobachtet uns schon. Ich möchte nicht als Trottel dastehen, der seine ehelichen Streitigkeiten in aller Öffentlichkeit austrägt.»

«Sonst sind Sie doch auch nicht so um Ihren Ruf besorgt!», fauchte Paulina ihn an, machte auf dem Absatz kehrt und ließ ihn zur Belustigung der anderen Theatergäste stehen.

Wütend verließ sie das Foyer. Am liebsten wäre sie sofort zurück zum Gasthof gegangen. Gleich morgen würde sie Anweisung geben, ihre Sachen zu packen. Sie waren ohnehin schon viel länger in Berlin geblieben als geplant. Conrad von Ostry würde alles andere als erfreut sein, wenn er erführe, dass sein Sohn die Salons von Berlin unsicher machte, anstatt sich wie vereinbart um Boltenhusen zu kümmern.

Eben wollte sie nach draußen gehen, um in der kalten Nachtluft ihr erhitztes Gemüt abzukühlen, als sich von der Seite eiligen Schrittes eine ältere Dame mit strengen Gesichtszügen näherte und ihr in den Weg trat. «Madame, würden Sie mir ein paar Sekunden Ihrer Zeit widmen?»

Paulina blieb überrascht stehen. Die als Bitte formulierte Frage hatte eher wie ein Befehl geklungen. «Um was handelt es sich?»

«Ich bin die Gräfin Voß», stellte die Dame sich vor, «Oberhofmeisterin Ihrer Hoheit Prinzessin Luise.»

Paulina fuhr zusammen.

«Ich komme im Auftrag der Kronprinzessin», sagte die Gräfin Voß. «Zwar weiß ich nicht, welche Verbindung sie zu einer Kaufmannsfrau aus dem Rheinland pflegt, aber sie besteht darauf, Sie sofort zu sehen.»

«Jetzt?», fragte Paulina verblüfft.

Die Gräfin Voß sah sich nervös um. «Kommen Sie, meine

Liebe, bevor die übrigen Gäste uns bemerken. Wir dürfen eine der Garderoben benutzen.»

«Aber das Theaterstück ist doch noch gar nicht zu Ende!»

«Die Prinzessin hat nach der Vorstellung gesellschaftliche Verpflichtungen. Aus irgendeinem mir nicht bekannten Grund möchte Ihre Hoheit Sie vorher unbedingt sprechen. Sie wird die Loge während dieses Akts verlassen, um Sie zu treffen.»

Paulina folgte der Gräfin zögernd in die Katakomben des Theaters. Woher wusste Luise, dass sie unter den Zuschauern war?

Die Oberhofmeisterin führte Paulina in eine kleine, fensterlose Kammer. An der Wand hing ein großer Spiegel, vor dem sich ein Tisch mit allerlei Töpfchen und Tiegeln, Quasten und Pinseln befand. Es herrschte ein heilloses Durcheinander, überall lagen Kostüme herum. Die Gräfin wies auf einen dreibeinigen Schemel, der vor dem Tisch stand. «Bitte warten Sie hier einen Moment, Madame. Ihre Hoheit wird gleich kommen.»

Dann war Paulina allein. Sie hörte die Glocke läuten, die zur Fortsetzung des Theaterstücks rief.

Was würde geschehen, wenn Luise tatsächlich käme?

Einerseits freute Paulina sich auf ein Wiedersehen mit der kleinen, lebhaften Prinzessin, andererseits fürchtete sie es auch. War sie nicht besser die ungekrönte Königin der biederen Crefelder Gesellschaft als eine unter ihrem Stand verheiratete Baroness mit zweifelhafter Vergangenheit am preußischen Hof?

Langsam öffnete sich die Tür.

Paulinas Herz begann wie wild zu klopfen.

Ein engelsgleiches Wesen rauschte herein und erfüllte den kleinen Raum mit seiner Gegenwart: Luise, lebenslustige Spielkameradin aus Darmstädter Tagen, nun eine junge Frau in der Blütezeit ihres Lebens und Gemahlin des zukünftigen Königs von Preußen.

Paulina sprang auf und versank in eine tiefe Referenz.

«Ich bitte Sie, erheben Sie sich!», ertönte Luises wohlbekannte Stimme. Die Prinzessin nahm Paulinas Hände. «Ich freue mich so, Sie zu sehen!»

«Die Freude ist ganz meinerseits, Hoheit», sagte Paulina überwältigt und richtete sich auf.

Luises warmherzige Augen begegneten ihr. «Seien Sie nicht so schrecklich formell! Die Gräfin Voß wird schon nicht durchs Schlüsselloch äugen.» Sie zog sich einen zweiten Schemel heran. «Diese Etikette am preußischen Hof bringt mich noch um den Verstand! Nun muss ich mich schon heimlich in eine winzige Theatergarderobe zwängen, um eine Freundin zu treffen.»

«Woher wussten Sie, dass ich in Berlin bin?», fragte Paulina.

«Ich habe Sie erst heute Abend entdeckt.»

«Sie haben mich unter all den Zuschauern bemerkt?»

«Aber Madame! Sie sind eine der schönsten Frauen in diesem Theater! Es ist unmöglich, dass Sie nicht auffallen! Mein Gatte war es sogar, der auf Sie aufmerksam wurde – und das will etwas heißen. Er hat mich gefragt, ob ich dieses ausgesprochen gut aussehende Paar kennen würde, und dann entpuppte sich der weibliche Part zu meiner Überraschung als meine liebe Freundin aus längst vergangenen Darmstädter Tagen. Therese wird staunen, wenn ich ihr schreibe, dass ich Ihnen im Königlichen Nationaltheater zu Berlin begegnet bin.»

Paulina beugte sich vor. «Wie geht es Therese? Hat sie … ich meine, nach dem Tod der kleinen Charlotte war sie so traurig …»

«Ob sie ein weiteres Kind bekommen hat?», fragte Luise fröhlich. «Aber ja! Sie hat einen fast zweijährigen Sohn und ist außerdem schon wieder guter Hoffnung. Es geht ihr prächtig! Sie residiert wie eine Königin in ihrem neu gestalteten Palais in Frankfurt. Ihre Feste und Empfänge sind die prunkvollsten der ganzen Stadt.»

«Richten Sie ihr bitte aus, dass ich den Brief, den sie mir vor etwa drei Jahren schrieb, erhalten habe. Ich bin froh, dass sie mir nicht mehr böse ist.»

Luises Miene verdüsterte sich etwas. «Sie haben damals, als Sie so plötzlich aus Frankfurt abgereist sind, großen Aufruhr verursacht. Therese war zutiefst enttäuscht von Ihnen. Der Fürst von Thurn und Taxis tobte, dass Sie niemals wieder einen Fuß über seine Schwelle setzen dürften. Großmutter George verkündete, dass sie nun genug von Ihren kleinen Kabinettstückchen hätte. Und was Friederike und mich betrifft …», Luise machte einen Schmollmund, «… wir waren kreuzunglücklich, als wir zur Kaiserkrönung nach Frankfurt kamen und Sie nicht wie erwartet dort antrafen. Stimmt es eigentlich, dass Sie zu Ihrem Vater an den Niederrhein gefahren sind?»

Paulina lächelte wehmütig. «Mir blieb nichts anderes übrig, Hoheit. Meine Geschichte ist leider nicht sehr rühmlich. Ich hatte alles verloren und musste mich weit unter meinem Stand verheiraten.»

«Ja», seufzte Luise mit ehrlichem Bedauern. «Ich war sehr erstaunt, als die Gräfin Voß mir berichtete, dass Sie die Gattin eines Seidenfabrikanten seien. Sie war überzeugt, dass ich Sie verwechselt hätte. Aber ich hätte Sie unter Tausenden erkannt …» Wieder nahm sie Paulinas Hände. «Es ist so schön, Sie zu sehen. Wir müssen uns recht oft treffen.»

«Ich weiß nicht, Hoheit, ob das eine gute Idee ist …»

«Natürlich nicht bei Hof, Madame! Ich fürchte, dass ich Sie dort nicht empfangen kann. Sie sind durch Ihre Heirat wohl nicht mehr hoffähig. Aber es ist mir gleichgültig, ob Sie adelig sind oder nicht – ich werde mir nicht verbieten lassen, Sie zu treffen.»

«Hoheit, mein Gatte und ich müssen bald wieder abreisen.»

«Sie reisen schon ab?», rief Luise enttäuscht. «Fahren Sie etwa zurück nach Crefeld? Bleiben Sie doch lieber in Berlin – hier ist es sicher viel amüsanter!»

Der Vorschlag der Prinzessin klang verlockend. Wer weiß –

vielleicht ergab sich ja mit Luises Fürsprache doch eine Gelegenheit, bei Hof vorgestellt zu werden. Man könnte ins Spiel bringen, dass Pierre von einem hugenottischen Grafengeschlecht abstammte.

«Das Leben in Berlin ist ein einziges Fest», schwärmte Luise. «Dagegen war es in Darmstadt todlangweilig. Mein Gatte schimpft immer, weil ich nicht genug bekommen kann. Besonders jetzt im Karneval ist es wundervoll. Rauschende Ballnächte mit Tanz bis zum Morgengrauen, Kostümfeste, Opernaufführungen … Könnte Ihnen das nicht gefallen? Ach, bleiben Sie doch noch ein wenig in meiner Nähe!»

Schon überkamen Paulina Zweifel. Der preußische Hof war für seine strenge Etikette bekannt. Die Hofgesellschaft würde eine Vertraute der Kronprinzessin misstrauisch unter die Lupe nehmen und dann, wenn man herausgefunden hatte, wer diese Crefelder Kaufmannsgattin war, würde man sich gnadenlos auf sie stürzen. Der Gedanke daran ließ sie zusammenzucken.

«Mein Gatte und ich werden darüber nachdenken, Hoheit», versprach sie der Prinzessin.

Luise stand auf. «Ich darf nicht zu lange fortbleiben, meine liebe Freundin. Die Gräfin Voß wird Sie aufsuchen, wenn es mir möglich ist, Sie zu treffen.» Ihre Augen strahlten. «Ich liebe Heimlichkeiten! Darin waren Therese und ich ganz verschieden, erinnern Sie sich? Immer war ich es, die hinter dem Rücken von Mademoiselle de Gélieu oder Großmutter George Dummheiten gemacht hat. Therese hat dagegen die Anstandsperson gespielt. Und Sie … Sie gerieten in einen Zwiespalt, wenn ich versuchte, Sie zu einer Posse anzustiften. Sie wollten Therese nicht verärgern, hätten aber zu gerne mitgemacht, habe ich recht? Ach, war das eine schöne Zeit!»

Paulina drückte Luises Hand. «Es war die schönste Zeit meines Lebens, Hoheit», sagte sie leise. «Richten Sie Therese meine herzlichen Grüße aus. Ich wünsche ihr alles Glück der Welt!»

«Das werden Sie ihr bald selbst sagen können. Au revoir, meine Freundin. Diesmal werden nicht fünf Jahre vergehen, bis wir uns wiedersehen!»

Paulina sah der Prinzessin nach und machte sich nachdenklich auf den Weg nach oben. Ein Leben in Berlin, in der Nähe des preußischen Kronprinzenpaars, mit Luise als Freundin. Musste sie eine solche Gelegenheit nicht beim Schopf ergreifen?

Sie erreichte das Foyer und sah Pierres jungen Offiziersfreund lässig an einer Säule lehnen. Als er die junge Frau entdeckte, breitete sich ein triumphierendes Grinsen auf seinem Gesicht aus.

Es war dieses hässliche kleine Lächeln, das Paulina zur Besinnung brachte. Plötzlich wusste sie genau, was sie tun musste. Sie machte auf dem Absatz kehrt und verließ das Theater, ohne sich umzuschauen. Eilig lief sie zum Gasthof zurück und jagte Annas Kinderfrau aus dem Bett.

«Wecken Sie die Dienstboten und packen Sie unsere Sachen. Sagen Sie dem Kutscher, er soll für morgen früh den Wagen bereitstellen! Wir reisen nach dem Frühstück ab!»

Die Kinderfrau sah sie aus großen Augen an. «Und der gnädige Herr, Madame?»

Der gnädige Herr kam erst im Morgengrauen zum Gasthof zurück, übernächtigt und mit dem Bedürfnis, sich sofort schlafen zu legen. Er fand seine Familie in hektischer Betriebsamkeit. Die Koffer waren schon in der Kutsche verstaut, seine Gattin und seine Tochter standen in Reisekleidung bereit.

Paulina empfing ihn mit eisiger Miene. «Sie kommen gerade noch rechtzeitig. Wo auch immer Sie die heutige Nacht verbracht haben, falls Sie währenddessen von einer Vorstellung bei Hof geträumt haben sollten, muss ich Sie leider enttäuschen. Wir reisen auf der Stelle nach Boltenhusen ab.»

Als sie mit ihrer Tochter auf dem Schoß in der Kutsche saß, fiel ihr Blick auf das Kronprinzenpalais, das nicht weit vom Gasthof lag.

«Es werden wohl doch wieder viele Jahre vergehen, bis wir uns wiedersehen», murmelte sie vor sich hin.

Kapitel 26

Boltenhusen, September 1794

Das kleine weiße Schloss tauchte zwischen den Bäumen auf. Die Giebel seiner beiden Seitenflügel ragten hoch in den tiefblauen Mecklenburger Spätsommerhimmel. Ein leichter Wind wehte vom Baltischen Meer her über das Land.

Auch nach so vielen Monaten ließ dieser Anblick Paulinas Herz immer noch höher schlagen. Nie würde sie sich daran sattsehen können. Gab es etwas Schöneres, als in ihrer offenen Kutsche durch die Eichenallee von Boltenhusen zum Schloss zu fahren? Sie hatte jedes Mal das Gefühl, endlich zu Hause zu sein.

Paulina hatte mit der kleinen Anna ein Picknick am Boltenhusener See gemacht. Der Tag an der frischen Luft hatte dem Kind gutgetan. Es war in den Armen der Mutter eingeschlafen, auf seinen Wangen lag ein rosiger Schimmer.

Als die Kutsche in den Schlosshof einfuhr, war dieser schon in kühlen Schatten getaucht. Paulina übergab der aus dem Haus herbeieilenden Kinderfrau das Kind.

«Herr Kollwitz wartet im kleinen Salon auf Sie, gnädige Frau», sagte diese. «Es scheint dringend zu sein.»

Paulina nahm ihren Strohhut vom Kopf und legte ihn achtlos auf die Mauer der geschwungenen Schlosstreppe. Sie hatte plötzlich die unbestimmte Ahnung, dass nicht nur dieser herrlich träge Sommer in Mecklenburg seinem Ende entgegenging, sondern dass es bald auch mit der friedlichen Unbeschwertheit vorbei sein würde, die ihr hier gewährt worden war.

«Richten Sie der Hausdame aus, dass man mit dem Abendessen noch eine Stunde warten möge!», rief sie der Kinderfrau seufzend zu.

Als Paulina den kleinen Salon betrat, saß der Verwalter mit dem schlohweißen Haar auf einem der Rokokostühle der Baronin Herrenheim. Er hatte seine Hände gefaltet und blickte versonnen in den Schlosspark hinaus.

«Guten Abend, Herr Kollwitz», begrüßte Paulina ihn.

Der Verwalter sprang dienstfertig auf. «Gnädige Frau! Ich hoffe, Sie hatten einen schönen Tag! Darf ich Ihnen sagen, wie sehr es mich freut, dass Ihnen unser herrliches Mecklenburger Land so gut zu gefallen scheint?»

«Kommen Sie zur Sache, Kollwitz! Ich bin hungrig, und mir steht nicht der Sinn nach belanglosen Plaudereien.»

«Ich möchte Ihnen ein wenig ins Gewissen reden, gnädige Frau. Heute habe ich Ihre Pläne für die Umbauten im Schloss begutachtet. Wozu braucht der Festsaal einen italienischen Kamin? Der Raum wird seit Jahren kaum noch genutzt. Außerdem verfügt er bereits über einen Kamin.»

Paulina musterte ihn skeptisch. «Dafür sind Sie extra hergekommen, Herr Kollwitz? Das hätte doch wirklich Zeit gehabt bis morgen. Nun, die Antwort auf Ihre Frage ist ganz einfach: Man darf nicht nur in der Gegenwart denken. Dies ist einer der Leitsprüche meines Schwiegervaters.»

«Leider leben wir in Boltenhusen seit Jahren in der Vergangenheit und haben uns wenig Gedanken über die Gegenwart, geschweige denn über die Zukunft gemacht. Darf ich Ihnen in Erinnerung rufen, dass dieses Schloss erst seit einigen Monaten wieder bewohnt wird? Sie werden zugeben, dass es dafür in einem präsentablen Zustand ist.»

«Ohne Zweifel, mein lieber Kollwitz. Ich weiß auch, dass Sie großen Anteil daran haben. Nichtsdestotrotz hat man als Besitzer eines solches Schlosses eine gewisse Verpflichtung der Nachwelt gegenüber. Mit diesem alten Kamin kann man jedenfalls keinen Staat mehr machen.»

«Nachwelt! Papperlapapp!», entfuhr es Kollwitz. «Wer ist denn von den Gralitz-Boltenhusen noch übrig geblieben? Bis jetzt gibt es nur eine einzige Erbin – und mehr Kinder werden ja wohl nicht mehr dazukommen.»

Paulina erstarrte. «Wie meinen Sie das?»

Der Verwalter biss sich verlegen auf die Lippen.

«Kollwitz!», rief Paulina. «Täuscht mich mein Gefühl, oder geht es hier gar nicht um den Kamin, sondern um etwas ganz anderes?»

Der Verwalter wandte sich verlegen ab. «Nun ja … Ihr Herr Gemahl … er ist schon so lange fort. Nicht dass es mich etwas angeht … aber finden Sie nicht, dass Ihr Verhältnis zueinander etwas merkwürdig ist? Wann haben Sie eigentlich zum letzten Mal eine Nachricht von ihm erhalten?»

Paulina fühlte Zorn in sich aufsteigen. «Sie machen mir Spaß, Herr Kollwitz! Wie kommen Sie auf einmal vom Kamin im Festsaal auf meinen Gatten?»

«Man wundert sich eben, gnädige Frau. Immerhin war er nur ein paar Wochen in Boltenhusen. Er hat sich aufgeführt, als sei dies der schrecklichste Ort der Welt, konnte nicht schnell genug wieder abreisen und hat seitdem kein Sterbenswörtchen von sich hören lassen.»

Paulina schwieg betroffen. Sie konnte es den Leuten ja nicht einmal verdenken, dass sie diesen Eindruck von Pierre bekommen hatten. Nachdem er buchstäblich in letzter Minute mit nach Boltenhusen gefahren war, hatte er einen Brief seines Vaters als Vorwand benutzt, schon drei Wochen später wieder abzureisen. Nur durch ihre Schwägerin wusste Paulina, dass er sich in Blommersforst mit dem alten von Ostry überworfen hatte und schnurstracks zurück nach Berlin gefahren war.

«Mein Gatte ist für das Landleben eben nicht geschaffen», machte Paulina den halbherzigen Versuch einer Erklärung.

Kollwitz verzog missbilligend das Gesicht. «Es ist nicht gut, wenn Eheleute so lange voneinander getrennt sind. Man kommt leicht auf dumme Gedanken.»

Beschwor er etwa den Geist der armen Sophie von Gralitz herauf, die immer wieder von Erldyk nach Mecklenburg gekommen war und durch ihre langen Aufenthalte auf Schloss Bahro für Gerede gesorgt hatte?

«Sind Sie der Meinung, ich habe mir irgendetwas zuschulden kommen lassen?», wollte Paulina wissen.

Kollwitz sah sie an. «Natürlich nicht, gnädige Frau. Ich weiß, wie tadellos Ihr Verhalten ist. Aber wissen es auch die anderen?»

«Welche anderen?»

«Nun, ich spreche von den Grundherren der Umgebung. Seit Monaten schlagen Sie jede Einladung aus, die man Ihnen überbringt. Ebenso wenig sind Sie bereit, die benachbarten Schlossherren in Boltenhusen zu empfangen. Das gibt Anlass zu Spekulationen. Man redet über Sie, Frau von Ostry.»

Paulina winkte verärgert ab. «Was kümmern mich die anderen? Ich habe lediglich den Wunsch, unbehelligt auf meinem Schloss zu leben. Ist daran etwas Verwerfliches?»

«Ihr Gatte hat sich in der kurzen Zeit, die er hier war, immerhin einigen Nachbarn vorgestellt. Wohingegen Sie … nun, die Leute in der Gegend müssen den Eindruck bekommen, dass Sie etwas zu verbergen haben! Man hat die Geschichte mit Ihrer Mutter noch nicht vergessen.»

Paulina hätte am liebsten laut aufgelacht, wenn ihr nicht die Ernsthaftigkeit der durch Kollwitz erhobenen Vorwürfe bewusst gewesen wäre. Nie zuvor hatte sie ein schicklicheres Leben geführt als hier in Boltenhusen, und ausgerechnet dafür sollte sie sich nun rechtfertigen? Würden die Schatten der Vergangenheit sie denn niemals loslassen?

Nun gut. Sie würde an Pierre schreiben, ihm die Lage schildern und ihn bitten, für ein paar Wochen nach Boltenhusen zu kommen, um jeglichen Argwohn im Keim zu ersticken. Sie würden ein oder zwei Empfänge geben, damit die Gemüter sich beruhigten. Die winterliche Ballsaison in Berlin begann ohnehin erst im November – er würde also nicht allzu viel verpassen.

Ungeachtet dessen fand Paulina, dass es an der Zeit war, der Freimütigkeit des Verwalters Einhalt zu gebieten.

«Wie Sie bereits selbst festgestellt haben, Herr Kollwitz», sagte sie kühl, «es geht Sie nichts an, was zwischen meinem Gatten und mir vorgeht. Wir sollten uns also wieder den praktischen Dingen zuwenden. Nehmen Sie bitte zur Kenntnis, dass ich beschlossen habe, den italienischen Kamin für den Festsaal bauen zu lassen.»

Kollwitz war Untergebener genug, um zu wissen, wann jeglicher Einwand gegenüber seiner Herrschaft zwecklos war. Mit der gewohnten Sachlichkeit besprachen Paulina und Kollwitz die nötigen Vorbereitungen für den Bau des neuen Kamins, und kurze Zeit später befand sich der Verwalter auf dem Rückweg zu seinem Haus.

Paulina zog es nach dem Gespräch in den Park hinaus. Die Dämmerung hatte eingesetzt, und es versprach, ein klarer, schöner Spätsommerabend zu werden. Die ersten Blätter fielen von den Bäumen, und Paulina atmete genießerisch den frischen Duft nach Laub und feuchter Erde ein.

Sie hatte in den letzten Monaten mehrmals darüber nachgedacht, für immer in Boltenhusen zu bleiben. Umso schmerzlicher wurde ihr klar, dass der Aufenthalt in Mecklenburg wohl nur eine kurze Etappe in ihrem Leben bleiben würde. Aber wollte sie wirklich in ihrem Alter als einsame Frau in der Provinz versauern, während ihr Gatte sich in Berlin vergnügte? Was hoffte sie eigentlich hier zu finden?

Als Paulina zurück in den Schlosshof kam, sah sie zu ihrem Unbehagen die Kutsche des Grafen Heimroth dort stehen. Er und seine Gattin waren die Einzigen, die sich von Paulinas Abweisungen nicht einschüchtern ließen und immer wieder hartnäckig bei ihr vorsprachen. Wahrscheinlich würden die beiden sie zu ihrem Fest einladen, das schon seit Tagen in aller Munde war.

Paulina stieg seufzend die Treppe zum Schloss hinauf. Um ihren besinnlichen Abend war es wohl geschehen. Sie würde nicht umhinkommen, den Graf und die Gräfin zum Souper zu bitten.

Kapitel 27

Neubrandenburg, September 1794

Paulina bereute es schon bald, sich an den Spieltisch gesetzt zu haben. Innerhalb weniger Minuten verlor sie eine beträchtliche Summe. Auch jetzt war ihr Blatt miserabel. Sie blickte auf die Baroness von Mahringen, die ihre Nachbarin beim Souper gewesen war und sie zu der Partie überredet hatte.

Was hatte die Gräfin Heimroth sich nur dabei gedacht, sie neben diese alberne Person zu setzen! Paulina dröhnte noch immer der Kopf von dem geistlosen Geplapper der Baroness. Der Gang zum Spieltisch war ihr daher für den weiteren Verlauf des Abends als das kleinste Übel erschienen. Warum war sie auch so töricht gewesen, dem Drängen des Grafen Heimroth nachzugeben und seine Einladung zu diesem Fest anzunehmen?

«Ich fürchte, Sie werden auch diese Runde verlieren, meine Liebe», sagte die Baroness von Mahringen mit einem zufriedenen Blick auf ihr Blatt. «Hoffentlich kann Ihre Geldbörse das verschmerzen.»

«Falls nicht, geben Sie mir doch sicher Kredit», antwortete Paulina mit süßlichem Lächeln.

«Selbstverständlich. Ich wäre untröstlich, wenn Sie wegen Ihrer Spielschulden in Bedrängnis kämen.»

Zwei Offiziere traten an den Spieltisch und stellten sich mit lässig verschränkten Armen zwischen die beiden jungen Frauen.

«Es wurde höchste Zeit, dass wir uns wieder den irdischen Freuden zuwenden», sagte der eine zum anderen. Er war groß und hager und hatte einen leicht blasierten Zug um den Mund.

«Besonders wenn man so lange darauf verzichten musste», meinte der andere, der sich ständig auf die Zehenspitzen stellte, als könne er dadurch seine geringe Körpergröße wettmachen.

«Darf man die Herren fragen, von welcher irdischen Freude Sie sprechen?», wandte die Baroness von Mahringen sich mit einem betörenden Augenaufschlag an die beiden Offiziere.

Der Mund des Kleineren verzog sich zu einem lausbubenhaften Grinsen. «Haben Sie eine Idee, Mademoiselle?»

«Sie könnten das Spiel mit den Karten oder das Spiel mit den Damen meinen.» Die Baroness klimperte mit den Augen.

«Also, wenn Sie mich fragen, ist mir Letzteres lieber!», sagte der Größere. Sein Blick wanderte zwischen der Baroness und Paulina hin und her. Er strich über seinen rotblauen Rock. «Verzeihen Sie unsere Freimütigkeit, Mesdemoiselles. Leider bekommt man im Krieg nicht allzu oft zwei so entzückende Damen zu Gesicht.»

«Dann haben wir es also mit zwei echten Helden zu tun?», fragte die Baroness von Mahringen kokett.

Der Größere verneigte sich galant. «Rudolf von Plirnitz, Offizier im achten hannoverschen Kavallerieregiment.»

Die Verbeugung des Kleineren war kurz und zackig. «Und ich bin Karl von Badenburg, Offizier in eben demselben Regiment. Auch wenn wir am Ende leider den Rückzug antreten mussten, können wir doch ohne Lug und Trug behaupten, uns ehrenvoll geschlagen zu haben.»

«Von Plirnitz?», fragte die Baroness von Mahringen. «Stammen Sie nicht aus Rostock? Ich hörte von einer großen Hochzeit in Ihrer Familie.»

«Ja, deshalb sind wir hier», antwortete von Plirnitz. «Mein Bruder hat letzte Woche eine Dame aus Neubrandenburg geheiratet.»

«Netterweise hat er fast all seine Kameraden dazu eingeladen», ergänzte von Badenburg. «Der Generalmajor musste uns den Urlaub genehmigen – ob er nun wollte oder nicht.»

Die Baroness von Mahringen strahlte die beiden jungen Männer an. «Und nun suchen Sie ein wenig Erholung im friedlichen Mecklenburg?»

«Das kommt ganz darauf an, was man unter Erholung versteht», sagte von Plirnitz und blickte ungeniert auf Paulina.

«Sie sollten sich nur nicht übernehmen», riet die Baroness von Mahringen ein wenig beleidigt.

«Denken Sie etwa, meine Kräfte hätten im Krieg gelitten?», fragte von Plirnitz selbstsicher grinsend, ohne seine Augen von Paulina zu nehmen. «Im Gegenteil, sie sind gerade mit aller Macht zurückgekehrt.»

«Die Hochzeit hat wohl gewisse Sehnsüchte in Ihnen erweckt!», spottete die Baroness.

«Ich würde das anders ausdrücken», meinte von Plirnitz. «Wenn man wochenlang mit der Verteidigung einer Festung zugebracht hat, fiebert man geradezu danach, endlich wieder die Rolle des Eroberers einzunehmen.»

«Oh, das mit der Verteidigung müssen Sie mir genauer erzählen, Monsieur!», begeisterte sich Fräulein von Mahringen. «Es würde mich brennend interessieren, wie Sie es geschafft haben, standhaft zu bleiben.»

«Standhaft? Davon kann im Moment keine Rede sein.» Von Plirnitz wandte sich an Paulina. «Und Sie, Mademoiselle? Würde meine Standhaftigkeit Sie auch interessieren?»

Paulina sah zu ihm auf. «Madame», verbesserte sie kühl. «Ich bin verheiratet. Und um auf Ihre Frage zu antworten, die ich selbstverständlich auf nichts anderes als auf die Verteidigung Ihrer Festung beziehe: Nein, Ihre Standhaftigkeit interessiert mich nicht. Ich verabscheue den Krieg.»

Von Plirnitz zog die Augenbrauen in die Höhe und deutete, ganz Mann von Welt, eine Verneigung an. «Oh, ich bitte um Verzeihung, Madame. Da habe ich mich ja gleich in zweierlei Hinsicht ins Fettnäpfchen gesetzt. Es wird nicht wieder vorkommen.»

Paulina musste unwillkürlich lächeln. Er verstand es, seine Haltung zu wahren, und er war ein guter Verlierer. An die Stelle seiner Arroganz war ein gewisser Respekt getreten.

«Darf ich mir noch erlauben zu sagen, Madame, dass Ihnen Ihr Lächeln viel besser steht als die ernste Miene, die Sie davor zur Schau trugen! Sie sehen nun noch bezaubernder aus.»

Paulina merkte plötzlich, wie gut es ihr tat, nach all den einsamen Monaten ein wenig bewundert zu werden.

Von Plirnitz fasste seinen Kameraden am Arm. «Kommen Sie, von Badenburg, wir lassen die Damen ihr Spiel fortführen.»

«Sie wollten mir noch erzählen, mit welchen Heldentaten Sie die Festung gehalten haben», versuchte die Baroness von Mahringen, ihn aufzuhalten.

Von Plirnitz schien wenig Lust zu verspüren, sich weiter mit ihr zu befassen. «Erstens bin ich hier, um den Krieg für eine Weile zu vergessen, Mademoiselle, und zweitens bin nicht ich es, der in Flandern Heldentaten vollbracht hat. Man mag mir eine ganze Menge andichten, aber niemand wird mir vorwerfen können, dass ich mich mit fremden Lorbeeren schmücke. Das Verdienst, gemeinsam mit Scharnhorst den Durchbruch für unseren Rückzug geschafft zu haben, gebührt einem anderen unseres Regiments.»

Paulina hatte aufgehorcht. «Flandern? Sie waren in Flandern?»

Von Plirnitz, schon im Gehen begriffen, blieb stehen, sichtlich erstaunt, dass er die Aufmerksamkeit der jungen Frau ausgerechnet mit der Nennung eines Kriegsschauplatzes gewinnen konnte.

«Bemerke ich da etwa doch ein gewisses Interesse?», fragte er in wiedererwachter Hoffnung.

Paulina richtete ihren glühenden Blick auf ihn. «Sie mussten sich aus Flandern zurückziehen, sagten Sie?»

«Ja, Madame, schweren Herzens. Wir hatten die Aufgabe, Menin, eine der österreichischen Festungen in Flandern, zu verteidigen. Obwohl die Franzosen gewaltig in der Übermacht waren und uns ringsherum eingeschlossen hatten, konnten wir sie zunächst immer wieder abschlagen. Erst der Mangel an Munition und Lebensmitteln machte unsere Lage aussichtslos. Wir waren kurz davor, uns zu ergeben, als Generalmajor von Hammerstein den Entschluss fasste, einen Durchbruch zu wagen.»

«Obwohl Sie umzingelt waren?»

«Wir waren zudem völlig erschöpft», führte von Badenburg den Bericht fort. «Und dennoch sammelten wir alle Kräfte, die uns noch geblieben waren. Der Durchbruch fand bei Nacht statt. Es gab zwar Verluste, aber die meisten von uns konnten entkommen. Dass wir heute hier stehen, haben wir neben dem Generalmajor besonders zwei Herren zu verdanken: dem Hauptmann Scharnhorst und einem Leutnant aus unseren eigenen Reihen. Sie haben den Ausfall nicht nur taktisch vorbereitet, sondern auch unermüdlich unsere Moral gestärkt.»

«Dann werden die österreichischen Niederlande gar nicht mehr verteidigt?», fragte Paulina.

Von Plirnitz schüttelte den Kopf. «Die Österreicher wurden nach der Niederlage bei Fleurus aus Flandern zurückgedrängt. Das Hauptquartier der kaiserlichen Truppen befindet sich mittlerweile in Maastricht.»

«Das ist ja nicht mehr weit vom Rhein entfernt!», rief Paulina entsetzt. «Diese Nachrichten machen mich sehr betroffen. Ich stamme aus Crefeld am Niederrhein und bin vor einem halben

Jahr von dort weggegangen. Wir haben all die Monate gehofft, vielleicht doch zurückkehren zu können.»

«Es muss furchtbar für die Menschen dort sein, nicht zu wissen, was sie zu erwarten haben», sagte von Badenburg. «Auf unserem Rückzug sind uns Tausende von Flüchtlingen begegnet, die nur eines im Sinn hatten: um jeden Preis den Rhein zu erreichen. Sie erzählten, dass die Franzosen mit unbarmherziger Härte vorgingen.»

«Stimmt es, dass dieser Robespierre reihenweise Menschen hinrichten lässt?», wollte Paulina wissen.

«Robespierre ist mittlerweile selbst tot», berichtete von Plirnitz. «Einen Tag, nachdem man ihm den Prozess gemacht hatte, kam er unter die Guillotine. Man kann nur hoffen, dass es unter dem neuen Konvent nicht zu einer ähnlichen Schreckensherrschaft kommt.»

«Nun hören Sie schon auf, über den Krieg zu reden!», ging die Baroness von Mahringen energisch dazwischen. «Sie verderben mir mit Ihren grauenvollen Geschichten den ganzen Abend, meine Herren! Und Sie, Madame, lassen Sie uns endlich unsere Partie zu Ende spielen!»

«Das gnädige Fräulein hat recht», stimmte von Badenburg zu. «Sie sollten sich Ihre hübschen Köpfe nicht über das düstere Kriegstreiben zerbrechen.»

Paulina versuchte, sich zu sammeln. Was sie soeben erfahren hatte, machte sie zutiefst betroffen. Auch wenn Conrad von Ostry den erneuten Überfall der Franzosen schon lange vorhergesagt hatte, war immer so etwas wie Hoffnung geblieben, dass die verbündeten Truppen es schaffen könnten, die Revolutionäre zurückzuschlagen. Und nun schienen die Franzosen erneut auf dem Weg in Richtung Niederrhein zu sein.

«Was ist, Madame?», drängte die Baronin. «Sie wollen doch wohl jetzt nicht kneifen, nur weil Sie wieder ein schlechtes Blatt haben?»

In Gedanken woanders, sah Paulina in ihre Karten.

«Ich habe heute eben kein Glück im Spiel», murmelte sie.

«Wie heißt es so schön?», dozierte von Plirnitz. «Pech im Spiel – Glück in der Liebe. Nun fragt sich nur noch, wer in Ihrem Fall der Glückliche ist!»

«Das würde mich auch interessieren, Madame», ertönte hinter Paulina eine Stimme, die ihr bekannt vorkam. «Darf man fragen, ob Sie tatsächlich Glück in der Liebe haben?»

Sie fuhr herum. Eine Vision tauchte vor ihr auf – ein junger Mann in der rot-weiß-blauen Uniform des hannoverschen Regiments. Seine bernsteinfarbenen Augen funkelten im Schein der Leuchter, in seinem Blick lag eine leichte Melancholie.

«Christian», flüsterte Paulina.

Er hatte sich verändert in den letzten vier Jahren. Die jugendliche Frische war aus seinen Zügen verschwunden, sein Gesicht war kantiger geworden. Das ehemals schulterlange Haar lag nun kurz und in streng zurückgekämmten Wellen um seinen Kopf.

Paulina war so fassungslos, dass sie kein weiteres Wort über die Lippen brachte.

«Ich kann mich erinnern, dass Sie bei unserer letzten Begegnung etwas gesprächiger waren, Madame», sagte der junge Mann.

Paulina zuckte zusammen.

«Oder habe ich mich etwa so verändert, dass Ihnen die Worte fehlen?», fragte er weiter.

«Vielleicht findet die gnädige Frau dieselben wieder, wenn ich ihr erzähle, dass sie einen der Helden von Menin vor sich hat», warf von Plirnitz dazwischen. «Premierleutnant von Bahro hatte neben Hauptmann Scharnhorst maßgeblichen Anteil daran, dass uns der Durchbruch gelang.»

Mit der Bemerkung des jungen Offiziers kehrte Leben in Paulina zurück. Langsam stand sie von ihrem Stuhl auf und ging auf Christian zu. Sie blieb vor ihm stehen und sah ihn an.

«Der große Held von Flandern», sagte sie verächtlich. «Für mich waren Sie auch einmal ein großer Held. Leider hat sich *mein* großer Held als großer Feigling herausgestellt.»

Hocherhobenen Hauptes ging sie an ihm vorbei.

«Und was wird aus unserem Spiel?», zeterte die Baroness von Mahringen hinter ihr her. «Außerdem schulden Sie mir noch fünfzig Taler!»

«Ich werde Ihnen die Summe bezahlen», hörte Paulina Christian in barschem Ton sagen. «Melden Sie sich morgen bei meinem Leibdiener.» In wenigen Schritten war er bei ihr und fasste sie brüsk am Arm. «Sind Sie wahnsinnig geworden, mich vor allen Leuten so bloßzustellen?»

Sie riss sich los. «Was haben Sie denn erwartet? Dass ich Ihnen um den Hals falle, nach allem, was Sie mir angetan haben?»

Wieder packte er ihren Arm. «Kommen Sie!»

Entschlossen führte er sie durch eine weit geöffnete Flügeltür in den Garten des gräflichen Palais. Auf einer von Hecken umgebenen Rasenfläche plätscherte ein kleiner Springbrunnen. Die sauber angelegten Wege waren von kleinen Lämpchen beleuchtet, die in Bäumen befestigt waren und vom Wind hin- und hergeschaukelt wurden. Die frische nächtliche Kühle war wie ein Vorbote des kommenden Herbstes.

Paulina wandte den Kopf zur Seite und betrachtete Christians undurchdringliches Gesicht. War das wirklich der Mann, den sie vor vier Jahren über alles geliebt hatte?

Er blieb stehen und drehte sie zu sich um. «Woher nehmen Sie das Recht, mich so zu behandeln?»

Paulina schnappte erbost nach Luft. «Und wie haben Sie mich seinerzeit behandelt, als Sie meine Liebe zurückgewiesen haben?»

«Ich habe Ihre Liebe nicht zurückgewiesen», entgegnete er schroff und ließ Paulina los. «Ich habe Sie lediglich gebeten, noch ein wenig auf mich zu warten, nachdem ich auf Wunsch meines

Vaters in die Armee eingetreten bin. Ist es meine Schuld, dass es Ihnen an Geduld mangelt?»

«Sie haben mich gebeten, auf Sie zu warten?», fragte Paulina verblüfft.

«Ja, haben Sie denn meine Briefe nicht gelesen? Ich schrieb Ihnen, dass ich nicht zur Kaiserkrönung nach Frankfurt kommen könne, weil ich nach meiner Rückkehr aus England sofort dem Regiment beitreten musste. Ich hoffte, Sie würden meine Lage verstehen. Glauben Sie, dass es mir leichtgefallen ist, auf das lang ersehnte Wiedersehen mit Ihnen zu verzichten? Als Sie mir nicht antworteten, war meine Enttäuschung groß. Ich sagte mir: Wenn sie nicht einmal ein paar Monate auf dich warten kann, dann ist sie deine Liebe nicht wert.»

«Ich habe diese Briefe nie bekommen!», stieß Paulina betroffen hervor. «Zum Schluss habe ich überhaupt keine Briefe mehr von Ihnen erhalten.»

«Dabei habe ich meinem Vater noch einige Schreiben für Sie mitgegeben, als er zur Kaiserkrönung fuhr!»

Ein schrecklicher Verdacht stieg in Paulina auf. Hatte Graf Bahro die Briefe seines Sohnes unterschlagen?

«Auch diese haben mich nie erreicht», sagte sie in der Hoffnung, dass Christian selbst auf diese Möglichkeit kommen würde.

«Wie kann es sein, dass Sie meine Briefe nicht erhalten haben?», fragte er ungläubig. «Noch dazu, wo Sie im Haus des Generalpostmeisters lebten. Sie wollen sich doch wohl nicht im Nachhinein herausreden?»

Paulina merkte, wie Zorn in ihr aufstieg. «Wie können Sie nur so etwas denken? Ich habe Sie wirklich geliebt! Für mich ist eine Welt zusammengebrochen, als Sie mich nicht mehr sehen wollten!»

Christian warf einen kurzen Blick auf ihre rechte Hand. «Dafür haben Sie sich aber recht schnell getröstet, meine Liebe! Wie ich sehe, haben Sie nicht gezögert, einen anderen zu heiraten.»

Unwillkürlich steckte Paulina ihre Hand mit dem Ehering zwischen die Falten ihres Rockes. Sie war kurz davor, ihm zu sagen, dass ihre Ehe nur auf einem Handel beruhte und eigentlich eine Farce war, aber dann schwieg sie. Was würde das schon ändern?

Sie konnte ihre Heirat nicht rückgängig machen.

«Ihr Vater hatte mir gesagt, dass eine Hochzeit zwischen Ihnen und mir unter keinen Umständen in Frage käme!», setzte sie zu einer Erklärung an. «Und als ich im Palais Bahro vorsprach, sagte mir Ihr Verwalter, dass Sie mich nicht sehen wollten.»

«Was hatten Sie auch in Hannover zu suchen? Ihr Platz war am Hof von Thurn und Taxis. Die Gräfin Bahro war über Ihr unerlaubtes Entfernen aus Frankfurt zutiefst empört.»

Paulina blitzte ihn grimmig an. «Können Sie sich vielleicht vorstellen, dass ich Ihretwegen nach Hannover gefahren bin? Ich wollte um unsere Liebe kämpfen, und dafür habe ich sogar die Ungunst von Prinzessin Therese in Kauf genommen!»

«Unvernunft hat nichts mit Liebe zu tun!», erwiderte er. «Ihre Großtante hat sich so gegrämt, dass sie sehr krank geworden ist.»

«Meinetwegen? Ich hatte eher den Eindruck, dass ihre Erkrankung andere Gründe hatte.»

«Nun, dies werden wir nicht mehr herausfinden können. Die Gräfin Bahro ist letztes Jahr verstorben.»

Die Nachricht traf Paulina wie ein Schlag. Ihre Großtante war tot – diese unverwüstliche alte Dame, die sie aus dem Elend des Dornfeld'schen Hauses herausgeholt und ihr Leben in den folgenden Jahren gelenkt und begleitet hatte. Paulinas Bestürzung war so groß, dass ein kurzer Schwindel sie erfasste und sie sich an einer Statue aus Stein festhalten musste.

«Man hat mich damals nicht zu ihr gelassen!», stieß sie mit gepresster Stimme hervor. «Sie muss in dem Glauben gestorben sein, dass ich ihr gegenüber keine Dankbarkeit empfunden habe, trotz allem, was sie für mich getan hat!»

Paulina fröstelte plötzlich. Ihr tief ausgeschnittenes Kleid war für die herbstliche Nachtluft viel zu dünn. Sie musste ein jämmerliches Bild abgeben, zitternd vor Schwäche und Kälte.

«Wenn Sie tatsächlich dankbar gewesen sein sollten, haben Sie es der Gräfin Bahro schlecht gezeigt», sagte Christian scheinbar unbeeindruckt.

Das war zu viel für Paulina. Sie riss den Kopf hoch.

«Was ist nur mit Ihnen geschehen?», rief sie wutentbrannt. «Hat der Krieg Sie so abgestumpft, dass Ihnen jegliches Mitgefühl abhandengekommen ist? Wo ist der junge Mann geblieben, in den ich mich verliebt habe? Ich erkenne Sie nicht wieder!»

Mit regungslosem Gesicht lauschte Christian ihren Worten.

«Haben Sie etwa gedacht, dass ich vor Ihnen zu Kreuze krieche?», fuhr Paulina fort. «Dass ich voller Reue für Verfehlungen bin, die ich nur aus Liebe begangen habe? Glauben Sie wirklich, dass ich mich vor Ihnen für mein Verhalten rechtfertigen muss? Nun, dann befinden Sie sich im Irrtum! Ich habe mir nichts vorzuwerfen!»

Christian schwieg immer noch.

Paulina konnte nicht aufhören, ihrem Herzen Luft zu machen. «Ahnen Sie auch nur, wie sehr ich unter dem Ende unserer Liebe gelitten habe? Nachdem Ihr Vater mich zutiefst gedemütigt hatte und Sie mich nicht mehr wollten, stand ich völlig allein und mittellos da! Ich bin so tief gefallen, dass ich mich mit einem Bürgerlichen verheiraten musste. Das alles konnte ich irgendwie ertragen. Aber eines werde ich niemals vergessen können … hören Sie, niemals … dass meine Großtante in dem Glauben sterben musste, ich hätte nichts mehr von ihr wissen wollen!»

Ohne seine Antwort abzuwarten, rauschte Paulina davon. Mit zornigem Gesicht lief sie durch den Salon, blind für die verwunderten Blicke der Baroness von Mahringen und der beiden hannoverschen Offiziere. Sie merkte kaum, dass die Gräfin Heimroth ihre Konversation unterbrach und sich ihr mit bestürzter Miene an die Fersen heftete.

Paulina durchquerte die Eingangshalle, sprang an verblüfften Pagen vorbei die Stufen der großen Freitreppe hinunter und hastete zu ihrer Kutsche. Sie rüttelte heftig an dem eingenickten Kutscher, der verschreckt die Augen öffnete und sich gähnend aufrichtete, als er seine Herrin erkannte.

Paulina kletterte in den Wagen und ließ sich auf die Bank fallen. Sie befahl dem Kutscher, augenblicklich loszufahren. Erst als die Kutsche den Schlosshof verließ, atmete sie auf. Plötzlich bemerkte sie, wie kalt ihr war, und sie stellte verärgert fest, dass sie in all der Aufregung ihren Mantel vergessen hatte.

KAPITEL 28

Boltenhusen, Oktober 1794

«Herr von Bahro ist schon wieder hier, gnädige Frau», sagte der Diener zaghaft. «Er bittet Sie inständig, ein paar Worte zu Ihnen sagen zu dürfen.»

Paulina, die in einem Lehnstuhl am Fenster saß und in den Park hinausstarrte, drehte sich nicht einmal zu dem Mann um.

«Sind Sie *mein* Untergebener oder der des Herrn von Bahro? Sie wissen genau, dass ich mit dem Anliegen dieses Herrn nicht mehr belästigt werden möchte. Irgendwann wird er es schon leid werden, andauernd hier aufzutauchen.»

Der Diener zog sich leise zurück, und Paulina erhob sich aus ihrem Stuhl. Nervös ging sie im Zimmer auf und ab.

Wie lange würde sie dieses Spiel noch aushalten können? Seit einer Woche kam Christian täglich nach Boltenhusen, das immerhin eine halbe Tagesfahrt von Schloss Bahro entfernt lag, und verlangte, sie zu sprechen. Mehrmals war sie schon kurz davor gewesen, ihn schließlich doch zu empfangen. Da sie jedoch fürchtete, sich ihm in ihrer tiefen Verzweiflung und Einsamkeit an den Hals zu werfen, wenn sie ihm gegenüberstand, verwarf sie den Gedanken immer wieder. Außerdem hatte sie noch die Worte ihres Verwalters im Ohr, der bei Christians erstem Besuch wie beiläufig bemerkt hatte, dass man den Namen Bahro in Boltenhusen seit vielen Jahren nicht mehr zu erwähnen gewagt habe.

Paulina fühlte eine tiefe Trostlosigkeit. Zudem hatte sie am Tag zuvor einen Brief von ihrem Schwiegervater mit beunruhigenden Nachrichten erhalten. Die französischen Truppen standen bereits am Niederrhein. Auch Kronwyler und seine Familie hatten Crefeld mittlerweile verlassen und waren nach Blommersforst übergesiedelt. Geschäftshaus, Lager und Färberei des Unternehmens *Kronwyler Sohn und von Ostry* lagen verlassen, Erldyk war einem Verwalter überlassen worden.

Die Begegnung mit Christian hatte Paulina völlig aus der Bahn geworfen. So ging es nicht weiter. Sie musste der Sache ein Ende machen, und zwar sofort.

Entschlossen schritt sie zur Tür und verließ das Zimmer, in das sie sich seit Tagen mit ihren Grübeleien zurückgezogen hatte. Wenig damenhaft lief sie durch die Gänge des Schlosses in den Hof hinaus. Von Christians Kutsche war jedoch nur noch eine entfernte Silhouette zu sehen, die bald darauf am Ende der Schlosszufahrt verschwand.

«Sagen Sie Franz, er möge sofort anspannen lassen!», befahl Paulina dem Diener, der ihr erstaunt gefolgt war. «Er soll einen kleinen Wagen nehmen, mit dem wir möglichst schnell sind.»

Kaum eine halbe Stunde später fuhr ein Zweispänner aus dem Boltenhusener Park hinaus.

«Holen Sie den Wagen des Herrn von Bahro ein!», befahl Paulina ihrem Kutscher. «Er wird auf dem Weg zurück zu seinem Schloss sein.»

Nach einer guten Stunde Fahrt erreichte die Kutsche Neubrandenburg. Der Wagen rollte gemächlich durch die Straßen der herzoglichen Sommerresidenz. Paulina saß wie auf heißen Kohlen und hätte dem Kutscher fast die Peitsche aus der Hand gerissen. Als er dann auch noch vor dem Gasthof «Zum Weißen Schwan» anhielt, war es um ihre Beherrschung geschehen.

«Wollen Sie etwa Rast machen?», fuhr sie ihn an. «Fahren Sie sofort weiter, sonst holen wir Herrn von Bahro niemals ein!»

Franz drehte sich gelangweilt zu ihr um. «Wenn wir weiterfahren, gnädige Frau, werden wir Herrn von Bahro in der Tat nicht einholen.»

«Was soll das heißen?»

«Nun, ganz einfach. Herr von Bahro befindet sich nicht auf dem Weg zu seinem Schloss.»

Paulina hätte den dummen Mann am liebsten fest geschüttelt. «Aber wo befindet er sich dann, in Gottes Namen?»

Franz wies auf den Gasthof. «Hier, gnädige Frau. Herr von Bahro ist im ‹Weißen Schwan› abgestiegen. Es sei denn, er hat endgültig aufgegeben und ist abgereist.»

«Woher wissen Sie das?»

«Das wäre ja noch schöner, wenn ich das nicht wüsste», antwortete der Bursche grinsend. «Die Besuche des Grafensohns sind in der ganzen Umgebung in aller Munde.»

Paulina warf ihm einen zornigen Blick zu, kletterte aus dem Wagen und betrat das Gasthaus. Im dämmrigen Licht der Wirtsstube saß an den Tischen verteilt eine Handvoll Männer in einfacher Bürgertracht. Von Christian war nichts zu sehen.

Noch während Paulina überlegte, an wen sie sich wenden sollte, öffnete sich eine seitliche Tür. Ein beleibter Mann mit roter Nase und einem Tablett in der Hand kam aus einem Nebenraum. Als er Paulina erblickte, eilte er geschäftig auf sie zu.

«Was kann ich für Sie tun, meine Gnädigste?», rief er ihr entgegen.

Paulina sah sich um. Die anwesenden Herren hatten ihre Gespräche unterbrochen und starrten neugierig zu ihr herüber.

Die junge Frau trat etwas näher an den Wirt und sagte leise: «Ich wäre Ihnen sehr verbunden, wenn wir uns nicht hier vor aller Ohren unterhalten müssten.»

Seine Augen blitzten verschwörerisch auf. «Ich verstehe, gnädige Frau. Folgen Sie mir bitte!»

Er führte Paulina in eine kleine Kammer, in der nur ein Sekretär und ein Stuhl standen.

«Verzeihen Sie, dass ich Sie in mein Schreibzimmer bringe», sagte er und ordnete schnell ein paar verstreut herumliegende Blätter. «Aber hier sind wir ungestört. Dieses Gasthaus ist ein verschwiegener Ort. Wie kann ich Ihnen behilflich sein?»

«Ich möchte lediglich eine Auskunft von Ihnen. Können Sie mir sagen, ob ein Herr von Bahro bei Ihnen abgestiegen ist?»

Der Wirt grinste anzüglich. «Ja, Herr von Bahro bewohnt seit mehreren Tagen einige meiner Gastzimmer.»

Paulina schloss vor Erleichterung kurz die Augen. «Könnten Sie ihm bitte mitteilen, dass Frau von Ostry ihn zu sprechen wünscht.»

Der Wirt schüttelte den Kopf. «Der gnädige Herr ist, nachdem er vor ungefähr einer halben Stunde hier eintraf, zu einem Ritt über Land aufgebrochen. Er wird nicht vor Abend zurückerwartet.»

Paulina hatte Mühe, ihre Enttäuschung zu verbergen. «Dann werde ich eben hier warten.»

Der Wirt fasste sich nachdenklich mit dem Finger ans Kinn.

«Vielleicht kann jemand anders Ihnen helfen …», sagte er geheimnisvoll und eilte aus der Kammer, ehe die junge Frau ihn davon abhalten konnte.

Paulina war drauf und dran, das Gasthaus zu verlassen, doch dann siegte ihre Neugier. Nur wenige Minuten später kehrte der Wirt zurück und teilte ihr mit, dass eine Dame sie zu sprechen wünsche. Allerdings erscheine ihr das Gasthaus nicht als geeigneter Ort für ein Treffen, und sie bitte die gnädige Frau, in einer Stunde zum Torhaus am Schloss zu kommen.

Wer mochte diese Dame sein? Womöglich handelte es sich sogar um Christians Gemahlin! Aber warum kam er dann immer wieder nach Boltenhusen? Alle Spekulationen nutzten nichts. Der Moment war gekommen, sich ein für alle Mal Klarheit zu verschaffen.

«Sagen Sie der Dame, dass ich dort sein werde», sagte Paulina.

Sie sah Christian zu ähnlich, als dass sie seine Gattin hätte sein können. Die junge Dame, die am Torhaus auf Paulina wartete, hatte die gleichen bernsteinfarbenen Augen wie der Grafensohn. Auch ihre edlen Gesichtszüge und der Goldton ihres Haars verrieten sofort, was sie der Ankommenden im nächsten Moment mitteilte.

«Ich bin Karoline von Bahro, Christians Schwester», empfing sie Paulina und blickte leicht nervös um sich. «Wir müssen uns kurz fassen, denn in dieser Stadt haben die Menschen lange Ohren.»

«Warum haben Sie mich hergebeten?», kam Paulina ohne Umschweife zur Sache.

Karoline musterte sie prüfend. «Ich muss sagen, dass ich meinen Bruder verstehen kann. Auch wenn es mir manchmal das Herz gebrochen hat, dass er all die Jahre so gelitten hat, vermag ich nachzuvollziehen, dass er sich schwertat, eine Ihnen ebenbürtige Frau zu finden.»

«Warum hat er mich dann seinerzeit zurückgewiesen?», fragte Paulina, erstaunt über die Offenheit der anderen.

«Christian will es bis heute nicht wahrhaben, dass er das Opfer einer Intrige seines eigenen Vaters geworden ist. Graf Bahro hätte alles getan, um eine Heirat meines Bruders mit Ihnen zu verhindern. Sie kennen die Geschichte, die dahinter steht?»

Paulina nickte. «Ihr Vater hat sie mir selbst erzählt. Nun, es wäre ohnehin zu spät. Die Dinge haben sich in den letzten Jahren sehr verändert.»

«Ich weiß. Sie sind mittlerweile verheiratet.»

«Nicht nur das. Von unserer Liebe ist nicht viel übrig geblieben.»

Karoline hob zweifelnd die Augenbrauen. «Sind Sie da so sicher? Warum sind Sie dann hergekommen?»

Paulina kniff die Lippen zusammen. Ja, warum war sie eigentlich hergekommen?

«Ich mische mich ungern in die Angelegenheiten meines Bruders», fuhr Karoline von Bahro fort, «aber da ich ihn nun einmal in schwesterlichem Beistand nach Neubrandenburg begleitet habe, werde ich meinem Vorsatz dieses eine Mal untreu werden – in der Hoffnung, das Richtige zu tun.»

«Sie sprechen in Rätseln, Mademoiselle.»

«Seit sieben Tagen weigern Sie sich, meinen Bruder zu empfangen. Christian begründete es damit, dass die traurige Geschichte mit der Gräfin Bahro zwischen Ihnen stehe.»

«Allerdings, und das aus gutem Grund, wie mir scheint. Man hat meine Großtante in dem Glauben sterben lassen, dass ich mich von ihr abgewandt hätte. In Wahrheit verbot man mir jedoch, sie zu besuchen.»

«Ich weiß, Madame. Ich weiß auch, wie oft die Gräfin Bahro nach Ihnen gefragt hat. Selbst meine Mutter, die sich allerdings niemals gegen meinen Vater auflehnen würde, war nicht damit einverstanden, die alte Dame in diesem Irrglauben zu lassen.»

«Daran ist aber nun nichts mehr zu ändern!», wandte Paulina voller Bitterkeit ein.

Ein flüchtiges Lächeln huschte über Karolines Gesicht. «Sie haben Ihre Großtante sehr gemocht, nicht wahr?»

Paulina nickte stumm.

«Sie hat noch auf dem Sterbebett nach Ihnen gefragt», erzählte Karoline. «Bis zum Ende konnte sie nicht verstehen, dass Sie nie mehr etwas von sich hatten hören lassen. Da sie nicht nur Ihre Großtante, sondern auch meine Großmutter war, konnte ich es nicht ertragen, sie mit ihrem Kummer sterben zu lassen. Ich habe ihr, als ich einen kurzen Moment mit ihr alleine war, die Wahrheit erzählt.»

«Das haben Sie wirklich getan? Hat meine Großtante Ihnen die Geschichte denn geglaubt?»

«Großmutter war zum Schluss nicht mehr die, die Sie gekannt haben», erklärte Karoline betrübt. «Aber ich kann Ihnen versichern, dass sie zutiefst erleichtert war, dass Sie, ihr Schützling, sich nicht aus freiem Willen von ihr abgewandt hatten. Bald danach ist sie friedlich verstorben.»

Paulina war unfähig, etwas zu sagen.

«Darf ich Sie ersuchen, alles, was ich Ihnen erzählt habe, für sich zu behalten?», bat Karoline.

Paulina trat auf Christians Schwester zu und drückte ihre Hände. «Sie können sich darauf verlassen! Ich danke Ihnen für Ihren unbeschreiblichen Mut. Es nimmt mir eine große Last von der Seele, dass meine Großtante nicht im Groll auf mich von dieser Welt gegangen ist. Wenn ich jemals etwas für Sie tun kann …»

«Werden Sie mit meinem Bruder sprechen?», bat Karoline ohne Zögern.

Paulina sah die junge Frau an. Vom ersten Moment an hatte sie eine Art Zuneigung für sie verspürt. Vielleicht hätten sie – unter anderen Umständen – sogar Freundschaft schließen können. So aber würde immer eine Mauer aus Familientragödien und Heimlichkeiten zwischen ihnen stehen.

«Ja», sagte Paulina schließlich. «Ich werde mit Christian sprechen.»

Kapitel 29

Boltenhusen, Oktober 1794

Als sich am späten Vormittag endlich ein einsamer Reiter dem Schloss näherte, waren Paulinas Nerven bis zum Zerreißen gespannt. Sie löste sich vom Fenster in ihrem Schlafzimmer und begab sich hastig in den Salon.

Schritte auf der Treppe kündigten bald das Kommen des Besuchers an. Paulinas Herz begann wie wild zu pochen. Sie ertappte sich dabei, wie sie nervös ihr Haar ordnete und das elegante Kleid glattstrich, das sie extra angezogen hatte.

Die Tür ging auf, und der Diener trat ein.

«Ich lasse Herrn von Bahro bitten», kam Paulina seiner Ankündigung ungeduldig zuvor.

Der Mann, den sie noch vierundzwanzig Stunden vorher an derselben Stelle scharf zurechtgewiesen hatte, räusperte sich verlegen. «Gnädige Frau … ähm … der Besucher ist nicht Herr von Bahro.»

«Wie bitte?» Paulina glaubte, sich verhört zu haben.

«Bei dem Reiter, der gerade eingetroffen ist, handelt es sich um einen Boten des Fräuleins von Bahro. Er hat eine Nachricht für Sie, gnädige Frau, die er Ihnen persönlich überbringen soll.»

Und Christian? Wo war Christian? Paulina fühlte sich plötzlich mit Schrecken an den Albtraum erinnert, den sie vier Jahre zuvor erlebt hatte. Sollte ihr erneut eine derartige Enttäuschung und Demütigung bevorstehen?

Mit tonloser Stimme bat sie, den Besucher hereinzuführen.

Sie stürzte auf den Boten zu und riss ihm den Brief aus der Hand. Fieberhaft, mit zitternden Fingern brach sie das Siegel auf und faltete das Papier auseinander. Es war ein kurzes Schreiben in einer schnörkeligen, nach links gerichteten Schrift, die sie nicht kannte.

«Meine liebe Frau von Ostry», stand dort. «Christian hat heute in aller Frühe einen Befehl seines Hauptmanns erhalten. Er musste sofort nach Rostock aufbrechen. Lassen Sie meinen Bruder nicht ohne Aussprache zurück in den Krieg ziehen! Vielleicht erreichen Sie ihn noch! Sie werden ihn im Haus des Herrn von Plirnitz finden. Ich werde in wenigen Minuten nach Schloss Bahro abreisen. Ihre ergebene Karoline von Bahro.»

Kaum eine halbe Stunde später fuhr ein schneidiger Einspänner zum Parktor von Boltenhusen hinaus.

«Denken Sie daran, was ich Ihnen versprochen habe», sagte Paulina zu ihrem Kutscher. «Wenn Sie Rostock schnellstmöglich erreichen, werde ich mich in gebührender Weise erkenntlich zeigen.»

«Das lasse ich mir nicht zweimal sagen, gnädige Frau», antwortete Franz, der angesichts der in Aussicht gestellten Belohnung ein wenig umgänglicher war als sonst. «Falls Herr von Bahros Kutsche keine Flügel bekommen hat, stehen unsere Chancen gut, ihn einzuholen.»

Ohne Zwischenfälle erreichten sie am Abend Güstrow. Paulina nahm sich ein Zimmer in einer einfachen Herberge und schickte Franz los, damit er sich nach Christian von Bahro erkundigte. Als der Bursche nach zwei Stunden zurückkehrte, berichtete er, dass in der ganzen Stadt niemand etwas von einem Herrn von Bahro gehört habe.

Paulina verbrachte eine unruhige und sorgenvolle Nacht in dem unbequemen Gastzimmer und drängte den armen Kutscher am nächsten Tag schon in aller Herrgottsfrüh zur Weiterfahrt.

Das Wetter hatte gewechselt und verhieß nichts Gutes. Paulina blickte beunruhigt zum Himmel hinauf, über den mit beängstigender Geschwindigkeit dichte graue Wolken zogen.

Am Mittag wurde der Wind stärker. Heftige Böen erfassten die kleine Kutsche und machten ein Fortkommen mit jeder Stunde schwieriger. Immer wieder zwangen kräftige Regenschauer Paulina und ihren Kutscher, unter einem Baum Schutz zu suchen.

«Ich fürchte, dass ein Sturm aufzieht, Madame!» Franz musste fast schreien, damit die junge Frau ihn überhaupt verstand. «Wir sollten im nächsten Dorf anhalten!»

«Nichts da!», bestimmte Paulina. «Wer weiß, wie lange dieser Sturm dauert! Es dürfte nicht mehr weit bis Rostock sein. Wir fahren weiter!»

Sie hörte den Kutscher laut fluchen und beschloss, sich noch großzügiger zu zeigen, als sie es ohnehin geplant hatte, wenn er sie heil ans Ziel brachte. Ihre Hoffnung wurde jedoch im nächsten Moment zunichtegemacht. Hinter einer Kurve tauchte ein mächtiges Hindernis auf, das den ganzen Weg versperrte. Franz blieb nichts anderes übrig, als mit aller Kraft die Zügel anzuziehen und das Pferd in einigem Abstand zum Stehen zu bringen.

«Schauen Sie nach, was es dort gibt!», wies Paulina ihn an, verärgert über den unvorhergesehenen Halt.

Der Kutscher kam bald darauf zurück. Er war triefend nass vom Regen und erzählte aufgeregt, dass der Fuhrwagen zweier Fischerburschen umgekippt war. Das Zugpferd hatte gescheut, und der schwere Wagen war zur Hälfte eine steile Böschung hinuntergerutscht. Bei dem Versuch, den Wagen wieder hinaufzuschieben, war das Bein des einen Fischers von einem Hinterrad eingeklemmt worden.

«Konnten Sie den Männern nicht helfen?», fragte Paulina entnervt.

Franz schüttelte den Kopf. «Der Wagen ist zu schwer. Außerdem ist er beladen.»

«Dann laden Sie ihn ab!»

«Das Fuhrwerk liegt halb im Graben, gnädige Frau. Es rutscht immer weiter ab. Der zweite Mann hat die Waren bereits in den

Kutschbock umgeräumt, damit der Wagen nicht das Gleichgewicht verliert.»

Paulina wurde langsam ungeduldig. «Dann soll das verdammte Ding doch in Gottes Namen hinunterfallen, wenn es ohnehin nicht zu halten ist!»

Regentropfen rannen über die Wangen des Kutschers. «Das Fuhrwerk würde den Fischer unter sich begraben, gnädige Frau!»

«Allmächtiger!», stieß Paulina entsetzt hervor. «Dann ist der junge Mann ja in größter Gefahr!»

«Das kann man so sagen! Ich habe vorgeschlagen, dass wir versuchen, Hilfe zu holen.»

Paulina merkte, dass ihr Tränen in die Augen stiegen. Sie würden Stunden verlieren, wenn sie sich nun um das Fuhrwerk und den Mann kümmerten, und wer weiß, ob Christian dann überhaupt noch in Rostock sein würde. Andererseits konnte man den armen Kerl nicht seinem Schicksal überlassen. Mit einem Seufzer erhob sie sich vom Kutschbock und kletterte aus dem Wagen.

An der Unglücksstelle erwartete sie völlig verzweifelt ein durchnässter junger Mann. Er führte Paulina zu seinem Fuhrwerk, das mit dem hinteren Ende über einer abschüssigen Böschung hing. Halb darunter lag mit schmerzverzerrtem Gesicht ein weiterer Bursche und hielt den oberen Teil seines Beines mit beiden Händen umklammert. Es war unter dem riesigen Hinterrad eingeklemmt. Die hölzerne Umrahmung des Gefährts war zerbrochen, ein Teil der Ware war hinausgefallen. Das vordere Ende des Fuhrwerks mit dem Kutschbock ragte in die Luft. Das Zugpferd hatte man abgespannt, da es sich bei dem Unfall am Bein verletzt hatte. Mit hängendem Kopf stand es im Regen.

Um zu verhindern, dass das Gefährt vollends abrutschte und auf den armen Eingeklemmten rollte, hatte sein Begleiter einen Teil der Ware vor und auf dem Kutschbock zu einem wahrhaft abenteuerlichen Gebilde aufeinandergestapelt, das mit jedem Windstoß zusammenzufallen drohte.

Paulina kam zu dem Schluss, dass man keine Zeit verlieren dürfe.

Sie befahl Franz, ins letzte Dorf zurückzufahren und mit mindestens zwei Pferden oder Ochsen wiederzukommen, die das Fuhrwerk aus dem Graben ziehen sollten.

Der gute Mann, der nicht nur seine Belohnung dahinfließen sah, sondern auch den stetig stärker werdenden Sturm fürchtete, setzte eine unwillige Miene auf. Als er aber den armen, eingeklemmten Fischer erbärmlich stöhnen hörte, beeilte er sich, zu seiner Kutsche zu laufen, um sich auf den Weg zu machen.

Der Fischer blickte Paulina ungläubig an.

«So eine feine Dame wie Sie kann doch hier nicht im Regen stehen bleiben! Es gibt nicht einmal etwas zum Unterstellen!»

Obwohl ihre Kleider völlig durchnässt waren und sie vor Kälte zitterte, winkte Paulina ab. «Mir geht es immer noch besser als dem armen Kerl da unten!»

Es begann zu dämmern. Wie lange es wohl dauern mochte, bis Franz mit Unterstützung zurückkehrte? Das nächste Dorf war nicht allzu weit entfernt. Hoffentlich fanden sich ein paar Bauern, die den Sturm nicht scheuten und schnell zu Hilfe kamen! Bei Dunkelheit würde es wesentlich schwieriger werden, das Gefährt aus dem Graben zu ziehen.

«Der Wagen rutscht!», rief der Fischer plötzlich.

Das Gehölz des Fuhrwerks gab ächzende Geräusche von sich, während es ein Stück weiter in den Graben absackte. Der Eingeklemmte stieß einen schrecklichen Schmerzensschrei aus.

«Halten Sie die Ware fest!», rief Paulina und stürmte auf den Stapel aus Säcken, Holz und Kisten zu, der gefährlich schwankte. Die rückwärtige Lehne des Kutschbocks drohte zu brechen, und damit würde die gesamte Ware in den hinteren Teil rollen und den Wagen endgültig zum Abstürzen bringen. Ohne sich darum zu scheren, dass ihr vornehmes Kleid an einer zerborstenen Holzlatte hängenblieb und riss, packte sie beherzt zu und begann die

Gegenstände umzuschichten. Der verblüffte Fischer ging ihr eilends zur Hand, und der Wagen kam zum Stillstand.

«Lange wird das nicht so stehen bleiben», meinte Paulina und betrachtete mit skeptischer Miene den in der Eile völlig planlos aufgetürmten Haufen. Zu allem Überfluss öffnete der Himmel auch noch all seine Schleusen, und ein sintflutartiger Platzregen ging auf das Land nieder.

«Wir werden nicht mehr viel ausrichten können!», rief sie entsetzt, und der Fischer eilte zu seinem unglücklichen Kameraden, in dem Glauben, dass dessen letztes Stündchen geschlagen habe.

Paulina sah, dass der Wagen sich wieder bewegte. Verzweifelt griff sie nach irgendeiner Kiste, obwohl sie wusste, dass das Fuhrwerk sich nicht mehr lange halten würde. Was sollten sie nur tun? Warum kam Franz nicht endlich? Nie in ihrem Leben hatte sie sich so hilflos gefühlt.

«Fort da, Mädchen!», rief plötzlich eine gebieterische Stimme.

Eine energische Hand schob sie beiseite. Als Paulina sich umsah, blickte sie in die hellen Augen von Christian. Regentropfen rannen über sein Gesicht, Strähnen seines nassen Haars klebten an Stirn und Schläfen. Auf seine Uniform klatschte der Regen.

«Sie, Madame?» Einen Augenblick starrte er sie verwundert an, dann wandte er sich dem Wagen zu und packte mit kräftiger Hand einen der Holzstämme, die vor dem Kutschbock lagen.

«Die Holzstämme als Stütze unter den Wagen, damit er Halt bekommt!», befahl er, und Paulina sah, dass zwei weitere Männer neben dem verunglückten Fuhrwerk aufgetaucht waren.

Soweit es möglich war, schoben die Helfer die Holzstämme unter den Wagen. Mit fester Stimme erteilte Christian Anweisungen.

«Ladet die restliche Ware ab und spannt unsere Pferde in die Deichsel!»

Während Christian und einer seiner Begleiter mit flinken Griffen versuchten, das Fuhrwerk über dem aufgeweichten Boden standfester zu machen, lief der zweite Mann zu dem wenige Schritte entfernt stehenden gräflichen Wagen und spannte die beiden Pferde aus. Paulina erkannte den Kutscher der Bahros.

«Beeil dich, das Fuhrwerk rutscht wieder ab!», rief Christian.

Der Kutscher führte die beiden Pferde herbei. Nervös tänzelten sie über den schlammigen Weg. Besonders eins von ihnen, ein prächtiger Rappe, dessen schwarzes Fell vom Regen glänzte, gebärdete sich wie wild. Als er zur Deichsel kam, machte er Anstalten zu steigen und schüttelte seinen Führer ab.

«Das Pferd!», schrie Paulina gegen den Wind an. «Es läuft fort!»

Mit einem Satz war Christian bei dem widerspenstigen Tier und packte es am Zügel. Seine Hand legte sich beruhigend auf die Nüstern des Tiers. Der Rappe machte noch ein paar Sprünge zur Seite, dann hatte der junge Mann ihn gebändigt und spannte ihn mit wenigen, geübten Handgriffen in die Deichsel.

«Gib's ihnen mit der Peitsche!», rief er, worauf Christians Begleiter eine lange Gerte auf den Hintern der Pferde sausen ließ.

Während Christian die Pferde vorwärts zog, schoben seine Männer mit aller Kraft das Fuhrwerk an. Die gestapelten Waren fielen endgültig zusammen und rollten vom Wagen oder blieben unter dem Kutschbock liegen.

Endlich, nach einer halben Ewigkeit, bewegte das Fuhrwerk sich ein Stück aus dem Graben heraus. Paulina sprang die Böschung hinunter, packte den verletzten Fischer unter den Armen und versuchte, ihn unter dem Rad hervorzuziehen. Drohend sah sie den Wagen über sich hängen. Wenn er nun abrutschte, würde er sie beide unter sich begraben. Der Fischer schrie vor Schmerzen, doch Paulina zerrte weiter.

Die junge Frau hörte, wie Christian mit entschlossener Stimme seine Befehle erteilte. Plötzlich war sie ganz sicher, dass jetzt, wo er da war, alles gutgehen würde. Er war im Krieg aus einer vom

Feind umringten Festung entkommen – dann würde er auch dieses verdammte Fuhrwerk aus dem Graben ziehen können!

Und wirklich! Wieder bewegte der Wagen sich ein Stück nach oben. Paulina spürte plötzlich keinen Widerstand mehr. Mit großer Anstrengung zog sie den Fischerburschen unter dem Rad hervor. Sie strauchelte und fiel hintenüber ins nasse Gras.

Er war noch nicht weit genug weg! Das Fuhrwerk konnte jeden Moment nach unten kippen. Sie rappelte sich noch einmal auf. Unter Aufbietung ihrer letzten Kräfte schleifte sie den armen Jungen, der endlich in eine erlösende Ohnmacht gefallen war, in Sicherheit.

«Er ist raus!», schrie sie, so laut sie konnte, durch den Sturm.

Plötzlich war Christian an ihrer Seite.

«Alle Achtung, Madame!», sagte er und beugte sich über den Verletzten. «Sie haben mehr Mut als so mancher Mann.»

Dann richtete er sich wieder auf. «Spannt die Pferde aus!», rief er nach oben.

Wenige Augenblicke später kippte das Fuhrwerk ab und rutschte vollends in den Graben. Das zweite Hinterrad zerbrach ächzend. Am Böschungsrand erschienen die anderen Männer mit den unruhigen Pferden und starrten auf die Überreste des Wagens, der den armen Eingeklemmten ohne Zweifel unter sich begraben hätte.

Der Fischer lief den Abhang herab und ließ sich neben seinen ohnmächtigen Begleiter fallen. «Ist mein Bruder tot?»

«Nein», beruhigte Christian ihn. «Er ist vor Schmerzen bewusstlos geworden. Er muss schnellstmöglich zu einem Arzt. Wir werden eine Trage bauen und ihn vorsichtig zu meiner Kutsche schaffen!»

Ein seltsamer Tross näherte sich auf der Straße. Der kleinen Boltenhusener Kutsche folgte ein klappriger Leiterwagen, vor den zwei Ochsen gespannt waren.

Erschöpft und mit einem Gefühl großer Erleichterung suchte

Paulina Schutz hinter der Bahro'schen Kutsche. Sie hatten es geschafft! Die Hilfe aus dem Dorf kam zwar zu spät, aber nun konnte der Ochsenkarren wenigstens die verlorene Ware der armen Fischer aufnehmen.

Sie spürte, wie jemand ihr einen Mantel über die Schulter legte.

Paulina wandte sich um. Christian stand vor ihr, ein liebevolles Lächeln auf den Lippen. «Ich sah, dass Sie frieren, da habe ich einen trockenen Umhang aus meinem Gepäck geholt.»

Sie konnte nicht anders. Wie von einer übernatürlichen Kraft getrieben, warf sie sich an seine Brust. Sie fühlte sich von seinen Armen umschlungen, seine männliche Körperwärme hüllte sie ein. Er presste sie an sich, und die Knöpfe seiner nassen Uniformjacke drückten sich in ihre Wange. Sie hob den Kopf und sah ihn an. In seinen Augen, deren leuchtend braune Farbe so durchscheinend war und doch so etwas Undurchdringliches hatte, lag jene Melancholie, die ihr schon bei ihrer ersten Begegnung aufgefallen war. Sie brauchte sich nicht länger etwas vorzumachen – ihre Gefühle für ihn waren noch immer dieselben wie an jenem berauschenden Tag in Trugenhofen.

Damals waren sie noch zu jung und unerfahren gewesen, um ihrer jäh erwachten Leidenschaft nachzugeben. Doch jetzt, im strömenden Regen dieses stürmischen Abends, durch die Kutsche vor neugierigen Blicken geschützt, tat Christian das, was er fünf Jahre zuvor nicht gewagt hatte: Er senkte seine Lippen auf ihre und verschloss ihren Mund mit einem weichen Kuss.

Paulina vergaß ihre nassen Kleider und die ungemütliche Kälte, sie vergaß die nervenaufreibenden letzten Tage und die vergangenen, schreckerfüllten Stunden. Fast scheu zu Beginn, fühlte sie sich bald von einer glühenden Lust erfasst. Mit dem Wissen ihrer Erfahrung spürte sie, dass es Christian ebenso ging. Dieser Mann, der ihr so überlegt und beherrscht erschienen war, begehrte sie heftig.

Er liebt mich, er liebt mich wirklich, dachte sie beglückt, bevor sie von einem Strudel bisher nicht gekannter Empfindungen mitgerissen wurde.

«Gnädiger Herr, wir sind fertig!», ertönte eine männliche Stimme wie aus einer anderen Welt. «Der junge Mann ist in der Kutsche. Wir können abfahren.»

Christian löste sich langsam von ihr. Sein Atem ging schwer. Er sah Paulina an, wie von etwas Unvorstellbarem überwältigt.

«Liebste», flüsterte er, «geh heute Nacht nicht von mir!»

Kapitel 30

Heiligendamm, Oktober 1794

«Kennen Sie die Sage vom Heiligen Damm, gnädige Frau?», fragte der Fischer, während er seelenruhig sein Netz flickte.

Paulina, die auf einer Bank am Tisch saß, schüttelte den Kopf. «Nein», antwortete sie.

Die Kerze auf dem groben Holztisch warf flackernde Schatten auf das von Wind und Wetter gegerbte Gesicht des Mannes. Draußen heulte der Wind und pfiff durch die Ritzen des Hauses. Der Regen prasselte hart gegen die Fensterscheiben. Es war mittlerweile stockdunkel.

Im Ofen knisterte ein Feuer. Die Fischerin saß stumm auf einem Schemel davor und rührte bedächtig in einem großen Topf, der über der Flamme hing. Köstlicher Essensduft erfüllte den Raum.

«Die Bewohner in dem kleinen Ort nahe Doberan lebten in arger Bedrängnis», begann der Fischer zu erzählen. «Die Flut hatte ihnen schon ein gutes Stück Land geraubt und drohte, die nahe dem Ufer gelegenen Häuser mit sich fortzureißen. In ganz Mecklenburg wurden Betstunden angeordnet, damit der Herr den armen Menschen Hilfe schicken möge. Der nächste Sturm kam – er wütete so gewaltig wie heute. Die See rauschte, der Boden erzitterte, Blitze zuckten über den Himmel. Dann wurde es stiller, und der Mond trat hinter den Wolken hervor. Die Bewohner schauten ängstlich aufs Meer hinaus. Da lag etwas Großes, Dunkles im Wasser, und manche glaubten, es sei ein Ungeheuer, das seinen Rücken aus der Flut hob. Als es Tag wurde und das Wasser vom Strand zurückgewichen war, sahen die erstaunten Bewohner eine Düne. Wie ein fester Damm war sie in der Nacht entstanden und schützte seither die Häuser an der Küste. Die Bewohner lobten Gott und nannten den Wall fortan den Heiligen Damm.»

«Eine schöne Geschichte», sagte Paulina andächtig.

«Heute brauchen wir das Meer nicht mehr zu fürchten, wenn der Herbst mit seinen Stürmen beginnt», brummelte der Fischer in seinen Bart. «Eine gute Zeit, um Bernstein zu suchen.»

Paulina lächelte sehnsüchtig. «Bernstein … Glauben Sie, dass man hier welchen finden könnte?»

«Morgen müssen Sie suchen, gnädige Frau, nach dem Sturm. Vielleicht haben Sie Glück, und das Meer hat etwas an Land gespült.»

Die Tür flog donnernd auf und knallte gegen die Wand. Ein strammer Windzug löschte die Kerze auf dem Tisch. Hinter dem Sohn des Hauses trat Christian in die Stube ein. Er musste den Kopf einziehen, um sich nicht am Türrahmen zu stoßen. Seine Miene wirkte angespannt.

Die Fischerin richtete sich behäbig auf, nahm ein Holzscheit und zündete die Kerze auf dem Tisch wieder an.

«Was macht der Junge?», fragte der alte Fischer, ohne von seiner Arbeit aufzusehen.

«Dieser herzogliche Professor sagt, dass der Knochen seines Beines gebrochen ist», antwortete sein Sohn. «Er hofft, dass er es retten kann.»

Der Fischer nickte mit der Gelassenheit der Menschen, die ihr Schicksal als gottgegeben betrachten.

Paulina sah zu Christian hinüber. Seit ihrem Kuss auf der Straße nach Rostock hatte er sich ihr gegenüber in Zurückhaltung geübt. Fast glaubte sie schon, dieses köstliche Erlebnis nur geträumt zu haben. Doch die Leidenschaft, die er ihr entgegengebracht hatte, konnte er nicht vorgetäuscht haben, dessen war sie sich gewiss.

Wie würde es jetzt wohl weitergehen? Was hatte er vor?

Seiner unzugänglichen, in sich gekehrten Miene war nicht viel zu entnehmen.

«Setzen Sie sich zu uns ans Feuer!», forderte die Fischerin den jungen Grafensohn auf.

«Das würde ich gerne, aber ich muss fort. Ich bin gekommen, um die gnädige Frau abzuholen. Wir werden gleich nach Rostock aufbrechen.»

«Aber gnädiger Herr!», protestierte die Fischerin. «Sie wollen doch nicht heute noch nach Rostock fahren! Bei dem Sturm! Machen Sie uns die Freude, unsere Gäste zu sein. Das ist das mindeste, was wir für Sie tun können, nachdem Sie unserem Sohn das Leben gerettet haben!»

«Man erwartet mich in Rostock. Morgen geht mein Schiff nach Lübeck. Ich muss zu meinem Regiment nach Holland zurück.»

Paulina senkte die Lider. Morgen schon!

«Nun, dann fahren Sie eben bei Sonnenaufgang!», beharrte die Fischerin. «Bis dahin ist der Sturm vorbei!»

«Wenn Sie jetzt fahren, gelangen Sie nicht einmal bis Doberan», ließ sich die Stimme des alten Fischers vernehmen.

Die Fischerin nickte zustimmend. «Außerdem können Sie

Ihre hübsche kleine Gemahlin nicht noch einmal in den Sturm hinausschicken!»

«Wo sie doch noch nach Bernstein suchen wollte», sagte der Fischer.

Christian blickte Paulina fragend an. Seine Augen bekamen plötzlich einen eigenartigen Glanz.

«Wir überlassen Ihnen unsere Schlafkammer, dann können Sie sich gründlich ausruhen», bot die Fischerin an.

Paulina hielt die Luft an. Ob Christian dasselbe dachte wie sie? Das Schicksal schien bereit zu sein, ihnen ein paar Stunden Aufschub zu gewähren.

«Ja», sagte Christian schließlich mit tonloser Stimme. «Wir werden gerne hierbleiben, gute Frau.»

«Sie wollen also Bernstein suchen?», fragte Christian zärtlich.

Er kniete vor dem kleinen Kamin und schürte das Feuer. Eine behagliche Wärme breitete sich in der kleinen Kammer der Fischersleute aus. Über dem Haus heulte der Sturm. Von draußen war das tosende Meer zu hören.

Paulina, die auf einem kleinen Schemel saß, fühlte sich seltsam beklommen. «Es würde mich immer an die Farbe Ihrer Augen erinnern», sagte sie leise.

«Ich darf folglich hoffen, dass Sie sich an mich erinnern möchten?»

Sie hielt seinem forschenden Blick stand. «Haben Sie daran noch immer Zweifel?»

Er legte den Schürhaken beiseite und richtete sich auf. Seine Gestalt füllte fast die Höhe des Raumes aus. Er hatte seine Uniformjacke ausgezogen und trug nur noch ein weißes Hemd.

«Warum haben Sie mich nicht empfangen?», fragte er unvermittelt.

Paulina zögerte. «Ich hatte Angst vor dem, was Sie mir sagen würden.»

«Angst?»

«Ich wollte mir Ihre erneuten Vorwürfe ersparen. Ich wollte nicht hören, dass Sie vielleicht mit einer anderen verheiratet sind. Ich wollte nicht all die alten Wunden aufreißen, die ich endlich geschlossen glaubte.»

«Sind *Sie* es nicht, die verheiratet ist?»

Paulina senkte den Kopf. «Ja, Sie haben recht. Ich bin verheiratet. Mit einem Mann, den ich nicht liebe und der mich auch nicht liebt.»

Er trat zu ihr und strich ihr leicht über das Haar. Am liebsten hätte sie seine Hand festgehalten und an ihre Wange gedrückt.

«Ich kenne Ihre Geschichte mittlerweile», sagte er. «Obwohl ich nur wenige Tage in Mecklenburg war, kam ich nicht umhin, sie zu hören. Man hat sic allerorten erzählt.»

Paulina blickte zu ihm auf. «Und dennoch sind Sie nach Boltenhusen gekommen. Warum wollten Sie mich noch einmal sprechen?»

Er kniete vor ihr nieder. «Ich konnte nicht anders. Ich musste Sie wiedersehen. Auch wenn Sie mir ferner denn je erschienen, wollte ich mich vergewissern, ob von der Liebe, die ich für Sie empfunden habe, noch etwas vorhanden ist.»

Paulina starrte ihn atemlos an. Sie wagte nicht zu fragen, was er herausgefunden hatte.

«Weiß Ihr Vater, dass wir uns begegnet sind?», wollte sie wissen.

«Nein, und er wird es auch nicht erfahren.»

Paulinas Blick wanderte zu dem Alkoven, der einen Großteil des kleinen Zimmers einnahm und dessen schwere Vorhänge – gleichsam wie ein Symbol von etwas Verbotenem – zugezogen waren. «Ich würde also eine heimliche Mätresse für Sie sein?»

Er wirkte erstaunt. «Was könnten Sie denn sonst sein? Sie sind schließlich verheiratet, und ich bin Premierleutnant der hannoverschen Armee. Eine öffentliche Liaison mit Ihnen kann ich mir schlichtweg nicht erlauben. Was glauben Sie, wie schwierig es schon war, den Verdacht meiner Diener im Keim zu ersticken?»

Paulina stand auf und ging zu dem kleinen Fenster, vor das zum Schutz vor dem Sturm die Läden geklappt waren.

Warum war sie ihm nur hinterhergefahren? Wie hatte sie so dumm sein können, die unüberwindlichen Mauern nicht zu sehen, die mehr denn je zwischen ihnen bestanden? Ausgerechnet sie, der man nachsagte, einen so scharfen Verstand zu besitzen.

Er trat hinter sie und legte fast scheu seine Hand auf ihre Schulter.

«Sie sind die Frau meines Herzens. Das wusste ich vom ersten Augenblick an, als ich Sie sah – zuerst auf dem Gemälde in der Toskana und dann zwischen den Jahrmarktbuden in Trugenhofen. Aus irgendeinem Grund wollte das Schicksal nicht, dass wir zusammenkommen. Mittlerweile haben die Dinge sich geändert – nicht gerade zu unseren Gunsten. Eines aber hat sich nicht geändert: meine Liebe zu Ihnen. Ich konnte nie so weit gehen, eine andere Frau zu heiraten, da ich all die Jahre nicht aufgehört hatte, Sie zu lieben.» Er drehte sie sacht zu sich um. «Mir scheint, dass uns nur flüchtige Begegnungen beschert sind. Wieder bleiben uns nur ein Tag und eine Nacht. Ich muss morgen zurück zu meiner Armee nach Holland. Wann wir uns wiedersehen, vermag ich Ihnen nicht zu sagen. Der Krieg ist nicht vorhersehbar. Ich kann Ihnen jetzt nicht mehr geben als diese eine Nacht. Es liegt an Ihnen, meine Liebste! Wenn Sie es wünschen, lasse ich Sie alleine und lege mich zu dem Fischerjungen in die Kammer. Ich würde es verstehen, wenn Sie mich zurückwiesen, aber es würde mir das Herz brechen.»

Er sah sie erwartungsvoll an.

Sie waren noch unerreichbarer füreinander geworden. Jetzt standen nicht mehr nur sein Vater, sondern auch ihre Ehe und seine militärische Laufbahn zwischen ihnen. Es würde ihnen nichts anderes übrigbleiben, als mit der Heimlichkeit zu leben oder zu verzichten.

Paulina wollte nicht verzichten. Sie hatte plötzlich nur noch den Wunsch zu erfahren, wie der Blick dieser unvergleichlichen Augen, die so undurchdringlich sein konnten, in dem Moment sein würden, da sie sich der Liebe öffneten.

«Bitte bleib bei mir!», flüsterte sie.

Christian erbebte.

Es brach über sie herein wie der Sturm, der am Dach des Hauses rüttelte. Sie drängten sich aneinander und suchten wie Verdurstende die Lippen des anderen. Während sie fieberhaft an ihren Kleidern nestelten, taumelten sie zum Alkoven, rissen die Vorhänge zur Seite und ließen sich eng umschlungen auf das Bett niederfallen.

Es war eine Nacht ohne Ende. Eine Nacht der Zärtlichkeiten und Liebesspiele, der gemurmelten Geständnisse und Schwüre. Während draußen das Unwetter mit aller Macht wütete, erlebte Paulina hinter den dicht zugezogenen Vorhängen des bescheidenen Alkovens in Christians Armen eine Lust, deren Intensität sie fast erschreckte.

Christian schien wie entfesselt. Nie hätte Paulina eine solche Sinnlichkeit in diesem überlegten und bisweilen so unnahbaren Mann vermutet. Er offenbarte ihr eine ungezügelte Leidenschaft, und Paulina ließ sich von ihrem Strom mitreißen. Sie, die nur die arrogante Kunstfertigkeit eines übersättigten Zynikers kannte, erfuhr, wie es war, von Herzen geliebt zu werden.

«Wenn man uns doch nie getrennt hätte!», flüsterte sie. «Es wäre so schön gewesen, deine Frau zu werden!»

Sie lag an seiner Brust und dachte, dass sie keinen anderen Mann jemals so lieben würde wie ihn.

«Du wirst auf mich warten, nicht wahr?», sagte er. «Ich kann dir nicht sagen, wann ich wiederkomme, aber du wirst diesmal auf mich warten …»

Sie musste dann doch vor Erschöpfung eingeschlafen sein. Als sie aufwachte, war der Platz neben ihr leer. Alles um sie herum war still. Der Sturm hatte nachgelassen, und durch die Ritzen der Fensterläden drang das erste Tageslicht.

Nach einer Weile wurde ihr klar, dass er fort war. Um diese eine Nacht am Strand beim Heiligen Damm mit ihr verbringen zu können, hatte er bereits vor Morgengrauen aufbrechen müssen.

Lange saß sie so da, stumm vor sich hin starrend, unfähig, sich zu bewegen. Irgendwann klopfte es an der Tür.

«Gnädige Frau!», ertönte die Stimme der Fischerin. «Ihr Kutscher ist unten und fragt, wann Sie abreisen wollen.»

Paulina zuckte zusammen. «Sagen Sie ihm, dass ich gleich komme.»

Mit einem tiefen Seufzer stand sie auf und ging zu dem kleinen Fenster der Kammer. Sie öffnete die Läden und sah eine weite, graue Wasserfläche vor sich, die bis zum Horizont reichte: das Meer. Dort irgendwo fuhr Christian jetzt davon, um erneut in den Krieg zu ziehen.

Als Paulina in die Fischerstube kam, wartete Franz auf sie. Er hielt ihr die ausgestreckte Hand entgegen. Ihr Blick fiel auf einen leuchtenden Gegenstand, der auf seiner Handfläche lag. Es war ein kleiner Stein, der die gleiche goldbraune Farbe hatte wie Christians Augen.

«Den soll ich Ihnen von dem gnädigen Herrn geben», sagte Franz. «Es ist ein Bernstein.»

Paulina merkte, wie ihr die Tränen in die Augen schossen. Vorsichtig nahm sie den Stein in die Hand und presste ihn an die Brust.

«Damit Sie sich immer an ihn erinnern», fügte Franz leise hinzu.

KAPITEL 31

Blommersforst, Dezember 1794

«Sieh an! Meine süße kleine Gemahlin», begrüßte Pierre sie, als Paulina den Salon betrat. Er hatte sich gerade eine Flasche Wein bringen lassen und war dabei, ein Glas einzuschenken. Während er einen Schluck trank, musterte er sie bewundernd.

«Hübsch, hübsch. Ich muss sagen, das eintönige Dasein in der Provinz bekommt Ihnen gut! Sie sehen bezaubernd aus.»

«Was man von Ihnen nicht gerade behaupten kann», stellte Paulina kühl fest.

Das ausschweifende Leben der letzten Monate war nicht spurlos an ihm vorübergegangen. Er war vom reichlich genossenen Essen und Wein ein wenig fülliger geworden. Unter seinen Augen lagen dunkle Ringe.

Er wird früh altern, wenn er es weiter so treibt, dachte Paulina. Nichtsdestotrotz sah er nach wie vor verteufelt gut aus.

Mit der Selbstsicherheit seiner zweifellos in Berlin errungenen Erfolge streckte er verlangend den Arm nach Paulina aus.

«Komm her, mein niedliches kleines Provinzpflänzchen! Ich erinnere mich dunkel, dass du dich vorzüglich auf gewisse Fertigkeiten verstehst.»

Paulina wandte sich verächtlich ab. Was bildete er sich ein? Dass sie sich ihm voller Sehnsucht in die Arme werfen würde? Die Zeiten, in denen sie in seiner Gegenwart noch ein gewisses Begehren empfunden hatte, waren lange vorbei.

«Warum kommen Sie erst jetzt nach Blommersforst?», fragte sie. «Ich bin bereits seit zwei Wochen hier, und der Weg von Berlin hierher dürfte nicht weiter sein als von Boltenhusen.»

«Offenbar bin ich in Berlin weniger abkömmlich, als Sie es in

Mecklenburg sind», antwortete Pierre selbstgefällig und keineswegs gekränkt durch ihre offenkundige Zurückweisung.

«Sie wissen, dass das gesamte Gebiet links des Rheins von den Franzosen besetzt wurde?»

«Man lebt in Berlin nicht hinter dem Mond, meine Liebe!»

«Die Franzosen sind bereits seit Anfang Oktober in Crefeld, und dieses Mal sind sie geblieben. Ihr Vater und Kronwyler haben, nachdem wochenlang der Postverkehr über den Rhein unterbrochen war, im November endlich einen Brief von Kronwylers Bruder bekommen.»

Paulina zog das Schreiben hervor und las ihrem Gatten daraus vor. «Der Stadt wurden erneut hohe Kriegslieferungen auferlegt. Gleich nach der Besetzung mussten die Bewohner große Mengen an Brot, Vieh, Heu, Hafer und Branntwein abtreten. Besonders schwer trifft es die Bauern, denen oftmals der Ertrag des ganzen Jahres verlorenging. Darüber hinaus mussten sie auch noch die Verwüstung ihrer Felder durch die französischen Truppen hinnehmen. Obwohl in Crefeld keine einzige Kampfeshandlung stattgefunden hat, gleicht die Umgebung unserer Stadt einem Schlachtfeld.

Die französischen Soldaten haben sich in selbstgezimmerten Hütten vor dem Fischelner Tor eingerichtet. Für den Bau dieser Biwaks mussten tausend Bürger und Bauern mit Äxten bewaffnet antreten und zwei Tage und Nächte lang Holz hacken. Nun hat man sogar begonnen, den Bockumer Wald zu plündern. Die französischen Offiziere und Grenadiere wurden in den Häusern der Stadt einquartiert – auch unser Palais und das der von Ostrys sind für die Einlagerung vorgesehen.»

Pierre hatte Paulinas Worten mehr oder weniger unbeteiligt gelauscht.

«Wirklich tragisch!», war sein ironischer Kommentar, nachdem sie geendet hatte. Er trank einen weiteren Schluck Wein. «Und daraufhin ist mein Vater freiwillig nach Crefeld gefahren?»

Paulina ließ den Brief sinken. «Letztlich ausschlaggebend war wohl etwas anderes. Die Franzosen haben die Färberei beschlagnahmt, um darin ein Armeekrankenhaus einzurichten. Kronwylers Bruder schreibt, dass ein beträchtlicher Schaden entstanden sei.»

Nun war Pierre doch einigermaßen beeindruckt.

«Dass mein Vater auf *diese* Nachricht hin sofort nach Crefeld gereist ist, wundert mich allerdings nicht. Wehe dem, der sich an seinem geheiligten Eigentum vergreift!»

Paulina musste ihm im Geheimen zustimmen. Sie konnte sich von Ostrys Entrüstung bildlich vorstellen. Er mochte der Besetzung Crefelds mit einer gewissen sachlichen Gelassenheit für die Unabänderlichkeit der Dinge begegnen. Die Beschlagnahmung der Färberei jedoch würde er, wie sie ihn kannte, nicht so ohne weiteres hinnehmen.

Pierre schenkte sich Wein nach. «Da ich nun also weiß, warum wir beide nach Blommersforst zitiert wurden, kann ich ja getrost bald wieder abreisen.»

Dass er nicht lange in Blommersforst bleiben wollte – dafür hatte Paulina ein gewisses Verständnis. Auch sie fühlte sich nicht besonders wohl in Westfalen.

Blommersforst, ein mächtiger, betagter Backsteinbau mit dicken Mauern und kleinen Fenstern, stand in einem weitläufigen Park zwischen hohen, alten Bäumen. In der unmittelbaren Nachbarschaft hatte Conrad von Ostry einige neue Gebäude errichten lassen, in denen das Lager, die Färberei, die Weberei und die Wohnräume der Weberfamilien untergebracht waren. Dadurch glich Blommersforst eher einem Fabrikgelände als einem vornehmen Adelssitz. Der harte Alltag der Weber beherrschte auch das Leben der Fabrikantenfamilie von Ostry. Seitdem nun auch noch Kronwyler mit seiner Familie und seinem Gefolge nach Blommersforst übergesiedelt war, musste man sich die kleinen Räume des Schlosses teilen, was niemandem so recht behagte.

«Darf ich fragen, wohin Sie zu fahren gedenken, wenn Sie Blommersforst verlassen?», wollte Paulina von ihrem Gatten wissen.

Pierre tat erstaunt. «Welch dumme Frage! Natürlich fahre ich nach Berlin zurück. Es liegt an Ihnen, ob Sie mitkommen möchten oder nicht. Da wir beide jedoch offenbar verschiedene Vorstellungen vom Leben haben, scheint es mir fast unvermeidbar, dass wir in Zukunft getrennte Wege gehen.»

Nichts lieber als das, hätte Paulina gerne ausgerufen, aber sie beherrschte sich. Dies war noch nicht der richtige Zeitpunkt für eine Aussprache. Einstweilen versuchte sie also, dem Aufenthalt in Blommersforst das Bestmögliche abzugewinnen. Dies erwies sich jedoch als nicht so einfach. Obwohl sie bereits seit fast einem Jahr in Blommersforst weilten, waren Frau von Ostry und Catherine weit entfernt davon, sich in Westfalen wohl zu fühlen.

«Endlich jemand, mit dem es sich reden lässt», seufzte Catherine erleichtert. «Mit Mutter und Sybilla ist ja nichts anzufangen, da sie die ganze Zeit über jammern. Und die adeligen Familien der Umgebung meiden uns wie die Pest. Sie weigern sich, uns zu empfangen, da wir Bürgerliche sind. Handeltreibende auf einem Adelssitz – das scheint für sie geradezu Ketzerei zu sein.»

Die Weihnachtszeit nahte, und zu Frau von Ostrys Kummer traf ein Brief ihres Gatten aus Crefeld ein, in dem er der Familie mit Bedauern mitteilte, dass Jean und er zum Heiligen Abend nicht nach Blommersforst kommen würden. Der Magistrat werde bald neu gebildet, da könne man unmöglich die Stadt verlassen.

Das Leben in Blommersforst begann, für alle Beteiligten unerträglich zu werden. Frau von Ostry und Sybilla stöhnten in einem fort, Catherine war gelangweilt und unzufrieden, Pierre hatte ständig schlechte Laune. Erschwerend kam hinzu, dass Paulina sich seit einigen Tagen nicht wohl fühlte.

Ich muss mich dringend ein wenig ablenken, sonst werde ich

noch verrückt, dachte sie und nahm sich vor, einmal im Kontor nach dem Rechten zu sehen und dem guten Homberg einen Besuch abzustatten.

«Darf ich ganz ehrlich zu Ihnen sein, gnädige Frau?», fragte der kleine hagere Buchhalter, während seine Augen hinter der Brille nervös hin und her irrten.

«Ich bitte darum, Homberg», antwortete Paulina. «Sie kennen mich gut genug, um zu wissen, dass man mich nicht schonen muss. Gehen die Geschäfte so schlecht?»

«Schlecht? Aber im Gegenteil, Madame – die Geschäfte gehen wunderbar. Aus diesem Grunde verstehe ich nicht, warum der gnädige Herr nur wegen der Färberei nach Crefeld gefahren ist.»

«Was ist daran nicht zu verstehen, dass Herr von Ostry seine Färberei zurückerhalten will?»

«Aber gnädige Frau!» Homberg rang die Hände. «Vergessen Sie nicht, dass wir uns mit Frankreich im Krieg befinden! Es ist ein großes Risiko, sich derzeit auf französisch besetztes Gebiet zu begeben. Im Übrigen werden sich die Generäle kaum von einem emigrierten Crefelder Fabrikanten etwas vorschreiben lassen.»

«Wenn ich es richtig verstanden habe, wurde aber doch der Crefelder Magistrat im Amt belassen», wandte Paulina erstaunt ein. «Hat er demzufolge nicht weiterhin das Sagen in der Stadt? Bürgermeister Althoff war meinem Schwiegervater immer wohlgesinnt.»

Homberg konnte sein Unverständnis über Paulinas Naivität nicht verhehlen. «Möchten Sie wissen, wer in Crefeld das Sagen hat? Selbst wenn die Franzosen dem Magistrat gegenüber den Anschein erweckt haben sollten, als hätten sie weitgehend alles beim Alten belassen, so werden sie nicht zögern, die Herren Gemeindevorsteher sofort zum Teufel zu schicken, falls diese nicht im Sinne der republikanischen Sache handeln.»

«Homberg!», rief Paulina empört. «Solche Reden aus Ihrem

Munde? Woher beziehen Sie Ihre umfangreichen Kenntnisse, wenn schon ein Brief nur schwer über den Rhein zu befördern ist?»

«Was glauben Sie wohl, was einen guten Kontorangestellten ausmacht?», meinte Homberg mit einem listigen Lächeln. «Ich habe meine Quellen, Madame, und damit sie nicht versiegen, habe ich nicht vor, sie preiszugeben.» Er kratzte sich verlegen am Kopf. «Wenn ich mir noch eine Bemerkung erlauben darf – Herr von Ostry hätte seinen Sohn Pierre mit nach Crefeld nehmen sollen.»

«Pierre?», fragte Paulina verblüfft. «Worin sollte Pierre seinem Vater wohl behilflich sein können?»

«Nun, der junge Herr von Ostry hat ein besonderes Geschick darin, mit den Franzosen umzugehen. Das konnte er ja bereits hinlänglich beweisen.»

«Er hat jedoch wenig Geschick für geschäftliche Dinge.»

«Im Augenblick dürften in Crefeld andere Qualitäten gefragt sein, gnädige Frau. Die Geschäfte können erst wieder blühen, wenn man sich mit den Franzosen ins Benehmen gesetzt hat.»

Paulina betrachtete den Kontorangestellten nachdenklich. Der Mann hatte vielleicht nicht einmal unrecht.

«Je nachdem, wie sich die Lage in Crefeld weiterentwickelt», referierte Homberg weiter, «könnte man darüber nachdenken, sich die unweigerlich dort stattfindenden Veränderungen zunutze zu machen. Mit der Neugestaltung der Verwaltung durch die Franzosen wird wahrscheinlich eine Art Gewerbefreiheit einhergehen. Die von der Leyens werden ja nun, da Crefeld nicht mehr preußisch ist, ihr vom König zugebilligtes Monopol auf die Produktion von Seidenstoffen verloren haben.»

Paulina horchte auf. «Das hört sich in der Tat interessant an. Soweit ich weiß, ist es das, was mein Schwiegervater immer wollte.»

«Zwar werden den Handeltreibenden in Crefeld vorerst die

Wege über den Rhein versperrt bleiben –, was zugegebenermaßen die Beschaffung der Rohseide erschwert –, aber durch den Wegfall der Binnenzölle könnte man sein Augenmerk vermehrt auf die französischen Gebiete richten.»

«Was durch unsere familiären Verbindungen zu Frankreich nicht schwierig sein dürfte», fügte Paulina hinzu.

«Ich merke, dass Sie mich wieder einmal verstanden haben», stellte Homberg befriedigt fest. «Man muss außerdem abwarten, wozu sich unser kriegsmüder preußischer König entscheidet. Sollte er mit Frankreich Frieden schließen, hängt alles davon ab, ob die Franzosen bereit sind, ihm die linksrheinischen Gebiete zurückzugeben. Falls es aber nicht zu einem Frieden zwischen Preußen und Frankreich kommt ...»

«... müsste man andere Einfuhrwege finden», ergänzte Paulina, worauf der Kontorangestellte anerkennend nickte.

«Hier hätte die Familie von Ostry mit ihren französischen Kontakten einen entscheidenden Vorteil. Sollten dann auch noch die holländischen Häfen wieder zugänglich werden ...», Homberg ließ den Satz unvollendet und machte zur Verdeutlichung der Fülle von entstehenden Möglichkeiten eine ausladende Handbewegung.

«Haben Sie Herrn von Ostry Ihre Überlegungen auch mitgeteilt?», erkundigte Paulina sich.

«Selbstverständlich, gnädige Frau. Er wollte jedoch nichts davon wissen. Vielleicht ändert er seine Meinung, während er in Crefeld ist.»

In diesem Augenblick flog die Tür zum Kontor auf, und einer von Pierres Dienern stürzte in den Raum. Paulina wollte den Mann gerade fragen, ob er noch ganz gescheit sei, einfach so hereinzuplatzen, als sie bemerkte, dass er völlig verstört war.

«Gnädige Frau!», rief er mit einer Miene, in der sich blankes Entsetzen spiegelte. «Endlich habe ich Sie gefunden!»

Paulina erhob sich eilig von ihrem Stuhl. Ein plötzlicher

Schwindel erfasste sie. «Was ist geschehen?», fragte sie und spürte, wie ihr das Blut aus dem Kopf wich.

«Gerade ist eine Eilstafette aus Crefeld eingetroffen, gnädige Frau! Herr von Ostry … der gnädige Herr … er und sein Sohn sind überfallen worden … vor den Toren der Stadt … Bauern haben sie gefunden …»

«Und weiter?», rief Homberg, der nun ebenfalls aufgesprungen war. «Was ist mit ihnen? Wurden sie verletzt?»

Der Diener schluckte schwer. «Sie sind beide tot!»

Paulina bemerkte noch, wie Homberg besorgt zu ihr herüberschaute. Dann verlor sie das Bewusstsein.

«Ich hätte nicht gedacht, dass die Nachricht vom Tod meines Vater Sie gleich umfallen lässt», meinte Pierre. «Für so zart besaitet hatte ich Sie nicht gehalten.»

Paulina lag auf einem Diwan im Salon. Auch Stunden nach ihrer Ohnmacht wollten ihre Kräfte nicht zurückkehren. Aus der bestürzten Miene, mit der Pierre sie anblickte, schloss sie, dass sie immer noch hundeelend aussah.

Sie hatte in einer Art Dämmerzustand verfolgt, was Homberg und der Verwalter von Blommersforst über den Überfall berichteten, dem Conrad und Jean von Ostry zum Opfer gefallen waren. Der Seidenfabrikant und sein Sohn hatten sich auf dem Weg nach Erldyk befunden, als eine der Gaunerbanden, die sich im Zuge des Krieges überall im Rheinland gebildet hatten, die beiden Männer überfallen haben musste. Bauern hatten die Getöteten gefunden und mit der Hilfe französischer Soldaten nach Crefeld zurückgebracht. General Lefebvre persönlich hatte Bürgermeister Althoff von dem tragischen Unglück in Kenntnis gesetzt, und der hatte sofort einen Eilkurier nach Blommersforst geschickt. Die Familie von Ostry könne ohne Hindernisse ins französisch besetzte Gebiet einreisen, um ihre Lieben zu beerdigen.

Paulina richtete sich mühsam von ihrer Ruhestätte auf.

«Wie soll es nun weitergehen?», fragte sie.

Pierre seufzte. «Ich werde wohl oder übel mit Kronwyler nach Crefeld fahren müssen. Es gibt schließlich einiges zu regeln, und Maman dürfte derzeit kaum in der Lage sein, dies allein zu bewältigen.» Er zupfte verlegen an seinem Kragen. «Es mag Ihnen albern vorkommen, meine Liebe, aber ich wäre Ihnen sehr verbunden, wenn Sie mich nach Crefeld begleiten würden.»

Obwohl Paulina sich miserabel fühlte, konnte sie nicht umhin, spöttisch aufzulachen. «Ich finde Sie nicht albern, sondern eher unverschämt. Vor ein paar Tagen haben Sie mir noch erzählt, dass wir besser getrennte Wege gehen sollten, und nun wollen Sie mich plötzlich an Ihrer Seite haben. Was hat Sie zu Ihrem Sinneswandel bewogen?»

«Ganz einfach: mein Unvermögen in Dingen, die das Geschäftliche betreffen!», antwortete Pierre frei heraus. «Ohne Ihre Unterstützung werde ich Kronwyler ausgeliefert sein. Er wird sich die Gelegenheit nicht nehmen lassen, mich über den Tisch zu ziehen.»

«Sie sehen Gespenster, mein Lieber! Machen Sie Kronwyler nicht schlechter, als er ist! Er hat gerade seinen Teilhaber verloren – da wird er doch nicht darüber nachdenken, wie er dessen Sohn am besten ausbooten kann. Aber wenn Sie solche Bedenken haben – warum nehmen Sie nicht Homberg mit?»

«Was soll ich mit Homberg? Er mag ein guter Buchhalter sein, aber er spricht weder Französisch, noch verfügt er über diplomatisches Geschick. Ich habe schließlich nicht vor, das Seidenunternehmen meines Vaters weiterzuführen. Mein einziges Anliegen ist es, den größtmöglichen Gewinn aus dem zu ziehen, was man in Crefeld noch aus den Fängen der Franzosen retten kann.»

Paulina starrte ihn fassungslos an. «Sie sind unmöglich! Vor ein paar Stunden haben Sie erfahren, dass Ihr Vater tot ist, und jetzt denken Sie schon an nichts anderes als an Ihren Vorteil!»

«Und was ist mit Erldyk?», fragte Pierre. «Der Besitz der Adeligen wird von den Franzosen konfisziert. Möchten Sie das Schloss Ihres Vaters verlieren?»

Paulina winkte ab. «Sie können Erldyk haben! Ich verkaufe es Ihnen. Noch heute werde ich Homberg bitten, einen Vertrag aufzusetzen …»

Sie konnte nicht weiterreden, denn sie wurde auf einmal von einer furchtbaren Übelkeit befallen. Schweiß perlte auf ihren Schläfen, und sie stützte ihren Kopf in die Hände, in der Hoffnung, dass dieses Unwohlsein vorübergehen würde. Doch es wurde immer schlimmer, und ihr blieb nichts anderes übrig, als aufzuspringen und fluchtartig das Zimmer zu verlassen, um eine Waschschüssel aufzusuchen.

«Was ist nur mit mir los?», fragte sie sich, als ihr Magen sich wieder etwas beruhigt hatte. Doch dann entspannten sich ihre Züge, und ein Lächeln erhellte ihr Gesicht.

«Aber natürlich! Ich erwarte ein Kind!»

Wie dumm von ihr, dass sie das nicht gleich erkannt hatte! Dabei hätte ihr aufgrund gewisser Anzeichen längst diese Vermutung kommen müssen.

Ein unendliches Glücksgefühl erfüllte die junge Frau. Sie trug ein Kind von Christian unter dem Herzen, die Frucht ihrer großen Liebe. Erneut wurde ihr an einem vom Tod überschatteten Tag bewusst, dass ein neues Leben in ihr reifte.

Paulina verspürte plötzlich den brennenden Wunsch, ihr süßes Geheimnis jemandem mitzuteilen. Sie ging ins Kinderzimmer hinauf und erzählte ihrer kleinen Tochter Anna, die ihr mit großen, staunenden Augen zuhörte, dass sie in nicht allzu langer Zeit ein Geschwisterchen bekommen würde.

Nach ihrer anfänglichen Freude wurde Paulina von wachsenden Zweifeln befallen. Sie verbrachte eine schlaflose Nacht, in der sie sich vorstellte, wie man ihre Schwangerschaft aufnehmen würde.

Was würde Pierre sagen? Außer Paulina wusste niemand besser als er, dass das Kind nicht von ihm war.

Und Christian? Paulina konnte sich den Skandal lebhaft vorstellen. Der hochangesehene, vielversprechende Christian von Bahro, Sohn eines Ministers am kurfürstlichen Hof von Hannover, Premierleutnant der hannoverschen Armee, in den Fängen einer gewissenlosen Ehebrecherin. War ihre Liebe stark genug, um das auszuhalten?

Nachdem die junge Frau sich stundenlang von einer Seite auf die andere gewälzt hatte, stand ihr Entschluss fest. Lieber sollte Christians Kind den Namen von Ostry tragen, als zeit seines Lebens mit dem Makel des Ehebruchs behaftet zu sein.

Und wenn Pierre das Kind nicht anerkennen würde?

Paulina setzte sich im Bett auf. Nun, dem konnte man immerhin abhelfen. Dann müsste sie ihrem Gatten nur noch die kleine Unstimmigkeit von zwei Monaten erklären …

Entschlossen schlug Paulina die Bettdecke zurück.

Sie tastete nach ihrem Morgenmantel, zündete eine Lampe an und stand auf. Obwohl bleierne Müdigkeit sie lähmte, schleppte sie sich zum Frisiertisch. Beim Blick in den Spiegel stellte sie fest, dass sie grauenhaft aussah. Mit ein paar geübten Bewegungen brachte sie ihr Haar in Ordnung und trug ein wenig Schminke auf. Dann benetzte sie ihren Hals mit etwas Parfüm und lockerte das Band am Dekolleté ihres Nachtgewandes.

Sie betrachtete sich ein letztes Mal prüfend im Spiegel, nahm die Lampe und verließ leise ihr Zimmer. Im Haus war noch alles dunkel und still. Paulina schlich über den Flur und hielt vor einer Tür am Ende des Ganges. Nach einem kurzen Moment des Zögerns betrat sie entschlossen den dahinterliegenden Raum.

Das Licht der Lampe erhellte ein breites Bett, auf dem quer ausgestreckt zwischen weißen Laken Pierre von Ostry lag und schlief.

Paulina stellte die Leuchte auf einem Nachttischchen ab. Dann band sie ihren Morgenmantel auf, ließ ihn zu Boden fallen und schlüpfte unter die Bettdecke an die Seite ihres Gatten.

Pierre bewegte sich und gab einen genießerischen Laut von sich. Seine Finger tasteten suchend über ihren Leib.

«Träume ich, oder bist du es wirklich?», grunzte er.

Sie schmiegte sich an ihn. «Davon müssen Sie sich schon selbst überzeugen», flüsterte sie.

Pierre blinzelte verschlafen. Sein Mund verzog sich zu einem breiten Grinsen. «Hattest du plötzlich Sehnsucht nach mir, meine Schöne?»

Sie spürte seine Hände auf ihrem Körper, die immer verlangender wurden. «Eine äußerst angenehme Überraschung …» Seine Stimme hatte einen erregten Ton angenommen. «Du kannst auf meine Liebeskünste wohl doch nicht verzichten, oder?»

Paulina schloss die Augen, damit er ihren widerwilligen Blick nicht bemerkte. «Ich habe noch eine weitere Überraschung für Sie», hauchte sie und holte tief Luft. «Ich habe mich entschlossen, Sie nach Crefeld zu begleiten.»

Kapitel 32

Crefeld, Dezember 1794

Soweit das Auge reichte, war das Land mit symmetrisch angeordneten Hütten und Baracken bedeckt. Auf den Feldern vor dem Fischelner Tor kampierten Tausende von französischen Soldaten. Der Rauch von Feuerstellen stieg in kleinen Wölkchen zum trüben Winterhimmel empor. In der Nacht hatte es leicht geschneit, und die grauweiße Trostlosigkeit des riesigen Lagers hatte etwas Gespenstisches.

Die Kutsche der von Ostrys fuhr auf der Straße von Uerdingen in Richtung Crefeld.

«Ich will sofort zurück nach Blommersforst», jammerte Sybilla, der schon wieder Tränen in die Augen stiegen. «Solange ich hier bin, werde ich kein Auge zutun können. Man muss ja in der ständigen Angst leben, dass diese Aufständischen einen des Nachts im Schlaf überfallen.»

«An die Gegenwart der Franzosen werden Sie sich gewöhnen müssen», entgegnete Paulina trocken, obwohl der Anblick dieses gewaltigen Truppenaufkommens auch bei ihr Beklemmung hervorrief.

«Im Grunde habe ich ja nichts gegen die Franzosen», bemerkte Pierre, «aber dass es gleich so viele sein müssen!»

«Gibt es eigentlich irgendetwas, das nicht zum Ziel Ihrer unangebrachten Scherze wird?», schluchzte Sybilla auf. «Ach, wären doch nur Sie anstelle meines armen Gatten von Räubern überfallen worden!»

«Aber Sybilla!», rief Catherine entrüstet, doch Pierre machte eine beschwichtigende Handbewegung.

«Lass nur, liebste Schwester. Der guten Sybilla sind einfach die Nerven durchgegangen.» Er seufzte dramatisch. «Ich fürchte, es wird nicht das letzte Mal gewesen sein.»

Frau von Ostry hatte sich seit Tagen apathisch in Schweigen gehüllt, aber nun, da der Wagen das Fischelner Tor passierte und nach Crefeld hineinrollte, geriet sie völlig aus der Fassung.

«Warum musste Conrad nur hierherfahren?», brach es aus ihr heraus, als sie sich mit erschütterter Miene in der Stadt umschaute, die sie vor knapp einem Jahr verlassen hatte. «Hätte er den Franzosen die Färberei nicht überlassen können! Sie stand doch ohnehin leer! Wir hatten uns so gut in Blommersforst eingerichtet!»

Die winzige Hoffnung der Heimkehrer, dass wenigstens innerhalb der Stadtmauern alles beim Alten geblieben wäre, musste man jedenfalls schleunigst begraben. Die Stadt war im Belagerungszustand. Französische Offiziere und Grenadiere spazierten durch die Straßen, als wären sie in Crefeld zu Hause. Überall lungerten zerlumpte Soldaten herum, hier und da stand schweres Kriegsgerät. An jeder Ecke begegnete man mächtigen, vierspännigen Fuhrwerken, die mit Waren aller Art beladen waren.

«Wollen die Franzosen das etwa alles aus der Stadt herausschaffen?», fragte Pierre. «Dann haben die Bürger ja bald selbst nichts mehr.»

Die von Ostrys waren beinahe erstaunt, dass sie ihr schönes Stadthaus unverändert antrafen. Erleichtert kletterten die Damen aus der Kutsche. Endlich konnte man einen Teil der gewohnten Bequemlichkeit wieder herstellen, und Frau von Ostry, der der Anblick ihres prächtigen Domizils ein wenig Kraft zu verleihen schien, gab den mitgereisten Dienstboten Anweisungen.

Paulina überließ die kleine Anna der Kinderfrau und beschloss, zunächst dem Geschäftshaus einen Besuch abzustatten. Nach den langen Reisetagen, an denen sie mit der entnervenden Familie in der engen Kutsche gesessen hatte, war sie froh, für ein paar Minuten alleine zu sein. Sie marschierte zum Nachbargebäude hinüber und wollte gerade die Tür aufschließen, als ihr ein junger Mann auffiel, der aus dem gegenüberliegenden Haus kam.

«Thomas!», rief sie erfreut. «Was für eine Überraschung!»

Ihr alter Freund aus Hannover blickte erstaunt auf. Paulina erkannte ihn kaum wieder. Er hatte seine verschwitzte Färberkluft gegen einen einfachen, aber schmucken Rock getauscht und sah nicht mehr wie ein Lehrling, sondern eher wie ein braver Bürger aus. Eilig kam er über die Straße auf Paulina zu.

«Madame!», begrüßte er die junge Frau mit einem galanten Handkuss. «Was hat Sie nach Crefeld verschlagen?»

Paulina musterte ihn wohlwollend. Ihr war vorher nie aufgefallen, dass er ein so ansehnlicher junger Mann war. Die langen Locken und der schmale Schnurrbart, der seine vollen Lippen zierte, standen ihm außerordentlich gut. Ein Hauch von schlechtem Gewissen regte sich in ihr, denn sie hatte im Durcheinander der letzten Monate nie darüber nachgedacht, was wohl aus Thomas geworden war. Angesichts seiner respektablen Erscheinung erschien es ihr unpassend, ihn weiterhin wie einen Untergebenen anzusprechen.

«Und Sie?», wollte Paulina neugierig wissen. «Trotz dieser unruhigen Zeiten scheint es Ihnen gutzugehen.»

Mit stolz geschwellter Brust antwortete er: «Auch in unruhigen Zeiten werden Färber gebraucht, die sich auf ihr Handwerk verstehen. Ich darf mich rühmen, mittlerweile zu den Fabrikmeistern zu zählen.»

«Gratuliere! Es freut mich, dass Ihre Entscheidung, mit Kronwyler nach Crefeld zu gehen, offenbar die richtige war.»

«Und ob! Ich kann wohl ohne Eitelkeit von mir behaupten, dass ich ein Meister meines Fachs geworden bin.»

Paulina legte nachdenklich den Kopf zur Seite. «Dann wundert es mich allerdings, warum von Ostry Sie nicht mit nach Westfalen genommen hat. Es passt nicht zu ihm, gute Mitarbeiter ziehen zu lassen.»

«Er wird seinen Grund gehabt haben», antwortete Thomas ausweichend. «Leider können wir ihn nun nicht mehr danach fragen.»

«Ich gehe davon aus, dass Sie anderswo Ihr Auskommen gefunden haben.»

«Allerdings, und das nicht schlecht! Kronwyler hat mich vor seiner Abreise nach Westfalen an die von der Leyens vermittelt.»

«An die von der Leyens? Wie konnte er nur so dumm sein?»

Thomas wirkte ein wenig gekränkt. «Gnädige Frau, er ist immerhin mit ihnen verwandt! Und mir hat er einen großen Gefallen erwiesen.»

«Ihnen gewiss, aber uns dafür umso weniger.» Paulina hatte

plötzlich das unbestimmte Gefühl, dass das Ausscheiden des jungen Mannes aus dem Unternehmen noch mit irgendetwas anderem zusammenhängen musste. Es erschien ihr fast undenkbar, dass ihr geschäftstüchtiger Schwiegervater freiwillig auf einen so guten Arbeiter verzichtet hatte.

«Ich hörte, dass man den Volksrepräsentanten bei Ihnen im Haus einquartiert hat», wechselte Thomas das Thema.

«So? Davon weiß ich noch gar nichts. Wir sind gerade erst in Crefeld eingetroffen.»

«Er soll ein schrecklicher Mensch sein», fuhr Thomas fort. «Leider gibt es praktisch nichts, das in dieser Stadt ohne ihn entschieden wird.»

«Ich nahm an, die Generäle hätten das Sagen.»

«Das ist wohl wahr, gnädige Frau. Man ist jedoch dabei, eine Art Verwaltung in den besetzten Gebieten zu schaffen, und jener Mann ist für unseren Bezirk zuständig.»

Paulina sah im Geiste bereits die nächste Krise der Damen von Ostry kommen, wenn sie erfuhren, welchen Gast sie da im Hause hatten. Einigermaßen beunruhigt beschloss sie, den Besuch des Geschäftshauses zu verschieben und zuerst der merkwürdigen Sache mit dem Volksrepräsentanten auf den Grund zu gehen. Nachdem sie sich von Thomas verabschiedet hatte, kehrte sie geradewegs zum Wohnhaus zurück.

Sie traf ihre Schwiegermutter, Catherine und Sybilla in größter Aufregung an. Anstatt wie vermutet mit hausfraulichem Eifer ihr Heim in Besitz zu nehmen, hatten sie alles stehen und liegen lassen und sich in den Salon zurückgezogen. Als Paulina den Raum betrat, stürmten die Damen hysterisch auf sie zu.

«Es ist unglaublich!», beschwerte sich Frau von Ostry, schon wieder am Rande einer Nervenkrise. «Dieser Volksrepräsentant wohnt bereits seit Tagen in unserem Haus! Man hat ihn bei uns einquartiert, weil wir französische Vorfahren haben. Er mag die Preußen nicht, wurde uns gesagt.»

«Haben Sie schon mit ihm gesprochen?», fragte Paulina.

«Gott bewahre!», kreischte Sybilla dazwischen.

Und auf Paulinas fragenden Blick antwortete Catherine verstört: «Er ist ein … hm … etwas seltsamer Mensch. Nicht gerade vertrauenerweckend, würde ich sagen.»

«Das ist kein Mensch, sondern eine Kreatur!», rief Frau von Ostry mit weit aufgerissenen Augen.

Paulina sah ein, dass aus den völlig aufgelösten Damen keine brauchbare Auskunft herauszubringen war.

«Wo ist Pierre?», wollte sie also wissen.

«Er ist ins Rathaus gegangen», antwortete Catherine. Tränen liefen über ihr Gesicht. «Nachdem er ein paar Sätze mit dem Volksrepräsentanten gewechselt hatte, kam er wutentbrannt aus dessen Räumlichkeiten gestürmt und verkündete, dass er sofort beim Magistrat einen Antrag stellen wolle, diesen unmöglichen Menschen aus unserem Haus zu entfernen.»

«Ihn zu entfernen?» Paulina konnte sich nur einmal mehr über die bizarre Ausdrucksweise ihrer Schwägerin wundern. «Er mag Ihnen ja unsympathisch sein, aber deshalb ist er doch kein Gegenstand, den man entfernt.»

«Von alleine wird er dieses Haus jedenfalls nicht verlassen!», schrie Catherine, sank auf einen Stuhl und ließ ihren Tränen freien Lauf.

Paulina zeigte sich nun höchst beunruhigt über die Zustände, die während ihrer kurzen Abwesenheit im Hause von Ostry Einzug gehalten hatten. Die Damen waren völlig aus dem Häuschen, und Pierre hatte offenbar nichts anderes zu tun, als sich gleich nach seiner Ankunft in Crefeld bei den Franzosen unbeliebt zu machen. All das war ausgelöst worden durch einen Mann, der in ihrem Haus wohnte und so etwas Ähnliches wie der Teufel in Person zu sein schien.

Die junge Frau fand, dass es höchste Zeit war, sich selbst ein Bild von diesem kuriosen Volksrepräsentanten zu machen.

Unverzüglich machte sie sich auf den Weg zu den Räumlichkeiten, die er in der unteren Etage bezogen hatte. Vor der Tür waren zwei Soldaten postiert, von denen einer Paulina mit einer Handbewegung zu verstehen gab, dass sie noch warten solle.

Aus dem Raum, in dem der Volksrepräsentant sich wohl befinden musste, waren laute Stimmen zu vernehmen. Ein heftiges Wortgefecht schien im Gange zu sein.

Nachdem Paulina eine Weile mit immer banger werdendem Herzen dem unverständlichen Schreien gelauscht hatte, flog plötzlich die Tür auf, und ein französischer Offizier stürmte mit hochrotem Kopf aus dem Zimmer. Ohne sich nach rechts und links umzusehen, eilte er mit wütenden Schritten davon.

«Niemand hat sich über meine Anordnungen hinwegzusetzen!», ertönte eine donnernde Stimme auf Französisch aus dem Raum. «Diesen Preußen werde ich es austreiben, ihre wahnwitzigen Forderungen zu stellen! Sie begreifen nicht, dass sie die Besiegten sind! Soldat Bergier, wir begeben uns augenblicklich ins Rathaus!»

Der angesprochene Soldat steckte den Kopf zur Tür hinein.

«Eine Bürgerin wünscht Sie zu sprechen, Herr Volksagent. Sie scheint hier im Haus zu wohnen.»

«Ich kann nur hoffen, dass sie sich für das unmögliche Verhalten dieses von Ostry entschuldigen wird. Die Kaufleute in dieser Stadt meinen, sich alles erlauben zu können. Ich werde ihnen schon noch beibringen, wie sie sich zu benehmen haben!»

Der Soldat drehte sich zu Paulina um und machte eine auffordernde Handbewegung. Die junge Frau merkte zu ihrem Ärger, dass ihr die Knie schlotterten. Mit einem zornigen Blick auf den Franzosen betrat sie mutig die Höhle des Löwen.

Es waren die ehemaligen Räumlichkeiten ihres verstorbenen Schwiegervaters, in denen der Volksrepräsentant sich eingerichtet hatte. Beim Anblick der nüchternen, aber erlesenen Möblierung, die genauso beibehalten worden war wie zu Zeiten des alten von Ostry, wurde es Paulina weh ums Herz. Einen Augenblick lang hatte sie die irrige Vorstellung, dass sie nur einen bösen Traum gehabt hätte und dass die Person hinter dem Schreibtisch der mit Sorgenfalten und kratzender Feder über seinen Papieren sitzende Conrad von Ostry wäre.

Die Wirklichkeit zeichnete jedoch ein anderes Bild. Auf dem ehemaligen Platz des Seidenfabrikanten hockte eine absonderliche Gestalt mit dichtem, feuerrotem Haar und buschigen Koteletten. Eine lange Narbe verlief quer über die Wange des Mannes und gab seinem Gesicht etwas Groteskes. Die unheimliche Gestalt starrte Paulina mit einem Blick entgegen, der ihr das Blut in den Adern gefrieren ließ.

Zögernd ging die junge Frau auf den Mann zu, mit der vagen Ahnung, ihm schon einmal begegnet zu sein. Noch während sie sich ihm näherte, drückte er sich plötzlich von seinem Platz nach hinten weg, machte eine Vierteldrehung und bewegte sich wie durch Zauberhand zur Seite. Als er neben dem Schreibtisch auftauchte, sah Paulina, dass er in einem merkwürdigen Stuhl saß, der statt vier Beinen seitlich zwei Räder und vorne eines hatte. Mittels einer Kurbel trieb der Mann das Gefährt an und rollte auf Paulina zu. Seine Beine standen leblos auf einer Art Trittbrett. Der Rumpf verharrte in seitlich abgeknickter Haltung, die auch ein stützendes Kissen nicht gänzlich zu regulieren vermochte.

Der schauerliche Mann brachte sein Gefährt vor Paulina zum Stehen und blickte zu ihr auf. Ein paar Sekunden lang betrachtete er sie abwägend, dann entspannten sich seine Gesichtszüge mit einem Mal.

«Seien Sie gegrüßt, Madame!», sagte er und begann, geradezu diabolisch zu grinsen. «Ich weiß nicht, ob Sie sich daran erinnern, aber Sie haben noch etwas gut bei mir.»

«Sie kennen diesen Volksrepräsentanten?», fragte Pierre und legte geräuschvoll sein Besteck zur Seite.

Die Damen von Ostry hatten aufgehört zu essen und wechselten unbehagliche Blicke.

Paulina spießte seelenruhig eine Bohne auf ihre Gabel. «Ja. Ich bin diesem Herrn vor einigen Jahren in Straßburg begegnet. Es war während meiner Zeit als Gesellschafterin am Hof von Hessen-Darmstadt. Er lebte im Haus einer Tante, die sich seiner angenommen hatte. Offenbar hat er es während der Revolution zu etwas gebracht.»

«Was im Hinblick auf seine körperlichen Beeinträchtigungen sehr erstaunlich ist», fügte Pierre an.

«Noch erstaunlicher ist dies angesichts der Tatsache, dass er früher dem französischen Hochadel angehörte. Er hat am Hof von Versailles verkehrt.»

«Die Bekehrten sind die gefährlichsten», bemerkte Frau von Ostry leise, als hätte sie Angst, dass der unheimliche Hausgast sie durch die Wände hören könnte. «Und dieser hier scheint ein besonderer Wüstling zu sein. Jedermann in Crefeld fürchtet ihn.»

«Althoff hat sich rundweg geweigert, etwas gegen ihn zu unternehmen», berichtete Pierre. «Mit den Generälen komme er gut aus, aber dieser Longeaux sei ein wahrer Teufel. Selbst seine eigenen Leute fürchten ihn.»

Frau von Ostry seufzte herzzerreißend. «Schreckliche Zustände herrschen in unserem schönen Crefeld! Wir werden Conrad und Jean beerdigen und sofort wieder abreisen. Ich möchte nicht mit diesem Scheusal unter einem Dach leben. Solange die Revolutionäre hier die Macht haben, werde ich keinen Fuß mehr in diese Stadt setzen! Hast du Althoff gefragt, wie wir unseren Besitz schnellstmöglich veräußern können, Pierre? Und was ist mit der Färberei und Erldyk?»

Pierre runzelte die Stirn. «Nun, das wird schwierig werden in diesen unsicheren Zeiten. Althoff meinte, dass man uns nicht viel für die Häuser bezahlen wird. Die reichen Bürger der Stadt haben an den erneuten Kriegsauflagen zu tragen, und den Armen fehlt es selbst am Nötigsten. Jeden Tag schaffen die Franzosen ungeheure Mengen an Lebensmitteln, Kleidern und anderen Dingen aus der Stadt, um ihre Truppen zu versorgen. Der Zeitpunkt ist denkbar ungünstig, um unsere Besitztümer zu verkaufen.»

«Das kümmert mich alles nicht. Ich will nur von hier fort. Dann setzen wir eben einen Verwalter ein», bestimmte Frau von Ostry.

«Wenn wir die Stadt wieder verlassen, werden die Franzosen unverzüglich unsere Häuser beschlagnahmen», erwiderte Pierre. «Das geht den übrigen emigrierten Fabrikanten ebenso. Sie sind deswegen allesamt schon zurückgekehrt oder planen, es in naher Zukunft zu tun.»

«Ich werde mit meinem Vetter Kronwyler darüber reden.»

«Nun, auch er hat vor, in Crefeld zu bleiben. Er denke nicht im Traum daran, den Franzosen sein schönes Palais zu überlassen, hat er gesagt. Sein Bruder und er wollen versuchen, die Seidenproduktion wieder in Gang zu bringen.»

«Ohne uns?», rief Paulina entrüstet. «Das dürfen Sie nicht zulassen, Pierre!»

Es war ihrem Gatten deutlich anzusehen, was er von ihrem Einwand hielt. «Meine Liebe, Ihnen dürfte hinlänglich bekannt sein, dass ich mich mit der Seidenproduktion nicht auskenne.»

«Nennen Sie das Kind ruhig beim Namen!», fuhr Paulina ihn wütend an. «Sie möchten lieber nach Berlin zurückfahren. Das behagt Ihnen weitaus mehr, als sich um das zu kümmern, was Ihr Vater mühsam aufgebaut hat, habe ich recht?»

«Und wenn schon! Ich habe nie einen Hehl daraus gemacht, dass ich mich für das Kaufmannsdasein weder interessiere noch eigne. Da werde ich bestimmt nicht so vermessen sein und mich ausgerechnet jetzt darin versuchen!»

«Schweigen Sie – alle beide!», rief Frau von Ostry und schlug die Hände vors Gesicht. «Mein seliger Gatte und mein Sohn sind noch nicht einmal unter der Erde! Bis zum Begräbnis will ich nichts mehr davon hören! Danach wird mein Vetter sich um alles kümmern!»

Am nächsten Tag ließ der Volksrepräsentant Paulina zu sich rufen. Die junge Frau betrat erneut die ehemaligen Räume ihres Schwiegervaters und ging auf diesen unheimlichen Mann zu, in dem sie auf irgendeine unerklärliche Weise eine sonderbare Form der Zuneigung geweckt hatte.

Er war dabei, in Aufzeichnungen zu blättern, die vor ihm auf dem Tisch lagen. Ob er auch zum Regime des Schreckens gehört hatte? Beim Anblick seiner grausam-zynischen Gesichtszüge machte Paulina sich jedenfalls keine Illusionen darüber, unter welchen Umständen dieser Mann zu seiner mächtigen Stellung gelangt war.

«Ich habe mich der Sache Ihres Schwiegervaters und Ihres Schwagers angenommen», sagte Longeaux und blickte von seinen Papieren auf. «Mir scheint, dass der Angelegenheit noch niemand nachgegangen ist.» Er wies mit herrischer Geste auf einen Stuhl, der vor seinem Schreibtisch stand, und Paulina setzte sich wie mechanisch nieder.

«Ich verstehe nicht ganz, Monsieur de Longeaux …», begann sie zaudernd.

«Die Zeiten von Monsieur de Longeaux sind vorbei», unterbrach der Franzose sie barsch. «Ich bin der Volksvertreter Longeaux, nicht mehr und nicht weniger.»

Paulina nickte verwirrt.

«Ich habe hier die Berichte über den Angriff auf Ihre Verwandten», fuhr Longeaux fort. «Leider war bisher nicht ganz klar, wer dafür zuständig ist. Ich habe den Divisionsgeneral angewiesen, den Fall zu untersuchen.»

«Was nutzt das noch?», warf Paulina ein. «Mein Schwiegervater und mein Schwager sind seit fast zwei Wochen tot, und sie werden morgen begraben.»

«Ganz einfach, Bürgerin Ostry, ich möchte, dass in meinem Bezirk Zucht und Ordnung herrschen. Gleichgültig, wer den Überfall verübt und Ihre Verwandten getötet hat – sie werden hart dafür bestraft werden. Und ich werde diejenigen finden, das schwöre ich Ihnen.» Er blätterte weiter. «Der Kaufmann Ostry und sein Sohn wurden im Bockumer Wald von Bauern gefunden, sie waren ermordet und ausgeraubt worden. Die beiden Herren waren auf dem Weg nach Erldyk, heißt es hier. Ist dies eine Ihrer Besitzungen?»

«Es ist das Schloss meiner Familie. Ich habe es von meinem Vater geerbt. Monsieur von Ostry hat daraus einen Sommersitz gemacht.»

«Also Adelsbesitz», stellte Longeaux fest. «Wenn ich mich recht entsinne, sind Sie adeliger Abstammung.»

«Genau wie Sie», merkte Paulina vorsichtig an.

Longeaux bedachte sie mit einem grimmigen Blick. «Genau wie ich scheinen Sie rechtzeitig die Seiten gewechselt zu haben. Immerhin sind Sie jetzt mit einem Bürgerlichen verheiratet.» Sein Mund verzog sich zu einem hässlichen Grinsen. «Waren Sie nicht damals in Straßburg hinter einem Grafensohn her?»

Der Gedanke an Christian ließ Paulina schaudern. Instinktiv legte sie die Hände auf ihren Leib.

Longeaux weidete sich an ihrem Unbehagen. «Nun, der gute von Bahro hat sich wohl auf seiner Reise durch Italien in eine andere verliebt. Grämen Sie sich nicht! Er hatte schon in Straßburg viele Bewunderinnen. Solch einen Mann hat man nie für sich alleine.»

Paulina stand so unvermittelt auf, dass beinahe der Stuhl umgefallen wäre. «Untersuchen Sie meinetwegen die Vorgänge um den Tod meines Schwiegervaters und meines Schwagers, Monsieur. Ich hoffe, dass Sie die Mörder finden. Vielleicht wird in Ihren Augen damit wieder die Ordnung hergestellt. Wir werden jedenfalls nach dem Begräbnis nach Westfalen reisen. Wenden Sie sich in allen Fragen an unseren dortigen Verwalter.»

«Immer mit der Ruhe, Bürgerin. Wir waren bei Ihrem Schloss Erldyk stehengeblieben, bevor wir zu Ihrer unglücklichen Liebesbeziehung abgeschweift sind. Sie wissen, dass der Besitz von Adeligen im Allgemeinen enteignet wird?»

«Ich hörte davon, ja. Sie werden mir bestimmt gleich sagen, worauf Sie hinauswollen.»

«Ich biete Ihnen an, einen Verkauf von Erldyk an einen Bürgerlichen Ihrer Wahl in die Wege zu leiten. Dadurch entgeht das Schloss der Enteignung.»

Paulina stutzte. Konnte sie diesem Menschen trauen? Was bezweckte er mit seinem Angebot?

«Ich kann es in Ihrem hübschen Köpfchen förmlich rauchen sehen», amüsierte sich Longeaux. «Keine Sorge, es gibt keinen Haken bei der Sache. Ich möchte nur den Gefallen einlösen, den ich Ihnen noch schulde.»

«Den Sie mir zu schulden glauben», verbesserte Paulina.

«Sie mögen es mir abnehmen oder nicht, aber dieser Gefallen ist mir eine Art inneres Bedürfnis.»

«Ich werde es mir überlegen, Monsieur.» Paulina wandte sich zum Gehen. «Solche Entscheidungen darf man nicht vorschnell treffen. Wenn ich schon in den Genuss Ihres unschätzbaren Gefallens komme, dann muss ich doch gut abwägen, in welcher Form er mir am meisten nutzt, nicht wahr?»

Kapitel 33

Conrad und Jean von Ostry erhielten ein feierliches Begräbnis. Drei Tage später erwischte der Divisionsgeneral eine Bande von Räubern, die sich im Bockumer Wald herumgetrieben hatte. Es handelte sich um ein paar junge Gauner, die sich die allgemeine Konfusion der französischen Besetzung zunutze gemacht und auf den bis dahin sicheren Wegen brave Bürger überfallen und ausgeraubt hatten. Man fand die leere Börse des Seidenfabrikanten von Ostry unter ihren kläglichen Habseligkeiten und brachte die Kerle nach Crefeld.

Longeaux beschloss, hart durchzugreifen und ein Exempel zu statuieren. Zur Abschreckung anderer Gauner, die glauben mochten, in den noch nicht organisierten französischen Gebieten Rechtsfreiheit vorzufinden, wurden die Mörder der von Ostrys vor die Tore Crefelds gebracht und standrechtlich erschossen.

All diese Ereignisse nahmen die gute Frau von Ostry so mit, dass sie sich mit Nervenfieber zu Bett legen musste. An eine Rückreise nach Westfalen war vorerst nicht zu denken.

Eines Tages traf Paulina ihren Gatten Pierre zu ungewöhnlich früher Stunde im Salon an.

«Nanu, sind Sie aus dem Bett gefallen?», fragte sie spöttisch.

Pierre, der selten vor Mittag aufstand, gähnte herzhaft. «Ich werde im Rathaus gebraucht. Althoff weiß vor lauter Arbeit nicht, wo ihm der Kopf steht. Da Oppermann und Schmidt abberufen wurden, kommt er kaum noch zurecht. Außerdem ist sein Französisch zu dürftig!»

Von da ab begegnete Paulina ihm fast jeden Morgen, und es wurde zur Gewohnheit, dass er früh aus dem Haus ging und bis spät abends unterwegs war. Sie fragte sich, was er wohl den ganzen Tag so trieb, da sie sich kaum vorstellen konnte, dass ihr zum

Müßiggang neigender Gatte sich mit Verwaltungsdingen beschäftigte. Zu ihrer Verwunderung sah sie ihn immer häufiger bei Longeaux ein- und ausgehen. Zwischen den beiden entwickelte sich nach den anfänglichen Disputen ein Verhältnis, das man fast als respektvoll bezeichnen konnte.

Regelrecht erstaunt war Paulina jedoch, als Pierre eines Tages den Küchenmeister anwies, am Abend ein großes Souper wie in früheren Zeiten auszurichten. Man habe den General Lefebvre und einige andere Herren zu Gast, und der Koch solle sich doch bitte besonders ins Zeug legen, soweit dies bei der Knappheit der Lebensmittel möglich sei.

Der Palais Ostry erstrahlte wieder in altem Glanz, nur dass statt der Fabrikanten und Kaufleute nun französische Generäle, Offiziere und Kommissare ins Haus kamen.

Ein wenig zermürbt von den vergangenen, mit Trauer und Krankheit verbrachten Wochen, fand Paulina Gefallen daran, die Gestaltung des Soupers in die Hand zu nehmen. Den ganzen Tag war sie eifrig mit den Vorbereitungen beschäftigt, und als die Stunde nahte, zu der das Festmahl beginnen sollte, stand sie strahlend schön im Salon und fieberte wie ein kleines Kind dem Eintreffen der Gäste entgegen.

Die Herren sparten denn auch nicht mit Komplimenten. Man beglückwünschte Pierre überschwänglich zu seiner bezaubernden Gattin, deren Französisch so perfekt sei, dass man hätte meinen können, sie käme geradewegs aus Paris.

Als man sich eben zu Tisch begeben wollte, meldete der Diener zwei verspätet eingetroffene Gäste.

Hinter dem Bürgermeister Althoff betrat ein südländisch anmutender Mann den Raum. Er war von bäriger Statur und hatte üppige schwarze Locken, die an den Schläfen schon grau zu werden begannen. Seine Lippen zierte ein gezwirbelter Schnurrbart.

Pierre eilte den beiden erfreut entgegen.

«Meine Herren! Hat die Arbeit Sie endlich aus ihren Fängen entlassen? Willkommen in meinem bescheidenen Heim!»

«Nun untertreiben Sie mal nicht, von Ostry!», brummte Althoff und sah sich wehmütig in dem gediegenen Esszimmer um.

«Ein hübsches Haus haben Sie!», sagte sein Begleiter mit angenehmer, melodiöser Stimme. In seinem Blick mischten sich Bewunderung und ein wenig Neid.

Pierre führte seine Gattin zu den neuen Gästen.

«Meine Liebe, darf ich Ihnen Herrn Toscani vorstellen, der mit mir das Schicksal teilt, sich durch seine Französischkenntnisse sowohl bei den Siegern als auch bei den Besiegten unentbehrlich gemacht zu haben.»

Der fremde Mann lächelte galant. «Ich ahnte nicht, dass diese Stadt so schöne Töchter hat!» Toscani nahm Paulinas Hand und drückte seine Lippen darauf, ohne die Augen von ihr zu lassen.

«Meine Gattin stammt nicht aus Crefeld», erklärte Pierre beiläufig, schon halb wieder dem französischen General zugewandt.

«Ihr fehlt auch die Beschaulichkeit der niederrheinischen Bürger», bemerkte Toscani süffisant grinsend.

Den ganzen Abend über spürte Paulina seinen Blick auf sich ruhen. Dabei konnte sie nicht einmal behaupten, dass sein offenkundiges Interesse ihr unangenehm war.

Während Pierre und der General über die elende Assignatenwirtschaft debattierten, wanderten Paulinas Gedanken zu Christian. Wo er wohl gerade sein mochte? Vor ihrer Abreise nach Crefeld hatte sie einen Brief von ihm erhalten, in dem er schrieb, dass Holland wohl nicht mehr lange zu halten sei. Dennoch sei vorerst nicht daran zu denken, nach Mecklenburg zu kommen. Nichtsdestotrotz hatte Paulina beschlossen, so bald wie möglich nach Boltenhusen zurückzukehren, nachdem nun niemand daran zweifeln würde, dass das Kind, das sie erwartete, von Pierre war.

Wenn er doch nur endlich die Angelegenheiten seines Vaters

regeln würde, anstatt den ganzen Tag in der Stadt herumzustreifen! Aber bisher hatte er weder mit Kronwyler gesprochen noch einen Gedanken daran verschwendet, wie es mit dem Seidenunternehmen weitergehen sollte.

Ein wenig enttäuscht bemerkte Paulina, dass Toscani sie nicht mehr ansah. Er hatte sich zu Althoff hinübergebeugt.

«Es ist von größter Wichtigkeit, dass die Seidenfabrikation wieder in Gang kommt», sagte er auf Deutsch zu dem Bürgermeister.

«Mir ist nicht ganz klar, wie das vonstattengehen soll», erwiderte Althoff stirnrunzelnd. «Zwar planen einige der emigrierten Fabrikanten zurückzukehren, aber es geht ihnen mehr um die Sicherung ihres Besitzes als um eine Wiederaufnahme ihrer Produktion.»

«Die Stadt wird die hohen Kontributionen nicht lange tragen können, wenn wir die Wirtschaft nicht vorantreiben», gab Toscani zu bedenken. «Und das ist in Crefeld nun einmal vorrangig die Seidenindustrie. Die Arbeiter verarmen immer mehr, und die Fachleute, die es eigentlich in der Stadt zu halten gilt, werden abwandern.»

«Ich bin mir des Problems durchaus bewusst», sagte Althoff zerknirscht. «Leider bin ich kein Kaufmann und kann Ihnen nicht sagen, wie man dem Ganzen abhelfen kann.»

«Vielleicht kann ich es Ihnen erklären», ergriff Paulina das Wort. «Die Hauptschwierigkeiten der Fabrikanten bestehen in der Einfuhr der Rohseide und der augenblicklich nicht mehr vorhandenen Sicherstellung des Absatzes.»

Althoff und Toscani glotzten sie an wie zwei Karpfen.

Toscani fasste sich als Erster. «Es ist höchst interessant, gnädige Frau, wie sich in Ihrer Familie die Zuständigkeiten verteilen. Ihr Gatte mag zwar ein vorzüglicher Diplomat sein, aber dass er sich nicht zum Kaufmann eignet, haben selbst wir Verwaltungsleute begriffen. Umso erstaunter bin ich, dass es bei den verbliebenen von Ostrys doch jemanden zu geben scheint, der sich in Handelsgeschäften auskennt.»

«Leider lässt sich das Problem der Rohseidenbeschaffung nicht so ohne weiteres lösen», fuhr Paulina eifrig fort. «Solange Preußen und Frankreich sich im Krieg befinden, sind wir von den bisherigen Einfuhrwegen über den Rhein abgeschnitten.»

«Kann man die Rohseide nicht anderweitig beschaffen?», fragte Toscani.

Seine mehr oder weniger unbedarfte Frage brachte Paulina ihr Gespräch mit Homberg in Erinnerung. Conrad von Ostry hatte in alter Verbundenheit mit seinen Vorfahren immer Kontakte zu französischen Kaufleuten gepflegt. Wäre dies nicht der Zeitpunkt, diese wieder aufleben zu lassen?

«Vielleicht bietet sich durch den allgemeinen Umbruch die Möglichkeit, neue Handelswege zu erschließen», antwortete sie.

«Es ist beinahe schade, dass Damen sich im Allgemeinen nicht unternehmerisch betätigen», stellte Toscani fest.

Althoff war empört. «Was reden Sie da? Eine Frau ist dazu gar nicht in der Lage!»

Toscani fixierte Paulina mit zusammengekniffenen Augen.

«Wenn Sie sich da mal nicht täuschen, mein Lieber!», sagte er und grinste Paulina an, als hätte er eine Vorahnung künftiger Entwicklungen. «In Zeiten wie diesen sind gewohnte Regeln außer Kraft gesetzt. Gegenwärtig hat allein derjenige Erfolg, der die Gunst der Stunde zu nutzen weiß.»

«Wer ist eigentlich dieser Toscani?», fragte Paulina ihren Gatten, als die Eheleute nach dem Fortgang der Gäste noch ein Glas Wein im Kaminzimmer tranken.

Pierre hatte sich auf einem Diwan ausgestreckt und seine Beine auf einen Schemel gelegt. «Ein interessanter Mann, nicht wahr?», sagte er schläfrig. «Er hat Ihnen gefallen, habe ich recht? Toscani muss kurz vor dem Einmarsch der Franzosen in der Stadt aufgetaucht sein. Angeblich stammt er aus Venedig und hat früher als Schauspieler und Sprachlehrer gearbeitet. Er hat es irgendwie verstanden, das Vertrauen sowohl der Franzosen als auch der angesehenen Crefelder Familien zu erlangen, was mich, ehrlich gestanden, nicht wenig wundert, da unsere biederen Mitbürger Fremden gegenüber für gewöhnlich sehr misstrauisch sind.»

«Bei seiner Lebensgeschichte dürfte er Ihnen doch recht sympathisch sein.»

«Nun ja, man kann durchaus sagen, dass uns gewisse Gemeinsamkeiten verbinden. Und die beschränken sich bei weitem nicht auf unsere Dienste als Übersetzer. Apropos, was halten Sie von einem kleinen mitternächtlichen Schäferstündchen, meine Liebe? Ich sollte einmal wieder meine Rechte als Ehegatte geltend machen, bevor Ihnen noch einfällt, diesen Schmeichler zu erhören.»

«Würde Ihnen das überhaupt etwas ausmachen?», fragte Paulina verärgert.

«Wo denken Sie hin? Wenn er für Sie entflammt ist, zeugt das immerhin von seinem guten Geschmack. Es sollte nur ein bisschen was für mich übrig bleiben!»

Paulina spürte Wut in sich aufsteigen. Sie erhob sich von ihrem Stuhl. «Denken Sie daran, mein Lieber, dass die Moralvorstellungen in Crefeld andere sind als die in Berlin. Und was Ihre nette, kleine Einladung betrifft: Nein, von einem mitternächtlichen Schäferstündchen halte ich nicht das Geringste.»

Am nächsten Tag suchte Paulina Kronwyler auf. Er hatte durchgesetzt, dass die Franzosen einen Teil des Geschäftshauses geräumt hatten. So gut es ging, hatte er sich behelfsmäßig in seinem alten Kontor eingerichtet.

«Was passiert, wenn Sie wieder nach Crefeld übersiedeln?», kam Paulina ohne Umschweife zur Sache. «Werden Sie die Produktion in Blommersforst dann aufgeben?»

Kronwyler lehnte sich in seinem Stuhl zurück und verschränkte die Arme vor der Brust. «Ich hätte es mir denken können, dass ich mit Ihnen darüber verhandele, Madame! Schon damals in Darmstadt habe ich erkannt, welche Talente in Ihnen schlummern.»

«Ich möchte nur die Angelegenheiten meines Schwiegervaters geregelt wissen», stellte Paulina klar.

«Nun, mit irgendjemandem aus der Familie von Ostry muss ich nun einmal besprechen, wie es weitergeht. Ihr Gatte ist in dieser Hinsicht nicht besonders zugänglich.» Kronwyler runzelte die Stirn. «Jedenfalls werde ich mit Pierre als Teilhaber das Unternehmen nicht weiterführen.»

«Wie ich hörte, haben Sie sich ja bereits mit Ihrem Bruder geeinigt.»

«Ja, wir werden es noch einmal miteinander versuchen.»

«Haben Sie bedacht, dass eine Produktion in Crefeld derzeit unmöglich ist?»

Kronwyler schmunzelte. «Derzeit ja. Die Franzosen werden aber kaum die Kuh schlachten, die sie melken wollen. Da die Seidenmanufaktur nun einmal die Hauptstütze der hiesigen Wirtschaft ist, werden die neuen Machthaber allergrößtes Interesse daran haben, dass sie wieder in Gang kommt.»

«Ich verstehe. Und was soll aus uns werden?»

«Das fragen Sie mich?» Kronwyler schlug sich auf die Brust.

«Nun, immerhin ist Sybilla Ihre Tochter. Und Maria von Ostry ist ebenfalls mit Ihnen verwandt.»

Kronwyler machte eine gönnerhafte Handbewegung. «Selbstverständlich werde ich für die beiden Damen sorgen, das steht völlig außer Frage. Aber was Pierre und Sie betrifft …»

«Ohne Sie können wir die Dependance in Blommersforst nicht weiterbetreiben.»

Kronwyler zuckte bedauernd mit den Achseln. «Es tut mir leid, aber ich habe mich für Crefeld entschieden. Ich war von Anfang an nicht begeistert davon, nach Westfalen überzusiedeln. Als die Franzosen immer näher rückten ... nun ja, da war es ganz angenehm, aus Crefeld fortgehen zu können, aber jetzt ... Es scheint, dass man sich mit diesen Republikanern arrangieren kann.»

«Ganz angenehm?», rief Paulina verärgert. «Sie waren froh, dass von Ostry alles in die Wege geleitet hatte und Sie sich nur noch ins gemachte Nest setzen mussten!»

Kronwyler beugte sich vor und bedachte die junge Frau mit einem väterlich-mitleidigen Blick. «Darf ich Ihnen einen guten Rat geben, meine Liebe? Machen Sie sich das Leben nicht unnötig schwer! Sie sind schließlich keine unvermögende Frau! Wir erteilen Homberg Anweisung, die Produktion in Blommersforst schnellstmöglich einzustellen. Dann lösen wir unsere Teilhaberschaft auf, und ich werde Sie angemessen entschädigen. Beschränken Sie sich auf Ihren westfälischen Gütern auf die Landwirtschaft und ziehen Sie sich in Ihr geliebtes Mecklenburg zurück. Um der alten Zeiten willen wäre ich bereit, Ihnen Erldyk abzukaufen – ich habe von Ostry schon immer um sein schönes Sommerhaus beneidet.»

Paulina schluckte. Eigentlich lief dieser Vorschlag doch genau auf das hinaus, was sie wollte! Friedlich in Boltenhusen leben und dort auf die Rückkehr von Christian warten.

«Ich werde Homberg in meine Dienste übernehmen», fügte Kronwyler hinzu. «Der Gute war von Ostry und mir immer treu ergeben, und es wäre schade, wenn man seine Fähigkeiten als Buchhalter ungenutzt ließe.»

Die Erwähnung des Kontorangestellten löste in Paulina etwas aus, das sie zunächst selbst nicht fassen konnte.

«Nein!», sagte sie mit fester Stimme.

«Wie bitte?» Kronwyler hob erstaunt die Augenbrauen.

«Nein, Sie werden Homberg nicht in Ihre Dienste übernehmen. Homberg war der Buchhalter meines Schwiegervaters.»

«Aber, meine Liebe, Sie werden diesen Mann, der sich wie

kein anderer im Seidenhandel auskennt, doch wohl nicht für die langweiligen Abrechnungen Ihrer Landwirtschaft missbrauchen wollen!»

Paulina sprang auf. Es durfte nicht sein, dass ihnen nach Thomas jetzt auch noch Homberg abhandenkam. Conrad von Ostry konnte nicht Jahre seines Lebens mit dem Aufbau eines erfolgreichen Seidenunternehmens zugebracht haben, damit es nun schrittweise dem Verfall entgegenging.

«Davon kann keine Rede sein!», rief die junge Frau erregt. «Aber vielleicht brauche ich Homberg für etwas anderes.»

Sie ließ den verdutzten Kaufmann sitzen und stürmte ohne ein Wort des Abschieds aus seinem Kontor.

Kapitel 34

Nachdem er jahrelang bei einem Bauern vor den Toren Crefelds gelebt hatte, bewohnte Thomas nun ein ehemaliges Weberhaus in der vierten Stadterweiterung.

Jetzt braucht er nur noch eine Frau, mit der er ein Heim gründen und Kinder bekommen kann, dachte Paulina, als sie an seine Tür klopfte. Umso erstaunter war sie, als ihr ein junges, üppiges Frauenzimmer mit stark geschminktem Gesicht und beachtlichem Busen öffnete.

«Wohnt hier Thomas, der Färber?», fragte Paulina, der zum ersten Mal auffiel, dass sie nicht einmal den Nachnamen ihres einstigen Reisebegleiters kannte.

Die andere musterte sie eifersüchtig. «Was willst du von ihm?»

Im Hintergrund rührte sich etwas, und Thomas erschien in Hosen und Hemdsärmeln.

«Oh, gnädige Frau, was für eine Überraschung! Wenn ich gewusst hätte, dass Sie kommen …» Mit einer einladenden Geste forderte er Paulina auf, das Haus zu betreten. Als sie im Flur stand, schob er ohne viel Federlesens das Mädchen hinaus, gab ihm dabei einen Klaps auf den Hintern und schloss die Tür.

Während er Paulina in den Raum führte, der ihm als Wohnstube diente, räumte er im Vorbeigehen eilig ein paar Dinge weg, die auf dem Boden herumlagen.

Paulina sah sich um. Der Raum mit seiner Unordnung und seiner eher geschmacklosen Einrichtung zeugte davon, dass hier ein Mann alleine wohnte. In einem weiteren Zimmer dahinter war durch die offenstehende Tür ein Bett zu sehen. Seine zerwühlten Laken verrieten, was sich vor kurzem zwischen Thomas und dem Mädchen abgespielt hatte.

«Willkommen in meinem bescheidenen Heim», sagte der junge Färber und machte einen Stuhl frei. «Setzen Sie sich, gnädige Frau. Was kann ich für Sie tun?»

Paulina ließ sich nieder. «Ich werde nicht lange drum herum reden. Könnten Sie sich vorstellen, die von der Leyens zu verlassen und zu von Ostry zurückzukehren?»

Thomas hielt inne. «Was sagen Sie da?» Er begann, schallend zu lachen. «Sie sind wie immer sehr amüsant, Frau von Ostry! Nachdem Ihr Schwiegervater mich unbedingt loswerden wollte, möchten Sie mich nun zurückhaben. Hätten Sie sich das nicht früher überlegen können?»

«Mein Schwiegervater wollte Sie loswerden? Warum?»

«Ich wollte etwas haben, das er nicht hergeben mochte.»

«Sie haben gestohlen?», rief Paulina entsetzt und musste daran denken, dass Conrad von Ostry hin und wieder von Seidendiebstahl berichtet hatte.

«So würde ich das nicht nennen», antwortete Thomas. «Schließlich ist es gar nicht erst dazu gekommen.»

«Sie sprechen in Rätseln!»

«Dabei wird es auch bleiben. Ich habe versprochen, über die Angelegenheit Stillschweigen zu bewahren. Nein, ich werde bei den von der Leyens bleiben. Was auch immer Sie vorhaben – Sie müssen sich einen anderen Fabrikmeister suchen.»

«Geht es Ihnen bei von der Leyens so viel besser?»

«Einmal abgesehen davon, dass ich mit Herrn von Ostry nicht gerade im Guten auseinandergegangen bin …», er breitete seine Arme aus, «… was glauben Sie, wem ich das alles zu verdanken habe? Die Geschäfte laufen bei den von der Leyens zwar seit dem Einmarsch der Franzosen denkbar schlecht, aber ich konnte mir immerhin eine bescheidene Existenz aufbauen. Außerdem ist mein Name mittlerweile im Kreis der Seidenfabrikanten so gefestigt, dass ich mir meine Wirkungsstätte aussuchen kann.»

«Ist das Ihr letztes Wort?»

«Ja, das ist mein letztes Wort, gnädige Frau. Es hat nichts mit Ihnen zu tun, glauben Sie mir.»

Paulina zuckte mit den Achseln. «Es ist sehr schade, aber Sie sind mir schließlich nichts schuldig, Thomas.»

«Darf ich mir eine indiskrete Frage erlauben? Fehlte Herrn Kronwyler und Ihrem Gatten der Mut, mich zu fragen?»

«Kronwyler? Der hat überhaupt nichts damit zu tun. Das Unternehmen *Kronwyler Sohn und von Ostry* gibt es nicht mehr. Kronwyler arbeitet in Zukunft mit seinem Bruder zusammen.»

Thomas zog sich einen Stuhl heran, fegte einen darauf liegenden Hut hinunter und setzte sich. «Moment mal! Sie wollen doch nicht etwa sagen, dass Ihr Gatte … ich meine, glauben Sie, dass Ihr Gatte …»

«… in der Lage ist, das Unternehmen zu führen?», vollendete Paulina den Satz. «Nein, er ist es nicht. *Ich* werde es führen.»

Verblüfft lehnte Thomas sich zurück. Statt des erwarteten Protests sagte er nachdenklich: «Sie sollen Ihre Sache vor zwei Jahren sehr gut gemacht haben. Der damalige Fabrikmeister meinte sogar, dass es besser wäre, wenn *Sie* dem alten von Ostry nachfolgen würden anstelle seiner Söhne. Und Sie trauen sich das wirklich alleine zu?»

«Von alleine kann keine Rede sein», antwortete Paulina. «Ich habe unserem Buchhalter Homberg geschrieben, dass er schnellstmöglich nach Crefeld kommen soll. Weber und Arbeiter, die eine Anstellung suchen, gibt es in dieser Stadt genug. Jetzt fehlen nur noch Sie.»

«Die Produktion der von der Leyens ist seit der Besetzung der Franzosen praktisch zum Stillstand gekommen. Warum sollte Ihr Betrieb besser laufen?»

«Nun, ich habe vielleicht eine Möglichkeit gefunden, die Produktion wiederaufzunehmen.»

«Sie machen mich neugierig, gnädige Frau.»

«Leider arbeiten Sie für die Konkurrenz. Sie haben sicher Verständnis dafür, dass ich Ihnen unter diesen Umständen keine Auskunft darüber geben werde.»

Thomas wehrte ab. «Natürlich. Sie wissen, dass ich das Abenteuer liebe, gnädige Frau, und das, was Sie vorhaben, wäre eines. Allerdings bin ich nicht mehr so risikofreudig wie noch vor einigen Jahren. Ich habe hart dafür gearbeitet, um mich aus den Fängen der Armut zu befreien. Seien Sie mir also nicht böse, dass ich mein sicheres Auskommen bei den von der Leyens vorziehe.»

Paulina nickte. Im Grunde konnte sie ihn verstehen. Wer wollte es ihm verdenken, dass er nicht alles, was er erreicht hatte, für ein ungewisses Vorhaben aufs Spiel setzte? Und sie selbst? War sie nicht fast ein wenig erschrocken über ihren Wagemut? Vielleicht sollte sie wirklich besser Kronwylers Rat beherzigen, sich nach Boltenhusen zurückziehen und sich um ihre Kinder und ihre Güter kümmern. Ein wenig gebremst in ihrer Euphorie, machte Paulina sich auf den Heimweg.

«Warum schafft Pierre es nicht ein einziges Mal, pünktlich zum Mittagessen zu erscheinen?», fragte Frau von Ostry ärgerlich.

Die Damen von Ostry saßen wie verloren an der langen Banketttafel und löffelten eine kümmerliche Mahlzeit, die Paulina an die Zeiten im Haus ihres Großvaters erinnerte. Frau von Ostry nahm nach ihrer Krankheit zum ersten Mal wieder am gemeinsamen Essen teil. Ihre ohnehin schmale Erscheinung war so knochig geworden, dass Paulina einen Augenblick lang meinte, die Darmstädter Hausdame Frau von Herben säße ihr gegenüber.

Frau von Ostry stocherte missmutig auf ihrem Teller herum. «Gibt es denn gar nichts Anständiges mehr zu essen in Crefeld? Mein seliger Gatte hätte das sofort zurückgehen lassen.»

Die drei jungen Frauen tauschten entnervte Blicke. Selbst Sybilla mochte diese Verklärung der Zustände unter Conrad von Ostry nicht mehr hören. In die angespannte Stimmung hinein kam Pierre doch noch zur Tür herein. Hinter ihm tauchte die massige Gestalt Toscanis auf.

«Seien Sie gegrüßt, meine Damen», rief Pierre in bester Laune. «Ich will Sie gar nicht lange bei Ihrer Mahlzeit stören.» Er wandte sich an Paulina. «Hätten Sie die Freundlichkeit, nach dem Essen zu uns ins Kaminzimmer zu kommen, meine Liebe? Ich habe Ihnen etwas mitzuteilen.»

«Wollen Sie beide denn gar nichts essen?», fragte Frau von Ostry mit Leidensmiene. «Ich hatte gehofft, dass Sie uns ein wenig Gesellschaft leisten.»

Pierres Blick ging kurz auf ihren Teller. Er konnte einen Ausdruck des Widerwillens nicht verhehlen. «Herr Toscani und ich haben schon gespeist. Wir werden uns zum Digestif im Kaminzimmer ein kleines Gläschen genehmigen. Eine herrliche Angewohnheit, die uns die Franzosen da mitgebracht haben!»

Er war schon wieder im Gehen begriffen, als er sich noch einmal umdrehte und sagte: «Was denken Sie, wen ich heute getroffen habe? Erinnern Sie sich an diesen Burschen, den Kronwyler seinerzeit aus Hannover mitgebracht hat? Thomas Cornelius hieß er, wenn ich mich recht entsinne. Der Junge hat sich zu einem der besten Fabrikmeister Crefelds gemausert. Von der Leyens haben nicht gezögert, ihn in ihre Dienste zu nehmen. Warum ist er eigentlich nicht bei uns geblieben?»

Paulina hätte ihm am liebsten eine flapsige Bemerkung hinterhergeschickt, doch die betroffenen, fast entsetzten Gesichter der drei Damen hielten sie davon ab. Ging es ihnen so zu Herzen, dass Pierre ihnen seine Gesellschaft verweigerte?

«Tja, wer hätte das gedacht, dass aus diesem Lausejungen einmal ein solch guter Fabrikmeister wird», versuchte sie, die Stimmung ein wenig aufzuheitern. «Cornelius nennt er sich jetzt also. Ich kannte ihn immer nur als Thomas. Wissen Sie, ich bin gleichsam eng mit seinen Anfängen in Crefeld verbunden, denn ich bin damals mit derselben Kutsche hergekommen.»

Frau von Ostry ließ geräuschvoll die Gabel fallen. Ihre Hände zitterten, als sie nach ihrem Glas griff und gierig einen Schluck Wasser trank. Betretenes Schweigen folgte.

Sybilla senkte den Kopf und setzte hastig ihre durch Pierres Ankunft unterbrochene Mahlzeit fort. Catherine war plötzlich leichenblass geworden und warf Paulina einen flehentlichen Blick zu.

Was war denn auf einmal los? War Frau von Ostry nach ihrer Krankheit so empfindsam geworden, dass man jegliche Aufregung von ihr fernhalten musste?

So kann es nicht weitergehen, dachte Paulina und beschloss, ein ernstes Wort mit ihrem Gatten zu reden. Sofort nach dem in quälender Stille zu Ende gebrachten Essen entschuldigte sie sich und flüchtete aus der bedrückenden Atmosphäre des Speiseraums.

Im Kaminzimmer waren Pierre und Toscani in äußerst heiterer Stimmung.

«Gnädige Frau!», rief Toscani ein wenig affektiert. «Welch Glanz bringen Sie in dieses bescheidene Zimmer!»

Er scheint manchmal zu vergessen, dass er nicht mehr auf der Bühne steht, dachte Paulina.

Sie zeigte mit dem Kinn auf Toscani. «Wird dieser Herr in Zukunft immer bei unseren Gesprächen dabei sein?»

«Aber nein, Madame», sagte Pierre. «Wir sitzen aus geschäftlichen Gründen zusammen, da wir uns mit einer Petition des guten Kronwyler befassen müssen. Er hat einen Antrag gestellt, dass man ihm die Färberei zurückgibt.»

«Unsere Färberei?»

«... die Kronwyler zur Hälfte gehört, falls Sie es vergessen haben.»

«Das will ich nicht in Abrede stellen. Aber was ist mit *unserer* Hälfte?»

«Kronwyler wird uns natürlich entschädigen. Wir brauchen die Färberei doch gar nicht mehr!»

Paulina sah ihren Gatten fassungslos an. «Tut es Ihnen nicht in der Seele weh, alles herzugeben, was Ihr Vater so mühsam aufgebaut hat?»

«Solange wir gut dafür bezahlt werden – nein!», antwortete Pierre frei heraus. «Kronwyler wird sich nicht lumpen lassen, wenn ich ihm dabei helfe, die Färberei zurückzuerlangen. Er versteht sich zwar gut mit General Lefebvre, aber bei der Färberei will er kein Risiko eingehen.»

«Das heißt also, dass er Sie als Mittelsmann wünscht», folgerte Paulina.

«Ganz richtig!», ergriff Toscani das Wort. «Ihr Gatte verfügt über ein unglaubliches Geschick, mit den Franzosen zu verhandeln. Man könnte sagen, dass er ... Wie soll ich es ausdrücken? ... genau den Ton trifft, den unsere neuen Machthaber mögen. Wissen Sie, wie man Ihren Gatten mittlerweile überall nennt? Den Crefelder Franzosen!»

Paulina musste gegen ihren Willen schmunzeln. «Er hat sich vor zwei Jahren sogar mit diesem schrecklichen General La Marlière verstanden.»

«Ich konnte besser Karten spielen als er», berichtete Pierre stolz. «Das hat ihn mehr beeindruckt als die Selbstherrlichkeit der Crefelder Fabrikanten.»

«Dann ist es ja geradezu tragisch, dass Sie die Stadt bald verlassen werden», meinte Paulina mit einem Hauch von Spott. «Was werden die armen Crefelder denn ohne Sie machen, wenn Sie wieder in Berlin sind?»

«Tja …» Pierre warf einen kurzen, verschmitzten Blick auf Toscani, der anfing zu grinsen. «Das ist es, was ich Ihnen mitteilen wollte, meine Liebe. Ich … ähm … ich werde vorerst nicht nach Berlin zurückkehren.»

Gleich wird er dir erzählen, dass er sich zusammen mit Toscani einer Wanderbühne anschließt oder eine Sprachschule eröffnet, dachte Paulina amüsiert.

«Ich werde Gemeindebeamter», verkündete Pierre mit salbungsvoller Miene. «Die Franzosen haben mich in den Magistrat von Crefeld berufen.»

Die Kunde von Pierres Ernennung sprach sich in der Stadt herum wie ein Lauffeuer. Spitze Zungen behaupteten schon bald, dass die Franzosen absichtlich diese leicht lenkbaren, für Schmeicheleien empfänglichen Männer ausgesucht hatten – außer Pierre waren noch Toscani, ein ehemaliger Friseur und ein Postbeamter berufen worden –, und die neuen Leute mussten sich einigen Hohn gefallen lassen.

«Französischkenntnisse allein reichen nicht aus, um eine Stadt zu verwalten», spottete man und bemitleidete Bürgermeister Althoff um seine dilettantischen Gehilfen.

Während Toscani sich über das abfällige Gerede furchtbar ärgerte, begegnete Pierre dem Spott mit der ihm eigenen Gelassenheit. Da ihm im Gegensatz zu dem Venezianer jeglicher Ehrgeiz fehlte, überhörte er die missgünstigen Stimmen.

Anfang des neuen Jahres, kurz nach Pierres Amtsantritt, traf Homberg in Crefeld ein. Nachdem er sofort zu Kronwyler gegangen war, um mit ihm die Einstellung der Produktion in Blommersforst zu besprechen, kam er aufgeregt ins Palais Ostry zurück.

«Gnädige Frau! Ich habe Ihnen Folgendes mitzuteilen: Erstens hat Herr Kronwyler mir eine Stellung in seinem neuen Unternehmen angeboten. Zweitens müssen Sie versuchen, die Färberei zurückzuerhalten. Drittens sollten wir sofort die französischen Verbindungen Ihres Schwiegervaters auffrischen. Und viertens habe ich das Angebot von Herrn Kronwyler abgelehnt.»

Paulina war völlig perplex. «Sie haben wirklich keine Zeit verloren, mein lieber Homberg.»

Der Kontorangestellte hob den Zeigefinger. «Ach ja, und fünftens brauchen wir einen Fabrikmeister.»

Paulina seufzte resigniert. «Ich hätte gerne Thomas Cornelius zurückgeholt, aber er wollte lieber seine sichere Stellung bei den von der Leyens behalten. Wissen Sie eigentlich, was er mit meinem Schwiegervater für einen Disput hatte?»

Homberg zierte sich mit der Antwort. «Man soll den Willen eines Menschen auch über dessen Tod hinaus beherzigen – und anscheinend wollte Herr von Ostry nicht, dass jedermann von seinem Streit mit Cornelius erfährt.»

«Bin ich jedermann?», fragte Paulina entrüstet.

«‹Mann› schon gar nicht», sagte Homberg geheimnisvoll. «Hier geht es eher um ‹Frau› …»

Paulina blickte ihn fragend an, und er nickte ihr aufmunternd zu. Was meinte Homberg mit seinen seltsamen Worten?

Dann fiel es ihr plötzlich wie Schuppen von den Augen. Das merkwürdige Verhalten der Damen von Ostry beim Mittagsmahl! Es hatte gar nichts mit Pierres unhöflichem Benehmen zu tun gehabt, sondern mit der Erwähnung von Thomas! Der junge Mann hatte etwas haben wollen, was Conrad von Ostry gehörte. Frau von Ostry konnte es kaum gewesen sein, und Sybilla war ganz sicher nicht der Typ Frau, den Thomas bevorzugte.

Aber Catherine! Der Färber musste wohl an der herben Schönheit der Kaufmannstochter Gefallen gefunden haben.

«Fast hätte ich es vergessen, gnädige Frau», unterbrach Homberg Paulina in ihren Gedanken. Er kramte in einem kleinen Köfferchen, das er bei sich trug. «Ich habe zwei Briefe für Sie aus Boltenhusen, die kurz vor meiner Abreise eintrafen.»

Als der Buchhalter ihr die beiden Schreiben reichte, machte Paulinas Herz einen Satz. Sie erkannte das Siegel des Grafen Bahro.

«Lassen Sie uns später weitersprechen, Homberg», bat sie und strich zärtlich über das Papier. Plötzlich war ihr alles andere unwichtig. Der erste Brief war von Christian. Er kam aus einem Feldlager in Holland.

«Meine Liebste», schrieb er. «Erneut bleiben uns nur die Erinnerung und das Briefeschreiben. Ich wünsche mir nichts sehnlicher, als jetzt bei Ihnen zu sein. So aber muss ich mich damit begnügen, an Sie zu denken. Ob Sie wohl wieder irgendwelche Verrücktheiten anstellen? Nie habe ich eine Frau wie Sie kennengelernt, die wutentbrannt von Empfängen fortläuft, die im strömenden Regen Fuhrwerke aus dem Graben zieht und die auf die Idee kommt, Bernstein zu suchen. Mich dürstet danach, Sie in den Arm zu nehmen und Ihre kleine vorwitzige Nase mit tausend Küssen zu bedecken. Hilft Ihnen mein kleines Geschenk, sich meiner zu entsinnen? Sie haben mich sehr glücklich gemacht!»

Immer und immer wieder las Paulina die wundervollen Zeilen, bis sie die Worte fast aus dem Gedächtnis wiederholen konnte. Es folgten noch ein paar unverfängliche Sätze über das Leben im Feldlager. Aus Sorge, dass sein Schreiben in falsche Hände fallen könnte, beschränkte Christian sich auf das Allernotwendigste, aber Paulina meinte ihn dennoch zu verstehen.

«Wir werden uns nicht mehr lange in diesem Land aufhalten können. Es wird nicht zu verhindern sein, dass wir es bald verlassen müssen», hatte er am Schluss angefügt.

Die Franzosen waren kurz davor, Holland zu erobern!

Der zweite Brief war von Karoline von Bahro und trübte Paulinas Freude ganz beträchtlich.

«Meine liebe Frau von Ostry», schrieb Christians Schwester. «Wochenlang habe ich gebetet, dass meine Nachricht Sie in Boltenhusen noch rechtzeitig erreicht hat, bis mir ein Brief meines Bruders schließlich Gewissheit gab. Er klang sehr glücklich. Schon allein dafür hat es sich gelohnt, ein wenig Vorsehung zu spielen. Außerdem weiß ich, dass mein Geheimnis bei Ihnen gut aufgehoben ist.

Der Anlass meines Schreibens ist allerdings ein anderer, leider wenig erfreulicher. Es ist bis zu meinem Vater nach Hannover vorgedrungen, dass Sie nun in Schloss Boltenhusen leben. Man redet viel über Sie in Mecklenburg, und da war es nur eine Frage der Zeit, wann er davon erfahren würde. Er weiß auch, dass Christian Sie auf dem Empfang des Grafen Heimroth getroffen hat. Mein Vater wird mit aller Macht versuchen, künftige Begegnungen zwischen Christian und Ihnen zu vereiteln. Ich halte ihn sogar für imstande, jemanden zu beauftragen, der Sie in Boltenhusen überwacht. Sollten Sie also vorhaben, sich mit Christian zu treffen, so wählen Sie jeden anderen Ort, nur nicht Boltenhusen! Und versuchen Sie, größtmögliche Diskretion zu wahren! Mein Vater möchte seinen Sohn nach dessen Dienst in der Armee als Minister am Hof von Hannover einführen. Er wird alles tun, damit Christians Ruf nicht geschädigt wird. Geben Sie also acht! Ich wünsche Ihnen und Christian alles erdenklich Gute.»

Paulina ließ sich langsam auf einen Stuhl sinken. Lange Zeit saß sie da, mit Karolines Brief in der Hand, und starrte vor sich hin. Plötzlich stand ihr Entschluss fest. Der Plan, der schon die ganzen Tage über in ihr reifte, nahm endgültig Gestalt an. Wie der Zufall es wollte, waren ihr gerade die letzten beiden fehlenden Glieder der Kette beschert worden.

Paulina sprang auf, verstaute die Briefe in ihrem Kleid und

machte sich auf die Suche nach Homberg. Sie fand den Buchhalter im Salon, wo er artig auf sie wartete.

«Werter Herr Homberg», sagte sie. «Ich habe Ihnen Folgendes mitzuteilen: Erstens sollten Sie Ihre Familie schnellstmöglich nach Crefeld holen. Zweitens werden die holländischen Häfen bald wieder zugänglich sein. Drittens werde ich mich sofort um Weber bemühen. Viertens habe ich vor, im Sinne des seligen Conrad von Ostry neue Wege zu gehen.»

Auf Hombergs schmalen Lippen war die Andeutung eines Lächelns zu erkennen. «Ich werde mich gleich morgen mit unseren französischen Geschäftspartnern in Verbindung setzen.»

Paulina spürte, wie zwei kleine Tränen über ihre Wangen rollten. Energisch wischte die junge Frau sie weg.

«Und fünftens habe ich einen Fabrikmeister.»

Kapitel 35

Crefeld, Februar 1795

Longeaux schnitt Paulina mit seinem rollenden Stuhl den Weg ab und baute sich drohend vor ihr auf.

«Warum habe ich den Eindruck, dass Sie irgendetwas hinter meinem Rücken planen, Bürgerin Ostry?», fragte er.

Paulina machte große Unschuldsaugen. «Wie kommen Sie darauf, Monsieur Longeaux?»

«Glauben Sie nicht, dass meine Unbeweglichkeit zwangsläufig auch Unwissenheit oder gar Dummheit nach sich zieht! Man berichtet mir, dass Sie mannigfaltigen Aktivitäten nachgehen. Sie werden ständig in der Altstadt beim Anwerben von Webern und

Arbeitern gesehen, Sie lassen Briefe in Richtung Frankreich befördern, Sie haben Korrespondenten in Dienst genommen. Wollten Sie Crefeld nicht schon längst wieder verlassen haben?»

«Ich sehe, dass in dieser Stadt nichts geschieht, ohne dass Sie davon Kenntnis erlangen», erwiderte Paulina kühl. «Nun, ich habe es mir anders überlegt. Man muss eine Gelegenheit ergreifen, die sich bietet, und genau das habe ich vor.»

«Darin scheint Ihre Familie wahrlich ein beachtliches Talent zu besitzen. Im Falle Ihres Gatten habe ich mich seiner Kooperation versichert, sonst wäre er niemals auf seinen Posten erhoben worden. Ich würde jedoch auch gerne *Ihre* Absichten kennen, Bürgerin Ostry!»

«Meine Interessen sind rein geschäftlicher Natur, Monsieur Longeaux. Sie müssten demnach auch in Ihrem Sinne sein. Ich brauche Ihnen sicher nicht zu sagen, wie wichtig es ist, dass die Seidenfabrikation in dieser Stadt schnellstmöglich wieder in Gang kommt. Sie werden die Bürger von Crefeld nicht ewig mit Abgaben belegen können, für die Sie ihnen im Gegenzug nur wertloses Papiergeld überlassen. Die Versorgung Ihrer Truppen ist entscheidend davon abhängig, wie viel wir Crefelder dazu beitragen können. Sie sollten also alles dafür tun, damit Ihre Quelle wieder sprudelt.»

Longeaux legte nachdenklich seinen Finger auf den Mund.

«General Lefebvre mag ein hervorragender Kriegsführer sein», fuhr Paulina fort. «Aber für kaufmännische Dinge zeigt er wenig Verständnis. Er macht sich nur Gedanken darüber, dass seine Truppen ausreichend beliefert werden. Was geschieht, wenn kein Nachschub mehr kommt, weil nichts mehr da ist? Das Wohlergehen dieser Stadt stützt sich allein auf die Seidenindustrie. Sie müssen den Fabrikanten die Möglichkeit geben, ihre Manufakturen weiterzuführen.»

Um Longeaux' Mund hatte sich ein ärgerlicher Zug gebildet.

«Ehrlich gestanden, gefällt es mir nicht, dass ein Weib so mit mir spricht. Aber ich muss zugeben, dass Ihre Argumentation mir einleuchtet. Heinrich Friedrich von der Leyen hat mir bereits etwas Ähnliches gesagt. Ich denke, es ist ratsam, wenn wir ein gewisses Maß an Einvernehmen erzielen.» Er hob warnend seinen Zeigefinger. «Betrachten Sie meine Nachgiebigkeit nicht als Ablass, Bürgerin Ostry! Ich werde Sie genau im Auge behalten.»

Paulina schenkte ihm ein gewinnendes Lächeln und setzte eilig ihren Weg fort. Die kleinen Kämpfe mit Longeaux bereiteten ihr mittlerweile geradezu Vergnügen, während der Besuch, den sie nun vor sich hatte, ihr seit Tagen schwer im Magen lag. Als sie erneut den Türklopfer des Weberhauses in der vierten Stadterweiterung betätigte, hatte sie den Eindruck, dass ihr Herz fast noch lauter pochte.

Diesmal öffnete Thomas ihr selbst. Sein Gesicht strahlte nicht mehr die leichte Überheblichkeit des Emporkömmlings aus, sondern war von tiefen Sorgenfalten gezeichnet. Der junge Mann trug einen schmuddeligen Rock, den er seit Tagen nicht gewechselt zu haben schien.

«Oh, die Gemahlin unseres neuen Gemeindebeamten», begrüßte er die Besucherin ein wenig spöttisch und führte sie in seine Stube, die noch unordentlicher war als beim letzten Mal.

«Ich bin hier, um mein Angebot von neulich zu wiederholen», kam Paulina geradewegs zur Sache.

Thomas musterte sie misstrauisch. «Was verleitet Sie zu der Annahme, dass ich diesmal darauf eingehen könnte?»

«Ich will Sie haben, Herr Cornelius. In Kürze wird eine Lieferung Rohseide, die verarbeitet werden muss, in Crefeld eintreffen. Ich habe genügend Weber und Arbeiter einstellen können und bin sehr zuversichtlich bezüglich des Absatzes der Produkte. Mir fehlt allein ein Fabrikmeister.»

«Wie ich Ihnen bereits sagte, Madame, möchte ich bei den von der Leyens bleiben.»

«Und das, obwohl die Produktion bei den von der Leyens völlig stillsteht?»

An der Art, wie Thomas' Miene sich verfinsterte, merkte Paulina sofort, dass sie ins Schwarze getroffen hatte. Von der Leyens, die immer versucht hatten, ihre Arbeiter trotz der Produktionsflaute weiter zu entlohnen, waren offenbar nicht mehr in der Lage, weitere Zahlungen zu leisten.

«Der Lohn bei von Ostry wird nicht schlecht sein», setzte Paulina listig nach.

In Thomas' Gesicht machte der wechselnde Ausdruck von Ablehnung, Verzweiflung und Hoffnung das ganze Dilemma des jungen Mannes deutlich. «Sie wissen, Madame, dass es nicht gerne gesehen wird, wenn man von einem Arbeitgeber, der einen gut behandelt hat, zu einem anderen abwandert. Von der Leyens haben viel für ihre Stadt und ihre Arbeiter getan, auch wenn andere Fabrikanten darunter leiden mussten. Mein Ruf wäre für immer ruiniert, wenn ich das Unternehmen nun verlassen würde.»

Auch wenn Paulina gehofft hatte, ihn auf einfache Art überzeugen und sich das Folgende ersparen zu können, war sie erfreut über seine Integrität. Er würde diese auch ihr gegenüber an den Tag legen, wenn es erforderlich war.

Sie holte tief Luft. «Es gibt etwas, das Ihnen mein Angebot vielleicht versüßen könnte.» Da Thomas nichts sagte, fuhr die junge Frau fort: «Vielleicht würden Sie Ihre Entscheidung noch einmal überdenken, wenn damit die Möglichkeit verbunden wäre, um die Hand des gnädigen Fräuleins von Ostry anzuhalten.»

Thomas zuckte zusammen und starrte sie fassungslos an. Verlegen strich er durch sein Haar.

Paulina frohlockte. Ihre Vermutung hatte sich also als richtig erwiesen. Nun konnte sie nur noch hoffen, dass seine Gefühle für Catherine sich mittlerweile nicht geändert hatten.

Ihre Sorge war jedoch unbegründet. Nachdem er sich von der

ersten Überraschung erholt hatte, sank Thomas völlig überwältigt auf einen Stuhl. «Sie meinen … ich sollte …», stammelte er, «… wo Herr von Ostry doch damals dagegen war … nun, mittlerweile hat sich meine Position ja geändert … aber glauben Sie denn, dass Fräulein Catherine mich erhören würde …?»

«Wenn Sie bei Ihrem Antrag in derartiges Stottern verfallen, wird Catherine Sie bestimmt fortjagen», meinte Paulina. «Falls Sie aber wieder etwas mehr Mühe auf Ihre äußerliche Erscheinung verwenden und der jungen Dame zudem den Lebensstil versprechen können, den sie gewohnt ist …»

«Ich würde ihr sogar die Sterne vom Himmel holen, wenn es sein müsste!», rief Thomas voller Leidenschaft.

Paulina musste schmunzeln. «Sie zu heiraten, würde fürs Erste reichen.»

Sie dachte an all die Nachmittage, an denen sie mit Catherine in romantischen Träumereien geschwelgt hatte. Ob ihre Schwägerin ahnte, welche Gefühle sie in diesem wackeren Mann ausgelöst hatte?

«Für Ihre weiteren Ambitionen müssten Sie natürlich über die nötigen Geldmittel verfügen», setzte Paulina hinzu.

«Ich nehme Ihr Angebot an!» Thomas sprang auf und begann, hastig die in seiner Wohnstube herumliegenden Sachen aufzuräumen. «Glauben Sie, dass Fräulein Catherine sich in diesem Haus wohl fühlen würde?»

«So, wie es jetzt hier aussieht, sicher nicht. Aber ich denke, Sie werden nicht mehr lange hier wohnen müssen.»

«Und Sie meinen wirklich, ich könnte es wagen, Fräulein von Ostry um ihre Hand zu bitten? Herr von Ostry hat mir strikt untersagt, auch nur einen Gedanken daran zu verschwenden.»

«Die Zeiten ändern sich eben», antwortete Paulina.

Plötzlich hielt der junge Mann inne. «Und die von der Leyens? Wie soll ich Kronwyler und ihnen jemals wieder unter die Augen treten?»

Paulina lächelte geheimnisvoll. «Ich werde den von der Leyens über Herrn Kronwyler einen Vorschlag machen, der sie für den Verlust des Fabrikmeisters Cornelius entschädigt.»

«Sie haben an alles gedacht, nicht wahr?» In Thomas' Stimme schwang neben einer gehörigen Portion Sarkasmus auch Bewunderung mit. «Aber woher wollen Sie die Rohseide einführen? Warum sollten ausgerechnet Sie bessere Möglichkeiten haben als die anderen Fabrikanten?»

«Ich werde die Rohseide aus Lyon beziehen.»

Cornelius' Bedenken standen ihm ins Gesicht geschrieben. «Ihnen ist anscheinend nicht bekannt, dass die französische Rohseide nicht die gleiche Qualität besitzt wie die italienische.»

«Selbstverständlich ist mir das bekannt. Aber die Zeiten der aufwendigen Garderoben sind vorbei. Die Mode und die Vorlieben haben sich durch die Revolution geändert. Ich werde auf die Herstellung von einfachen Samtstoffen umstellen. Dafür ist die französische Qualität ausreichend.»

Thomas nickte beeindruckt. «Eine andere Frage, Madame: Was ist mit der Färberei?»

«Noch befindet sich darin das Lazarett der Franzosen. Aber ich hoffe, dass mein Gatte das klären wird. Für irgendetwas muss seine Berufung in den Magistrat ja gut sein!»

«Und was ist, wenn Fräulein von Ostry meinen Antrag nicht annimmt?»

Paulina hatte diese Frage befürchtet. Darin lag der Schwachpunkt ihrer Planungen. Sie wusste nicht, ob die Zuneigung auf Gegenseitigkeit beruhte. Aus Catherines Verhalten beim Mittagsmahl war nicht ersichtlich gewesen, wie sie zu Thomas Cornelius stand. Gott möge mir verzeihen, was ich im Begriff bin zu tun, dachte Paulina und sagte: «Sie brauchen keine Sorge haben, Herr Cornelius. Fräulein von Ostry wird Ihren Antrag annehmen.»

Kronwyler war Geschäftsmann genug, um sofort zu begreifen, welch gutes Angebot Paulina ihm unterbreitete.

«Ihre Aktivitäten sind mir nicht verborgen geblieben, Madame», sagte er, als Paulina ihn in seinem Kontor aufsuchte, «und ich habe sie halb erstaunt, halb verärgert beobachtet. Es befremdet mich ein wenig, wie hartnäckig Sie Ihre Interessen verfolgen. Ich muss Ihnen jedoch zugestehen, dass Ihr Einfall, die französischen Kontakte Ihres Schwiegervaters zu nutzen, geradezu genial ist. Falls wir also über Ihre Verbindungen an französische Rohseide gelangen könnten, werden wir Ihnen den Fabrikmeister gerne überlassen. Weder von der Leyens noch wir können uns einen weiteren Produktionsstillstand leisten. Von Ostry würde sich zwar im Grab umdrehen, wenn er erführe, dass Cornelius nun doch seine Catherine bekommt, aber ich habe ehrlich gesagt nie so ganz verstanden, was er gegen den Jungen hatte ...»

Paulina hörte ihm zufrieden zu. Sie hatte nicht erwartet, dass er so schnell zustimmen würde. Den Crefelder Fabrikanten musste das Wasser folglich bis zum Hals stehen, und das bestärkte sie in ihrem Glauben, dass in dieser Phase des Umbruchs der Zeitpunkt günstig war, auf die Herstellung neuer Produkte umzustellen.

«Es bleibt nur noch eine Frage», sagte sie. «Wie verfahren wir mit der Färberei?»

In dieser Angelegenheit zeigte sich Kronwyler weniger umgänglich. «Als ich dem Magistrat meine Petition über die Rückgabe der Färberei vorlegte, hoffte ich auf die Hilfe Ihres Gatten. Ich konnte ja nicht ahnen, dass er diesbezüglich eigene Interessen hegte.»

«Pierre wusste nichts von meinen Plänen», versicherte Paulina.

Kronwyler betrachtete sie mit einem eigenartigen Blick. «Ihr Gatte und Sie haben eine merkwürdige Art, miteinander umzugehen. Und dennoch werden Sie am Ende gemeinsam erfolgreich sein. Ich für mein Teil ziehe es vor, mich an General Lefebvre zu wenden. Möge er entscheiden, was mit der Färberei geschieht.»

Sie einigten sich darauf, das Geschäftshaus gemeinsam zu nutzen, bis sich eine andere Lösung fand. Ein Treffen mit Heinrich Friedrich von der Leyen wurde verabredet, in dem die Modalitäten für die Lieferung der Rohseide besprochen werden sollten.

«Dafür dass wir einmal vereinbart haben, dass Sie mich nie wieder belästigen, kreuzen sich unsere Wege erstaunlich oft», meinte der Kaufmann zum Abschied. «Warum habe ich nur den Eindruck, dass dies vor allem zu *Ihrem* Vorteil sein wird?»

«Ich kann es nicht glauben!», tobte Catherine. «Sie haben tatsächlich eine Heirat zwischen Cornelius und mir arrangiert, ohne mich vorher zu fragen?»

Einen Augenblick lang dachte Paulina, ihre Schwägerin würde auf sie losgehen, so erzürnt war die junge Kaufmannstochter.

«Ich dachte immer, Sie wären meine Freundin!», schrie Catherine und fuchtelte wie wild mit den Armen herum. «Meine tiefsten Empfindungen habe ich Ihnen offenbart. Sie wissen, wie sehr ich mir einen Verehrer gewünscht habe, der mir den Hof macht, der mich mit romantischen Worten umgarnt. Und nun? Sie haben mich hemmungslos verkauft, um Ihre Interessen durchzusetzen. Sybilla hat völlig recht. Sie sind ein selbstsüchtiges Weib!»

Paulina, die froh war, dass sie Catherine endlich reinen Wein eingeschenkt hatte, blieb ungerührt. «Vergessen Sie bei all Ihren Vorwürfen nicht, dass ich dabei bin, das Unternehmen Ihres Vaters vor dem Untergang zu bewahren. So wie ich damals Ihren Bruder heiraten musste, um Erldyk zu retten, müssen Sie eben heute ein ähnliches Opfer bringen. Sie werden sehen, dass Cornelius ein ansehnlicher Herr ist, der einen guten Namen hat. Wer es so wie er von ganz unten nach oben geschafft hat, für den braucht man sich nicht zu schämen.»

«Er ist nichtsdestotrotz ein einfacher Arbeiter, und ich bin eine höhere Bürgerstochter. Mein Vater war über Cornelius' Vermessenheit, mir den Hof machen zu wollen, so verärgert, dass er ihn aus seinen Diensten entlassen hat.»

«Hätte Ihr Vater nicht eine solche Arroganz besessen, wären wir jetzt nicht in dieser Zwangslage.»

Catherine bekam vor lauter Aufregung hektische rote Flecken im Gesicht. «Sie wissen doch, wie mein Vater war! Er hasste es, wenn er etwas nicht unter Kontrolle hatte. Sie selbst sind schließlich nur in diese Familie gekommen, weil mein Vater es so wollte!»

«Seltsamerweise hat Conrad von Ostry in meinem Fall über einiges hinweggesehen, was seinem Sinn für Anstand und Moral schwerlich hätte entsprechen dürfen.»

«Aber was denken Sie denn, Paulina!», rief Catherine verächtlich. «An Ihnen war meinem Vater nur Ihr Rang wichtig, nicht Ihr Ruf!»

Einen Augenblick lang war Paulina ein wenig aus der Fassung gebracht. Wie hatte sie nur vergessen können, was für ein tiefer Abstieg ihre Heirat mit Pierre gewesen war?

«Nun stellen Sie sich vor, was gewesen wäre, wenn nach Ihnen ein Färber in unsere Familie eingeheiratet hätte!», fuhr Catherine fort. «Mein Vater hätte es lieber gesehen, dass ich als alte Jungfer sterbe!»

Am hohen Grad ihrer Erregtheit konnte Paulina erkennen, dass es bezüglich der Werbung des Färbers hitzige Debatten in der Familie gegeben haben musste.

«In einem Jahr hat sich vieles gewandelt», erklärte sie mit ruhiger Stimme. «Die Franzosen sind in Crefeld, Ihr Vater und Ihr Bruder sind tot, die Zukunft unserer Seidenmanufaktur ist ungewiss. Pierre ist zwar Mitglied des Magistrats geworden, aber sein geringer Lohn wird in Papiergeld bezahlt, das zwei Tage später fast nichts mehr wert ist. Wenn wir das Seidenunternehmen aufgeben, werden Ihre Mutter, Sybilla und Sie ins Haus von

Kronwyler ziehen müssen, damit er sie versorgt. Es wird nicht einmal eine gute Mitgift vorhanden sein, die einen jungen Mann veranlassen könnte, Ihnen den Hof zu machen. Oder halten Sie Pierre vielleicht für fähig, die Geldangelegenheiten der Familie in die Hand zu nehmen?»

Catherine hatte ihr mit offenem Mund zugehört. Bei Paulinas letztem Satz senkte sie den Kopf.

«Ich habe mich entschlossen, die Manufaktur in Crefeld wiederaufzubauen», fuhr Paulina fort. «Natürlich will ich nicht in Abrede stellen, dass ich auch eigene Interessen verfolge. Ohne einen gewissen Ehrgeiz kann so ein Vorhaben nicht gelingen. Wenn es gutgeht, werden Sie alle etwas davon haben. Dazu gehört auch das eine oder andere persönliche Opfer.» Ihre Stimme wurde ein wenig leiser. «Auch ich habe schon mehr als genug bezahlen müssen.»

Catherine fing an zu schluchzen. «Cornelius missfällt mir ja nicht einmal. Ich … ich hätte nur bei der Wahl meines Gatten gerne ein Wörtchen mitgeredet.»

Paulina atmete erleichtert auf. Catherine war also einer Verbindung mit Thomas Cornelius nicht gänzlich abgeneigt.

«Das Leben ist eben alles andere als romantisch», sagte sie prosaisch. «Außerdem – wollen Sie wirklich als alte Jungfer sterben?»

Damit war es um die junge Kaufmannstochter geschehen. Catherine fiel Paulina um den Hals und ließ ihren Tränen freien Lauf. All die Trauer und Verzweiflung der letzten Monate brachen sich Bahn. Paulina hielt ihre Schwägerin im Arm und streichelte ihr über den Rücken. Während sie beruhigend auf die junge Frau einredete, fiel ihr Blick durchs Fenster, und sie sah Thomas Cornelius im eleganten Rock und Hut die Straße entlangkommen.

Das war wirklich höchste Zeit, dachte sie und atmete tief aus.

«Wird er mir denn wenigstens einen richtigen Antrag machen?», schluchzte Catherine an ihrer Schulter.

Paulina schloss kurz die Augen und sagte voller Überzeugung: «Das wird er ganz bestimmt, meine Liebe!»

Pierre blieb fast der Bissen im Hals stecken.

«Das sind ja wahrhaft aufregende Neuigkeiten!», sagte er und versuchte krampfhaft, ein Husten zu unterdrücken. «Sie haben die Seidenproduktion wiederaufgenommen und sind außerdem in anderen Umständen? Konnten Sie mir das nicht in besser zu verdauenden Portionen servieren?»

Paulina hatte für ihre Eröffnungen eine Gelegenheit gewählt, bei der Pierre und sie alleine waren.

«Dafür dass wir beide nicht lange in Crefeld bleiben wollten, haben wir in der kurzen Zeit eine Menge bewegt», meinte Pierre, nachdem er die Nachrichten sozusagen geschluckt hatte. «Ich muss sagen, ich bin beeindruckt. Wenn Homberg bei der Sache mitmacht, muss sie Hand und Fuß haben. Ehrlich gesagt, hätte ich auch nichts dagegen, wenn wir uns dadurch wieder ein bisschen besser stellten. Ich werde nicht ewig bei meinem Schneider anschreiben lassen können.»

«Tja, mit Schönrederei lässt sich nicht viel Geld verdienen», bemerkte Paulina achselzuckend.

«Wenn Toscani und ich uns nicht mit den Franzosen arrangiert hätten, könnten Sie Ihre ambitionierten Unternehmungen nicht durchführen», parierte Pierre.

«Wie sagte schon Ihr Vater? Die schönsten Worte nutzen nichts, wenn ihnen nicht Taten folgen.»

«Und dennoch kann des Menschen Wort mitunter sehr mächtig sein», erwiderte Pierre prompt.

Paulina lächelte. «Nun, dann ergänzen wir uns ja ganz vorzüglich.»

Nach dem Essen kam Pierre um den Tisch herum und zog galant Paulinas Stuhl zurück, damit sie aufstehen konnte. Er nahm ihre Hand und küsste sie.

«Mein seliger Herr Vater hat nicht viel von mir gehalten, und ich habe ihn bisweilen sogar gehasst. In einem hat er mir jedoch einen großen Gefallen getan: Er hat mir Sie als Gattin ausgesucht.» Er legte seine Hand auf ihren Leib. «Mein Bedürfnis nach weiteren Kindern war nie besonders groß, aber ich muss sagen, dass ich mich nun doch ein wenig darüber freue, noch einmal Vater zu werden.»

Paulina wandte sich brüsk ab. «Wer die Annehmlichkeiten der Ehe genießen will, muss auch mit ihren Folgen leben können.»

Sie ließ den verblüfften Pierre stehen und eilte, mit den Tränen kämpfend, aus dem Zimmer.

Nur wenige Tage später erreichte Crefeld die Nachricht, dass die Franzosen die alliierten Truppen in Holland zurückgedrängt und die Vereinigten Niederlande eingenommen hatten. Die Seidenfabrikanten hatten somit wieder Zugang zu den holländischen Häfen. Nun waren diejenigen gut dran, die bereits die Produktion wiederaufgenommen hatten und ihre Lager beliefern konnten.

Die Zeichen mehrten sich, dass Preußen mit Frankreich Frieden schließen würde, und viele frohlockten, dass die Tage der französischen Besatzung gezählt seien.

Es war Pierre, der Paulina die Empfehlung gab, nicht auf eine Rückgabe der linksrheinischen Gebiete an Preußen zu setzen.

«Der preußische König wird für diesen Frieden einen Preis bezahlen müssen», orakelte er. «Frankreich ist eindeutig in der stärkeren Position, und das wird es gnadenlos ausnutzen. Die Direktorialregierung in Paris fühlt sich berufen, die Revolutionsidee in alle Welt zu tragen und die Menschen von ihren ständischen Zwängen zu befreien.»

Paulina plagten indessen andere Probleme. Noch immer hatte General Lefebvre keine Entscheidung bezüglich der Färberei getroffen. Eines Abends kam Pierre von einem Souper bei den von der Leyens wieder.

«Lefebvre sprach mich auf dieses leidige Thema der Färberei an», berichtete er. «Ich glaubte, es sei längst geklärt.»

«Alles andere als das!», rief Paulina erbost. «Ich warte seit Wochen auf eine Entscheidung.»

Pierre verzog den Mund. «In diesem Fall sitzen der General und ich zwischen den Stühlen. Zum einen gibt es die Interessen des Unternehmens von Ostry, zum anderen die von Kronwyler und damit der von der Leyens. Sie wissen, dass Lefebvre als Gast im Hause von der Leyen Quartier gefunden hat und sie nicht brüskieren kann.»

«Aber ich brauche die Färberei! Im Augenblick behelfen wir uns anderweitig, aber wenn die Produktion ausgeweitet wird, was durch die Öffnung der Häfen bald der Fall sein wird, komme ich damit nicht mehr zurecht. Können Sie Ihren Einfluss nicht geltend machen?»

Pierre zuckte bedauernd mit den Schultern. «Es tut mir leid. Als Mitglied des Magistrats darf ich nicht parteiisch sein.»

Wenige Tage später ließ Toscani sich bei Paulina melden. Aufgeregt stürmte er in ihr Kontor.

«General Lefebvre hat sich entschieden, Herrn Kronwyler die Färberei zu überlassen!», rief er. «Ich habe soeben gehört, wie der General es zu Herrn von der Leyen sagte.»

Fassungslos starrte die junge Frau den Venezianer an. «Was soll ich denn jetzt machen? Erst gestern habe ich eine große Lieferung Rohseide geordert. Ich verfüge gegenwärtig nicht über die Mittel, eine neue Färberei zu errichten.»

«Gibt es denn keine andere Möglichkeit?», fragte Toscani ehrlich betroffen.

Paulinas Augen weiteten sich plötzlich. «Doch, die gibt es!», stieß sie hervor, sprang auf und stürmte aus dem Kontor, ohne sich weiter um Toscani zu kümmern. Sie lief hinüber zum Palais Ostry.

Kronwyler wird mich für alle Zeiten verfluchen für das, was

ich im Begriff bin zu tun, dachte sie und schlug wie wild den Türklopfer. Sie rannte an der Magd vorbei, die ihr öffnete, und eilte schnurstracks zu den ehemaligen Räumlichkeiten ihres Schwiegervaters. Der Soldat vor der Tür konnte ihr nur entsetzt hinterherrufen, doch da stand sie bereits vor Longeaux.

«Monsieur!», keuchte sie atemlos, als er sie mit strengem Blick ansah. «Monsieur, ich bin gekommen, um den Gefallen einzulösen, den Sie mir schulden.»

Kapitel 36

Crefeld, Juli 1795

Eines Morgens wachte Paulina auf und fühlte ihre Stunde kommen. Sie rief eine Magd und bat sie, die Hebamme zu holen.

«Auf keinen Fall gehe ich jetzt aus dem Haus!», erklärte das Mädchen angsterfüllt.

«Sei nicht albern!», rief Paulina und spürte die nächste Wehe auf sich zurollen. «Die Hebamme wohnt nicht weit weg!»

Die Fensterscheiben ihres Schlafzimmers begannen zu klirren. Von der Straße her war ein dröhnendes Geräusch zu vernehmen, das rasch näher kam.

«Hören Sie das, gnädige Frau?», fragte die Magd. «Schon wieder französische Truppen!»

Nur wenige Augenblicke später erzitterte das Haus vom Gerassel durchziehender Geschützzüge. Das dumpfe Klappern Hunderter Pferdehufe gemischt mit dem Trampeln schwerer Stiefel war dazu angetan, auch den letzten Schlafenden aus seinen Träumen zu reißen.

«Wo wollen nur all diese Soldaten hin?», fragte Paulina unter einer Welle von Schmerzen. «Crefeld ist ein einziges großes Feldlager.»

Den ganzen Sommer über ging das schon so. In der Ebene Richtung Uerdingen am Rhein sammelte sich ein gigantisches Heer. Die armen Bauern fürchteten um ihre Ernte, die durch andauerndes Regenwetter ohnehin verspätet war. Ohne Rücksicht auf die bestellten Felder zu nehmen, kampierten die Franzosen in langen Reihen mit Biwaks.

Der Friedensschluss mit Preußen im April hatte keine Wendung gebracht. Zwar hatte man an den Stadttoren wieder den preußischen Adler aufhängen dürfen, aber das war auch schon alles an Zugeständnissen gewesen, was die Franzosen gewährt hatten. Die linke Rheinseite blieb französisch, die Kriegslieferungen gingen ungemindert weiter. Pierre hatte recht behalten: Der Frieden war mit den linksrheinischen Gebieten bezahlt worden. Und nun mussten die Crefelder auch noch Tag und Nacht die Durchmärsche der von Holland kommenden Truppen ertragen.

«Schauen Sie, ob Herr Cornelius noch da ist!», sagte Paulina zu der Magd. «Vielleicht kann er die Hebamme holen.»

Das Mädchen nickte erleichtert und verschwand.

Allein in ihrem Zimmer überkam Paulina ein Anflug von Panik. Die letzten Wochen ihrer Schwangerschaft waren ihr wesentlich beschwerlicher als bei Anna vorgekommen. Das ungeborene Kind machte ihr sehr zu schaffen, und bereits mehrere Male war sie ganz sicher gewesen, dass die Geburt kurz bevorstand.

Paulina hatte feststellen müssen, dass ihr Gatte zwar schlecht rechnen, aber doch immerhin bis neun zählen konnte. In der Annahme, dass das Kind frühestens in zwei Monaten kommen würde, war er nach Paris gereist, um beim Direktorium eine Herabsetzung der von den Franzosen ausgeschriebenen Zwangsanleihe zu erwirken. Paulina musste also ohne Pierre auskommen. Immerhin würde es ihr erspart bleiben, Pierre als stolzen

Vater von Christians Kind an ihrem Wochenbett empfangen zu müssen.

Als die Magd wenig später unverrichteter Dinge zurückkehrte und berichtete, dass Herr Cornelius schon in der Färberei sei, wurde Paulina plötzlich bewusst, wie hilflos sie war.

Kurz darauf erschien Catherine am Bett ihrer Schwägerin. Im Gegensatz zu der mit bleichem, schweißglänzendem Gesicht in ihren Kissen liegenden Paulina sah sie aus wie das blühende Leben. Die Ehe mit Thomas bekam ihr gut und hatte sie glücklicher gemacht, als sie selbst es erwartet hatte. Paulina war regelrecht neidisch, wenn die beiden Jungvermählten am Morgen erschienen und verliebte Blicke tauschten, noch das Leuchten infolge der in der Nacht genossenen Zärtlichkeiten in den Augen.

«Schicken Sie den Kutscher oder sonst wen zur Hebamme!», keuchte Paulina, als sie ihre Schwägerin sah. «Es scheint schneller zu gehen, als ich dachte.»

«O Gott!», rief Catherine. «Und wenn das Kind vor der Hebamme kommt?»

«Beeilen Sie sich, sonst …» Ein neuerlicher Krampf schnitt Paulina das Wort ab. Catherine riss vor Entsetzen die Augen auf, machte auf dem Absatz kehrt und lief hinaus. Als die Tür sich hinter ihr schloss, wurde Paulina von einer großen Einsamkeit erfasst.

Draußen zog noch immer schweres Gerät vorbei. Zackige Befehle auf Französisch drangen herauf. Das Marschieren der Soldaten dröhnte der jungen Frau in den Ohren.

Die Wehen kamen immer häufiger und stärker.

Irgendetwas stimmt nicht, dachte Paulina. Es ist anders als beim ersten Mal. Jetzt werde ich dafür bestraft, was ich anderen angetan habe!

Alles Mögliche ging ihr durch den Kopf, wirr und unzusammenhängend. Die von ihr erzwungene Ehe zwischen Thomas und Catherine, die kleine List, mit der sie Kronwyler die Färberei abspenstig gemacht hatte, und dass sie ihrem Vater im Augenblick seines Todes die Vergebung verweigert hatte. Dann der Ehebruch mit Christian, heimlich in einer Fischerkate am Meer. Und nicht zuletzt das Allerschlimmste: die Unverfrorenheit, dem eigenen Gatten das Kind eines anderen unterzuschieben. Jetzt musste sie dafür bezahlen. Gott würde so viel Sünde nicht ungesühnt lassen.

Von unerträglichen Schmerzenswellen geplagt, wälzte Paulina sich im Bett hin und her. In ihrem Delirium geisterte eine schreckliche Vorstellung durch ihre Sinne: Das Kind würde nicht lebend zur Welt kommen. Und sie würde gleich mit ihm sterben.

Als sie meinte, es nicht mehr aushalten zu können und gleich über die Schwelle des Todes zu treten, fühlte sie eine kühle Hand auf ihrer feuchten Stirn.

«Die Hebamme kommt gleich», sagte Catherine von weit her. «Es wird alles gut.»

In halber Bewusstlosigkeit sah Paulina mit verschleiertem Blick, wie eine dicke Frau das Zimmer betrat.

«Das wurde aber höchste Zeit», drang die Stimme der Hebamme zu ihr. Sie fühlte sich mit kräftigen Griffen gepackt und auf einen Tisch gehoben.

«Das Kind soll nicht sterben», flüsterte sie und krümmte sich unter der nächsten Wehe zusammen.

«Reden Sie keinen Unsinn!», blaffte die Hebamme dicht über ihr. «Hier wird niemand sterben. Und wenn's so wäre, hätten Sie es nicht besser verdient, meine Teure! Sie können mir lange erzählen, dass das Kind erst in zwei Monaten hätte zur Welt kommen sollen! Das Kleine ist völlig ausgereift, wenn Sie wissen, was ich meine.» Sie zögerte. «Und wenn ich mich nicht irre … ach, du liebe Güte … na, das wird nicht einfach … kein Wunder, dass die Gnädige so ein Theater macht!»

Dann wurde Paulina von der Urgewalt erfasst, die das neue Leben seinen Wurzeln entreißt. Sie glaubte zwar vor Schmerzen zu vergehen, aber sie starb nicht, und als sie den ersten Schrei ihres Kindes hörte und Catherine ihr die feuchten Haarsträhnen aus der schweißnassen Stirn strich, erschien ein schwaches Lächeln auf ihren Lippen.

Sie hatte es geschafft! Eine unwiderstehliche Müdigkeit überkam Paulina, und sie ließ sich erschöpft zurückfallen.

«Glauben Sie nicht, dass es schon vorbei ist!», kündigte die Hebamme ihr da mit drohender Stimme an. «Kommen Sie, meine Liebe, stellen Sie sich nicht so an, den Rest schaffen Sie auch noch!»

Und während Catherine einen entsetzten Aufschrei tat, spürte Paulina erstaunt, dass eine erneute Welle des Schmerzes durch ihren Körper ging. Sie hatte doch gewusst, dass irgendetwas nicht stimmte! Verzweifelt griff sie nach Catherines Hand und klammerte sich daran fest.

«Sie werden für meine Kinder sorgen, wenn ich sterbe, nicht wahr?», stieß sie unter größter Anstrengung hervor.

«Sie müssen schon ein bisschen mithelfen, sonst wird das nichts!», fuhr die Hebamme mit barscher Stimme dazwischen.

Paulina hob den Kopf und sah verschwommen, dass die Frau mit puterrotem, fratzenhaft verzerrtem Gesicht an ihr herumhantierte. Was machte die Alte da?

«Pressen Sie endlich, Sie dummes Ding!», keuchte die Hebamme.

Noch einmal nahm Paulina all ihre Kraft zusammen, unfähig zu verstehen, was mit ihr geschah.

«Es kommt!», hörte sie die Hebamme rufen.

«Aber da ist ja noch eines!», kreischte Catherine im selben Augenblick.

Nach dem letzten Aufbäumen empfand Paulina plötzlich eine große Entspannung. Was auch immer passiert war – es schien wirklich vorbei zu sein. Vorsichtig öffnete sie die Augen.

«Ein Junge und ein Mädchen», stellte die Hebamme in zufriedenem Tonfall fest und wischte sich den Schweiß von der Stirn. «Na, das war vielleicht eine Überraschung.»

Paulina sah schemenhaft, dass ihre Umgebung in eifrige Geschäftigkeit verfiel. Die Hebamme und die Magd beugten sich über zwei kleine, quäkende Bündel. Inzwischen streute die Gehilfin der Hebamme Kräuter in eine Wanne mit kochendem Wasser. Ein wohltuender Geruch erfüllte den Raum. Paulina wurde in ihr Bett zurückgebracht und auf weiche, dicke Kissen gebettet.

Die Hebamme tätschelte ihr den Arm. «Nun schlafen Sie erst einmal, meine Liebe! Das war ein gehöriges Stück Arbeit.»

«Ich möchte meine Kinder sehen», verlangte Paulina mit schwacher Stimme.

«Das ist mal wieder typisch! Sie stellt bereits Forderungen!», brummte die Hebamme, ließ sich aber dann doch dazu herab, der jungen Frau ein in Windeln gewickeltes Bündel in den Arm zu legen. Die vor Rührung weinende Magd kam mit dem zweiten, und Paulina betrachtete staunend ihre beiden Kinder.

Das Schicksal hatte sie also doch nicht zur Rechenschaft gezogen. Sie war im Gegenteil nicht nur mit einem, sondern gleich mit zwei kleinen Wundern beschenkt worden. Ein Gefühl unendlicher Dankbarkeit erfüllte Paulina.

Doch die Tränen, die ihr über die Wangen liefen, waren keine Tränen der Freude. Ganz plötzlich überkam sie eine tiefe Verzweiflung. Die Damen von Ostry, die gerade zaghaft ihre Köpfe zur Tür hereinsteckten, um sich nach dem Befinden der Wöchnerin zu erkundigen, eilten erschrocken ans Bett der jungen Frau, als diese anfing, bitterlich zu weinen.

Auf die unverzüglich nach Paris gesandte Eilbotschaft kam bald die Antwort des frischgebackenen Vaters, dass er sich außerordentlich über die Geburt seiner Kinder freue. Etwas erstaunt sei er über die verfrühte Niederkunft gewesen, aber man habe ihm gesagt, dass dies bei Zwillingen nicht ungewöhnlich sei. Selbstverständlich dürfe Paulina entscheiden, welche Namen sie den Kindern geben wolle, allerdings habe er die Bitte, dass es französische sein sollten. Falls sein Wunsch von Interesse sei, würde er Frédéric für den Jungen und Camille für das Mädchen vorschlagen. In seinem Brief schwärmte Pierre geradezu von Paris.

«Diese Stadt ist eine Offenbarung», schrieb er. «Die Menschen möchten möglichst rasch die Schrecken der Jakobinerherrschaft vergessen. Man will endlich wieder leben, und das heißt vor allem, Luxus und Kunst genießen. Ich habe einige Anstrengungen in Sachen unseres Seidenhandels unternommen, um den Markt von Paris zu erobern.

Dieser Tage habe ich in einem Salon einen interessanten jungen Mann kennengelernt, der sehr zwiespältige Meinungen in der Pariser Gesellschaft hervorruft. Er stammt aus Korsika und hat es aufgrund seiner militärischen Erfolge trotz seiner Jugend schon zum Brigadegeneral gebracht. Beim ersten Anblick missfiel er mir, denn er gab eine eher jämmerliche Erscheinung ab: unsicher und linkisch, mit ungekämmtem Haar, ohne Handschuhe und mit schlecht geputzten Stiefeln. Später fühlte ich mich jedoch seltsam angezogen und beinahe fasziniert von ihm. Obwohl man ihn gerade durch eine Versetzung zur Infanterie degradiert hat, schien er dadurch nicht im mindesten eingeschüchtert. Ich bin überzeugt davon, dass dieser Mann noch von sich hören lassen wird. In ihm schlummert eine Kraft, deren Ausbruch einem gewaltigen Erdbeben gleichen muss. Er macht auf mich den Eindruck, als lauere er wie ein Raubtier auf den Augenblick, in dem er zuschlagen kann. Napoleon Bonaparte – diesen Namen wird man sich merken müssen!

Meine Liebe, ich bin untröstlich, dass ich meine Kinder nicht so bald sehen kann, wie ich möchte. Aber meine Geschäfte halten mich noch ein wenig in Paris fest. Ich wünsche Ihnen alles Gute und grüße Sie herzlich, Ihr ergebener Gatte Pierre.»

Ihn werden auch noch andere Dinge in Paris festhalten, dachte

Paulina ein wenig säuerlich, doch dann siegte ihr Sinn fürs Pragmatische. Immerhin hatte Pierre sich abgesehen von seinen Vergnügungen auch nützlich gemacht. Sie beschloss, ihr Wochenbett vorzeitig zu verlassen und schleunigst die in Paris geknüpften Verbindungen zu festigen.

Die Zwillinge wurden auf die Namen Frédéric und Camille getauft. Zur Unterstützung der jungen Mutter kamen zwei Ammen aus den umliegenden Dörfern ins Haus.

Kurz nachdem sie ihr Wochenbett verlassen hatte, ließ Longeaux Paulina zu sich rufen.

«Ich werde nach Paris zurückkehren, Bürgerin Ostry», kündigte er an. «Meine Aufgaben in Crefeld sind erfüllt, und man braucht mich nun in der Hauptstadt.»

Paulina verbarg ihr Bedauern nicht. «Ich werde Sie vermissen, Monsieur Longeaux. Mit wem soll ich in Zukunft meine Kämpfe austragen?»

«Sie werden schon einen anderen geeigneten Widerstreiter finden, dessen bin ich sicher», sagte Longeaux, im Gegensatz zu der jungen Frau bemüht, sich seine Rührung nicht anmerken zu lassen. «Im Übrigen sind Sie ja bereits dabei, Ihre Fühler in die Richtung auszustrecken, die auch ich einschlagen werde. Wir werden also vermutlich bald wieder voneinander hören. Ich erwarte Sie in Paris, Madame!»

Im September gingen die in der Ebene gesammelten französischen Truppen unter Verletzung der preußischen Grenzlinie über den Rhein. Spätestens jetzt wurde auch den letzten Optimisten klar, dass mit einer baldigen Rückgabe der linksrheinischen Gebiete an Preußen nicht zu rechnen war. In Crefeld begann man, sich auf eine länger dauernde Besatzung durch die Franzosen einzustellen.

Paulina erhielt über ihren Verwalter Kollwitz einen Brief von Christian. Er schrieb, dass die Truppen der hannoverschen Armee nach dem Friedensschluss ins Oldenburger Land verlegt worden seien und man ihm in Aussicht gestellt habe, endlich Urlaub nehmen zu können. Er wolle versuchen, im Herbst nach Boltenhusen zu kommen.

Einerseits sehnte Paulina das Wiedersehen mit Christian geradezu schmerzlich herbei. Sie wollte ihm endlich von seinen Kindern berichten und ihm gestehen, dass sie ihretwegen mit Pierre nach Crefeld gegangen war. Andererseits dachte sie an Karoline von Bahros Warnung. Während einiger Tage sann sie fieberhaft nach einer Möglichkeit, ein Treffen mit Christian zu arrangieren, ohne die Aufmerksamkeit ihrer mecklenburgischen Nachbarschaft und des Grafen Bahro zu erregen.

Schließlich kam ihr eine Idee.

Sie schickte eine Eilnachricht ins Feldlager nach Oldenburg. Darin schrieb sie Christian, dass sie vorhabe, ein paar Monate in ihrem Schloss in Westfalen zu verbringen. Sie werde in Blommersforst auf ihn warten.

In großer Eile bereitete Paulina ihre Abreise nach Westfalen vor. Im Oktober des Jahres 1795 machte Paulina sich mit ihren drei Kindern und einem Tross von Dienstpersonal auf den Weg nach Blommersforst. Vorsichtshalber schickte sie einen Diener zu Pferd voraus.

Damals war auch gut ein Jahr vergangen, als unser Wiedersehen stattfinden sollte, dachte Paulina während der Fahrt, die auf den vom Herbstwetter aufgeweichten Straßen unbequem und mühsam war. Energisch schob sie alle düsteren Vorahnungen beiseite. Sie schalt sich selbst eine Närrin, weil sie so abergläubisch war.

KAPITEL 37

Loxten in Westfalen, November 1795

Seit geraumer Zeit schon harrte Paulina an der Wegkreuzung im Wald aus. Es war ein nebliger Morgen, und man konnte durch den trüben Dunst nur schemenhaft die umstehenden Bäume erkennen. An den kahlen Sträuchern hatten sich in der feuchten Luft Tropfen gebildet, die wie Perlen an den Ästen hingen. Ein Holzkreuz stand gleich einem Mahnmal am Wegesrand.

«Weißt du genau, dass der Herr Generalmajor hier vorbeikommt?», fragte Paulina die junge Magd, die sie geführt hatte.

Das Mädchen nickte eifrig mit dem Kopf. «Natürlich, gnädige Frau! Wenn der Herr Baron sich in Schloss Loxten aufhält, unternimmt er jeden Morgen einen Ritt durch diesen Teil des Parks.»

«Und du bist sicher, dass er nicht schon nach Hannover abgereist ist?»

Die Magd verzog das Gesicht. «Wenn Ihnen das Treffen mit Herrn von Hammerstein so wichtig ist – warum lassen Sie sich nicht einfach im Schloss melden, anstatt ihm klammheimlich im Wald aufzulauern?»

«Werd nicht frech! Schließlich habe ich dich gut bezahlt dafür, dass du mit mir hierhergefahren bist.»

Die Magd brummelte vor sich hin und zog ihren Umhang fester um sich. In der Ferne war das dumpfe Getrappel von Pferdehufen zu vernehmen.

«Hören Sie!», wisperte die Magd. «Das muss er sein!»

Aus dem dichten Nebel lösten sich die Umrisse eines Reiters, der mit hohem Tempo herangeprescht kam. Paulina trat ihm beherzt in den Weg, worauf er sein Pferd zügelte und es kurz vor ihr zum Stehen brachte. Die Uniform des hannoverschen Regiments, der federgeschmückte Dreispitz und die schwarzen Stiefel ließen darauf schließen, dass es sich tatsächlich um den erwarteten Generalmajor von Hammerstein handelte.

«Kann ich der gnädigen Frau behilflich sein?», fragte er mit einer tiefen, sonoren Stimme. Sein Pferd, ein feuriger Brauner, kaute wie wild auf der Trense und tänzelte unruhig hin und her.

Paulina musterte den Generalmajor erstaunt. Sie hatte einen Mann mittleren Alters erwartet und war nicht darauf gefasst, dass der schneidige Reiter, der frühmorgens wie ein junger Gott durch seinen Park galoppierte, sich als älterer Herr entpuppte.

«Generalmajor Baron von Hammerstein?», fragte sie.

«Zu Diensten, gnädige Frau», antwortete der Baron und verbeugte sich galant. «Und mit wem habe ich das Vergnügen?»

«Ich bin Paulina von Ostry, eine Verwandte der Baronin Herrenheim», stellte die junge Frau sich vor.

«Herrenheim?» Der Generalmajor zuckte zusammen. «Ich war immer in dem Glauben, dass die Linie der Herrenheims nach dem Tod der alten Baronin ausgestorben sei.»

«Ich bin die letzte Nachkommin ihres Bruders, des Barons von Gralitz-Boltenhusen», erklärte die junge Frau. «Als einzige Erbin habe ich ihr Schloss in Westfalen übernommen. Ist es wahr, dass Sie Frau von Herrenheim kannten?»

Diese Frage veranlasste den Generalmajor, von seinem Pferd abzusteigen. Er baute sich vor Paulina auf und musterte sie streng.

«Was wollen Sie von mir? Falls Sie den Versuch einer Erpressung ins Auge gefasst haben, muss ich Ihnen sagen, dass Sie damit einige Jahre zu spät sind.»

«Erpressung?», fragte Paulina verblüfft. «Womit könnte ich Sie erpressen, Herr Baron? Nichts liegt mir ferner.»

Er blieb misstrauisch. «Warum fragen Sie mich dann nach der Baronin Herrenheim? Was machen Sie in Gottes Namen an einem solch grässlichen Morgen hier draußen? Sie wollen doch wohl nicht mit mir über alte Zeiten plaudern!»

Paulina merkte plötzlich, dass sie vor Kälte schlotterte. Oder war es vielleicht die Anspannung, unter der sie seit Tagen litt?

«Würden Sie mir zugestehen, dass ich Ihnen die Antwort in meiner Kutsche gebe?», fragte sie zaghaft. «Ich friere entsetzlich, und im Wagen ist es geschützter.»

Von Hammerstein seufzte tief. «Man wird mich, den Kommandeur einer ganzen Armee, einen Narren schimpfen, dass ich die Torheit begehe, in Zeiten wie diesen zu einer wildfremden Frau in die Kutsche zu steigen. Aber – der Herr möge mir verzeihen – ich bin neugierig darauf, was Sie mir mitzuteilen haben!»

Paulina führte den Baron zu ihrem Wagen, der hinter dem Holzkreuz stand. Ihr Kutscher Franz, der mit seinem hochgeschlagenen Kragen und dem tief ins Gesicht gezogenen Hut wie ein Wegelagerer aussah, blickte ihnen mit finsterer Miene entgegen.

Von Hammerstein band sein Pferd an einen Baum und half Paulina, in den Wagen zu steigen. Als sie sich im Halbdunkel der Kutsche gegenübersaßen, maß der Baron sie mit forschendem Blick. «Viele Jahre lang hat niemand etwas von meiner Bekanntschaft mit der Baronin Herrenheim geahnt. Wie kommt es, dass ausgerechnet so lange nach ihrem Tod eine entfernte Verwandte davon Kenntnis erhält?»

«Es gibt in Blommersforst eine uralte Magd, die davon wusste», antwortete Paulina. «Sie war zufällig zugegen, als ich mit meinem Kutscher den Wunsch erörterte, Sie zu sprechen, Herr Generalmajor. Die gute Frau riet mir, mich beim Ersuchen um eine Audienz auf die Baronin Herrenheim zu berufen.»

«Weiß Ihre Magd auch, was mich mit der Baronin Herrenheim verband?», fragte von Hammerstein.

«Man wusste in Blommersforst all die Jahre Bescheid über Ihre Beziehung mit der Tochter der alten Baronin.»

Von Hammerstein wirkte ehrlich überrascht.

«Weiber können eben einfach den Mund nicht halten»,

brummte er schließlich. «Wenn Sie, gnädige Frau, aber nicht hier sind, um Ihr Wissen gegen mich zu verwenden – was hat Sie dann bewogen, mich auf solch außergewöhnliche Art und Weise aufzusuchen?»

Paulina musste sich zusammennehmen, um ruhig zu bleiben. Nach wochenlangem Hoffen und Bangen hatte sie nun endlich jemanden vor sich, der ihr vielleicht Auskunft über Christian geben könnte, und sie wollte sich diese Gelegenheit nicht durch unbedachte Worte verderben.

«Da auch Sie die Verdrießlichkeiten einer geheimen Liaison zu kennen scheinen», begann sie also vorsichtig, «werden Sie Verständnis dafür haben, dass ich aus ähnlichen Gründen nicht in Ihrem Schloss vorsprechen wollte.»

«Ich schließe daraus, dass Sie einen heimlichen Liebsten haben und ich diesen Mann kenne. Es wird sich doch wohl nicht um meinen Enkel handeln?»

«Nein, nein, Herr Baron», beruhigte Paulina ihn. «Mein Liebster ist ein Premierleutnant Ihrer hannoverschen Armee.»

Von Hammerstein schmunzelte verschwörerisch. «Geschmack hat er jedenfalls, dieser Premierleutnant, aber das hätte ich auch von einem meiner Männer nicht anders erwartet.»

«Die Sache ist leider nicht ganz unkompliziert. Sein Vater ist ein hoher Minister am kurfürstlichen Hof von Hannover und strikt gegen die Verbindung zwischen seinem Sohn und mir.»

«Nun, es sollte Mittel und Wege geben, den gestrengen Vater zu umgehen. Wissen Sie denn nicht, dass heimliche Affären am Hof von Hannover gang und gäbe sind? Die heutige Jugend hat wohl keine Phantasie mehr!»

Paulina zwang sich zu einem Lächeln. «Mein Problem ist ein anderes, Herr Baron. Ich weiß nicht, wo mein Liebster ist! Er scheint wie vom Erdboden verschluckt zu sein. Sein letzter Brief kam aus einem Feldlager in Oldenburg. Seit Wochen warte ich auf eine weitere Nachricht. Ich schickte sogar meinen Kutscher ins Feldlager, doch es war mittlerweile aufgelöst worden. Die Leute dort sagten, dass die Regimenter und Offiziere in ihre Heimat zurückgekehrt seien. Wenn ich wenigstens wüsste, wohin er verlegt wurde …»

Von Hammerstein hob seine Augenbrauen. «Wissen Sie, wie groß die hannoversche Armee war, gnädige Frau? Sie glauben doch wohl nicht, dass ich über die Aufenthaltsorte all meiner Offiziere unterrichtet bin?»

«Vielleicht nicht über den Aufenthaltsort *all* Ihrer Offiziere», räumte Paulina ein. «Aber Sie werden doch sicher Kenntnis darüber haben, wo sich Hauptmann Scharnhorst und einer seiner engsten Vertrauten, der Premierleutnant von Bahro, befinden.»

«Von Bahro ist es also! Ich habe mich immer gewundert, warum ein Mann wie er noch nicht geheiratet hat.»

Paulinas Herz begann, wie wild zu klopfen. Von Hammerstein schien Christian gut zu kennen. Nun würde sie sicher endlich erfahren, wo er war und warum er sich noch nicht bei ihr gemeldet hatte.

«Es mag beinahe ein wenig albern klingen, Herr Baron, aber Sie sind meine letzte Hoffnung. Ich lebe im französisch besetzten Rheinland und bin eigens nach Westfalen gekommen, um den Premierleutnant zu sehen. Können Sie mir sagen, wohin Herr von Bahro nach der Auflösung des Feldlagers verlegt wurde?»

«Ich habe ihn zusammen mit Scharnhorst nach Hannover geschickt», berichtete der Generalmajor. «Er war dort mit wichtigen militärischen Aufgaben betraut.»

«Herr von Bahro hat mir geschrieben, dass er Urlaub nehmen wollte», wandte Paulina ein.

«Urlaub? Davon weiß ich nichts. Sonderbar – zu mir hat der Premierleutnant ausdrücklich gesagt, dass er derzeit keinen Urlaub wünsche.»

Paulinas Gedanken überschlugen sich. «Aber das kann nicht möglich sein! Er wollte doch zu mir kommen … Moment mal!

Sie sagten gerade, dass Herr von Bahro in Hannover mit wichtigen militärischen Aufgaben betraut *war.*» Voller Hoffnung, in die sich jedoch eine böse Vorahnung mischte, sah sie den Baron an. «Ist er das jetzt nicht mehr?»

Von Hammersteins Gesicht nahm einen bedauernden Zug an.

«Ich fürchte, gnädige Frau, dass ich keine guten Nachrichten für Sie habe. Premierleutnant von Bahro hat sich für einen geheimen Auftrag zur Verfügung gestellt, über den ich nicht mit Ihnen sprechen kann. Fast hatte ich den Eindruck, als dränge es ihn geradezu, von hier fortzukommen. Es wird eine Weile dauern, bis er zurückkehrt.»

«Wohin ist er denn um Himmels willen gefahren?», rief Paulina entsetzt aus.

Alles um sie herum kam ihr plötzlich unwirklich vor: die triste Herbststimmung, der nebelige Wald, die Gegenwart des berühmten Feldherrn, an den sie sich in ihrer Not auf so ungewöhnliche Weise gewandt hatte. Wochenlang hatte sie in Blommersforst vergeblich auf einen Brief von Christian gewartet, hatte ihren Kutscher ins Feldlager nach Oldenburg und einen Eilkurier nach Boltenhusen geschickt. Nichts hatte sie unversucht gelassen, um etwas über Christian in Erfahrung zu bringen, aber niemand hatte ihr etwas über seinen Verbleib sagen können. Und nun war sie in ihrer großen Verzweiflung sogar zum Stammsitz des Generalmajors von Hammerstein nach Loxten gefahren und hatte ihn wie eine Diebin im Wald abgepasst.

Sollten all ihre Bemühungen umsonst gewesen sein?

Generalmajor von Hammerstein öffnete den Verschlag der Kutsche und erhob sich, um auszusteigen. «Es tut mir leid, dass ich Ihnen nicht helfen kann, gnädige Frau. Ich hätte gerne noch ein wenig mit Ihnen geplaudert, aber ich werde zum Frühstück erwartet.»

«Warten Sie!», hielt Paulina ihn zurück. «Warten Sie! Ich flehe

Sie an, Herr Baron! Verraten Sie mir, wohin Sie Herrn von Bahro geschickt haben. Ich muss ihn unbedingt sehen!»

Einen Fuß schon auf der Trittstufe, hielt von Hammerstein inne und drehte sich zu der jungen Frau um.

«Darf ich Ihnen einen Rat geben? Fahren Sie nach Blommersforst zurück und schlagen Sie sich Herrn von Bahro aus dem Kopf. Für Sie als Bürgerin eines französisch besetzten Gebietes ist es gefährlich, ihm zu folgen. Frankreich befindet sich im Krieg mit dem Land, in das ich den Premierleutnant geschickt habe. Herr von Bahro ist auf dem Weg nach England.»

TEIL 3

Die Senatorin von Paris

Kapitel 38

Crefeld, November 1803

Der Abend war schon weit fortgeschritten, als Paulina die Feder aus der Hand legte. Zufrieden löschte sie die Tinte auf dem Schreiben, das sie gerade fertiggestellt hatte. Sie wollte es noch heute ihrem Korrespondenten übergeben, der am nächsten Morgen nach Paris aufbrechen würde.

Damit begann ein neuer Abschnitt in der erfolgreichen Geschichte des Unternehmens von Ostry. Wenn alles nach Plan ging, würde Paulina bald die höheren Pariser Staatsbeamten beliefern, deren Kleidung auf Wunsch des Ersten Konsuls Napoleon Bonaparte in Zukunft wieder aus Seidenstoffen gearbeitet sein sollte.

Paulinas Blick fiel auf die Uhr. So spät war es schon!

Eilig versiegelte sie den Brief und weckte den Kontorangestellten, der im Vorzimmer auf seinem Stuhl eingenickt war.

«Bringen Sie das Schreiben zu Monsieur Marceau», sagte sie zu dem jungen Mann, den sie erst kürzlich eingestellt hatte, um den hoffnungslos überarbeiteten Homberg zu entlasten. «Es ist wichtig, dass er es heute noch erhält.»

«Wollten Sie nicht ins Theater gehen, gnädige Frau?», fragte der Kontorangestellte schläfrig und rieb sich die müden Augen.

«Ja, das wollte ich. Alles, was Rang und Namen hat, besucht heute die Premiere von ‹Kabale und Liebe›. Aber das Geschäft geht nun einmal vor. Ich werde wenigstens den Schluss zu sehen bekommen.»

«Herrn Toscanis Geliebte spielt die Lady Milford, nicht wahr?», fragte der Kontorangestellte neugierig. «Das will sich niemand entgehen lassen. Auch er selbst ist extra aus Aachen gekommen.»

«Wer sagt, dass diese Dame seine Geliebte ist?», fragte Paulina. «Das sind doch nur Gerüchte! Herr Toscani wird sich derartige Behauptungen verbitten.»

Der junge Mann zuckte mit den Achseln. «Herr Toscani soll so vernarrt in seine schöne Schauspielerin sein, dass es ihm gleichgültig ist, was die Leute reden. Die Präfektur in Aachen hat sich schon beschwert, dass er ständig ihretwegen nach Crefeld fährt. Sie soll ja nicht mehr die Jüngste sein.»

Paulina warf dem Angestellten einen scharfen Blick zu.

«Ich wünsche nicht, dass Sie sich an diesen Schwätzereien beteiligen. Sie haben sich um meine Rechnungsbücher zu kümmern und nicht um das Liebesleben der Verwaltungsbeamten!»

Der Kontorangestellte machte sich kleinlaut davon, und Paulina begab sich ins Palais Ostry hinüber, um sich rasch für den Theaterbesuch umzukleiden. Eine Viertelstunde später saß sie in ihrer Kutsche, die sie zum Schauspielhaus brachte.

Ein Page führte Paulina durch den wie ausgestorben wirkenden Vorraum des kleinen Theaters und die Treppe zu einer Galerie hinauf. Alles war hell erleuchtet, und von der Bühne drangen die Stimmen der Schauspieler herüber. Oben angekommen, steuerte der Page auf eine schmale Tür zu und öffnete sie. Paulina zwängte sich an ihm vorbei ins Halbdunkel der Loge.

Drei Köpfe drehten sich kurz mit vorwurfsvoll aufblitzenden Augen zu ihr um, als sie sich leise auf den letzten freien Stuhl setzte. Ihr Blick ging auf die erleuchtete Bühne. Vor der Kulisse eines vornehmen Salons standen sich dort zwei Männer in einer hitzigen Debatte gegenüber.

«Konnten Sie nicht einmal zur Premiere pünktlich sein?», flüsterte Pierre neben ihr. «Wir sind bereits im vierten Akt. Wo um alles in der Welt waren Sie?»

«Monsieur Marceau fährt morgen nach Paris», antwortete

Paulina genauso leise. «Ich musste ein dringendes Schreiben an unseren Agenten fertigstellen, das Marceau mitnehmen soll.»

«Toscani hat schon nach Ihnen gefragt», berichtete Pierre.

«Meine Geschäfte sind mir wichtiger als Toscanis Liebe zum Theater im Allgemeinen und zu Schauspielerinnen im Besonderen!», zischte Paulina. «Der Gute scheint immer noch zu meinen, dass er wegen seiner Berufung nach Aachen in die Präfektur eine Sonderstellung genießt. Laden Sie ihn meinetwegen nachher zum Souper zu uns ein, dann wird er befriedigt sein.»

«Jeder weiß, dass Sie eine exzellente Kauffrau sind», kam es scharf zurück, «aber vergessen Sie nicht, dass ich in dieser Stadt ein hohes Amt bekleide, für das gewisse Repräsentationspflichten unerlässlich sind! Als meine Gattin haben auch Sie Ihren Anteil daran zu leisten.»

«Müssen Sie Ihre leidigen Auseinandersetzungen nun auch noch im Theater austragen?», meldete sich Sybillas zarte Stimme von der Seite. «Im Gegensatz zu Ihnen möchte ich das Stück sehen, und gleich tritt die Lady Milford wieder auf.»

Der Einwand ihrer Schwägerin brachte die beiden Streithähne zum Schweigen. Schuldbewusst wandte Paulina ihren Blick auf die Bühne, aber es wollte ihr nicht gelingen, sich auf das Stück zu konzentrieren.

Hoffentlich schaffte es dieser dumme Kontorangestellte, dem Korrespondenten Marceau das Schreiben rechtzeitig zu übergeben! Es war nicht auszudenken, was für Folgen es hätte, wenn ihr jetzt bei der Belieferung der Pariser Kunden noch ein Fehler unterlief. Die Konkurrenz war hart, und Paulina hatte einiges aufbieten müssen, um sich gegen ihre Mitstreiter aus Lyon durchzusetzen.

Inzwischen ging die Szene zu Ende, und emsige Helfer begannen, das Bühnenbild umzubauen. Von der Seite war ein leichtes Schniefen zu hören.

«Ob der arme Ferdinand es schafft, sich gegen seinen Vater aufzulehnen?», ertönte Frau von Ostrys mitfühlende Stimme.

«Warum lässt dieser schreckliche Fürst seinen Sohn nicht die nette Luise heiraten?»

«Reißen Sie sich zusammen, Maman!», fuhr Pierre sie an. «Luise ist eine Bürgerliche, und Ferdinand ist ein Adeliger. Der Fürst kann einer solchen Verbindung nicht zustimmen.»

«*Ihr* Vater hat einer solchen Verbindung auch zugestimmt», warf Paulina ein.

«Aber das war etwas völlig anderes! Sie, meine Liebe, waren arm und sind durch die Heirat mit mir zu Wohlstand und einer gesellschaftlichen Stellung gekommen. Ferdinand verfügt bereits über beides und würde durch eine Vermählung mit Luise das Letztere verlieren.»

«Wenn die beiden sich aber doch lieben!», entgegnete Frau von Ostry mit einem Sinn für Romantik, den sie im wirklichen Leben niemals aufgebracht hätte.

«Immerhin stellt Ferdinand seine Liebe zu Luise über sein gesellschaftliches Ansehen», meinte Paulina.

«Was in meinen Augen völliger Unsinn ist!», erwiderte Pierre selbstgefällig. «Es spricht ja nichts dagegen, dass er sein Vergnügen bei ihr sucht. Aber er würde sich viel Ärger ersparen, wenn er die Kleine als seine Mätresse halten und sich standesgemäß mit der Lady Milford verheiraten würde.»

Paulina warf ihm einen verächtlichen Blick zu. «Waren Sie nicht einmal ein glühender Verfechter von Gleichheit und Brüderlichkeit, mein Lieber?»

«Ich glaube, dass die Lady Milford viel besser zu Ferdinand passen würde als Luise!», meinte Sybilla und geriet ins Schwärmen. «Sie ist eine so schöne Frau!»

Pierre runzelte die Stirn. «Zugegeben – die Dame, die die Lady Milford spielt, mag ihre Reize haben, aber finden Sie nicht, dass sie ein bisschen zu alt für die Rolle ist?»

«Lassen Sie das nicht Herrn Toscani hören!», warnte seine Mutter. «Er betet diese Frau geradezu an!»

«Sie muss über besondere Talente verfügen, wenn Toscani sich an ihrem reifen Alter nicht stört.»

«Die Gattin des Ersten Konsuls Bonaparte ist auch einige Jahre älter als ihr Gemahl», entgegnete Sybilla. «Außerdem munkelt man, dass die Darstellerin der Lady Milford eine Adelige sei.»

«Psst», machte Frau von Ostry, «es geht weiter!»

Die Kulisse war zu einem luxuriösen Salon umgebaut worden.

Neben einer Dienerin betrat eine strahlend schöne Dame die Bühne. Sie hatte die Blütezeit der Jugend zweifellos hinter sich, aber ihr Gesicht war so ausdrucksstark, dass Paulina sich, noch bevor die Frau ihre ersten Worte gesagt hatte, unweigerlich in ihren Bann gezogen fühlte. Im Saal war es totenstill geworden. Das ganze Theater schien den Atem anzuhalten.

Mit einem für ihr graziöses Wesen ungewöhnlich vollen Klang ertönte die Stimme der schönen Dame: «Also sahst du sie? Wird sie kommen?»

Paulina erstarrte. Sie beugte sich vor und heftete ihren Blick erstaunt auf die Schauspielerin.

«Sage mir nichts von ihr …», Lady Milfords Miene nahm einen tragischen Ausdruck an, «… wie eine Verbrecherin zittre ich, die Glückliche zu sehen, die mit meinem Herzen so schrecklich harmonisch fühlt!»

Paulina lehnte sich erregt auf die Balustrade. Die Lady Milford weckte ein unbestimmtes Bild in ihr, das immer deutlicher wurde. Ihre Gedanken begannen zu rasen.

«Aber meine Liebe!», spöttelte Pierre. «Was ist los mit Ihnen? Sollte es der Lady Milford tatsächlich gelungen sein, einmal wieder eine Emotion in Ihnen hervorzurufen?»

«Diese Frau …», murmelte Paulina, «… ich kenne sie.»

«Wen? Die Lady Milford?»

«Es ist lange her. Als ich sie das letzte Mal sah, war ich fast noch ein Kind.»

Pierre rieb sich die Hände. «Jetzt beginnt es, interessant zu werden. Meine Gattin kennt die geheimnisvolle Geliebte von Toscani. Womöglich wissen Sie sogar pikante Einzelheiten aus ihrer zweifelsohne nicht sehr tugendhaften Vergangenheit.»

Nach dem Abgang der Dienerin hatte Luise die Bühne betreten. Sie wurde von einem hübschen jungen Mädchen gespielt, das neben der Darstellerin der Lady Milford jedoch stümperhaft und farblos wirkte.

Paulina ließ sich langsam in ihren Stuhl zurücksinken. «Nein, ich muss Sie enttäuschen. Ich weiß fast gar nichts über diese Frau.»

«Aber wag es, Unglückliche!», rief Lady Milford auf der Bühne. «Wag es, ihn jetzt noch zu lieben oder von ihm geliebt zu werden! Was sage ich? Wag es, an ihn zu denken oder einer von seinen Gedanken zu sein!» Sie steigerte sich zur Raserei. «Ich bin mächtig, Unglückliche, fürchterlich! So wahr Gott lebt! Du bist verloren!»

Paulina schaute ihr gebannt zu.

«Wie Sie schon immer sagten, Pierre», flüsterte sie, «Toscani hat einen guten Geschmack. Seine Schauspielerin ist wirklich eine Adelige. Sie entstammt einer Darmstädter Freiherrenfamilie.»

«Woher wissen Sie das?», kam Sybillas Stimme aus dem Dunkel.

Ohne den Blick von der Lady Milford zu nehmen, antwortete Paulina: «Ich weiß das, weil ich selbst aus dieser Familie komme. Die Dame ist die Schwester meiner Mutter.»

Als Anna von Dornfeld am Arm von Toscani das Zimmer betrat, in dem die Gäste des Palais Ostry sich nach dem gerade beendeten Souper versammelten, erkannte man sie kaum wieder. Neben der massigen, markanten Erscheinung des Verwaltungsbeamten wirkte ihre elfenhafte Person fast ein wenig verloren. Sie hatte die dicke Theaterschminke gegen ein dezentes Rouge vertauscht, und ihre ausdrucksstarke Bühnenmimik war einer jungmädchenhaften Schüchternheit gewichen. Sie war so schön, dass jeder der Anwesenden sie unverwandt anstarrte.

Pierre eilte auf das Paar zu und küsste Anna die Hand.

«Ich freue mich ganz außerordentlich, dass Sie uns die Ehre erweisen, unser bescheidenes Heim mit dem Glanz Ihrer Gegenwart zu zieren», sagte er salbungsvoll.

«Die Freude ist ganz auf meiner Seite», antwortete Anna. «Wenngleich ich natürlich weiß, welcher Tatsache ich es zu verdanken habe, dass ich Herrn Toscani heute Abend begleiten darf.»

Pierre räusperte sich verlegen. «Nun, Madame, wir hätten Sie auch gerne willkommen geheißen, wenn Sie nicht … ähm, ich will damit sagen, dass es nichts mit Ihrer Verwandtschaft zu meiner Gattin zu tun hat …» Er sah hilfesuchend zu Paulina. «Schließlich sind Sie sogar von Adel …»

«Ich verstehe Sie schon, Monsieur», sagte Anna freundlich. «Ich bin es gewohnt, dass man mich für nicht gesellschaftsfähig erachtet, weil ich Schauspielerin bin.»

Die anderen Gäste beeilten sich zu versichern, dass sie sich außerordentlich freuten, Frau von Dornfeld in ihrer Mitte begrüßen zu dürfen. Sie sei ganz fantastisch in der Rolle der Lady Milford gewesen, und man hoffe, sie noch oft im Crefelder Theater zu sehen. Man habe ja nicht geahnt, dass sie sogar eine Baroness sei, was natürlich alles in einem gänzlich anderen Licht erscheinen lasse …

Paulina beschloss, der albernen Szene ein Ende zu machen. Sie nahm Annas Hände. «Komm, meine Liebe! Ich möchte dich ein wenig für mich alleine haben. Die Herrschaften werden eine Weile auf unsere Gegenwart verzichten müssen!»

Sie fing einen missmutigen Blick Toscanis auf. Wahrscheinlich konnte der alte Schwerenöter es kaum erwarten, wieder von hier zu verschwinden und mit Anna allein zu sein. Erst die Premierenfeier, dann die überraschende Einladung ins Palais Ostry – und zu allem Überfluss hatte sich auch noch herausgestellt, dass seine Geliebte mit der Gattin eines der höchsten Bürger der Stadt verwandt war. Paulina grinste schadenfroh. Der gute Toscani würde sich noch etwas in Geduld fassen müssen.

Anna von Dornfeld folgte ihrer Nichte erleichtert auf den Flur hinaus. «Diese Leute haben mich angesehen, als wollten sie mich einem Wolf zum Fraß vorwerfen», flüsterte sie.

Paulina lachte gut gelaunt. «Du bist hier in einer ehrenwerten Stadt, vergiss das nicht! Da jeder weiß, dass du die Mätresse von Toscani bist, würde man dich niemals empfangen. Ich habe heute gewissermaßen ein Tabu gebrochen.»

Sie führte Anna in ihren Salon, in dem die Magd bereits ein behagliches Feuer im Kamin entzündet hatte.

«Und dir macht es nichts aus, ein Tabu zu brechen?», fragte Anna und musterte ihre Nichte interessiert.

«Mein Gatte ist Präsident des Gemeinderats und Mitglied der Gesetzgebenden Körperschaft», sagte Paulina. «Er hat bei den Franzosen viel für Crefeld erreicht. Wir führen zudem eine der erfolgreichsten Seidenfabriken der Stadt. Ich kann es mir leisten, die Leute ein wenig vor den Kopf zu stoßen. Jedenfalls freue ich mich ungemein, dass du nach deiner Premierenfeier noch zu uns gekommen bist!»

«Ich hätte die Feier am liebsten ausgelassen, um sofort zu dir zu eilen!», rief Anna leidenschaftlich. «Niemals werde ich den Augenblick vergessen, als du plötzlich in meiner Garderobe standst.»

Paulina spürte eine Herzenswärme, die sie schon lange nicht mehr empfunden hatte. «Du warst eine wundervolle Lady Milford! Ganz Crefeld hat dir zu Füßen gelegen!»

Anna lächelte traurig. «Schmeichele mir nicht zu sehr, meine Liebe! Ich weiß sehr wohl, dass ich für diese Rolle mittlerweile zu alt bin. Frau Böhm, unsere Theaterdirektorin, hat sie mich nur spielen lassen, weil Herr Toscani sich für mich verwendet hat.»

«Aber niemand hätte die Rolle besser spielen können!»

«Das mag sein. Aber die Lady Milford ist eine junge Frau, und als die kann man mich nun beim besten Willen nicht mehr bezeichnen. Seit einiger Zeit spiele ich fast nur noch Statistenrollen. Ich trage mich schon lange mit dem Gedanken, die Truppe zu verlassen, aber ich weiß nicht, wohin ich gehen soll.»

«Was ist mit deinem Liebsten – wie hieß er noch gleich?»

«Der Kurt? Er ist vor einigen Jahren an einem Lungenleiden gestorben. Es war während eines bitterkalten Winters. Wir hatten nicht genug Geld, um unsere Wohnung zu heizen.»

«Und dein Kind?»

Anna senkte betrübt den Kopf. «Ich musste Sophie in Stellung geben. Als wir vor zwei Jahren in Hannover waren, konnte ich das Mädchen dort in einer wohlhabenden Bürgersfamilie unterbringen. Der Herr des Hauses hatte Gefallen an mir gefunden und erklärte sich bereit, Sophie als Kinderfräulein aufzunehmen.»

«Du hast wohl in jeder Stadt einen Bewunderer?», fragte Paulina sarkastischer, als sie es wollte.

«Mit der Schauspielkunst allein kann man keine Reichtümer erringen», erklärte Anna ein wenig beschämt. «Ich muss schließlich von irgendetwas leben. Glücklicherweise hat der liebe Gott mir eine ganz passable äußere Erscheinung mitgegeben.»

«Toscani scheint jedenfalls einen Narren an dir gefressen zu haben.»

«Er sagt, er war früher selbst einmal Schauspieler …»

«Toscani kam praktisch mit den Franzosen nach Crefeld. In der wirren Anfangszeit der Besatzung verstand er es, sich mit den neuen Generälen und den Autoritäten von Crefeld gut zu stellen. Er wurde Mitglied des Magistrats und später sogar Kommissar.»

Anna schaute sich voller Bewunderung in dem mit feinsten Möbeln eingerichteten Zimmer um. «Mir scheint, dass auch ihr, dein Gatte und du, zu den Auserwählten dieser Stadt gehört.»

Paulinas Gesichtsausdruck wurde ernst. «Auserwählt! Pah! Es

war mühevolle Arbeit, dies alles zu erreichen. Aber ich habe es geschafft, und ich werde mir die Früchte dieser Arbeit von nichts und niemandem nehmen lassen.»

Anna neigte nachdenklich den Kopf. «Das ist genau der Ruf, den du in dieser Stadt genießt. Hart und unerbittlich gegen jedermann und sogar gegen dich selbst. Als ich von dir reden hörte, wurde ich neugierig auf dich. Ich konnte ja nicht ahnen, dass hinter der erfolgreichen Seidenverlegerin von Ostry meine eigene Nichte steckt. Weißt du, was man über dich erzählt? Wenn du zwischen einer Lieferung Rohseide und deinen Kindern wählen müsstest, würdest du dich für die Rohseide entscheiden, heißt es.»

Paulina biss sich auf die Lippen. «Selbstverständlich sind meine Kinder mir wichtiger als eine Lieferung Rohseide. Andererseits habe ich alles darangesetzt, dass sie nicht so aufwachsen mussten wie wir seinerzeit in Darmstadt.»

«Nun, ich bin sehr gespannt darauf zu erfahren, welche Umstände dich ausgerechnet nach Crefeld verschlagen haben. Ich dachte immer, dass du als Hofdame der Prinzessinnen von Hessen-Darmstadt eine gemachte Frau wärst. Schließlich ist Therese heute Fürstin von Thurn und Taxis, und Luise ist sogar Königin von Preußen geworden. Wie kommst du an diesen zwar reichen, aber immerhin doch bürgerlichen Kaufmann, wenn du bei Hof sicherlich die Möglichkeit gehabt hättest, einen netten Grafensohn zu heiraten?»

Paulina starrte Anna so entsetzt an, dass diese sich verwirrt vorbeugte. «Habe ich etwas Falsches gesagt?»

«Nein, überhaupt nicht», antwortete Paulina mit bebender Stimme. «Es ist nur … du ahnst ja nicht …»

Ihre ganze Selbstsicherheit war dahin. Sie hatte mit einem Mal das Bedürfnis, sich an Annas Schulter zu lehnen und zu weinen. Und dann, in einem plötzlichen Entschluss, bat sie beinahe schüchtern: «Darf ich dir eine Geschichte anvertrauen, Anna?»

«Was schleppst du da nur all die Jahre für einen Kummer mit dir herum!», sagte Anna voller Mitgefühl, nachdem Paulina geendet hatte. «Hat Christian von Bahro denn nie wieder etwas von sich hören lassen?»

Paulina schüttelte den Kopf. «Weder er noch seine Schwester. Es war wie damals in Frankfurt. Auf einmal schien es, als hätte er mich aus seinem Leben gestrichen.»

«Bist du sicher, dass nicht sein Vater dahintersteckte?»

«Das kann natürlich sein! Aber wie sollte ich das herausfinden? Ich wusste nicht, wo Christian war, und nach Schloss Bahro hätte ich nicht schreiben können.»

Anna blickte ihre Nichte gedankenvoll an.

«Ich kenne den Grafen Bahro», sagte sie plötzlich.

Paulina sprang erregt von ihrem Stuhl auf. «Was sagst du da? Du meinst doch nicht etwa …?»

«Nein, nein», beschwichtigte Anna sie. «Es ist nicht das, was du denkst. Graf Bahro ist in Hannover ein bekannter Mann. Er ist, wie du sicher weißt, ein Minister am kurfürstlichen Hof. Seine Gattin und er waren oft im Theater, als wir vor zwei Jahren in Hannover spielten. Eines Abends kam er zu mir in die Garderobe.»

Paulina hatte ihr atemlos zugehört. «Was wollte er von dir?»

«Nun, er fragte mich unverwandt, ob ich mit einer Baronin Sophie von Gralitz verwandt sei.»

«Was hast du ihm geantwortet?»

«Seinem Gesichtsausdruck nach zu urteilen schien der Graf keine große Zuneigung für meine Schwester zu hegen. Ich fragte ihn also vorsichtig, wie er zu der Annahme käme, dass ich mit der Dame verwandt sein könnte. Er sagte, dass ich ihr ähnlich sähe. Aufgrund dessen habe er Nachforschungen angestellt und herausgefunden, dass ich aus Darmstadt stamme. Er glaube nicht an Zufälle, fügte er noch hinzu.»

«Er hat tatsächlich Nachforschungen über dich angestellt?» Paulina war fassungslos.

«Du siehst also, wie viel Misstrauen dieser Mann dir auch nach so vielen Jahren noch entgegenbringt», sagte Anna. «Er muss geradezu besessen davon sein, dich von seinem Sohn fernzuhalten. Wenn er *mich* schon ausforschen ließ – meinst du nicht, dass er auch erneut deine Verbindung zu Christian hintertrieben hat?»

Paulina schwieg. Wie oft hatte sie darüber in den letzten Jahren nachgedacht! Natürlich hatte sie die Möglichkeit in Betracht gezogen, dass hinter Christians Abkehr von ihr sein Vater steckte. Aber hätte er nicht eine Möglichkeit finden können, ihr wenigstens eine Nachricht zukommen zu lassen?

«Was hast du dem Grafen Bahro gesagt?», fragte sie.

Anna senkte schuldbewusst den Kopf. «Es erschien mir ratsam, meine Verwandtschaft mit Sophie zu leugnen. Ich konnte es mir nicht leisten, einen so einflussreichen Herrn gegen mich zu haben. Glücklicherweise nannte ich mich nicht Anna von Dornfeld, sodass dem Grafen meine Versicherung genügte, nichts mit einer Baronin von Gralitz zu tun zu haben.»

«Hast du …», Paulina stockte, «hast du auch Christian in Hannover gesehen?»

«Nein. Während meiner Spielzeit war er nicht in Hannover. Ich habe auch nie von ihm reden hören.»

Es klopfte an der Tür. Pierres Diener trat ein und teilte mit, dass Herr Toscani nach der gnädigen Frau Schauspielerin gefragt habe. Anna seufzte und stand auf.

«Sei mir nicht böse, meine Liebe, aber ich möchte Herrn Toscani nicht verärgern. Ich habe durch ihn einige Vergünstigungen erhalten, die mir das Leben etwas angenehmer machen. Er fährt morgen früh wieder nach Aachen zurück und erwartet noch ein bisschen … Entgegenkommen von mir.»

Paulina fühlte, wie eine große Traurigkeit sie überkam. Sie betrachtete ihre schöne Tante, die hastig einen kleinen Spiegel und einen Schildpattkamm aus ihrem Täschchen zog und sich das Haar ordnete.

«Sag, Anna, war die Schauspielerei dir das alles wert?»

Ohne den Blick von ihrem Spiegelbild zu wenden, antwortete Anna: «Wenn du einmal auf der Bühne standst, meine Liebe, dann kannst du dir nichts anderes mehr vorstellen. Ich bin von ganzem Herzen Schauspielerin …», sie zog in einem dezenten Rot ihre Lippen nach, «… und ich gestehe, dass ich dafür Leib und Seele verkaufe.» Sie rieb die Lippen übereinander und nahm mit dem Finger eine kleine Korrektur vor. Als sie mit dem Ergebnis ihrer Bemühungen zufrieden war, sah sie zu ihrer Nichte auf.

«Und du, Paulina? Ist es bei dir nicht ebenso? Hast du nicht auch für dein Seidenunternehmen Leib und Seele verkauft?»

Kapitel 39

Paris, Juli 1804

«Ich bin extra nach Paris gekommen, und die Senatoren wollen mich überhaupt nicht sehen?», tobte Paulina. «Aber *ich* führe die Seidenmanufaktur!»

Pierre und sein Sekretär tauschten einen verdrießlichen Blick.

«Die Senatoren weigern sich, mit einer Frau über geschäftliche Dinge zu verhandeln», sagte der Sekretär.

«Hat Marschall Lefebvre denn nicht verlauten lassen, dass mein Gatte gar nichts von der Seidenfabrikation versteht?», fragte Paulina verärgert. «Wir werden den Auftrag verlieren, wenn Sie alleine mit den Senatoren verhandeln, Pierre! Sie müssen sich schließlich gegen die Lyoner behaupten.»

«Ich könnte unseren Korrespondenten Marceau mitnehmen», schlug Pierre vor.

«Marceau ist in Crefeld geblieben!», rief Paulina händeringend. «Ich konnte ja nicht ahnen, dass die Senatoren einerseits den Samt für ihre Mäntel von uns beziehen möchten, andererseits aber ignorieren, dass *ich* es bin, die das Unternehmen von Ostry leitet.»

«Es ist doch nur eine Formsache, Madame», versuchte der Sekretär Paulina zu beruhigen. «Ihr Gatte schließt das Geschäft ab, und Sie kümmern sich um die Abwicklung.»

Pierre war deutlich anzumerken, dass ihm nicht ganz wohl dabei war. «Die Herren werden sofort spitzkriegen, dass ich nicht viel von der Samtproduktion verstehe. Es geht schließlich nicht um irgendwelche Mäntel. Die Senatoren werden ebendiese Mäntel zur Krönung unseres Kaisers Napoleon tragen.»

«Aber Lefebvre hat unmissverständlich erklärt, dass die Senatoren nur mit Ihnen als Mitglied der Gesetzgebenden Körperschaft und frischernanntem Ritter der Ehrenlegion zu verhandeln wünschen», erwiderte sein Sekretär.

Paulina meinte, gleich vor Wut zu platzen. «Was glauben Sie denn, wodurch Herr von Ostry dazu geworden ist?»

«Madame!» Der Sekretär machte eine beschwichtigende Handbewegung. «Vergessen Sie nicht, dass Ihr Gatte über gewisse politische Fähigkeiten verfügt, die ihn – übrigens vor allen anderen Crefelder Fabrikanten – in seine Position gebracht haben. Es ist doch gleichgültig, wer das Unternehmen vor dem Senat vertritt – solange nur der Auftrag für die Mäntel der Senatoren an uns geht.»

Paulina schwieg. Sie musste dem Sekretär recht geben. Hier ging es schließlich nicht nur um Handel, sondern vor allem auch um diplomatisches Geschick. Und darin war Pierre eindeutig fähiger als sie. Also blieb sie schweren Herzens in dem schönen Pariser Stadthaus in der Rue de Joubert zurück, das Pierre gemietet hatte. Inzwischen machten Pierre und sein Sekretär sich auf den Weg zum Palais du Luxembourg, um dem Senat das Angebot des Unternehmens von Ostry zu unterbreiten.

Nach Pierres Fortgang lief Paulina nervös im Zimmer auf und ab. Seit ihrer Ankunft in Paris drei Tage zuvor hatte sie unentwegt über ihren Papieren gesessen. Sie musste diesen Auftrag für die Samtlieferung zur Kaiserkrönung einfach bekommen! Damit hätte sie die konkurrierenden Seidenmanufakturen aus Lyon, die ihr das Bestehen in Paris zunehmend schwermachten, endgültig hinter sich gelassen. Und die aufstrebende Pariser Aristokratie würde auch bei ihr kaufen.

Paulina merkte, dass ihr vor Aufregung der Schweiß ausgebrochen war. Sie ging zum Fenster und riss es weit auf. Fröhliche Kinderstimmen drangen zu ihr herauf. Sie sah ihre Tochter Anna und die Zwillinge im Garten hinterm Haus spielen. An ihrer Seite war die sechzehnjährige Sophie, Anna von Dornfelds Tochter, die Paulina aus Hannover hatte holen lassen. Anna hatte Crefeld nach der Spielzeit wieder verlassen und war mit der Böhm'schen Theatertruppe weitergezogen. Sosehr Paulina sie auch gedrängt hatte, in Crefeld zu bleiben – Anna wollte partout nicht auf ihr ungewisses Vagabundendasein verzichten.

Während Paulina ihren Kindern zuschaute, stellte sie sich ihren Gatten vor, wie die Senatoren ihm eine die Fabrikation betreffende Frage stellten. Sie stöhnte auf bei dem Gedanken, dass Pierre ausgerechnet ihren größten Trumpf, die weithin anerkannte Fertigkeit des Färbermeisters Cornelius, nicht in wirkungsvoller Weise ausspielen würde.

Langsam drehte Paulina sich um und ging zur Tür. Als sie das Zimmer verließ, zögerte sie noch, doch dann beschleunigte sie ihre Schritte und lief eilig die Treppe hinunter.

«Lassen Sie meinen Wagen anspannen!», rief sie ihrem Diener zu.

Beim Palais du Luxembourg angekommen, kostete es Paulina einige Zeit, in den mächtigen Gemäuern den Sitz des Senats zu finden. Endlich erreichte sie den Flügel, in dem die höchsten Herren des Staates über die Geschicke Frankreichs befanden. Kühn sagte sie dem dort postierten Diener, dass sie von den Senatoren erwartet werde. Der Mann tat ein wenig erstaunt, bedeutete ihr aber dann, ihm zu folgen. Er führte sie durch scheinbar endlose Gänge, bei deren Durchqueren Paulina ausreichend Gelegenheit hatte, ihren aberwitzigen Einfall zu bereuen.

Schließlich hielt der Diener vor einer schweren Tür, klopfte an und verschwand in den dahinterliegenden Räumlichkeiten. Paulina konnte nur einen kurzen Blick auf einige sitzende Herren erhaschen. Wenig später kehrte der Diener zurück und führte sie in einen majestätisch anmutenden Saal. In der Mitte stand auf einem dicken Teppich ein runder Tisch mit einer bodenlangen Decke aus Samt. An den Wänden entlang verlief eine lange Reihe von Stühlen, auf denen lauter ältere, ehrwürdig dreinblickende Herren saßen.

«Madame von Ostry», stellte der Diener vor.

Ein Raunen ging durch die Gruppe.

«Madame von Ostry?», wiederholte einer der Senatoren mit gedehnter Stimme. «Wie kommen wir zu dieser Ehre? Auch wenn ich durchaus der Meinung bin, dass Damen in Fragen der Garderobe gehört werden sollten, so würde ich dieses Mitspracherecht nicht unbedingt auf die Regierungsgeschäfte ausweiten wollen. Seit wann erscheinen die Gattinnen der Seidenverleger zu den Auftragsverhandlungen?»

Paulinas Blick glitt flüchtig über die Reihen der Herren, deren Gesichter sich zu einer einzigen strengen Miene zu vermischen schienen. Bevor sie antworten konnte, war von der Seite ein Räuspern zu vernehmen.

«Sie mögen die etwas ungewöhnliche Führungsweise unserer Seidenmanufaktur entschuldigen, meine Herren», ertönte die Stimme Pierres. «Aber nachdem wir in unseren Verhandlungen gerade etwas ins Stocken geraten sind, bin ich nun zuversichtlich, dass meine Gemahlin all Ihre Fragen zur Zufriedenheit beantworten kann.»

Paulina meinte, Erleichterung aus seiner Stimme herauszuhören, und hätte fast gelächelt. Als sie sich zu ihm umdrehte, nickte er ihr aufmunternd zu.

«Ihre Gattin soll uns Erklärungen zu Ihrer Seidenproduktion geben, Monsieur von Ostry?», wunderte sich ein anderer Senator. «Wollen Sie mir etwa erzählen, dass die Dame das besser vermag als Sie?»

«Warum sollte ich mir Kenntnisse auf Gebieten anmaßen, in denen andere fachkundiger sind als ich?», fragte Pierre mit der ihm eigenen entwaffnenden Aufrichtigkeit. «Man darf sein Licht zwar nicht unter den Scheffel stellen, aber man muss erkennen, wann man besser auf die Fähigkeiten anderer vertraut.»

«Sie lassen Ihre Gattin die Entscheidungen in Ihrem Unternehmen treffen?», fragte ein weiterer Senator ungläubig.

«Meine Gattin trifft die Entscheidungen nur zu unserem Vorteil», versicherte Pierre freundlich lächelnd.

«Nun ja», sagte der Senator, der zuerst gesprochen hatte. «Sie wissen, mein lieber von Ostry, dass ich viel von Ihnen halte. Aber das geht nun wirklich zu weit!»

«Sie behaupten also, dass Ihre Gattin uns davon überzeugen kann, dass Ihre Manufaktur besser für den Auftrag geeignet sei als die Lyoner Fabrikanten», fasste ein greiser Herr zusammen.

«Wenn Sie meiner Gattin die Möglichkeit dazu geben, wird ihr das gelingen, dessen bin ich sicher», sagte Pierre mit solcher Zuversicht, dass die Herren begannen, die Köpfe zusammenzustecken und aufgeregt miteinander zu tuscheln.

«Ich möchte hören, was Madame von Ostry zu sagen hat!», ertönte eine gebieterische Stimme.

Ein vergleichsweise junger Mann in Uniform erhob sich von seinem Platz und trat an den runden Tisch. Er ließ sich lässig auf den danebenstehenden Stuhl fallen und streckte beide Beine weit von sich. «Ich bin sehr gespannt auf Ihre kleine Lektion, Madame», sagte er und verschränkte die Arme vor der Brust.

Graue Augen unter einer hohen Stirn musterten Paulina streng. Ihr fiel auf, wie schön geschnitten Mund und Nase des Mannes waren. Obwohl er in seiner herausfordernden Haltung einschüchternd wirkte, empfand Paulina weniger Scheu vor ihm als vor den anderen, zumeist wesentlich älteren Herren.

Die Ungezwungenheit und Dreistigkeit ihres neuen Gesprächspartners vertrieben Paulinas Befangenheit. Sie entsann sich ihrer auf zahlreichen Verhandlungen und Reisen gesammelten Erfahrungen und sagte mit fester Stimme: «Meine verehrten Herren Senatoren! Sie sollten die Crefelder Manufaktur von Ostry mit der Lieferung der Samtmäntel für die Kaiserkrönung beauftragen, weil ich Ihnen zusagen kann, dass wir nicht nur die beste Stoffqualität bieten, sondern dank einer ausgezeichneten Färbetechnik auch bekannt für unsere exquisite Farbgebung sind.»

Der am runden Tisch sitzende Herr legte die Hand über sein Kinn und beugte sich interessiert vor.

«Des Weiteren garantiere ich Ihnen hiermit die pünktliche Abwicklung der Produktion», fuhr Paulina fort, «was in der Kürze der Zeit nicht ganz einfach zu bewerkstelligen ist, wie Sie ohne Zweifel zugeben werden.»

Es entstand eine kurze Pause.

«Ich habe den Eindruck gewonnen, dass genau dieser Aspekt den Lyoner Manufakturen Schwierigkeiten bereitete», stimmte einer der Senatoren zu und kratzte sich am Kopf.

«Was werden Sie anders machen als die Lyoner, Madame?», fragte der Herr am runden Tisch, während er Paulina eindringlich taxierte.

«Ich bin in der Lage, die Produktion kurzfristig nach Belieben zu steigern», antwortete sie ohne zu zögern.

Der Uniformierte wandte sich mürrisch zu den an der Wand sitzenden Senatoren um. «Sind die Lyoner dazu auch in der Lage?»

Die Herren zuckten mit den Achseln und blickten sich unschlüssig an.

«Warum können *Sie* dies zusagen und die Lyoner nicht?», blaffte der Uniformierte Paulina an.

«Ich wäre eine schlechte Seidenverlegerin, wenn ich in eine Verhandlung gehen würde, ohne dies im Vorfeld sicherzustellen!», antwortete Paulina, vom Geschäftstrieb gepackt. «Was denken Sie, wo ich heute stünde, wenn ich mich derart unzureichend vorbereiten würde?»

Einer der Senatoren breitete ergeben die Arme aus. «An der Kalkulation der Manufaktur von Ostry ist in der Tat nichts auszusetzen.»

Paulina nahm augenblicklich das Stichwort auf.

«Ich kann Ihnen gerne weitere Ausführungen dazu geben!», sagte sie schnell und begann, noch ehe man sie davon abhalten konnte, in aller Ausführlichkeit die geplante Abwicklung des Auftrages zu erläutern. Als sie geendet hatte, stand der am runden Tisch sitzende Herr auf und ging mit hinter dem Rücken verschränkten Armen auf und ab.

«Ich kann mich nicht recht mit dem Gedanken anfreunden, dass eine so schöne Dame uns geschäftliche Belehrungen erteilt.» Er blieb vor Paulina stehen. Sein Blick bohrte sich tief in ihre Augen. «Sie sprechen exzellent Französisch und sind äußerst charmant, Madame. Als Kaiser der Franzosen kann ich mir eine bezaubernde Dame wie Sie eher als Zierde meines Hofstaates vorstellen als im staubigen Kontor einer Seidenmanufaktur.»

Paulina erstarrte. Sie hatte den Kaiser persönlich vor sich! Warum hatte sie ihn nicht gleich erkannt? In all ihrem Eifer, den Auftrag zu bekommen, hatte sie gar nicht mit der Möglichkeit gerechnet, dass auch er sich unter den Senatoren befinden könnte. Unversehens machte Paulina einen tiefen Hofknicks.

«Wie darf ich das verstehen, Majestät?», fragte sie, eingeschüchtert von der Macht des Mannes, der vor ihr stand.

«Wenn Herr von Ostry wichtige Aufgaben in Paris übernehmen wird, wünsche ich Sie an seiner Seite zu sehen», sagte Napoleon. «Ich schätze exzentrische Menschen nicht besonders. Und eine Dame der höheren Gesellschaft, die sich mit Handel und Fabrikation beschäftigt, kann man nur als exzentrisch bezeichnen.»

Paulina spürte Wut in sich aufsteigen. Was bildete sich dieser zum Kaiser erhobene Korse ein, ihre Fähigkeiten als Geschäftsfrau derart herabzuwürdigen? Sie, die überall als erfahrene Seidenverlegerin und gleichwertige Handelspartnerin geachtet wurde! Sie sah Napoleon herausfordernd an.

«Auch wenn Ihr Erscheinen eine willkommene Abwechslung in unserer trockenen Regierungssitzung war», fuhr der Kaiser fort, «so möchte ich Ihnen nicht zumuten, dieser noch länger beiwohnen zu müssen.» Er neigte den Kopf. «Ich hoffe, Sie demnächst öfter in Paris begrüßen zu dürfen», sagte er in liebenswürdigem Tonfall.

Paulina ließ sich von seiner Höflichkeit nicht täuschen. Der Kaiser hatte sie unmissverständlich in ihre Schranken gewiesen. Sie konnte nicht umhin, ihn zornig anzublitzen.

Die Lippen kaum geöffnet, sagte Napoleon, nur für sie hörbar: «Lassen Sie mich Ihnen eines mit auf den Weg geben, Madame! Ich bewundere Menschen, die in einer Schlacht bis zum Letzten kämpfen!»

«Dann nehmen Sie zur Kenntnis, dass ich zu genau diesen Menschen gehöre, Majestät», flüsterte Paulina zurück, wandte sich um und verließ den Raum.

Erst als sie durch die Gänge des Palais du Luxembourg hastete, wurde sie sich der Tragweite dessen bewusst, was sich gerade abgespielt hatte. Sie musste verrückt gewesen sein, sich mit dem ersten Mann des Staates messen zu wollen! Andererseits – hatte Napoleon ihr überhaupt eine Chance gelassen? War es für ihn nicht von vornherein klar gewesen, dass er einer Manufaktur, an deren Spitze eine Frau stand, den Auftrag unter keinen Umständen erteilen würde?

Im Palais in der Rue de Joubert zog sich Paulina in ihr Zimmer zurück. Sie ließ ihren Leibdiener rufen und bat ihn, sich um das Gepäck zu kümmern. Man werde am nächsten Morgen aus Paris abreisen. Lange saß sie da und ging in Gedanken immer wieder jede Kleinigkeit der Szene im Palais du Luxembourg durch. Sie hatte doch schon so viele erfolgreiche Verhandlungen geführt. An welcher Stelle war ihr heute bloß ein Fehler unterlaufen?

Ein Aufruhr im Haus verkündete gegen Abend die Heimkehr von Pierre. Paulina vernahm ein lautes Lachen. Es war unglaublich, dass dieser Mann selbst jetzt, nachdem er sich unsäglich vor dem Senat blamiert hatte, seinen Optimismus nicht verlor. Man hörte Schritte auf der Treppe, und im nächsten Moment wurde die Tür zu Paulinas Zimmer aufgerissen.

«Warum so betrübt, meine Liebe?», rief Pierre gut gelaunt. «Sie sollten zur Feier des Tages schleunigst in Ihre prächtigste Robe schlüpfen!» Er kam auf sie zu und hob mit dem Finger ihr Kinn an.

«Sie können Ihr Näschen ruhig wieder höher tragen, Madame! Sie hatten mehr Bewunderer unter den Senatoren, als es zu Beginn den Anschein machte. Letztendlich war den Herren die Gewähr, ihre Mäntel rechtzeitig zur Kaiserkrönung überziehen zu können, wichtiger als ihre Bedenken gegenüber einer handeltreibenden Dame.»

«Und der Kaiser?»

Pierre breitete die Arme aus und grinste triumphierend über das ganze Gesicht. «Er scheint sehr beeindruckt von Ihnen zu sein. Wir haben den Auftrag für die Lieferung der Samtmäntel erhalten, Madame. Des Weiteren wünscht Seine Majestät ausdrücklich, auf seiner bevorstehenden Reise durch das Rheinland von Ihnen und mir in unserem Palais in Crefeld empfangen zu werden.»

Kapitel 40

Crefeld, August 1804

Paulina saß in ihrem Kontor und las mit wachsender Beunruhigung Pierres Brief. Sie blickte zu Homberg auf, der ihr gegenüber Platz genommen hatte und gespannt ihr Mienenspiel verfolgte.

«Die Senatoren drängen schon wieder auf baldige Lieferung. Was meinen diese Herren denn, wie schnell man eine derart große Menge Samt herstellen kann?»

Zwischen Hombergs Augenbrauen hatte sich eine tiefe Sorgenfalte gebildet. «Ist die Kaiserkrönung nicht erst im Frimaire des Revolutionskalenders, also im Dezember? Wozu solche Eile?»

«Die Röcke der Senatoren müssen noch bestickt werden. Man befürchtet, dass die Sticker, die schon jetzt völlig überlastet sind, dies nicht mehr schaffen könnten. Mein Gatte schreibt, dass sich unsere Gegner im Senat bereits zu formieren beginnen. Es wäre ein großer Triumph für die Lyoner, wenn wir es nicht schafften, die Stoffe rechtzeitig zu liefern. Wir würden zudem die Gunst des Marschalls Lefebvre verlieren, dem wir es in nicht ganz unerheblichem Maße zu verdanken haben, dass der Senat uns den Vorzug vor den Lyoner Manufakturen gegeben hat.»

Homberg schlang nervös seine Finger ineinander. «Was für eine Katastrophe! Diese Herren verlangen Unmögliches von uns!»

Paulina machte eine besänftigende Handbewegung. «Wir dürfen jetzt vor allem nicht den Kopf verlieren, mein lieber Homberg! Als Zeichen unseres guten Willens werden wir den Herren Senatoren eine erste Lieferung zukommen lassen. Setzen Sie ein entsprechendes Schreiben auf, in dem Sie die Ankunft der Stoffe avisieren. Der Samt muss in Paris sein, bevor der Kaiser zu seiner

Reise ins Rheinland aufbricht. Die Fabrikmeister sollen unsere Weber und Arbeiter benachrichtigen, dass zusätzliche Schichten zu leisten sind. Wir brauchen jede Hand!»

«Damit können wir die Gemüter nur fürs Erste beruhigen», wandte Homberg ein. «Was aber machen wir danach?»

«Wir werden weitere Fabrikanten mit einbinden.»

«An wen haben Sie dabei gedacht?», fragte Homberg skeptisch. «Ich hoffe, Ihnen ist bewusst, dass viele in dieser Stadt Ihnen den Erfolg Ihres Unternehmens missgönnen und nicht gerade geneigt sein werden, dazu beizutragen, dass dieser sich noch vergrößert.»

Paulina stand auf und ging zum Fenster. «Es gibt doch einige neue Betriebe in der Stadt, die noch dabei sind, Fuß zu fassen. Welcher von ihnen versteht sich gut auf die Herstellung von Samtstoffen?»

«Ich würde Ihnen Terbrüggen empfehlen», schlug Homberg vor.

Paulina fuhr herum. «Terbrüggen? Hat diese Manufaktur nicht schon vor dem Einmarsch der Franzosen ihre Produktion eingestellt?»

«Das ist richtig. Die Terbrüggens verließen Crefeld seinerzeit. Der Sohn ist nun zurückgekehrt und will sich in der Herstellung von Samtband versuchen. Er soll sehr tüchtig sein.»

«Ausgerechnet Terbrüggen», murmelte Paulina, die sich noch dunkel an ihre Anfangszeit in Crefeld erinnern konnte. Der junge Fabrikantensohn war ihr nie ganz geheuer gewesen. «Wir sollten dennoch nichts unversucht lassen. Setzen Sie sich mit Terbrüggen in Verbindung, Homberg!»

Bereits am Tag danach ließ Terbrüggen Paulina eine Nachricht zukommen, dass er bereit sei, ihr Angebot anzuhören. Paulina beschloss, sich bei der Gelegenheit gleich ein Bild von seinem Betrieb zu machen, und suchte ihn in seinem Kontor auf.

Terbrüggen hatte ein großes Geschäftshaus in der Neustadt

bezogen. Als Paulina zu einem untersetzten, früh kahl gewordenen Mann geführt wurde, erkannte sie ihn zunächst nicht wieder. Aus dem zurückhaltenden, ein wenig linkischen jungen Mann von einst war ein selbstbewusster, stattlicher Herr geworden.

«Ich muss sagen, dass ich sehr neugierig auf Sie war», sagte er. «Schließlich durfte ich Ihre Ankunft in Erldyk vor mehr als zehn Jahren miterleben. Ich ahnte schon damals, als Sie plötzlich Pierre von Ostry heirateten, dass Sie ehrgeizige Ziele verfolgen. Wie ich sehe, haben Sie diese tatsächlich erreicht.»

«Ich bin kurz davor, Herr Terbrüggen», entgegnete Paulina. «Mein Buchhalter hat Sie bereits darüber in Kenntnis gesetzt, dass ich mich bei meiner Lieferung für die Mäntel der Pariser Senatoren Ihrer Unterstützung bedienen möchte. Ich habe den Auftrag unter der Maßgabe erhalten, dass die Stoffe pünktlich geliefert werden. Bei dem geforderten engen Zeitrahmen komme ich allerdings in Bedrängnis.»

«Man könnte also sagen, dass Sie sich ein wenig zu weit vorgewagt haben», meinte Terbrüggen überheblich.

Paulina musterte ihn misstrauisch. Dieser Mann hatte in den letzten zehn Jahren eine denkwürdige Wandlung vollzogen. Was mochte ihm zu seiner neugewonnenen Selbstsicherheit verholfen haben?

«Mich würde interessieren, warum Sie nach Crefeld zurückgekommen sind, Monsieur», sagte sie.

Terbrüggen hob die Augenbrauen. «Dasselbe müsste ich Sie fragen, Madame!»

«Ich wollte die Seidenmanufaktur meines Schwiegervaters weiterführen. In Ihrem Fall wurde das Unternehmen meines Wissens jedoch bereits vor dem Einmarsch der Franzosen aufgelöst.»

«Vielleicht ist es meine große Bewunderung für Kaiser Napoleon», sagte Terbrüggen mit einem undurchsichtigen Lächeln. «Es reizt mich, im Land eines Mannes zu leben, der den Code civil hervorgebracht hat. Nach Jahren der Willkür, Gewalt und

Unsicherheit ist durch Napoleon endlich wieder Ordnung in Europa eingekehrt.»

«Ich finde nur, dass er sich nicht sehr von seinen Vorgängern auf dem französischen Thron unterscheidet», bemerkte Paulina.

«Dann, meine Liebe», sagte Terbrüggen mit einem merkwürdigen Unterton, «haben Sie das Wirken und die Politik des Napoleon Bonaparte nicht verstanden.»

«Ich bin nicht hier, um politische Grundsatzdebatten zu führen, Herr Terbrüggen. Für mich als Seidenverlegerin sind die derzeitigen Bedingungen allemal günstiger, als es die unsteten Zeiten unter der Direktorialregierung waren. Als Anhänger Napoleons müsste mein Auftrag Sie besonders interessieren. Aus unseren Stoffen werden die Samtmäntel gefertigt, welche die Senatoren bei der Kaiserkrönung tragen werden.»

«Die Arbeit daran wäre mir ein besonderes Vergnügen.»

Paulina konnte sich eines Gefühls des Unbehagens nicht erwehren. Andererseits musste sie Terbrüggen für sich gewinnen, schon allein deshalb, weil er ein so glühender Verehrer des Kaisers zu sein schien. Er würde alles daran setzen, eine rechtzeitige Lieferung zu gewährleisten, und das war im Augenblick das Wichtigste. Paulina wischte den vagen Zweifel beiseite, den sie aus irgendeinem Grund hegte, und fragte den Fabrikanten geradeheraus, ob er bereit wäre, die nötigen Stoffe für sie zu produzieren.

«Ich werde es mir überlegen», antwortete Terbrüggen zu ihrem Erstaunen.

Hatte Homberg nicht gesagt, dass der Kaufmann gerade erst dabei war, in Crefeld Fuß zu fassen? Musste ihr Auftrag ihm nicht wie ein Geschenk des Himmels erscheinen?

«Wann kann ich mit Ihrer Antwort rechnen?», fragte Paulina kühl. Als würde er ständig die höhere Gesellschaft von Paris beliefern, antwortete Terbrüggen gelassen: «Ich möchte mich noch mit meinem Buchhalter beraten. Sie werden Bescheid von mir erhalten.»

Kapitel 41

Crefeld, September 1804

«Unser Kaiser ist da!»

Von der Altstadt kommend, durchquerte der farbenprächtige Zug die festlich geschmückte Stadt. Aufgeregt drängten die Crefelder sich in den Straßen, um wenigstens einen flüchtigen Blick auf Napoleon zu erhaschen. Hufeklappern und Pferdewiehern mischten sich mit dem Geräusch der Kutschenräder und dem Jubel der Zuschauer.

Paulina stand mit ihrer Familie an den Fenstern des Palais Ostry.

«Oh, ich würde ihn zu gerne einmal kennenlernen», seufzte Catherine. «Er ist ein wahrer Held!»

«Es wird sich erst noch zeigen, ob er als Staatsmann ebensolche Erfolge erringen kann wie als Kriegsherr», meinte ihr Gatte Thomas Cornelius skeptisch.

«Wenigstens hat er uns eine gewisse Ordnung gebracht», sagte Frau von Ostry und reckte ihren Kopf aus dem Fenster. Sie stand neben zwei ihrer besten Freundinnen, die wie ein paar andere Gäste vom Vorteil des Palais Ostry profitierten, am Weg des glanzvollen Festzuges zu liegen.

«Napoleon mag zwar die Ordnung wiederhergestellt haben», entgegnete Thomas, «aber für meine Begriffe führt er zu viele Kriege. Auch wenn er sich zum Kaiser krönen lässt, ist und bleibt er ein Soldat. Er wird den Rauch der Kanonenfeuer nie verlieren.»

«Gegen wen sollte er denn jetzt noch Krieg führen?», fragte Frau von Ostry und erntete lebhafte Zustimmung ihrer beiden Gefährtinnen.

Paulina, die neben Thomas stand, sah, wie die Miene des Färbermeisters düster wurde. «Die Franzosen haben hier nicht umsonst schon vor mehr als einem Jahr mit den Aushebungen zum Militär begonnen», sagte er. «Ich erlebe ständig in meinen Weberfamilien, dass die Söhne für die Armee rekrutiert werden – und das meist nicht freiwillig.»

«Nun verderben Sie uns nicht den schönen Tag mit Ihrem Kriegsgerede, mein Liebster!», rief Catherine schmollend. Im nächsten Moment weiteten sich ihre Augen vor Aufregung. «Schaut nur!»

Eine Schwadron Gardejäger führte den sich nähernden Festzug an. Majestätisch tänzelten ihre Pferde über das Pflaster. Die stolzen Reiter ließen erhobenen Hauptes ihre Blicke über die Menge schweifen.

Und dann rollte unter dem Applaus der Crefelder Bürger die achtspännige Kutsche des Kaisers heran. Mit ernster Miene saß Napoleon breitbeinig darin, die Mundwinkel grimmig nach unten verzogen. Er grüßte winkend nach rechts und links, fast ein wenig gleichmütig, die Hand nur leicht erhoben. Der Wagen des Kaisers rollte vorbei. Es folgten die Grenadiere mit ihren hohen schwarzen Bärenmützen sowie eine Kompanie von Husaren.

Endlich kam die Kutsche der Kaiserin. Joséphine war so schön, wie man es erwartet hatte. Ihr haftete die Aura des Exotischen an. Allerorten sorgten ihre schillernde Person und ihre abenteuerliche Lebensgeschichte für wilde Spekulationen. Ihre Ehe mit Napoleon Bonaparte war nicht ganz unproblematisch. Nach der Einführung des erblichen Kaisertums hatte die Kinderlosigkeit des Paars große Diskussionen entfacht. Da Joséphine schon zwei Kinder aus erster Ehe hatte, warf sie ihrem Gatten Zeugungsunfähigkeit vor. Er hingegen versuchte, durch Affären das Gegenteil zu beweisen. So mancher war der Meinung, dass Joséphines Stern bereits im Sinken war.

Den Abschluss des Zuges bildeten die Kutschen der Offiziere,

Beamten und Gefolgsleute sowie eine Reihe von Küchen- und Gepäckwagen. Auch die Abordnung der Stadt Crefeld, unter ihnen Pierre und Kronwyler, befand sich in diesem Tross. Es ging zum Stadthaus des Bürgermeisters von der Leyen, bei dem der Kaiser absteigen würde.

«Da ist Vater!», rief Anna von Ostry und winkte Pierre zu. Er war am Morgen ein bisschen verstimmt gewesen, denn niemand hatte mehr etwas davon verlauten lassen, dass der Kaiser dem Palais Ostry einen Besuch abstatten würde.

Der Festzug entfernte sich langsam, und die Bürger drängten hinter den letzten Wagen her, um den Kaiser vielleicht noch einmal vor dem Haus der von der Leyens zu Gesicht zu bekommen.

«Ich werde mich zur Färberei begeben, falls der Kaiser dort vorbeikommt», teilte Thomas mit und wandte sich an Paulina. «Glauben Sie nicht, Madame, dass man unserem Unternehmen besondere Aufmerksamkeit zukommen lässt, da wir die Stoffe zur Kaiserkrönung liefern?»

In Gedanken machte Paulina drei Kreuzeszeichen. Ihr Korrespondent hatte am Tag zuvor die Ankunft der ersten Lieferung bestätigt. Er habe sich persönlich vergewissert, dass der Senat darüber informiert worden sei, hatte Marceau geschrieben. Die Nachricht sei von Paulinas Befürwortern im Senat mit großem Beifall aufgenommen worden.

Mittlerweile lief die Produktion auf Hochtouren. Terbrüggen hatte Paulinas Angebot dann doch überraschend schnell angenommen. Seine Unterstützung hatte sich als wahrer Glücksfall erwiesen, und Paulina hatte ihre Bedenken gegen ihn beiseitegewischt. Der Auftrag für die Samtmäntel musste zur Zufriedenheit des Senats abgewickelt werden – alles andere war zweitrangig.

«Der Kaiser!», unterbrach ein Aufschrei von Catherine Paulinas Gedanken.

Arm in Arm mit Bürgermeister von der Leyen schritt Napoleon die Straße entlang, eskortiert von seinen Grenadieren, die

die begeisterte Menge in Schach hielten, und gefolgt von seinen Beamten und der Crefelder Abordnung.

Als die Gruppe zum Palais Ostry kam, hob Napoleon den Kopf und richtete seinen Blick auf die Fenster, in denen die Familie von Ostry und ihre Gäste standen. Er blieb stehen und sagte etwas zu von der Leyen. Der Bürgermeister zögerte und sah sich unschlüssig zu seiner Abordnung um. Ein Herr aus dem Gefolge des Kaisers kam nach vorne und redete wild gestikulierend auf Napoleon ein. Dieser drehte sich um und winkte Pierre von Ostry herbei. Die Crefelder staunten nicht schlecht, als der Kaiser an der Seite Pierres auf das Palais Ostry zuging.

«Er kommt zu uns!» Die Damen im Haus brachen in Hysterie aus.

«Wir sind gar nicht darauf vorbereitet!», jammerte Frau von Ostry und schlug verzweifelt die Hände über dem Kopf zusammen.

Im nächsten Moment stürzte ein Diener ins Zimmer und lief auf Paulina zu. «Gnädige Frau! Sie sollen sofort kommen! Der Kaiser wünscht, von Ihnen empfangen zu werden.»

Während Catherine vor Aufregung fast ohnmächtig wurde und die Kinder außer Rand und Band gerieten, folgte Paulina mit stoischer Ruhe dem Diener. Pierre hatte den Kaiser in den ehemaligen Salon seines Vaters geführt, in dem auch der Volksrepräsentant Longeaux residiert hatte. Als Paulina den Raum betrat, betrachtete Napoleon gerade die Familienporträts an den Wänden.

«Meine Vorfahren stammen aus den Cevennen», erklärte Pierre.

«Eine wilde, raue Gegend», bemerkte der Kaiser. «Von der Ungeschliffenheit dieses Landstrichs ist bei Ihnen nicht viel übrig geblieben, mein lieber von Ostry.» Er drehte sich zu Paulina um, deren Ankunft er trotz seines Studiums der Gemälde bemerkt zu haben schien. «An Ihrer Gattin dafür umso mehr.»

Paulina versank in eine tiefe Referenz. Der Kaiser kam langsam auf sie zu. «Sollte es sein, dass Sie etwas fügsamer geworden sind, Madame?»

Paulina richtete sich auf und blickte ihn herausfordernd an. «Ich bemühe mich, Majestät.»

«Warum kann ich Ihnen das nicht so recht abnehmen?» Ein feines Lächeln glitt über seinen Mund. «Wollen Sie mir nun die Ehre erweisen, mir Ihre Manufaktur zu zeigen, Madame?»

Unter den neidischen Augen der Crefelder Würdenträger führte Paulina den Kaiser durch das Geschäftshaus der von Ostrys. Napoleon stellte kluge Fragen zur Produktion, die sie ihm bereitwillig beantwortete. Er hatte sich eingehend mit dem Seidenhandel beschäftigt, so viel war klar. Als er am Ende des Rundgangs noch eine kleine, fast beiläufige Bemerkung über die Samtmäntel seiner Senatoren machte, wusste Paulina, dass er auch über den Stand der Lieferung genau auf dem Laufenden war. Noch einmal schickte sie in Gedanken ein Stoßgebet zum Himmel, dass es ihr gelungen war, rechtzeitig zu liefern.

«Darf ich Ihnen noch einen kleinen Imbiss anbieten, Majestät?», fragte Pierre beim Verlassen des Geschäftshauses. «Ich habe mir erlaubt, ein Gericht aus den Cevennen vorbereiten zu lassen.»

Napoleon, der für seine Abneigung gegen fremde Köche bekannt war, zögerte.

«Grüne Linsen mit Speck nach Art des Languedoc», setzte Pierre hinzu.

Die Erwähnung dieser südfranzösischen Speise machte den Kaiser nun doch neugierig. «Ich möchte das probieren», brummte er. «Aber nur eine kleine Portion.»

So kamen die Familie von Ostry und ihre Gäste in den militärisch kurzen Genuss, in Gesellschaft des Kaisers der Franzosen grüne Linsen mit Speck zu speisen. Fast wortlos und mit regungsloser Miene verschlang Napoleon das Essen und verlangte danach, sofort die Besichtigung der Fabriken fortzusetzen.

«Sie verstehen Ihr Geschäft, von Ostry», sagte er zum Abschied zu Pierre. «Ich schätze es, wenn meine Beamten die nötigen Erkundigungen einziehen. Wer hätte gedacht, dass ich in Crefeld ein Gericht aus den Cevennen zu essen bekomme.» Und mit einem Seitenblick auf Paulina fügte er hinzu: «Ich hoffe nur, dass Sie aus den Cevennen nicht auch den Drang zum Aufbegehren mitgenommen haben.»

Pierre beeilte sich, ihn darüber aufzuklären, dass seine Gattin aus Mecklenburg stamme und die Menschen dort sehr friedliebend seien, doch der Kaiser preschte bereits aus dem Haus.

Nachdem Napoleon auch die anderen Fabriken besichtigt hatte und mit dem Gemeinderat zusammengekommen war, zog er sich in sein Quartier im Hause von der Leyen zurück. Die Straßen rund um das Stadtschloss wurden abgesperrt, und ab neun Uhr abends musste auf Napoleons Befehl hin alles in der Stadt still sein. Als die erstaunten Crefelder Bürger fragten, was denn mit den Festlichkeiten zu Ehren des Kaisers sei, hieß es, dieser sei bereits zu Bett gegangen.

Pierre kehrte höchst zufrieden ins Palais Ostry zurück. Von tausend Fragen seiner Familie bestürmt, schilderte er in allen Einzelheiten die Ereignisse dieses denkwürdigen Tages.

«Hat dem Kaiser das Fest bei von der Leyens gefallen?», wollte Sybilla wissen.

Pierre schmunzelte. «Tja, das war so eine Sache. Als wir zum Palais der von der Leyens gingen, in dem der Bürgermeister ein Souper hatte vorbereiten lassen, erklärte Napoleon, dass er nur essen würde, was seine eigenen Köche zubereitet hätten. Außerdem habe er noch zu arbeiten und wolle sich lieber zurückziehen. Kurzum – von der Leyen blieb auf seinem Essen sitzen, und wir wurden alle fortgeschickt!»

«Hat Sie das nicht betrübt?», fragte Catherine mitleidig.

«Aber woher! Ich kann mir nichts Langweiligeres vorstellen als ein Souper beim Bürgermeister. Außerdem kann ich mich nicht beschweren – bei *mir* hat der Kaiser das Essen nicht ausgeschlagen!»

Nachdem die neugierigen Gemüter befriedigt waren, nahm Pierre seine Gattin in einem stillen Moment beiseite.

«Können Sie sich vorstellen, meine Liebe, was Terbrüggen mit den französischen Beamten zu schaffen hat?»

«Wie meinen Sie das?», fragte Paulina beunruhigt.

«Nun, als wir vom Rathaus zum Palais der von der Leyens zurückkehrten, sah ich Terbrüggen im vertraulichen Gespräch mit zwei französischen Beamten. Ist er nicht gerade erst aus dem Bergischen nach Crefeld gekommen? Wie hat er dann so schnell diese Verbindungen knüpfen können? Es handelt sich immerhin um Herren aus dem Umfeld des Kaisers.»

«Diese Frage ist durchaus berechtigt. Zumal das Haus der von der Leyens rundherum abgesperrt war.»

«Soll ich Terbrüggen darauf ansprechen?», fragte Pierre.

«Nein. Wir sollten derzeit nichts unternehmen, das Terbrüggen verärgern und somit unsere Samtlieferung in Gefahr bringen könnte.»

Pierre nickte. «Also gut. Lassen wir es dabei bewenden. Vielleicht hat es auch nichts zu bedeuten.»

Der Tag neigte sich dem Ende zu in der festlich erleuchteten Stadt, über der eine geradezu gespenstische Ruhe lag. Die braven Bürger gingen mit der Gewissheit zu Bett, den Kaiser in ihren Mauern zu beherbergen. So manch einer träumte von tapferen Husaren, einer geheimnisumwobenen Dame von den Antillen und einer prachtvollen, achtspännigen Kutsche, aus der Seine Majestät der Kaiser erhaben winkte …

Als die Crefelder am nächsten Morgen aufstanden, war der Zauber vorbei. Kaiser Napoleon war bereits um fünf Uhr früh weitergezogen.

Kapitel 42

Paris, Oktober 1804

Ein hysterisches Frauenlachen hallte durch das Palais.

Paulina, die eben von einer Ausfahrt zurückgekehrt war und sich auf dem Weg zu ihrem Zimmer befand, blieb stehen.

Das Lachen ging in ein Crescendo von unverständlich gekreischten Worten über. Langsam folgte Paulina dem Gang, aus dem das Schreien kam. Es klang allmählich zu einem Schluchzen ab. Im Hintergrund war eine männliche Stimme zu hören. Paulina sah, dass am Ende des Flurs eine Tür spaltbreit offen stand, und schlich näher heran.

«Wie sind Sie nur in Ihre Position gelangt?», rief eine Frau mit erstickter Stimme. «Ich kann nicht glauben, dass bei einem Staatsbeamten ein derart unsittliches Verhalten geduldet wird.»

«Ihnen steht es schlecht an, von unsittlichem Verhalten zu reden!»

Es war Pierre, der da sprach. Paulina spähte durch den Türschlitz und sah den Rücken ihres Gatten, der an einem Tisch lehnte.

«Wie konnten Sie mir das antun?», rief die Frau erzürnt. «Noch niemals bin ich so behandelt worden!»

Paulina reckte ihren Kopf hin und her, doch die Türöffnung war zu schmal, um die Person zu erkennen, die vor ihrem Gatten stand.

«Was könnte ich Ihnen schon antun, Madame de Maricourt?», erwiderte Pierre gelassen.

Die Frau stieß einen entrüsteten Schrei aus. «Sie haben auch noch die Unverfrorenheit, mich das zu fragen? Mein Gatte verbannt mich auf unsere Ländereien in der tiefsten Provinz, weil ihm zu Ohren gekommen ist, dass ich Ihre Mätresse sei. Ich verbringe den scheußlichsten Sommer meines Lebens, und als ich endlich nach Paris zurückkehren darf, muss ich erfahren, dass Sie sich inzwischen mit einer anderen getröstet haben!»

«Aber was erwarten Sie denn?», fragte Pierre. «Sie waren schließlich nicht mehr hier.»

«Oh, Sie sind wirklich unmöglich! Ich hatte gehofft, dass Sie alles versuchen würden, um zu mir zu gelangen und mich in meinem Kummer und meiner Einsamkeit zu trösten!»

Pierre lachte auf. «Ehrlich gestanden, kann ich Sie mir weder bekümmert noch einsam vorstellen, Frau Gräfin. Ich wette, auch Sie haben schnellen Ersatz für mich gefunden.»

«Das ist … was blieb mir denn anderes übrig …?»

«Ich hatte also recht … Nachdem wir die Fronten nun geklärt haben, meine Liebe, können wir diese unerträgliche Farce ja beenden. Sie beginnt langsam peinlich zu werden.»

Ein energisches Stampfen war zu hören.

«Sie können nicht so tun, als sei nie etwas zwischen uns gewesen!», kreischte Madame de Maricourt. «Ich dachte immer, Sie seien in mich verliebt!»

«Verliebt, in Sie? Ich bitte Sie, Madame! Wie kann man in eine Frau verliebt sein, die schon mit halb Paris geschlafen hat? Es war ganz amüsant mit Ihnen, das muss ich zugeben, aber mit Liebe hatte das wenig zu tun.»

«Und das sagen Sie mir einfach so ins Gesicht? Wie können Sie es wagen, Sie hergelaufener Kaufmannssohn!»

Paulina sah Pierres Zeigefinger in der Luft wedeln.

«Na, na, Madame! Werden Sie nicht anmaßend! Immerhin war Ihnen der hergelaufene Kaufmannssohn gut genug, um sich ausgiebig mit ihm zu verlustieren.»

«Aber damit ist jetzt Schluss!», tobte die Gräfin. «Sie werden mich kennenlernen, mein lieber von Ostry! Unterschätzen Sie nicht den Einfluss, den meine Familie in Paris hat!»

«Ich kenne den Einfluss Ihrer Familie. Schließlich hatte ich gerade erst das Vergnügen mit Ihrem Gatten im Senat. Ich kann nicht behaupten, dass er mir wohlgesinnt war.»

«Ja, was denken Sie denn? Glaubten Sie im Ernst, dass mein Gatte Sie nach allem auch noch unterstützen würde?»

«Die Aversion des Senators Maricourt mir gegenüber hatte nichts mit Ihnen zu tun, Madame. Genauso wie ich weiß Ihr Gatte zwischen seinen öffentlichen Pflichten und einer lästigen privaten Bagatelle zu unterscheiden.»

«Ich hasse Sie!», schrie die Gräfin mit sich überschlagender Stimme. «Niemand weist mich einfach so zurück. Sie werden noch sehen, wie schwer ich Ihnen das Leben in Paris machen kann! Ich werde dafür sorgen, dass man Sie und Ihre Familie gesellschaftlich ächtet. Da nutzt es Ihnen auch nichts, dass der Kaiser so große politische Hoffnungen in Sie setzt!»

«Nur zu, meine Liebe! Glauben Sie, ich wäre eine Liaison mit Ihnen eingegangen, wenn ich auch nur das geringste Risiko für mich gesehen hätte?»

«Sie Elender! Womit habe ich es verdient, so von Ihnen abgespeist zu werden? Ich habe Sie geliebt, Pierre, mit meinem ganzen Herzen geliebt. Was habe ich falsch gemacht, dass Sie nichts mehr für mich empfinden? Ich bitte Sie, stoßen Sie mich nicht länger zurück! Kommen Sie, Pierre, küssen Sie mich … ich habe Sie so vermisst …»

Paulina sah, dass zwei Frauenarme sich um den Hals ihres Gatten schlangen. Pierre packte die Hände und befreite sich aus der Umklammerung. Dann verschwand er aus Paulinas Blickfeld, und gleich darauf war ein klatschendes Geräusch zu vernehmen. Die Gräfin Maricourt schrie auf und brach in ein erbärmliches Heulen aus.

Pierres ruhige Stimme erklang. «Sie mögen mir diese kleine … hm … Ohrfeige verzeihen, meine Gute, aber ich mochte nicht länger zuschauen, wie Sie sich derart erniedrigen.»

«Wie konnten Sie es wagen? Ich werde Sie vernichten! Ihre armselige, bürgerliche Existenz in Paris geht ihrem Ende entgegen, dafür werde ich sorgen!»

«Dazu ist es zu spät, meine Liebe!» Pierres Stimme war plötzlich ungewohnt hart. «Sie können meinen Aufstieg nicht mehr verhindern. Ich wurde heute in den Senat von Frankreich berufen. Selbst Ihr Gatte könnte nun nichts mehr gegen mich ausrichten. Die Zeiten sind vorbei, in denen ich weit unter Ihresgleichen stand. Abgesehen von der Senatorenwürde hat der Kaiser mich zudem in den Grafenstand erhoben.»

Paulina musste die Hand vor den Mund halten, um nicht laut aufzuschreien. Wie vom Donner gerührt stand sie da, während auch Madame de Maricourt offenbar einen Moment brauchte, um die Neuigkeit zu verdauen.

«Hat es Ihnen die Sprache verschlagen?», fragte Pierre süffisant.

«Oh, spielen Sie nicht den Überheblichen!», rief die Gräfin aus. «Was sind Sie schon für ein Mann? Lassen sich die Laufbahn von Ihrer Gattin bezahlen, die so dumm ist, sich in ihrem Dorf am Rhein zu Tode zu schuften, während ihr Gemahl in Paris von einem Bett ins andere springt!»

Paulina erwachte aus ihrer Erstarrung. Sie hatte genug gehört. Hastig lief sie den Flur entlang und hinauf in ihr Zimmer.

Ich habe es geschafft, war alles, woran sie denken konnte, während sie sich auf ihr Bett warf. Unter welchen Umständen auch immer – ich habe es geschafft.

Gemahlin eines Senators und Gräfin – das war mehr, als sie sich je erträumt hatte. Umso seltsamer war es, dass sie jetzt, da sie sich endlich am Ziel ihrer Wünsche wähnte, keinerlei Freude verspürte. In ihr war nur eine unendliche Leere. Sie hörte kaum, wie es kurz darauf klopfte und jemand den Raum betrat.

«Ihr Diener verriet mir gerade, dass Sie zurück sind», ertönte die Stimme von Pierre. «Ist Ihnen nicht wohl?»

Paulina richtete sich verwirrt auf. «Falls Madame de Maricourt das Haus verlassen haben sollte, geht es mir wunderbar.»

«Sie wissen also …?» Pierre runzelte die Stirn. «Eine etwas geschmacklose Szene, die durch einen unglücklichen Umstand leider in unserem Haus stattfand. Für gewöhnlich versuche ich, derlei zu vermeiden, aber die Gräfin ist ein wenig zu gefühlsbetont.» Seine Augen weiteten sich plötzlich. «Dann haben Sie ja auch schon gehört, dass …?»

«Ich habe alles gehört!», fiel Paulina ihm hart ins Wort.

Enttäuscht wandte er sich ab. «Wirklich sehr schade! Ich hätte es Ihnen gerne ein wenig feierlicher verkündet, aber nun sind Sie ja bereits im Bilde.»

Paulina erhob sich von ihrem Bett und ging auf ihn zu.

«Tja, mein Lieber, da haben Sie sich doch tatsächlich selbst um Ihren glanzvollen Auftritt gebracht! Aber ist das so schlimm? Für Sentimentalitäten haben wir schließlich beide nichts übrig. Letztendlich zählt doch nur das Ergebnis. Ist es nicht bemerkenswert, dass von all den strebsamen, fleißigen Crefeldern ausgerechnet Sie Senatswürden und einen Grafentitel erlangen?»

Paulinas Bemerkung schien Pierre wieder aufzuheitern.

«Wirklich bezaubernd, wie Sie das sagen, meine Liebe! Erlauben Sie mir, dass ich passend zu Ihrer kleinen Feststellung einen Ausspruch unseres geschätzten Außenministers Talleyrand zitiere.» Er stellte sich in Rednerpositur. «‹Klug und fleißig – gibt es nicht; klug und faul – bin ich selbst; dumm und faul – für Repräsentationszwecke noch ganz gut zu gebrauchen; dumm und fleißig – davor behüte uns der Himmel!›» Seine Augen blitzten schalkhaft. «Was meinen Sie wohl, welche dieser Kombinationen auf mich zutrifft, Gräfin Ostry?»

Paulina musste feststellen, dass es Pierre auch nach all den Jahren noch gelang, sie aus der Fassung zu bringen.

«Das wissen Sie doch selbst am besten!», brach es aus ihr heraus. «Falls Sie nicht wünschen, dass Sie das gleiche Schicksal ereilt wie die arme Madame de Maricourt, dann sollten Sie jetzt schleunigst mein Zimmer verlassen! Oder möchten Sie der Kaiserkrönung mit einer dicken Wange beiwohnen, Graf Ostry?»

Kapitel 43

Paris, Dezember 1804

Als Pierre sich neben sie in die Kutsche setzte, konnte Paulina nicht umhin, ehrfürchtig über den Samtmantel zu streichen. Dieser herrliche Stoff war in Crefeld hergestellt worden! Das wunderbare Blau der mit weißem Pelz gefütterten Mäntel, Ergebnis von Thomas Cornelius' meisterhafter Färbung, leuchtete im Wettstreit mit der kunstvollen goldenen Stickerei. Dazu trug Pierre eine mit Hermelin besetzte schwarze Samtkappe, die – zum Zeichen der neu errungenen Grafenwürde – mit fünf weißen Straußenfedern geschmückt war.

Wie viel Bangen und Zittern steckte in diesen prachtvollen Mänteln! Monatelang hatten unzählige fleißige Hände in Crefeld dafür gesorgt, dass die Senatoren derart elegant zur Kaiserkrönung erscheinen konnten. Mehrere Male war eine Lieferung erst buchstäblich in letzter Minute in Paris eingetroffen. Einmal war die Frachtkutsche von Räubern überfallen worden, und man hatte ganze Nächte durcharbeiten müssen, um die Ware schnell zu ersetzen. Die letzte Lieferung hatte Terbrüggen sogar persönlich begleitet, damit auch ja nichts mehr schiefging.

Der alte von Ostry wäre sicher stolz auf Paulina gewesen.

Und nun war er also da, der große Tag, auf den die Pariser seit Wochen gespannt warteten. Schon seit dem frühen Morgen drängten die einfachen Bürger in die Kathedrale Notre-Dame. Wer für neun Francs einen Platz ergattert hatte, verteidigte ihn wie ein Bollwerk. Weitaus besser hatten es die Würdenträger der Stadt mit ihren reservierten Plätzen, darunter auch Paulina und Pierre. Die Kutsche der von Ostrys traf erst um kurz vor neun Uhr bei der Kirche ein. Während Pierre sich zu den anderen Senatoren gesellte, nahmen Paulina und ihre älteste Tochter Anna in den Sitzrängen Platz.

Anna konnte vor lauter Aufregung kaum still bleiben. Die Krönung war ihr erster Auftritt in der Pariser Gesellschaft, und sie hatte diesem Tag lange entgegengefiebert.

Die Zeremonie begann mit dem Einzug des Papstes. In Begleitung einer Ehrengarde durchschritt Pius VII. würdevoll die Kathedrale, und angesichts seiner prachtvollen Erscheinung war man gewillt zu vergessen, dass er nur unter bestimmten Zugeständnissen an der Krönung teilnahm. Aber wen interessierten jetzt schon die politischen Querelen im Vorfeld? Versonnen lauschte man dem höchsten kirchlichen Würdenträger, der sich anschließend auf dem eigens für ihn vorgesehenen Thron niederließ.

Während der darauffolgenden Messe konnten viele ihre Ungeduld kaum noch zügeln. Endlich kündigten zwei Orchester und ein über vierhundertköpfiger Chor die Ankunft des Kaiserpaars an. Die Vorhut bildete eine Karawane von Pagen, Dienern, Stall- und Zeremonienmeistern. Marschall Murat trug die Krone der Kaiserin auf einem Kissen vor sich her. Es folgte Joséphine in einem weißen Seidenkleid. Bei ihrem Anblick ging ein Raunen durch das Publikum. Ihre lange Schleppe wurde von den Schwestern, der Schwägerin und der Adoptivtochter des Kaisers getragen. Kammerherren hielten wiederum die Schleppen der Damen.

Dann kam der Kaiser. Napoleon glich in seinem golden bestickten, purpurfarbenen Mantel einem römischen Imperator. Erhaben durchschritt er das Kirchenschiff und sprühte geradezu vor Willenskraft und Ehrgeiz. Mehrere Marschälle trugen die Insignien seiner Macht: Krone, Schwert und Reichsapfel.

Schließlich war der große Moment da.

Napoleon nahm die Krone, hielt sie in einer bedeutungsvollen Geste hoch und setzte sie sich aufs Haupt. Dann stellte er sie wieder auf dem Altar ab und legte sich einen goldenen Lorbeerkranz aufs Haar.

«Mein Gott, er lässt aber auch nichts aus!», murmelte Paulina und erntete einen erzürnten Seitenblick ihrer Tochter.

Mittlerweile hatte Joséphine sich auf die Altarstufen gekniet. Napoleon nahm die Krone der Kaiserin und berührte damit kurz sein eigenes Haupt, bevor er sie Joséphine aufsetzte. Gemeinsam schritten Napoleon und Joséphine durch das Kirchenschiff zu den Thronen. Der Papst spendete Kaiser und Kaiserin seinen Segen.

Weithin war die Ankündigung des höchsten Herolds zu hören:

«Der glorreichste und erhabenste Kaiser Napoleon, Kaiser der Franzosen, ist gekrönt und eingethront; es lebe der Kaiser!»

Das Publikum brach in Jubel aus, die Glocken begannen zu läuten, Kanonendonner zeigte den Vollzug der Krönung an.

Das Kaiserpaar zog aus der Kirche aus. In einer Rundfahrt durch die Stadt würde es nun die Huldigung des Volkes entgegennehmen.

Man war sich einig, dass es eine großartige Zeremonie gewesen sei. Zu großartig, meinten manche, und in vielen Gesichtern war ein gewisser Unmut über so viel Pracht und Pomp abzulesen.

Beim Verlassen der Kirche wurde Paulina von fremden Menschen angesprochen, die sie überschwänglich begrüßten und so taten, als kenne man sich schon seit Jahren.

«Wir würden uns freuen, Sie bei unserem nächsten Fest begrüßen zu dürfen», hieß es, und: «Machen Sie uns die Freude, unseren bescheidenen Salon zu zieren. Wir empfangen immer mittwochs.»

Man legte ihr außerdem nahe, ihre Tochter alsbald in die Pariser Gesellschaft einzuführen.

Paulina dachte an die vielen Billetts, die seit der Berufung ihres Gatten zum Senator eingetroffen waren und die deutlich gemacht hatten, wo in Zukunft ihr Platz sein würde. Ihr würde nichts anderes übrigbleiben, als einen Teilhaber mit der Leitung der Seidenmanufaktur in Crefeld zu betrauen und nach Paris zu ziehen. Sie machte sich keinerlei Illusionen darüber, dass dies in der Erhebung zur Gräfin stillschweigend mit enthalten war.

Wie berauscht von all dem Glanz und Luxus, der sie umgab, nahm Paulina die Ehrbezeigungen der Pariser Gesellschaft entgegen. Sie hörte Namen, die ihr bisher immer als unerreichbar erschienen waren, und wurde von Menschen hofiert, die sie noch zwei Tage zuvor keines Blickes gewürdigt hatten.

«Ich brenne schon seit langem darauf, Sie kennenzulernen, Gräfin Ostry», sagte eine rassige Frau mit Katzenaugen und hohen Wangenknochen. Sie musterte Paulina fast ein wenig feindselig. «Allerdings habe ich Sie mir ganz anders vorgestellt.»

«Tja, ich bin nicht gerade die typische Vertreterin meines Landstrichs», bemerkte Paulina leichthin, während sie überlegte, wer die Dame wohl sein mochte. Die Tatsache, dass diese es nicht für nötig gehalten hatte, sich vorzustellen, konnte nur bedeuten, dass es sich um eine Vertreterin der höheren Gesellschaft von Paris handeln musste.

«In der Tat erinnern Sie an eine Südländerin», meinte die Dame mit süßlichem Lächeln. «Wohingegen Ihr Temperament doch eher dem der bürgerlichen Kaufmannsfrauen Ihrer Heimat entsprechen muss, sonst würde Ihr Gatte nicht so viel in anderen Gefilden jagen.»

Paulina, der die Anspielungen auf die Untreue ihres Gatten längst gleichgültig geworden waren, wollte gelangweilt weitergehen. Doch dann bemerkte sie, dass Anna bei den niederträchtigen Worten der fremden Dame wütend das Gesicht verzogen hatte.

«Wie kommt es, dass Sie über die Vorlieben meines Gatten so gut im Bilde sind?», fragte Paulina süßlich lächelnd. «Gehören Sie etwa auch zu seiner Beute, Madame?»

Die Dame schnappte nach Luft und rauschte ohne ein weiteres Wort zu sagen davon.

«Alle Achtung, Maman!», flüsterte Anna ihrer Mutter zu. «Das war die Gräfin Maricourt. Sie hat die spitzeste Zunge von ganz Paris. Wissen Sie, was man sich über sie erzählt? Sie soll sich jeden Mann nehmen, den sie haben will.»

«Hüte dich davor, solche Ungeheuerlichkeiten zu verbreiten!», wies Paulina ihre Tochter zurecht, auch wenn sie innerlich schmunzeln musste. «Woher beziehst du deine Kenntnisse? Mir scheint, ich muss ein ernstes Wörtchen mit deiner Erzieherin reden.»

«Man braucht nur dem Geschwätz der Dienstboten zu lauschen», antwortete das junge Mädchen treuherzig. «Haben Sie das etwa früher nicht getan, Maman?»

Da Pierre noch Verpflichtungen im Senat hatte, beschloss Paulina, gemeinsam mit Anna zu Fuß zu ihrem Palais zurückzuspazieren. Sie schickte ihre Kutsche voraus und machte sich beschwingt auf den Weg.

Die Dämmerung hatte schon eingesetzt, und zahlreiche Fackeln und Lampen leuchteten zu Ehren des Kaiserpaars die winterlichen Straßen aus. Aus den Häusern kamen Musik und fröhliches Stimmengewirr. Überall wurde die Krönung ausgelassen gefeiert.

Plötzlich entdeckte Paulina in einem Hauseingang den Schatten einer sonderlichen Gestalt. Ihre Haltung rief eine entfernte Erinnerung in Paulina wach. Als sie neugierig näher trat, blickten ihr aus der dunklen Türnische zwei funkelnde Augen entgegen.

Anna packte ihre Mutter am Arm. «Maman, sieh nur, dieser Mann sitzt in einem Stuhl mit Rädern!», flüsterte sie aufgeregt.

«Monsieur Longeaux, welche Überraschung!», sagte Paulina laut.

Die Gestalt schob sich aus dem Hauseingang heraus.

«Sie kennen diese Person, Maman?», fragte Anna ungläubig und wich einen Schritt zurück.

«Ihre Mutter und ich kennen uns seit vielen Jahren.» Longeaux verzog den Mund zu einem spöttischen Grinsen. «Ich grüße Sie, Frau Gräfin! Wie Sie wissen, kann ich bedauerlicherweise weder in einen Hofknicks versinken noch Ihnen die Hand küssen.»

«Und wie *Sie* wissen, lege ich weder Wert auf das eine noch auf das andere», erwiderte Paulina lächelnd. «Wie geht es Ihnen, Bürger Longeaux?»

«Die Zeiten von Bürger Longeaux sind vorbei. Ich bin Monsieur de Longeaux oder Graf Longeaux, nicht mehr und nicht weniger.»

«Sie haben also wieder die Seiten gewechselt?», bemerkte Paulina ein wenig amüsiert.

Longeaux' Gesicht wurde ernst. «Habe ich das? ... Und Sie? Hat es Ihnen Vergnügen bereitet, der Kaiserkrönung beizuwohnen? Man darf gespannt sein, was Napoleon unter seinem prunkvollen Mantel so alles verbirgt.»

Anna zog ihre Mutter am Ärmel. «Kommen Sie, Maman, lassen Sie uns nach Hause gehen!»

«Ihren Zynismus haben Sie jedenfalls nicht verloren, Herr Graf», sagte Paulina. «Auch wenn Sie noch nicht ganz in der neuen Zeit angekommen sind.»

Seltsamerweise schien Longeaux sich nicht angegriffen zu fühlen. Er lächelte sogar. «Vielleicht bin ich mehr angekommen, als Sie es denken, Madame.»

«Ich verstehe, Herr Graf. Sie werden nicht gezögert haben, sich eine einflussreiche Stellung zu verschaffen. Jedenfalls würde ich mich freuen, Sie demnächst in unserem Palais als Gast begrüßen zu dürfen!»

Paulinas Einladung wurde von ihrer Tochter mit einem entsetzten Blick quittiert.

«Wir werden sehen», antwortete Longeaux ausweichend. «Ich glaube, dass die Zeiten vorbei sind, in denen Sie meine Intervention benötigen. Nehmen Sie dennoch einen Rat von mir an? Kosten Sie es aus, auf dem Gipfel der Träume zu sein! Aber verlieren Sie nicht die Wirklichkeit aus den Augen! Und bevor Sie gehen, habe ich noch eine Bitte an Sie, liebe Freundin!» Sein Blick bekam etwas Rätselhaftes. «Passen Sie gut auf sich auf!»

Paulina gab ihrer Tochter nach, die sich immer noch mühte, sie zurück auf die Straße zu zerren.

«Was sollte mir jetzt schon noch geschehen?», rief sie Longeaux über die Schulter hinweg lachend zu, bevor sie mit Anna ins winterliche Paris eintauchte.

Kapitel 44

Paris, Juni 1807

Die Kutsche des Grafen Ostry hielt vor dem Palais in der Rue de Joubert. Es war eine warme Sommernacht, und ganz Paris schien noch auf den Beinen zu sein. Aus einem Haus gegenüber wehten Musikklänge herüber. Hinter seinen erleuchteten Fenstern zeichneten sich die Silhouetten von tanzenden Menschen ab.

Paulina bemerkte erstaunt, dass Pierre hinter ihr aus dem Wagen stieg. «Was ist los, mein Lieber? Fahren Sie heute nicht weiter zu … wie heißt doch gleich Ihre derzeitige Mätresse?»

Pierre unterdrückte ein Gähnen. «Wenn ich ehrlich bin, habe

ich Sehnsucht nach einem Bett, und zwar nach meinem eigenen. Morgen ist eine wichtige Sitzung des Senats.»

«Sie werden eben älter, Herr Graf!», spöttelte Paulina, während sie das Haus betraten. «Zudem mussten Sie auf Ihre reiferen Tage auch noch erfahren, was das Wort ‹Arbeit› bedeutet.»

«Glücklicherweise hatte ich vorher keine Ahnung, welche Verpflichtungen das Amt eines Senators mit sich bringt», brummte Pierre. «Finden Sie eigentlich wirklich, dass ich seit Beginn meiner Amtsausübung älter geworden bin, Madame?»

Paulina drehte sich gelangweilt zu ihm um. «Jünger sind Sie jedenfalls nicht geworden – das bringt das Leben nun einmal zwangsläufig mit sich. Falls es Sie jedoch beruhigt – Sie sehen immer noch fabelhaft aus!»

Er lächelte zufrieden. «Wo wollen Sie denn jetzt noch hin?», fragte er, als Paulina sich auf den Weg in ihr Arbeitszimmer machte.

«Ich möchte noch ein paar Briefe durchsehen», antwortete sie über die Schulter.

«Um diese Uhrzeit? Hat das nicht Zeit bis morgen? Was haben Sie nur immer mit Ihren Geschäften? Das kann doch Cornelius in Crefeld erledigen! Wir sind mittlerweile so wohlhabend, dass Sie es nicht mehr nötig haben, jetzt noch …»

Die Belehrungen ihres Gatten im Ohr, betrat Paulina ihr Arbeitszimmer und schloss die Tür hinter sich. Ihr aufmerksamer Diener hatte bereits die Lichter angezündet. Er wusste genau, dass sie nach einem in Gesellschaft verbrachten Abend gerne noch ein Weilchen arbeitete. Sie liebte diese einsamen Nachtstunden, in denen sich eine wohltuende Stille über das schlafende Haus gelegt hatte und sie nicht durch die Unruhe des Alltags gestört wurde.

«Die Nacht ist die Freundin der Könige», sollte Ludwig XIV., der große Sonnenkönig, einmal gesagt haben.

Und die Freundin der Kauffrauen, dachte Paulina schmunzelnd.

Mit einem Seufzer setzte sie sich an ihren Schreibtisch. Sie hatte gerade ihr Rechnungsbuch aufgeschlagen, als es zaghaft an der Tür klopfte.

«Wollten Sie nicht schlafen gehen?», rief Paulina gereizt.

Senator oder nicht – Pierre war im Grunde immer ein großer Junge geblieben. Wäre er doch nur zu seiner Geliebten gefahren, anstatt ihr auf die Nerven zu gehen!

Die Tür öffnete sich, und ein übermüdeter Page trat ein.

«Frau Gräfin, ein Herr wartet schon seit Stunden auf Sie und möchte Sie dringend sprechen.»

«Wie bitte? Warum hast du ihn nicht längst nach Hause geschickt? Weißt du denn nicht, dass ich um diese Zeit nicht mehr empfange?» Sie machte eine ungeduldige Handbewegung und beugte sich wieder über ihre Bücher. «Sag dem Haushofmeister Bescheid, er möge den Herrn verabschieden.»

«Ähm … Madame … das ist nicht möglich …»

Paulina blickte wieder auf. «Warum ist das nicht möglich, dummer Junge?»

«Nun ja … der Haushofmeister weiß überhaupt nicht, dass der Herr hier ist.»

«Habe ich richtig gehört? Seit Stunden hält sich ein Herr in diesem Hause auf, und der Haushofmeister weiß nicht Bescheid?»

«Er war unterwegs, als der Herr kam.»

«Kannst du mir wenigstens sagen, wer unser Gast ist?»

Der Page schüttelte den Kopf. «Er wollte es mir partout nicht verraten. Scheint ein wichtiger Mann zu sein.»

Paulina kam zu dem Schluss, dass ihr nichts anderes übrigblieb, als sich selbst um die Angelegenheit zu kümmern.

«Also gut!», stöhnte sie und stand auf. «Wo ist der Herr?»

«Ich habe ihn in Ihr Empfangszimmer geführt. Er bat mich, den Herrn Grafen nicht über seine Anwesenheit zu unterrichten.»

Das wurde ja immer besser! Diesem geheimnisvollen Besucher würde sie erst einmal gehörig den Marsch blasen. Wie kam er dazu, die Gutmütigkeit ihres jungen Pagen auszunutzen und ihren Hausstand derart durcheinanderzubringen! Manche Leute waren an Vermessenheit wirklich nicht zu überbieten.

Ohne anzuklopfen, platzte Paulina in ihr Empfangszimmer hinein, geladen vor Wut. Diese steigerte sich noch, als sie sah, dass der Mann, der mit dem Rücken zu ihr am Fenster stand und in die Nacht hinausblickte, alles andere als ein vornehmer Herr zu sein schien, sondern in seiner einfachen, zerknitterten Kleidung eher einem fahrenden Händler glich.

Dann drehte er sich um …

Paulinas Augen weiteten sich. Ihr Arm, den sie zu ihrer geplanten Zurechtweisung gehoben hatte, sank herab. Jahre ihres Lebens spulten sich in einer blitzschnellen Abfolge von Bildern in ihrem Kopf ab. Jahre der Arbeit, der Einsamkeit, der gewaltsam verscheuchten Erinnerungen. Und plötzlich brach der Kummer über sie herein, den sie in all diesen Jahren immer wieder verdrängt hatte – der unendliche Kummer über ihre verlorene Liebe.

Sie stürmte auf den Besucher zu, und während ihr die Tränen in die Augen schossen, hämmerte sie mit den Fäusten auf ihn ein.

«Wie können Sie es wagen, nach so langer Zeit bei mir aufzutauchen? Verschwinden Sie! Verlassen Sie sofort mein Haus! Ich will Sie nie wiedersehen! Noch einmal werde ich nicht zulassen, dass Sie mich unglücklich machen, Herr von Bahro!»

Der Besucher hielt schützend seine Arme vors Gesicht.

«Ich bitte Sie, Madame, beruhigen Sie sich! Was ist denn in Sie gefahren?» Er versuchte, ihre Hände zu packen. «Mit welchem Recht bereiten Sie mir einen solchen Empfang?»

Paulina war wie von Sinnen. «Gehen Sie! Kein Mensch hat mich so schlecht behandelt wie Sie. Und das will etwas heißen, denn es gibt einige, die mich schlecht behandelt haben. Aber die anderen waren wenigstens ehrlich zu mir!»

«Sie wissen nicht, was Sie reden! Kommen Sie zur Vernunft!»

Vergeblich mühte sich Christian von Bahro, die wild gewordene Paulina zu bändigen.

«Zur Vernunft?», rief sie. «Ach, ich weiß, die wird in Ihrer Familie großgeschrieben!»

Christian bekam endlich ihre Arme zu fassen. Angestrengt versuchte er, sie festzuhalten. «Schweigen Sie, Madame! Der Einzige, der Grund zu Vorwürfen hat, bin ich!»

Paulina hielt inne, trat einen Schritt zurück und sah ihn aus tränenüberströmten Augen an. «Was sagen Sie da? Das ist ja wohl der Gipfel der Unverschämtheit! Sie haben mich damals nach Westfalen kommen lassen, haben mich dort auf Sie warten lassen und sich nicht mehr bei mir gemeldet. Stattdessen sind Sie seelenruhig nach England gefahren! Und da wollen Sie *mir* etwas vorwerfen!»

«Ich verstehe nicht ganz, wovon Sie reden, Madame! Selbstverständlich habe ich Ihnen nach Blommersforst eine Nachricht geschickt. Ich bat Sie in meinem Brief um ein Treffen in Münster. Sie sind jedoch nicht gekommen!»

«Münster?» Paulina war nun völlig entgeistert. «Sie haben mir geschrieben, dass ich nach Münster kommen soll? Ich habe in Blommersforst keinen einzigen Brief von Ihnen erhalten.»

«Sie waren nicht in Blommersforst, Madame. Nachdem ich in Münster vergeblich auf Sie gewartet hatte, schickte ich meinen Leibdiener zu Ihrem Schloss in Westfalen, doch als er zurückkam, berichtete er mir, dass Sie Blommersforst ein Jahr zuvor gemeinsam mit Ihrem Gatten verlassen hätten und mit ihm in Crefeld lebten. Nach Blommersforst seien sie seither nicht zurückgekehrt.»

«Ich lebte in Crefeld, ja!», rief Paulina, bestürzt über die Kette von Missverständnissen, die unweigerlich entstanden sein musste. «Aber ich fuhr von dort aus nach Blommersforst, um mich mit Ihnen zu treffen. Ich habe fast einen Monat lang auf eine Nachricht von Ihnen gewartet. Ihr Diener muss Sie angelogen haben, wenn er behauptete, ich sei nicht dort gewesen. Ich habe sogar meinen Kutscher ins Feldlager nach Oldenburg geschickt, um nach Ihrem Verbleib zu forschen, doch es existierte nicht mehr.»

Christian hörte ihr mit zweifelnder Miene zu. «Wem sollte ich wohl eher Glauben schenken: meinem langjährigen, treu ergebenen Diener oder Ihnen, einer Frau, die mir ein Jahr lang in ihren Briefen weismacht, dass sie in Mecklenburg auf mich wartet, während sie in Wahrheit als umtriebige Kauffrau in Crefeld lebt!»

Die Vision des Grafen Bahro entstand vor Paulinas Augen. Hatte er etwa wieder seine Finger im Spiel gehabt? Sie musste an das Gespräch mit Anna denken, das etwa dreieinhalb Jahre zurücklag. Selbst vor Nachforschungen über ihre Tante hatte Christians Vater nicht zurückgeschreckt.

Christian ließ seinen Blick rundum schweifen. «Ich stelle fest, dass Sie es weit gebracht haben, Madame – und das an der Seite Ihres Gatten, den Sie vorgaben, nicht zu lieben. Wenn ich mich recht entsinne, lebten Sie von ihm getrennt, als wir uns in Mecklenburg begegneten. Was ist der Grund, warum sie kurz darauf mit ihm nach Crefeld gingen?»

Paulina setzte zu einer Erklärung an, doch dann schwieg sie. Er würde ihr ohnehin nicht glauben, dass sie ihm bei ihrem Wiedersehen alles hatte erzählen wollen – von ihren Zwillingen, deren Vater er war, und von der Entscheidung, die sie nicht zuletzt mit Rücksicht auf ihn getroffen hatte.

Als sie nicht antwortete, wandte er sich ab und sah aus dem Fenster. «Ich vermag Ihnen Ihre angebliche Liebe für mich nicht abzunehmen, Madame», sagte er, und seine Stimme klang bitter. «Sie besitzen Ländereien in Mecklenburg und in Westfalen, sind also in der Lage, selbst für Ihr Auskommen zu sorgen. Ich verstehe nicht, warum Sie Ihren Gatten nach Crefeld begleitet haben. Er wird Sie kaum dazu gezwungen haben.»

Paulina musterte ihn, seine hohe Gestalt, das stolze Profil. Er hatte sich kaum verändert in all diesen Jahren, und auch wenn er kein junger Mann mehr war, hatte er sich eine gewisse Jugendlichkeit bewahrt. Sein schlanker, durchtrainierter Körper ließ vermuten, dass er asketisch lebte und viel in Bewegung war. Ob er noch immer der hannoverschen Armee angehörte?

«Nein, mein Gatte hat mich nicht gezwungen», sagte Paulina schließlich.

Er drehte sich um. Sein Gesicht hatte einen düsteren Zug angenommen. «Warum sind Sie dann schon bald nach unserer Nacht am Heiligen Damm mit ihm nach Crefeld gegangen? Sagen Sie es mir, Madame, warum?»

Paulina blickte ihn atemlos an. Täuschte sie sich, oder offenbarte er ihr gerade eine tiefe Verletztheit?

Es klopfte. Die Tür ging auf, und ein junges Mädchen von etwa zwölf Jahren betrat den Raum. Es trug ein langes Nachthemd, hielt eine Puppe gegen die Brust gedrückt und blinzelte verschlafen.

«Camille!», rief Paulina, lief auf das Kind zu und nahm es in den Arm. «Was ist passiert?»

«Ich habe Stimmen gehört … und dann haben Sie geweint, Maman», murmelte die Kleine. «Ich hatte Angst …» Sie hob ihren Kopf und richtete ihre Augen auf den Besucher. «Wer ist das?»

Christian von Bahro stand da wie versteinert. Paulina, die dem Blick ihrer Tochter gefolgt war, wurde angesichts seiner fassungslosen Miene schlagartig bewusst, was er sah: ein junges Mädchen mit bernsteinfarbenen Augen und den feinen Gesichtszügen der Bahros. Sie schloss die Lider und merkte, wie ihr erneut Tränen über die Wangen liefen.

«Maman, warum weinen Sie wieder?», fragte Camille angstvoll. «Hat dieser Herr Ihnen etwas angetan?»

«Nein … nein, er hat mir nichts angetan.» Paulina barg ihr Gesicht im Haar des Kindes.

«Deshalb sind Sie also mit nach Crefeld gegangen», hörte sie Christian mit erstickter Stimme sagen.

«Komm!» Paulina nahm ihre Tochter an der Hand. «Ich bringe dich wieder zu Bett. Du brauchst dir keine Sorgen zu machen. Es ist nichts … ich habe den Herrn nur so lange Zeit nicht gesehen … da wird man manchmal etwas traurig …»

Camille nickte erleichtert. «Das verstehe ich, Maman. Es geht mir ebenso, wenn du auf Reisen bist.» Sie warf Christian einen letzten misstrauischen Blick zu und ließ sich dann von ihrer Mutter aus dem Zimmer führen.

Paulina brachte das Kind zu Bett und sagte ihm noch ein paar beruhigende Worte. Als sie das Licht gelöscht hatte und schon bei der Tür war, setzte Camille sich noch einmal auf.

«Ist Ihnen eigentlich aufgefallen, Maman, dass dieser Herr die gleiche Augenfarbe hat wie ich?»

«Warum sind Sie gekommen?», fragte Paulina.

Christian von Bahro hatte auf einem Sofa Platz genommen und hielt seinen Kopf in die Hände gestützt. Als er aufblickte, bemerkte Paulina, wie erschöpft er aussah.

«Verzeihen Sie, Madame!», sagte er zerknirscht. «Ich … ich war nicht vorbereitet auf das, was ich hier … das Mädchen … es ist meine Tochter, nicht wahr?»

«Ja», antwortete sie, «aber außer Ihnen und mir weiß es niemand.»

Paulina meinte, so etwas wie Erleichterung in seiner Miene zu entdecken. «Es ist sicher besser für uns, wenn wir uns nicht weiter in Sentimentalitäten ergehen», sagte sie kühl, um sich ihre Ergriffenheit nicht anmerken zu lassen.

Christian erhob sich. «Sie haben recht, Madame. Da ich nur über wenig Zeit verfüge, sollten wir also zum eigentlichen Grund meines Besuches kommen. Man braucht Ihre Hilfe, Frau Gräfin.»

«Wer ist ‹man›?», wollte Paulina wissen.

«Der preußische Staatsminister von Hardenberg – und Ihre Majestät Königin Luise.»

Paulina starrte ihren Besucher sprachlos an. Einige Sekunden verstrichen.

«Ich komme geradewegs aus Königsberg in Ostpreußen», fuhr Christian fort. «Bis dorthin hat Napoleon das preußische Königspaar zurückgedrängt. Der Krieg zwischen Frankreich auf der einen Seite und Preußen und Russland auf der anderen befindet sich in einer entscheidenden Phase. Napoleon steht mit seinen Truppen in Ostpreußen, bereit, jederzeit wieder zuzuschlagen. Der preußische König würde am liebsten verhandeln, aber damit fiele er dem russischen Zaren Alexander in den Rücken. Alexander, von Hardenberg und auch die Königin sprechen sich für die Fortsetzung des gemeinsamen preußisch-russischen Kampfes gegen Napoleon aus.»

«Was machen Sie denn bei den Preußen?», fragte Paulina. «Sollten Sie nicht in den hannoverschen Staatsdienst treten?»

«Ich gehöre seit einigen Jahren der preußischen Armee an. Es gab mehrere Gründe, warum ich nicht in Hannover bleiben wollte. Einer davon war, dass Oberst Scharnhorst mich bat, mit ihm in preußische Dienste zu wechseln.»

«Und was habe *ich* mit alledem zu tun?»

«Ich wurde in Königsberg der Königin vorgestellt. Sie erinnerte sich daran, dass ihre und meine Großmutter miteinander befreundet waren. Ein Wort gab das andere, und schließlich fragte sie mich nach Ihnen, Madame. Man wusste zu berichten, dass Sie als Gemahlin eines französischen Senators in Paris leben. Von Hardenberg kam auf die Idee, Sie für preußische Zwecke einzuspannen. Da er allerorten über gut informierte Quellen verfügt, fand er schnell heraus, dass Sie keine Gegnerin, aber auch keine große Befürworterin Napoleons sind. Allerdings haben Sie im Gegensatz zu uns allen einen entscheidenden Vorteil: Sie kennen Napoleon gut.»

Paulina fuhr sich verwirrt durchs Haar. «Ich habe ihn ein paarmal getroffen, ja, aber gut kennen wäre zu viel gesagt.»

«Gehören Sie nicht seinem Hofstaat an?»

«So ist es, ja. Das bedeutet aber nicht, dass ich ständig mit dem Kaiser zu tun habe. Er ist oft monatelang fort, und wenn er dann in Paris weilt, arbeitet er mehr, als dass er sich auf höfischen Feierlichkeiten vergnügt. Ich habe ihn schon seit langem nicht mehr gesehen.»

«Sie kennen ihn immer noch besser als von Hardenberg oder die Königin. Außerdem sieht Luise in Ihnen eine Vertraute, die ihre ehrliche Meinung unverblümt kundtun wird. Das unterscheidet Sie, Madame, von all den anderen Beratern, die nur um die Gunst Ihrer Majestät buhlen und bei denen sie nie sicher sein kann, wessen Interessen sie vertreten: die der Königin oder ihre eigenen. Kurzum: Ich habe die Aufgabe, Sie im Namen Ihrer Majestät Luise von Preußen zu bitten, ihre Ratgeberin in Fragen des französischen Kaisers Napoleon zu sein.»

«Ratgeberin?», wiederholte Paulina verblüfft. «Bedeutet das, dass ich nach Ostpreußen reisen soll?»

«Natürlich! Ihre Majestät kann schlecht nach Paris kommen.»

Paulinas Gedanken überschlugen sich. Luise musste sich in einer verzweifelten Lage befinden, wenn sie eine alte Freundin um Hilfe bat, die sie seit vielen Jahren nicht gesehen hatte. Ob sie wusste, dass der Offizier, den sie in geheimem Auftrag nach Paris geschickt hatte, nicht nur ein entfernter Verwandter von Paulina war? Vielleicht hatte Luise ihn sogar absichtlich ausgewählt, in der Hoffnung, dass gerade er imstande wäre, die Weggefährtin aus Darmstädter Tagen zu überreden, nach Ostpreußen zu kommen.

«Ehrlich gesagt, kann ich mir nur schwer vorstellen, dass die Königin keine fähigeren Berater hat als mich», meinte Paulina. «Von Hardenberg selbst scheint sich doch recht gut auf das politische Geschäft zu verstehen.»

«Auch der Staatsminister legt Wert auf Ihr Urteil, Madame. Er durchschaut die Absichten des französischen Kaisers nicht. Nun kommt erschwerend dazu, dass das Verhältnis zwischen Napoleon und der Königin nicht das beste ist. Der Kaiser ließ nach seinem Einmarsch in Berlin einige unschöne Dinge über Ihre Majestät veröffentlichen, was sie ihm sehr übelnahm. Er verbreitete, dass die Königin eine Kriegstreiberin sei und zudem eine Liaison mit dem russischen Zaren unterhalte. Die Voraussetzungen für Verhandlungen sind also nicht gerade günstig, zumal Napoleon der Meinung zu sein scheint, dass eine Frau nichts dabei zu suchen hat. Von Hardenberg setzt darauf, dass Sie, Madame, ihm Napoleons Denkweise näherbringen können – insbesondere was die Frauen betrifft.»

«Ich? Wie kommt er denn zu dieser absurden Annahme?», rief Paulina eine Spur zu heftig, sodass Christian die Brauen hochzog. «Außerdem kann ich unmöglich von hier fort, ohne dass jemand darauf aufmerksam wird. Es handelt sich immerhin um eine sehr weite Reise.»

«Wir wissen, dass Sie des Öfteren für längere Zeit auf Handelsreisen sind», entgegnete Christian. «Es würde also niemand etwas Ungewöhnliches darin sehen. Denken Sie daran, dass Sie im Dienste der preußischen Königin handeln würden, die Ihnen noch dazu freundschaftlich verbunden ist!»

Paulina schüttelte energisch den Kopf. «Nein, Monsieur! Ich werde nicht nach Königsberg reisen. Mich interessiert dieser Krieg nicht. Wenn Luise unbedingt gegen Napoleon kämpfen will, dann soll sie es in Gottes Namen tun. Die Preußen werden ohnehin am Ende verlieren. Ich bin zwar nicht die größte Anhängerin Napoleons, aber ich habe ihm dennoch einiges zu verdanken. Unter seiner Regentschaft bin ich zu Ruhm und Ehren gelangt. Ich werde nicht so dumm sein, das alles aufs Spiel zu setzen.»

«Sie müssen nichts aufs Spiel setzen, Madame. Wenn der Krieg vorbei ist, kehren Sie unverzüglich nach Paris zurück. Niemand wird von Ihrer kleinen Hilfestellung erfahren.»

«Wer weiß, wie lange dieser Krieg noch dauert», wandte Paulina ein.

«Er wird nicht mehr lange dauern, Madame. Die Truppen aller Beteiligten sind ausgeblutet, Ostpreußen ist verwüstet. Napoleon wird bald eine Entscheidung herbeiführen.»

«Was soll ich der Königin dann noch für einen Rat geben? Offenbar bleibt Preußen doch gar nichts anderes übrig, als Frieden zu schließen.»

«Falls Napoleon aber noch einmal die Königin zu sprechen wünscht, könnten Sie ihr empfehlen, wie sie sich ihm gegenüber zu verhalten hat, damit nicht alles noch schlimmer wird.»

Paulinas Blick ging ins Leere. «Ihre Majestät setzt Erwartungen in mich, die ich nicht erfüllen kann.»

Christian von Bahro winkte ab. «Erzählen Sie mir nichts! Ich habe eben gemerkt, wie Sie reagiert haben, als ich von der Einstellung Napoleons zu den Frauen sprach.»

«Ich kenne den Kaiser aber kaum!», versuchte Paulina, ihm erneut einzureden.

«Er hingegen scheint Sie erstaunlich gut zu kennen! Seine Begegnung mit Ihnen war immerhin so eindrucksvoll für ihn, dass er sogar in Berlin davon erzählt hat. Als man über die feindliche Haltung der preußischen Königin sprach, sagte Napoleon, er habe schon einmal mit einer Dame aus Mecklenburg zu tun gehabt. Sie habe sich mit Dingen beschäftigt, um die Frauen sich nicht zu kümmern hätten. Der Kaiser brüstete sich damit, sie mit einer kleinen List außer Gefecht gesetzt zu haben, indem er dem Gatten besagter Dame einen Grafentitel verlieh, um sie an den Pariser Hof zu holen. Nun interessiere sie sich wie alle anderen Damen der Hofgesellschaft nur noch für aufwendige Roben, glanzvolle Feste und den neuesten Klatsch.» Christian sah sie herausfordernd an. «Er sprach von Ihnen, Madame!»

Paulina hatte seinem Bericht mit steigender Wut zugehört.

«Der Kaiser glaubt also, er hätte mich außer Gefecht gesetzt», schnaubte sie. «Nun, dann ist er schlecht informiert, denn ich leite nach wie vor die Seidenmanufaktur. Zwar habe ich in Crefeld meinen Schwager als Teilhaber eingesetzt, aber das bedeutet nicht, dass ich die Geschäfte aus der Hand gegeben hätte!»

«Offensichtlich kontrolliert Kaiser Napoleon aber auch Ihre Handelstätigkeit. Er ließ verlauten, dass Sie völlig von seinen Gnaden abhängig seien. Auf einen Wink von ihm würden die meisten Ihrer Kunden sofort die Aufträge an Sie einstellen!»

«Das hat der Kaiser wirklich gesagt?» Paulina fühlte sich zutiefst getroffen. Der Kaiser hatte offenbar im Hintergrund still und heimlich ihren Seidenhandel manipuliert. Wie hatte sie nur so dumm sein können? Dabei war sie der Meinung gewesen, es besonders schlau angestellt zu haben, indem sie in Paris die gehorsame Hofdame und Senatorengattin spielte und dabei weiter die Fäden in ihrer Manufaktur zog. Sie hatte ja nicht ahnen können, dass der Kaiser ihr diese Fäden längst aus der Hand genommen hatte.

Keine Erkenntnis hätte sie härter treffen können. Zu ihrem großen Verdruss musste sie erkennen, dass sie Napoleon sträflich unterschätzt hatte. Fest blickte sie Christian in die Augen.

«Wann fahren Sie zurück nach Ostpreußen?», fragte sie.

«So bald wie möglich», antwortete Christian. «Ich werde im Morgengrauen wieder aufbrechen. Jede Stunde ist kostbar.»

«Ich fahre mit Ihnen!», teilte Paulina ihm entschlossen mit. «Ich werde sofort meine Leute wecken, damit sie die nötigen Vorbereitungen treffen.»

Christian betrachtete sie mit einer Mischung aus Erstaunen und Verständnislosigkeit. «Es ist wirklich unglaublich …»

«Was ist unglaublich?»

«Von Hardenberg hatte recht mit dem, was er über Sie sagte», antwortete Christian. «Er ahnte bereits, dass ich vergeblich an Ihre freundschaftlichen Gefühle für Königin Luise appellieren würde. Wissen Sie, was er mir empfahl?»

Paulina wartete schweigend.

«Er riet mir», fuhr Christian fort, «mich nicht damit aufzuhalten, Ihnen die gemeinsam mit Königin Luise verbrachte Jugend in Erinnerung zu rufen. Eine Frau wie Sie könne man nur bei ihrer Eitelkeit und ihrem Ehrgeiz packen.» Er nahm seinen Umhang, den er über einen Stuhl gelegt hatte, und wandte sich zum Gehen.

«Sie haben sich sehr verändert, Madame – allerdings nicht unbedingt zu Ihrem Vorteil. Hoffentlich sieht es die Königin nicht ebenso!»

«Wo wollen Sie hin?», fragte Paulina. «Ich kann Ihnen ein Zimmer herrichten lassen.»

Die Hand schon am Türgriff, drehte Christian sich noch einmal um. «Bemühen Sie sich nicht, Madame. Ich ziehe es vor, in einem Gasthof zu übernachten.»

Kapitel 45

Tilsit, Juni 1807

Die Flussufer waren mit langen Truppenreihen besetzt. Von den entgegengesetzten Seiten schaukelten geschmückte Boote unter Böllerschüssen in Richtung Flussmitte. Mitten im Strom schwamm ein auf Flößen errichtetes Holzhaus, das mit weißem Leinenstoff verhängt und prunkvoll dekoriert war. Über seiner Tür prangte ein großes, von Eichenlaub umkränztes A.

Als Paulina aus dem Fenster ihrer Kutsche auf den Fluss hinunterschaute, erkannte sie in dem Boot, das vom diesseitigen Ufer ablegte, den preußischen König Friedrich Wilhelm. Mit steinerner Miene stand er neben einem Herrn mit hoher Stirn und buschigen Koteletten.

«Der Herr neben unserem König ist der russische Zar Alexander», erklärte Leutnant Tifflick, ein Offizier aus Christian von Bahros Regiment, der zu Paulinas Begleitung abgestellt worden war. «Gestern fand die gleiche Zeremonie schon einmal statt, da durfte der König aber noch nicht mitfahren und musste im strömenden Regen am Ufer stehen bleiben.»

Das Boot, das von der gegenüberliegenden Seite kam, traf zuerst am Floß ein. Während die mitgefahrenen Herren sich nach dem Aussteigen zu einem Pavillon neben dem Haus begaben, löste sich ein kleiner, korpulenter Mann aus ihren Reihen, trat dem ankommenden Boot entgegen, in dem Friedrich Wilhelm und Alexander saßen, nahm seinen Hut vom Kopf und breitete majestätisch die Arme aus.

Paulina drückte ihre Nase ans Fenster ihrer Kutsche. Sie hatte Napoleon lange nicht gesehen. Soweit sie aus der Entfernung erkennen konnte, war er kahler geworden und hatte eine untersetzte, leicht unförmige Figur und den Ansatz eines Bauches bekommen. In Paris hatte man erzählt, der Kaiser habe sich in Warschau in eine polnische Gräfin verliebt und mit ihr in einem westpreußischen Schloss gelebt.

Inzwischen war der russische Zar aus dem Boot gestiegen und umarmte Napoleon mit überschwänglicher Geste. Gefolgt von dem ein wenig steifen Friedrich Wilhelm verschwanden die beiden Herrscher in dem weißen Haus.

Paulina ließ ihren Blick suchend über die Menge der am Ufer stehenden Offiziere und Adeligen schweifen. Sie hatte Christian nicht mehr gesehen, seit sie am Abend zuvor nach fast dreiwöchiger Reise in Piktupönen eingetroffen waren, einer kleinen Ortschaft gegenüber von Tilsit, am anderen Ufer der Memel. Er war sofort nach der Ankunft zu General Scharnhorst geeilt. Paulina war im Haus einer verwitweten Bäuerin untergekommen, die in ärmlichen Verhältnissen lebte, aber als verschwiegen galt.

Sie hatten von Paris aus eine wahre Höllenfahrt hinter sich, bei der Paulina, nur von ihrem Leibdiener und dem Kutscher Franz begleitet, viele Stunden täglich in ihrer Kutsche durchgerüttelt wurde, während Christian und die zu seiner Unterstützung mitgereisten Männer den Wagen zu Pferd eskortierten. Kaum dass man an einer Poststation eine kurze Rast eingelegt und die Pferde gewechselt hatte, ging die wilde Reise schon weiter. In den wenigen Stunden der Ruhe, die man Paulina in irgendeiner schäbigen Herberge gönnte, wälzte sie sich schlaflos auf ihrem unbequemen Lager hin und her. Mehr als einmal war sie kurz davor, nach Paris umzukehren, doch der Gedanke, sich vor Christian diese Blöße zu geben, hielt sie immer wieder davon ab.

Das Land war vom Krieg gebeutelt. Kein Landstrich, der nicht von Kampfhandlungen, Truppendurchmärschen und Plünderungen heimgesucht worden war. Als die Reisenden über die Weichsel kamen, wurden die vorher vereinzelten Gerüchte zur traurigen Gewissheit. Die entscheidende Schlacht hatte mittlerweile stattgefunden. Russen und Preußen waren bei Friedland in Ostpreußen von den Franzosen vernichtend geschlagen worden. Überall bot sich ein Bild der Verwüstung. Dörfer, Felder und Wälder waren dem Erdboden gleichgemacht worden, Straßen vom Durchzug der Truppen breit ausgetreten. Königsberg war durch die Franzosen besetzt worden, die Königin ans äußerste Ende Preußens nach Memel geflohen. Kaiser Napoleon, Zar Alexander und König Friedrich Wilhelm kamen in Tilsit zusammen, um über den Frieden zu verhandeln.

Die eindrucksvolle Inszenierung am preußisch-russischen Grenzfluss Memel, der Paulina an diesem sonnigen Junimittag aus ihrer Kutsche heraus zuschaute, erschien ihr wie ein Hohn angesichts des Elends, das ihr in den letzten Tagen begegnet war. Als die drei Regenten wieder aus dem festlich geschmückten

Haus traten und sich unter grandiosen Freundschaftsbezeigungen verabschiedeten, hatte es den Anschein, als gingen sie in großer Eintracht auseinander.

Napoleon half dem Zaren, in sein Boot zu steigen, und Friedrich Wilhelm bekam immerhin ein respektvolles Nicken mit auf den Weg. Die Barken fuhren noch ein Stück nebeneinander her, bevor jede zu ihrem Ufer abdrehte. An beiden Flussseiten brachen die wartenden Soldaten, Offiziere und anderen Zuschauer in laute Jubelrufe aus.

«Wenn man die drei miteinander sieht», bemerkte Leutnant Tifflick, «sollte man nicht meinen, dass sie sich vor wenigen Tagen noch erbittert bekämpft haben.»

«Napoleon bezeugt dem Zaren eindeutig mehr Ehrerbietung als dem preußischen König», stellte Paulina fest. «Ich nehme an, das A über der Tür steht für Alexander.»

«Das ist richtig, Madame. Die Tür auf der rückwärtigen Seite des Hauses wird übrigens von einem N gekrönt. Ein FW gibt es nicht. Es besteht also kein Zweifel daran, dass Friedrich Wilhelm eher geduldet als eingeladen ist. Er wird derjenige sein, der aus diesen Verhandlungen als großer Verlierer hervorgeht.»

Das preußisch-russische Boot legte am Ufer an, und kurz darauf kamen Alexander und Friedrich Wilhelm mit ihren Begleitern den Weg vom Fluss heraufmarschiert. Der Zar war in ein lebhaftes Gespräch mit einem russischen Würdenträger vertieft, während der König allein und mit düsterer Miene zu seiner Kutsche eilte, einstieg und davonfuhr.

«Ich werde schauen, ob ich Hauptmann von Bahro auftreibe», sagte Tifflick, öffnete den Verschlag und stieg aus dem Wagen. Paulina sah ihm nach, wie er zum Fluss hinunterging.

Sie bemerkte zwei Herren aus dem Gefolge des preußischen Königs, die nahe ihrer Kutsche unter einem Baum stehen blieben.

«Nun, von Hardenberg, was haben Sie für einen Eindruck?», fragte der Ältere von beiden, ein betagter Herr in Uniform mit einer scharf gebogenen Adlernase. «Sind die Verhandlungen zu Ihrer Zufriedenheit verlaufen?»

Als Paulina den Namen Hardenberg hörte, lehnte sie sich zurück und stülpte den Schleier, den sie wohlweislich aufgesetzt hatte, vors Gesicht. Neugierig spitzte sie die Ohren.

Die sonore Stimme des zweiten Herrn erklang. «Mir scheint, dass Napoleon und Friedrich Wilhelm sich nicht besonders mögen. Im Gegensatz dazu verstehen der russische Zar und der französische Kaiser sich ganz ausgezeichnet. Ich vermute, Napoleon fühlt sich durch Friedrich Wilhelm gelangweilt. Nun, immerhin schien mir Ihr Verhältnis zu Marschall Murat ganz passabel zu sein, mein lieber von Kalckreuth.»

«Was nutzt es uns, wenn ich mit dem französischen Unterhändler eine Verständigung erziele, solange unser König sich Napoleon gegenüber so wenig zugänglich zeigt?», erwiderte von Kalckreuth verbittert. «Ob Seine Majestät überhaupt begriffen hat, was auf dem Spiel steht?»

«Falls Napoleon seine Bedingungen durchsetzt, bedeutet das gewaltige Verluste für Preußen.»

«Da Alexander und er sich praktisch schon einig sind, wird sich an den Bedingungen nicht mehr allzu viel ändern. Und mit seiner offenkundigen Feindseligkeit wird unser König beim französischen Kaiser nichts Besseres erreichen können.»

«Wir sollten Königin Luise aus Memel kommen lassen», schlug von Hardenberg vor. «Vielleicht schafft sie es, den Kaiser milder zu stimmen.»

«Ist eigentlich die Gräfin Ostry aus Paris eingetroffen?», fragte von Kalckreuth. «Sie wollten die Dame doch vor einem möglichen Zusammentreffen der Königin mit Napoleon zu Rate ziehen.»

«Ja, Frau von Ostry ist bereits in Piktupönen. Hauptmann von Bahro konnte die Gräfin tatsächlich überreden, uns zu Diensten zu sein.»

«Ich gebe noch einmal zu bedenken, dass die Widersprüchlichkeit dieser Frau eine schlechte Grundlage für derart delikate Verhandlungen ist», brummte von Kalckreuth.

«Frau von Ostry ist eine Jugendfreundin der Königin. Wenn sie Ihrer Majestät in diesen schweren Stunden beistehen kann, dann ist mir ihr Ruf gelinde gesagt egal.»

«Ich weiß nicht, von Hardenberg … Dass man auf eine Frau solch große Hoffnungen setzt … noch dazu eine, der man nachsagt, nur ihre eigenen Interessen zu verfolgen.»

«Tun wir das nicht alle, Herr Generalfeldmarschall?»

Die Stimmen entfernten sich und verstummten schließlich. Die beiden Herren schienen ihren Weg fortgesetzt zu haben.

Der Verschlag der Kutsche wurde aufgerissen. In der Tür tauchte das Gesicht des jungen Tifflick auf.

«Wir fahren ab, Frau Gräfin. Sie werden erwartet.»

Paulina lüftete ihren Schleier. «Erwartet? Von wem?»

«Ich weiß es nicht.» Tifflick zuckte mit den Achseln. «Es scheint sich um eine hohe Persönlichkeit zu handeln.»

«Wo soll dieses Treffen stattfinden?»

«In Piktupönen, gnädige Frau.»

Paulina warf einen letzten Blick auf das Pontonfloß mit dem leinenbedeckten Haus, das verlassen im ruhigen Wasser der Memel wippte. Am gegenüberliegenden Ufer machte die französische Abordnung sich auf den Rückweg nach Tilsit. Die am Fluss in Stellung gegangenen Soldaten zogen ab.

Morgen würde ein erneutes Treffen auf dem Fluss stattfinden.

Was bezweckte Napoleon mit seiner monströsen Inszenierung? Und welche Rolle war Königin Luise in diesem Spektakel zugedacht?

Paulina erstarrte, als sie in dem Herrn, der sie in einem Zimmer des Schulhauses von Piktupönen erwartete, den preußischen König erkannte. Wie mechanisch sank sie in einen tiefen Hofknicks.

Als sie sich wieder aufrichtete und Friedrich Wilhelm zum ersten Mal aus der Nähe betrachtete, vermochte sie sich nur schwerlich vorzustellen, dass die lebhafte und impulsive Luise sich in diesen als zurückhaltend und unentschlossen geltenden Mann hatte verlieben können. Statt wie ein König wirkte er in der dörflichen Umgebung eher wie ein braver Bürger, dessen größte Freude es war, abends an den heimischen Herd zu seiner treusorgenden Gattin zu kommen.

Im hinteren Teil des Raumes standen von Hardenberg, von Kalckreuth sowie zwei weitere Herren und steckten konspirativ die Köpfe zusammen. Sie musterten die Besucherin mit teils skeptischen, teils neugierigen Blicken.

«Frau Gräfin», ergriff Friedrich Wilhelm das Wort und lächelte traurig, «ich bin froh, dass Sie dem Ruf meiner lieben Frau Gemahlin gefolgt sind und den weiten Weg von Paris hierher gemacht haben. Ich habe Luise bereits geschrieben, dass Sie in Piktupönen sind.»

«Die Freude ist ganz auf meiner Seite, Majestät», antwortete Paulina. «Wenngleich ich den Sinn und Zweck meiner Anwesenheit noch nicht ganz erkannt habe.»

«Darüber mögen meine Herren Minister und Ratgeber befinden», meinte der König müde und machte eine Handbewegung in Richtung der vier Herren. «Ich für mein Teil hatte vor allem den Wunsch, die Dame kennenzulernen, an die meine Gattin solch angenehme Erinnerungen hegt. Sie müssen wissen, Frau Gräfin, dass Luise oft von Ihnen spricht. Sie wird überglücklich sein, wenn sie von Ihrer Ankunft erfährt.»

«Nun, ich hoffe, ich kann Ihrer Majestät ein wenig beistehen.»

«Welch bittere Stunde für unser Land!», sagte Friedrich Wilhelm mit betrübter Miene. «Ich hätte meiner geliebten Luise diese Erniedrigung gerne erspart. Seit fast zwei Jahren befinden wir uns auf der Flucht vor Napoleon. Und nun sieht es so aus, als würden wir alles verlieren.»

«Steht es denn so schlecht?», fragte Paulina erschüttert.

«Ich fürchte ja, Madame. Wir sind völlig der Gnade des Kaisers und des Zaren ausgeliefert.»

Er betrachtete interessiert Paulinas dunkles Samtkleid.

«Wurde dieser wunderschöne Stoff in Ihrer Manufaktur in Crefeld hergestellt?», wollte er wissen.

Seine Frage versetzte Paulina in Erstaunen. «Ja, Majestät, das wurde er.»

«Ein vorzüglicher Stoff», meinte Friedrich Wilhelm mit plötzlich erwachtem Eifer. «Ich sehe sofort, dass er von guter Qualität ist. Darauf lege ich auch bei den Uniformen meiner Armee allergrößten Wert. Erzählen Sie mir ein wenig über die Produktion Ihrer Samtstoffe!»

Paulina war leicht irritiert. Der König hatte sie doch wohl nicht kommen lassen, um sich mit ihr über ihre Seidenmanufaktur zu unterhalten?

«Ich nahm an, dass ich hier sei, um Ihnen einige Auskünfte für die Verhandlungen mit dem französischen Kaiser zu geben.»

Friedrich Wilhelm winkte ab. «Mit diesem Korsen habe ich mich heute schon lang genug befasst! Im Übrigen habe ich mit ihm auch über die Ausrüstung der Armee geplaudert … er zeigte sich sehr angetan …» Der König drehte sich zu einem Kleiderständer um, über dem eine prachtvolle Uniform hing. «Schauen Sie, Madame, dieses gute Stück habe ich für meine Soldaten entwerfen lassen. Gefällt es Ihnen?»

Paulina trat näher und strich mit fachkundigem Blick über den Stoff. «Beste Ware …», murmelte sie.

«Glauben Sie nicht auch, dass meine tapferen preußischen Krieger sich ganz großartig darin machen werden?», fragte der König, der mit einem Mal regelrecht aufgeblüht war.

Paulina blickte ungläubig zu Friedrich Wilhelm auf. Für wen wollte er jetzt noch Uniformen herstellen lassen, da Napoleon die preußische Armee besiegt hatte, Tausende Soldaten auf dem

Schlachtfeld gefallen waren und dem Land ungeheure Reparationszahlungen drohten? Während Preußen den bittersten Stunden seiner Geschichte entgegenging, gefiel sein König sich in einer begeisterten Ausführung über Uniformschnitte, Jackenknöpfe und die Form der neu eingeführten Tschakos.

«Von Hardenberg wird alles Weitere mit Ihnen klären, Gräfin Ostry», sagte er zum Abschied. «Ich habe kein Verlangen danach, mehr als nötig über Napoleon zu sprechen. Dieser französische Drache und ich werden niemals Freunde werden.»

Nachdem der König den Raum verlassen hatte, eilte von Hardenberg herbei wie eine Katze, die auf der Lauer gelegen hatte.

Der Minister war elegant und für sein fortgeschrittenes Alter ein wenig zu jugendlich gekleidet. Er fixierte Paulina aus wachen blauen Augen, und seine Miene verriet, dass er angenehm überrascht war.

«Willkommen in Piktupönen, Gräfin Ostry», sagte er mit seiner wohlklingenden Stimme. «Wie ich erfreut feststelle, sind Sie in doppelter Hinsicht ein Gewinn. Sie werden die Bedürfnisse sowohl des Königs als auch der Königin befriedigen.»

«Ich bemühe mich redlich», antwortete Paulina ein wenig spöttisch. «Dennoch sollten wir nicht noch weiter vom Wesentlichen abschweifen. Warum haben Sie mich kommen lassen, Herr Minister?»

«Ich fürchte, dass die Friedensverhandlungen sich als sehr schwierig gestalten werden», begann von Hardenberg. «Napoleon scheint nicht geneigt, Preußen zu schonen. Was wir bereits ahnten, ist außerdem zur traurigen Gewissheit geworden: Der französische Kaiser und der preußische König hegen eine große Abneigung gegeneinander. Nicht eben gute Voraussetzungen …»

«Und in dieser schier aussichtslosen Lage haben Sie daran gedacht, Königin Luise gleichsam als Wunderwaffe einzusetzen.

Halten Sie es wirklich für einen guten Einfall, dort, wo die Diplomatie versagt, eine Frau ins Spiel zu bringen, die von Napoleon aufs schmählichste verunglimpft wurde?»

Von Hardenberg seufzte tief. «Der Kaiser bedauert diese unglücklichen Veröffentlichungen mittlerweile. Allerdings kann ich ihn schlecht einschätzen. Meint er wirklich, was er sagt? Deshalb habe ich Sie rufen lassen, Madame. Man berichtete mir von Ihrer Intervention im Pariser Senat kurz vor der Kaiserkrönung. Sie konnten Napoleon damals für sich gewinnen.»

«Ich konnte den *Senat* für mich gewinnen», berichtigte Paulina.

«Aber ist der Senat nicht Napoleon?», wandte von Hardenberg ein.

«Darüber werde ich mir kein Urteil anmaßen, Herr Minister. Ich bin jedoch sicher, dass die Zustimmung des Senats sich mit den Interessen des Kaisers deckte. Letztere gingen allerdings über den rein geschäftlichen Aspekt hinaus. Man kann es auch anders ausdrücken: Mir zu gewähren, was ich wollte, ermöglichte ihm, mich in der Hand zu haben.»

«Sie meinen also, Napoleon zeigt sich entgegenkommend, vielleicht sogar nachgiebig, und hat am Ende nur seine eigenen Interessen im Sinn?», folgerte von Hardenberg.

«Das ist meine Erfahrung mit ihm», bestätigte Paulina. «Napoleon verfügt über einen scharfen Verstand und ist schwer zu durchschauen. Man braucht eine starke Persönlichkeit, um ihm zu trotzen. Ich würde mir an Ihrer Stelle genau überlegen, ob man Ihrer Majestät zumuten sollte, sich mit ihm zu messen.»

Der Staatsminister sah Paulina beeindruckt an. «Klare Worte, Madame! Sie sind jedoch nicht angetan, zu meiner Beruhigung beizutragen. Wenn ich es richtig deute, ist Napoleon ein Mann, der gerne die völlige Kontrolle besitzt.»

«Man fragt sich unwillkürlich, was besser ist», sagte Paulina sibyllinisch. «Ein Regent, der die völlige Kontrolle hat», sie strich über die Uniform, die Friedrich Wilhelm hatte entwerfen lassen, «oder einer, der gar keine Kontrolle hat.»

Als Paulina aus dem Schulhaus trat, schaute sie sich nach Tifflick um, doch von dem jungen Offizier war weit und breit nichts zu sehen. Rasch kletterte sie in ihre Kutsche, die vor der Tür wartete.

«Bringen Sie mich zu meiner Unterkunft!», rief sie ihrem Kutscher beim Einsteigen zu.

Erschrocken hielt sie inne. Auf der Bank im Wagen saß Christian und blickte ihr mit ernster Miene entgegen. Sie merkte, dass sie plötzlich weiche Knie bekam.

«Setzen Sie sich, Madame», sagte er. «Ich werde Sie zu Ihrer Herberge begleiten.»

Christian trug nun seine Uniform, die er während der Reise nach Paris gegen den einfachen Anzug eines Händlers getauscht hatte, um nicht als preußischer Offizier erkannt zu werden.

Der König sollte ihn als Modell für seine Entwürfe nehmen, dachte Paulina unwillkürlich und konnte nicht anders, als den Hauptmann voller Bewunderung zu betrachten.

Franz trieb die Pferde an, und der Wagen setzte sich langsam in Bewegung. Paulina erhaschte einen letzten Blick auf von Hardenberg, der nachdenklich hinter einem der Fenster des Schulhauses stand.

Christian so nah bei sich zu wissen, verwirrte sie mehr, als ihr lieb war. Zum ersten Mal seit jenem Abend in Paris war sie wieder mit ihm alleine. Während der Reise nach Ostpreußen hatte sie ihn tagsüber nur mit starrer Miene neben der Kutsche her reiten sehen. Abends in den Herbergen war er ihr aus dem Weg gegangen, und ihre Gespräche hatten sich auf das Notwendigste beschränkt.

Er schien kaum Schlaf zu brauchen. Wenn sie, die selbst Frühaufsteherin war, nach einer dieser grässlichen Nächte aus ihrer schäbigen Herbergskammer getreten war, hatte er in der Wirtsstube schon über einem Stoß von Papieren gesessen.

«Sie hätten sich nicht die Mühe machen müssen zu kommen», sagte Paulina. «Ich bin durchaus in der Lage, für mich selbst zu sorgen.»

«Das glaube ich Ihnen gerne», antwortete Christian. «Ich will Sie nicht mehr als nötig beunruhigen, aber man lebt in diesen Zeiten nicht ganz ungefährlich.»

«Wurde nicht ein Waffenstillstand geschlossen?»

«Das ist richtig. Aber bis der Friedensvertrag ausgehandelt ist, traut keiner dem anderen. Jeder hat Angst, dass er hintergangen wird. Von Hardenberg hat mir Anweisung gegeben, mich persönlich darum zu kümmern, dass Ihnen nichts geschieht.»

«Dabei waren Sie sicher froh, dass Sie Ihren Auftrag, die störrische Gräfin Ostry aus Paris zu holen, endlich erfüllt hatten», bemerkte Paulina spitz.

Er wandte sich ab und blickte mit abwesender Miene aus dem Fenster. Paulina fühlte sich ihm fremder als jemals zuvor. War dies wirklich der Mann, der einmal ihr zuliebe im Morgengrauen am Ostseestrand einen Bernstein gesucht hatte, der sie an die Farbe seiner Augen erinnern sollte?

«Ich hatte schon weitaus unangenehmere Dinge im Dienste Preußens zu tun», sagte er, ohne sie anzusehen. «Für die Königin wäre ich noch viel weiter gefahren.»

Paulina spürte einen Stich im Herzen.

«Weiß Ihre Majestät, dass Sie und ich …?», begann Paulina, doch bevor sie weitersprechen konnte, fiel Christian ihr heftig ins Wort.

«Dass uns einmal mehr verbunden hat als eine entfernte Verwandtschaft? Selbstverständlich weiß sie es nicht!»

Paulina schwieg betroffen. Eine Weile waren nur die Geräusche der Pferdehufe und der Kutschenräder zu hören.

«Hat Ihnen die Inszenierung Ihres Kaisers gefallen?», fragte

Christian plötzlich. Er sah sie aus seinen unergründlichen Augen an. «Wie konnten Sie nur jemals nach Paris gehen und sich zur Marionette dieses kriegslüsternen Despoten machen lassen?»

«Finden Sie nicht, Herr Hauptmann, dass Ihr Urteil etwas hart ausfällt?», fragte Paulina. «Immerhin bejubelt man diesen Despoten überall als großen Befreier.»

«Die Menschen haben eben noch nicht begriffen, dass Napoleon dabei ist, halb Europa zu unterwerfen.»

«Nicht allen Staaten scheint das zu missfallen.»

«Und Sie, meine Liebe?», fragte Christian und blickte sie eindringlich an. «Leben Sie gerne in Paris?»

«Ich habe in Paris mehr erreicht, als ich mir jemals zu träumen gewagt hätte», antwortete sie ehrlich.

«Hatten Sie nie das Gefühl, Ihr Vaterland zu verraten?»

«Mein Vaterland? Wo sollte das denn sein? Ich könnte Ihnen ja nicht einmal sagen, wo meine Heimat ist. Der einzige Ort, an dem ich mich je zu Hause gefühlt habe, ist Boltenhusen.»

Christian beugte sich vor. Sein wundervolles Gesicht, von dem sie so lange Jahre geträumt hatte, war ihr so nahe.

«Deshalb verstehe ich nicht, warum Sie von Boltenhusen fortgegangen sind», sagte er mit heiserer Stimme.

Paulina wandte sich ab. «Das wissen Sie doch!»

«Aber Sie hätten … ich meine, es wäre doch möglich gewesen, das Kind in Boltenhusen zu bekommen.»

«Nein, das wäre es nicht!», rief sie hitzig aus. «Das wäre es nicht!»

Am liebsten hätte sie ihm ins Gesicht geschrien, dass es sein Vater gewesen war, der dies zu verhindern gewusst hatte. Aber würde Christian sich jemals gegen seinen eigenen Vater stellen?

Die Kutsche hielt vor der ärmlichen Bauernkate, in der Paulina Aufnahme gefunden hatte. Eine Ziege stolzierte vor dem Haus auf und ab. Ein Bündel Gras hing ihr seitlich aus dem Maul.

Paulina und Christian sahen sich an.

Wir haben nur so wenige Stunden unseres Lebens miteinander verbracht, dachte Paulina wehmütig. Nie hatten wir die Möglichkeit, uns richtig kennenzulernen. Wenn wir uns wiedersahen, fanden wir den anderen völlig verändert vor. Mittlerweile gibt es mehr Dinge, die uns trennen, als Dinge, die uns vereinen. Ob wir uns jemals einander annähern könnten?

Sie war kurz davor, ihm zu sagen, warum sie nicht in Boltenhusen geblieben war, warum sie dort nicht hatte bleiben können. Doch dann sah sie, dass sein Gesicht sich verfinsterte.

«Wissen Sie, was ich glaube, Madame?», sagte er. «Es war besser so, wie es gekommen ist. Was wäre gewesen, wenn wir uns in Westfalen wiedergesehen hätten? Wir hätten eine kurze Zeit miteinander verbracht, und dann wären Sie zurück nach Crefeld zu Ihrer Manufaktur und zu Ihrem Gatten gefahren.»

«Woher wollen Sie das so genau wissen?», fragte Paulina.

«Weil ich mir Ihr Verhalten nicht erklären kann. Es muss eine Antwort geben auf diese Frage, die mir seit vielen Jahren nicht aus dem Kopf geht: Warum sind Sie mit Ihrem Gatten nach Crefeld gegangen? Warum haben Sie auch diesmal nicht auf mich gewartet?»

Kapitel 46

Piktupönen, Juli 1807

«Was hat dieser Höllenhund getan? Er hat verlangt, dass von Hardenberg seinen Abschied nimmt? Ausgerechnet unser edler Minister! Nehmen die Demütigungen durch diesen Emporkömmling denn gar kein Ende?»

Königin Luise lief aufgeregt zwischen den Koffern hin und her, die überall im Weg herumstanden. «Fahren Sie sofort nach Tilsit zurück und sagen Sie Seiner Majestät dem König, dass ich mich unter diesen Umständen weigere, mit Kaiser Napoleon zusammenzutreffen», herrschte sie den Adjutanten Friedrich Wilhelms an, der ihr soeben die Nachricht von der erzwungenen Verabschiedung des Staatsministers überbracht hatte.

Wie auf Befehl tauchte aus einem Nebenzimmer die Gräfin Voß auf. Die Oberhofmeisterin der preußischen Königin hatte mittlerweile ein fast biblisches Alter erreicht, jedoch nichts von ihrer Energie verloren. «Aber Majestät, was reden Sie da! Wollen Sie dem korsischen Unmenschen kampflos das Feld überlassen?»

«Ich werde nicht zu Kreuze kriechen!», machte Luise ihrem Ärger weiter Luft. «Es war schon erniedrigend genug, dass Napoleon meinen Gatten auf seinem albernen Floß nur geduldet hat! Muss er nun auch noch unseren wichtigsten Ratgeber in die Verbannung schicken?»

Im Schulhaus von Piktupönen herrschte ein heilloses Durcheinander. Die am frühen Abend eingetroffene Königin und ihre Begleiter hatten das kleine Haus in einen Taubenschlag verwandelt.

«Würden Sie endlich diese Koffer wegschaffen lassen, Frau Gräfin!», fuhr Luise ihre Oberhofmeisterin an, während sie sich mit kritischem Blick in dem kleinen Raum umsah.

Die Gräfin Voß schlug die Hände über dem Kopf zusammen. «Wenn ich wüsste, wohin, Majestät! Alle Zimmer sind bereits hoffnungslos überfüllt.»

Luise begann, an einem großen Koffer zu zerren. «Sie wissen, dass ich weiß Gott nicht anspruchsvoll bin, aber können Sie mir verraten, wie man sich in dieser Unordnung wohl fühlen soll? Was wird der König sagen, wenn er aus Tilsit kommt? Ach, wäre ich doch nur in Memel geblieben!»

Aus dem hinteren Zimmer kam eine elegante junge Dame

herbeigestürmt und stieß einen spitzen Schrei aus. «Aber Majestät! Sie können doch in Ihrem Zustand keine Koffer verrücken! Haben Sie etwa vergessen, dass Sie sich wieder in anderen Umständen befinden?» Zornig wandte sie sich an den Adjutanten. «Was stehen Sie da herum wie angenagelt? Schaffen Sie das Gepäck beiseite!»

«Wohin soll ich es denn schaffen?», rief der junge Mann hilflos.

Luise hatte sich auf das letzte freie Stückchen eines mit lauter Schachteln belegten Sofas gesetzt und hielt die Hände vors Gesicht. «Was habe ich nur verbrochen, dass mir eine solche Prüfung auferlegt wird? Wie eine Bittstellerin muss ich zu diesem Korsen gehen. Als ob es nicht schon reichen würde, dass wir uns seit fast zwei Jahren auf der Flucht vor ihm befinden. Wenn wir wenigstens nach Berlin zurückkehren könnten! Seit wir in Ostpreußen sind, werde ich ständig von Krankheit geplagt. Ach, wie ich dieses raue Klima verabscheue!»

«Reißen Sie sich zusammen, Majestät!», wies die Gräfin Voß sie scharf zurecht. «Sie sind die Königin von Preußen! Auch wenn Ihnen der Gedanke, dem französischen Kaiser zu begegnen, unerträglich erscheint, so müssen Sie dieses Opfer für Ihr Land bringen.»

Luise nahm die Hände vom Gesicht und blickte auf. «Ich bringe dieses Opfer einzig und allein für meinen Gatten und für sonst niemanden. Wenn Friedrich Wilhelm es nicht ausdrücklich gewünscht hätte, wäre ich niemals gekommen – niemals, hören Sie! Dies ist ein Ort, an dem ich nicht begraben sein will.»

Die Oberhofmeisterin wandte sich seufzend an die eingetretene junge Dame. «Gräfin Tauentzien, erkundigen Sie sich, ob wir noch ein zweites Haus beziehen können, und sorgen Sie um Himmels willen dafür, dass alles aufgeräumt ist, bevor der König aus Tilsit eintrifft.»

Die Angesprochene nickte und eilte aus dem Zimmer, dicht

gefolgt von dem jungen Adjutanten. Sie liefen an Paulina vorbei, die wartend in einer Ecke der schmalen Diele saß. Die Gräfin streifte sie mit einem flüchtigen Blick.

«Sind Sie die Wirtschafterin, die der Pastor mir beschaffen wollte? Dann fangen Sie schon einmal an, die Koffer auszupacken!», befahl sie ihr im Hinausgehen. «Und helfen Sie dem Kammerherrn, im oberen Stockwerk die Reisebetten aufzubauen!»

Paulina zog pikiert die Augenbrauen hoch. Nachdem die Gräfin Voß sie zuerst dringend herbestellt hatte, harrte sie nun schon seit Ewigkeiten im dunklen Flur des Schulhauses aus. Es herrschte ein ständiges Kommen und Gehen, und alle Türen standen sperrangelweit offen. Doch anstatt sie endlich zu Königin Luise zu führen, behandelte man Paulina obendrein, als gehörte sie zum Dienstpersonal. Was für Zustände waren das nur in diesem hinterwäldlerischen Dorf!

Es war dreizehn Jahre her, dass Paulina die Königin zuletzt gesehen hatte. Sie war zuerst ein wenig erschrocken gewesen, denn Luise wirkte krank und mitgenommen. Doch die schlechte Verfassung hatte nichts am engelsgleichen Aussehen der Königin geändert. Sie war mit den Jahren sogar noch schöner geworden. Das Mädchenhafte war aus ihren Zügen verschwunden und hatte der edlen Anmut einer Frau in der Blütezeit ihres Lebens Platz gemacht. Selbst in ihrer störrischen Launenhaftigkeit war die Königin von bezwingendem Liebreiz.

Luise war unterdessen aufgestanden und im angrenzenden Zimmer verschwunden.

«Wenn nur nicht von Kalckreuth derjenige gewesen wäre, der mir die Nachricht Napoleons übermittelt hätte», hörte Paulina sie sagen. «Der Bürge für den Wunsch des Kaisers, mich zu sehen, ist ausgerechnet ein Mann, den ich nicht leiden kann. Ich traue diesem alten Fuchs nicht über den Weg. Wahrscheinlich hat *er* sogar darauf hingewirkt, dass von Hardenberg seinen Abschied nehmen muss.»

«Unsinn!», widersprach die Gräfin Voß, die ihr gefolgt war. «Von Kalckreuth braucht den Minister – genauso wie umgekehrt von Hardenberg den Generalfeldmarschall braucht. Nein, Majestät, die Verbannung des Staatsministers ist einzig und allein das Werk Napoleons.»

«Von Hardenberg, vom Stein, von Kalckreuth», zählte Luise auf. «Alle reden sie auf mich ein. Am Ende weiß man nicht mehr, was man glauben soll. Apropos – hatten Sie mir nicht versprochen, dass die Gräfin Ostry in Piktupönen sein würde, wenn ich eintreffe?»

«Majestät, meinen Sie nicht, dass Sie sich ein wenig ausruhen sollten, bevor Ihr Gatte aus Tilsit ankommt?»

«Lenken Sie nicht ab! Ich will mich nicht ausruhen!», entgegnete Luise störrisch. «Ich will mit einem Menschen reden, dem ich vertraue, bevor ich mich mit all den großartigen Staatsmännern auseinandersetzen muss!»

«Ob Sie der Gräfin Ostry wirklich vertrauen können, bleibt dahingestellt», bemerkte die Oberhofmeisterin schnippisch.

Paulina erhob sich. Es wurde Zeit, dass sie dieser lächerlichen Posse ein Ende machte. Ohne sich um die Einhaltung des Protokolls zu kümmern, das angesichts der ungezwungenen Umgangsformen im Schulhaus ohnehin keine große Rolle zu spielen schien, betrat sie das mit Koffern überfüllte Zimmer. Sie steuerte schnurstracks auf die Königin zu und machte einen Hofknicks.

Die Gräfin Voß tat einen Ausruf der Empörung.

«Hatte ich Sie nicht gebeten zu warten, bis ich Sie hole?», rief sie ungehalten. «Denken Sie an die Etikette! Sie können sich nicht das Recht herausnehmen …»

«Meine liebe Paulina!» Der erfreute Aufschrei Luises brachte die Gräfin Voß zum Schweigen. «Was für eine wunderbare Überraschung an diesem schrecklichen Tag! Ich wusste, dass Sie mich nicht im Stich lassen würden! Sie wird für mich die weite Reise machen, habe ich zu von Hardenberg gesagt. Ich bin Hauptmann von Bahro zu ewigem Dank verpflichtet, dass er keine Gefahr gescheut hat, um mir meinen Wunsch zu erfüllen.» Sie nahm Paulinas Hände. «Endlich sind Sie da!»

«Ich werde mich bemühen, Ihrer Majestät in Ihrer schweren Stunde beizustehen», sagte Paulina, überwältigt von Luises überschwänglichem Gefühlsausbruch.

Die Königin strahlte übers ganze Gesicht. «Sie müssen mir erzählen, wie es Ihnen ergangen ist, seit wir uns das letzte Mal gesehen haben – wann war das noch gleich?»

«Es ist lange her, Majestät», sagte Paulina. «Sie waren noch nicht zur Königin gekrönt.»

«Ach, wäre ich es doch nie geworden!», seufzte Luise aus tiefstem Herzen. «Meine Schwester Therese hätte sich weitaus besser dazu geeignet. Ich hingegen weiß nicht, ob ich die Aufgaben meistern werde, die vor mir liegen.»

«Napoleon ist auch nur ein Mensch», versuchte Paulina, sie aufzumuntern.

«Dieser Mann ist kein Mensch!», entgegnete die Gräfin Voß. «Ich würde eher sagen, dass er der Teufel in Person ist!»

Luise warf ihr einen zornigen Blick zu. «Nun hören Sie endlich auf, Frau Gräfin! Ihre Worte tragen nicht gerade dazu bei, meine Besorgnis zu zerstreuen.» Sie wandte sich wieder an Paulina, und ihre schönen Augen funkelten leidenschaftlich. «Wie ist er, liebste Freundin? Sie, die Sie ihn kennen, sagen Sie es mir! Was ist er für ein Mensch? Wie soll ich ihm begegnen? Oh, ich habe Angst, dass ich ihm schreckliche Dinge sagen könnte, weil ich ihn so verachte!»

Napoleon wird geblendet von ihr sein, dachte Paulina unwillkürlich. Wie oft hatte sie in den letzten Tagen darüber nachgedacht, was sie auf Luises Fragen antworten sollte! Und nun, da die Königin vor ihr stand, erschienen ihr all die salbungsvollen Worte, die sie sich zurechtgelegt hatte, absurd. Ihr war plötzlich klar, dass es nur eine einzige Antwort geben konnte.

«Seien Sie vor Napoleon Sie selbst!», empfahl sie der alten Freundin. «Spielen Sie ihm nichts vor! Der Kaiser lässt sich nicht täuschen. Er würde Sie sofort durchschauen. Egal, was man Ihnen raten wird, Majestät – verstellen Sie sich nicht!»

Luise starrte Paulina fasziniert an. «Wollen Sie mir etwa sagen, dass ich ihm auch all meine Wut an den Kopf werfen könnte?»

Paulina bemerkte aus dem Augenwinkel den entsetzten Blick der Gräfin Voß und lächelte. «Sie werden nicht dazu kommen, Majestät.»

«Wie meinen Sie das?»

«Ganz einfach. Ich glaube, dass Napoleon Sie wundervoll finden wird. Und das wird er Ihnen zeigen.»

Luises Augen sprühten Funken. «Glauben Sie bloß nicht, dass ich mich von ihm um den Finger wickeln lasse!»

«Napoleon wäre niemals dahin gekommen, wo er heute ist, wenn er nicht ein unglaubliches diplomatisches Geschick besäße. Man darf ihn auf keinen Fall unterschätzen. Selbst ich, die ich mir einbilde, eine erfahrene und unbeugsame Verhandlungspartnerin zu sein, musste mein Lehrgeld bezahlen. Sie werden den Kaiser weder mit Klagen noch mit Schmeichelei beeindrucken können. Lassen Sie Ihre Persönlichkeit für sich sprechen – dies ist mein einziger Rat!»

«Und dafür musste sie extra aus Paris kommen», brummte die Gräfin Voß kopfschüttelnd.

Gefolgt von einem Tross junger Bauernburschen rauschte die Gräfin Tauentzien ins Zimmer. «Man stellt uns zusätzlich das Pfarrhaus zur Verfügung», teilte sie dienstfertig mit, während die Burschen begannen, Koffer zu schultern. «Es ist zwar auch nicht viel größer als das Schulhaus, aber dafür liegt es genau gegenüber.» Ihr Blick fiel auf Paulina. «Was stehen Sie noch hier herum? Hatte ich Ihnen nicht gesagt, dass Sie dem Kammerherrn zur Hand gehen sollten?»

Die Oberhofmeisterin machte der jungen Gräfin hektische Zeichen, doch diese bemerkte sie in ihrem Eifer nicht.

«Warum sind die Menschen in Ostpreußen nur so schrecklich schwer von Begriff?», stöhnte sie. «Aber was soll man schon von einem Dorf am Ende der Welt erwarten? Los, los, meine Liebe, machen Sie sich an die Arbeit!»

Paulinas Mund verzog sich zu einem Lächeln. «Mir scheint, die Einzige, die hier schwer von Begriff ist, sind Sie, Madame! Ich bin zwar Ihrer Majestät wegen hier, jedoch ganz bestimmt nicht, um häusliche Arbeiten zu verrichten. Das pflegt mein Personal für mich zu erledigen.» Sie wandte sich der Königin zu, die die kleine Szene amüsiert beobachtete. Ihr verschmitzter Blick erinnerte Paulina an Darmstädter Tage, an ihre vergnügten kleinen Streiche, von denen Luise nie genug bekommen konnte.

Paulina bot ihr den Arm. «Kommen Sie, Majestät! Es ist ein lauer Sommerabend. Lassen Sie uns ein Stück spazieren gehen. Ich werde Ihnen dabei von meinen Begegnungen mit Napoleon erzählen.»

Kapitel 47

Die Abendsonne zauberte ein silbern flimmerndes Band auf den Fluss. Der Himmel war in zarte Pastelltöne getaucht. Nur Grillenzirpen und das leise, glucksende Geräusch des Wassers, das an die Steine am Ufer schlug, waren zu hören.

Paulina schloss die Augen. Sie hatte sich ins Gras gesetzt. Ein lauer Wind streichelte ihr Gesicht. Es roch nach Sommer und nach Meer.

«Frau Gräfin!», ertönte nicht weit von ihr eine strenge Stimme.

«Hatte ich Ihnen nicht gesagt, dass es zu gefährlich ist, das Dorf zu verlassen?»

Paulina blinzelte. Gegen die untergehende Sonne zeichnete sich die hochgewachsene Gestalt Christians ab, der am Flussufer stand.

«Oh, was machen Sie zu solch später Stunde noch an diesem zauberhaften Ort?», wollte sie betont fröhlich wissen.

«Das Gleiche könnte ich Sie fragen!», erwiderte er trocken. «Falls es sich um einen Ausflug handeln sollte, möchte ich Sie ersuchen, diesen sofort zu beenden. Schließlich befinden wir uns nicht im Jardin du Luxembourg in Paris.»

Er macht sich Sorgen um mich, dachte Paulina glücklich.

Sie bog den Kopf nach hinten. «Was spricht dagegen, einen Sommerabend an der Memel zu verbringen?»

«Was dagegen spricht? Dies sind nicht die Zeiten, um als Frau alleine in der Gegend herumzuspazieren. Hier treiben sich eine Menge russischer Soldaten herum, und auch wenn sie unsere Verbündeten sind, verhalten sie sich leider nicht immer so vorbildlich wie ihre preußischen Mitstreiter. Mussten Sie Piktupönen unbedingt verlassen?»

«Haben Sie etwa nach mir gesucht?», fragte Paulina kokett.

Seine Augen flatterten. «Ich kam gerade aus Tilsit und war auf dem Rückweg nach Piktupönen. Da sah ich Ihre Kutsche am Wegrand stehen. Ist Ihr Kutscher nicht bei Ihnen?»

«Vielleicht schwatzt er mit dem Fährmann», sagte Paulina leichthin.

Mit einem Satz war Christian bei ihr und zog sie zu sich herauf.

«Das ist kein Scherz, Madame!» Seine bernsteinfarbenen Augen blitzten zornig. «Diese Russen sind halbe Tiere. Ich habe heute erleben müssen, wie sie mit der Tilsiter Bevölkerung umspringen, nachdem man einen Teil von ihnen in der Stadt einquartiert hat. Die Franzosen plündern wenigstens nur, aber die

Russen scheuen nicht davor zurück, sich an den Frauen zu vergreifen, die ihnen über den Weg laufen.»

«Ich … ich kann mir nicht vorstellen, dass Napoleon dies zulässt!», erwiderte Paulina erschüttert.

«Vergessen Sie nicht, dass wir uns immer noch im Krieg befinden! Möchten Sie in die Hände von Männern fallen, die seit Monaten nur Schlachtfelder, Verwundete und Tote gesehen haben und völlig ausgehungert nach einem Weib sind?»

Paulina senkte beschämt den Kopf. Sie sah, wie Christians schmale, lange Finger ihren Arm umschlossen. Bildete sie es sich nur ein, oder zitterte seine Hand ein wenig?

«Warum sind Sie nicht in Piktupönen geblieben?», fragte er noch einmal. «Wie ich hörte, war die Königin so erfreut über Ihre Anwesenheit, dass sie Sie ständig sehen möchte.»

Paulina blickte zu ihm auf. «In Piktupönen geht es heute zu wie auf dem Jahrmarkt. Das ganze Dorf ist voller Leute. Erst war der Zar bis nachmittags im Schulhaus und machte der Königin seine Aufwartung, dann kam der Abgesandte Napoleons, um die Einladung des Kaisers zu überbringen und sich nach ihrem Befinden zu erkundigen. Zum Schluss tauchte noch von Hardenberg auf und nahm Luise erneut ins Gebet.»

«War das für Sie ein Grund, das Dorf zu verlassen?»

«Ich war es ehrlich gestanden leid, dass man die Königin wie ein kleines Kind behandelt! Nachdem die Herren Minister und Generäle mit ihrer Diplomatie versagt haben, verlangen sie nun, dass Ihre Majestät rettet, was zu retten ist, wollen ihr aber gleichzeitig vorschreiben, wie sie das am besten zu tun hat.»

Christians Gesicht entspannte sich. Ein Lächeln spielte um seinen Mund. «Sie haben eine eigenwillige Art, die Dinge zusammenzufassen.»

Sie sahen sich an, und plötzlich stellte sich ein Hauch von Vertrautheit zwischen ihnen ein. Paulina hätte sich am liebsten neben Christian ins Gras gesetzt und ein wenig mit ihm geplaudert.

Warum war es nur ihr Schicksal, dass sie sich immer in Momenten begegneten, in denen alles andere um sie herum so bedeutend war, dass sie selbst in den Hintergrund rücken mussten?

Christian ließ ihren Arm los. «Kommen Sie, Madame, ich bringe Sie zu Ihrer Kutsche. Erst wenn Sie wieder in Piktupönen sind, werde ich beruhigt sein.»

«Warten Sie!», rief Paulina und deutete auf den Fluss. «Schauen Sie nur! Die Sonne geht gleich unter! Das dürfen wir uns nicht entgehen lassen!»

Sie lief zum Ufer der Memel hinunter. Ohne sich daran zu stören, dass der Saum ihres Kleides nass wurde, stellte sie sich an den Rand des Gewässers. Der Horizont war dabei, sich orange zu verfärben, die Sonne versank hinter der Silhouette einer Waldkette.

Paulina spürte, dass Christian hinter sie getreten war. Seine Gegenwart löste ein erwartungsvolles Prickeln in ihr aus. Sie betete, dass er sie umarmen und an sich drücken möge.

Blutrot tauchte die Sonne am Horizont unter und verschwand schließlich ganz.

«Ist das nicht wunderschön?», flüsterte Paulina. «Wann bekommt man schon einmal einen solchen Sonnenuntergang zu sehen?»

Da Christian nicht antwortete, nahm sie an, dass er genauso ergriffen war wie sie selbst. Sie fühlte, wie sich seine Hand auf ihre Schulter legte, und schloss die Augen. Ein Schauer lief durch ihren Körper, und sie musste sich beherrschen, um sich nicht umzudrehen und ihm um den Hals zu fallen.

Wenn er sie doch endlich küssen würde! Spürte er denn nicht, was zwischen ihnen war, was niemals aufgehört hatte, zwischen ihnen zu sein? Ging es ihm nicht genauso, auch wenn er sich hinter seiner Starrheit versteckte?

Sie wusste, dass das Feuer zwischen ihnen lichterloh brennen würde, wenn es erst einmal entfacht wäre. Schließlich hatte ihre Liebe damals unter diesem Vorzeichen begonnen. Die Fackeln der Liebe! Es brauchte nur eine Geste, eine Bewegung, eine Berührung, um sie erneut zu entzünden.

Vom Fluss her waren Stimmen zu hören. Das Fährschiff hatte am Ufer angelegt. Die Lichter von Laternen erleuchteten die schnell hereinbrechende Dunkelheit. Ein Pferd wieherte.

«Das ist der König, der aus Tilsit kommt», sagte Christian mit erstickter Stimme.

Paulina drehte sich zu ihm um. Es war wie vor vielen Jahren, an einem stürmischen Abend nahe der Ostsee. Damals hatte es in Strömen geregnet, und es war kalt gewesen, aber er hatte sie genauso angesehen wie jetzt, mit jener Melancholie, die bisweilen seinen Blick verschleierte. Danach hatte er seine Lippen auf ihre gesenkt …

«Lassen Sie uns fahren, Madame!», sagte Christian. «Man vermisst Sie gewiss schon.»

Er führte sie den Weg zur Kutsche hinauf. Paulina war zutiefst verwirrt. Hatte sie sich so sehr in seinen Empfindungen getäuscht? Hatte er nicht auch den fast unwiderstehlichen Drang verspürt, sie endlich in die Arme zu schließen?

Vom Wagen her kam ihnen der Kutscher entgegen.

«Ich habe Sie schon gesucht, Madame!», rief er besorgt. «Wir sollten dringend zurückfahren … Oh, der Hauptmann ist bei Ihnen …»

Schweigend gingen Christian und Paulina das letzte Stück bis zum Wagen. Als sie ankamen, wandte sie sich erwartungsvoll zu ihm um.

«Ich werde Sie auf dem Pferd nach Piktupönen begleiten, Madame», sagte Christian.

Auf der Straße fuhr der Wagen des Königs vorbei, eskortiert von seinem Gardekorps. Das Knallen von Peitschen hallte durch die Nacht. Friedrich Wilhelm hatte es eilig, zu seiner Luise zu kommen. Der Kutscher öffnete den Verschlag. Christian nahm Paulinas Hand und half ihr, in den Wagen zu steigen.

«Tun Sie mir den Gefallen und bleiben Sie von nun an in Piktupönen, Madame», bat Christian, und seine Stimme bebte. «Sie haben mir heute einen gehörigen Schrecken eingejagt. Man erlebt im Krieg so schreckliche Dinge, die einen immer nur das Schlimmste vermuten lassen. Ich hätte nicht gedacht, dass jemand auf den einfachen, wunderbaren Gedanken kommen könnte, sich einen Sonnenuntergang am Fluss anzuschauen.»

Paulina hörte ihm atemlos zu.

«Als ich Ihre Kutsche so verlassen am Wegesrand stehen sah», fuhr er fort, «glaubte ich, mein Herz bliebe stehen. Es … es war der schrecklichste Augenblick meines Lebens.»

«Sie hatten recht, liebe Freundin», sagte Königin Luise mit einem Strahlen im Gesicht. «Er ist kein solches Ungeheuer, wie ich annahm. Warum meinen nur alle, dass er abgrundtief hässlich sei? Dabei ist er durchaus ansehnlich. Sein Kopf erinnert an den eines römischen Cäsaren, und er hat kluge, wissende Augen. Sie scheinen ihr Gegenüber zu durchdringen, aber ich glaube, dass ich ihnen ordentlich standgehalten habe.»

Paulina und die Königin saßen in einem Zimmer des Pfarrhauses, in das Paulina sofort nach Luises Eintreffen aus Tilsit geeilt war. Der große Tag neigte sich dem Ende zu, und die Königin war voller Zuversicht von der Begegnung mit dem französischen Kaiser zurückgekehrt.

«Napoleon war ausgesprochen höflich», erzählte sie, «und behandelte mich mit großer Hochachtung. Ich habe es gemacht, wie Sie mir rieten, Madame: Ich gab mich so, wie ich bin. Nun, es scheint dem Kaiser gefallen zu haben. Vielleicht hat er ein heulendes, bettelndes Wesen erwartet, das sich vor ihm auf den Boden wirft, und war erstaunt, das Gegenteil anzutreffen. Jedenfalls habe ich nicht die kleinste Spur von Geringschätzung an ihm bemerkt.»

Paulina schmunzelte. Man mochte diesem Despoten vieles

nachsagen, aber eines musste man ihm zugestehen: Er wusste die Schönheit und die Ausstrahlung einer Frau zu schätzen.

«Wir haben sehr freimütig miteinander geredet», fuhr die Königin fort. «Es machte nicht den Anschein, als sei es ihm zuwider, dass eine Frau sich mit Dingen der Politik beschäftigt. Ich bemühte mich, nicht zu fordernd zu wirken, unsere Position aber deutlich zum Ausdruck zu bringen. Ohne allzu sehr zu klagen, bat ich den Kaiser um maßvolles Vorgehen bei den Friedensverhandlungen. Beim Abschied sagte er in liebenswürdigem Tonfall: ‹Wir werden sehen. Wir werden sehen.› Finden Sie nicht auch, dass dies berechtigten Anlass zur Hoffnung gibt?»

«Sie haben Ihrem Land einen großen Dienst erwiesen, Majestät», versicherte Paulina, die sich freute, die alte Freundin nach den Tagen der Anspannung so gelöst und fast vergnügt zu sehen. «Ich bin überzeugt, dass Ihr Einsatz für Preußen sich gelohnt hat.»

«Nach dem heutigen Tage glaube ich es auch», sagte die Königin mit einem tiefen Seufzer der Erleichterung. «Napoleon lud mich für den Abend zu einem Diner ein. Ich fuhr im achtspännigen Staatswagen vor. Das Essen fand in heiterer Stimmung statt, mit dem Kaiser und dem Zaren an meiner Seite und meinem Gatten gegenüber. Napoleon fand selbst für die Gräfin Voß, die er auf den Tod nicht leiden kann, nette Worte. Zum Abschied nahm er eine Rose aus einer Vase und überreichte sie mir. Er fragte mich, wie Preußen so unvorsichtig hatte sein können, ihn anzugreifen, worauf mir etwas einfiel, das der gute von Hardenberg einmal gesagt hat. Ich antwortete dem Kaiser, dass der Ruhm Friedrichs des Großen uns über unsere Mittel getäuscht habe. Ohne mich selbst loben zu wollen, hatte ich den Eindruck, dass dieser Ausspruch dem Kaiser gefiel.»

Es klopfte, und die Gräfin Tauentzien betrat das Zimmer.

«Der König erwartet Sie, Majestät», sagte sie mit einem verächtlichen Seitenblick auf Paulina.

Luise erhob sich. «Wir plaudern morgen weiter, liebe Freundin. Mein Gatte verlangt nach mir. Ich hoffe, dass er ein wenig besserer Stimmung ist und mir nicht mehr zürnt, weil ich Napoleons Rose angenommen habe.»

Er sollte Gott lieber dankbar sein, dass dieser ihm eine solche Frau zur Gemahlin gegeben hat, dachte Paulina. Weiß der Mann eigentlich, was für einen Liebesbeweis sie ihm erbracht hat?

Sie sah der Königin hinterher, wie sie erhobenen Hauptes und beschwingten Schrittes das Zimmer verließ. In Ostpreußen war Luise erwachsen geworden.

Als Paulina aus dem Schulhaus trat, stellte sich ihr der Staatsminister von Hardenberg in den Weg. «Guten Abend, Frau Gräfin. Darf ich Sie zu Ihrer Unterkunft begleiten?»

«Mit Vergnügen», antwortete sie, «wenngleich ich glaube, dass Sie dies nicht tun, ohne eine bestimmte Absicht damit zu verbinden.»

«Ich tue selten etwas ohne Absicht», bestätigte von Hardenberg.

Ein paar Sekunden lang gingen sie schweigend nebeneinander her. Es war ein ähnlich schöner Abend wie am Tag zuvor. Tausende Sterne funkelten am Firmament, das hier weiter zu sein schien als anderswo. Trotz der späten Stunde war es noch recht mild. Die Bäume hinterm Schulhaus rauschten im Wind, in der Ferne schrie ein Käuzchen.

Von Hardenberg schien die Schönheit dieses Abends nicht zu bemerken. «Darf ich Ihnen zunächst zu Ihrer ausgezeichneten Beratung gratulieren!», sagte er nüchtern. «Sie waren der Königin und mir eine unschätzbare Hilfe.»

«Es besteht also Grund zur Hoffnung?»

«Nun, Napoleon scheint bereit, Zugeständnisse zu machen. Und das ist einzig und allein das Verdienst Ihrer Majestät der Königin. Ihre Begegnung mit dem Kaiser verlief weitaus besser, als wir zu hoffen gewagt hatten.»

«Und Sie, Herr von Hardenberg?», fragte Paulina. «Was wird nun aus Ihnen?»

Der Minister stieß ein bitteres Lachen aus. «Meine Abfahrt nach Riga steht kurz bevor. Wie Sie sicher wissen, ist meine Abdankung Bedingung für den Friedensvertrag. Die Hochachtung Napoleons vor der Königin ging leider nicht so weit, als dass er darauf verzichtet hätte, ihren treuesten Minister in die Verbannung zu schicken.»

«Er fürchtet Ihren Einfluss.»

«Daran tut er gut! Ich habe nämlich nicht vor, mich aufs Altenteil zurückzuziehen.»

«Das würde Ihnen auch nicht stehen, Monsieur!»

Von Hardenberg lächelte geschmeichelt. «Es wartet harte Arbeit auf uns! Preußen liegt am Boden wie nie zuvor. Um wieder aufstehen zu können, werden einige Veränderungen nötig sein.»

«Ich vermute, Sie haben diesbezüglich schon genaue Dispositionen getroffen.»

«Selbstverständlich. *Sie* sind auch Teil meiner Pläne, Madame.»

«Ich?», rief Paulina erstaunt aus.

«Sie leben in Paris und gehören zum Hofstaat Napoleons. Ihr Gatte ist Senator von Frankreich. Wer könnte sich besser eignen als Sie, um mir zu vermitteln, was in der Umgebung des Kaisers vor sich geht?»

Paulina blieb stehen. «Wollen Sie damit andeuten, dass ich für Sie den Spitzel spielen soll?», fragte sie halb belustigt, halb verärgert.

«So drastisch würde ich das nicht ausdrücken, meine Liebe ...»

«Wie denn sonst?»

«Nun, ich stelle es mir in etwa so vor, dass Sie mir in regelmäßigen Abständen Ihre ... hm ... Eindrücke schildern. Damit meine ich die Gedanken, Strömungen und Aktivitäten in Paris. Nicht jeder Franzose wird ein glühender Anhänger Napoleons sein. Man sollte jedoch wissen, auf wen man im Falle eines Falles bauen kann.»

Paulina musterte den Minister. Geschmeidig wie ein Fuchs und biegsam wie eine Schlange – war das nicht der Ruf, den er gemeinhin genoss?

«Bei aller Wertschätzung, die ich Ihnen entgegenbringe, Herr von Hardenberg – das geht dann doch zu weit. Denken Sie daran, dass ich ein Unternehmen leite und Kinder habe. Das verträgt sich schlecht mit Spitzeldiensten.»

«Ich verstehe Ihren Standpunkt», räumte von Hardenberg ein, «doch ich möchte Sie dennoch bitten, darüber nachzudenken. Es geht auch um Ihr Heimatland.»

«Ich nehme zur Kenntnis, dass Sie nicht alles von mir wissen, Herr Minister. Preußen ist nicht mein Heimatland!»

Sie waren bei der Kate der Bauernwitwe angekommen. Die gute Frau eilte ihnen mit einer Lampe entgegen.

«Ist das Ihr letztes Wort?», fragte von Hardenberg. «Wollen Sie nicht noch einmal in sich gehen?»

Paulina schüttelte den Kopf. «Nein, wirklich, Herr Minister. Ich eigne mich nicht zum Spitzel. Mir ist schon das Intrigantentum bei Hof seit jeher verhasst.» Sie reichte ihm ihre Hand, die er an seine Lippen führte, ohne seinen Blick von ihr zu wenden.

«Ich wünsche Ihnen alles Gute in Riga», sagte sie. «Preußen verliert einen seiner fähigsten Männer.»

Von Hardenberg lächelte geheimnisvoll. «Noch ist für Preußen nicht alles verloren. Dazu zähle ich sowohl mich als auch Sie, Madame. Ich bin sicher, dass wir wieder voneinander hören werden.»

Kapitel 48

Paulina spazierte durch Piktupönen. Die Julisonne brannte vom Himmel, und die Luft flimmerte in der Mittagshitze. Sie kam vom Schulhaus, wo Königin Luise in großer Aufregung einer erneuten Fahrt nach Tilsit entgegensah. Napoleon hatte zum Abschiedsdiner geladen, und im preußischen Lager wertete man das als ein gutes Zeichen. Voller Zuversicht waren der König und seine Berater am Morgen nach Tilsit aufgebrochen. Luise sollte am Abend folgen.

Eine Kutsche tauchte am Ortsrand auf und kam rasch näher.

«Der Wagen aus Memel!», hörte Paulina es hinter sich rufen, und als sie sich umdrehte, sah sie, dass die Oberhofmeisterin und die Gräfin Tauentzien aus dem Pfarrhaus getreten waren. Frau von Voß winkte der Kutsche entgegen. Der Wagen hielt an, und eine kleine, zierliche Frau in einem hochgeschlossenen Pensionskleid stieg aus. Sie schaute sich zaghaft um und ging dann auf die Damen zu, um sie zu begrüßen.

Ließ Luise jetzt ihren gesamten Hofstaat aus Memel kommen?

Nachdenklich ging Paulina weiter. Als sie beim Bauernhaus eintraf, empfing die Bäuerin sie mit einem sonderbaren Gesichtsausdruck.

«Hinterm Haus … hinterm Haus wartet ein Offizier auf Sie.» Sie rollte dramatisch die Augen. «Aber nur dass Sie es wissen – dies ist ein anständiges Haus!»

Paulina runzelte die Brauen und stapfte am Misthaufen vorbei und zwischen gackernden Hennen hindurch um das Haus herum. In der Wiese unter einem Apfelbaum stand Christian. Er hielt sein Pferd am Zügel und sah ihm beim Grasen zu. Als er sie kommen sah, bekamen seine Augen einen freudigen Glanz.

«Waren Sie bei der Königin?», begrüßte er sie.

«Ja», antwortete Paulina. «Sie wollte sich jedoch noch ein wenig ausruhen, bevor sie heute Abend nach Tilsit zum Abschiedsdiner mit Napoleon fährt.»

«Weiß man schon um den Stand des Friedensvertrages?»

«Von Hardenberg geht davon aus, dass Napoleon heute Abend seine Bedingungen verkünden wird.»

Ein Lächeln glitt über Christians Gesicht. «Das heißt also, dass in den nächsten Stunden kein bedeutendes Ereignis der Weltgeschichte unsere Aufmerksamkeit erfordern wird.»

Paulina lächelte auch. «Das könnte man so sagen. Ich für mein Teil hatte vor, die Gelegenheit zu nutzen, um ein wenig Müßiggang zu betreiben.»

«Dabei könnte ich Ihnen behilflich sein.» Christian nahm sein Pferd beim Reithalfter. «Steigen Sie auf!»

«Wie bitte?», fragte Paulina verblüfft.

«Steigen Sie auf!», wiederholte Christian und deutete aufmunternd mit dem Kinn auf sein Ross. «Ich helfe Ihnen.»

Wie im Traum trat Paulina näher. Ehe sie wusste, wie ihr geschah, fühlte sie sich in den Sattel gehoben. Im nächsten Moment saß er hinter ihr, und sie spürte seinen warmen Körper an ihrer Seite.

Das Pferd setzte sich in Bewegung und trottete langsamen Schrittes aus dem bäuerlichen Garten hinaus.

«Wohin reiten wir?», fragte Paulina.

Statt einer Antwort legte Christian vorsichtig einen Arm um ihre Taille. «Wir haben kein bestimmtes Ziel. Ich möchte einfach nur sichergehen, dass Sie mir nicht wieder davonlaufen.»

Paulina sah erstaunt zu ihm auf.

«Von Hardenberg hat mir aufgetragen, dass ich mich um Sie kümmern soll», sagte er. «Nun, bevor Sie wieder einen Ihrer wahnwitzigen Einfälle bekommen, dachte ich, dass ich Ihrer Unternehmungslust Genüge tue, indem ich Sie zu einem Ausritt entführe.»

Paulina schloss die Augen. Und selbst wenn er nur bei ihr war, weil von Hardenberg es von ihm verlangte! Er war da. Das war letztendlich alles, was zählte. Christian war da!

Sie spürte den warmen Sommerwind auf ihrem Gesicht und gab sich genüsslich dem Augenblick hin. Alles andere war plötzlich fern und wie ausgelöscht. Nichts hatte mehr Bedeutung in Gegenwart dieses Mannes, nach dem sie sich ihr halbes Leben lang verzehrt hatte.

Als sie irgendwann die Augen wieder öffnete, trottete das Pferd an einem kleinen Bachlauf entlang. Hohe Bäume säumten das Ufer und tauchten den schmalen Pfad in kühlenden Schatten.

Vor ihr lag das weite ostpreußische Land. Weiße Schäfchenwolken zogen über den tiefblauen Himmel, goldgelbe Felder reichten bis zum Horizont. Nichts hier ließ ahnen, dass wenige Meilen weiter westlich, jenseits der Memel, alles zerstört und verwüstet war.

Ein Heuschober tauchte am Wegesrand auf.

«Lassen Sie uns anhalten!», bat Paulina. «Ich liebe den Duft von Heu. Er erinnert mich an die Sommer in Allenhofen.»

Christian zügelte das Pferd. Sie rutschte aus dem Sattel und lief wie ein kleines Mädchen auf den Schober zu. Seine knarrende Tür war nur angelehnt, und als sie eintrat, umfing sie der intensive Duft von frischem Heu, das sich an den Wänden bis zur Decke türmte. Durch kleine Ritzen und Luken fielen Sonnenstrahlen, in denen Staubpartikelchen tanzten.

Mit ausgebreiteten Armen ließ Paulina sich fallen und tauchte in das duftende Heu ein. Sie schloss die Augen und wälzte sich genüsslich hin und her. Der Zauber der seltenen glücklichen Tage ihrer Kindheit hüllte sie ein – lange Sommertage, an denen die Zeit stillzustehen schien und die nichts als unendliche, von allem Irdischen entrückte Seligkeit verhießen.

Als Paulina die Augen wieder öffnete, stand Christian vor ihr. Wie gebannt starrte er sie an und verfolgte die sinnlichen Bewegungen ihres Körpers mit flammendem Blick. Sie streckte ihren Arm aus.

Schon war er neben sie geglitten und begann, mühsam seine Erregung im Zaum haltend, ihr Gesicht mit Küssen zu bedecken.

Sie lachte und reckte sich verführerisch. «Sind es nicht eigenartige Orte, an denen wir zueinanderfinden?», flüsterte sie.

Dann nahm der Rausch ihrer Liebe sie von neuem gefangen. Wie schon damals in der Fischerkate am Strand beim Heiligen Damm ließ sie sich staunend von der ungezügelten Leidenschaft forttragen, die sie in diesem ernsten, unnahbaren Mann weckte. Es war, als hätte es die langen Jahre der Trennung nie gegeben. Während sie wie entrückt die Sinnesfreuden genossen, die sie sich gegenseitig schenkten, wunderten sie sich, wie sie jemals ohne die Zärtlichkeiten und Umarmungen des anderen hatten leben können.

Das Feuer hatte sich entzündet und brannte lichterloh.

«Ich habe dich nie vergessen können», sagte Christian an ihrem Ohr. «Obwohl ich es mit aller Kraft versuchte – ich habe dich nie vergessen können.»

«Gnädige Frau, wo waren Sie denn?», rief die Bäuerin aufgeregt, als Paulina und Christian ins Dorf zurückkehrten, noch ganz benommen von ihrem gerade erlebten Glück. «Die Hofdame der Königin war schon zweimal hier. Sie sucht Sie händeringend! Ihre Majestät die Königin wünscht Sie dringend zu sehen!»

«Die bedeutenden Ereignisse der Weltgeschichte erfordern wieder unsere Aufmerksamkeit», sagte Christian schmunzelnd und schenkte Paulina einen zärtlichen Blick. «Ich müsste fast ein wenig eifersüchtig auf Ihre Majestät werden, da sie ständig nach Ihrer Gegenwart verlangt.»

Paulina konnte seine Leichtigkeit nicht teilen. Sie ahnte, dass etwas Unangenehmes geschehen war. Fast schmerzlich überfiel sie die Angst, dass erneut der Lauf der Dinge ihre gerade geknüpften und noch so zarten Bande zerreißen würde. Unter Aufbietung all ihrer Willenskraft versuchte sie, ihrer Unruhe Herr zu werden, während sie neben Christian durchs Dorf ging. Als sie am Schulhaus ankamen, schickte die Gräfin Tauentzien sich gerade an, zum dritten Mal in Richtung Bauernhaus aufzubrechen.

«Na endlich!», sagte sie in einem Ton, der ihren ganzen Unmut darüber ausdrückte, dieser plötzlich aufgetauchten Jugendfreundin der Königin hinterherlaufen zu müssen. «Wo waren Sie denn die ganze Zeit?»

«Ist etwas passiert?», fragte Paulina in höchster Besorgnis.

«Allerdings!», antwortete die Gräfin Tauentzien spitz. «Und *Sie* können gleich mitkommen, Herr Hauptmann. Sie werden nämlich auch erwartet.»

Die Königin saß in dem Zimmer, das ihr als Empfangsraum diente, und war in Tränen aufgelöst. Neben ihr stand mit finsterer, regungsloser Miene die Gräfin Voß und hatte die Hand auf ihre Schulter gelegt. Luise sah den Ankommenden mit verschleiertem Blick entgegen.

«Er ist von seinen Bedingungen für den Friedensvertrag keinen Deut abgewichen», sagte sie mit erstickter Stimme. «Dieses Scheusal hat mich nach Tilsit zitiert und in dem Glauben gelassen, dass er uns entgegenkommen würde.»

«Aber der Friedensvertrag ist doch noch gar nicht unterzeichnet!», warf Paulina ein.

«Ich habe vorhin eine Nachricht meines Gatten aus Tilsit erhalten», erklärte die Königin, während ihr erneut Tränen über die Wangen liefen. «Der unterzeichnete Friedensvertrag wurde heute dem Grafen Golz übergeben. Die Bedingungen seien erschreckend, schreibt Friedrich Wilhelm, schlimmer noch als gedacht. Leider könne er es mir nicht ersparen, zum festgesetzten Diner nach Tilsit zu kommen.»

Paulina konnte es nicht fassen. «Was für eine Demütigung! Sie müssen noch einmal mit Napoleon reden!»

«Noch einmal mit ihm reden?», rief Luise aus. «Ich würde alles dafür geben, wenn ich diesen Unmenschen nie mehr wiedersehen müsste! Er hat mich getäuscht, verraten und zutiefst erniedrigt. Ich habe den Bittgang nach Tilsit völlig umsonst gemacht. Nichts, gar nichts habe ich erreicht! Preußen verliert all seine Provinzen westlich der Elbe und seine Erwerbungen in Polen, muss den Rheinbund anerkennen und der Handelssperre gegen England beitreten. Unsere Armee wird auf eine lächerliche Anzahl von Soldaten beschränkt. Zu alledem müssen wir Entschädigungszahlungen leisten, die unser Land – oder das, was davon bleibt – in den Ruin treiben werden!»

Luise schluchzte nun hemmungslos. «Solange die Reparationsforderungen nicht bezahlt sind, bleibt das Land besetzt. Das bedeutet, dass wir nicht einmal nach Berlin zurückkehren können!»

Die Gräfin Voß nahm nach einem tröstenden Tätscheln die Hand von der Schulter der Königin. «Auch wenn Ihnen nie etwas schwerer gefallen ist, Majestät, muss ich Sie dennoch ersuchen, sich allmählich zu fassen. Die Fähre nach Tilsit wartet auf uns.»

Luise nickte. Sie zog ein seidenes Taschentuch hervor und trocknete tapfer ihre Tränen. Dann stand sie auf. «Ich werde kommen, Frau Gräfin. Das bin ich meinem armen Gatten und dem Land schuldig.»

Ihr Blick fiel auf Christian, den sie zum ersten Mal zu bemerken schien. «Hauptmann von Bahro! Nach Ihnen hatte ich bereits schicken lassen.» Sie machte eine winkende Handbewegung in Richtung des angrenzenden Zimmers, worauf die kleine Frau erschien, die mit der Kutsche aus Memel gekommen war und die genauso farblos wirkte wie das Pensionskleid, das sie trug.

«Fast hätte ich es angesichts der furchtbaren Ereignisse vergessen», sagte Luise. «Ich wollte Ihnen zum Dank für Ihre Ergebenheit eine kleine Überraschung bereiten, Hauptmann von Bahro. Wenigstens Sie werden heute Grund zur Freude haben.»

Mit einem traurigen Lächeln auf den Lippen verließ die Königin, gefolgt von der Oberhofmeisterin, den Raum.

Christian stand wie zur Salzsäule erstarrt, während Paulinas Blick verständnislos zwischen ihm und der kleinen Frau aus Memel hin und her wanderte.

«Hat Sie der Schlag getroffen, Herr Hauptmann?», fragte die Gräfin Tauentzien spöttisch. Und mit einem schadenfrohen Lächeln fuhr sie fort: «Wo bleiben Ihre Manieren? Wollen Sie der Gräfin Ostry nicht sagen, wer diese junge Dame ist?»

Christian erwachte aus seiner Starre. Sein Gesicht hatte einen gequälten Zug angenommen, und als er den Mund öffnete, hatte es den Eindruck, als müsse er all seine Kraft aufbieten, um die folgenden Worte auszusprechen.

«Darf ich vorstellen», presste er mit tonloser Stimme hervor, ohne Paulina dabei anzusehen. «Henriette von Bahro, Hofdame Ihrer Majestät der Königin und meine Gattin.»

Kapitel 49

Paris, Dezember 1809

Als die Tür des großen Festsaals aufging, erstarben mit einem Schlag alle Stimmen. Wo eben noch Gelächter und Unterhaltungen den Raum erfüllt hatten, herrschte plötzlich bedrückendes Schweigen.

Kaiser Napoleon betrat den Saal. Im blauen Rock seiner Garde-Grenadiere, die Hand in der Weste verborgen, schritt er mit wiegendem Gang und steinerner Miene die Bankettafeln ab. Nur das Klappern seiner Stiefel auf dem Parkett war zu hören.

Immer wieder blieb er hinter einem Gast stehen, der seine Gegenwart und seinen Blick im Rücken spürte und sich kaum zu bewegen wagte. Gestandene Generäle, die auf den Schlachtfeldern Europas die heldenhaftesten Taten verübt hatten, erzitterten. Damen, die den Zorn ihrer Ehegatten nicht fürchteten, wenn sie ihnen Hörner aufsetzten, waren bleich wie der Tod geworden.

Napoleon trat hinter die Gräfin Maricourt, die in einem golddurchwirkten Kleid neben ihrem Gemahl saß.

«Wieder aus der Provinz zurück, Madame?», fragte er und beugte sich zu der schönen Gräfin hinunter, die ihn aus ihren Katzenaugen anblickte. «Wer war denn diesmal der Grund Ihrer Verbannung?»

Madame de Maricourt schluckte.

«Eigentlich dürfte doch fast niemand mehr übrig bleiben», fuhr der Kaiser fort. «Wahrscheinlich bin ich der Einzige in ganz Paris, der noch nicht das Vergnügen hatte.»

Die Gräfin Maricourt wurde knallrot im Gesicht und fächerte sich hektisch Luft zu. Einige der sie umgebenden Damen konnten eine gewisse Schadenfreude nicht verhehlen.

Eine spürbare Anspannung herrschte im Saal. Der Kaiser zog weiter und blieb hinter einem jungen Mann stehen, dessen Gesicht unter seiner weißen Perücke wie erstarrt war.

«Was machen Sie denn hier, General Junot?», fragte Napoleon in gespieltem Erstaunen. «Betrauern Sie noch immer Ihre Niederlage in Vimeiro? Nun, mein lieber Herzog, ich tue es auch, denn Ihr Versagen hat mich Portugal gekostet, falls Sie das vergessen haben sollten.»

Um die Mundwinkel von Junot zuckte es verdächtig. Es war bekannt, dass die verlorene Schlacht in Portugal und die offenkundige Ungnade des Kaisers den jungen General schwer getroffen hatten und dass er seitdem zur Schwermütigkeit neigte.

«Oder warten Sie etwa immer noch auf Ihre Ernennung zum

Marschall?», setzte Napoleon seine Stichelei fort. «Nun, dieser Sorge kann ich Sie entheben.» Er sah sich beifallheischend im Saal um. «Sie werden nämlich niemals Marschall werden.»

Paulina, die sich weit genug vom Kaiser entfernt wähnte, neigte sich zu Pierre hinüber.

«Wie ich diese erzwungenen Empfänge hasse!», flüsterte sie ihm zu. «Seine Laune ist wieder einmal miserabel! Dabei hat Joséphine doch endlich in die Scheidung eingewilligt.»

«Schweigen Sie, Madame», zischte Pierre zurück, «sonst sind Sie die Nächste! Sie wissen doch, dass ihm nichts entgeht.»

Doch Napoleon war schon auf dem Weg zu ihnen. An seinem Blick erkannte Paulina, dass er ihre kleine Unmutsäußerung bemerkt hatte.

«Wen haben wir denn da?», rief er, noch bevor er sie erreicht hatte. «Die Gräfin Ostry! Haben Sie endlich Ihre Töchter für eine neue Rohseidenquelle verkauft?»

Er blieb hinter Paulina stehen. Sie drehte sich langsam zu ihm um und sah ihn kämpferisch an.

«Ich hörte, dass Ihre Geschäfte in letzter Zeit schlechter gehen», sagte er, und ein grausamer Zug erschien um seinen Mund. «Kann es sein, dass Ihnen einige Ihrer Kunden abhandengekommen sind?»

«Sie sind mir abhandengekommen, weil Ihre Majestät es so wollte», antwortete Paulina mit fester Stimme.

Die Menschen im Saal wechselten erschrockene Blicke. Wie konnte man nur so wahnwitzig sein, dem Kaiser Widerworte zu geben, wenn er solch übler Laune war?

Paulina spürte, dass Pierre sie verstohlen in die Seite stieß. Ein Gefühl von Bitterkeit überkam sie. Selbst ihr Gatte, der sich zeit seines Lebens nicht um Tod und Teufel geschert hatte, war zum Hampelmann des Korsen geworden.

«Ich nehme zur Kenntnis, dass Ihnen zwar Ihre Kundschaft, nicht aber der Hang zur Auflehnung abhandengekommen ist», bemerkte der Kaiser. «Von Ihnen selbst, Madame, bin ich dies immerhin gewöhnt, aber es erstaunt mich, dass auch andere Mitglieder der Familie von Ostry sich darin gefallen, gegen mich, den Kaiser der Franzosen, aufzubegehren.»

Paulina stutzte. Sie blickte kurz zu Pierre, dessen Bestürzung zu echt war, als dass es sich um ihn hätte handeln können.

«Wie darf ich das verstehen, Majestät?»

«Ich bin sicher, dass Sie dieses kleine Problem genauso gut lösen werden wie Sie Ihre Geschäftspartner einwickeln», sagte Napoleon. «Nur beeilen Sie sich damit, sonst werde *ich* es lösen!»

Paulinas Gedanken rotierten. Fieberhaft überlegte sie, wen er mit seiner rätselhaften Andeutung gemeint haben konnte. Wer aus ihrer Familie kam dafür in Frage? Thomas Cornelius? Anna von Dornfeld?

Inzwischen hatte Napoleon seinen Rundgang fortgeführt und stand nun am Kopf der Tafel, an der sich seine Generäle versammelt hatten. Er setzte sich auf den ihm vorbehaltenen Platz an der Stirnseite des Tisches und schlang das Essen hinunter, das ihm ein Diener hastig aufgetan hatte. Währenddessen blieb es im ganzen Festsaal mucksmäuschenstill.

Als sein Teller leer war, erhob sich Napoleon und ließ seinen finsteren Blick über die Reihen seiner Gäste gleiten. Dann steuerte er ohne ein weiteres Wort auf die Tür zu, die ein Page ihm schnell öffnete. Er rauschte hinaus, und seine Schritte verhallten im Flur.

Ein erleichtertes Raunen ging durch den Saal. Die Gesichter hellten sich auf, und als der Page die Tür geschlossen hatte, waren schon die ersten anzüglichen Bemerkungen zu hören. Die Atmosphäre entspannte sich zusehends, und das Souper fand in beinahe fröhlicher Stimmung seinen Fortgang. Da mit einem weiteren Erscheinen des Kaisers für heute nicht mehr zu rechnen war, begann man, den Abend sogar zu genießen.

Einzig Paulina war von einer quälenden Unruhe erfasst.

«Was ist los mit Ihnen?», fragte Pierre, der schnell zu seiner gewohnten Lässigkeit zurückgefunden hatte. «Entspannen Sie sich! Wir kennen diese grauenhaften Soupers und Empfänge doch mittlerweile zur Genüge. Er wird ohnehin bald wieder ausziehen, um auch noch den Rest der Welt zu erobern, und dann haben wir erst einmal Ruhe vor ihm.»

«Wie können Sie die Dinge nur so verharmlosen?», schimpfte Paulina mit gedämpfter Stimme. «Ich finde, dass die Vorgänge in dem Land, in dessen Senat Sie immerhin sitzen, beängstigend sind.»

«Der Senat ist doch nur mehr eine Farce!» Pierre war wie immer von einer fast kindlichen Offenherzigkeit. «Oder glauben Sie, dass wir in den letzten Jahren eine Entscheidung getroffen hätten, die nicht vom Kaiser abgesegnet worden wäre?»

Bestimmt nicht, dachte Paulina zähneknirschend. Seit Tilsit wusste sie, dass nichts ohne die Zustimmung Napoleons geschah.

Auf der Heimfahrt zu ihrem Palais schnitt sie das Thema noch einmal an.

«Haben Sie eine Ahnung, welches Mitglied unserer Familie Napoleon mit seiner Anschuldigung gemeint haben könnte?», fragte sie in der Abgeschiedenheit ihrer Kutsche, wo sie vor fremden Ohren sicher waren.

Pierre hatte die Augen geschlossen und döste vor sich hin.

«Ehrlich gestanden, fällt mir da niemand ein», sagte er schläfrig.

«Glauben Sie, dass Thomas Cornelius vielleicht …?», spekulierte Paulina weiter.

Pierre hielt es nun doch für nötig, die Augen zu öffnen.

«Wissen Sie, was ich glaube? Der Kaiser wollte Sie ein wenig erschrecken. Es hat ihn geärgert, dass Sie nicht wie alle anderen vor Ehrfurcht erstarrt sind, als er seine üblen Scherzchen mit Ihnen trieb, und deshalb hat er Ihnen eine kleine Lektion erteilt. Vergessen Sie die ganze Sache! Thomas Cornelius wird bestimmt nicht so dumm sein, einen Aufstand gegen Napoleon anzuzetteln.»

Paulina sah in die Pariser Winternacht hinaus und dachte darüber nach, wie gut es war, dass Pierre manche Dinge nicht wusste.

Ein paar Tage später kehrte Paulina abends früher als erwartet von einem Empfang zurück. Als ihr Wagen in die Rue de Joubert einbog, sah sie vor ihrem Haus eine fremde Kutsche stehen, in die drei Gestalten in aller Eile kleine Kisten verluden. Die Sache kam ihr merkwürdig vor, und als die geheimnisvollen Personen just vor ihrem Eintreffen in den Wagen stiegen und abfuhren, befahl sie Franz, ihnen unauffällig zu folgen.

Der fremde Wagen hielt in einer schmalen, leicht gewundenen Gasse im Herzen von Paris. Paulina bat Franz, an der Straßenecke zu warten, und stieg aus. In einen Hauseingang gedrückt beobachtete sie, wie die drei Gestalten die Kisten durch eine Tür trugen, aus der helles Licht auf die Straße fiel. Wenige Sekunden nur dauerte das Ausladen, dann verschwanden die Gestalten im Haus. Die Tür fiel zu, und die Kutsche rollte davon.

Was ging hier vor sich? Hatte Napoleon vielleicht doch von Pierre gesprochen? Führte ihr Gatte womöglich ein Doppelleben?

Kurz entschlossen ging Paulina auf das Haus zu und klopfte an die Tür. Eine Frau mit bleichem, müdem Gesicht öffnete ihr.

«Guten Abend, Madame. Ist Monsieur von Ostry hier?»

An dem entsetzten Blick der Frau erkannte Paulina, dass sie ins Schwarze getroffen hatte.

«Wären Sie bitte so freundlich, den gnädigen Herrn zu holen», forderte sie die Frau auf, bevor diese auf die Idee kommen konnte, Pierres Anwesenheit zu leugnen. «Sagen Sie ihm, seine Gattin wünsche ihn zu sprechen.»

«Seine Gattin?», rief die Frau entgeistert und musterte Paulina abfällig. Dann ging sie ins Haus und öffnete eine Tür am Ende des Ganges. Licht drang aus dem dahinterliegenden Zimmer und erhellte den Flur, sodass Paulina die Holzkisten erkannte, die vor dem Raum aufgestapelt waren. Die Frau verschwand in dem Zimmer, und kurz darauf waren aufgeregt flüsternde Stimmen zu vernehmen.

Paulina wurde es etwas mulmig zumute. Sie konnte kaum glauben, dass es tatsächlich Pierre war, den sie verfolgt hatte. Eine derartige Geheimniskrämerei in Hinterzimmern passte nicht zu ihrem Gatten, der bei all seinem Treiben doch immer bemüht war, die Form zu wahren.

Als die bleiche Frau wieder auftauchte, hatte sie einen hoch aufgeschossenen, mageren Jüngling im Schlepptau. Während er mit schlaksigem Gang den Flur entlangkam, warf er in einer ungestümen Bewegung seine dichten, schwarzen Locken zurück, die ihm bis auf die Schultern fielen.

«Frédéric!», rief Paulina beim Anblick ihres Sohnes überrascht. «Was machst du denn hier?»

Der Junge blieb vor ihr stehen. In seinem Blick war nicht das geringste Anzeichen eines schlechten Gewissens zu entdecken.

«Das Gleiche könnte ich Sie fragen, Maman», erwiderte er.

Paulina überlegte, ob sie dem Bengel eine Ohrfeige verpassen sollte. «Ich bin drei Gestalten gefolgt, die vor unserem Palais mein Misstrauen weckten. Ihre Kutsche brachte sie bis zu diesem Haus. Da ich wissen wollte, was hier für geheime Machenschaften im Gange sind, habe ich angeklopft und mich …»

«… als meine Gattin ausgegeben», vollendete Frédéric spöttisch den Satz seiner Mutter. «Damit haben Sie mir bei meinen Freunden den Ruf verschafft, die Reize reiferer Damen zu bevorzugen.»

«Was sind das für Freunde, mit denen mein vierzehnjähriger Sohn mysteriöse Kisten durch die Gegend schleppt?», entgegnete Paulina aufgebracht. «Ich mag zwar mittlerweile für deinesgleichen zu den reiferen Damen zählen – das heißt aber noch lange nicht, dass mein Verstand sich in Luft aufgelöst hat. Ein fröhlicher Abend unter jungen Burschen sieht für mich anders aus.»

Frédéric zuckte mit den Achseln. «Die Zeiten ändern sich eben, Maman. Kann ich jetzt zu meinen Freunden zurückkehren?»

«Zuerst will ich wissen, was es mit den Kisten auf sich hat, die ihr aus unserem Haus herausgetragen habt!»

«Müssen Sie ausgerechnet heute die fürsorgliche Mutter spielen?», stöhnte Frédéric. «Sonst vergessen Sie doch meistens, dass ich überhaupt existiere.»

«Nun, vielleicht ist dies der richtige Zeitpunkt, mich daran zu erinnern!» Paulina stürmte an ihrem verdutzten Sohn vorbei ins Haus hinein. Auf der Schwelle des geöffneten Zimmers blieb sie stehen.

In der Mitte des Raumes befand sich eine große Maschine. Zwei junge Männer in Hemdsärmeln standen daneben. Einer hatte seine Hand noch an einem langen Hebel, der andere hielt eine große Platte auf den Armen. An der Wand befand sich ein Setzkasten, vor dem ein weiterer Jüngling hockte. Alle drei hatten innegehalten, als Paulina das Zimmer betrat, und starrten die fremde Frau nun an. Es roch nach Druckerschwärze.

«Was tut ihr hier?», fragte Paulina fassungslos, doch sie wusste die Antwort schon, bevor die jungen Männer sie ihr geben konnten. Ihre Ahnung wurde bestätigt, als sie auf einem Tisch ein Pamphlet entdeckte, dessen Farbe noch nicht ganz trocken war. Sie trat näher und las erschüttert die kaiserfeindlichen Parolen, die diese jungen Burschen offenbar in Paris unter die Leute brachten.

«Seid ihr wahnsinnig? Könnt ihr euch eigentlich vorstellen, wie gefährlich es ist, was ihr da treibt?»

«Keine Sorge, Madame, es weiß niemand darüber Bescheid», meinte der junge Mann an der Kurbel, ein hübscher Kerl mit langen blonden Engelshaaren.

Paulina lachte bitter auf. «Ihr seid im Irrtum! Napoleons Geheimdienst ist längst über eure Aktivitäten unterrichtet.»

Die jungen Männer tauschten betroffene Blicke.

«Woher weißt du …?», ertönte Frédérics nicht mehr ganz so selbstsichere Stimme aus dem Hintergrund.

Paulina wirbelte herum. «Du wirst dich wundern, mein Sohn! Ich weiß es von genau dem Menschen, gegen den ihr eure Hetzschriften verfasst. Er ist glücklicherweise der Meinung, dass man Rotzlümmeln wie euch besser eins hinter die Ohren gibt, anstatt euch ins Gefängnis zu stecken. Seht zu, dass ihr diesen Schund hier wegschafft und den Betrieb eurer kleinen Hausdruckerei einstellt, wenn ihr nicht die nächsten Jahre in einer stinkenden Zelle verbringen wollt!»

Paulina packte ihren zerknirschten Sohn und zog ihn auf die Straße hinaus. Erst als sie in der Kutsche saßen, ließ sie ihn los.

«Bist du verrückt geworden?», herrschte sie den Jungen an. «Ist dir bewusst, in welcher Gefahr du steckst?»

Frédéric starrte trotzig aus dem Fenster.

«Dein Vater ist Mitglied des französischen Senats!», sagte Paulina und merkte sofort, dass sie einen wunden Punkt getroffen hatte.

Frédérics Augen funkelten zornig. «Vater ist gut darin, große Reden zu schwingen! Aber sobald es darum geht, diesen Reden auch Taten folgen zu lassen …»

Paulina betrachtete ihren Sohn. Er erinnerte sie unwillkürlich immer an den Mann, der erneut aus ihrem Leben verschwunden war, kaum dass er nach vielen Jahren wieder Einlass darin gefunden hatte. Abermals war ihnen nur eine kurze Begegnung beschieden gewesen. Christian war mit einer Hofdame der preußischen Königin verheiratet. Er hatte ihr in Tilsit zwar beteuert, dass es sich um eine reine Zweckverbindung handelte, aber hätte Paulina der armen Luise nach der ungeheuerlichen Demütigung durch den französischen Kaiser auch noch einen Skandal in ihrem

Hofstaat zumuten sollen? Allein das war Grund genug für sie gewesen, sofort aus Piktupönen abzureisen.

Von seinem Sohn wusste Christian bis heute nichts. Doch nun, da Paulina ihn einer so bedrohlichen Gefahr ausgesetzt sah, wünschte sie plötzlich, sie hätte Christian von ihm erzählt. Sie hatte es vorgehabt, ja, nach jenem magischen Nachmittag im ostpreußischen Sommer, aber es war nicht mehr dazu gekommen.

«Die Taten dürfen aber nicht unvernünftig sein, mein Sohn», sagte Paulina etwas versöhnlicher. «Mit dem Geheimdienst des Kaisers ist nicht zu spaßen.»

«Man muss den Menschen die Augen öffnen über diesen Despoten, Maman!», rief Frédéric leidenschaftlich. «Macht es Ihnen denn gar nichts aus, wie eine Marionette auf seinen angeordneten Festen in den Tuilerien zu tanzen?»

«Natürlich macht es mir etwas aus! Ich kenne den Kaiser jedoch und weiß, dass er seinen Feinden gegenüber unbarmherzig ist.»

Frédéric reckte entschlossen das Kinn vor. «Ich werde schon einen Weg finden, mich gegen ihn zur Wehr zu setzen, ohne dass er oder seine Schergen mir auf die Schliche kommen.»

Paulina schwieg zutiefst beunruhigt. Woher hatte der Junge nur seine Starrköpfigkeit? Es war offenbar sinnlos, noch länger auf ihn einzureden. Andererseits war die Warnung des Kaisers eindeutig gewesen. Paulina seufzte. Ihr würde nichts anderes übrigblieben, als ihren Sohn vor sich selbst zu schützen und ihn vor allem dem Einfluss seiner Pariser Kumpane zu entziehen.

Sie beschloss, ihn fürs Erste nach Crefeld zu schicken.

«Ich hätte nicht gedacht, dass Sie dazu neigen, in Tagträumen zu schwelgen, Frau Gräfin!»

Paulina, die an einer steinernen Ufermauer lehnte und gedankenverloren auf den winterlichen Fluss blickte, drehte erschrocken ihren Kopf zur Seite. Neben ihr war jedoch niemand zu sehen.

«Leider bin ich immer noch dazu gezwungen, mein Leben auf niedriger Ebene zu fristen», erklang erneut die Stimme, und als Paulina sich umwandte, stand hinter ihr auf dem Bürgersteig ein Stuhl mit Rädern, in dem ein Mann in einem verschlissenen Mantel saß. Unter seiner tief ins Gesicht gezogenen, dunklen Wollmütze quollen karottenrote Locken hervor.

«Monsieur de Longeaux!», rief sie ehrlich erfreut. «Wir haben uns lange nicht gesehen!»

«Genauer gesagt sind fünf Jahre seither vergangen, Madame», präzisierte Longeaux.

Wenn Paulina nicht gewusst hätte, dass er ein Graf und ehemaliger hoher Staatsbeamter war, hätte sie ihn für einen armen Schlucker aus dem Faubourg Saint Antoine gehalten. Es machte den Anschein, als habe er seine während der Französischen Revolution errungenen Würden unter Kaiser Napoleon nicht behaupten können. Vielleicht war er auch deshalb nie ihrer Einladung gefolgt.

«Kann ich irgendetwas für Sie tun, Monsieur?», fragte Paulina also und versuchte, den Anflug von Mitleid zu unterdrücken, der sie bei seinem Anblick befallen hatte.

Longeaux' Miene bekam einen spöttischen Zug, der nicht zu seiner armseligen Aufmachung passte. «Ob *Sie* etwas für mich tun können? Ich glaube eher, dass *ich* es bin, der etwas für Sie tun kann!» Und als sie ihn teils erstaunt, teils verärgert musterte, fügte er hinzu: «Ich mache Ihnen einen Vorschlag, Madame. Falls ich Ihnen dies zumuten darf, dann schieben Sie mich doch bitte ein wenig das Trottoir entlang. Ich möchte nicht mehr Aufmerksamkeit als nötig erregen. Wenn Sie mich fahren, hält man Sie vielleicht für meine Krankenschwester.»

«Aber warum sollte ich das tun?», fragte Paulina empört.

Doch als sie sah, dass die vorbeigehenden Menschen Longeaux und sie neugierig angafften, ging sie kurzerhand um den rollenden Stuhl herum, packte die beiden Griffe an seiner Lehne und begann, das Gefährt vor sich her zu schieben.

«Keine Sorge, Sie werden diese Mühe nicht lange auf sich nehmen müssen», sagte Longeaux. «Mein Diener folgt uns mit etwas Abstand und wird Sie gleich wieder ablösen.»

«Einen Diener haben Sie also noch!», stellte Paulina fest.

«Auch wenn ich einen anderen Eindruck vermitteln sollte, Madame, bin ich glücklicherweise kein armer Mann. Ich habe diese Verkleidung gewissermaßen als Tarnung gewählt.»

Einen Moment lang fragte sich Paulina, ob zu seiner körperlichen Behinderung nun auch eine geistige Beeinträchtigung gekommen war. In was für eine Komödie war sie da geraten? Oder sollte sie besser Tragödie sagen?

«Ich zeige mich nur noch selten in Paris», erklärte Longeaux, «da ich gezwungenermaßen überall sofort auffalle. Dass ich heute hier bin, ist nicht ganz ungefährlich für mich. Jedoch wollte ich Ihre ... hm ... Angelegenheit persönlich erledigen.»

«Meine Angelegenheit?»

«Es geht um Ihren Sohn, Madame.»

Paulina fuhr der Schreck durch alle Glieder. Sie blieb stehen.

«Fahren Sie weiter, Frau Gräfin!», beschwor Longeaux sie. «Ich muss Sie bitten, mir zu vertrauen und sich Ihre Gefühlsregungen nicht allzu deutlich anmerken zu lassen.»

Paulina zögerte noch einen Augenblick, doch dann schob sie den Rollstuhl wieder an. Im nächsten Moment wurde ihr schmerzhaft klar, dass Longeaux alles andere als ein Mann ohne Verstand war.

«Ihr Sohn verfasst seit einiger Zeit zusammen mit ein paar Kameraden staatsfeindliche Pamphlete», begann er.

Er ist vom Geheimdienst, durchfuhr es Paulina. Wie mechanisch ging sie weiter, den Blick auf die Räder des Stuhls gerichtet.

«Ich weiß das, weil ich zu einer Vereinigung gehöre, der sich auch Ihr Sohn angeschlossen hat», fuhr Longeaux fort. «Man könnte sagen, dass wir es uns zur Aufgabe gemacht haben, den Sinn und Zweck von Kaiser Napoleons Wirken in Zweifel zu stellen.»

Er will sich nur mein Vertrauen erschleichen, dachte Paulina. In Wahrheit ist er hier, um mich auszuhorchen.

«Wovon reden Sie, Herr Graf?», fragte sie und versuchte, ihrer Stimme einen strengen Ton zu verleihen. «Mein Sohn würde sich an derlei Unfug niemals beteiligen!»

Ein paar Augenblicke lang herrschte Schweigen.

«Madame von Ostry», sagte Longeaux schließlich. «Ich bin alles andere als ein angenehmer Zeitgenosse, dessen bin ich mir durchaus bewusst. Allerdings sollten Sie mit Ihrem klugen Köpfchen doch wirklich kapiert haben, dass ich Ihnen nie etwas Böses wollte. Sie haben nun zwei Möglichkeiten: Entweder Sie vertrauen mir und ersparen Ihrem Sohn ein ähnliches Schicksal, wie es seine Kameraden erleiden mussten, oder Sie lassen mich hier stehen, und ich verschwinde für immer aus Ihrem Leben.»

Paulina schob weiter und wägte fieberhaft ab, was sie nun tun sollte. Sie rief sich in Erinnerung, dass Longeaux sich weder als junger Adeliger noch als Vertreter der Revolutionsbewegung durch besonders ehrenhaftes Verhalten ausgezeichnet hatte. Warum sollte dies auf einmal anders sein? Doch während ihr Verstand entschieden davon abriet, dem Mann zu vertrauen, sagte ihr Bauch etwas anderes.

Sie beschloss schließlich, diesmal auf ihr Gefühl zu hören.

«Sie arbeiten also im Widerstand?», fragte sie leise.

Sie meinte, einen winzigen Seufzer der Erleichterung bei Longeaux zu hören. «Ja, seit langem. Schon damals, als wir uns nach der Kaiserkrönung begegneten.»

«Welches Schicksal hat die Kameraden meines Sohnes ereilt?»

Longeaux atmete geräuschvoll aus. «Nun, der eine wurde tot in einer Gasse von Paris gefunden. Er ist erstochen worden. Der

Zweite liegt ertrunken in der Seine. Und der Dritte, unser hübscher Jacques, dem hat man mit der Kurbel seiner Druckerpresse den Schädel eingeschlagen.»

Paulina musste sich die Hand vor den Mund halten, um nicht laut aufzuschreien. «Dann hat der Kaiser also seine Drohung wahr gemacht …»

«Haben Sie etwas anderes erwartet, Madame? Napoleon geht überaus geschickt vor: Er klagt diese jungen Männer, die alle aus angesehenen adeligen Familien stammen, nicht öffentlich an, sondern lässt sie gewissermaßen einfach verschwinden. Ihre Mörder werden nie gefunden, und ihren Familien wird man nahelegen, von Nachforschungen abzusehen. Die Tötung ihrer Söhne ist ihnen Warnung genug, und anderen dient es als Abschreckung. Nun, was Ihren Sohn betrifft …»

«Ich weiß seit ein paar Tagen von seinen Aktivitäten», unterbrach Paulina ihn hastig. «Natürlich habe ich ihn aufgefordert, diese sofort zu unterlassen. Um ihn von jeglicher Versuchung fernzuhalten, habe ich ihn aus Paris fortgeschickt.»

«Wohin haben Sie ihn geschickt, Madame? Wohin?»

Paulina schloss für einen Moment die Augen. Entweder sie rettete Frédéric nun vor Napoleons Geheimdienst, oder sie machte den größten Fehler ihres Lebens.

«Er ist vor drei Tagen nach Crefeld gefahren.»

Sie hörte, wie Longeaux scharf Luft einzog.

«Verdammt! Ich dachte es mir! Sie müssen ihm sofort jemanden hinterherschicken, der ihn aufhält und in Sicherheit bringt!»

Paulina fühlte Panik in sich aufsteigen. Wieso sollte sie ihrem Sohn jemanden hinterherschicken? Er fuhr doch nach Crefeld, ins kleine, beschauliche, biedere Crefeld! Wie hatte sie nur so naiv sein können, Frédérics Heldentaten als Dummejungenstreich abzutun? Pierre und sie hatten sogar noch darüber gelacht, was der Lausebengel da hinter ihrem Rücken angezettelt hatte, und gemeint, dass es ihm ganz guttun würde, in Crefeld ein wenig den Ernst des Lebens in Form von täglicher Arbeit kennenzulernen.

«Napoleon verfügt über ein dichtes Netz von Spitzeln», sagte Longeaux. «Und in Crefeld gibt es einen besonders eifrigen Ordnungshüter.»

Paulina hatte das Gefühl, dass alles vor ihren Augen verschwamm.

«In Crefeld? O Gott! Wer ist es, Monsieur, sagen Sie es mir?»

«Es ist einer der Seidenfabrikanten. Sie werden ihn sicher kennen. Sein Name ist Terbrüggen.»

KAPITEL 50

Crefeld, Dezember 1809

«Ich habe immer geahnt, dass mit Terbrüggen etwas nicht stimmt. Sie doch auch, Madame, nicht wahr?»

Paulina saß mit tränenverschleierten Augen neben Thomas Cornelius in der Kutsche, die Crefeld an diesem Nachmittag durch das Hülser Tor verließ.

«Es war verwunderlich, dass er so schnell in Crefeld Fuß fasste», sprach Thomas weiter. «Die meisten, die sich in jener Zeit des Umbruchs hier ansiedelten, mussten sich hocharbeiten. Terbrüggen hingegen schien bereits alles zu haben, als er kam. Wenn man bedenkt, dass die Manufaktur seines Vaters am Boden war, als die Familie Crefeld verließ ...»

«Er hat sich an die Franzosen verkauft», sagte Paulina bitter. «Und jetzt hat er womöglich meinen Sohn auf dem Gewissen.»

Thomas sah sie hilflos an. «Wir wissen doch gar nicht, ob es tatsächlich Frédéric ist, den man gefunden hat. Die Beschreibung könnte auf Tausende junger Männer passen.»

Paulina fuhr sich verzweifelt durchs Gesicht. «Ich habe gehört, was mit den anderen geschehen ist, die mit ihm zusammen diese Pamphlete gedruckt haben. Einem von ihnen hat man den Schädel eingeschlagen!»

«Das ist ja fürchterlich!» Thomas senkte bestürzt den Kopf.

«Ich kann an nichts anderes mehr denken», sagte Paulina mit leerem Blick. «Jede Minute male ich mir aus, was mit Frédéric passiert sein könnte. Meine Schwiegermutter, Catherine, Sybilla und die Kinder sitzen in trauter Runde am Tisch, unterhalten sich und lachen, ahnungslos, wie sie glücklicherweise sind. Ich kann kaum Ihren ältesten Sohn anschauen, Cornelius, denn auch wenn er in seiner gemächlichen Art fast gar nichts mit meinem quirligen Frédéric gemein hat, erinnert er mich doch ständig an ihn …» Ihre Augen füllten sich erneut mit Tränen.

«Vielleicht ist Ihr Sohn noch unterwegs», wiederholte Thomas in seiner Ratlosigkeit den Satz, den er seit ihrer Ankunft immer wieder wie ein Gebet aufgesagt hatte.

Paulina schüttelte heftig den Kopf. «Sie wissen selbst, wie unwahrscheinlich das ist! Ich bin bereits seit vier Tagen in Crefeld, und Frédéric hatte zudem drei Tage Vorsprung.»

Sie schwiegen. Jeder blickte in Gedanken versunken aus dem Fenster. Der Winter hatte in diesem Jahr früh Einzug gehalten, und die Felder und Wiesen lagen unter einer in der Sonne glitzernden Schneedecke. Paulina dachte daran, wie am Vormittag eine erschütternde Neuigkeit in Crefeld die Runde gemacht hatte.

«Man hat im Bockumer Wald zwei Tote gefunden.»

Sie hatte keine Sekunde gezögert, ihren Schwager in den Bockumer Wald zu begleiten. Wenn es sich wirklich um ihren Sohn handelte, wollte sie sich wenigstens von ihm verabschieden.

Während draußen die stille Winterlandschaft vorbeizog, erinnerte Paulina sich an den heißen Julitag, als ihre Zwillinge zwischen rasselnden Geschützzügen zur Welt gekommen waren. Schon bald war klar gewesen, dass Frédéric mit seiner südländischen Erscheinung und dem ungestümen, rebellischen Wesen nach seiner Mutter kommen würde. Camille hingegen hatte nicht nur die bernsteinfarbenen Augen, sondern auch die leicht melancholische Art ihres Vaters geerbt.

Wenn Frédéric noch leben sollte, schwor sie sich, wenn der Tote im Bockumer Wald nicht mein Sohn ist, dann werde ich Christian sofort von seiner Existenz schreiben. Und ich werde den Jungen zu ihm schicken.

Die Kutsche erreichte die Stelle im Bockumer Wald, die man Thomas beschrieben hatte. Die beiden Toten waren in einem Viehunterstand aufgebahrt worden. In dem Holzverschlag stand eine Gruppe von mehreren Männern. Einer von ihnen, ein grauhaariger Herr, der trotz der eisigen Temperaturen in Hemdsärmeln war, redete gestenreich auf die anderen ein. Im Hintergrund zeichneten sich die Umrisse der mit grobem Sacktuch bedeckten Leichname ab.

Als der grauhaarige Mann Paulina und Thomas kommen sah, verstummte er und eilte ihnen entgegen. Er hob abwehrend die Arme. «Hier gibt es nichts zu gaffen! Warum sind nur alle so wild darauf, diese Leichname zu betrachten? Man sollte meinen, dass der Ort eines Verbrechens kein Ziel für eine Spazierfahrt ist!»

Thomas räusperte sich. «Wir sind nicht zum Vergnügen hier, mein Herr. Es besteht die Möglichkeit, dass es sich bei einem der Toten um einen Verwandten von uns handelt.»

«Von Ihnen?», rief der grauhaarige Mann, während er Paulina und Thomas kritisch musterte. «Das glaube ich kaum. Diese Toten waren einfache Burschen, die mit Ihresgleichen nichts zu schaffen haben.»

«Dürfen wir dennoch einen Blick auf sie werfen?», beharrte Thomas.

«Da gibt es nicht viel zu sehen, meine Herrschaften!», erwiderte der grauhaarige Mann. «Die beiden sind erstochen worden, wahrscheinlich aus dem Hinterhalt. Der Jüngere war ein ganz hübscher Kerl mit langen, schwarzen Locken. Er hatte so ähnliche Augen wie Sie, Madame, aber die kann man nun ohnehin nicht mehr anschauen, denn ich habe ihm die Lider geschlossen. Als man mich rief, habe ich noch das Entsetzen in seinem Blick gesehen, das er im Augenblick seiner Todesstunde verspürt haben muss.»

Paulina merkte, wie ihr schwindelig wurde. Sie fühlte sich einer Ohnmacht nahe, und Thomas musste sie stützen.

Der grauhaarige Mann musterte Paulina mit besorgter Miene. «Ich sollte mich wohl zuerst einmal um die Dame kümmern. Ich bin Arzt und komme aus Uerdingen. Inzwischen können Sie meinethalben die Leichname begutachten, mein Herr. Keine Bange, sie sehen recht passabel aus, obwohl sie seit mindestens zehn Tagen dort draußen gelegen haben. Die Jahreszeit hat gewisse natürliche Prozesse aufgehalten – der Schnee hat die Leichen gleichsam konserviert.»

Thomas war vor Wut knallrot im Gesicht geworden.

«Können Sie nicht ein wenig Rücksicht auf die Dame nehmen?», fuhr er den Arzt an und schob ihn unsanft fort. Entschlossen ging er auf den Unterstand zu.

Der Arzt begann, an Paulinas Handgelenk herumzutasten, um ihr den Puls zu fühlen, doch sie riss sich mit plötzlich wiedererwachten Lebensgeistern los und lief Thomas hinterher.

«Haben Sie gehört, Thomas? Er hat gesagt, dass die Toten seit mindestens zehn Tagen dort draußen gelegen haben. Es kann also nicht Frédéric sein!»

Thomas blieb stehen und blickte sie verblüfft an. «Sie haben recht, Madame! Er hätte förmlich fliegen müssen, um so schnell hierherzugelangen!»

Thomas stürmte in den Unterstand und beugte sich über die Leichname. Als Paulina seinen Ausruf der Erleichterung hörte, schloss sie die Augen und sank auf die Knie. Ungeachtet der Kälte und Nässe hockte sie sich in den Schnee und barg ihr Gesicht in den Händen.

Frédéric war noch nicht tot, dessen war sie sich plötzlich ganz sicher. Er lebte noch, und sie würde ihn finden. Napoleons Geheimdienst würde seiner nicht habhaft werden. Sie würde alles dafür tun, damit ihr Sohn ihm entkam. Er durfte nicht von dieser Welt gehen, ohne seinem Vater begegnet zu sein.

«Madame, es steht schlecht um unsere Geschäfte», sagte Thomas Cornelius, als Paulina und er nebeneinander durch das Geschäftshaus gingen. Sie begutachteten eine Ladung Samtstoffe, deren Auslieferung in letzter Minute aufgehoben worden war, weil der vorgesehene Käufer seine Bestellung zurückgezogen hatte.

Paulina blieb stehen. «Warum sagen Sie mir das erst jetzt?»

Thomas setzte ein unglückliches Gesicht auf, das ihn wie einen traurigen Bären erscheinen ließ. «Sie waren so in Sorge um Ihren Sohn, Madame …»

«Das bin ich immer noch!», fuhr Paulina ihm dazwischen. «Aber das ist noch lange kein Grund, dass Sie mir derart wichtige Informationen vorenthalten! Warum haben Sie mir nicht längst nach Paris geschrieben?»

«Die Angelegenheit erschien mir zu bedeutend für einen Brief. Ich zog es vor, persönlich nach Paris zu fahren, um Sie in Kenntnis zu setzen. Wenn Sie nicht hier aufgetaucht wären, hätte ich mich bald auf den Weg gemacht.»

«So schlimm steht es?»

«Die Aufträge sind katastrophal zurückgegangen, Madame. Es ist, als hätte jemand unseren Kunden nahegelegt, uns regelrecht zu ächten.»

Paulina kniff die Lippen zusammen. «Es handelt sich also nicht nur um unsere Pariser Kunden?»

«Leider nein, denn diese könnten wir ohne weiteres verschmerzen. Hinzu kommen allerdings noch Auftraggeber aus den Staaten des Rheinbundes, aus der Schweiz und aus dem Königreich Westfalen – kurz gesagt: Kunden aus dem Einflussbereich Napoleons.»

Paulina wich seinem fragenden Blick aus. «Wie lange geht das schon so?»

«Noch nicht lange, Madame. Der Einbruch kam plötzlich und unerwartet heftig.»

«Können wir nicht andere Absatzmärkte erschließen?»

Thomas lachte bitter auf. «Durch die Handelssperre mit England bleiben uns nicht allzu viele Möglichkeiten! Halb Europa ist in Napoleons Hand. Im Übrigen ist es für ein Unternehmen unserer Größenordnung schwierig, sich so schnell einen neuen Kundenstamm aufzubauen. Und das müssen wir, wenn wir nicht untergehen wollen.»

Paulina schwieg. Sie musste an die üblen Scherze denken, die man hinter ihrem Rücken in den Pariser Salons zu machen pflegte. Wenn die Gräfin Ostry die Wahl zwischen einer Lieferung Rohseide und ihren Kindern hätte, würde sie die Rohseide nehmen – das sagte man ihr immer wieder gerne nach. Hatte nicht auch Napoleon sich schon dieses Spruches bedient?

Paulina schlenderte an den aufgestapelten Tuchballen entlang, die ihre vorgesehenen Adressaten nun nicht mehr erreichen würden. Und wenn das Seidenunternehmen nun wirklich untergehen würde? Es hatte Zeiten gegeben, da hätte sie ihre Seele verkauft, um dies zu verhindern. Aber jetzt? Was war schon diese verflixte Seidenmanufaktur gegen das Leben ihres Sohnes?

«Ich werde das Gefühl nicht los, dass der Kaiser persönlich etwas mit unserem Geschäftsrückgang zu tun hat», sagte Thomas hinter ihr. «Homberg, der in diesen Dingen ein feines Gespür besitzt, äußerte bereits etwas Ähnliches. Abgesehen von der ausgesprochenen Torheit Ihres Sohnes, sich gegen einen Mann aufzulehnen, vor dem die mächtigsten Herrscher Europas erzittern – haben Sie womöglich noch in anderer Form den Zorn Napoleons auf sich gezogen, Madame?»

Paulina strich über einen wunderschönen, weinroten Samtstoff. «Ich wüsste nicht, wie …»

Sie merkte, dass Thomas auf sie zueilte. Er packte sie von hinten am Arm. «Sie müssen zum Kaiser gehen, Madame! Bitten Sie ihn um Vergebung für die Dummheiten Ihres Sohnes! Wir werden sonst alles verlieren, was wir uns in so langen Jahren aufgebaut haben.»

Paulina drehte sich zu Thomas um. «Ich kann nicht, Cornelius, hören Sie, ich kann nicht zum Kaiser gehen!»

Thomas starrte sie entgeistert an. «Warum können Sie nicht?»

Draußen auf dem Gang waren Stimmen zu hören. Paulina beugte sich über die Tuchrollen.

«Frau Gräfin», war der Kontorangestellte Homberg zu vernehmen, «Herr Terbrüggen ist hier!»

Unter Aufbietung all ihrer Kräfte versuchte Paulina, sich zu sammeln. Sie wollte diesem Spitzel Napoleons unter keinen Umständen zeigen, in welcher Verfassung sie war.

«Frau von Ostry, was für eine Überraschung!», rief Terbrüggen. War seine Stimme schon immer so scheinheilig gewesen?

Paulina wandte sich um.

Sie musste sich beherrschen, um dem Seidenfabrikanten, der übers ganze Gesicht grinsend vor ihr stand, nicht an die Gurgel zu springen. Was hatte Terbrüggen in den letzten Jahren ihrer Zusammenarbeit alles über sie an Napoleons Geheimdienst weitergeleitet? Hatte er womöglich sogar im Crefelder Kontor und in ihren Papieren herumgeschnüffelt?

«Werter Terbrüggen!», sagte Paulina in gespielter Freude. «Was verschafft mir die Ehre Ihres Besuches?»

«Eigentlich sollte ich Ihnen böse sein, Madame, dass Sie mir Ihre Ankunft in Crefeld bisher verschwiegen haben. Nun ja, da diese Stadt kleiner ist als Paris, spricht es sich dennoch schnell herum, wenn die Frau Gräfin sich von ihren Verpflichtungen am kaiserlichen Hof losgerissen und den Weg nach Crefeld auf sich genommen hat. Gibt es einen bestimmten Grund, warum Sie hier sind?»

«Die Geschäfte erfordern meine Anwesenheit», antwortete Paulina.

Terbrüggen seufzte theatralisch. «Ich hörte davon, dass Ihr Seidenhandel einen starken Rückgang zu verzeichnen hat. Da bleibt einem eben nichts anderes übrig, als das eine oder andere Fest am Pariser Hof auszulassen.»

«Höre ich da etwa einen gewissen Neid heraus?», fragte Paulina mit süßlicher Stimme.

In Terbrüggens Gesicht zuckte es verdächtig. «Sie werden sich Ihr arrogantes Gehabe bald abgewöhnen müssen, Madame! Ihr Stern ist im Sinken begriffen, wie Sie sicher selbst bereits festgestellt haben.» Er streifte Thomas mit einem geringschätzigen Blick. «Wie schön, dass Ihr Herr Teilhaber auch zugegen ist! Dann können wir ja gleich zu dritt besprechen, was ich Ihnen anzubieten habe.»

«Höre ich richtig?», fragte Paulina. «Sie wollen *uns* etwas anbieten? War es bisher nicht eher umgekehrt?»

Terbrüggen machte sich nicht die Mühe, seine Genugtuung zu verbergen. «Sie sagen es selbst – bisher! Die Zeiten sind jedoch vorbei, in denen Sie mir Aufträge verschafften und ich Ihnen nur zuarbeitete. Nehmen Sie zur Kenntnis, dass einige Ihrer bedeutendsten Kunden zu mir gewechselt sind.»

Während Thomas vor Entsetzen der Mund offen stehen blieb, schaffte es Paulina, ein Lächeln auf ihre Lippen zu zaubern.

«Nun, dann sind Sie Ihrem ehrgeizigen Ziel, in die Tuilerien zu gelangen, ja vielleicht ein Stück näher gekommen. Nur Ihr Französisch lässt noch ein wenig zu wünschen übrig, mein Lieber. Oder hat es sich seit meinem letzten Besuch in Crefeld verbessert?»

Sie begann, in ihrem Täschchen zu kramen, und zog einen kleinen Spiegel hervor, in dem sie sich gründlich betrachtete. «Welche Gegenleistung hat Napoleon übrigens dafür bekommen, dass er Ihnen unsere Kunden verschafft hat?»

Nun blieb auch Terbrüggen der Mund offen stehen. «Wie bitte?»

Paulina blickte von ihrem Spiegel auf und hob die Augenbrauen.

«Es gibt nichts umsonst auf dieser Welt, Herr Terbrüggen, außer vielleicht den Tod, nicht wahr?»

Terbrüggen schluckte. «Frau Gräfin, Sie sind reichlich hochnäsig dafür, dass Sie so viele Probleme haben.»

«Was für Probleme?» Paulina widmete sich wieder ihrem Spiegelbild. «Warum sollte ich Probleme haben? Endlich kann ich mich ausschließlich den schönen Feierlichkeiten bei Hof widmen.»

Sie spürte, dass es in Terbrüggen zu kochen begann.

«Hören Sie auf, mir solche Märchen zu erzählen, Madame! Sie können ohne Ihren Seidenhandel nicht leben!»

Paulina lächelte hinter ihrem Spiegel. «Ich könnte schon allein deshalb ohne meinen Seidenhandel leben, weil ich dann nichts mehr mit Ihresgleichen zu tun haben müsste, Herr Terbrüggen!»

Der Kaufmann konnte sich nun nicht mehr zurückhalten.

«Sie sind beileibe nicht in der Position, die Hochmütige zu spielen!», brach es aus ihm heraus. «Wie ich hörte, haben Sie in Paris noch ein weiteres Problem. Wie schade für Sie! Da Sie so dumm waren, ausgerechnet jetzt nach Crefeld zu fahren, werden Sie nicht zugegen sein, wenn man sich in Paris darum kümmert.»

Paulina jubelte innerlich. Wenn sie die Worte Terbrüggens richtig deutete, war Frédéric noch nicht in Crefeld aufgetaucht, und der Geheimdienst wusste nicht einmal, dass der Junge Paris verlassen hatte. Langsam ließ sie ihren Spiegel sinken.

«Sie sprechen in Rätseln, mein Lieber. Und nun möchte ich

Sie bitten, unser Kontor zu verlassen. Falls Sie gedacht haben sollten, dass wir darum betteln, zukünftig für Sie produzieren zu dürfen, dann muss ich Sie leider enttäuschen. Der Kaiser hat mir im Übrigen bereits signalisiert, dass er mein Entgegenkommen honorieren wird. Sie wissen, wie schnell der Spieß sich in diesem Staate umkehren kann. Gnade und Ungnade liegen nahe beieinander.»

Sie steckte ihren Spiegel ein, ordnete ihr Haar und machte sich auf den Weg zur Tür. Im Vorbeigehen drehte sie sich noch einmal zu Terbrüggen um. «Sie müssen sich einen anderen Fabrikanten suchen, mein Lieber. Für nichts in der Welt würde ich einen Auftrag von Ihnen annehmen.»

Kapitel 51

Erldyk, Dezember 1809

Im fahlen Mondlicht sah die verschneite Zufahrt von Erldyk mit den weiß gepuderten Bäumen und Sträuchern so märchenhaft aus, dass es Paulina ganz warm ums Herz wurde. Am Ende des Weges lag das Schloss, dessen Fenster hell erleuchtet waren und das die späten Gäste mit seinem einladenden, weithin in die winterliche Dunkelheit scheinenden Licht willkommen hieß.

Paulina musste an den Abend vor vielen Jahren denken, als sie von Hannover kommend mit bangem Gefühl vor dem damals wie verlassen daliegenden, gespenstischen Haus eingetroffen war.

Heute stand das Portal bereits weit offen, als ihre Kutsche in den mit einer frischen Schneedecke überzogenen Schlosshof fuhr. In der Tür waren die Umrisse einer Frau und eines Mannes zu sehen, ein Diener kam mit einer Lampe die Freitreppe herunter.

«Frau Gräfin, was für eine Überraschung!», rief er ehrlich erfreut, als Paulina aus dem Wagen kletterte. «Wir haben Sie noch gar nicht erwartet!»

Die beiden Personen in der Tür eilten Paulina geschäftig entgegen. Sie erkannte Heinsmann, den Verwalter von Erldyk, und seine Frau.

«Wir hätten die Treppe vom Schnee geräumt, wenn wir gewusst hätten, dass Sie schon kommen!», sagte Heinsmann und half Paulina die verschneiten Stufen hinauf. «Wie sind Sie denn so schnell hierhergelangt, gnädige Frau? Das grenzt ja fast an Zauberei!»

Paulinas Blick wanderte amüsiert zwischen den dreien hin und her. «Es erstaunt mich, dass Sie über mein Kommen Bescheid wissen, denn ich habe mich erst vor wenigen Stunden entschlossen, nach Erldyk zu fahren.»

«Vor wenigen Stunden?», rief Frau Heinsmann entgeistert aus. «Und in Crefeld waren Sie auch schon?»

«Nun lass die gnädige Frau doch erst einmal ins Haus kommen, Trude», griff ihr Gatte ein. «Sie wird nach der langen Reise hungrig und müde sein.»

Paulina fand das Verhalten des Verwalters und seiner Frau zwar reichlich merkwürdig, doch die herzliche Aufnahme tat ihr gut. Sie konnte sich plötzlich nichts Schöneres vorstellen, als sich nach einem guten, im Kaminzimmer genossenen Abendmahl in ihr Schlafzimmer zurückzuziehen und zwischen weichen Kissen tief und traumlos zu schlafen.

«Man könnte meinen, hier würde ein Fest gefeiert», bemerkte sie freundlich, als sie in der hell erleuchteten Halle stand und sich umschaute. «Haben Sie Gäste?»

Der Verwalter und seine Frau sahen sie nun an, als hätte sie nicht mehr alle Sinne beisammen.

«Aber gnädige Frau!», entrüstete Frau Heinsmann sich. «Das wissen Sie doch selbst!»

Paulina versuchte, sich zu erinnern, ob Thomas oder Homberg in den letzten Tagen irgendeine Andeutung gemacht hatten. Es war nicht ungewöhnlich, dass die Handelsreisenden der Manufaktur von Ostry in Erldyk nächtigten, wo es bequemer war als in den Gasthöfen der Stadt.

«Ja, natürlich», sagte sie also, um das verblüffte Verwalterehepaar nicht weiter zu beunruhigen. «Ich wäre Ihnen nur sehr verbunden, wenn ich den heutigen Abend nicht in Gesellschaft verbringen müsste.»

Ihre Bitte stürzte die beiden in noch größere Verwirrung.

«Sie wollen alleine sein?», entfuhr es Frau Heinsmann. «Wozu sind Sie denn dann gekommen? Man freut sich doch auf Sie!»

Nun war es an Paulina, überrascht zu sein. «Wer freut sich auf mich?» Das hatte ihr gerade noch gefehlt, mit irgendeinem Händler oder Korrespondenten die Seidenproduktion besprechen zu müssen. Schließlich war sie nach Erldyk gekommen, um ihre Ruhe zu haben.

Die Frau des Verwalters nahm Paulina kurzerhand am Arm und zog sie durch die Halle zum großen Salon, in dem die Familie zusammenkam, wenn sie mit Kind und Kegel in Erldyk war.

Als Paulina hinter Frau Heinsmann den Raum betrat, meinte sie, sich in einem Traum wiederzufinden. Überall im Salon brannten Kerzen, deren Flammen tanzende Schatten an die Wände warfen. Der warme Schimmer eines im Kamin prasselnden Feuers fiel auf die Gesichter der Personen, die sich davor versammelt hatten. Auf einem Sofa saß Anna von Ostry in einem hellen Crêpekleid, die dunklen Haare offen über die Schulter ausgebreitet, und knabberte genüsslich Konfekt. Neben ihr, in voller Lockenpracht, stand Frédéric. Er hatte die Lippen zu einem spöttischen Lächeln verzogen und klimperte auf einer Mandoline. Im Lieblingssessel des alten von Ostry saß Christian von Bahro. In seinem Gesicht spiegelte sich Erstaunen wider, das sich in Freude verwandelte.

«Guten Abend, Maman!», ergriff Frédéric das Wort. «Verfügen Sie über hellseherische Kräfte, oder sind Sie wie der Blitz gereist? Wundern würde mich bei Ihnen weder das eine noch das andere.»

Paulina merkte, wie ihr die Knie schwach wurden. Sie war plötzlich unfähig, auch nur einen weiteren Schritt zu machen.

Frédéric lebte, und er war in Erldyk!

Christian hatte sich erhoben. Langsam kam er auf Paulina zu – dieser Mann, den sie nie hatte vergessen können, den das Schicksal ihr immer wieder geraubt hatte und der nun zu ihr gekommen war. Selten hatte sie ihn so gelöst und heiter gesehen. Seine hellbraunen Augen leuchteten, als er fragte: «Wollen wir uns zuerst wieder ein wenig streiten, oder darf ich Sie diesmal gleich mit einem Kuss begrüßen?»

«Wir sind uns in der Poststation von Aachen begegnet», erzählte Christian. «Frédéric war auf dem Weg nach Crefeld und ich nach Paris.»

«Nach Paris?», fragte Paulina. «Hatten Sie wieder einen Auftrag Ihrer Majestät der Königin zu erledigen? Oder haben Sie, was ich kaum zu vermuten wage, die Reise womöglich meinetwegen unternommen?»

Sie hatten alle vor dem Kamin Platz genommen, nachdem die erste Aufregung der Wiedersehensfreude sich gelegt hatte.

«Beides trifft zu, Madame», antwortete Christian. «Allerdings war ich nicht im Auftrag der Königin unterwegs, sondern auf Veranlassung des ehemaligen Staatsministers von Hardenberg.»

Paulina horchte auf. «Dann muss es wichtig gewesen sein, wenn er Sie eigens nach Paris geschickt hat.»

«So wichtig, dass ihm das Senden eines Briefes zu gefährlich erschien», bestätigte Christian.

Paulina warf einen forschenden Blick auf ihre Kinder. Doch weder Frédéric noch Anna schienen erstaunt darüber zu sein, dass ihre Mutter mit einem ins Exil verbannten preußischen Minister zu tun hatte.

«Wie kommt es dann, dass Sie in Crefeld gelandet sind?», wandte Paulina sich wieder an Christian.

«Frédéric warnte mich davor, nach Paris zu fahren. Er sagte, dass Ihre Familie ins Visier des Pariser Geheimdienstes gekommen sei. Für einen preußischen Offizier sei es also nicht gerade der richtige Zeitpunkt, um bei Ihnen vorzusprechen.»

Paulina blickte erstaunt zwischen Christian und ihrem Sohn hin und her. «Sie wollen mir doch nicht weismachen, dass Frédéric Ihnen derart vertrauliche Dinge mitteilte!»

«Warum hätte ich das nicht tun sollen?», fragte der Junge mit entwaffnender Selbstverständlichkeit. «Schließlich ist er mein Vater.»

Paulina war nun völlig irritiert. «Aber das konntest du doch nicht wissen!»

Frédéric musste über die Naivität seiner Mutter herzlich lachen. «Denken Sie, dass ich blind bin? Camille ist dem Hauptmann von Bahro wie aus dem Gesicht geschnitten, und da sie meine Zwillingsschwester ist …» Er beugte sich über seine Mandoline und spielte eine Tonfolge in Moll. «Ich habe mich dem Mann, dessen Namen ich trage, immer irgendwie fremd gefühlt. Jetzt weiß ich, warum.» Es schlossen sich eine Reihe munterer Akkorde an. «Wenn meine Freunde wüssten, dass mein wirklicher Vater nicht Mitglied des verhassten Senats von Frankreich ist, sondern ein preußischer Offizier, der am Hof des Königs verkehrt …»

«Unterstehe dich, es ihnen zu verraten!», fiel Paulina ihm energisch ins Wort. «Ich bin heilfroh, dass ich dich unbeschadet aus Paris herausgebracht habe.»

«Maman, ich weiß selbst, dass niemand von der Anwesenheit

des Hauptmanns von Bahro erfahren darf», sagte Frédéric ernst. «Aus diesem Grunde sind wir nach Erldyk und nicht nach Crefeld gefahren. Wir haben nicht einmal Großmutter und Thomas Cornelius Bescheid gegeben. Großmutter hätte das Geheimnis nie und nimmer für sich behalten können.»

Paulina konnte nur noch staunen.

«Nur Ihnen haben wir nach Paris geschrieben, Maman, und Sie gebeten, schnellstmöglich hierherzureisen», fuhr Frédéric fort. «Das erschien uns angesichts der Umstände die beste Lösung. Offenbar verfügen Sie jedoch über hellseherische Fähigkeiten, da Sie unserem Schreiben zuvorgekommen sind.»

«Oder über einen guten Freund», murmelte Paulina vor sich hin.

Ihr war plötzlich klar, wie viel Glück sie gehabt hatten. Ohne die Begegnung mit Christian wäre der Junge jetzt vielleicht schon tot. So aber war nicht nur Frédéric gerettet worden – es hatten sich auch Vater und Sohn gefunden.

«Wer denkt eigentlich an mich?», meldete sich Anna zu Wort und verzog beleidigt den Mund. «Sie haben mich noch gar nicht gefragt, warum ich hier bin, Maman!»

Paulina lachte und drückte die Hände ihrer Tochter. «Verzeih mir, mein Liebes, aber ich war so in Sorge um Frédéric … Du bist also einfach mit deinem Bruder gefahren.» Sie stutzte plötzlich. «Ich kann mich jedoch nicht erinnern, dir die Erlaubnis dazu erteilt zu haben.»

Anna blickte ihre Mutter kess an. «Ich habe mir Ihre Erlaubnis auch nicht eingeholt. Das kann jedoch so schlimm nicht sein angesichts der Tatsache, dass Sie mich bisher nicht einmal vermisst haben.»

Paulina presste beschämt die Lippen aufeinander. Sie hatte drei Tage lang nicht gemerkt, dass auch ihre siebzehnjährige Tochter Paris verlassen hatte!

«Nun sag schon, warum du hier bist!», drängte Frédéric.

Anna holte tief Luft. «Ich werde mich mit meiner Großtante treffen», teilte sie mit. «Anna kommt in Kürze nach Crefeld.»

«Du hast aber hoffentlich nicht vor, dich ihrer Theatertruppe anzuschließen?», fragte Paulina alarmiert.

Anna antwortete nicht.

«Sie hat genau das vor», bestätigte Frédéric.

«Ich denke darüber nach», schränkte Anna schnell ein.

Christian, der dem Gespräch interessiert gelauscht hatte, räusperte sich. «Ich finde, es ist zu spät, um heute noch Dinge von solcher Tragweite zu entscheiden. Also schlage ich vor, dass die Jugend sich jetzt zu Bett begibt, damit die Erwachsenen noch einige wichtige Dinge besprechen können. Wir werden für alle Probleme eine Lösung finden.»

Die jungen Leute gehorchten ohne Protest. Frédéric klimperte einen Schlussakkord, legte sein Instrument beiseite und ging, gefolgt von seiner Schwester, zur Tür. Paulina begleitete ihre Kinder auf den Flur hinaus.

«Du wirst also damit aufhören, Hetzschriften über den Kaiser zu verbreiten?», fragte sie, als sie sich von Frédéric verabschiedete.

«Mit derlei Kinderkram werde ich mich nicht mehr befassen», antwortete ihr Sohn. «Einen Mann wie Napoleon kann man nicht mit kleinen Schmierereien zu Fall bringen. Es wird noch etwas dauern, bis man Napoleon schlagen kann. Was nutzt uns jetzt ein stümperhafter, schlecht geplanter Widerstand, wenn es später keine fähigen Leute mehr gibt, die am Tage von Napoleons Untergang die Geschicke des Landes in die Hand nehmen können?»

Paulina war sprachlos. «Es ist wirklich erstaunlich, wie schnell du zur Vernunft gekommen bist. Mir scheint, es wurde höchste Zeit, dass du deinem Vater begegnest.»

«Ich denke, wir sind nun quitt», sagte Christian, als Paulina in den Salon zurückgekehrt war. Er stand am Fenster und sah in den verschneiten, nächtlichen Park hinaus. «Sie haben mir bei unserer letzten Begegnung meinen Sohn vorenthalten, und ich habe Ihnen vorenthalten, dass ich mit der Tochter eines mecklenburgischen Freiherrn verheiratet bin. Ich habe der Vermählung übrigens an dem Tag zugestimmt, als ich erfuhr, dass Sie, Madame, nach Paris gezogen waren, weil man Ihren Gatten in den Senat berufen und zum Grafen geadelt hatte.»

Paulina blieb ein wenig unschlüssig in der Mitte des Raumes stehen. Sie fröstelte. Das Feuer war fast heruntergebrannt, und Christian hatte kein neues Holz aufgelegt. Nach dem Weggang ihrer Kinder fühlte sie plötzlich eine sonderbare Beklommenheit.

«Welche Botschaft hat Ihnen von Hardenberg für mich mitgegeben?», fragte sie.

Christian drehte sich um. «Ehrlich gestanden, war ich zutiefst erschüttert, als ich erfuhr, dass Sie seit zwei Jahren für von Hardenberg arbeiten. Für ihn ist es von unschätzbarer Hilfe, über die Vorgänge aus dem engeren Kreis des französischen Kaisers unterrichtet zu sein. Sie aber, Madame, ahnen wohl nicht, wie gefährlich Sie leben, indem Sie ihm diese Berichte liefern.»

«Sind Sie gekommen, um mir dies zu sagen?»

«Napoleon hat dem Königspaar gestattet, nach Berlin zurückzukehren. Die Königin betreibt emsig die Wiedereinstellung von Hardenberg in den preußischen Staatsdienst. Falls in dieser Situation ein Schreiben der Gräfin Ostry in die Hände der Franzosen fallen sollte, wären Luises Bemühungen von vornherein zum Scheitern verurteilt. Ich konnte von Hardenberg davon überzeugen, zukünftig auf Ihre Dienste zu verzichten.»

«Finden Sie nicht, dass dies eine Sache zwischen von Hardenberg und mir ist?», meinte Paulina.

«Napoleon ist nach seinem Desaster in Spanien sehr sensibel für jegliche Form des Widerstands. Man darf den französischen Geheimdienst nicht unterschätzen. Ich möchte nicht, dass man Sie eines Tages ertrunken in der Seine treibend findet, Madame!»

«Glauben Sie, ich lasse meine Nachrichten an von Hardenberg mit der öffentlichen Post befördern?», erwiderte Paulina ungehalten.

Christian kam voller Zorn auf sie zugestürmt und fasste sie bei den Schultern. «Ich spaße nicht, meine Liebe! Durch die Geschichte mit Frédéric wird der Geheimdienst Ihnen erhöhte Aufmerksamkeit zukommen lassen. Sie können froh sein, dass der dilettantische Aufstandsversuch des Jungen so glimpflich ausgegangen ist. Halten Sie sich in der nächsten Zeit um Himmels willen zurück! Keine Botschaften an von Hardenberg mehr, hören Sie!»

Paulina ließ entsetzt den Kopf sinken und schlug die Hände vors Gesicht. «Er ist nicht glimpflich ausgegangen», flüsterte sie.

«Was sagen Sie da?»

Mit brechender Stimme erzählte Paulina von Longeaux, Frédérics toten Kameraden und von einem Crefelder Fabrikanten, der lange für sie produziert und sich als Spitzel Napoleons erwiesen hatte.

Christian raufte sich die Haare. «Ist Ihnen das nicht Warnung genug? Sie müssten töricht sein, wenn Sie jetzt noch weitermachten. Ich habe bereits unserem Sohn erklärt, dass jeglicher Widerstand zum gegenwärtigen Zeitpunkt sinnlos ist. Eigentlich darf ich Ihnen das nicht sagen, und ich vertraue darauf, dass Sie keinen Gebrauch davon machen – aber wir arbeiten seit Jahren fest daran, den Staat Preußen und seine Armee von Grund auf zu reformieren. So etwas braucht Zeit und kann nicht von heute auf morgen geschehen. Irgendwann sind wir stark genug, um Napoleon niederzuschlagen, und dann werden wir zur Stelle sein!»

«Und was ist, wenn Napoleon in der Zwischenzeit noch mächtiger wird?», fragte Paulina.

«Das wird nicht geschehen, davon bin ich überzeugt. Ich glaube zwar nicht unbedingt an Weissagungen, aber im Sommer war eine als große Wahrsagerin bekannte Frau in Königsberg, die der Königin folgende Prophezeiungen machte: Luise werde noch vor Ende des Jahres nach Berlin zurückkehren. Die Jahre 1810 und 1811 würden noch schwer für Preußen werden. Im Jahr 1812 werde Napoleons Stern jedoch erbleichen, und in der Folge werde Preußen zu noch nie erreichtem Ruhm aufsteigen. Nun, die erste Prophezeiung hat sich bereits erfüllt.»

Er strich mit dem Handrücken über ihre Wange. Seine Augen hatten einen warmen Glanz bekommen.

«In diesen unruhigen Zeiten bleibt wenig Muße für zärtliche Begegnungen. Die Angelegenheit unseres Sohnes erfordert umgehendes Handeln. Der Junge kann keinesfalls länger hierbleiben. Wieder ist uns nur eine Nacht gewährt, meine Liebste, doch ich werde alles tun, um ihr bald weitere folgen zu lassen.»

Paulina spürte, wie ihr ganzer Körper von einer Welle der Leidenschaft erfasst wurde. «Sollen wir in den Stall gehen, oder begnügen wir uns diesmal mit weichen Daunen?», fragte sie lächelnd, bevor Christians Lippen sich auf ihren Mund senkten.

Sanft fuhr Christian mit dem Finger über Paulinas Rücken. Neben ihm ausgestreckt, den Kopf in die Hand gestützt, genoss sie das wohlige Gefühl ihres gesättigten Körpers.

«Frédéric muss fort von hier», sagte Christian nachdenklich. «Es ist nur eine Frage der Zeit, bis Terbrüggen erfährt, dass der Junge in Erldyk ist. So, wie Sie diesen Mann beschrieben haben, wird er sich die Gelegenheit nicht entgehen lassen, sich zu profilieren.»

«Aber wohin soll der Junge gehen?», fragte Paulina. «Nach Boltenhusen?»

«Auf keinen Fall! Er muss irgendwohin, wo er vor den Nachforschungen neugieriger Nachbarn sicher, aber dennoch bei vertrauten Menschen ist. Ich dachte an Ihre Verwandten in der Toskana.»

«Die Familie meiner Urgroßmutter Antonia?»

Christian richtete sich im Bett auf. «Vielleicht erinnern Sie sich, dass ich damals, als wir uns in Trugenhofen kennenlernten, aus Italien kam. Ich hatte ein paar Wochen im Schloss des Barons Recci in der Toskana verbracht und dort das Bild Ihrer Urgroßmutter gesehen. Der Baron hatte einen Sohn in meinem Alter, der mittlerweile gewiss selbst eine Familie besitzt. Ich werde Frédéric nach Italien begleiten.»

«Wird das Großherzogtum Toskana nicht von Napoleons Schwester regiert?», gab Paulina zu bedenken.

«Frédéric wird nicht so dumm sein, seine Heldentaten in Italien zum Besten zu geben.»

«Nein, das wird er nicht», sagte Paulina voller Überzeugung, während sie lächelnd an die Belehrungen ihres Sohnes dachte. Sie legte ihren Kopf auf Christians Brust. «Und was machen wir mit Anna?»

Christian streichelte ihr übers Haar. «Was halten Sie davon, wenn wir der jungen Dame eine kleine Alternative zum mühseligen Dasein in einer Theatergruppe bieten? Glauben Sie, dass ihr eine Reise in die Toskana behagen könnte?»

Paulina hob ihr Gesicht zu ihm auf. «Nun, wenn wir ihr diesen Vorschlag unterbreiten, werden die großen Bühnen hoffentlich noch ein wenig auf die nächste Anna warten müssen.»

«Dann sollten wir einen Versuch wagen!» Christian umschlang sie und raunte ihr ins Ohr: «*Ich* möchte aber nicht mehr warten!»

Am nächsten Nachmittag rollten zwei Kutschen in den Schlosshof von Erldyk ein. Nach einer nicht enden wollenden Kinderschar kletterten die Damen von Ostry und Thomas Cornelius aus den Wagen.

«So einfach werden Sie uns nicht los, meine Liebe!», begrüßte Frau von Ostry Paulina mit scherzhaft erhobenem Zeigefinger. «Wenn Sie dachten, dass Sie sang- und klanglos nach Erldyk verschwinden könnten, dann haben Sie sich gründlich getäuscht.

Schließlich möchten wir noch etwas von Ihnen haben, solange nicht eine wichtige Nachricht Sie nach Paris zurückruft.»

In einem unbeachteten Moment zog ihr Schwager Paulina beiseite. «Ich konnte die Damen leider nicht davon abhalten, sofort aufzubrechen», sagte er entschuldigend. «Gegen die drei bin ich einfach machtlos.»

Paulina lächelte und unterrichtete ihn über Frédérics Auftauchen, worauf Thomas Cornelius erleichtert aufatmete. «Dann ist ja jetzt alles geklärt. Apropos – ich habe ein Schreiben Ihres Gatten im Gepäck. Es kam heute mit der Post.»

Christian, Frédéric und Anna waren am Morgen nach Italien aufgebrochen – keine Minute zu früh, wie Paulina nach dem Eintreffen der Crefelder aufatmend feststellte. Anna hatte nicht gezögert, ihren Bruder und den preußischen Hauptmann zu begleiten. Zum tränenreichen Abschied hatte sie zwischen Tür und Angel noch etwas von einer unglücklichen Liebe in Paris gestammelt. Jetzt waren sie fort, und die zurückgebliebene Paulina war heilfroh, dass ihre Familie aus Crefeld gekommen war und mit ihrer lärmenden Anwesenheit dafür sorgte, dass sie mit ihrem Abschiedsschmerz nicht alleine blieb.

Erst am Abend fand Paulina Muße, Pierres Brief zur Hand zu nehmen. Da sie ihrem Gatten weder von ihrer Begegnung mit Longeaux noch von Frédérics toten Kameraden erzählt hatte, war sie einigermaßen erstaunt über das, was sie zu lesen bekam. Er habe eine Audienz beim Kaiser gehabt, schrieb Pierre, um für das unmögliche Benehmen des Jungen um Vergebung und Nachsicht zu bitten.

«Ich versicherte Napoleon, dass ich unseren Sohn der Verantwortung eines strengen Erziehers übergeben hätte. Der Kaiser zeigte sich entgegenkommend, gab mir jedoch zu verstehen, dass er den gleichen Bittgang noch einmal von Ihnen, Madame, erwarte.»

Paulina schnaubte vor Wut.

Dann gingen ihr die Einsichten durch den Kopf, die sie in den letzten Tagen gewonnen hatte. Wenn sie es recht überlegte – wäre es nicht vielleicht doch am besten, Napoleon bezüglich der Absichten der Familie von Ostry in Sicherheit zu wiegen? Dann würde auch Frédéric in der Toskana unbehelligt bleiben.

Pierre hatte noch ein Postskriptum angefügt, das Frau von Ostrys Befürchtung, Paulina könnte schon bald nach Paris zurückberufen werden, wahr machte.

«Raten Sie mal, wer in der Stadt ist, meine Liebe?», schrieb Pierre. «Es handelt sich um die Dame, deretwegen ich fast um den Genuss gekommen wäre, Sie zu heiraten. Erinnern Sie sich? Die Fürstin von Thurn und Taxis war untröstlich, dass Sie nicht hier sind. Man erwartet Sie in Paris, Madame!»

Kapitel 52

Paris, Februar 1810

«Wenn Ihr Gatte noch einmal diese alberne Geschichte von der beinahe geplatzten Hochzeit erzählt, dann drehe ich ihm den Hals um.» Therese von Thurn und Taxis ging, lächelnd nach rechts und links grüßend, neben Paulina durch den Salon ihres Pariser Hauses. «Stört es Sie nicht, dass er Sie vor aller Welt der Lächerlichkeit preisgibt?»

«Mein Gatte schafft es nur noch selten, mich aus der Fassung zu bringen», antwortete Paulina. «Er ist so schrecklich durchschaubar. Was kümmert es mich, wenn er sich zum Narren macht!»

«Haben Sie ihn eigentlich jemals geliebt?»

«Ich bitte Sie! Glauben Sie ernsthaft, dass ich einen Mann wie Pierre lieben könnte?»

Therese musterte Paulina prüfend von der Seite. «Wer ist es dann, der Ihre Augen so glänzen lässt, meine Liebe?»

«Ich verstehe nicht ganz …»

Die Fürstin lächelte ein wenig frivol. «Sie haben bisweilen so einen Blick … Man kann dann in Ihren Augen lesen, dass Sie eine große Liebe erleben. Wer ist er? Lebt er hier in Paris? … Nein, dann hätte ich schon von ihm erfahren. In einer Stadt wie Paris kann man so etwas nicht geheim halten. Ist er verheiratet? … Ich wüsste zu gerne, wer es geschafft hat, Ihre harte Schale zu knacken, um Ihr Herz zu erobern. Sagen Sie es mir, meine Freundin, ich bin so schrecklich neugierig.»

Paulina wich ihr aus. «Ich bin die Gattin eines Pariser Senators, da kann ich mir keine Liebhaber leisten.»

«Ich glaube Ihnen kein Wort!» Therese knuffte sie freundschaftlich in die Seite. «Wer ist es? Mir als Ihrer alten Vertrauten können Sie es doch erzählen …»

Vom anderen Ende des Saales kam ihnen Pierre entgegen.

«Mein teurer Herr Graf!», rief Therese und breitete einladend ihre Arme aus. «Amüsieren Sie sich gut?»

«Bestens wie immer, Madame!», antwortete Pierre mit gewohntem Charme. «Es gibt keinen Salon in Paris, in dem ich mich so gut unterhalte wie in Ihrem. Machen Sie in Ihrer Angelegenheit Fortschritte, Durchlaucht?»

Therese schwenkte ihre Hand hin und her. «Die Verhandlungen gestalten sich schwierig. Ich baue nun voll und ganz auf die Audienz beim Kaiser. Von der Wiedererlangung der Postrechte hängt gewissermaßen die Existenz des Hauses Thurn und Taxis ab.»

«Die Zeit dürfte günstig sein, um Zugeständnisse von Napoleon zu erwirken», meinte Pierre. «Sie sollten nicht aufgeben!»

«Das habe ich beileibe nicht vor, Monsieur», versicherte Therese gelassen. «Auch wenn ich es selten mit einem zäheren Verhandlungspartner zu tun hatte.»

«Graf Bertrand hat soeben den Saal betreten», zischte Pierre. «Sie sollten schleunigst ein weniger verfängliches Thema anschlagen, denn der Gute steuert geradewegs auf uns zu.»

Therese, die mit dem Rücken zum Eingang stand, rollte die Augen. «Dieser Mann ist so furchtbar humorlos», wisperte sie.

«Kein Wunder», sagte Paulina laut, «in Napoleons Umkreis hat man eben nichts zu lachen.»

Ein junger Mann gesellte sich zu ihnen, an dem alles aalglatt wirkte: sein Haar, sein Gesicht, seine Kleidung.

«Wer lacht über Napoleon?», fragte er mit unechtem Grinsen.

«Da fällt mir ein, Durchlaucht, wollten Sie mir nicht längst Ihr Rokokozimmer zeigen?», fragte Pierre theatralisch und machte eine Verbeugung vor Therese. Und zu Paulina sagte er: «Sie kümmern sich doch sicher gerne um den Grafen, nicht wahr?»

Es nutzte nichts, dass Paulina ihm einen bitterbösen Blick hinterherwarf, als er mit Therese davonrauschte. Im nächsten Moment stand sie mit dem Grafen Bertrand allein da.

«Ein interessantes Publikum, das die Fürstin von Thurn und Taxis in ihrem Salon versammelt, finden Sie nicht auch, Frau Gräfin?», fragte Bertrand, während er seinen Blick durch den Raum schweifen ließ. «Diese Abende haben so eine konspirative Note.»

«An diesen Abenden wird gegessen, getrunken und geplaudert», erwiderte Paulina. «Sie wissen doch, wie die Hofgesellschaft ist – sie hat nur ihr Vergnügen im Sinn.»

«Dann unterscheiden sich unsere Eindrücke ganz erheblich. Warum habe ich nur das Gefühl, dass in diesen Räumen heimliche Komplotte geschmiedet werden?» Bertrand beendete seinen Rundblick und wandte sich ihr zu. «Apropos – ich kann mich nicht erinnern, dass Sie seit Ihrer Rückkehr nach Paris bei Seiner Majestät vorstellig geworden wären.»

«Sollte ich das?», fragte Paulina leicht beunruhigt.

«Ich meinte, dass ich Ihrem Gatten dies unverkennbar zu verstehen gegeben hätte. Die Geduld des Kaisers ist nicht unbegrenzt. Andernfalls müssen wir annehmen, dass Sie ganz bestimmte Gründe haben, warum Sie dem Wunsch Seiner Majestät nicht nachkommen.»

Paulina schwieg. An manchen Tagen war sie schon kurz davor gewesen, in den Tuilerien um eine Audienz beim Kaiser zu bitten. Napoleon war angesichts seiner bevorstehenden Hochzeit mit der Tochter des österreichischen Kaisers bester Laune, und der Zeitpunkt für ein Gespräch schien geeigneter denn je. Dann tauchte jedoch wieder das Bild der drei toten Kameraden ihres Sohnes vor Paulinas Augen auf, und sie verschob den Bittgang von einer Woche zur nächsten.

«Wenn ich Ihnen einen Ratschlag geben darf, Gräfin Ostry», sagte Bertrand leise, und seine Stimme hatte einen scharfen Unterton angenommen, «dann würde ich an Ihrer Stelle ein wenig Eile walten lassen. Wir haben Sie genau im Visier, und falls das zutrifft, was ich ohnehin seit längerem vermute, dann gnade Ihnen Gott, Madame! Der Kaiser hat leider ein mir nicht nachvollziehbares Faible für Sie. Die meisten anderen hätten sich nicht so viel erlauben dürfen!»

Paulina drehte sich zu Bertrand um. Sie hatte diesen Karrieristen, der sich bei Napoleon lieb Kind machte, noch nie leiden können.

«Möchten Sie wissen, warum der Kaiser ein Faible für mich hat?», fragte sie den verdatterten Bertrand. «Er mag es, wenn Menschen eine Schlacht bis zum Letzten kämpfen.»

Sie tätschelte mütterlich seinen Arm und ließ ihn stehen.

Also gut, dachte sie. Es wird allerhöchste Zeit, dass ich mich in die Tuilerien begebe, denn soeben habe ich es zu weit getrieben.

Als Paulina aus dem Raum eilte, bemerkte sie aus dem Augenwinkel, dass Therese sich an ihre Fersen heftete.

«Warten Sie, meine Liebe, wo wollen Sie denn hin?»

«Ich hoffe, ein stilles Plätzchen zu finden», antwortete Paulina.

«Haben Sie etwas dagegen, wenn wir dies gemeinsam tun?» Therese führte Paulina die Treppe hinauf in ihre privaten Gemächer.

«Nun erzählen Sie schon!», forderte Therese die alte Freundin auf. «Was hatten Sie mit dem Grafen Bertrand zu schaffen?»

Unsicher, inwieweit sie Therese in ihre Machenschaften einweihen sollte, beschloss Paulina, zurückhaltend zu bleiben.

«Der Graf Bertrand sieht überall Widerständler. Manchmal glaube ich, dass er selbst in einem simplen Husten eine Revolte gegen den Kaiser wittert.»

Therese tat erstaunt. «Nanu! Ich dachte immer, Sie seien eine glühende Anhängerin unseres großen Korsen!»

«Sind Sie es etwa nicht?»

«Ich? Anhängerin von Napoleon? Ich verabscheue diesen Emporkömmling. Er hat meine ganze Familie zutiefst gedemütigt.»

«Dann sind Sie wahrlich eine Meisterin in der Kunst des Verstellens.»

«Aber ich bitte Sie, meine Liebe! Was soll es mir denn nutzen, gegen Napoleon aufzubegehren! Ich wähne ihn mit meinen Schmeicheleien in Sicherheit, und hinter seinem Rücken spinne ich in aller Ruhe meine Fäden. Seinen Gegnern nutze ich weitaus mehr, wenn ich mich im scheinbaren Einvernehmen mit ihm befinde … Sehen Sie sich doch einmal in meinem Salon um! Was meinen Sie, was hier vor sich geht? Hier werden die Geschicke Europas gelenkt. Willkommen auf dem politischen Parkett, Gräfin Ostry!»

Pierre ging nervös im Zimmer auf und ab.

«Wie konnten Sie den Grafen Bertrand nur so vor den Kopf stoßen, Madame!», rief er aufgeregt.

Ihn derart außer Fassung zu sehen, beunruhigte Paulina mehr als die Drohungen Bertrands.

«Man hat Ihr ungebührliches Benehmen heute sogar im Senat erwähnt», berichtete Pierre. «Es ist nur eine Frage der Zeit, wann die Geschichte dem Kaiser zu Ohren kommt.»

Paulina fiel auf, dass sein Halstuch verrutscht war. Er schien es erstaunlicherweise nicht zu bemerken.

«Ich wünsche, dass Sie sich umgehend zum Kaiser begeben!», verlangte Pierre mit Nachdruck. «Es ist untragbar, dass die Gattin eines Senators im Verdacht steht, eine Verräterin zu sein. Als ob es nicht gereicht hätte, dass unser Sohn schmierige Pamphlete druckt. Ich hoffe nur, dass Ihre Verwandten in Italien ihm die Flausen aus dem Kopf treiben. Und Sie, Madame, Sie können von Glück reden, wenn Napoleon Ihre Entschuldigung annimmt.»

Er ging zur Anrichte und goss sich ein Glas Wein ein, das er in einem Zug leerte. Nachdem er ein zweites nachgeschenkt hatte, drehte er sich zu Paulina um. «Und was ist das für eine Sache mit der Seidenmanufaktur? Ich wusste gar nicht, dass die Geschäfte so schlecht laufen. Meinen Sie nicht, dass es geboten gewesen wäre, mich darüber zu informieren?»

Paulina lehnte sich in ihrem Stuhl zurück. «Seit wann interessieren Sie sich für die Seidenmanufaktur? Für gewöhnlich weisen Sie alles, was damit zu tun hat, vehement von sich.»

«Sie bereiten mir Spaß, meine Teure! Wie sollen wir uns denn all das hier leisten, wenn wir keine Einkünfte mehr beziehen?»

«Ich weiß es nicht.»

«Sie wissen es nicht?» Pierre machte eine solch heftige Bewegung, dass sein Wein überschwappte. «*Sie* wissen es nicht? Das kann ja wohl nicht wahr sein!»

Ein unangenehmes Schweigen folgte.

«Wenn Sie schon nicht an mich denken», sagte Pierre schließlich mit einer unheilvollen Ruhe, «so bitte ich Sie, wenigstens unsere Kinder nicht zu vergessen. Frédéric und Anna werden nicht ewig in Italien bleiben. Und Camille ... wer soll ihre Ausstattung bezahlen? Kein anständiger Mann wird um die Hand einer verarmten Fabrikantentochter anhalten, deren Eltern die Gunst des Kaisers verloren haben. Was wird aus meiner Mutter, Catherine, Thomas und Sybilla? Sollen sie alle unter der durch Sie verschuldeten Ungnade und Armut leiden?»

Pierre verstand es wirklich, die richtigen Worte zu wählen. Paulina erhob sich und ging zum Fenster. Einer der merkwürdigen Zufälle des Lebens wollte es, dass ausgerechnet in diesem Moment Camille an der Seite von Sophie aus der Tür des Palais auf die Straße hinaustrat.

«Wissen Sie eigentlich, dass Terbrüggen tot ist?», fragte Pierre.

Paulina wirbelte herum. «Wie bitte? Terbrüggen ist tot?»

«Ja. Marceau erzählte es heute Morgen. Er bekam gestern einen Brief von Homberg. Der arme Terbrüggen soll unter sehr merkwürdigen Umständen gestorben sein ... man spricht sogar von Mord ... Ich mochte ihn zwar nie besonders, aber einen solch schrecklichen Tod hätte ich ihm nicht gewünscht.»

Paulina starrte fassungslos vor sich hin. Viele Male hatte sie sich den Kopf zermartert, wie sie sich an Terbrüggen rächen könnte – an diesem Mann, der sie so hintergangen hatte. Nun war er tot.

Paulina fühlte sich plötzlich wie in einem tragischen Theaterstück, dessen Charaktere ihre Rollen nicht mehr beherrschten. Oder war es der Theaterdirektor, der das Stück nach seinem Belieben immer wieder umschrieb?

Vielleicht war Terbrüggen das Zeichen, auf das sie seit Wochen gewartet hatte. Paulina hob entschlossen den Kopf.

«Also gut», sagte sie. «Ich werde den Kaiser morgen um eine Audienz bitten.»

«Steigen Sie ein, Madame!»

Therese blickte Paulina aus dem Dunkel ihrer Kutsche entgegen. Sie trug ein schwarzes Kleid und hatte einen Schleier vors Gesicht gezogen. Paulina erklomm die Trittstufen und zwängte sich in den Wagen. Die Kutsche setzte sich in Bewegung.

«Wozu diese Geheimniskrämerei?», fragte sie, um einen lockeren Ton bemüht, und schlug die Kapuze ihres Mantels zurück. «Nicht dass ich etwas gegen eine Spazierfahrt durch den Tuileriengarten einzuwenden hätte, aber das Wetter heute ist ein wenig ungemütlich.»

Therese schien keinen Sinn für Späße zu haben.

«Das Wetter kommt mir gerade recht, denn bei diesem Regen ist wenigstens niemand unterwegs. Ich wollte Sie möglichst ungestört sprechen, Madame!»

Therese lüftete ihren Schleier. Ihre madonnenhafte Schönheit hatte sich mit den Jahren noch veredelt. Wenn man sie genauer betrachtete, sah man einen kaum merklichen, verhärmten Zug um ihren Mund, aus dem der ganze Gram darüber sprach, dass ausgerechnet sie, die schönste und klügste der drei Mecklenburger Schwestern, es nur zur Gattin eines Postfürsten gebracht hatte.

«Fühlen Sie sich etwa verfolgt?», fragte Paulina.

«So würde ich das nicht nennen! Sagen wir es anders: Ich muss in Zukunft etwas zurückhaltender sein.»

«Sie sprechen in Rätseln, Madame!»

«Es ist etwas sehr Unangenehmes geschehen, liebe Freundin», verriet Therese. «Ich weiß noch nicht genau, welche Folgen das haben wird, aber ich fürchte, dass ich mit leeren Händen nach Regensburg zurückfahren muss.»

«Hatte Ihre Audienz beim Kaiser keinen Erfolg?», fragte Paulina betroffen.

Therese seufzte tief. «Es lief zunächst recht gut. Napoleon gab mir das Gefühl, ein offenes Ohr für mein Anliegen zu haben und zu Zugeständnissen bereit zu sein. Dann jedoch änderte sich seine Haltung schlagartig. Er machte merkwürdige Andeutungen, wie enttäuscht er über mein doppeltes Spiel sei. Es könne nicht angehen, dass er dem Hause Thurn und Taxis freundlich gesinnt sei, während ich hinter seinem Rücken gegen ihn intrigieren würde.»

«Hat der Kaiser Ihnen einen konkreten Vorwurf gemacht?»

«Viel schlimmer noch!» Thereses schöne braune Augen bekamen einen glänzenden Schimmer. «Dem französischen Geheimdienst scheint meine gesamte Korrespondenz mit Luise in die Hände gefallen zu sein!» Die Fürstin zog ein Taschentuch hervor und trocknete eine kleine Träne, die sich von ihrem Lid gelöst hatte.

«Ich bin in großer Sorge, dass meine Schwester annehmen könnte, ich würde mich mit Napoleon gegen Preußen verbünden. Luise und ich hatten in der letzten Zeit kein sehr enges Verhältnis zueinander. Wie soll ich ihr nun erklären, dass ich ihrem größten Feind nur schmeichele, um einen Vorteil für sie zu erzielen?»

Paulina beugte sich vor und strich über Thereses Hand. Anders als bei Luise hatte sie mit der großen Schwester nicht zur alten Vertrautheit aus Darmstädter Tagen zurückgefunden. Therese war ihr als unnahbar und schwer zu durchschauen erschienen, und sie hatte mit Wehmut an die herzliche und offene Art von Luise gedacht. Die plötzliche Schwäche der stolzen Fürstin rührte sie.

«Wie kann ich Ihnen helfen, Madame?», fragte Paulina mit ehrlicher Anteilnahme.

Sie bemerkte bei Therese ein erleichtertes Aufatmen.

«Sie können mir in der Tat helfen, meine Liebe. Allerdings müssen Sie sich bewusst sein, dass die Sache auch für Sie nicht ganz ungefährlich ist. Ich empfinde es als meine Pflicht, Sie darauf hinzuweisen.»

«Das weiß ich zu schätzen, Madame. Ich bin in diesen Dingen jedoch nicht gänzlich unerfahren. Darf ich Ihnen anvertrauen, dass ich seit Jahren in Diensten des ehemaligen preußischen Staatsministers von Hardenberg stehe.»

Sie schaffte es, Therese mit der Enthüllung dieses Geheimnisses in Erstaunen zu versetzen. Als die Fürstin sich wieder gefasst hatte, huschte ein Lächeln über ihr Gesicht.

«Das trifft sich ja ausgezeichnet! Ich hoffe nämlich, für Luise zu erwirken, dass von Hardenberg aus der Verbannung zurückkehren darf.» Ihre Miene verfinsterte sich gleich wieder. «Nun wird sie mich jedoch verdächtigen, ihre Interessen zu hintertreiben.»

«Man müsste Luise eine Nachricht zukommen lassen, die nicht vom Geheimdienst konfisziert werden kann», überlegte Paulina.

«Da kommen Sie ins Spiel, Madame!», rief Therese aufgeregt. «Sie machen eine Ihrer Geschäftsreisen, die Sie unter anderem auch nach Berlin führen wird. Meine Schwester feiert bald ihren Geburtstag – was liegt näher, als dass sie ihre alte Darmstädter Freundin, die mittlerweile gottlob adelig und damit hoffähig ist, zum großen Fest ins königliche Schloss einlädt?»

«Und die alte Freundin wird der Königin bei dieser Gelegenheit einen Brief ihrer Schwester überreichen.»

Therese sah Paulina erwartungsvoll an. «Würden Sie das für mich tun?»

In Paulinas Kopf begann es zu rotieren. Sie sollte nach Berlin fahren! Vielleicht war Christian mittlerweile aus der Toskana zurück, und sie könnte ihn dort wiedersehen! Würde es nicht einem Husarenstück gleichkommen, wenn ausgerechnet sie mit dazu beitrug, dass von Hardenberg in den preußischen Staatsdienst zurückkehrte? Beim Gedanken an den Kaiser kamen ihr jedoch Zweifel. Wäre sie nicht gut beraten, endlich um die längst fällige Audienz bei Napoleon zu bitten, anstatt eine abenteuerliche Reise nach Berlin zu unternehmen? Setzte sie nicht alles, was sie erreicht hatte, aufs Spiel, wenn sie Paris gerade jetzt verließ?

Doch im Grunde war ihr Entschluss schon gefasst. Wer konnte ihr verbieten, ihren Geschäften nachzugehen? Wahrscheinlich würde man in diesen aufregenden Tagen rund um die Hochzeitsvorbereitungen nicht einmal bemerken, dass sie fort war. Sie würde rechtzeitig zur Vermählung Napoleons mit der österreichischen Kaisertochter nach Paris zurückkehren.

«Einverstanden», sagte sie zu Therese. «Ich werde nach Berlin fahren.»

Kapitel 53

Blommersforst, Februar 1810

Ein gebrochenes Kutschrad hatte Paulinas Reise aufgehalten, sodass sie Blommersforst erst am späten Abend erreichte. Sie hatte ihren Diener zu Pferd vorausgeschickt, um ihre Ankunft anzukündigen, doch als sie endlich im Schlosshof eintraf, war in dem alten Backsteinbau alles dunkel.

Paulina, die sich nach einer heißen Suppe und einem weichen Bett sehnte, machte sich kurz entschlossen auf den Weg zum Haus des Verwalters, um in Erfahrung zu bringen, warum man auf ihr Kommen nicht vorbereitet war. Gefolgt von ihrer Zofe schritt sie über den dunklen Hof. Zur linken Hand waren zwischen den Bäumen die Umrisse der verlassenen Weberhäuser zu erkennen.

Erleichtert sah Paulina, dass beim Verwalter Licht brannte. Forschen Schrittes ging sie auf das Haus zu. Sie würde ihren Leuten schon gehörig den Marsch blasen, was ihnen denn einfiel, sie nicht im Schloss zu empfangen.

Schon als sie die Treppe zum Eingang hinaufstieg und energisch den Türklopfer schlug, hatte sie das Gefühl, dass etwas Merkwürdiges im Hause vor sich ging. Die Tür wurde nur einen Spaltbreit geöffnet. Im Halbdunkel erkannte Paulina das Gesicht der durch Arbeit und Sorgen früh gealterten Gattin des Verwalters. Die Frau schlug beim Anblick des späten Gastes entsetzt die Hand vor den Mund.

«Frau von Ostry! Was machen Sie denn hier?»

Paulina drückte verärgert die Tür auf und schob sich an der Frau vorbei ins Haus. «Falls Sie es vergessen haben sollten – ich bin die Besitzerin dieses Anwesens. Wo ist mein Diener? Ich hatte ihn vorausgeschickt, um Sie von meiner Ankunft zu unterrichten!»

«Ihr … Ihr Diener?», stammelte die Verwalterin. «Dann … war dieser Mann also Ihr Diener?»

Paulina sah sich forschend in dem dunklen, ungewöhnlich stillen Hausflur um. «Hat er Ihnen das nicht gesagt?»

«Nun ja, er … er kam gewissermaßen nicht dazu.»

«Was soll das heißen?»

Die Frau rang verzweifelt die Hände. «Er wurde gleich in den Stall gesperrt!»

Paulina stemmte die Hände in die Hüften. «Würde es Ihnen etwas ausmachen, mir zu erklären, warum Sie meinen Diener in den Stall gesperrt haben?»

«Weil er Französisch sprach. Man dachte, er sei ein … ähm … ein Spitzel.»

«Mein armer Jacques ein Spitzel? Wer dachte das? Von wem reden Sie eigentlich die ganze Zeit?»

Die Frau war nun in höchster Verlegenheit. «Mein Gatte … die anderen Herren … sie meinten …»

Paulina sah ein, dass sie so nicht weiterkam. Kurzerhand marschierte sie den dunklen Flur entlang, bis sie am Ende des Ganges eine Tür erreichte, unter der sich ein schwacher Lichtstreifen abzeichnete. Ohne anzuklopfen platzte sie in das Zimmer hinein.

Um einen kleinen runden Tisch saßen fünf Männer, die Köpfe tief über eine große Karte gebeugt. Nur eine einzige Lampe erhellte ihren Arbeitsbereich, während der Rest des Raumes im Dunkeln lag. Drei der Herren trugen Uniformen, die beiden anderen schwarze Röcke. Sie waren so in ihre Betrachtungen vertieft, dass nicht einer von ihnen aufblickte.

Paulina räusperte sich. «Mir scheint, dass es höchste Zeit wurde, hier einmal nach dem Rechten zu sehen! Kann mir einer der Herren erklären, was in diesem Hause vor sich geht?»

Fünf Köpfe drehten sich gleichzeitig zu ihr um, und fünf Augenpaare starrten sie an.

Paulina erkannte ihren Verwalter, während sie die Herren in Uniform noch nie gesehen hatte. Der fünfte Herr jedoch, dessen Augen mit eisigem Blick auf ihr ruhten, erweckte in ihr endgültig das Gefühl, in einem schlechten Traum zu sein. Sein Gesicht, das inzwischen von weißem Haar umgeben war, würde ihr zeit ihres Lebens im Gedächtnis bleiben.

«Sie?», rief Paulina aus. «Was machen Sie in Blommersforst, Graf Bahro? Wären Sie so freundlich, mir zu erläutern, was für eine Art von Zusammenkunft dies ist?»

Der Verwalter sprang so heftig von seinem Stuhl auf, dass dieser umfiel. «Ich hatte keine Ahnung, dass Sie kommen würden, Frau Gräfin! Wir sind … ich meine, wir haben … es ist nicht so, wie Sie vielleicht denken …»

«Selbstverständlich sollen Sie den Zweck unseres kleinen Treffens erfahren, gnädige Frau!», erklang die herrische Stimme des Grafen Bahro, der sich ebenfalls erhoben hatte.

Paulina schloss die Lider.

Niemals, hören Sie, niemals, solange ich lebe, werde ich zulassen, dass Sie die Frau meines Sohnes werden!

Es war dieselbe Stimme, die damals mit jenem vernichtenden

Satz ihre Zukunft zerstört hatte. Jahrelang hatten diese Stimme und diese Worte sie bis in den Schlaf verfolgt. Als sie die Augen wieder öffnete, stand der Graf Bahro vor ihr.

«Ihr Verwalter war so freundlich, uns sein Haus zur Verfügung zu stellen, gnädige Frau», erklärte er höflich, aber ohne das geringste Zeichen von Reue. «Es hieß, dass Sie, Madame, dieses Anwesen seit fünfzehn Jahren nicht mehr betreten hätten.»

Ja, seitdem Sie dafür gesorgt haben, dass ich hier vergeblich auf Ihren Sohn wartete, hätte Paulina ihm am liebsten an den Kopf geworfen.

Sie schaffte es, äußerlich einigermaßen ruhig zu bleiben.

«Nun, wie Sie sehen, bin ich jetzt hier», sagte sie kühl. «Und es würde mich brennend interessieren, was ausgerechnet Sie auf meinem Grund und Boden verloren haben. Ein ehemaliger Minister des hannoverschen Hofes, der in ominöser Runde in einer Verwalterwohnung sitzt – das riecht meilenweit gegen den Wind nach Verschwörung!»

Paulinas Vermutung löste in dem Grafen nun doch eine Regung aus, denn seine Mundwinkel zuckten leicht.

«Sie sehen Gespenster, gnädige Frau», sagte er herablassend. «Wir unterhalten lediglich einen kleinen Zirkel, der …»

«… franzosenfeindliche Ideen spinnt?», unterbrach Paulina ihn und zog herausfordernd die Augenbrauen hoch.

«So würde ich das nicht nennen», erwiderte der Graf. «Sagen wir es etwas anders: Wir beschäftigen uns mit vielfältigen philosophischen und gesellschaftlichen Themen.»

Paulina spürte Zorn in sich aufsteigen. «Es ist wirklich nicht zu fassen! Auf meinem Besitz trifft sich eine Vereinigung, die gegen den französischen Kaiser intrigiert! Ist Ihnen nicht bekannt, dass ich die Gattin eines Senators von Frankreich bin?»

Die Herren in Uniform standen auf und falteten eilig ihre Papiere zusammen.

«Was für eine delikate Situation!», murmelte einer von ihnen bestürzt. «Und das ausgerechnet jetzt! Die Dame wird hoffentlich nicht unsere Pläne durchkreuzen.»

«Das glaube ich kaum», meinte der Graf Bahro, der als Einziger immer noch seelenruhig war. «In der Umgebung des Kaisers von Frankreich zu leben, bedeutet nicht unbedingt, dass man diesem auch treu ergeben ist. Die gnädige Frau wird wenig Interesse daran haben, dass irgendjemand von unserem kurzen Besuch in Blommersforst erfährt. Nicht wahr, Gräfin Ostry?»

Was wusste Graf Bahro über sie? Hatte er etwa Erkundigungen eingezogen? Paulina dachte an die kompromittierenden Briefe in ihrem Gepäck und zog es vor zu schweigen.

Sichtlich befriedigt, wandte der Graf sich den anderen Herren zu.

«Lassen Sie uns aufbrechen! Es ist alles besprochen, und wir könnten noch ein wenig Schlaf gebrauchen.»

In aller Eile brachen die Herren auf. Als Paulina beobachtete, dass sie vorsichtig um sich blickend wie Diebe in den Stall schlichen, um ihre Pferde zu holen, konnte sie erst recht nicht an die harmlose Herrenrunde glauben.

«Sie werden mir jetzt sofort sagen, wo mein Diener ist!», befahl sie dem Verwalter, der dabei war, hastig die Spuren der Zusammenkunft zu beseitigen.

«Der Mann, der Französisch sprach? … Wir haben ihn in den Stall gesperrt, da wir annahmen, er sei vom französischen Geheimdienst.»

Paulina zweifelte langsam an ihrem Verstand. «Sie sperren einen Mann, von dem Sie denken, dass er vom französischen Geheimdienst ist, in den Stall?»

«Wir hätten ihn morgen wieder freigelassen.»

«Und dann? Er würde sofort seine Leute informieren!»

«Aber er ist doch gar nicht vom Geheimdienst», sagte der Verwalter mit einer Naivität, die in Paulina die Lust weckte, ihn fest zu schütteln.

«Wie kommt es, dass ein ehemaliger Minister von Hannover in Ihrem Haus verkehrt?», bohrte sie weiter.

«Wie bereits gesagt ... wir gehören diesem Zirkel an ...» Der Verwalter räumte hektisch auf dem Tisch herum.

«Faseln Sie nicht!», rief Paulina wütend, und dann konnte sie sich nicht mehr beherrschen. «Sie stecken mit dem Grafen Bahro unter einer Decke! Sie haben ihm vor fünfzehn Jahren geholfen zu verhindern, dass sein Sohn und ich uns wiedersahen.»

Der Verwalter erstarrte. «Woher wissen Sie das?»

Es stimmte also! Der Graf Bahro hatte das Treffen zwischen Christian und ihr vereitelt. Er hatte nicht davor zurückgeschreckt, sich dazu der Unterstützung ihres Verwalters zu bedienen.

Unter großer Mühe zwang Paulina sich zur Ruhe.

«Sie werden jetzt als Erstes meinen armen Diener befreien», sagte sie leise, aber bestimmt. «Dann werden Sie mich ins Schloss einlassen und eine Magd schicken, die Feuer macht, sowie Ihre Gattin, die uns das Essen bereitet. Wenn Sie mit alledem fertig sind, dann packen Sie Ihre Sachen und verlassen meinen Besitz! Morgen früh möchte ich Sie und Ihre Familie nicht mehr hier sehen!»

«Frau Gräfin, Frau Gräfin! Mein Mann ist gerade verhaftet worden!»

Völlig aufgelöst stürzte die Frau des Verwalters ins Esszimmer des Schlosses, wo Paulina gerade ihr Frühstück einnahm.

«Den Grafen Bahro und die Herren Offiziere haben sie schon heute Nacht geholt!», keuchte die Frau, als sie vor Paulina stand.

Diese hatte sie schon fortschicken wollen, doch als sie den Namen des Grafen vernahm, horchte sie auf.

«Wer hat die Herren mitgenommen?», fragte sie.

«Na, die Gendarmen! Wie ein Verbrecher wurde mein Gatte in Fesseln auf einen Karren gepackt und nach Cassel geschafft.»

«Hat man Ihnen gesagt, was mit den Herren geschehen ist?», fragte Paulina.

«Gar nichts hat man gesagt!» Die Frau des Verwalters warf verzweifelt die Arme in die Luft. «Wenn der Kutscher des Karrens nicht Erbarmen gehabt und mir zugeflüstert hätte, dass es nach Cassel geht, dann wüsste ich nicht einmal das!»

«Wer sagt, dass die anderen Herren auch nach Cassel gebracht wurden?»

«Das hat die Magd des Hauptmanns erzählt, in dessen Haus sie verhaftet wurden.»

«Nun, wenn man sie verhaftet hat, wird es seinen Grund haben», meinte Paulina. «Ich habe dem Braten von Anfang an nicht getraut.»

Die Frau des Verwalters klammerte sich an ihren Arm. «Frau Gräfin, Sie müssen nach Cassel fahren! Ihnen wird man bestimmt Auskunft geben, was mit den Herren nun geschieht.»

«Der Graf Bahro verfügt sicher über genügend einflussreiche Freunde, die ihm beistehen werden», entgegnete Paulina. «Ich muss mich außerdem heute um einen neuen Verwalter bemühen, da ich morgen weiterreisen werde.»

«Und was wird aus meinem Gatten?» Die Frau des Verwalters brach in Tränen aus.

Der soll zum Teufel gehen, dachte Paulina, doch im selben Moment wusste sie, dass sie nicht abreisen würde, ohne vorher etwas über das Schicksal der Verhafteten in Erfahrung zu bringen. Das war sie schon allein Christian schuldig. Ob er über das Tun seines Vaters unterrichtet war?

Paulina gestand der Frau zu, bis zur Entscheidung über die Zukunft ihres Mannes in Blommersforst zu bleiben. Dann brach sie nach Cassel auf. Die ehemalige Residenz der Landgrafen von Hessen-Cassel war die Hauptstadt des nach dem Tilsiter Frieden neu geschaffenen Königreichs Westfalen. Zum König hatte Napoleon seinen Bruder Jérôme gekrönt.

Paulina begab sich zum Präfekten, von dem sie umgehend empfangen wurde. Er war ein freundlicher älterer Herr, der sich sehr entgegenkommend zeigte und mit ihr eine ganze Weile über Paris plauderte. Als sie ihm schließlich ihr Anliegen vortrug, nahm sein Gesicht nachdenkliche Züge an.

«Das hört sich nicht gut an, Madame. Mir ist in dieser Sache noch nichts zu Ohren gekommen, und das kann eigentlich nur bedeuten, dass es sich um eine militärische Angelegenheit handelt. Ich will mich aber gerne erkundigen.»

Sie vereinbarten, dass Paulina ihn am Nachmittag noch einmal aufsuchen sollte. Da die Sonne schien, unternahm sie eine ausgedehnte Spazierfahrt durch die hübsche Stadt, in der König Jérôme einen für seine Verschwendungssucht berühmten Hof unterhielt. Man munkelte, dass er sich sogar einen Harem nach Vorbild der orientalischen Fürsten leistete.

Als Paulina am Nachmittag erneut beim Präfekten vorsprach, ließ seine düstere Miene bereits ahnen, dass die Verhaftung des Grafen Bahro und der anderen Herren nicht aufgrund eines Salongeschwätzes erfolgt war.

«Es war schwierig, überhaupt etwas zu erfahren», sagte der Präfekt, dem es auf einmal sichtlich unangenehm war, dass man ihn in der Sache zu Rate gezogen hatte. «Wenn ich es richtig verstanden habe, hat der Graf Bahro einen bewaffneten Aufstand gegen den König vorbereitet.»

Paulina fuhr der Schreck durch alle Glieder. Das Letzte, was sie gegenwärtig gebrauchen konnte, war, mit einer Revolte in Verbindung gebracht zu werden. Umso wichtiger erschien es Paulina plötzlich, mit den zuständigen Institutionen zu reden. Der Präfekt empfahl ihr, sich an den Militärgouverneur zu wenden, und atmete erleichtert auf, als sie sich verabschiedete.

Im Sitz der Militärregierung wurde Paulina bei weitem nicht so schnell empfangen wie in der Präfektur, obwohl sie den Gouverneur sogar flüchtig vom Pariser Hof kannte. Man teilte ihr mit, dass der Herr General erst am nächsten Morgen für sie zu sprechen sei. Paulina blieb nichts anderes übrig, als ein Zimmer in einem Gasthaus zu mieten und sich bis zum anderen Tag in Geduld zu fassen.

Sie musste bis zum Mittag auf einem zugigen Flur sitzen, dann bat der Gouverneur sie endlich zu sich. General Rohan war ein kleiner, drahtiger Fünfziger, der bekannt dafür war, dass er nicht lange fackelte.

«Gräfin Ostry!», begrüßte er sie. «Ich bin untröstlich, dass Sie so lange warten mussten. Was bringen Sie für Neuigkeiten aus Paris?»

«Ehrlich gestanden, steht mir der Sinn nicht nach Plaudereien, Herr General», sagte Paulina. «Ich bin nun seit über vierundzwanzig Stunden in der Stadt und versuche vergebens, etwas über fünf Gefangene in Erfahrung zu bringen, die gestern früh aus der Gegend von Lippstadt eintrafen.»

Der Gouverneur seufzte tief. «Nun, Madame, Ihre Versuche würden auch weiterhin vergebens sein, wenn Sie nicht die Gattin eines Senatsmitglieds wären. Ich verstehe nur nicht ganz, warum Sie sich für die Herren verwenden. Sie müssten doch höchst verärgert darüber sein, dass sie Ihr Schloss zum Ort ihrer konspirativen Zusammenkünfte missbraucht haben.»

«Das bin ich allerdings», sagte Paulina im Brustton der Überzeugung. «Mein Interesse gilt auch nur einem der Herren – dem Grafen Bahro. Er ist der Vetter meiner Mutter, und deshalb wüsste ich gerne, was ihm zur Last gelegt wird.»

«Sie sollten nicht zu viel fragen, denn sonst könnte man auf die Idee kommen, genauer nachzuhaken, warum Sie nach fünfzehnjähriger Abwesenheit ausgerechnet an dem Abend in Ihrem Schloss auftauchen, an dem dort die letzten Vorbereitungen für einen bewaffneten Aufstand gegen den König getroffen werden.»

Paulina schluckte. «Ich kam aus Paris, Monsieur, und Ihr Geheimdienst wird sicher mühelos feststellen, dass ich seit langem keine Verbindung mit Blommersforst hatte. Sämtliche Korrespondenz mit dem Gut lief über meinen Teilhaber in Crefeld.»

Der General lächelte. «Wir wissen das, Madame. Deshalb haben wir die Verhaftungen auch nicht gleich gestern Abend im Haus Ihres Verwalters vorgenommen. Wir wollten Sie und Ihren Namen nicht kompromittieren. Als Gegenleistung möchten wir Sie jedoch bitten, von weiteren Nachforschungen abzusehen.»

«Aber – was soll ich meinen Verwandten sagen? Hauptmann von Bahro, der Sohn des Grafen, ist, wie Sie sicher wissen, ein wichtiger Berater des preußischen Königs.»

«Umso schlimmer!» Der Gouverneur beugte sich mit ernstem Gesicht vor. «Hören Sie, Frau Gräfin, ich dürfte Ihnen das eigentlich nicht sagen, aber ich fürchte, dass Sie mich nicht eher in Ruhe lassen. Der Graf Bahro plante, sich gegen König Jérôme aufzulehnen. Die mit ihm verhafteten Offiziere wollten gestern mit einer Freischar und einigen hundert bewaffneten Bauern nach Cassel ziehen, die Stadt einnehmen und den König stürzen. Der Graf Bahro als ehemaliger Minister von Hannover hätte die Regierungsgeschäfte übernommen. Glücklicherweise wurden wir rechtzeitig gewarnt.»

Paulina hatte ihm atemlos zugehört. «Das ist ja unglaublich! Ich kann mir ehrlich gestanden gar nicht vorstellen, dass der Graf Bahro sich für eine solch wahnwitzige Unternehmung einspannen lässt.»

Der Gouverneur stieß ein dumpfes Lachen aus. «Graf Bahro war der Kopf der Revolte!»

Paulina begann zu begreifen, in was für ein Dilemma sie da hineingeraten war. Sie, die in geheimer Mission nach Berlin unterwegs war, fand sich in einen Aufstand gegen den Bruder des Mannes verwickelt, den sie selbst bekämpfte. Etwas Schlimmeres hätte ihr wahrhaftig nicht passieren können.

«Was haben Sie übrigens, nach fünfzehn Jahren, am Vorabend dieser glücklicherweise vereitelten Revolte, in Blommersforst gemacht?», fragte der Gouverneur und musterte Paulina eingehend.

Sie hielt seinem prüfenden Blick stand. «Ich bin auf der Durchreise nach Berlin. Wie Sie vielleicht wissen, führe ich eine Seidenmanufaktur. Nachdem das preußische Königspaar und der Hof nach Berlin zurückgekehrt sind, habe ich vor, dort neue Absatzmöglichkeiten zu erschließen.»

General Rohan stand auf. «Nun, Madame, ich bin um Ihrer Stellung wegen gewillt, dieses erstaunliche Zusammentreffen von Ereignissen tatsächlich als Zufall zu betrachten. Soviel ich weiß, stehen Ihr Gatte und Sie beim Kaiser in hoher Gunst. Wenn Sie möchten, dass dies so bleibt, rate ich Ihnen, sich in der Sache des Grafen Bahro möglichst still zu verhalten. Des Weiteren empfehle ich Ihnen, nach Abschluss der Angelegenheit schnellstmöglich beim Kaiser vorzusprechen, damit keinerlei Zweifel an Ihrer Loyalität entstehen.»

«Was heißt das – nach Abschluss der Angelegenheit?»

«Der Fall wird bald schon vor einem Militärgericht verhandelt werden.» Der Gouverneur kam hinter seinem Schreibtisch hervor und machte eine unmissverständliche Geste zum Ausgang. «Leider ist meine Zeit begrenzt, Madame. Wenn ich Sie nun bitten dürfte zu gehen …»

Paulina suchte seinen Blick. «Welche Strafe droht dem Grafen Bahro und seinen Männern?», fragte sie leise.

«Die Strafe wird angemessen sein, Madame», sagte der General, ohne sie dabei anzusehen. «Schließlich handelt es sich nicht um ein Kavaliersdelikt.»

Kapitel 54

Cassel, Februar 1810

Der Offizier führte Paulina durch ein steinernes Gewölbe. Es war kalt und feucht, die Lampen an den Wänden warfen unheimliche Schatten. Donnernd hallten die Stiefel des Mannes auf dem blanken Pflaster wider.

Als im Morgengrauen zwei Offiziere in Paulinas Gasthaus erschienen waren und sie aufgefordert hatten, augenblicklich mitzukommen, hatte sie zunächst befürchtet, nun selbst verhaftet zu werden. Man hatte sie in ein mächtiges Gebäude gebracht, in dem sie von einem Pastor erwartet worden war. Der Geistliche hatte ihr mitgeteilt, dass der Gouverneur auf seine Bitte hin dem Grafen Bahro gestattet habe, sie zu sprechen. Gleichgültig, welchen Groll sie gegen den Grafen hege, solle sie ihrem Herzen einen Stoß geben und ihm diesen Wunsch erfüllen.

Was konnte der Graf ihr zu sagen haben? Warum verlangte er danach, ausgerechnet mit ihr zu sprechen?

Paulina war kurz davor gewesen abzulehnen, doch dann hatte sie an Christian gedacht und dem Gespräch zögerlich zugestimmt.

Der Offizier hielt vor einer schweren Holztür mit vergitterter Schießscharte. Schlüsselgerassel war zu hören. Die Tür ging quietschend auf, und der Mann trat wortlos zur Seite, um Paulina eintreten zu lassen.

Sie kam in eine kleine, schmale Zelle, die lediglich ein winziges, vergittertes Fenster unterhalb der Decke hatte. Die Morgendämmerung erhellte den Raum nur schwach und tauchte ihn in ein diffuses Licht, in dem alles nur schemenhaft zu erkennen war. An der einen Wand befand sich ein Lager mit grober Leinendecke, an der anderen standen ein klappriger Holztisch und ein dreibeiniger Hocker.

Graf Bahro saß mit dem Rücken an die Mauer gelehnt auf dem Schemel. Er trug noch den eleganten Rock, in dem man ihn wohl verhaftet hatte. Sein Gesicht war unrasiert, das Haar ordentlich nach hinten gestrichen. Er war bleich und übernächtigt, wirkte aber seltsam gefasst.

Die Tür fiel krachend ins Schloss. Man hörte die Schritte des sich entfernenden Offiziers. Langsam stand der Graf auf.

Paulina sah auf dem Tisch einen Federkiel und einen Bogen Papier liegen, der mit Schriftzügen bedeckt war.

«Wenigstens das haben sie mir gestattet», sagte Graf Bahro, der ihrem Blick gefolgt war. «Es erleichtert mich, dass ich meine Gedanken in Worte fassen kann. Leider kann ich Ihnen außer diesem unbequemen Hocker keinen Platz anbieten, Madame.»

«Es macht mir nichts aus zu stehen.»

«Ich danke Ihnen, dass Sie gekommen sind», begann der Graf. «Abgesehen davon, dass ich nicht wusste, ob Sie meiner Bitte folgen würden, fürchtete ich außerdem, Sie könnten bereits abgereist sein.»

«Ich war mehrmals kurz davor», gestand Paulina. «Dass ich noch in Cassel bin, ist nur der Tatsache zuzuschreiben, dass ich unschlüssig war, in welche Richtung ich fahren sollte.»

«Nun, ich kann in gewisser Weise nachvollziehen, dass Sie nicht meinetwegen geblieben sind. Sie wissen, dass gestern die Verhandlung vor dem Kriegsgericht stattfand?»

«Nein. Man erfährt so gut wie nichts über den Fall. Darf ich Ihnen eine Frage stellen, Monsieur? Warum haben Sie etwas so Irrsinniges getan?»

«Für mich war es nicht aussichtslos, Madame! Wir waren überzeugt davon, dass wir das westfälische Volk mobilisieren könnten, sich gegen das infame Franzosenregime aufzulehnen. Die Unterstützung durch die Bevölkerung schien uns sicher.»

Graf Ostry starrte in den leeren Raum. «Ich habe mein Leben dem Staatsdienst gewidmet, genauso wie vor mir mein Vater. Seit nunmehr zehn Jahren ist Hannover fast pausenlos von den Franzosen besetzt. Ich habe mich damit getröstet, dass der Erfolg dieses despotischen Korsen nicht ewig währen würde. Aber dann wurde Hannover auch noch dem Königreich Westfalen und damit dem Bruder dieses Ungeheuers unterstellt.» In seinen Augen begann es zornig zu funkeln. «Können Sie sich vorstellen, was es für mich bedeutete, unter diesem Bonvivant Jérôme zu leben, der sich bis heute geweigert hat, Deutsch zu lernen, der in Rotwein zu baden pflegt und sich Konkubinen hält wie ein arabischer Scheich? ‹König Lustig› nennt man ihn, dass ich nicht lache! … Wie kann es sein, dass Napoleon sich halb Europa einverleibt und überall seine unfähigen Verwandten auf die Königs- und Fürstenthrone setzt!»

Er schwieg ein paar Sekunden und fuhr dann fort: «Wir haben endlose Debatten darüber geführt, Christian und ich. Gestritten haben wir uns bis aufs Blut. Er redete von Reformen, von einem Neuaufbau, der ganz unten beginnen müsse und viele Jahre benötigen würde. Einen Zauderer habe ich meinen Sohn genannt, weil ich meinte, dass er nur nicht genügend Schneid besäße, um jetzt zu handeln und sich gegen diese Übermacht zur Wehr zu setzen.»

«Sie sagen es selbst: Napoleon besitzt die Übermacht», bemerkte Paulina. «Jeglicher Widerstand nutzt nichts, wenn man dabei Gefahr läuft, selbst das Opfer zu werden.»

«Sie reden wie mein Sohn!», brauste Graf Bahro auf. Seine heftige Reaktion ließ den Konflikt ahnen, der zwischen Christian und seinem Vater entstanden war.

«Ich habe selbst diese Erfahrung machen müssen», sagte Paulina leise, «und hätte sie fast mit dem Leben meines Kindes bezahlt.»

Eine Weile herrschte Schweigen.

«Christian hatte recht!», murmelte der Graf plötzlich. «Er hatte von Anfang an recht. Deshalb ist er diesem Scharnhorst in preußische Dienste gefolgt, ist seinem Heimatland und der Familientradition untreu geworden. Ich habe es nie verstanden, aber jetzt beginne ich zu begreifen, dass er viel weiter geblickt hat als ich. Die Gegner Napoleons müssen erst ihre Kräfte sammeln, sonst werden sie ihn nie besiegen.»

«Schade, dass Ihnen diese Erkenntnis nicht eher gekommen ist», sagte Paulina bitter. «Das hätte Ihnen die Demütigung der Verhaftung und des Gefängnisses erspart. Aber die Zeiten werden sich ändern, Monsieur, und dann wird man Männer wie Sie brauchen.»

«Ich fürchte, dazu ist es zu spät!»

«Zu spät! Was reden Sie! Man wird Sie nicht für immer einsperren.»

Graf Bahro betrachtete sie mit einem sonderbaren Blick. «Nein, Madame, das wird man in der Tat nicht tun.» Er kam auf sie zu. «Für eines ist es jedoch nicht zu spät», sagte er und sah ihr tief in die Augen. «Es ist noch nicht zu spät, an Ihnen etwas wiedergutzumachen.»

«Das fällt Ihnen jetzt ein, Monsieur?»

«Nicht jetzt! Es handelt sich um das Ergebnis nächtelanger Überlegungen. Ich habe meine Meinung in manchen Dingen geändert. Deshalb war es mir so wichtig, Sie zu sprechen.»

«Falls es um meine Verbindung zu Ihrem Sohn geht – ich lege auf Ihre Meinung keinen Wert mehr.»

«Mein Anliegen ist um einiges komplizierter. Madame, ich habe erfahren, dass auch Sie geheime Komplotte gegen Napoleon schmieden.»

Paulina wich zurück und blickte sich wie gehetzt um. «Sie müssen sich täuschen, Monsieur! Ich bin die Gattin eines Pariser Senators und Mitglied der französischen Hofgesellschaft.»

«Es ist nicht der Zeitpunkt, die Unwissende zu spielen. Lassen

Sie mich Ihnen sagen, dass Sie sich auf schmalem Grat bewegen. Zu viele Leute haben bereits von Ihren Aktivitäten erfahren. Ziehen Sie sich zurück, bevor es für Sie zu spät ist!»

«Das ist blanker Unsinn, was Sie da reden!», erwiderte Paulina mit aufkommender Panik.

«Leider nicht, Madame. Ich kann Ihnen nur dringend raten, sich vorzusehen!»

«Im Gegensatz zu Ihnen weiß ich sehr wohl, was ich tue.»

«Wollen Sie alles verlieren? Ihre Seidenmanufaktur, Ihr Ansehen, Ihre gesellschaftliche Stellung und ... Ihre Liebe zu Christian?»

«Ist es nicht das, was Sie immer wollten?», rief Paulina erbost aus.

«Fahren Sie unter keinen Umständen weiter nach Berlin, Madame!», beschwor Graf Bahro sie mit gesenkter Stimme. «Kehren Sie nach Paris zurück und erweisen Sie Napoleon Ihre Huldigung. Überzeugen Sie ihn, dass Sie zu seinen treuesten Untertanen gehören!»

Paulina schüttelte abwehrend den Kopf. «Woher weiß ich, dass Sie mich nicht erneut von Ihrem Sohn fernhalten wollen? Sie möchten nur verhindern, dass Christian und ich uns wiedersehen!»

«Christian und Sie werden sich nicht wiedersehen, wenn Sie weiter nach Berlin fahren.» Von Bahro umfasste mit beiden Händen ihre Arme und drückte sie so fest, dass es beinahe schmerzte. «Sie werden von der Bildfläche verschwinden! Man wird Sie Berlin nicht erreichen lassen!»

«Wer hat Ihnen das gesagt?»

«Ich weiß es, Madame, und alleine diese Tatsache zeigt Ihnen, dass Ihre Tarnung der umtriebigen Geschäftsfrau und französischen Adeligen längst keine mehr ist. Hat man Ihnen in Paris keine Andeutungen gemacht?»

«Doch, ja ...», flüsterte Paulina verwirrt.

Der Graf ließ von ihr ab und drehte sich um. «Ich wollte um alles in der Welt vermeiden, dass Christian Sie heiratete. Aber auch, nachdem ich damals Ihr Wiedersehen in Blommersforst verhindert hatte, konnte er Sie nicht vergessen. Er ließ sich von seinem General mit irgendeiner geheimen Mission nach England schicken. Als er wiederkam, dachte ich, dass er Sie endlich überwunden hätte und in den hannoverschen Staatsdienst eintreten würde. Stattdessen wechselte er mit Scharnhorst zur preußischen Armee. Dann erfuhr ich, dass Sie mit Ihrem Gatten nach Paris gezogen waren. Ich sorgte dafür, dass dies auch Christian zu Ohren kam. Endlich war er bereit, die kleine mecklenburgische Baroness zu heiraten, die ich für ihn ausgesucht hatte, um die Erbfolge zu sichern. Ich hatte erreicht, was ich wollte. Henriette brachte es sogar zur Hofdame der Königin. Nur eines hatte ich nicht bedacht – Christian wurde todunglücklich mit ihr.»

Er blickte zu dem kleinen Fenster hinauf. «Niemals hätte ich mich in sein Leben einmischen dürfen. Nach der Hochzeit mit Henriette verschloss er sich mir immer mehr. Ich hätte keine unpassendere Gattin für ihn finden können, denn angesichts der Tatsache, dass er dieses bescheidene, demütige Wesen nicht zu lieben vermochte, belastete er sich auch noch mit großen Schuldgefühlen. Bis heute haben sie keine Kinder bekommen. Er war ein so vielversprechender junger Mann. Dass er ausgerechnet Sie zur Dame seines Herzens wählen würde …»

Donnernde Schritte näherten sich. Ein Schlüssel wurde in der Tür gedreht. Graf Bahro wandte sich um. In seinen Augen war plötzlich eine unendliche Traurigkeit.

«Ich hoffe, dass Sie mir dennoch verzeihen, Madame!»

Paulina konnte ihn nur stumm anblicken.

«Vergessen Sie nicht, was ich Ihnen gesagt habe», flüsterte er. «Sie werden Christian sonst nie wiedersehen!»

Die Tür flog auf, und Paulina musste einen Satz zur Seite machen.

Auf der Schwelle standen General Rohan und ein Offizier.

«Sind Sie so weit, Herr Graf?», fragte der Gouverneur mit starrem Gesicht.

Graf Bahro streckte sich. «Ich bin so weit! Wir können gehen.»

«Wohin wird der Graf gebracht?», fragte Paulina mit erstickter Stimme. Ihre Augen irrten zwischen den Männern hin und her.

Auf ein kaum merkliches Nicken des Generals kam der Offizier auf Paulina zu und zog sie sanft, aber mit Nachdruck aus der Zelle. «Kommen Sie, Madame! Ihr Besuch ist beendet.»

«Leben Sie wohl, Frau von Ostry», ertönte hinter ihr die Stimme des Grafen Bahro. «Sagen Sie meinem Sohn, dass ich ihn liebe.»

Paulina drehte sich um und sah, wie Christians Vater sich bekreuzigte. In diesem Moment begriff sie.

Fassungslos folgte sie dem Offizier aus der Zelle und ging wie in Trance an seiner Seite durch das Gewölbe.

«Ich will nicht!», war mit einem Mal ein furchterregendes Geschrei zu hören. «Bei der Heiligen Mutter Maria, habt Erbarmen mit mir!»

Aus einem seitlichen Gang bogen drei Männer um die Ecke. Zwei Soldaten führten einen Gefangenen zwischen sich. Seine Hände waren gefesselt, doch er wehrte sich heftig. Paulina erkannte ihren Verwalter. Er schrie wie am Spieß.

«Lasst mich! Ich will dort nicht hin!»

Die Angst schien ihm übermenschliche Kräfte zu verleihen, und die beiden Soldaten vermochten seiner nicht mehr Herr zu werden. Als der Offizier sah, dass der Gefangene kurz davor war, sich loszureißen, ließ er von Paulina ab und eilte den Kameraden zu Hilfe. Gemeinsam überwältigten sie den wie irr gewordenen Mann und schoben ihn unter großer Anstrengung weiter den Gang entlang, bis sie verschwunden waren. Das Geschrei des

Gefangenen hallte noch lange zwischen den steinernen Wänden nach.

Hinter Paulina ertönten Schritte. Mit unbeweglichen Mienen kamen der Gouverneur und Graf Bahro den Gang entlang und gingen an ihr vorbei, ohne sie zu beachten. Christians Vater hielt den Kopf hoch erhoben.

Paulina stand da wie erstarrt. Auch als die beiden Herren längst fort waren, konnte sie sich nicht regen. Irgendwann gelang es ihr, langsam weiterzugehen. Sie hörte die Absätze ihrer Schuhe auf dem Boden klappern. An den Wänden flackerten nervös die Flammen der Lampen. Sie fröstelte – ob vor Kälte oder vor Angst, hätte sie nicht sagen können.

Am Ende des Ganges sah Paulina ein helles Licht, das durch eine offene Tür einfiel. Es war mittlerweile Tag geworden. Wie eine Ertrinkende stürzte sie sich auf die Tür, durch die sie aus diesen schrecklichen Mauern würde flüchten können.

Sie blieb entsetzt stehen.

Die Tür führte in einen Hof, der von hohen Mauern umgeben war. An die hintere Wand gelehnt standen, die Hände auf den Rücken gefesselt und die Augen mit weißen Tüchern verbunden, Graf Bahro, die drei Offiziere und der Verwalter. Vor ihnen hatte eine Reihe Soldaten Aufstellung genommen, die ihre Gewehre auf den Boden stützten. General Rohan und ein weiterer Offizier sahen von der Seite zu. Neben ihnen wartete ein junger Fähnrich mit einer Trommel. Es herrschte eine fast unerträgliche Stille.

Der Gouverneur machte dem Burschen ein Zeichen.

Der Junge hob seine Stöcke und ließ sie auf das Schlagfell niedersausen. Ein Trommelwirbel durchbrach den Morgen.

Mit einem klackenden Geräusch entsicherten die Soldaten ihre Gewehre und legten an. Der Verwalter von Blommersforst begann, wie ein Hund zu heulen. Paulina sah, dass seine Hose sich im Schritt dunkel verfärbte. Er ließ sich auf die Knie fallen und stieß einen unmenschlichen Schrei aus.

Der nächste Trommelwirbel folgte.

Dann zerriss eine Salve von Gewehrschüssen die Luft. Fast augenblicklich brachen die Gefangenen zusammen.

«Es lebe der Kurfürst von Hannover und König von England!», rief der Graf Bahro, bevor er zu Boden ging.

General Rohan presste verärgert die Lippen zusammen. Die Soldaten beantworteten den Ausruf des Delinquenten mit einer weiteren Salve. Rauch vernebelte die Luft in dem engen Hof. Es roch nach Pulver, Blut und Tod.

Paulina hatte der Erschießung wie paralysiert zugesehen.

Als zwischen grauen Rauchschwaden die blutüberströmten Leichname der fünf Aufständischen auftauchten, wandte sie sich entsetzt ab und rannte durch die Gänge des Gebäudes, bis sie endlich den Ausgang fand. Wie betrunken taumelte sie durch die Straßen von Cassel zum Gasthaus. Erst als sie in die Wirtsstube trat, konnte sie wieder einen klaren Gedanken fassen.

Noch in derselben Stunde verließ sie die Stadt und fuhr zurück nach Blommersforst. Nachdem sie die hysterische Witwe beruhigt und der armen Frau versichert hatte, dass sie in ihren Diensten verbleiben konnte, schloss sie sich in ihrem Zimmer ein. Sie setzte sich nieder und schrieb den schwersten Brief ihres Lebens.

Am nächsten Morgen ließ sie ihren Kutscher Franz kommen.

«Ich mag Ihnen manchmal den letzten Nerv geraubt haben», sagte sie zu ihm, «aber Sie sind einer der wenigen Menschen, denen ich noch vertraue. Ich bitte Sie hiermit, nach Berlin zu reisen und diese Schreiben Herrn von Bahro auszuhändigen – und nur ihm. Falls er noch nicht aus Italien zurückgekehrt ist, warten Sie auf ihn! Es ist sehr, sehr wichtig, dass er die Nachrichten aus Ihren Händen erhält.» Sie sah ihn beschwörend an. «Da uns drei einige gemeinsame Erinnerungen verbinden, wird er bei Ihrem Anblick wissen, dass mein Brief an ihn keine Täuschung ist.»

Franz war sichtlich bewegt. «Und Sie, Frau Gräfin?», fragte er. «Was wird aus Ihnen?»

«Ich fahre nach Paris zurück», antwortete Paulina. «Es bleibt mir nichts anderes übrig, wenn nicht alles noch viel schlimmer kommen soll.» Sie lächelte traurig. «Ich habe vor, in die Fußstapfen meiner Tante zu treten und mich als Schauspielerin zu versuchen. Ich werde bei einem genialen Theaterdirektor vorsprechen, dessen Bühne sich getrost die größte in ganz Europa nennen darf. Leider werden dort meist Tragödien gespielt.» Und mit Bitterkeit in der Stimme fügte sie hinzu: «Ich hoffe, dass die Spielzeit nicht zu lange dauern wird.»

Paulina konnte nicht ahnen, dass bis zum Ende der Herrschaft Napoleons noch vier Jahre vergehen sollten.

Kapitel 55

Boltenhusen, November 1814

Gerade begann es dunkel zu werden, als an einem trüben Herbstabend eine Kutsche im Schlosshof von Boltenhusen in Mecklenburg hielt. Der Kutscher kletterte vom Bock, um dienstfertig den Verschlag zu öffnen, und aus dem Innern des Gefährts sprangen ein etwa neunzehnjähriger, hoch aufgeschossener Jüngling mit einer üppigen, schwarzen Lockenpracht und eine gleichaltrige junge Dame mit einem stolzen Zug um den Mund.

Der Jüngling betätigte den Türklopfer an der Eingangspforte des Schlosses, während er seinen bewundernden Blick über die schön gestaltete Fassade schweifen ließ.

Es dauerte nicht lange, bis die Tür geöffnet wurde. Auf der Schwelle der hell erleuchteten Eingangshalle stand ein livrierter Lakai, der sich tief verbeugte.

«Guten Abend», sagte der Jüngling. «Frédéric von Ostry und seine Schwester wünschen, vom Grafen Bahro empfangen zu werden.»

«Treten Sie ein», antwortete der Lakai. «Ich werde Sie sofort melden. Der Herr Graf ist noch im Kaminzimmer, wird aber gleich zu Tisch gehen.»

Frédéric klopfte dem Lakaien kameradschaftlich auf die Schulter und schob sich an ihm vorbei ins Haus. «Lass den Schnickschnack, Bursche, wir finden den Weg alleine.»

«Warten Sie!», rief der Lakai. «Ich muss erst nachfragen, ob der Herr Graf vor dem Essen noch Besuch wünscht!»

«Keine Sorge! Ich kann dir versichern, dass ihm nicht der Appetit vergehen wird, wenn er uns sieht.»

Dicht gefolgt von dem Lakaien gingen die beiden jungen Leute leichten Schrittes durch die Eingangshalle und stiegen eine breite, geschwungene Treppe hinauf. Auf der obersten Stufe drehte Frédéric sich zu seiner Schwester um und deutete auf ein Gemälde, das dort an der Wand hing.

«Was sage ich, Camille? Man könnte meinen, es sei Maman in jungen Jahren, nicht wahr? Dabei handelt es sich bei dieser rebellisch dreinblickenden Dame um unsere Ururgroßmutter aus der Toskana.»

Die junge Frau betrachtete das Bild interessiert. «Nun, da weißt du wenigstens, von wem Maman ihr Selbstbewusstsein und ihren Kampfgeist hat», sagte sie lächelnd. «Diese Dame sieht aus, als sei sie kurz davor, eine Revolte anzuzetteln oder in den Krieg zu ziehen.»

Der Lakai hatte die Gelegenheit genutzt und war an den Geschwistern vorbeigeschlüpft, sodass er nun doch dazu kam, an eine Tür im oberen Stockwerk zu klopfen. Frédéric von Ostry stürmte jedoch hinterher und schob die Hand des Lakaien von der Klinke.

«Dein Eifer ehrt dich, Bursche», sagte er, «aber meine Schwester und ich würden den Grafen gerne überraschen.»

Er öffnete die Tür und betrat an der Seite von Camille einen behaglichen Raum, in dem zwei kristallene Deckenleuchter ein angenehmes Licht verbreiteten. An den Wänden hingen große Ölgemälde, die verschiedene mecklenburgische Landschaften zeigten. Vor dem brennenden Kamin stand eine hübsche Rokoko-Sitzgruppe, deren altmodischer Stil daran erinnerte, dass die letzten dauerhaften Bewohner des Schlosses schon lange verstorben waren.

Die beiden dort sitzenden Personen sprangen beim Eintreten der jungen Leute von ihren Stühlen auf.

«Frédéric! Camille!», rief erfreut ein elegant gekleideter Herr, in dessen seidig glänzendes Haar sich die ersten grauen Strähnen mischten. «Warum habt ihr euer vorzeitiges Kommen nicht angekündigt?»

«Wir wollten uns Ihre verdutzten Gesichter nicht entgehen lassen!», antwortete Frédéric verschmitzt, ging auf den Herrn zu und umarmte ihn herzlich. «Na, Vater, ist uns die Überraschung gelungen?»

«Allerdings», bestätigte die danebenstehende Dame, die große Ähnlichkeit mit dem Grafen Bahro hatte. «Hans, sag in der Küche Bescheid, dass wir noch zwei zusätzliche Gäste zum Essen haben!», rief sie dem Lakaien zu.

«Das trifft sich gut, ich habe einen Bärenhunger!», rief Frédéric begeistert aus.

Christian von Bahro hielt den jungen Mann mit gestreckten Armen von sich und betrachtete ihn zufrieden.

«Wenn du dir diese Haarbüschel ein wenig stutzen würdest, die deinen Kopf schmücken, wärst du ein recht ansehnlicher Bursche», stellte er fest. «Die Jahre in Italien sind dir gut bekommen.

Ich fürchte, dass du so manches Mecklenburger Mädchenherz brechen wirst.»

«Bloß nicht!», warf Camille ein. «Es reicht schon, dass die Hälfte der weiblichen Bevölkerung der Toskana in Tränen zerfließt, weil er dem Land den Rücken gekehrt hat!»

Frédéric drehte sich zu seiner Schwester um. «Es soll auch Menschen geben», sagte er mit liebevollem Spott, «die andere nicht wegen ihrer intellektuellen Qualitäten, sondern beispielsweise wegen ihrer äußeren Erscheinung anziehend finden.»

«Bei jungen Männern wie dir dürfte es eher in die zweite Richtung gehen», konterte seine Schwester schlagfertig.

«Nicht jeder sucht sich seine Weggefährten in philosophischen Salons so wie du», gab er zurück.

«Sollen wir nicht ins Esszimmer hinübergehen?», schlug die Dame vor, etwas irritiert über die Anspielungen im Wortwechsel der Geschwister. «Dann kann Camille uns ein wenig mehr über ihre Dichterfreunde erzählen.»

«Eine gute Idee, liebe Karoline», stimmte Christian von Bahro zu und machte eine auffordernde Handbewegung in Richtung Tür.

«Ist es Zufall, dass Sie in Boltenhusen sind, Tante?», fragte Frédéric an die Dame gewandt, während sie hinausgingen.

«Nach dem Tod meines Gatten wird mir manchmal ein wenig schwer ums Herz in Berlin», antwortete Karoline mit betrübter Miene. «Alles in unserem Haus dort erinnert mich an ihn. Als ich erfuhr, dass euer Vater in Boltenhusen ist, bin ich sofort hergekommen.»

«Es ist eine Schande, wie viele Menschen in diesen schrecklichen Kriegen ihr Leben lassen mussten», sagte Camille leidenschaftlich. «Hätte man diesem größenwahnsinnigen Napoleon nicht eher Einhalt gebieten können?»

«Diejenigen, die es zu früh versuchten, mussten es bitter bezahlen», entgegnete Karoline leise. In ihren Augen standen Tränen.

Die beiden jungen Leute tauschten einen betretenen Blick. Obwohl sie ihren Großvater nicht kennengelernt hatten, wussten sie um die tragische Geschichte seines missglückten Aufstands.

Man war unterdessen im Esszimmer angekommen, wo ein Diener sie mit einem Glas Portwein erwartete. Frédéric und Camille warfen sehnsüchtige Blicke auf die festlich gedeckte Tafel.

«Haben Sie Nachricht von Maman?», fragte Camille. «Ich hörte, dass sie sich vor Aufträgen kaum retten kann, seitdem der Krieg zu Ende ist.»

«Das sind genau die richtigen Zeiten für sie», erklärte Frédéric heiter. «Hat sie nicht auch die Seidenmanufaktur in einer Phase des Umbruchs aufgebaut? Sie wird sich gewiss die allgemeine Konfusion zunutze machen.»

«Graf Ostry hat jedenfalls keine Sekunde gezögert, sein Fähnchen in den Wind zu hängen», wusste Camille zu berichten. «Am Tag, als die alliierten Truppen in Paris einmarschierten, wurde er plötzlich zum größten Gegner Napoleons.»

«Und jetzt profitiert er wahrscheinlich davon, dass Maman heimliche Verbindungen zur preußischen Regierung hatte», vermutete Frédéric zähneknirschend, der selten ein gutes Haar an Pierre von Ostry ließ.

«Hatte sie das?», fragte Christian von Bahro und zog die Augenbrauen hoch.

«Glauben Sie im Ernst, dass wir dies nicht wussten?», sagte Camille mit der Arroganz der Jugend. «Ich lebe schließlich seit über vier Jahren in Berlin. Es war ein offenes Geheimnis, dass von Hardenberg regen Kontakt mit unserer Mutter pflegte.»

Frédéric verzog nachdenklich den Mund. «Stimmt es eigentlich, dass König Friedrich Wilhelm sie nach dem Einmarsch der preußischen Truppen in Paris persönlich in unserem Palais aufgesucht hat?»

«Ja, es stimmt», antwortete Christian. «Der König überreichte eurer Mutter einen Brief der Königin, den diese vor ihrem Tode an sie geschrieben hatte. Leider haben die beiden sich nach Tilsit nicht wiedergesehen. Die Königin war eurer Mutter sehr zugetan.» Er betrachtete versonnen den schimmernden Wein in seinem Glas und schien in Erinnerungen zu schwelgen. «Ich war damals dabei. Auch für mich war es ein sehr bewegender Moment.»

«Welch grandioser Stoff für jeden romantischen Dichter!», schwärmte Camille. «Ich sollte diese Geschichte niederschreiben und im Salon der Frau von Crayen vortragen.»

«Und warum konnten Sie Maman nicht dazu überreden, mit Ihnen nach Berlin zu kommen?», fragte Frédéric, der die Sache eher von der praktischen Seite sah.

«Eurer Mutter steht nach Napoleons Sturz in Paris eine glänzende Zukunft bevor», erklärte Christian von Bahro.

Karoline drehte verlegen ihr Weinglas in der Hand. «Außerdem dürft ihr nicht vergessen, dass sowohl eure Mutter als auch euer Vater verheiratet sind – und zwar nicht miteinander», sagte sie leise, als würde sie über etwas Verbotenes sprechen.

«Das wird sich aber bald ändern!», ertönte in diesem Augenblick eine helle Frauenstimme.

Die Aufmerksamkeit aller Anwesenden richtete sich auf eine dunkelhaarige Dame, die im Türrahmen stand und, den Kopf leicht zur Seite geneigt, dem Gespräch amüsiert gelauscht hatte.

Als die beiden jungen Leute erkannten, wer da gesprochen hatte, strahlten sie vor Freude. Wild durcheinanderrufend stürmten sie auf die Dame zu.

«Maman, was machen Sie denn hier?», rief Camille. «Konnten Sie sich endlich von Paris trennen?»

Frédéric kniff nach dem ersten Begeisterungssturm skeptisch die Augen zusammen. «Da ist doch irgendetwas faul! Entweder ist Maman zu Besuch oder auf der Durchreise. Nie im Leben lässt sie ihre geheiligte Seidenmanufaktur im Stich und übersiedelt in die Provinz.»

«Unterstellt Paulina doch nicht so etwas!», protestierte Karoline. «Sie hat immer davon geträumt, in Boltenhusen zu leben.»

Als Paulina die zweifelnden Mienen ihrer Kinder sah, brach sie in schallendes Gelächter aus.

«Auch wenn ihr es nicht glaubt – lasst euch sagen, dass ich nicht vorhabe, Großmutter zu werden, ohne den Mann geheiratet zu haben, nach dem ich mich seit fünfundzwanzig Jahren sehne. Bis eure Schwester Anna ihrem österreichischen Grafen im nächsten Frühjahr einen Erben schenkt, sind Christian und ich verheiratet – und ihr wisst, dass ich immer erreiche, was ich will.»

«Das ist *unsere* Überraschung für euch», meldete sich Christian von Bahro zu Wort. «Sowohl Pierre als auch Henriette haben in eine Scheidung eingewilligt. Wenn ihr wie vermutet erst zu Weihnachten nach Boltenhusen gekommen wärt, hätten wir euch vor vollendete Tatsachen gestellt.»

«Und Sie wollen wirklich in Boltenhusen bleiben, Maman?», fragte Frédéric, noch nicht restlos überzeugt.

Die Augen seiner Mutter waren zu einer Kommode neben der Tür gewandert, und als er ihrem Blick folgte, entdeckte er dort eine kleine runde Glasschale. Ein hellbraun schimmernder Stein lag darin, dessen Farbe ihn an die Augen seines Vaters und seiner Schwester erinnerte.

«Ich habe es tatsächlich vor», antwortete Paulina mit einem Lächeln. «Solange kein bedeutendes Ereignis der Weltgeschichte unsere Aufmerksamkeit erfordert …»